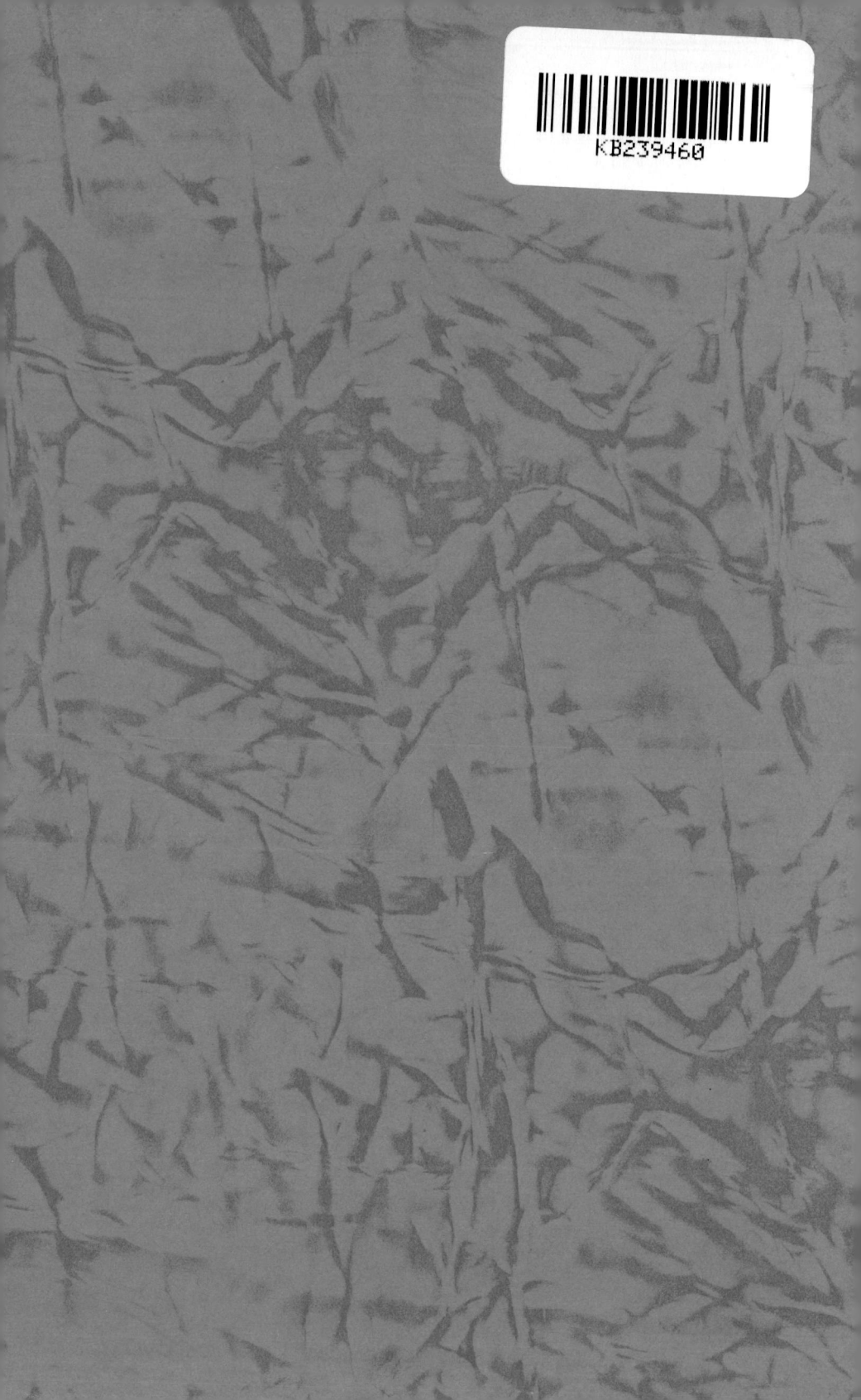

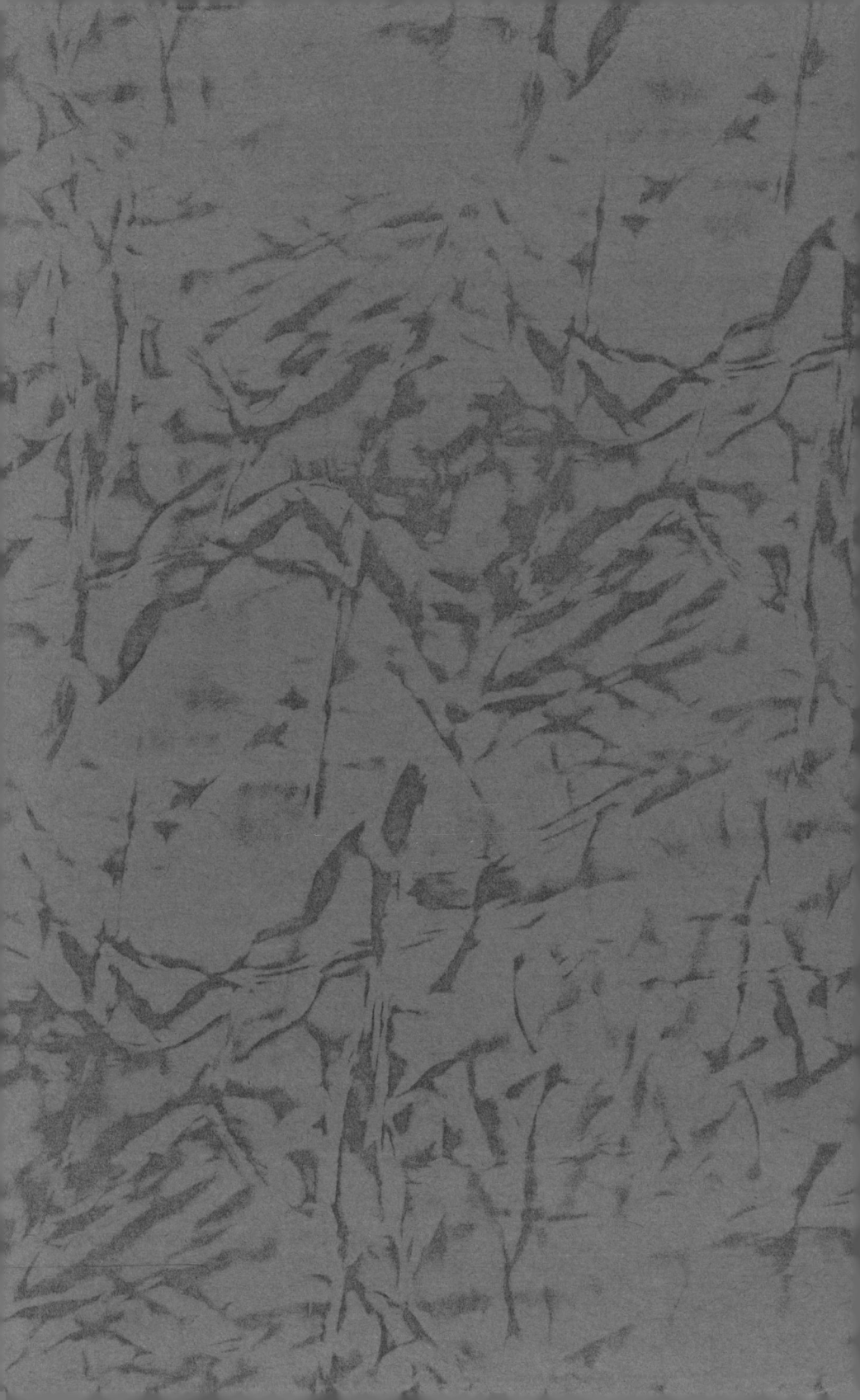

한국
고소설 연구의
쟁점과 전망

박일용
김현양
김종철
김경미
김현주
유광수
강상순
송성욱
김문희
양승민
이경하
조현우
정인혁
조혜란
정하영
이정원
신재홍
조용호
주형예
성기련

보고사

서문

우리나라 고소설에 대한 연구는 비약적으로 발전해왔다. 연구사 초창기라 할 식민지 시대의 학자들은 '허황되고 음란되다'는 자학적 평가를 받던 고소설을 당당한 학문 연구의 대상으로 격상시켰다. 많은 작품들이 소개되었고 거칠지만 소설사 정립과 양식별 구분이 이루어졌다. 해방이후 산업화와 민주화를 거치면서 '민중문화'에 대한 관심이 학계로까지 유입되었다. 반영론에 입각한 논의들은 고소설 연구에 이론의 세련미를 보태었다. 더불어서 연구 분야가 세분화되고 체계를 갖추면서 민족주의적 자기만족의 수준을 뛰어넘게 되었다.

그리고 이제 21세기에 접어들면서 고소설 연구는 새로운 환경에 놓이게 되었다. 정보화사회, 신자유주의의 물결 속에서 익숙했던 토대들이 의심받고 있다. 소설, 설화, 시가와 같은 고전문학 내부의 구분은 고사하고 '문학'이라는 학문 자체의 정당성이 위협받고 있다. '수용'이 '소비'로, '창작'은 '납품'으로 대체되면서, 언어를 통한 미적 체험의 독자적 양상과 가치를 왜 논의해야 하는지 사회적 합의가 흔들리고 있다. 이러한 변화는 연구자들의 연구 태도에서도 발견된다. 경쟁 체제는 예술뿐만 아니라 학문에도 도입되었다. 연구자들이 집단지성의 일원으로서 진리를 향한 논쟁에 뛰어드는 것과 생활인으로서 자신의 직업 조건에 충실하는 것이 분리되기 시작한 것이다. 학술대회에서 논쟁이 사라지고, 젊은 학자들의 밤잠을 설치게 하는 공동의 논제들이 세워지지 않는다.

그러나 이러한 현상이 과연 위기인지 의심스럽기도 하다. 문학의 소멸, 논쟁의 소멸은 구시대적 기준에 따른 판단일 수 있기 때문이다. 새로운 매체의 출현은 문학의 외연을 넓혔고 익히 알고 있던 작품들을 낯설게 하고 있다. 소멸된 것은 장르의 벽이지 장르의 가치가 아니었다. 고소설 서사에서 우리가 보지 못했던 미장센이 화면에 펼쳐지고, 대중들은 진부한 주제와 상투적인 접근을 거부한다. 고소설에서 당위와 유형성 대신 성찰과 유희성을 끄집어 내고 있다. 과거와 같은 방식의 논쟁이 사라졌을 뿐, 논쟁은 여전히 새롭다. 오히려 학술대회는 수많은 쟁론가들을 유혹하기엔 좁은 무대일지도 모른다. 새롭게 들어온 이론, 이질적인 작품, 발언권을 얻은 이방인, 발견되지 못했던 문학사가 미처 경험하지 못했던 백가쟁명의 시대를 예고한다.

소멸과 혼란, 신생과 정립의 연구사가 눈앞에서 펼쳐지고 있다. 이 책은 바로 그런 이중성을 감지한 결과이다. 모순 속에서 새로운 에너지를 창출해야 한다. 해야 할 일은 많은데 할 수 있는 일을 알기 어렵다. 그러나 그런 자책도 고소설 작품을 매개로 만나게 되는 과거와 현재 그리고 미래의 연구자들에 대한 불신과 자만의 탓이다. 우리는 다만 우리의 잔을 사양하지 않을 뿐이다.

이 책은 고 성현경(成賢慶) 교수를 추모하기 위해 기획되었다. 성현경 교수는 1942년 충청남도 예산에서 태어나 2001년 타계하셨다. 선생께서는 서강대학교 국어국문학과 교수, 한국고소설학회 회장, 판소리학회 회장을 역임하셨다. 이제는 우리 고소설의 구조와 미학을 설명하는 보편적 용어가 된 '적강소설(謫降小說)'은 선생이 창안한 말이다. 학회장으로서 선생이 학계에 남긴 업적은 '토론하는 분위기'였다.

벌써 십 년 전에 돌아가신 선생을 기리는 제자들의 뜻에 동참하여 많은 연구자들께서 옥고를 보내주셨다. 연구사에 대한 문제의식을 공감하고, 논쟁적인 글을 쓰기로 하였다. 제1부에서는 고소설사의 쟁점과 전망을 거시적으로 조명했다. 제2부에서는 이른 바 고소설 명편들에 대해 새로운 논쟁을 지피고자 했다.

지면과 시간이 허락하지 않아 감히 옥고를 청하지 못한 분들이 있다. 귀중한 연구 역량을 발휘하여 어려운 작업을 흔쾌히 맡아주신 분들과 더불어 깊이 감사한다.

머지않아 선생의 업적이 낡은 글이 될 날이 올 것이다. 그러나 제자들에게 당부한 말씀은 앞으로도 유효할 것이다.

"예의를 갖춰 비판하라, 자리의 높고 낮음을 가리지 말고."

2011년 11월
제자 일동

차례

제2부
고소설 명편의 새로운 이해

제1부

고소설사의

쟁점과 전망

초기 애정 전기소설의 형상화 방식과 남·녀 주인공의 성적·사회적 욕망

박일용

1. 머리말

전기소설은 소설사 연구의 중심 대상으로 인식되어 초창기부터 지금까지 방대한 연구 성과가 이루어졌다. 예컨대 소설사의 벽두에 자리 잡은 대표적인 전기소설 작품집 『금오신화』의 뛰어난 문학적 형상성과 작가의식이 주목을 받아 이에 대한 연구가 초창기부터 다각적으로 이루어졌다. 그리고, 70년대 말 80년대 초부터는 『수이전(殊異傳)』일문(逸文)들이나 <조신(調信)> 등의 『삼국유사』소재 서사물들을 전기(傳奇) 또는 전기소설 등의 장르로 규정하여 소설사의 기점을 나려(羅麗) 시기로 끌어올리려는 작업들이 이루어지면서, 소설사 초기의 서사 작품에 대한 연구가 집중적으로 이루어졌다. 또, 80년대 중반 이후에는 17세기의 애정전기소설인 <주생전>, <최척전>, <운영전> 등이 갖는 소설사적 의의와 문학적 형상성이 높게 평가되어 이들에 대한 연구가 활발하게 이루어졌다.

그 결과 전기소설에 대한 연구는 개별 작품에 대한 해석은 물론이고, 발생 시기, 장르적 특징과 미학, 전기소설의 사적 전개와 변이 양상, 인

물과 배경 공간의 특징, 문체적 특징, 통속성 문제, 영향 관계와 전고의
활용 문제 등 전 분야에 걸쳐 깊이 있는 연구 성과들이 축적되었다. 그
래서 이제는 안이한 태도로 접근하는 경우 선행 연구들에서 이루어진
성과에서 나아가지 못하고 진부한 재론에 머물 정도로 논의 수준이 심
화되었다.

그런데 그간의 전기소설에 대한 연구 성과들을 차분히 살펴보면 전
기소설 양식의 성격이 구체적으로 해명되었는가 하는 의심을 떨치기
어려운 것도 사실이다. 단적으로 통상 나말여초(羅末麗初)의 작품들로
추정되는『수이전(殊異傳)』일문(逸文)인 <최치원>과 여타 작품 그리고
『삼국사기』열전에 실린 <온달>, <설씨녀> 등 여타 작품 사이의 거리
의 의미, 그리고 그 거리를 아우르면서 이들을 소설로 규정하는 장르론
적 논의가 설득력 있게 이루어지지 않은 채, 소설사의 기점을 나려(羅麗)
시기로 올려 잡는 것을 보면 이러한 사정을 짐작할 수 있다.

이렇게 찬찬히 따져보면 현금의 전기소설 연구 성과가 안고 있는 문
제가 하나 둘이 아니겠지만, 이 논문에서는 그 가운데 최근에 부각된
애정전기소설에 등장하는 남녀 주인공의 성적·사회적 욕망과 관련된
논쟁적 견해 차이와 관련시켜 초기 애정전기소설의 양식적 특징을 살
펴보기로 보기로 한다.

주지하듯이 전기소설의 주된 향유층은 권력의 핵심에서 소외된 남성
사계층(士階層)이며, 전기소설의 주인공은 이들 향유층과 유사한 한미
한 문사로 설정된다. 대다수의 연구자들은 이러한 점을 염두에 두면서
전기소설을 '한미한 문사의 불우(不遇)', 또는 '주인공의 고독감, 내면성,
소극성, 문예취향', '한미한 지식인의 소외의식 및 현실 질서에 대한 비
판적 세계관의 표현' 등 여러 용어를 사용하여 소외된 문인 지식층의
이념과 관련시켜 해석해 왔다.[1]

그런데, 최근에 전기소설의 해석에서 남성 주인공의 불우를 강조하
는 연구 경향이 경직된 것이라고 문제를 제기하고, 17세기 애정전기소
설의 남성 주인공들이 보이는 '건달풍의 유협 또는 풍류기남적' 특징을
부각시키면서 그것을 통속성의 관점에서 해석한 연구 성과가 제출되었
다.2) 그리고 이어 <최치원>에서 주인공의 '불우(不遇)'만을 강조한 기
존의 연구가 이 작품의 '남성판타지'로서의 성격과 남성 주인공이 보이
는 '바람둥이적 행태'를 간과한 것이라고 비판하면서, 이 작품의 여성
주인공 형상에 투영된 남성의 성적 욕망을 구체적으로 분석한 성과가
제출되었다.3) 이후 <최치원>의 남성 주인공의 성격을 성적 욕망을 충
동적으로 표출하는 "바람둥이적 형상"으로 해석하는 연구들이 이어졌
다. 또 비슷한 맥락에서, '그간의 연구에서 애정 전기소설의 플롯에 투
영된 남성주의적 시각을 외면해온 것이 연구자들의 남성주의적 태도
때문'이라는 비판이 제기되기도 하였다.4)

---

1) 그래서 전기소설의 성격을 설명할 때, 그것이 "사계층 문인지식인의 사회적 정치적
욕망"으로서 "주인공이 지기(知己) 지음(知音)을 만나는 형식 즉, 지우(知遇)와 인정
(認定)을 추구하는 양식"이라고 정리한 윤재민 교수의 말을 인용하곤 한다. 전기소설
의 장르적 지표에 대한 제가의 견해는 이정원 교수가 「조선조 애정전기소설의 소설시
학」(서강대 박사학위논문, 2003)의 2~4면에 정리해 놓았다.
2) 양승민, 「17세기 전기소설의 통속화 경향과 그 소설사적 의미」, 고려대학교 박사학위
논문, 2003, 54~67면.
3) 조혜란, 「남성 환타지 소설의 시작 최치원」, 『여/성이론』, 여이연, 2003, 126~143면.
4) 김경미 교수는 '전기소설이 남성주인공의 욕망을 합리화해 주는 텍스트가 아닌가
하는 의문이 들 정도로 남성의 연애서사라는 생각을 지울 수 없다'면서, '전기소설의
젠더화된 플롯이나 미학이 어떻게 반복 재생산되어 왔는가를 분석하고, 아울러 오늘
날의 연구가 갖고 있는 남성 중심성을 드러내고 해체하고자 한다'는 목표 아래, <최치
원>을 "구원받아야 하는 여성의 서사"로, <이생규장전>을 "소극적인/달아나는 남성,
적극적인/희생하는 여성의 서사"로, 그리고 <주생전>을 "사랑이라는 이름의 폭력의
서사"로 규정하고, <운영전>과 <강도몽유록>을 이러한 남성 중심의 젠더화된 플롯
의 전환 지점이라 해석하였다. 김경미, 「전기소설의 젠더화된 플롯과 닫힌 미학을 넘

이러한 최근의 연구 성과들은 남성 주인공의 소외에 초점을 맞추어 온 기존 연구 경향에서 나아가, 애정 전기소설에 형상화된 애정의 의미를 여성 주인공의 입장에서 해석함으로써 연구의 질적 심화를 가져올 수 있는 계기를 마련했다. 특히, <최치원>의 경우 남성 주인공의 '바람둥이' 형상이 갖는 텍스트 내적 의미에 대한 정밀한 분석적 연구와 함께 그것이 갖는 당대 질서나 권력과의 관계에 대한 해석들이 이어졌으며, 17세기 소설들의 경우 남성주인공이 드러내는 폭력적 태도의 의미 및 여성주인공의 형상에 대한 심화된 이해의 계기를 마련하였다. 이렇게 볼 때 이러한 최근의 문제 제기적 연구들은 연구사적 의의가 자못 크다고 생각한다.5) 그리고, 이들 연구에서 지적된 것처럼 애정 전기소설들 그 가운데 특히 <최치원>에는 분명히 남성주인공의 '풍광한(風狂漢)'적인 성적 욕망이 나타난다. 그리고 여성주인공의 형상에 남성주인공의 성적 욕망이 투사되어 나타나는 것이 사실이다.

어서」, 『한국고전여성문학연구』 20, 2010, 214~242면.
5) <운영전>의 주인공인 운영, <이생규장전>의 최랑, <만복사저포기>의 하씨 등 여성주인공의 유폐적 상황과 성적·사회적 욕망에 대한 논의가 개별 작품 차원에서는 간간히 이루어졌지만, 여성 주인공에 대한 연구가 균형적으로 이루어지지 못한 것은 사실이다. 그런데, 이들 연구 이후 '17세기 한미한 양반 남성들의 사랑 지상주의와 판타지 속에는 권력의 주변부에서 사랑 또는 여성을 통해 사회적 상승을 대리충족하려는 현실 지향적 욕망이 암시되고 있다'고 해석한 서지영 교수의 논의, 애정 전기소설에 형상화된 남녀 사이의 사랑의 형태와 의미를 상세하게 분석하여 '조선시대 애정소설에서는 남성적 시각이 투영되어 여성에게 매혹되자마자 곧바로 성관계를 맺으려하는 남성과 남성의 유혹을 쉽사리 받아들이고 관계를 허락하는 여성, 그리고 그들이 결혼하기까지의 시련을 이겨내는 과정을 그리는 구조를 지니게 되었다'고 해석한 김지영 교수의 논의 등 애정 전기소설에 형상화된 남녀 주인공의 형상을 구체적으로 이해하는 데 기여를 한 논의들이 이어졌다. 서지영, 「규범과 욕망의 틈새; 조선시대 문학 속의 섹슈얼리티」, 고소설학회 편, 『한국고소설과 섹슈얼리티』, 보고사, 2009, 9~36면. ; 김지영, 「조선시대 애정 소설에 나타난 사랑과 성」, 고소설학회 편, 『한국고소설과 섹슈얼리티』, 보고사, 2009, 38~78면.

그런데 이러한 문제 제기가 이루어진 후에도, 개별적 작품에 대한 연구 성과들은 차치하고 학위논문만을 보더라도, 애정 전기소설의 기본적인 성격을 남성 주인공의 불우(不遇) 문제에 초점을 맞추어 연구하는 성과가 계속 나오고 있고,6) 논란이 되는 남녀 주인공의 욕망 문제를 전기소설 시학의 변화 과정 속에서 해석한 성과가 나오기도 하였다.7) 그리고 17세기 애정전기 소설들에 형상화된 여성의 욕망이 전근대 여성들의 억눌린 성적 욕망을 사실적으로 반영한 것이라는 해석이 제기되기도 하는 걸 보면,8) 이 문제를 남성주의적 연구 태도와 곧바로 연관시키는 것이 온당할까 하는 생각이 들기도 한다.

---

6) 최근에 엄태식 교수는 학위논문에서 전고와 영향 관계를 치밀하게 조사하여 애정 전기소설을 해석하고 그 변화 양상을 살폈는데, 여기서 애정 전기소설의 애정은 주인공의 불우(不遇)를 매개로 한 작자의 주제의식을 우의하기 위한 장치로 사용되고 있는데 17세기에 이르러 사랑 그 자체를 다루기 시작하면서 양식상의 균열이 나타난다고 해석하였다. 엄태식, 「애정 전기소설의 창작배경과 양식적 특징」, 경원대학교 박사학위논문, 2011.2, 1~205면.

7) 이정원 교수는 17세기 <최치원>과 <주생전> <위경천전> <상사동기>에 등장하는 남성 주인공의 성적 욕망 문제를 주시하면서도, 그것들을 전기소설의 시학적 변모 양상으로 해석하였다. 전기소설의 시학이 '유폐된 공간에서 이루어지는 남녀 주인공의 운명적 소외에서 비롯된 욕망의 성취와 그것을 가로막는 세계 질서 사이의 긴장 관계를 바탕으로 한 현상적 패배와 의식적 초월 양상'을 보이는 <만복사저포기>와 <이생규장전>에서 구현되는 것으로 보는 한편, <최치원>에서는 운명론적인 소외 양상이 구체화되기 전 단계의 양상으로서 남성주인공의 한량적 성격이 나타난 것이며, <주생전> <위경천전> <상사동기>에서는 사회적으로 양분된 현실 세계에서 주인공의 소외가 이루어짐으로써 남녀 주인공의 관계가 남성 일방의 욕망에 대한 주객체 관계로 전환되는 변화 양상을 보인다고 해석하였다. 이정원, 「조선조 애정전기소설의 소설시학」, 서강대 박사학위논문, 2003, 88~92면.

8) 양승민 교수는 이러한 남주인공 중심의 연구 경향 때문에 여성 주인공의 성적 욕망이 간과되어왔음을 지적하면서, 17세기 전기소설의 여성주인공들이 '규방의 요조숙녀(窈窕淑女)로서 성애에 대한 결핍을 토로하는 형상을 보이는데, 그것이 전근대 여성들의 일상적 정서와 심미를 사실적으로 반영한 것'이라 해석하여 여성주인공의 성적 욕망을 여성 자신의 주체적 욕망으로 해석하였다. 양승민, 앞의 논문, 68~82면.

그리고, 애정 전기소설이 단순히 그러한 남성주인공의 욕망을 정당화하는 것이라 하거나, 이들 애정전기소설의 여성주인공의 욕망을 단순한 남성적 욕망의 투사로만 이해하는 경우, 이들이 성취한 소설사적 의의가 지나치게 축소될 가능성이 있다고 생각한다. 또한 이러한 해석들이 개개 작품의 일면적 특징, 또는 전기소설 양식의 일면적 특징을 작품 또는 전기소설 양식의 특징으로 일반화하면서 나타난 것이라 생각한다.

이러한 생각에서 본 논문에서는 애정 전기소설 형상화 방식의 일반적 특징을 염두에 두면서 초기의 대표적인 애정 전기소설로 인식되는 <최치원>, <만복사저포기>, <이생규장전>에 형상화된 남녀 주인공의 성적·사회적 욕망의 의미를 해석하고 그들 사이의 편차를 읽어내 보기로 한다. 그리고, 그 의미를 분명하게 드러내기 위해 남성중심 사회에서 남성적 욕망이 일방적으로 투사되어 형성된 우물(尤物), 여귀(女鬼), 요귀(妖鬼), 여선(女仙) 등의 형상을 살펴보아 이들과 초기 애정 전기소설에 형상화된 남녀 주인공의 욕망 사이의 거리를 살펴보기로 한다. 이를 통해 애정 전기소설의 양식적 특징을 살필 수 있는 단서를 마련할 수 있을 것이다.

2. 남성적 욕망의 투사체로서 우물(尤物)과 요귀(妖鬼) 그리고 여귀(女鬼)와 여선(女仙)의 형상

남성 중심적 전통사회에서 가부장제적 규범에 수렴되지 않는 여성의 성적·사회적 욕망은 남성 중심적 지배 질서를 뒤흔들 수 있는 경계 대상으로 인식되었다. 이처럼 여성의 욕망을 불온하고 부정한 것으로 보는 시각이 투영되어 이루어진 대표적인 형상으로 우물(尤物)을 들 수 있다. 애초 우물(尤物)은 사람의 마음을 빼앗는 특별한 물건을 총칭하는 말이었는데, 뒤에는 오히려 남성의 마음을 사로잡는 뛰어난 미색을 지칭하는 뜻으로 사용되었다. 그리고 우물(尤物)이란 말에는 미색이 뛰어나다는 뜻과 함께 괴이(怪異)하다는 뜻도 포함되어 있는데, 이는 남성의 욕망을 불러일으켜 남성 중심적 지배질서를 흔드는 여성의 미색이 두렵고 괴이하다고 여기는 생각이 반영된 것이다.9) 전통사회에서 우물(尤物)로서 여성의 미색이 왕에서부터 아래로 말단 관리에 이르기까지 남성 중심적 지배질서를 지키는 주체들이 경계해야 할 첫째 대상으로 지목된 것은 이 때문이다.10)

그래서 남성들에게 "말희(妺喜)가 사랑을 독차지하자 하(夏)나라 운수는 기울었고, 포사(褒姒)가 사랑을 독차지하자 주(周)나라 종묘사직이 망했으며, 암탉이 새벽에 울면 집안이 난리라는 말이 상서(商書)에 있고, 한나라에서는 조비연(趙飛燕)이 황자(皇子)를 낳지 못하도록 하였으니, 우물(尤物)들이 천하 국가에 화를 입히는 일이 허다하였다"(妺喜嬖而夏祚傾 褒姒寵而周宗滅 鷄晨於商 燕啄于漢 尤物之禍天下國家也)는11) 투의 말로 성적·사회적 주체로의 여성이 얼마나 위험한 존재인가를 일깨워 왔다.

중국의 애정 전기소설 가운데 이처럼 성적·사회적 주체로서 여성의

---

9) 인터넷 판 百度百科 사전에서는 우물(尤物)을 『좌전』 소공조의 숙향 모친의 이야기, <앵앵전>, 백거이(白居易)의 <진랑묘(眞娘墓)>, <홍루몽>에 등장하는 용례를 들어 설명하고 있다. (baike.baidu.com/view/30465.htm)

10) 세종이 당명황(唐明皇)이 우물(尤物)에 빠져 자신의 치적을 무너뜨린 사례를 들어 후대의 왕에게 경계하기 위해 『명황계감((明皇戒鑑)』을 지은 것이나, 다산이 <사제(舍弟) 황(鐄)에게 주는 글>에서 비장(裨將)으로서 가장 경계해야 할 것이 우물(尤物)인 관기(官妓)에게 미혹되지 않는 것이라 경계한 것이 그 단적인 사례이다. 『다산시문집』 제17권 증언(贈言) <사제(舍弟) 황(鐄)에게 주는 말>.

11) 최항, <명황계감서>, 『국역 동문선』 95권, 한국고전종합 DB. 번역은 본인이 일부 바꾸었다.

존재를 직접 우물(尤物)로 규정하는 모습이 등장하는 작품으로 <앵앵전>을 들 수 있다. <앵앵전>의 주인공 장생은 '성품이 온화하고 잘생겼을 뿐 아니라(性溫茂 美風容)' '마음이 굳어서(內秉堅孤)' '예의에 맞지 않는 일은 하지 않는(非禮不可入)' 사람으로 설정된다. 그래서 23세까지 '여색을 가까이 하지 않았다(未嘗近女色)'고 한다. 이에 대해 '아는 사람이 따져 묻자(知者詰之)' 그는 '바람둥이(登徒者)'와 '호색자(好色者)'를 구분하면서, 자신은 '호색자(好色者)'로서 색을 마음에 두지 않은 적이 없으면서도 가까이 하지 않았는데, 이는 '우물'이 욕정을 잊지 못하게 하는 것이기 때문이라 답한다.12) 이러한 장생의 태도는 여성을 성적 욕망의 해소 대상으로 인식하면서도 그것을 경계하는 남성 중심적 성윤리를 전형적으로 대변한 것이다. 그렇기 때문에 <앵앵전>에는 이러한 윤리관을 갖는 장생과 성적·사회적 주체로서 자신의 처지를 명확하게 인식하는 여주인공 앵앵 사이의 갈등이 형상화된다.

앵앵은 어머니의 강요 때문에 자신의 가족을 보호해준 장생과 인사를 하게 되는데, 장생은 앵앵의 미색에 미혹되어(張自是惑之) '욕정을 해소하려(欲值其情)' 앵앵에게 접근하여 밤마다 서상(西廂)에서 관계를 맺는다. 그러나 앵앵은 장생과 사랑을 나누면서도 그가 자신을 성적 대상으로만 여긴다는 걸 알고 갈등을 일으킨다. 그리고 장생이 과거를 보러 떠나자 장생에게 버림받은 여인의 마음을 간곡히 표현한 편지를 전하지만 장생은 답을 하지 않는다. 그리고 장생은 작가이면서 작중 서술자

---

12) "바람둥이는 호색자가 아니라 흉한 행동을 하는 사람일 뿐이고 내가 진정 호색자라네. 그런데도 가까이 하지 않은 이유를 말하지. 무릇 우물을 일찍이 마음에 두지 않은 것은 그것이 욕정을 잊지 못하게 하는 것이기 때문이라네"(登徒者非好色者 是有兇行 余眞好色者, 以適不我值 何以言之. 大凡物之尤者 未嘗不留連於心 是知其非忘情者也) 김종군 편역, 『중국전기소설선』, 박이정출판사, 2005, 336면. 번역은 이 책을 참고하면서 본인이 손을 대었다.

인 원진에게 앵앵을 우물(尤物)로 규정하면서 자신이 덕의(德義)가 없어서 요얼인 앵앵의 해를 감당할 수 없을 것이기 때문에 그녀와의 관계를 청산했다고 이야기한다.13) 이러한 장생의 말은 우물(尤物)이란 말의 가장 이른 용례로 거론되는, "덕의(德義)가 있는 사람이 아니라면 우물의 화를 피할 수 없는 법"이라고 미색(美色)을 경계한, 진(陳)나라 대부 숙향(叔向)의 모친의 말을 그대로 반복한 것이다.14)

이처럼 <앵앵전>에서는 여성의 존재를 우물(尤物)로 보는 남성 주인공과 자신의 열악한 처지를 자각하는 사회적·성적 주체로서의 여주인공 사이의 애정 갈등이 섬세하게 그려지기 때문에, 남녀 사이의 성윤리

---

13) "무릇 하늘이 명한 바 우물(尤物)은 자신에게 재앙을 가져오지 않으면 반드시 타인에게 재앙을 가져다주는 것네. 만일 최씨가 부귀하여 총애를 얻는 경우 비구름이 되지 않으면 교룡이 될 것이니 나는 그 변화를 알 수가 없다네. 옛 은나라의 주(紂)왕 주나라의 유(幽)왕이 백만의 군주로서 그 세가 두터웠으나 한 여자로 말미암아 패망하여 무리를 무너뜨리고 자신의 몸을 죽게 함으로써 지금까지 천하의 비웃음거리가 되고 있다네. 나는 덕의가 부족하여 요얼을 이겨내지 못할 것이라 정욕을 참아낸 것이네"(大凡天之所命尤物也, 不妖其身 必妖於人. 使崔氏子遇合富貴 乘寵嬌, 不爲雲爲雨 爲蛟爲螭, 吾不知其所變化矣. 昔殷之辛 周之幽 據百萬之國 其勢甚厚, 然而一女子敗之, 潰其衆屠其身, 至今爲天下僇笑. 予之德不足以勝妖孽, 是用忍情) 김종규, 앞의 책, 340면. 번역은 일부 필자가 손을 댔음.

14) 우물(尤物)이란 말의 최초의 용례로 흔히 춘추좌전 소공(召公)조에 소개되는 진(晋)나라 대부 숙향(叔向)의 모친의 말을 거론한다. 당대의 절세 미모였던 하희(夏姬)는 첫 번째 남편인 하어숙(夏御叔)의 양기를 소진시켜 죽게 만들고, 진(陳)나라 군주인 진영공(陳靈公), 대부 공녕(孔寧), 그리고 의행보(儀行父)와 사통하여 나라를 위태롭게 하고 아들 하징서(夏徵舒)를 죽게 만들었으며, 초나라로 가서는 두 번째 남편 양로(襄老)를 죽게 만들었고, 다시 진(晋)나라로 가서 세 번째 남편 신공무신(申公巫臣)도 망하게 하였다고 한다. 그런데 숙향(叔向)이 신공무신(申公巫臣)과 당대의 하희(夏姬) 사이에 태어난 딸을 아내로 맞으려 하자, 그의 모친은 하희의 예를 들어 미색을 경계하면서, "대저 우물(尤物)은 사람의 마음을 동요시키기에 넉넉하니, 진실로 덕의가 아니면 반드시 재앙을 입게 된다"(夫有尤物 足以移人 苟非德義 則必有禍)고 하였다고 한다. 하희의 미모가 그 딸에게 이어졌으니, 그 미색을 취하면 그의 어미 하희(夏姬)가 수많은 남자를 패망하게 했듯이 반드시 패망하게 되리라는 것이다. 『좌전』소공(昭公) 28년조.

의 차이가 대조되어 선명하게 부각된다. 그리고 이처럼 여성을 성적 욕망의 해소 대상으로 바라보면서 성적·사회적 주체로서 여성의 존재를 불온하게 여기는 장생의 태도가 전통적인 윤리의식과 어떻게 접맥되는가를 선명히 보여준다.

한편, 여기서 나아가『보한집』소재 <이인보 설화>나『어우야담』소재 <전라도사 김모>,『용천담적기』의 <채생 이야기>, 그리고『태평광기』소재 <하간유별가(河間劉別駕)>, <종요(鍾繇)>, <도덕리서생(道德里書生)>, <주오(朱敖)>, <오도(鄔濤)>, <견충(甄沖)> 등에서는 여성의 존재가 초현실적 존재인 요귀(妖鬼)로 설정되어, 실제로 남성을 유혹하여 성 관계를 맺으면서 해악을 끼치는 것으로 그려진다. <앵앵전>에서 장생이 앵앵을 우물(尤物)로 인식하여 장차 자신과 국가에게 큰 피해를 입힐 것이라 우려했던 것처럼, 여성이 남성에게 피해를 입히는 것으로 설정된 것이다.

그런데 주목할 것은 이들 이야기에서는 남성 주인공이 우연히 만난 아름다운 여인과 성관계를 즐기는데, 그러한 사실이 불교의 승려, 도사, 관리, 남성 주인공의 부모 등 타인에게 발각되는 한편, 그들이 그 상대가 요귀(妖鬼)라는 걸 주인공에게 알려주는 것으로 그려진다는 점이다.15)

---

15) 예컨대,『용천담적기』의 <채생 이야기>에서는 여성이 길거리에서 만나 자신의 집으로 따라온 외간 남자에 대해 적극적인 성 관계를 갖고, 그 결과 남주인공은 병이 들어 고생을 하며 무당의 굿을 통해서 병을 치료하는 것으로 그려진다. 그리고『태평광기』소재 <종요>(鍾繇)에서는 주인공 종요가 지속적으로 관청에 나타나는 귀녀와의 성 관계에 빠져서 조정에 나가지 않게 되자, 그 귀신을 살해하라는 동료의 충고를 듣고 귀녀를 칼로 퇴치하였다고 한다. <정기>(鄭寄)에서는 주인공 정기가 길을 가다가 수레를 태워 달라는 여인과 정자에서 성 관계를 가진 뒤 죽는데, 그 여인은 이웃 마을의 어떤 남자의 죽은 아내로 밝혀진다. 또, <오도>(鄔濤)에서는 객지의 여관에 머물면서 밤마다 나타나는 귀녀와 성 관계를 맺다가 도사의 방술을 따라 귀녀를 축출하는 것으로 그려진다.

이는 이들 서사에 남성주인공이 여색(女色)에 빠져서 지배질서를 위태롭게 하거나, 지배질서에 편입되지 못할까 두려워하는 하는 남성중심적 이념이 주도적으로 개입된다는 것을 뜻한다. 이들 서사물에서 요귀(妖鬼)가 관리나 관리가 될 서생들을 유혹하여 관청이나 그 밖의 장소에서 성관계를 맺는 것으로 그려지며, 남성주인공들로 하여금 직분을 망각하게 하거나, 병들게 하며, 심지어 죽음을 야기하는 것으로 그려지는가 하면, 결국 위협이나 부적에 의해 퇴치당하거나, 죽임을 당하는 것으로 그려지는 것은 이 때문이다. 이처럼 요귀(妖鬼) 형상은 남성주인공의 성적 욕망을 상대 여성에게 전가시키면서, 성적 사회적 주체로서의 여성을 인정하지 않으려는 남성 중심적 이념이 극대화되어 나타난 것이다.

한편, 『태평광기』 소재 <오상(吳祥)>, <주임하(周臨夏)>, <담생(談生)>, <왕공백(王恭伯)>, <노충> 등에는 소외된 남성 주인공과 은밀하게 성적인 관계를 맺거나, 아니면 그러한 관계를 맺은 후 남성에게 신물(信物)을 주어 그걸 바탕으로 자신의 부모에게 자신과의 관계를 인정받게 하는 한편, 도움을 주어 불우한 처지를 벗어나게 해주는 여귀(女鬼) 형상이 등장한다. 앞에서 살펴본 요귀(妖鬼) 형상이 나타나는 서사물들과 달리, 이들에서는 남성중심적 지배 이념에 해당하는 타자의 시각이 개입되지 않기 때문에, 여성적 존재가 남성주인공의 욕망을 해소해주는 것으로 그려지는 것이다.

이러한 여귀(女鬼) 형상은 현실 세계에서 원하는 짝을 얻기도 쉽지 않고, 자신이 원하는 생활을 하기도 어려운 남성 주인공들의 성적·사회적 소망이 투영된 것이다.16) 그러므로, 이러한 여귀(女鬼) 형상이 등

---

16) 예컨대, <왕공백(王恭伯)>에서는 '주인공 왕공백에게 한 여자가 찾아와 금(琴)을 타면서 같이 지내다가 비단 요와 향주머니를 주고 정표로 옥비녀를 받고 떠나간다. 아침에 왕공백이 여인의 영구에서 그 요와 향주머니를 훔친 범인으로 오해를 받았으

장하는 서사물에는, 마흔 살이 되도록 장가를 못간 담생, 사냥을 하여
먹고사는 노충, 하급 관리로서 관직을 버리고 산 속에 숨어살려는 오상,
태자궁의 마름인 왕공백, 하급 관리인 주임하 등과 같이 현실세계에서
소외된 남성주인공이 설정된다. 그런데 이들에는 귀녀들이 현실에서 소
외된 남성주인공의 성적·사회적 욕망을 해소해주는 것으로 설정되면
서도, 정작 그렇게 행동해야 할 이유가 구체화되지 않는다. 성적 사회적
주체로서 여성의 형상이 구체화되지 않고, 남성 주인공의 욕망이 일방
적으로 투사되기만 한 것이다.

한편, 『태평광기』의 <장운용(張雲容)>, <마사량(馬士良)>, <성공지
경(成公智瓊)>, <곽한(郭翰)>, <조욱(趙旭)>, <최서생(崔書生)>, <장호
처(張鎬妻)>, <천태이녀(天台二女)>, <두란향(杜蘭香)> 등의 이야기에
는 남성의 성적 욕망을 이상적인 형태로 해소해주는 여선(女仙) 형상이
등장한다.

예컨대, 이들 이야기에는 천상의 아름다움을 지닌 여성들이 한미한
남성 주인공에게 하룻밤의 운우지락을 청하거나 부부의 인연을 맺자고
청하여 환상적인 성 관계를 갖는 것으로 그려진다. 그들은 타인의 눈에
띄지 않게 이러한 성관계를 즐기는데, 타인의 눈에 발각되면 그 관계는
청산되는 것으로 그려진다. 이들 여선 형상은 남성주인공들이 일탈적
성관계에서 느낄 수 있는 감정적 제약에서 해방되어 자유롭게 욕망을
해소할 수 있는 더할 나위 없는 대상이다.17) 이러한 여선(女仙) 형상은

나, 그녀의 부모가 왕공백의 말을 듣고 시신의 머리에 꽂힌 옥비녀를 확인하여 그를
사위로 대접한다. 귀녀는 신표를 매개로 자신과 왕공백 사이의 부부 관계를 인정받는
한편, 왕공백은 이러한 '명혼'을 매개로 현실적 처지를 상승시킨 것이다.
17) 예컨대, <성공지경(成公智瓊)>의 줄거리를 소개하면 다음과 같다. '현초라는 남성의
꿈에 아름다운 성공지경이라는 선녀가 나타나 시중을 들면서 상제의 명으로 속세에
시집오게 되었다는 이야기를 한 후 여덟 명의 시비를 거느리고 실제로 나타나 진기한

남성주인공들의 성적 욕망을 극단적으로 이상화시켜 투사한 것이다.[18]

흔히 <최치원>과 관계가 있다고 이야기되어 온 <유선굴(遊仙窟)>에 등장하는 여주인공 최십랑(崔十娘)은 이러한 여귀(女鬼)와 여선(女仙)의 형상이 결합된 것이다. 그런데 앞에 든 『태평광기』의 서사물들 뿐 아니라 <유선굴>에서는 남녀 주인공이 성적 욕망을 마음껏 해소하는 장면만 펼쳐질 뿐, 남녀 주인공들의 사회적 성격이 구체화되지 않는다. 이러한 점에서 다음에 살펴볼 <최치원>이나 <만복사저포기> <이생규장전> 등 우리나라 애정 전기소설들과 차이를 드러낸다.

3. 〈최치원〉의 형식과 주인공 최치원의 욕망 성찰 방식

그간의 <최치원> 연구에서는 남성 주인공 최치원의 성격을 '불우(不遇)한 문사'로 이해할 것인가 아니면 성적 욕망을 거칠게 드러내는 '바람둥이'로 이해할 것인가를 두고 견해가 나뉘어 논란이 이어져 왔다.[19]

술과 음식을 가지고 와 먹으면서 투기하는 마음 없이 낭군을 방해하지 않으며 모시겠다고 하여 부부가 된다. 그 뒤 세속에서 부인을 맞은 뒤에는 낮과 저녁 시간을 나누어 각기 즐거운 생활을 했다 한다. 훗날 타지방으로 옮겨간 뒤에는 선녀가 가끔 다녀가게 되었는데 현초가 그녀의 존재를 사람들에게 이야기하자 이별을 고하고 사라진다. 그러다 우연히 길에서 성공지경을 만나 가끔 방문을 하는 관계로 지냈다 한다.

18) 여선의 이러한 특징에 대한 논의 가운데 가장 설득력이 있는 것으로 박재인 교수의 성과를 들 수 있다. 박재인 교수는 『태평광기』에 수록된 여선과 지상 남성의 결연 양상을 네 가지로 유형화하여 분석하고, 이들 작품에 형상화된 여성의 특징과 의미를 일곱 가지로 나누어 설득력 있게 설명하였다. 박재인, 「초월적 여성과의 결연 서사 유형과 그 문학치료적 의미-『태평광기(太平廣記)』의 여선 서사와 한국의 전기적 남녀결연 서사를 대상으로-」, 건국대학교 석사학위논문, 2009, 19~114면.

19) 서론에서 언급한 조혜란 교수의 논문 이후, <최치원>의 주인공인 최치원의 바람둥이적 형상에 주목하는 연구들이 뒤를 이었다. 예컨대 이정원 교수는 "성애에 대한 말조석 탐닉과 대응"으로, 이상구 교수는 "허구적 형식을 빌어 성적 유희를 마음껏

양쪽 논리 모두 구체적인 작품 내용을 근거로 하고 있어서 혼란스럽게 느껴지기도 한다.[20] 그러면서 연구자들이 특정 부분에 초점을 맞추고 작품을 해석하면서 논란이 나타난 것이 아닌가 하는 생각이 들었다.

<최치원>에서 서술자는 먼저 최치원이 신라인임을 밝히고 그가 과거에 급제하여 율수 현위로 부임하였다는 사실을 소개한다. 그리고 임지 내에 있는 초현관을 찾아갔다가 쌍녀분을 보고, 무덤 주인들을 위로하면서 그녀들을 만나고 싶다는 뜻의 시를 썼으며, 그녀들이 밤에 찾아와 환상적인 만남을 이루었다고 한다. 그리고 이튿날 다시 무덤 앞에 와서 그 만남을 회상하면서 그 의미를 성찰하는 회고시를 지었다고 한다. 그러고 나서 주인공 최치원은 세상이 뜬구름 같다는 시를 짓고 귀국을 한 뒤, 산수 사이를 떠돌다 가야산에 은거하였다고 이야기한다.[21]

탐닉한 것"으로, 정규식 교수는 "사회적 권력으로부터의 해방의 몸짓인 동시에 주체 자각을 통한 자기 정체성의 확립 과정"으로 해석하였다. 그리고 최귀묵 교수는 텍스트에 나타난 이러한 남성 주인공의 '바람둥이적 형상'을 좀 더 치밀하게 분석하여 <유선굴>과 비교하였다. 정출헌, 「초기 한문소설의 서사적 특징과 미적 구현 양상」, 임형택·진재교 외, 『동아시아 서사학의 전통과 근대』, 성대출판부, 2005, 2001면. ; 정규식, 「최치원의 성적 욕망과 자기 정체성 확립」, 『고소설연구』 22집, 한국고소설학회, 2006, 5~31면. ; 이정원, 「애정소설사 초기의 서사적 성격」, 『고소설연구』 25집, 한국고소설학회, 2008, 71~73면. ; 이상구, 「고소설에 나타난 성적 욕망과 좌절」, 『고소설연구』 25집, 한국고소설학회, 2008, 1~12면. ; 최귀묵, 「전기 <최치원> 다시 읽기」, 『문학치료 연구』 16집, 문학치료학회, 2010, 37~58면.

20) 최근에 <최치원>을 "당대(唐代) 애정전기의 서사문법을 수용한 토대에서 남성중심적 시각으로 남성적 욕망(특히 성적 욕망)을 표현했기 때문에" 주인공 최치원이 "경박한 바람둥이적 면모"를 갖게 되었다고 분석한 최귀묵 교수의 분석이 가장 정치하다. 최귀묵 앞의 논문, 37~58면.

21) 엄태식 교수는 최근에 <최치원>에 등장하는 전고를 분석하여 주인공 최치원이 초현실 체험에서는 쌍녀분의 주인들을 실절을 한 여인에 빗대었다가 회상시에서는 절의를 지키는 여인들에 빗대었다는 점을 지적하는 한편, "莫將心事戀妖狐"라는 구절에서 요호(妖狐)가 심기제가 <임씨>의 평에서 정생이 임씨를 대했던 것 같은 태도를 가리킨다면서, 이 구절을 요호같은 미색에만 끌려서는 안된다고 해석하고, <최치원>의 장가

이러한 <최치원>은 이중 액자 형식을 지녔다고 할 수 있다. 쌍녀분의 석문 앞에서 시를 지은 뒤, 이튿날 아침 다시 무덤을 찾아 회고시를 짓는 최치원의 행위가 외부 액자에 해당하며, 시에 답하여 최치원을 찾아온 무덤 주인과 갖는 환상적인 해후 체험이 액자 내부에 해당한다. 그리고, 이러한 초현관에서의 체험을 둘러싼 최치원의 삶 전체가 또 하나의 외부 액자에 해당한다.

그간의 연구에서는, 이러한 액자 형식의 구성 가운데 가장 내부에 해당하는 초현실적 체험에 나타난 주인공 최치원의 태도만을 문제 삼았다. 그런데, 상기할 것은 주인공의 액자 내부 체험은 액자 외부의 현실적 사건과는 구분되는 환상적 체험이라는 점이다. 그것은 주인공 최치원 스스로 '거듭 생각해도 꿈인가 생시인가 의심이 든다고(獨座思量疑夢中 沈思疑夢又非夢)'고백하는 초현실적 사건이다. 체험 주체가 이처럼 꿈인지 생시인지 모르겠다고 이야기하며, 체험 상대가 귀녀(鬼女)인 초현실적 존재라는 점을 고려한다면, 그것을 주인공의 꿈이나 환상체험으로 볼 수밖에 없는 것이다. 설혹 그렇지 않다 할지라도, 그것은 초현실적 존재인 귀녀(鬼女)들을 제외하면 그 자신만이 아는 은밀한 사선으로서 주인공의 내면 체험에 가까운 것이다. 이처럼 주인공의 내면 체험에 해당하는 것을 주인공의 현실적 태도로 규정하는 경우 작품의 실상과 어긋나는 해석이 나타난다.

한편, <최치원>에서는 주인공 최치원이 쌍녀분의 주인공들과 해후를 한 다음날 아침, 다시 무덤을 찾아와 그 만남을 회상 하면서 자신의

(長歌)에는 두 여인을 성적 대상에서 '지기(知己)'로 인식하는 인식 변화가 있었다고 지적하였다. 본 논문에서는 이러한 변화를 순차적인 인식의 변화 과정으로 보지 않는다는 점에서 차이를 보이지만, 전고 해석과 요호(妖狐) 관련 대목의 해석에서는 엄태식 교수의 해석에 동의한다.

삶을 되돌아본다. 액자 밖의 현실 상황으로 돌아와서 액자 안의 환상
체험을 되돌아보고 그것을 매개로 자신의 삶 자체에 대해 성찰을 하는
것이다. 이는 이 작품이 단순히 주인공이 이루어내는 환상적 형태의 욕
망의 해소 자체에 초점을 맞춘 것이 아니라, 그러한 환상 체험을 매개로
자신의 성적·사회적 욕망을 대상화하여 그것을 매개로 자신의 삶을
성찰하는 모습을 그린 작품임을 뜻하는 것이다.[22]

이렇게 보면 <최치원>을 온당하게 이해하기 위해서는 이러한 초현
실적 체험 형식을 빌려 표출되는 성적·사회적 욕망의 현실적 의미를
해석해야 할 것이다. 다시 말해서 액자의 내부에 표출되는 주인공의 태
도와 액자의 외부에 형상화되는 태도를 조응시켜 그것들이 지니는 총
체적인 의미가 무엇인지를 해명해야 하는 것이다.

<최치원>에 그려진 사건이 이처럼 주인공의 내면체험을 형상화한
것이라 할 때, 그의 내면으로의 여행은 쌍녀분의 석문을 보고(題詩石門
曰) 지은 시(詩)에서 시작된다. 그는 어느 집 사람인지 모를 두 여인의
무덤 앞에서(誰家二女此遺墳), 쓸쓸하게 저승 문에 갇혀 청춘을 원망하면
서 보낼 안타까운 처지를 상상하면서(寂寂泉扃幾怨春), 그들의 모습을 시
냇가의 달빛에 비추어 떠올려보고(形影空留溪畔月), 무덤 앞에 먼지만 쌓
여 있어 성명을 물어볼 수도 없다(姓名難問塚頭塵)면서 그들의 사연을

---

22) 이러한 사실을 고려한다면 <최치원>의 구성에서 회상시는 결코 간과되어서는 안
될 것이다. 그런데, 그간의 연구에서는 극히 일부 구절의 내용적 의미 이외에 이 회상
시가 갖는 구성적 의미에 대한 고려가 충분히 이루어지지 않았다. 그간에는 대체로
"대장부여 대장부여 모름지기 장부의 기개로 아녀자의 한을 제거할 것이나, 요호를
연연해하는 데 마음 쓰지 말지어다"(大丈夫大丈夫 壯氣須除兒女恨 莫將心事戀妖狐)
라는 마지막 구절이나, 두 여인을 만난 뒤 동작대(銅雀臺)를 세운 조조(曹操)의 권세나
금곡(金谷)에서 누린 석숭(石崇)의 부도 부질없는 것이라는 걸 깨달았다고 한(草沒銅
臺千古恨 花開金谷一朝春) 구절만을 내세워 최치원의 성격을 각기 다르게 해석하는
근거로 내세웠다.

궁금해 한다. 만일 그것이 가능한 것이라면 무덤 주인들이 나타나서 자신들의 사연을 호소할 수밖에 없을 법한 상황이 설정된 것이다.

『육조사적편류』에 소개된 <쌍녀분기>나 『대동운부군옥』의 <선녀홍대>는 이러한 두련(頭聯)과 함련(頷聯)의 상황에 상응하는 내용만을 담고 있다.23) 이들 대목에서 여인들은 '자신들이 초성향 장씨의 두 딸인데, 아버지가 현리가 되지 않고(不爲縣吏) 지방의 독점적인 호족이 되어 (獨占鄕豪) 부를 동산(銅山)처럼 쌓아놓고 석숭처럼 호화롭게 살면서 자기들을 각각 차장사와 소금장사에게 시집보내려 하였다 한다. 그리고 인현(仁賢)한 사람을 짝으로 맞으려 했던 그들인지라 그러한 아버지의 뜻에 불만스러운 마음이 맺혀 죽게 되었다고 이야기한다. 자신들이 누구인지 궁금해 하면서(姓名難問塚頭塵) 그 처지를 안타까워하는 최치원의 시에 감응하여 자신들의 억울한 사연을 이야기해 준 것이다.

그런데 여기서 주목할 것은 두 여인이 자기 아버지 장씨는 현리가되지 않고 초성향의 독점적 향호가 되어 부를 누리면서 소금장사(鹽商) 및 차장사(茗估)를 자신들의 혼처로 정했다고 한 점이다. 이 말에는 첫째 인현(仁賢)한 사람을 혼인 상대로 맞고 싶은 무덤 주인들의 사회적·성적 욕망과 부와 세력이라는 세속적 가치 사이의 거리, 둘째 과거에 급제를 했지만 이역의 땅에 와서 말단 관리가 된 최치원의 처지와 부와 세력이라는 세속적 가치가 지배하는 현실 질서 사이의 거리가 언표되어 있기 때문이다.

그간의 연구에서는 <최치원>을 '한미한 문사의 불우'를 형상화한 작품이라 해석하는 경우나, 주인공 최치원을 '바람둥이적 인물'을 그린 작

---

23) 이정원 교수는 <최치원>과 <선녀홍대>를 비교하여 그 차이를 설득력 있게 분석하였다. 이정원, 「애정소설사 초기의 서사적 성격」, 『고소설연구』 25집, 한국고소설학회, 2008, 71～73면.

품이라 해석한 경우 모두, 상대 여성의 존재를 남성 주인공의 '지기(知己)에 대한 욕망' 또는 '성적 욕망'의 투사물로 해석하였다. 그런데 앞에서 살펴본 전기적 설화나 전기에서처럼 단순히 남성주인공의 욕망의 투사 대상으로 그려지는 여귀(女鬼)나 여선(女仙)의 형상과 <최치원>에 설정된 여귀(女鬼)의 형상을 비교해 보면, 그렇게만 보기는 어렵다는 걸 알 수 있다. 왜냐하면 <최치원>에서는 무덤에 갇힌 두 여인의 처지가 아버지로 대변되는 세속적 질서에 의해 사회적·성적 주체성을 박탈당한 채 유폐된 여성의 억압적 상황을 대변하는 것으로 그려지기 때문이다.

<최치원>에서 여귀들이 스스로 저승의 빗장을 열고 나와 자신들의 뜻대로 성적 욕망을 해소하려 한 까닭은, 자신들의 사회적·성적 주체성이 아버지에 의해 박탈당했기 때문이다. 이렇게 보면 그 현실성의 정도 문제를 떠나서, 쌍녀분의 주인들은 당대 여성의 질곡적 현실을 반영한 주체적 형상이라 할 수 있을 것이다. 그렇지만 통념적 시각으로 본다면 이들 여성 주인공이 성적 욕망을 방탕하게 해소하려는 우물(尤物) 또는 요귀(妖鬼)처럼 보일 수도 있다. 남성주의적 성윤리를 고수하는 한 이처럼 야합적 관계를 맺으려는 여성의 태도를 이해할 수가 없기 때문이다. 쌍녀분의 주인들이 자신들이 절의(節義)를 지키지 못한 여인들과 다르다는 걸 거듭 강조하는 것은 당대 사회를 지배하는 이러한 통념적 윤리를 의식하기 때문이다.

한편, 주인공 최치원은 과거에 급제하여 환로에 진출한 청년으로서, 인의(仁義)라는 지배 이념적 성윤리를 강요받는 존재이다. 그는 세속적 가치라는 현실적 장벽 뿐 아니라, 인현(仁賢)이라는 이념적 억압 기제에 의해서도 성적 욕망을 차단당한 것이다. 쌍녀분 주인들과의 해후를 바라는 주인공 최치원의 꿈은 이처럼 사회적·성적 욕망이 억압당하는

현실 속에서 나타난 것이다. '만일 꽃다운 정이 저승의 꿈에 통할 수 있다면(芳情儻許通幽夢) 긴 밤에 나그네를 위로한들 거리낄 게 있으랴(永夜何妨慰旅人)'라고 이야기하면서, '외로운 객관에서 운우의 정을 나눌 수 있다면(孤館若逢雲雨會) 그대들과 더불어 낙천부를 이어 부르리(與君繼賦落川神)'라고 노래한, 석문 앞에서 지은 시의 경련(頸聯)과 미련(尾聯)의 내용은 이를 뜻한다. 그는, 낙천부의 작자인 조식(曺植)이 낙천신인 복비(宓妃) 또는 자신이 사모했던 견후(甄后) 사이에서 느꼈던 천상과 지상 또는 이승과 저승 사이의 거리를 넘어서, 자신의 현실적 욕망을 해소하고 싶다고 하소연한 것이다.

초현실 체험에서 주인공 최치원이 두 여인들을 대하는 태도, 그리고 성적 욕망을 해소하는 과정은 이러한 주인공 최치원의 억압된 성적 욕망에 대응된 것이다. 그런데, 선행 연구들에서 거듭 지적되었듯이 주인공 최치원은 시비 취금(翠禁)에게 '추근대다(悅而挑之)'가 핀잔을 듣기도 하며, 두 여인이 아무 말이 없자 "진라부(秦羅敷)를 알게 되었노라 말하려 했는데(將謂得知秦室婦) 원래 식부인 줄 몰랐구료(不知元是息夫人)"라고 해서 핀잔을 듣는가 하면, "규중에 가서 황공의 사위가 되지 못하고(不向閨中作黃公之子婿) 도리어 무덤가에 와서 여노 진씨를 안았네(飜來塚側夾陳氏之女奴). 무슨 인연으로 이런 인연을 만났는지 모르겠네"라고 이야기해서 풍광한(風狂漢)이란 핀잔을 듣기도 한다.

이러한 최치원의 태도는 두 가지 의미를 내포하고 있다. 구성 차원에서 보면, 최치원이 건넨 농담조의 이야기는 어색하고 딱딱한 잠자리 분위기를 누그러뜨리는 소통적 기능을 발휘하면서,[24] 동시에 여인들에게

---

[24] 황혜진 교수는 <최치원>의 서사가 "갈망-만남-탐색-유흥-구애-상애-친애-이별-여정"으로의 애정의 단계를 세분화하여 다채로운 변화 양상을 펼친 것이라 해석하였나. 황혜진, 「최치원 남녀 대화의 양상과 특징」, 『고소설연구』 26집, 한국고소설학회,

자신들을 변호할 수 있는 기회를 제공하는 말이다. 통념적 시각에서 보면 이들의 만남은 예법에 어긋나는 야합에 해당한다. 당대 사회에서는 이처럼 야합적 만남을 나눈 여인들을 성적 욕망을 주체하지 못하는 음란한 우물(尤物) 또는 요귀(妖鬼)로 인식한다. 최치원의 농담은 이러한 통념적 시각을 대변한 것이다. 그러므로 최치원의 농담에 대한 여인들의 답변은, 통념적 시각을 지닌 당대의 독자들을 향한 자신들의 변호이기도 한 것이다. 여인들은 이를 통해 자신들이 두 남자를 섬긴 식규(息嬀)나 선화부인과 달리 아직 한 남자도 만난 적이 없는 사람들로서, 풍광한(風狂漢)의 노리개가 될 존재들이 아니라는 걸 밝힐 수 있게 된 것이다.

그리고 내용 층위에서 보면, 이러한 이야기는 최치원이 자신의 억압된 욕망을 드러내어 자신의 성격을 구체화하는 효과를 연출한다. 선행 연구들에서 이러한 최치원의 행위를 '바람둥이적'인 것이라 해석해 왔는데, 이러한 해석은 그것이 최치원 자신의 내면적인 환상 체험 속에서 이루어진 것임을 간과한 것이다. 주인공 최치원의 행위는 환상체험 형식을 빌어 내면에 감추어진 억압된 성적 욕망을 드러내어 대상화한 것으로서, 현실 세계에서 취하는 그의 태도와는 상반된 것이다.

여성들의 경우와 달리 남성들의 성적 욕망은 미색(美色)에 충동적으로 반응하는 경향이 있다. 앞에서 살펴본 것처럼 남성중심 사회에서는 이처럼 충동적인 남성의 성적 욕망의 책임을 여성에게 전가시켜 여성을 우물(尤物)로 규정하는 것이 일반적이다. 그러므로 남성중심 사회의 통념으로 보면 최치원의 태도는 우물(尤物)에 의해 미혹(迷惑)된 것이라 할 수 있다. 그런데 <최치원>에서는 이와 달리 우물(尤物)에 해당하는

2009, 6~31면.

귀녀(鬼女)들이 그러한 최치원을 풍광한(風狂漢)이라 비난을 하는 것으로 그려진다. 최치원이 보여준 충동적인 성적 욕망을 여성의 입장에서 비판한 것이다. 여기서 이러한 비판이 주인공 자신의 내면적 환상 체험에서 이루어진 것이라는 점을 상기할 필요가 있다. 그렇게 본다면 주인공 최치원의 '바람둥이적' 태도는 그것을 정당화하려는 것이 아니라, 주인공이 자신의 내면에 감추어진 성적 욕망의 충동성을 드러내어 반성하려는 것임을 이해할 수 있기 때문이다.

또, 주목할 것은 이처럼 충동성을 내포한 최치원의 성적 욕망은 오히려 당대의 지배 이념에 의해 억압된다는 사실이다. 과거에 급제하여 환로에의 진출을 꿈꾸는 최치원으로서는 관리가 갖추어야 할 인현(仁賢)을 내세우는 금욕적 성윤리를 따를 수밖에 없는 것이다. 주인공 최치원이 이튿날 아침에 지은 회상시에서 전날 밤의 환상체험에서 자신이 드러내었던 태도를 '부끄러움을 모르고 어지러워진 미친 마음(狂心已亂不知羞)' 때문이었다고 회고하는가 하면, '장난삼아 시를 지었다고(戲將詞句向門題)' 하여 자신의 행위를 변명한 것은 이를 뜻한다. 귀녀들이 최치원을 찾은 것은 그들 역시 이러한 사실을 분명히 알기 때문이다. 이전에 무덤 앞을 지나는 영웅들을 만났느냐는 질문에 대해 "왕래하는 사람들이 모두 비루한 사람들뿐이었습니다. 이제 다행히 수재를 만나보니 기상이 오산과 같아서 가히 깊고 깊은 이치를 이야기할 수 있을 것 같습니다(往來者皆是鄙夫 今幸遇秀才 氣秀鼇山 可與話玄玄之理)"고 답한 것은 이를 뜻한다.

이러한 사실은 주인공 최치원이, 여성을 남성의 자유로운 성적 욕망의 해소 대상인 여귀(女鬼)나 여선(女仙)으로 보거나, 아니면 남성의 충동적인 성적 욕망의 책임을 전가시켜 상대 여성을 요귀(妖鬼)로 보는 여타 서사물의 주인공, 아니면 덕의(德義)라는 통념에 매몰되어 여성을

우물(尤物)로 여기는 경직된 예교주의자들과 다르다는 걸 뜻한다. 주인
공 최치원은 대부부의 남성들이 드러내는 충동적인 성적 욕망을 인현
(仁賢)으로 억제하면서도, 야합적 결연 방식을 취할 수밖에 없는 상대
여성의 처지를 이해하고 그들과 소통할 수 있는 존재인 것이다.

이는 "오백년만에 비로소 어진이를 만나서(五百年來始遇賢)25) 또한 즐
기며 오늘밤 두 사람이 함께 잠을 잤을지라도(且歡今夜得雙眠) 꽃다운
그대들 광객을 만났다고 괴이하게 여기지 마오(芳心莫怪親狂客) 일찍이
봄바람이 적선을 점지해준 거라오(曾向春風占謫仙)"라고 한 최치원 스스
로의 말을 통해서도 확인할 수 있다. 주인공 최치원은 비록 자신이 성적
욕망을 드러내어 표출했지만, 그것을 탓하지 말고 원하는 상대를 만나
게 된 것을 다행으로 여기면서, 그것을 진세의 규범을 초탈한 적선(謫仙)
의 분방함 정도로 받아들이라고 위로한 것이다. 만일 자신이 현실의 윤

---

25) 이 논문의 논지와는 무관하지만 이 구절과 관련해서 짚고 넘어갈 문제가 있다. 여기
서 주인공 최치원은 쌍녀분의 주인인 두 여인이 오백년래에 처음 어진이를 만났다고
이야기 하는데, 이를 '아주 오랜만에'라는 단순한 수식적인 말로 받아들일 수도 있지만
의식, 무의식적으로 작가의 시간 관념이 투영된 것으로 볼 수도 있기 때문이다. 『육조
사적편류』의 <쌍녀분>에는 최치원이 율수위에 임명된 때가 "唐乾符中"으로 되어 있
고 이 여인들이 묻힌 시기는 "天寶六年同葬于此"라고 757년으로 명기되어 있다. 그런
데, <최치원>에는 최치원이 과거에 급제하여 율수현위에 제수된 해는 "乾符甲午 學士
裴瓚掌試 一擧登魁科 調授溧水縣衛"라고 분명하게 밝힌 반면, 여인들이 묻힌 해는
삭제하고 있다. 이를 보면, "오백년래 처음으로 어진이를 만났다"는 구절에는 주인공
최치원에게 자신을 투사한 작가 자신의 의식, 무의식적 시간관이 투사된 것으로 추측
해볼 수도 있을 것이다. 이렇게 보아 이 작품의 창작 시기를 여인들이 묻혔다는 757년
의 500여년 후 어느 때, 또는 최치원이 율수현위에 제수되었다는 874년의 500여년
후 어느 때 쯤으로 볼 수도 있지 않을까 하는 생각을 해본다. 원나라에서 과거에 급제
했으면서도 소외감을 느끼고 고려로 돌아온 최치원의 후손 최해가 최치원의 삶을 불
우한 것이었다고 평가 하였듯이, 작품에 그려진 주인공 최치원의 소외 의식이 원나라
지배 체험을 겪은 고려후기 문인들의 소외 의식을 배경으로 하여 구체화된 것이 아닌
가 하는 추측을 해볼 수 있기 때문이다. 최해, 『拙藁千百』卷之二 <送奉使李中父還朝
序>, 고전국학 DB.

리 규범에 따라 성적 욕망을 억누르면서 무심코 쌍녀분을 지나쳤다면 그녀들이 자신을 만날 수 없었다는 것이다.

이처럼 주인공은 최치원은 초현실 체험을 통해 억눌린 성적 욕망을 해소한 한 뒤, 다음날 아침 다시 무덤 앞에 가서 장편의 화상시를 지어 어젯밤의 체험을 되돌아보고 그 의미를 반추한다. 그런데 여기서 주목할 것은 여기서 회상하는 내용이 그가 겪은 초현실 체험과 동일한 것이면서도 그것을 바라보는 태도가 달라진다는 점이다.

여기서 주인공 최치원은 스스로를 '웅재를 지녔으면서도 이역의 말단 관리가 된 자신을 한스럽게 여기는 사람(自恨雄才爲遠吏)'이라 밝힌다. 자신의 소외감을 드러냄으로써 자신이 느낀 사회적·성적 욕망의 배경을 구체화한 것이다. 또한 자신과 무덤 주인들을 대상화하면서 자신은 지나치다싶을 정도로 폄하하는 반면, 상대 여성들은 미모나 절개 언변과 시문의 능력을 들어 예찬하는 것으로 그려진다.[26] 이는 그들을 절개를 잃었던 여인들에게 빗대던 환상체험에서의 태도와는 상반된 것이다.

이러한 태도 변화는 주인공 최치원의 쌍녀분의 주인들에 대한 그리움에 대응된다.[27] 그리고 이러한 그리움은 "웅재를 지녔으면서도 변방

---

26) 스스로 지은 시를 '장난삼아 지은 글(戲將詞句向門題)'이라고 폄하하며, 자신의 행위를 "미친 마음이 어지럽게 일어나서 부끄러운지도 모르고(狂心已亂不知羞)" "꽃다운 마음을 허락할지 시험해 보았노라(芳意試看相許否)"고 부끄러워한다. 반면, 상대 여성은 현실에서 볼 수 없는(翠眉丹頰皆超俗) 선녀와 같은 자태(仙姿)를 지녔고, "술을 마시는 태도나 시정도 뛰어났으며(飮態詩情又出群)", 절개가 굳은 "사도온(謝道韞)처럼 말을 잘하는(纔聞謝女啓淸談)"가 하면, 절개 높은 "반소(班昭)처럼 글도 잘 지었다(又見班姬撌雅詠)"고 예찬한다. 그리고 "정이 깊어지고 마음이 가까워져서 사랑을 하게 되어(情深意密始求親)" '청춘의 꽃을 피우게 되었다(正是艶陽桃李辰)'면서, 함께 누린 시간을 황홀하게 묘사한다.

27) "말은 길을 가자고 우는데(馬長嘶望行路)" '미친 마음으로 다시 무덤을 찾아(狂生猶再尋遺墓)' '흔적조차 찾아볼 수 없는(不逢羅襪步芳塵)' 두 여인을 생각하면서 "애가

의 말단 관리에 불과한 한스러운" 자신의 처지에 대한 각성에서 비롯된 것이다. 과거에 급제하여 비로소 현달할 길을 찾았노라 생각했는데, 세력과 부(富)가 지배하는 현실 질서를 알고 나니 목표를 어디에 둘지 모르게 되었다(始聞達路又迷津)는 것이다. 그래서 조조와 같은 권세나 석승과 같은 부(富), 범인이면서 선녀를 만났다는 완조나 유신의 고사, 권세를 지녔지만 신선이 되지 한무제나 진시황의 고사도 다 부질없는 것이(悠然來忽然去)라는 생각이 든다고 한 것이다.

한편, 회상시의 마지막 대목에서는 '자신이 쌍녀분의 주인을 만난 사실이 초양왕이 운우몽을 꾼 것과 흡사하다면서(我來此地逢雙女 遙似襄王夢雲雨)', "대장부여 대장부여, 남아의 기개로는 모름지기 아녀자의 한을 제거해 주어야 할 것이지만, 요호를 연연해하는 데 마음을 두지는 말지어다(大丈夫大丈夫 壯氣須除兒女恨 莫將心事戀妖狐)"라고 하여, 초현실 체험을 바탕으로 하여 자신이 깨달은 바, 사회적 성적으로 억압된 여성에 대해 남성이 취해야 할 당위적 자세를 제시한다.[28]

끊어지듯이 돌아볼(腸欲斷首頻回)" 수밖에 없는 것으로 그려진다.

[28] 다만 바람둥이로 규정하는 입장의 연구자들은 말미의 "大丈夫大丈夫 壯氣須除兒女恨 莫將心事戀妖狐"라는 구절을, "대장부여 대장부여 남아의 기운으로 아녀자의 한을 제거한 것뿐이니 마음을 요망스런 여우에게 연연해하지 말아라"로 번역하여 최치원이 자신과 관계를 맺었던 쌍녀분의 주인들을 요호(妖狐)로 규정했다고 해석하였다. 그런데 여기서 "大丈夫大丈夫 壯氣須除兒女恨 莫將心事戀妖狐"라는 구절을 그렇게 읽어야할지 망설여지는 구석이 있다. 그 경우 "壯氣須除兒女恨"에서 "須"의 어세가 제대로 느껴지지 않기 때문이다. 이런 점을 고려한다면 이 대목을 "대장부여 대장부여, 모름지기 남아의 기개로 아녀자의 한을 제거해주어야 할 것이지만, 요호(妖狐)를 연연해하는 데 마음을 두지는 말지어다" 정도로 해석하는 것이 옳지 않을까 생각한다. 최근에 엄태식 교수는 "애석한 일은 정생이 정민(精敏)한 사람이 아니었기에 한갓 그녀의 미색만 좋아하고 그녀의 성정을 살피지 않은 것이다"라는 심기제의 논평을 들면서 여기서 "요호(妖狐)는 미색(美色)을 은유한 것으로서 연요호(戀妖狐)는 <임씨>에서 정생이 임씨를 대했던 것과 같은 태도라 할 수 있다"고 해석하였다. 엄태식 교수의 이러한 해석은 정곡을 얻은 것이라 생각한다.

선행 연구에서는 이 두 구절 모두가 주인공 최치원 자신의 행위와 연관된 것이라 해석해 왔다. 그러나, 기실 이러한 끝맺음은 스스로에게 하는 다짐이면서, 동시에 자신의 체험을 바탕으로 하여, 각성한 대장부 일반이 취해야 할 당위적 태도를 제시한 것이라 할 수 있다. 남성의 내부에 도사린 방탕한 성적 욕망과 그것을 여성에게 돌리려는 태도에 대한 경계와 더불어, 억압적인 여성의 성적·사회적 처지에 대한 각성을 촉구한 것이다. 이는 자신이 겪은 환상체험을 매개로 자신의 소외 상황을 분명히 인식하였으면서도, 현실세계에서의 성적·사회적 욕망을 떨쳐 버리지 못하는 주인공 최치원의 질곡적 상황에 대응되는 것이다.

이처럼 환상체험을 매개로 하여 나타나는 주인공 최치원의 현실에 대한 각성과 좌절감은 말미의 후일담으로 이어져 외부 액자 형식이 완성된다. 주인공 최치원은 신라로 귀국을 하면서 "덧없는 세상의 영화가 꿈속의 꿈이니 백운 깊은 곳에 몸을 맡기리(浮世榮華夢中夢 白雲深處好安身)"라는 시를 짓고, 영원히 물러나서 산림 강해의 중을 찾아 소요하다가 끝내 가야산에 은거했다고 한다.

선행 연구들에서는 이 구절을 두고 최치원의 실제 행적을 염두에 두면서 가필이 된 것으로서, 앞에 형상화된 최치원의 모습과 거리가 있는 것이라 해석하기도 하였다.[29] 그러나, 이 대목은 인생 초반에 겪은 환상체험과 그것을 매개로 한 각성의 의미를 증폭시키기 위해 설정한 외부

---

29) 김건곤, 「신라수이전의 작자와 저작 배경」, 『정신문화연구』 34, 정신문화연구원 1988, 264~269면. ; 조혜란, 앞의 논문, 138~139면. ; 반면, 김경미 교수는 이 대목을 가필로 보는 대신 남성주의적 시각에 충실한 플롯이 구현된 것이라 해석하였다. 김경미, 앞의 논문, 224면. ; 한편, 엄태식 교수는 <최치원>의 작자를 최치원으로 보면서 이 부분이 가필되었을 것이라 추정한 김건곤 교수의 논의를 반박하면서 <최치원>이 실존 인물 최치원에 대한 고독한 인물로서의 이미지가 보편화된 이후 즉, 『삼국사기』가 완성된 1145년 이후에 창작된 것으로 볼 수 있다고 주장하였다. 필자는 이러한 논리가 설득력을 얻는 것이라 생각하고 동의한다. 엄태식, 앞의 논문, 29~31면.

액자에 해당한다. 인생 초반에 겪은 환상체험과 그것을 매개로 한 최치원 자신의 존재에 대해 성찰하는 내용을 제시한 후, 시간을 건너 뛰어 귀국을 하면서 삶 전체를 조망하면서 지었다는 시구(詩句)를 배치하고, 다시 최후의 행적을 배치함으로써 이중적인 액자 형식을 완성한 것이다. 이를 통해 웅재(雄才)를 지녔으면서도 해외(海外)에서도 그리고 국내(國內)에서도 뜻을 펼치지 못한 주인공 최치원이 자신의 삶 전체에 대해 성찰하는 과정을 응축적인 형태로 부각시킨 것이다.

4. 〈만복사저포기〉·〈이생규장전〉의 형상화 방식과
   남녀 주인공의 욕망

〈만복사저포기〉와 〈이생규장전〉에 설정된 주인공 양생과 이생은 모두 구하기 어려운 짝을 구하고 싶어 하며, 자신의 뜻대로 결연을 하였다가 다시 헤어지는 것으로 그려진다. 그래서 대부분의 연구자들은 이들 작품을 남성 주인공의 욕망의 성취 여부, 또는 남녀 주인공의 애정의 성취 여부에 초점을 맞추면서 해석해 왔다.

그런데, 선행 연구들에서 거듭 지적되었듯이 이들에서 남성 주인공들은 여성주인공의 뜻에 따라 소극적으로 만남에 임하는 것으로 그려진다. 심지어 상대와의 관계에 대해 '머뭇거리며', '의아해하거나', '두려워하'는 것으로 그려지기도 한다. 이는 이들 작품에 남녀 주인공이 자신의 욕망을 성취하기 위해 의지적으로 노력하는 과정이 그려지는 대신, 자신의 욕망을 실현하기 어렵다는 사실을 아는 남성 주인공이 뜻밖에 겪게 되는 야합적 결연 체험이 그려진다는 것을 뜻한다.

이를 보면, 이들 작품에 등장하는 남성주인공의 태도를 '남성 중심적'

이라 이해하거나, 아니면 여성의 존재를 단순히 '남성 주인공의 욕망의
객체'라 규정하는 것은 작품의 실상과 거리가 있는 해석이라 할 수 있
다. 오히려 이들 작품이 만남을 적극적이고 능동적으로 이끌어 나가는
여성주인공에 초점을 맞춘 서사가 아닌가 하는 생각이 들기도 하기 때
문이다. 그렇다면, 이들 작품에서 이처럼 여성 주인공을 부각시키는 형
상화 방식이 뜻하는 바는 무엇일까. 그리고 그러한 여성 주인공의 문제
가 남성 주인공에게는 어떠한 의미를 갖는 걸까.[30]

주지하듯이, <만복사저포기>에는, 앞에서 살펴본 <최치원> 그리고
여귀(女鬼) 형상이 등장하는 『태평광기』의 여러 서사물에서처럼, 남성
주인공 양생과 초현실적 존재인 여귀 하씨(何氏)와의 관계가 그려진다.
그런데, 주인공 양생이 처음 하씨를 만났을 때에는 '누구냐고 물으며',
상대의 존재에 대해 '의아해 한다.' 이렇게 상대에게 누구냐고 물으면서
의아해 한다는 것은 양생이 주도면밀한 방법으로 자신을 유혹하는[31]

---

30) 필자는 이미 다음과 같은 논문에서 <만복사저포기>와 <이생규장전>의 작품론적
   논의를 하였다. 작품을 분석한 내용은 이들과 부분적으로 겹치겠지만 여기서는 남녀
   주인공의 형상화 방식에 초점을 맞추어 재론을 하기로 한다. 섭치는 내용에 대한 주
   석은 생략하기로 한다. 「금오신화와 전등신화에 나타난 애정 모티프의 형상화 방식과
   그 의미」, 『민족문화연구』 35호, 고려대 민족문화연구소, 2001, 193~233면. ; 「만복사
   저포기의 형상화 방식과 그 현실적 의미」, 『고소설연구』 18집, 한국고소설학회, 2004.
   ; 「이생규장전의 밀회 장면에 나타난 환상성과 그 현실적 의미」, 『고소설연구』 20집,
   한국고소설학회, 2005, 5~34면. ; 「이생규장전의 절사 장면에 나타난 환상성과 그 의
   미」, 『고전문학과 교육』 11집, 한국고전문학교육학회, 2006, 297~324면.
31) 예컨대, 짝을 바라며 바장이는 양생은 공중에서 "그대가 좋은 짝을 구하고자 한다면
   어찌 이루어지지 않을까 근심을 하는가"라는 말을 들은 뒤, 양생이 부처와 저포놀이를
   하게 되고, 부처 뒤에 숨어 있다가 탁자에 장사(狀詞)를 놓고 통곡을 하는 여인에게
   다가가 그 장사를 읽고 나서 여인에게 누가인가를 묻는다. 그러자 여인은 "첩 역시
   사람인데 어찌 의아해할 까닭이 있습니까. 그대는 오직 아름다운 짝을 얻었으면 되었
   지 그것을 그르치려는 듯이 성명을 물을 필요가 있나요"라고 하여 양생으로 하여금
   판방으로 데리고 들어가게 하여 성적 관계를 맺는 것으로 그려진다. 이는 귀녀(鬼女)
   하씨가 양생에게 주도면밀하게 접근하는 과정을 형상화한 것으로 볼 수 있다. 즉, 서두

하씨가 살아있는 여인이라고는 믿지 않았다는 걸 뜻한다. 양생은 남성 중심적 통념에 따라 하씨를 우물(尤物)로 여겼으며, 나아가서 요귀(妖鬼)가 아닌가 의심한 것이다. 남성주의적 통념을 지닌 양생으로서는 일탈적인 그녀의 성적 욕망을 이해할 수 없었던 것이다.

그럼에도 불구하고 양생은 오매불망 짝을 바라던 존재이기에, 뜻밖에 자신 앞에 나타난 여성을 보자 여성의 뜻에 따라 관계를 맺어나간다. 그러나, 아직 상대를 요귀(妖鬼)로 여기려는 통념이 깨어지지 않았기 때문에, 여성 주인공에게 거리를 두게 된다. 그 결과 독자들은 이러한 주인공의 심리를 받아들여 둘 사이에 벌어지는 사건에 거리를 두고 추이를 관찰하게 된다. 이른바 소격화 현상이 나타나는 것이다.

그간 여러 연구자들이 거듭 지적했듯이 <만복사저포기>에 나타나는 이러한 남성 주인공의 여성 주인공에 대한 '의아해함'과 '머뭇거림'은 환상 장르의 표지로서, 대상과의 거리를 설정하여 대상을 현실적인 눈으로 관찰하는 태도를 나타내는 기능을 수행한다.[32] <최치원>에서는

에 설정된 공중에서 들린 말은 작품 말미에 공중에서 자신이 남성으로 재생한다고 한 하씨의 말에 대응되는 것으로서, 양생을 충동하는 하씨의 말로 이해할 수 있는 것이다.

32) 김문희 교수는 그간의 환상문학에 대한 이론을 종합하여 애정 전기소설에서는 대상 세계에 대한 독자의 일정한 거리감을 설정하기 위해 서술자의 시각을 취하기도 하고 서술자의 시각에서 인물의 시각으로 시각을 전하기도 하여 환상적 효과를 창출한다고 전제하고, 애정 전기소설에 나타나는 환상 표지를 정밀하게 분석하여 유형화하여 설득력 있는 성과를 제출하였다. 이에 따르면 서술시점에 의한 거리 설정 방식을 유형화하여 첫째, 외부시점에 의한 거리 설정과 환상표지로, "초현실적 기이의 서술표지"와 "가정적 동일시의 서술 표지"를, 둘째 혼합시점에 의한 거리설정과 환상적 표지로, "심미적 과장의 서술표지" "불확실한 인식의 서술표지" 그리고 "전이적 시공간 이동의 서술표지"를, 셋째 혼합시점에 의한 거리설정과 유사 환상적 서술표지로, "유사환상적 몽환 표지"와 "유사환상적 서술표지"를 들 수 있는데, "머뭇거림"은 이 가운데 "불확실한 인식의 서술표지"에 해당한다. 김문희, 『애정전기소설의 문체 연구』, 서강대 박사학위논문, 2002, 1~214면.

주인공 최치원이 이미 상대가 귀녀(鬼女)인 것을 알고 만나기 때문에 이러한 '의아함'이 설정될 이유가 없었다. 대신, 그들과의 해후에서 그들이 어떤 존재인가를 직접 물어서 사회적·성적 주체로서의 그들의 실체를 이해하는 것으로 그려진다. 그런데, <만복사저포기>에서는 양생이 애초 상대 여성이 여귀(女鬼)라는 사실을 모르고 만나는 것으로 설정되기 때문에, 남성 주인공이 거리를 두고 상대를 대상화하여 관찰하는 형상화 방식을 취한 것이다.

그런데, 하씨와의 관계를 심화시켜 나가면서 양생은 그녀가 여귀(女鬼)이지만 남성을 해치는 것이 아니라, 여느 여성이나 다름없는 존재라는 걸 확인하게 된다. 그러면서 애초에 느꼈던 '의아함'을 해소하게 된다. 양생은 하씨가 부처에게 올린 발원문의 내용, 그녀와 맺은 성적(性的) 관계, 그녀와 나눈 대화, 같은 처지에 있는 정씨, 오씨, 김씨, 유씨 등과 주고받은 시문, 그녀의 부모와 나눈 대화, 보련사에서 이루어진 재회 등 하씨와의 관계를 맺어나가는 동안에, 성적·사회적 주체로서 하씨의 처지를 이해하여 죽은 여성을 요귀(妖鬼)로 보던 통념을 깨뜨린 것이다.

그리하여 양생은 제문을 지어, 그녀가 "태어날 때부터 온화하고 아름다웠고 자라나서는 맑고 순후했으며, 위의 있는 용모는 서시보다 아리땁고 시부의 재능은 숙진보다 높았으며, 향기로운 규방 문을 나선 적이 없이 집안에서 예교의 가르침을 받았는데, 난리를 만나 정절을 지키려다 적에게 목숨을 잃어 쑥덤불을 의지하여 외롭게 지내"는 여인이라고 애도한다. 그녀가 난을 만나지만 않았다면 예에 따라 짝을 맞아 인간적인 삶을 살았으리라는 것이다. 양생은 요귀(妖鬼)로 여겼던 하씨가 오히려 현실세계의 어느 여성보다도 투철하게 절의를 지키려던 여인이었음을 이해한 것이다. 그리고 괴이한 요귀(妖鬼)의 행위처럼 여겼던 그녀의 성적 욕망이 가정을 이루어 인간적인 삶을 살고 싶은 떳떳한 사회적 욕망의 표현이며, 현실 세계에서 그러한 욕망을 실현하지 못한데 대한 담장(膽腸)이 찢어지는 듯한 억울함의 표현이라는 걸 깨달은 것이다.

이렇게 보면, <만복사저포기>는 주인공 양생이 요귀(妖鬼)가 아닌가 의심했던 하씨와 성적 관계를 맺으면서 사회적·성적 주체로서 하씨의 존재를 이해해 가는 과정을 형상화한 소설임을 알 수 있다. 양생이 하씨(何氏)를 매개로 해서 남성중심적 성윤리가 지닌 폭력성을 이해하는 과정을 그린 것이다. 그리고 여기서는 하씨와 같은 처지의 정씨, 오씨, 김씨, 유씨 등을 등장시킴으로써, 이 소설에서 다루는 것이 하씨 개인의 문제가 아니라 여성에게 성적 순결을 강요하면서도 전쟁과 같은 중세적 폭력 상황으로부터 여성을 방치함으로써 결국 생명까지 버리게 하는 남성 중심적 성윤리의 폭력성 문제임을 부각시킨다. 이처럼 <만복사저포기>에는 남녀 주인공의 관계가 성적 주체로서 여성주인공이 내보인 성적 욕망의 사회적 의미를 부각시키기 위한 것으로 그려진다. <만복사저포기>가 겉으로는 짝을 원하는 소외된 주인공 양생의 욕망을 다룬 서사 형식이면서도, 오히려 여성주인공인 귀녀(鬼女) 하씨에 대한 서사처럼 보이는 이유가 여기에 있다.

그렇다면, <만복사저포기>는 과연 이처럼 오로지 성적·사회적 주체로서의 성격만을 부각시키는 작품일까. 이를 이해하기 위해서는 앞에서 <최치원>을 분석하면서 그랬던 것처럼, 이 작품에 설정된 양생의 체험이 현실세계에서 이루어진 것이 아니라, 그의 내면에서 이루어진 환상체험이라는 사실을 상기할 필요가 있다.

앞에서 살펴본 것처럼 <만복사저포기>에서 주인공이 겪는 체험을 환상체험으로 보았을 때, 이 작품의 구성을 만복사 동쪽에서 외롭게 지내면서 부처님에게 짝을 구해달라고 내기를 한 후 부처 뒤에 숨어서

사람들을 살펴보기까지의 현실적 사건, 하씨를 만나 헤어지기까지의 환상체험, 하씨와 헤어져 제문을 지어 재를 지내주고 다시 혼인하지 않고 지리산에 들어가 채약을 하다가 어찌되었는지 알 수 없다는 후일담의 세 부분으로 나누어볼 수 있다. 이는 이 소설이 역시 <최치원>처럼 초현실적인 환상체험을 중심에 놓은 액자 소설적 형태를 지녔음을 뜻한다. 이렇게 보면 세상의 구석이라 할 수 있는 만복사 동쪽으로 밀려난 양생은 귀녀(鬼女) 하씨와의 환상 체험을 통해 폭압적인 남성 중심적 세계질서 때문에 저승으로 쫓겨난 하씨의 존재에 대한 이해를 매개로 성적·사회적 주체로서 자신의 존재 상황을 각성한 뒤, 현실 세계 내에서의 욕망을 버리고 지리산이라는 세상 밖(方外)으로 나가는 길을 선택했다고 볼 수 있다. 여기서 귀녀 하씨의 존재는 양생의 자기 인식의 매개항이면서 존재론적 은유에 해당하는 것이다.

<이생규장전>에서는 남성 주인공이 한미한 집안이지만 과거 준비를 하기 위해 태학관에 다니는 서생으로, 그리고 여성 주인공 최씨는 거가대족의 딸로 설정된다. 그런데, 작품의 전반부에서는 이들 남녀 주인공이 모두 살아있는 사람으로 설정된다. 그래서 대부분의 연구자들은 이작품을 이 두 남녀의 결연에 초점을 맞추고 해석해 왔다. 그리고, 이들의 만남에서 여주인공 최랑이 적극성을 보인다고 지적해 왔다.

그런데, 그간의 연구에서는 남성주인공인 이생은 그 존재감이 거의 느껴지지 않을 정도로 소극적인 인물로 그려진다는 사실은 주목하지 않았다. 이렇게 말하면 여주인공이 적극적이라면 상대적으로 남주인공이 소극적인 것은 당연한 것이 아닌가 반문을 할 수도 있다. 그리고, 최랑의 뜻에 따라서이긴 하지만 거가대족의 담을 넘어서 규중처자와 사통을 하는 이생의 입장에서 두려움을 느끼면서 소극적인 태도를 보이는 건 당연한 것이 아닌가 반문을 할 수도 있다.

그러나, <이생규장전>에 설정된 이생의 형상은 이러한 상식적 반문이 무색할 정도로 존재감이 느껴지지 않는 모습이다. 다만, 담장 안의 최랑을 엿보며, 태학에서 돌아오다 최랑의 시에 답하는 장면을 제외하고는, 주체적인 의지가 거의 느껴지지 않을 정도로 소극적으로 그려진다. 예컨대, 이생은 두려움에 떨면서 최랑의 뜻에 따라 만남을 지속하는 것으로 그려지며, 그러한 사실이 아버지에게 발각되어 아버지가 울주 농장으로 내려가라 하자 한마디도 대꾸하지 않고 내려간다. 또한 결혼을 한 뒤, 홍건적이 쳐들어 와서 피난을 가다가 아내가 적에게 피살을 당하는데도 자신은 몸을 피해 목숨을 건진다. 그리고 최랑의 원혼이 찾아오자 '죽었다는 사실을 알면서도 의아해하지도 않고(生雖知己死 不復疑訝)' "어디로 피해서 목숨을 건졌느냐"고 묻는다. 그리고 그녀의 원한 서린 하소연을 듣고 아내의 도움을 받아 부모의 뼈를 찾아 묻는다.

이처럼 최랑과의 관계에서 이생은 최랑의 짝 이상의 의미를 찾기 어려운 존재로 그려진다. 그래서 "열녀 서사의 플롯을 차용하여 달아나는 남성의 서사를 은폐하고 환생이라는 전기의 플롯을 가지고 와서 이생을 비극적 주인공으로 만들고 있는 서사"라는 해석이 이루어지기도 하였다.[33] 그러나, 이렇게 해석하기에는 <이생규장전>에서 여성 문제가 지나치게 중시된다.

그렇다면, 이러한 현상을 어떻게 이해해야 할까. 흔히 여주인공 최랑이 적극적인 인물처럼 그려진다고 지적하여 왔지만, 기실 이러한 자적은 이생과의 야합적인 만남을 이끄는 대목에만 해당된다고 할 수 있다. 기실 이생과의 만남 이후에는 최랑은 다른 선택의 여지가 없는 절박한 처지에 놓이는 것으로 그려지기 때문이다.

---

33) 김경미, 앞의 논문, 230면.

예컨대, 이생과의 야합적인 만남이 이생의 부모에게 발각되어 이생이 울주 농장으로 내려간 후에 최랑은 상사병에 걸려 죽을 지경에 이른다. 그리고 그러한 사실을 알게 된 자신의 부모에게 자기의 마음을 털어놓는다. 이러한 최랑의 태도는 적극성이라기보다는 결혼 전에 성적 순결을 잃은 여성이 취할 수밖에 없는 어쩔 수없는 선택이다. 또한 결혼 후 홍건적에게 정조를 유린당하는 대신 죽음을 택한 것도 남성중심적 성윤리가 지배하는 당대의 상황에서 택한 어쩔 수 없는 선택이다. 그리고 죽었다가 환생을 하여 자신의 억울함을 하소연하면서 이생과의 만남을 유지하는 것도, 그러한 처지라면 누구라도 꿈꾸지 않을 수 없는 소망의 표현이라 할 수 있다.

이렇게 보면, 이생은 최랑의 적극적인 뜻에 따라 현실 세계에서는 좀체로 꿈꾸기 어려운 최랑과의 야합적 밀회를 나눈 뒤, 그러힌 만남으로 인해 택할 수밖에 없었던 최랑의 고통스런 삶의 여정을 관찰하면서, 그녀와의 삶을 수동적으로 체험해 나가는 존재임을 알 수 있다. 귀녀 하씨와의 관계를 통해 그녀의 존재에 대해 인식을 심화해 나가던 <만복사저포기>의 주인공 양생과 유사한 모습인 것이다. 이렇게 보면 <이생규장전> 역시 이생이 겪은 비현실적인 야합적 체험과 그로 인해 맺게 된 최랑과의 관계를 매개로, 혼전에 실절을 한 여성 그리고 혼인 이후에 성적 순결을 위해 겪게 되는 운명적 고통을 지켜보는 체험적 서사임을 알 수 있다.

이생의 체험은 태학관에 다니던 그가 최랑의 집 담장 밖에서 쉬다가 누대에 앉아 수를 놓는 최랑을 엿보면서 시작된다. 이러한 모습은 쌍녀분의 석문 앞에서 시를 쓴 최치원의 그것과 비견된다. 풍류랑(風流郎) 이생의 풍정이 발동한 것이기 때문이다. 그런데, <이생규장전>에서는 최랑이 이생을 유혹하는 시를 읊었다고 그려진다. 통념으로 본다면 이

러한 최랑의 모습은 미색으로 남성의 욕망을 충동이는 우물(尤物)로서
경계해야 할 대상이다. 그러므로 이생이 덕의(德義)를 아는 군자였다면
당연히 돌아섰을 것이다. 그러나 이미 담장 안을 엿본 풍류랑 이생으로
서는 자신의 소망을 이룰 수 있는 실마리를 찾은 것으로 여긴다. 그렇지
만 높이 가로놓인 현실적 장벽을 의식하면서 돌아섰다가, 태학관에서
돌아오면서 그 실마리를 붙든다. 자신의 뜻을 밝힌다. 그 결과 이생은
최랑이 내려준 탈것을 의지해 담을 넘게 된다.

　이러한 이생과 최랑의 만남은 당대의 질서로 보아 현실세계에서는
쉽게 나타나기 어려운 사건이다. 그러나 그것이 사실이든 아니든, 여기
서 문제가 되는 것은 왜 요조숙녀(窈窕淑女)의 모습을 한 최랑이 우물(尤
物)처럼 행동하여, 풍류랑인 이생과의 만남을 자청했느냐 하는 것이다.
이생은 두려워하면서 최랑과의 만남을 이어가는 과정에 그 이유를 깨
닫게 된다. 벽에 걸린 연강첩장도와 유황고목도의 제시, 그리고 사계시
를 통해 혼기를 넘겨가는 요조숙녀의 가슴에 서린 정념을 읽어내어, 자
신과의 만남을 꾀한 최랑의 태도가 그녀의 절실한 내면적 욕구에 따른
것임을 이해하게 되는 것이다.

　그런데, 남성중심적 성윤리가 지배하는 당시 사회에서 그러한 야합
적 만남을 가진 여성이 받아야 할 대가는 혹독하다. 그러기에 이후에는
이렇게 혼전에 순결을 잃은 최랑이 겪는 고통이 이어진다. 남성인 이생
은 부친의 명을 따라 울주 농장으로 가면 그만이지만, 순결을 훼손한
최랑은 이생과 결혼하지 않으면 이승에서 살아갈 수 없는 처지인 것이
다. 그러기에 그녀는 목숨을 걸고 부모의 허락을 얻어낸다, 그리고 거가
대족인 최랑의 부모는 한미한 이생의 부친에게 사정을 해서 겨우 결혼
을 하게 된다. 이러한 과정은 당대의 남성 중심적 성윤리가 혼전에 순결
을 잃은 여성에게 얼마나 폭압적인가를 보여주는 것이다.

그러나 여성이 결혼을 했다고 해서 그러한 남성 중심적 성윤리의 폭력성으로부터 온전히 벗어날 수는 없다. <이생규장전>에서는 홍건적의 난이라는 전쟁을 매개로 하여 이러한 사정을 재현해 낸다. 기실, 이성적인 시각으로 보았을 때 기혼 여성의 성적 순결은 남편이 그것을 지켜줄 수 있을 때 요구될 수 있는 것이다. 그런데도 남성 중심적 사회에서는 남편이 아내의 성적 순결을 지켜주기 어려운 전란과 같은 극단적인 상황에서도 절의(節義)라는 굴레를 내세워 여성의 성적 순결을 강요한다.

<이생규장전>에서 아내가 절의를 지키기 위해서 죽을 수밖에 없는 상황에도 남편은 도망을 가서 목숨을 구하는 것으로 그려진다. 그러나, 이러한 내용을 이생 개인의 비겁성을 부각시키려는 것으로 보기보다는, 개인이 감당하기 어려운 전란이라는 중세적 폭력과 그러한 상황에서도 절의(節義)라는 명분을 위해 목숨을 버릴 수밖에 없는 여성의 억압적 상황, 그리고 그것을 강요하는 남성 중심적 성윤리의 폭력성을 부각시키는 것으로 보는 것이 옳을 것이다.

그러기에, 최씨는 환생을 해서 억울함을 하소연하면서 '절의가 중하고 목숨이 가벼워서(義重命輕)' 죽었지만, 이는 "정말로 천성에 따라 저절로 된 것이지, 인정으로는 차마 그렇게 할 수 있는 일이 아니었지요(固天性之自然, 匪人情之可忍)"라고 이야기한다. 여기서 최씨가 '천성(天性)'이라 한 것은 현실 세계에서 그녀에게 강요되는 유가적 이데올로기로서, 실천자 스스로가 자신의 행위 지침으로 받아들여 그렇게 여기는 것이다. 그러기에 최씨가 자신의 억울함을 고백하는 것처럼, 외적 환경에 의해 내면화된 천성(天性)이 그녀의 목숨보다도 중요한 것일까에 대해서 의문을 제기할 수 있는 것이다.

이렇게 보면, <이생규장전> 역시 이생이 담장 안을 엿본 뒤에 뜻밖에 겪게 된 자기의 삶의 경로를 따라 가면서, 남성 중심적 성윤리가 여성에게 가하는 폭력적 억압의 양상을 이해해 나가는 과정을 그린 작품임을 알 수 있다. 그리고 이생이 투장(偸墻)을 하는 것이 비일상적인 일이라는 점을 감안한다면, 그것이 비록 현실적 사건처럼 그려질지라도 이 작품을 액자소설적 형식으로 읽을 때 작품의 실상에 보다 근접할 것으로 생각한다. 그렇다면 최랑과 헤어진 후 최랑을 생각하다 죽었다는 것 역시, 최랑의 존재를 매개로 각성한 자신의 존재 조건에 대한 인식에 따른 선택으로 해석할 수 있을 것이다.

5. 맺음말

주지하듯이 초기 애정 전기소설에는 최치원, 양생 또는 이생처럼 한미하거나 불우한 남성 주인공이 설정된다. 그리고 그들은 여성 주인공들과 야합적인 관계를 맺어 자신들의 소망을 이루는 것으로 그려진다. 나아가, 그러한 소망이 여성 주인공들의 적극적인 태도를 매개로 해서 이루어지는 것으로 그려진다. 이러한 사실을 고려한다면, 이들 애정 전기소설에 불우한 문사의 지기(知己)에 대한 소망이 투영되어 있다고 해석하는 것은 당연하다고 할 수 있다. 그리고, 이러한 소망의 성취를 가능하게 하는 여성들의 태도가 남성 주인공의 욕망이 투사된 것이라 해석하는 것도 당연하다고 할 수 있다.

그러나, 애정 전기소설을 이처럼 단순히 남성 주인공의 욕망의 투사물로 규정하는 것은, 이들 작품에 형상화되는 남녀 주인공의 만남이 남성 중인공의 환상적 또는 비현실적 체험 속에서 이루어진 것이라는 사실을 간과하고서 내린 결론이다. 앞에서 살펴본 것처럼 남성의 성적·

사회적 욕망을 투사하여 형성된 귀녀(鬼女) 또는 여선(女仙) 형상, 그리고 남성의 성적 욕망을 일방적으로 투사시키면서 그 책임을 상대 여성에게 전가시켜 형성된 우물(尤物) 또는 요귀(妖鬼) 형상과 이들 작품에 등장하는 애정 전기소설의 여주인공과의 거리를 따져보면 이러한 사실을 쉽게 이해할 수 있을 것이다.

<최치원>에서 주인공 최치원과 초현실적 존재인 쌍녀분 주인공들과의 만남은 스스로가 꿈인지 아닌지 알기 어렵다는 환상적 체험 형태를 지닌다. <만복사저포기>의 주인공 양생과 초현실적 존재인 하씨와의 만남 역시 양생만의 초현실적 공간에서 이루어진 환상적 체험 형태의 만남이다. 그리고 <만복사저포기>의 주인공 이생과 최씨와의 만남은 일상 현실에서 이루어지기 어려운 비현실적 형태의 만남과 초현실적인 환상적 형태의 만남이 교합된 것이다.

그리고, 이들 작품에서는 이러한 환상적 또는 비현실적 체험을 통해 남성 주인공이 그러한 야합적 만남을 주도해 나가는 여성 주인공들의 성적·사회적 욕망에 대한 이해를 심화시켜나가는 것으로 그려진다. 또한 이러한 환상 체험을 통해 남성 주인공들이 얻어낸 여성 주인공들의 성적·사회적 욕망에 대한 이해는, 남성 주인공 자신의 성적·사회적 욕망의 의미에 대한 각성의 매개항으로 작용한다. 그리하여, 이들 초기 애정 전기소설에서 남성 주인공은 이러한 환상적 체험이 끝난 뒤, 세상을 등지거나 세상을 버리는 성적·사회적 욕망과 관련하여 자신의 존재 전환을 꾀한다.

이렇게 보면 <최치원>, <만복사저포기> 그리고 <이생규장전> 등의 초기 애정 전기소설은 남성주인공이 겪는 환상적 체험을 내부로 하고, 그러한 체험 이전의 상황과 체험 이후의 상황을 외부로 하는 액자 형식을 취하는 소설이라 할 수 있다. 이들 소설에서 남성주인공은 이러

한 액자 내부에 해당하는 환상 체험을 매개로 여성 주인공들의 성적·
사회적 욕망이 남성 중심적 성윤리의 폭압에서 비롯된 것으로서, 그것
들이 현실세계에서는 해소될 수 없는 것임을 깨닫는 것으로 그려진다.
그리고 이를 매개로 자신의 성적·사회적 욕망도 현실세계에서는 해소
될 수 없는 것임을 각성하는 것으로 그려진다.

이러한 사실은 <최치원>, <만복사저포기>, <이생규장전> 등의 초
기 애정 전기소설이 남성 주인공이 자신이 겪은 환상체험을 매개로 자
신의 성적·사회적 욕망의 현실적 의미를 각성해가는 과정을 형상화한
소설 양식임을 뜻한다. 즉, 이들 초기 애정 전기소설은 불우한 남성 주
인공의 욕망을 투사하여 환상적으로 해소하려는 양식이 아니라, 여성주
인공에게 투사된 자신의 욕망을 대상화하여 성찰함으로써, 여성주인공
뿐 아니라 남성주인공 자신의 성적·사회적 욕망의 의미를 각성하는
양식이라 할 수 있는 것이다.

이 글은 기념논문집의 기획 의도에 따라 작성된 뒤, 2011년 2월에 개최된 한국고전연
구학회 학술대회에서 발표하고, 그 가운데 일부를 『한국고전연구』 23집에 「〈최치원〉
의 형상화 방식과 남·녀 주인공의 성적·사회적 욕망」이라는 제목으로 게재했던 것을
수록한 것이다.

영웅군담소설의 연구사적 조망

김현양

1. 머리말

이 글은 두 가지의 목표를 지향하고 있다. 하나의 목표는 영웅군담소설을 대상으로 한 연구가 어떻게 이루어져 왔는가를 살펴보는 것이다. 또 다른 목표는 '영웅군담소설이란 무엇인가?'라는 질문에 대답하고자 하는 것이다. 영웅군담소설을 대상으로 한 연구가 어떻게 이루어져 왔는가를 살펴보는 것이 목표라 했으나, 그렇다고 해서 '본격적인' 연구사를 서술하고자 하는 것은 아니다. 본격적인 연구사로서의 요건을 충족하기 위해서는 김태준(金台俊, 1905~1949)의 『조선소설사』로부터 지금까지 이루어진 연구의 궤적, 그 시간의 순서를 충실하게 따라가면서, 영웅군담소설을 대상으로 한 논의의 내용들을 가능한 수렴해, 그 의의와 한계 등을 따져야 한다. 하지만 이 글은 그렇지 못하다.

이 글은 다만 영웅군담소설의 이해/인식의 형성에 기여한 주요 연구 성과들을 바탕으로, 영웅군담소설의 이해/인식이 어떻게 형성된 것인가를 말하고자 하며, 영웅군담소설을 온당하게 이해/인식하기 위해서는 어떤 시각으로 바라봐야 하는가ㅡ이는 달리 말하면 영웅군담소설에서 무엇을 주시해야 하는가를 의미하는 것이다ㅡ에 대해 말하고자 한다.

영웅군담소설이란 무엇인가에 대한 대답 또한 그 과정에서 이루어질 것인데, 굳이 이 글의 성격을 말한다면 영웅군담소설의 세미-연구사라 할 수도 있고 영웅군담소설 연구의 메타-연구라 할 수도 있을 것이다.

이 글에서 논의의 대상으로 삼고 있는 영웅군담소설은 '군담소설(軍談小說)'로 호명되기도 하고, '영웅소설(英雄小說)'로 호명되기도 하는 일군의 텍스트를 지칭하는 것이다. 하지만 '군담소설'과 '영웅소설'로 호명되는 모든 텍스트를 지칭하는 것은 아니다. 흔히 군담소설과 영웅소설은 개념의 범주적 외연이 동일하다고 생각하나, 그렇지 않다. '군담소설'과 '영웅소설'은 개념의 내포가 다르며 그렇기에 외연 또한 차이가 있다. 뿐만 아니라 군담소설 혹은 영웅소설로 동일하게 호명되는 경우에도, 그 개념에 따라 내포와 외연이 달라지기도 한다. 그러므로 영웅소설 혹은 군담소설 가운데 어느 하나를 내세우게 되면, 개념상의 혼란을 피해가면서 '영웅소설/군담소설'을 바라보는 시각들의 차이를 전면적으로 검토하기 곤란하다. 그렇기에 군담소설과 영웅소설의 개념 범주에 모두 포함되는, 군담소설과 영웅소설의 교집합의 범주를 지칭하는 교차개념이 필요한데, 그것이 '영웅군담소설'이다.

영웅군담소설의 연구사는 '개념의 교체사'라고 말할 수 있다. 군담소설로 호명되기 시작해 군담소설/영웅소설이 나란히 호명되다가 지금은 거의 영웅소설로 단일하게 호명되는 역사적 변천의 과정, 그것이 바로 영웅군담소설의 연구사인 것이다.[1] 군담소설에서 영웅소설로의 교체!

---

1) 영웅군담소설의 연구사를 개념의 교체사로 파악할 때, 대체로 네 시기로 나눌 수 있다. 제1기는 김태준으로부터 1970년까지이며, 제2기는 1970년대와 1980년대이다. 제3기는 1990년대와 2000년대이며, 제4기는 2000년 이후부터 현재까지이다. 제1기에는 영웅군담소설을 '군담소설'이라 개념화해 호명했다. 제2기는 군담소설이 '영웅소설' 개념으로 대체된 시기이다. 하지만 '군담소설' 개념도 여전히 통용되고 있었다. 제3기는 기존의 '영웅소설'과 '군담소설' 개념이 새로운 개념으로 대체된 시기이다. 제4기는

이 교체의 궤적은 대상을 바라보는 서로 다른 시각이 충돌하면서 이루어진 것인데, 이처럼 서로 다른 시각이 충돌하면서 개념이 교체되는 요동의 현상은, 고전소설의 다른 양식을 대상으로 한 연구에서는 좀처럼 찾아보기 어렵다. 그렇기에, 상대적이긴 하지만, 영웅군담소설의 연구사는 고전소설 연구사의 축소판이라 말할 수 있다.

영웅군담소설은 '국가의 서사'와 '가족의 서사'를 두 축으로 해 전체 서사가 구성된다. 영웅군담소설을 '군담소설'로 호명하는 시각은 '국가의 서사'를 중시하며, '영웅소설'로 호명하는 시각은 '가족의 서사'를 중시한다. 세미-연구사 혹은 메타-연구적 접근을 통해 이 글에서 말하고자 하는 것은 영웅군담소설을 '군담소설'로 바라보는 시각이 다시금 회복되어야 한다는 것이다. '영웅소설'로 호명하는 시각은 영웅군담소설 양식에서 꼭 주시하고 해석해야 할 서사 층위인 '국가의 서사'를 괄호 안에 넣고 도외시하거나, 흥미/관습/장치로 여겨 형식(주의)적으로 접근한다. 영웅군담소설을 구성하는 복수(複數)의 서사 층위 가운데 특정 서사 층위만을 주목하는—어떤 서사 층위를 괄호 안에 넣고 도외시하는 시각을 미시적 시각이라 한다면, 영웅군담소설을 '영웅소설'로 호명하는 시각을 미시적·형식적 시각이라 말할 수 있는데, 이러한 미시적·형식적 시각의 문제를 환기하는 것이 이 글의 궁극적 의도라 말할수 있다. 영웅군담소설이란 교차개념을 사용하는 것은 서술상의 편의를 위한 방편적인 것일 뿐만 아니라 텍스트를 거시적으로 바라보는 전체적이고 통합적인 시각의 필요성을 강조하는 이 글의 의도를 드러내

제3기에서 마련된 '영웅소설' 개념이 거의 독점적으로 사용되는 시기이다. 하지만 제2기의 영웅소설 개념과 별다른 구별 없이 혼란스럽게 쓰이는 경우를 종종 발견할 수 있다. 영웅군담소설을 지칭하는 개념은 모두 넷이나 되며, 이 넷의 교체사가 바로 영웅군담소설의 연구사라 할 수 있다. 자세한 것은 이 글의 2장과 3장에서 후술될 것이다.

는 것이기도 하다.

2. '영웅소설' 개념의 전변

조선 후기에 널리 애독됐던, 중편 정도 분량의 소설 가운데, '군사적 대결 화소'를 포함하고 있는 작품을 '군담소설'이라 처음으로 호명한 이는 김태준이었다. 김태준은 이를 '패장(覇將)의 전기'라 했으며, 중국소설을 원천으로 해 17세기의 숭명배청(崇明排淸)의 분위기 속에서 발생했다고 했다. 또한 "문학적 취미와 가치를 인식하지 못하겠다"고도 했다. 저급한 소설 양식으로 판단한 것이다.[2]

군담소설에 대한 김태준의 이러한 생각은 60년대까지 지속되었는데, 60년대의 연구는 실증적인 차원에서 '중국소설 연원설'과 '병자호란 배경설'을 뒷받침 하는 것이었다.[3] 특히 '중국소설 연원설'은, 60년대의 실증주의에 입각한 비교문학적 시각에 의해 중국 연의소설(演義小說)

---

2) 김태준의 『조선소설사』는 1933년에 청진서관에서 초판이 간행됐으며, 1939년에 학예사에서 수정증보판이 간행되었다. 『조선소설사』에서 영웅군담소설에 대한 언급은 단편적이고 선언적이다. 하지만 군담소설의 발생 배경, 기원, <구운몽>과의 관계, 문학적 가치 등에 대해 포괄적으로 언급하고 있다. 박희병 교주, 『증보 조선소설사』, 한길사, 1990, 110~111면, 121면.

3) '중국소설 연원설'을 실증적으로 뒷받침 하는 연구는 이재수, 정규복, 최근덕, 이명구 등에 의해 이루어졌다. '병자호란 배경설'을 뒷받침 하는 연구는 장덕순에 의해 이루어졌다. 이재수, 「한국소설 발달에 있어서 중국소설의 영향」, 『경북대 논문집』 1집, 1956. ; 이재수, 「삼국연의와 옥루몽」, 『한국소설연구』, 선명문화사, 1969. ; 정규복, 「한국군담소설류에 끼친 삼국지연의의 영향 서설」, 『국문학』 4호, 고려대, 1960. ; 최근덕, 「군담소설과 삼국지연의의 인물고」, 『성균』 15, 성대, 1962. ; 이명구, 「이조소설의 비교문학적 연구」, 『대동문화연구』 5집, 성대 대동문화연구원, 1968. ; 장덕순, 「병자호란을 전후한 전쟁소설」, 『국문학통론』, 신구문화사, 1960.

의 영향과 수용을 해명하는 방향으로 귀결되었는데, 이러한 연구 경향 혹은 시각의 밑바탕에는 '타율성론'에 입각한 '식민사관'이 자리잡고 있었다.

김태준에 의해 최초로 명명된 '군담소설'이 '영웅소설'로 호명된 것은 70년대의 일이었다. '영웅소설' 연구를 체계화한 것은 70년대 후반의 일이지만, '영웅소설' 개념의 기초를 마련한 것은 70년대 초입이었으며, 그 시각의 바탕은 '내재적 발전론'이었다. 군담소설이라 호명된 일군의 작품들을 포함한 다수의 조선 후기 소설의 기원을 '밖'[중국의 연의소설]이 아닌, '안'[민족적 서사 전통]에서 발견하고자 했으며, 동시에 중국 소설의 영향은 '삽화나 표현어구의 차용' 정도에 불과하다는 것을 논증하고자 했다.4)

내재적 기원을 입증하기 위해 주목한 것은 '영웅의 일생'이라 불리는 '영웅의 일대기 구조'였다. 고대의 건국신화에서 포착되는 이 '영웅의

---

4) '영웅소설' 개념의 기초를 마련한 것은 70년대 초입이라 했지만, 정확히 말하면 1971년이다. 이 1971년은 영웅군담소설의 연구사에서 매우 중요한 논문들이 발표된 해이다. 그 논문들은 다음과 같다. 김열규, 「빈남과 이소설의 구조」, 『한국민속과 문학연구』, 일조각, 1971. ; 서대석, 「군담소설의 출현동인 반성」, 『고전문학연구』 1, 한국고전문학연구회, 1971. ; 서대석, 「軍談小說의 構成과 作者意識」, 『啓明論叢』 제7집, 계명대학교, 1971. ; 조동일, 「영웅의 일생, 그 문학사적 전개」, 『동아문화』 10집, 서울대 동아문화연구소, 1971.

김열규와 조동일은 우리 서사 문학의 전통에서 '영웅의 일대기' 구조를 포착하고 이를 우리 소설에서 확인했다. 김열규는 '영웅의 일대기' 구조를 세계 문학의 '보편적 구조'로 파악했다. 하지만 조동일은 이를 우리 민족의 서사 전통에만 특수하게 관련시켰다. '영웅소설'이란 개념은 그렇게 탄생된 것이다. 중국 소설의 영향이 '구조'적 차원에서가 아니라 '삽화나 표현어구의 차용' 정도에 불과하다는 것을 입증한 것은 서대석이었다. 서대석은 중국의 <삼국지연의>는 '국가 흥망기의 구조'인데, 조선의 <유충렬전>은 '개인의 일생기적 구조'라고 했다. '개인의 일생기적 구조'라는 것은 '영웅의 일대기 구조'를 염두에 두고 한 말이었으나, '영웅소설'이라 호명하지는 않았다. 하지만 서대석도 후일 '군담소설' 대신 '영웅소설'이란 명칭을 사용하게 된다.

일대기 구조'를 조선 후기 소설에서도 광범위하게 포착할 수 있으며, 이를 통해 우리 소설은 중국이라는 외부가 아닌, 우리 민족의 '내부'에 서 기원한 것이라 주장했으며, '영웅의 일대기 구조'를 적출할 수 있는 소설을 '영웅소설'이라 명명했다.

'영웅의 일대기 구조'에 입각해 '영웅소설'을 개념화함으로써, 우리 소 설의 기원을 민족내적으로 확인할 수 있었던 것은 혹은 확인하고자 했 던 것은 매우 중요한 의미를 지닌 일이었다. '소설'이라는 '근대적 장르' 가 외부에서 타율적으로 이식된 것이 아니라, 민족 내부에서 자율적 혹 은 주체적으로 성장해온 것이라는 사실을 역사적으로 확인하는 것은 '식민성'을 청산하고 '민족 주체성'을 수립하고자 하는 시대적 요구에 부응하는 것이었다.

하지만 '영웅의 일대기 구조'를 바탕으로 한 영웅소설이란 개념은, 실 상 불안정하게 구축된 것이었다. 건국신화에서 포착되는 7개의 구조항 이 소설에서 그대로 포착된다/포착할 수 있다는 생각은 애초 무리한 것이었다. 설사, 어느 정도의 불일치를 용인하면서, 7개의 구조항을 확인 할 수 있다 하더라도, '소설의 서사'에서 7개의 구조항이 신화에서와 동 일한/유사한 비중과 순서로 배열되는 것을 기대하기란 어려우며, 그렇기 에 '영웅소설'은 건국신화의 7개의 구조항을 중심으로 독해될 것이 아니 라, 7개의 구조항에 채워 넣을 수 없는 잉여까지를 포괄할 수 있는 다른 시각으로 독해되어야 한다는 비판이 제기되는 것은 당연한 것이었다.[5]

'영웅소설'이 단지 특정 소설군의 양식적 · 미학적 특성을 이해/인식

---

5) '영웅의 일대기 구조'에 입각한 영웅소설 개념에 대해 비판적으로 검토한 대표적 연구를 들면 다음과 같다. 강상순, 「영웅소설의 형성과 변모양상 연구」, 고려대 석사학 위논문, 1991, 6~7면. ; 이강엽, 「군담소설 연구방법론」, 연세대 박사학위논문, 51 · 77 면. ; 전성운, 「장편 국문소설의 변모와 영웅소설의 형성」, 고려대 박사학위논문, 2000, 6~7면.

하기 위해서가 아니라, 소설 장르의 내적 기원만을 확인하고자 한 것이
라면, 그 의의를 인정할 수도 있을 것이다. 하지만 '영웅의 일대기 구조'
가 특정 '민족 서사체'에서만 발견되는 고유한 구조가 아니라 어떤 '민
족 서사체'에서도 발견할 수 있는 보편적인 구조라면 문제가 있다. 그렇
다면 우리 건국신화와 우리 소설과의 구조적 상동성을 특수하게 증명
해야 하는데, 실제로 그것을 증명하지 못했으며, 증명하기도 어렵다. 건
국신화와 소설 사이에 '서사무가'를 개입시켜 그 구조적 동일성의 민족
내적 관련성을 입증하고자 하나, 서사무가를 개입시킨다고 해서 충분하
게 해결될 수 있는 것도 아니다.6)

영웅소설이란 개념은 소설 양식의 민족 내부 기원을 증명하기 위한
목적 속에서 고안된 것이기에, 개념의 내포적 의미가 매우 추상적이며
따라서 그 범주적 외연이 매우 넓다. 그렇기에 어떤 특수한 시간, 특수
한 역사적 국면에서 특수하게 구현되는 문학성 혹은 양식성을 특수하
게 포착하는 데 있어서는 그다지 유효하지 않다. 그렇기에, '타율적 식
민성'에서 벗어나 '자율적 민족 주체'라는 인식이 어느 정도 일반화된
시기, 더 이상 내재적 발전론의 기획, 그 역사적 의미망에 붙들려 있지
않아도 된다는 생각이 드는 순간, 영웅소설이라는 개념은 그 역사적 운
명을 다할 수밖에 없으며, 실제로 그렇게 되었다.

70년대 이래 '영웅소설'이란 명칭이 거의 일반화되어가는 추세 속에
서, '군담소설'이란 명칭이 완전히 사라지지 않은 것도, '영웅소설'이란
개념으로 포괄할 수 없는 그렇지만 간과할 수 없는 '잉여'가 있었기 때
문이다. '영웅소설'이란 개념으로 포괄할 수 없는 '잉여'는 여럿이나, 그
잉여로서 특히 주목된 것은 '군담'이었다. 이 '군담'은 '군사적 대결'을

---

6) 전성운도 이 점을 지적했다. 위의 글, 13면.

보여주는 삽화 차원을 넘어서, 군사적 대결의 이유와 배경, 군사적 대결의 주체와 타자, 군사적 대결의 방식과 귀결 등의 서사적 문제의식을 환기하는 특수한 서사양식적 자질이라 말할 수 있으며, 그렇기에 군담을 중심으로 혹은 군담을 통해 서사 텍스트의 내적 구조/구성을 파악하고, 텍스트와 컨텍스트의 연관을 해명하고자 했던 것이다. 주인공이 이루고자 하는, 결과적으로 획득한 지향가치가 무엇인가를 주목하고, 이러한 지향가치 획득을 서사화한 시대적 배경은 무엇이며, 이러한 서사물에 대한 독자의 반응은 어떠했으며, 이를 어떻게 평가할 수 있는가라는 의미 있는 질문이, 구조의 차원에서가 아니라 '군담'이라는 서사양식적 자질을 매개로 이루어졌다. '주인공의 영웅성', '17세기 전란 배경', '보수적 주제', '통속적 흥미'와 같은, 대상의 성격이나 가치를 규정하고 판단하는 의미 있는 발언들이 가능할 수 있었던 것은 '군담'이라는 서사적 자질을 역사적으로 특수하게 주시했기 때문이었다.[7]

하지만 '영웅의 일대기 구조'에 입각한 영웅소설 개념에 회의적 태도를 보이고, 군담소설 개념의 미덕이 무엇인가를 충분하게 인정하고 있음에도 불구하고, '영웅소설'이라는 명칭은 군담소설로 대체되지 않았다. 그럼에도 불구하고, 아니 오히려 영웅소설이라는 명칭은 90년대 이후로 더욱 독점적으로 사용되었다고 말할 수 있다. 왜 그랬는가? 그것은 '군담'이 영웅군담소설의 성격과 가치를 역사적으로 규정하고 판단

---

7) '군담' 화소를 역사적으로 특수한 영웅군담소설의 서사양식적 자질로 중시한 대표적 연구자는 서대석이었다. 서대석은 '군담'을 매개로 대결의 양상을 파악하고, 이를 유형화하고자 했으며, 콘텍스트와 연관시켜 그 의미를 해명하려 했다. 임형택은 '통속적 흥미의 서사'로서의 역사적 성격에 주목해, 영웅군담소설을 영웅소설이라 호명하지 않고 군담소설이라 호명했다. '군담'을 흥미를 불러일으키는 역사적으로 특수한 서사양식적 자질로 파악한 것이다. 서대석, 『군담소설의 구조와 배경』, 이화여대출판부, 1985. ; 임형택, 「17세기 규방소설의 성립과 창선감의록」, 『동방학지』 57, 연세대 국학연구원, 1988.

하는 데 기여하는 의미 있는 자질이라 하더라도, 텍스트 전체의 의미를 통어하는 구조/서사원리가 아닌, 텍스트를 구성하고 있는 다양한 화소 혹은 단락의 하나일 뿐이라 생각했기 때문이다. 게다가 군담을 주인공에 의해 실현되는 영웅성의 내용이 아니라, 단지 영웅성을 실현하는 계기 혹은 장치일 뿐이라는 생각이 군담소설로 호명하기를 주저하게 만들었다. 그 대신, 영웅의 일대기 구조에 입각한 영웅소설 개념의 유효성을 부정하면서, 역사적으로 특수하게 영웅군담소설의 의미를 드러낼 수 있는 핵심적 구조/서사원리를 개념화해, 이를 영웅소설이라 재호명했다. 90년대 이후 거의 독점적으로 사용된 영웅소설이란 명칭은 기존의 영웅소설 개념을 대체한 새로운 것이었다.[8] 그렇다면 이 새로운 영웅소설 개념은 영웅군담소설의 무엇을 주시했는가?

> 조선후기 소설사에서 나타난 이 일군의 소설들을 강력하게 묶고 있는 유형성은 군담 자체에서 생성된다기보다 이러한 군담을 소설 내에서 특별하게 의미화시키는 보다 핵심적인 서사원리에 의해서 형성된다고 보이는데, 그러므로 우리는 오히려 이 군담을 적절히 기능하게 만드는 그 특징적인 서사원리의 핵심을 찾고 그 의미를 가장 잘 포괄할 수 있는 명칭의 설정이 뒤따라야 하지 않을까 한다.[9]

영웅군담소설[조선후기 소설사에서 나타난 이 일군의 소설들]을 "강력하게 묶고 있는 유형성"은 군담 자체에서 생성되지 않는다고 한다. 그 유형성은 "군담을 소설 내에서 특별하게 의미화시키는 보다 핵심적인 서사원리"에 의해 형성된다고 하며, 그 핵심적인 서사원리란 '가족(문)에

---

8) 그렇다고 해서 '영웅의 일대기 구조'에 입각한 기존의 영웅소설 개념이 폐기되어 사라졌다는 것은 아니다. 그 개념은 그것대로 '소극적으로' 통용되었다.

9) 강상순(1991), 6면.

서 분리된 남성 영웅 일개인의 영웅적 역량의 발휘와 성취', 즉 '남성 주인공의 영웅성'이라고 한다.[10] 그렇다면 '남성 주인공의 영웅성'의 구체적인 내용은 무엇인가? 남성 주인공이 발휘한 영웅적 역량은 무엇이며 그 성취는 무엇인가? 간단히 말해, 이는 개인의 힘과 투쟁을 통해, 신분을 상승시키고 이산된 가족(가문)의 회복이라는 지향가치를 획득하는 것이라고 한다.[11] '영웅의 일대기 구조'를 부정한 자리에 '가족의 이산과 회복의 구조'를 대체한 것이다.

하지만 영웅군담소설이 공유하고 있는 핵심적인 서사원리를 가족(가문)의 회복이라고 하는 남성 주인공의 지향가치 실현 과정으로 파악하는 이러한 시각을 전면적으로 긍정하기란 어렵다. 왜 그런가? 무엇보다 핵심적인 서사 원리를 파악하기 위해 선택된 분석 대상 텍스트들[<장풍

---

10) 같은 글, 10면.
11) 같은 글, 37면. 영웅군담소설의 주인공을 남성 영웅으로 한정한 것은 온당하지 않다. 이는 여성이 영웅적 활약을 보이는 일군의 소설들을 도외시한 것이기 때문이다. 영웅군담소설을 '남성의 문학'으로 파악하려는 시각에 의해 이 같은 문제가 발생한 것일 수도 있으며, 생물학적 '성'에 관계없이 영웅군담소설의 주인공은 모두 '남성적'이라는 인식에 기인한 것일 수도 있다. 하지만 여성을 주인공으로 설정하고 있는 '여성 영웅군담소설'의 의미를 충분하게 음미하기 위해서는, 영웅군담소설을 '남성 영웅의 소설'로 제한할 필요는 없다고 생각한다. 영웅군담소설이 주인공 '개인'의 영웅적 활약을 그린 소설이라는 것은, 보편적으로 인정되고 있는 사실이다. 그렇지만 '개인'의 의미가 무엇인가에 대해서는 혼란스럽다. '개인'은 단지 '한 사람'을 의미하는 것일 수도 있고, 중세적 공동체 의식과 가치를 승인하지 않는 '근대인'을 의미하는 것일 수도 있다. 영웅군담소설의 주인공의 형상을 통해 '근대인' 혹은 '근대인적' 면모를 발견하고자 하는 의도를 내비치는 경우가 있으며, 텍스트에 따라 이러한 해석도 가능할 수 있다고 생각하나, 영웅군담소설 주인공의 보편적 성격으로 내세울 수는 없다고 생각한다. 영웅군담소설은 '여러 사람'이 아닌, 주인공 '한 사람'에 집중해 서사가 구성되고 있으므로, 그런 의미에서 영웅군담소설을 개인적 지향가치를 실현하는 소설이라 말할 수 있다. 하지만 그때의 개인적 지향은 국가의 보존, 가족의 보존이라는 중세적 가치를 지향하는 것이다. 이러한 중세적 가치를 획득하기 위해 주인공 개인이 '홀로' 투쟁하는 것은 영웅군담소설의 매우 중요한 보편적 징표에 해당되는데, 이에 대해서는 4장에서 후술할 것이다.

운전>, <소대성전>, <조웅전>, <유충렬전>]을 바탕으로 이러한 핵심적인
서사원리를 도출해 내는 것이 타당하지 않기 때문이다. '소대성'과 '조
웅'은 가족(가문)을 궁극적으로 회복해야 할 가치로 지향하지 않는다.
'소대성'은 가족과 헤어져 있지도 않았으며, '소대성'의 입공은 정혼한
'채봉'과 혼인하기 위한 수단도 아니다. '조웅' 또한 가족과 분리되어 있
지 않으며, 따라서 가족을 회복해야 할 가치로 지향하지 않는다. 황제의
무능으로 인해 역신이 권력을 장악하고 외적이 침입하는 상황을 타개
하고자 하는 것이 이 두 인물의 지향이며, 채봉과의 혼인이나 가족과의
만남은, 상황을 타개한 결과 얻어진 것일 뿐이다.12)

    <장풍운전>과 <유충렬전>은 가족(가문) 회복의 서사로 읽힐 수 있
다. 특히 <장풍운전>은 그러하다. 그렇지만 <유충렬전>의 경우는 <장
풍운전>과 달리 생각할 필요가 있다. <유충렬전>은 외적의 침입과 간
신의 찬역에 의해 국가 질서의 위기가 매우 심각하게 초래되는 작품이
다. 하지만 <유충렬전>은 국가 질서의 위기에만 서사적 관심을 집중하
지 않는다. 국가 질서의 위기와 더불어 이산된 가족의 문제에 대등하게
서사적 관심을 집중하고 있는 것이 <유충렬전>의 특징이라고 말할 수
있다.13) 그러므로 엄밀하게 말해 '가족(가문) 지향의 서사'라고 말할 수
있는 작품은, '이산된 가족의 회복 구조'를 핵심적인 서사원리로 파악해
낼 수 있는 작품은 <장풍운전>뿐이다.

    여기서 우리는 영웅군담소설의 보편성/핵심적인 서사원리를 포착해
내고자 할 때, 어떤 작품들을 주목해야 할 것인가를 생각해 볼 필요가
있다. 최근의 연구에서는 영웅군담소설의 초기 작품들[<소대성전>, <장

---

12) 이에 대해서는, 김현양, 「조선조 후기의 군담소설 연구-개념, 유형, 성격 문제를 중심
    으로-」(연세대 박사학위논문, 1994.) Ⅲ장을 참고하라.
13) 김현양, 「<유충렬전>과 '가족애'」, 『고소설연구』 21집, 한국고소설학회, 2006.

풍운전>, <장백전>, <최현전>]을 통해 보편적인 혹은 일반적인 특성을 포
착하려고 하는 경향이 있다.[14] 초기의 영웅군담소설을 통해 영웅군담
소설의 원형적 이미지를 구축하고자 하는 것이다.

그렇다면 형성기의 영웅소설의 이미지는 어떻게 그려지는가? 그 이
미지는 '가족 관계의 분리와 회복(재결합)의 핵심적 서사구조', '가족의
재결합을 가능케 하는 계기이자 흥미의 요인인 군담 화소'의 결합으로
구축되는데, 이러한 이미지는 형성기의 영웅소설을 바탕으로 묘사된 것
이지만, 형성기의 영웅소설의 범위를 넘어 영웅소설 전체를 일반화할
수 있는 '보편적 공식'의 지위를 갖게 된다.[15] 하지만 이러한 이미지에
영웅군담소설의 보편성, 영웅군담소설의 개념적 내포의 지위를 부여하
는 것은 온당하지 않다.

왜 그런가? 앞서 언급했듯이, 영웅군담소설을 전일적으로 '가족의 서
사'로 파악할 수 없기 때문이다. <소대성전>의 서사적 관심이 '가족의
이산과 회복'에 있지 않다는 것은 이미 언급한 바 있는데, '초기 영웅소
설'로 호명되는 작품 가운데 분석 대상에서 제외된 <장백전> 또한 '가
족의 서사'라 말할 수 없는 작품이다. <장백전>은 영웅소설의 주류가
아니기에 분석 대상에서 제외시키나, 그렇다면 '방각본'과 '활자본'이 남
아 있지 않은 <최현전> 또한 예외가 아니다. <최현전>을 분석 대상에
포함시키면서 <장백전>을 제외한 것은, 영웅소설을 '가족의 서사'로 규

---

14) 이들 네 작품을 영웅군담소설의 초기 작품으로 판단하는 것은 문헌 기록을 통해
　　이들 작품을 확인할 수 있기 때문이다. 그 가운데 대표적인 것은 小田幾五郞의 사행록
　　인『象胥記聞』(1794년)의 기록이다. 여기에서 이 네 작품을 모두 확인할 수 있다. 초기
　　영웅소설의 존재 양상에 대해 주목한 대표적인 연구자는 이지영과 전성운이다. 이지
　　영,「<장풍운전> <최현전> <소대성전>을 통해 본 초기영웅소설 전승의 행방」,『고
　　소설연구』10, 한국고소설학회, 2000. ; 전성운,「장편 국문소설의 변모와 영웅소설의
　　형성」, 고려대 박사학위논문, 2000.
15) 이지영, 위의 글.

정하고자 하는 의도에 배치되기 때문일 것이다.

<장백전>을 포함시키게 되면, '가족의 서사'인 영웅소설은 '가문소설 [국문 장편소설]'의 영향 하에서 형성된 것이라는 주장을 하기 어렵다. <장백전>은 '연의소설'의 요소를 다분히 지니고 있는 작품이기에 그렇다.16) 16~17세기에 중국의 연의소설이 (상층에서) 애독된 사실을 문헌 기록을 통해 확인할 수 있거니와, 연의소설이 영웅군담소설 형성의 바탕일 수 있음을 간과해서는 안 된다.

영웅군담소설의 이미지에서 '군담'을 소거할 수는 없을 것이다. '군담'이 소거된 영웅군담소설을 영웅군담소설이라 말하기는 어렵기 때문이다. 그렇기에 영웅군담소설의 이미지에 '군담'을 중요한 한 축으로 포함시키는 것은 당연하다. 그렇지만 군담을 '가족의 재결합을 가능케 하는 계기이자 흥미의 요인'으로만 파악하는 것은 문제가 있다. 영웅군담소설 가운데는 '가족의 재결합 화소'가 존재하지 않는 경우도 있거니와,17) '가족의 재결합 화소'가 존재하는 경우에 있어서도, 군담[군사적 대결]이 '가족의 재결합을 가능케 하는 계기'로만 기능적으로 작동하지는 않기 때문이다. 가족의 재결합을 가능케 하는 계기로서의 군담은 외적의 침입, 역신의 찬탈로 인해 조성된 세계 질서의 균열 혹은 전도를 교정하는 방법이며, 그렇기에 흥미를 불러일으키는 형식적 장치로서만이 아니라 핵심적 주제를 구현하는 내용적 의미의 위상을 갖는 것이다. 이 군담이 보다 비중 있게, 역동적으로 그려지면서 강렬한 주제적 의미를 표명하고 있는 작품들은 '초기'가 아닌, '후기'의 영웅군담소설로 추정되는 <조

---

16) <장백전>과 연의소설과의 관계는 심재숙의 논문을 참고할 수 있다. 최근에 김도환은 <장백전>을 전기소설과 관련시키고 있다. 심재숙, 「장백전과 唐秦演義의 관계를 통해 본 영웅소설 형성의 한 양상」, 『어문논집』 32, 고려대 국어국문학과, 1993. ; 김도환, 「<장백전>의 <규염객전> 수용과 소설사적 의미」, 『고소설연구』 27집, 2009.

17) 이에 대해서는 4장을 참조.

웅전>, <유충렬전> 등과 같은 작품들이며, 이 후기의 영웅군담소설들이 독자들이 가장 애독했던 작품이었음은 주지의 사실이다.

'초기 영웅소설'이라 불리는 작품들을 대상으로, 영웅군담소설의 보편성을 확인하기란 어렵다. 문헌 기록에 그 이름을 남겼으며, 그것이 영웅군담소설 형성기의 작품일 것이라는 조건이, 영웅군담소설의 보편성을 확인할 수 있는 적절한/적합한 대상으로서의 지위를 보장하지는 않기 때문이다. 그렇기에 기존 연구에서는 대상을 선정하는 방법을 심중하게 모색했던 것이며, 대체로 독자들에게 널리 인기를 얻었던 작품들, 남아 있는 이본의 수가 많은 작품들, 연구 대상으로 주목되었던 작품들을 대상으로 보편성 논의를 했던 것이다.

3. '국가의 서사'와 '가족의 서사'

영웅군담소설의 핵심적 서사원리/구조를 '가족의 이산과 회복을 통한 영웅성의 실현'으로 파악하는 시각은 '영웅의 일대기 구조'로 파악하는 시각의 초역사성을 부정하고, '관습 장르'로서의 양식의 역사적 특수성을 드러내고자 했다. 하지만 '가족의 이산과 회복을 통한 영웅성의 실현'이라는 개념의 내포가 영웅군담소설의 범주적 외연을 특수하게 한정해 주지는 못했다고 생각한다.

17세기 전기소설로 분류되는 <최척전>은 전란으로 인해 헤어진 가족이 다시 재결합하기까지의 과정을 서사화하고 있으며, 여주인공인 '옥영'은 불굴의 의지로 가족과의 재결합을 이루어낸다. 옥영을 영웅적 인물 형상으로 볼 수 있느냐는 반론이 있을 수 있으나, 범인이 이루어낼 수 없는 일을 불굴의 의지로 이루어냈기에 영웅적 인물이라 말할 수도 있다. 17세기 가정소설로 분류되는 <사씨남정기>는 첩의 계교로 인해 흩어진 가족이 다시 재결합하기까지의 과정을 서사화하고 있으며, 여주인공인 '사씨'는 불굴의 의지로 규범을 고수해 가족이 재결합할 수 있는 바탕을 마련한다. 사씨를 영웅적 인물 형상으로 볼 수 있느냐는 반론이 있을 수 있으나, 범인에게서는 찾을 수 없는 규범에 대한 의지를 보여주고 있으므로 영웅적 인물이라 말할 수도 있다. 여기서 <최척전>과 <사씨남정기>를 언급한 이유는 자명하다. '가족의 이산과 회복을 통한 영웅성의 실현'이란 개념이 영웅군담소설의 범주를 역사적으로 특수하게 한정하지 못한다는 것을 보여주기 위함이다. 그렇기에 '18세기 중반~19세기의 소설'이라는 시기적 한정어를 붙일 수밖에 없었던 것이다.

그렇다면 영웅군담소설을 역사적으로 특수하게 개념화하기 위해서는 어떻게 해야 하는가? 우선 영웅군담소설을 대표할 수 있는 텍스트를 선정해야 하며, 이를 바탕으로 영웅군담소설에서 보편적으로 적출할 수 있는 내용이 무엇인가를 확인하는 것이 긴요하다. 영웅군담소설을 대표하는 텍스트는 앞서 언급한 기준을 적용하는 것이 바람직하며, 가능한 영웅군담소설이 소통되던 전 시기를 포괄할 수 있는 것이어야 한다. 영웅군담소설의 보편적 내용을 적출하기 위해서는, 먼저 영웅군담소설은 '군담'을 통해 문제를 해결하는/주인공의 지향가치를 실현하는 내용이라는 것을 전제하는 것이 중요하다. 군담을 통해 문제를 해결하고 주인공의 지향가치를 실현하지 않는 영웅군담소설은 존재하지 않기 때문이다.[18] 하지만 여기에 머물러서는 영웅군담소설을 역사적으로

---

18) 영웅군담소설 가운데는 '군담'[군사적 대결] 이전에 '과거 급제'를 통해 문제를 해결하고 지향가치를 실현하는 작품도 있다. '군담'을 통해 지향가치를 실현하는 단락을 '입공(立功) 단락'이라 하고, '과거 급제'를 통해 지향가치를 실현하는 단락을 '입신(立

특수하게 개념화하기 어렵다. 군담을 통해 문제를 해결하고 주인공의 지향가치를 실현하는 텍스트의 범주가 반드시 역사적으로 특수하게 개념화하고자 하는 영웅군담소설의 범주와 일치하는 것은 아니기 때문이다. 역사적으로 특수하게 개념화하기 위해서는 군담을 통해 해결되는 '문제'가 무엇인가를 확인하는 것이 중요하다. 군담을 통해 해결되는 문제는 영웅군담소설의 텍스트에서 인물의 대립/갈등을 통해 서사화되고 있으므로, 일차적으로는 영웅군담소설을 대표할 수 있는 텍스트를 대상으로, 인물의 서사적 대립을 통해 보편적으로 적출할 수 있는 갈등 양상이 무엇인가를 파악해야 한다. 다음으로는 '문제'가 어떻게 해결되는가를 파악해야 한다. 영웅군담소설은 '군담'을 통해 문제를 해결하는 소설이라고 했으나, 영웅군담소설을 역사적으로 특수하게 개념화하기 위해서는 문제의 해결이 어떻게 이루어지는가를 보다 구체적으로 주목할 필요가 있다.

영웅군담소설을 대표하는 작품은 여럿 있으나, 우선적으로 떠올릴 수 있는 대상은 <소대성전>, <장풍운전>, <조웅전>, <유충렬전>과 같은 작품들이다. <소대성전>과 <장풍운전>은 영웅군담소설의 형성기/초기의 작품으로, <조웅전>과 <유충렬전>은 성행기/후기의 작품으로 추정되고 있으며, 이 네 작품 모두 당대 독자들에게 큰 인기를 얻었고, 남아 있는 이본의 수도 적지 않으며, 주요한 연구대상이 되었던 것들이다.

그렇다면 이들 작품에서 보편적으로 서사화되고 있는 갈등 양상—군담을 통해 해결되는 서사적 문제는 무엇인가? 영웅군담소설의 서사적 갈등은 단일하지 않다. 단일한 갈등을 서사화한 작품도 있으나, 이는

身) 단락'이라 부르는데, '입신 단락'만 있는 경우는 없다. '입신 단락' 후에 반드시 '입공 단락'이 배치된다.

매우 드물다. 영웅군담소설은 기본적으로 복합 갈등의 서사이다. 영웅 군담소설의 주인공은 군담을 통해 외적[오랑캐]의 중국 침입/침략에 의해 조성된 국가갈등을 해결하거나[<조웅전>, <유충렬전>, <소대성전>, <장풍운전>], 역신/간신의 찬역/박해에 의해 조성된 정쟁갈등을 해결하거나[<조웅전>, <유충렬전>], 혼인을 둘러싼 혼사갈등을 해결한다[<소대성전>]. 이 셋을 주요 갈등이라 할 수 있는데, 그 중 국가갈등은 모든 작품에서 포착되는 보편적 갈등[기본 갈등]에 해당된다. 그러므로 영웅군담소설을 '군담을 통해 외적의 침입으로 조성된 균열된/전도된 중국중심적 국가 질서를 회복하는 소설'이라 말할 수 있다.

영웅군담소설에서 이 균열된/전도된 중국중심적 국가 질서의 회복은 어떻게 이루어지는가? 흔히들 영웅적 주인공의 투쟁에 의해 국가 질서의 회복이 이루어지며, 그렇기에 영웅군담소설의 주인공을 영웅적 인물이라 부른다. 국가 질서를 회복케 하는 일은 범인이 할 수 없는 일이기에, 주인공을 영웅적 인물이며 국가 질서 회복의 주체라 말할 수도 있다. 하지만 과연 그렇게 말할 수 있는가? 주인공이 국가 질서를 회복할 수 있었던 것은, 궁극적으로 그가 '무력/도술력'을 갖춘 인물이기 때문이다. '무력/도술력'을 갖췄기에 외적의 침입/침략을 물리칠 수 있었던 것이다. 그런데 주인공의 '무력/도술력'은 스스로 갖춘 것이 아니라 갖춰진 것이다. 텍스트에 등장하는 수많은 구조자(救助者)와 원조자(援助者)에 의해 '무력/도술력'이 부여된 것이다. 특히 원조자는 주인공에게 문제를 해결할 수 있는 능력을 부여하여 주인공이 문제를 해결하는 능력을 갖추게 하는 데 있어 절대적인 역할을 하는 인물이다. 원조자의 도움이 없다면 문제 해결은 불가능하다고 말할 수 있다. 그렇지만 원조자가 주인공에게 능력을 부여하는 것 또한 그렇게 할 수밖에 없는 것이다. 왜냐하면 그것은 거부할 수 없는 '천명(天命)'[천상(天上)의 명령(命令)]

이기 때문이다. 원조자는 천명을 대리하는 천상적 존재이기에 주인공에게 반드시 천명을 전달해, 지상에 천명이 구현되도록 해야 한다. 천명이 원조자를 통해 주인공에게 전달되는 것은, 주인공 또한 천상적 존재이기 때문이다. 주인공은 천상에서 하강한 천상적 존재이며, 주인공이 문제를 해결하고 지향가치를 실현하는 것은 이미 천상으로부터 예비된 것이었다. 그러므로 영웅군담소설은 '천명에 의해 갈등이 해결되는 소설'이라고 말할 수 있다. 앞서 영웅군담소설을 '군담을 통해 외적의 침입으로 조성된 균열된/전도된 중국중심적 국가 질서를 회복하는 소설'이라 말할 바 있다. 이때 주인공에 의해, 군담을 통해 해결되는 국가 질서의 문제는, 궁극적으로 천명에 의해 해결되는 것이므로, 영웅군담소설은 '주인공이 천명에 따라 외적의 침입으로 조성된 균열된/전도된 중국중심적 국가 질서를 군사적 대결을 통해 회복하는 소설'이라 개념화할 수 있는 것이다.19)

영웅군담소설은 본질적으로 '모색의 서사'가 아니라 '확인의 서사'이다. 주인공이 가야할 길은 이미 정해져 있으며, 이 길을 걸어가고자 하는 주인공의 의지 또한 확고하다. 주인공의 가야할 길, 가고자 하는 길에는 가야할 방향을 알려주는 이정표가 곳곳에 설치되어 있어, 길을 찾아 헤맬 이유가 없다. 이정표뿐만 아니라 여정을 방해하는 훼방꾼을 제

---

19) <장백전>과 <유문성전>의 경우를 들어 반론을 제기할 수도 있다. 주인공인 '장백'이나 '유문성', 주인공적 지위에 있는 '주원장'이 황제의 지위를 차지하고자 황제와 대립할 뿐만 아니라, '주원장'의 경우에는 황위를 차지한다. 이로 보아 두 작품은 '국가 갈등'을 서사화하고 있는 작품들과 대척적인 것으로 이해하기 쉽다. 하지만 두 작품 모두 시간적 배경이 '원나라'임을 간과해서는 안 된다. 중원을 차지한 오랑캐가 황제의 자리를 차지하고 있는 것이므로, 주인공이 황제와 대립하는 것은 곧 오랑캐와 대립하는 것이며, 주원장이 황위를 차지하는 것은 곧 중국 중심의 국가 질서를 회복하는 것이다. 이상 영웅군담소설의 개념과 관련된 논의는 김현양(1994) II장에 자세히 서술되어 있다.

압할 수 있는 수단 또한 함께 제공되어 있기에, 주인공은 자신이 가야할 길, 가고자 하는 길을 갈 수 있는 것이다. 주인공이 가는 그 길은 '천명의 길'이다. '천명의 길'은 중국과 오랑캐의 수직적 위계가 훼손되지 않는 세계로 향한 길이다. 그 길은 또한 군주와 신하의 수직적 위계가 훼손되지 않는 세계로 향한 길이기도 하다. 주인공이 이 '천명의 길'을 따라 가지 않는 영웅군담소설은 영웅군담소설이 아니며, 그렇기에 영웅군담소설은 근본적으로 '보수적'인 성격의 소설이다. '천명'은 바로 세계에 대한 보수적 인식, 그 관념의 표상에 해당된다.

하지만 이 '천명의 길'은 순탄하지 않다. 가야할 길, 가고자 하는 길이지만 '고난의 길'이기도 하다. 그 길의 끝은 훼손된 수직적 위계가 회복된 세계로 향해 있지만, 그 길은 수직적 위계가 훼손된 세계를 통과하는 길이다. 그 훼손된 세계의 길에서 고난을 경험하는 주된 인물은 물론 주인공이다. 영웅군담소설의 주인공은 훼손된 세계에 '홀로' 내던져져 고난을 겪는 존재이며, 훼손된 세계에서 고난을 겪고 있는 이들을 고난에서 벗어나게 하고자 분투하는 인물이기도 하다. 그러므로 비록 예정된 길이기는 하나, '천명의 길'을 '고난의 길'이라 말할 수 있다. 이 '고난의 길'을 통과하는 것은 범인으로서는 할 수 없는 일이기에, 그런 제한적 의미에서 '천명의 길'은 '영웅의 길'이라 말할 수 있다.

영웅군담소설에서 고난을 극복하는 방법은 주인공의 무력/도술력을 바탕으로 한 '군담'을 통해서이다. 군사적 대결을 통해 주인공은 외적/외적과 결탁한 역신을 물리치며, 이를 계기로 '고난의 길'을 가던 주인공뿐만 아니라 '고난의 길' 위에 있던 다른 이들도 고난에서 벗어나게 된다. 위기에 처했던 황실[황제/황제의 가족]이 안돈하게 되며, 흩어져 있던 가족들과 재회하게 된다. 하지만 모든 영웅군담소설이 이 두 가지 내용에 모두, 균등하게, 서사적 관심을 집중하지 않는다. 황실의 안돈에

서사적 관심을 집중하는 작품도 있으며[구국형(救國型):<소대성전>, <조웅전>], 가족의 회복에 서사적 관심을 집중하는 작품도 있고[성가형(成家型):<장풍운전>], 양자에 균등하게 서사적 관심을 집중하는 경우도 있다. [혼합형(混合型):<유충렬전>][20) '구국형'의 경우, 외적의 침략에 의해 조성되는 황실의 위기는 심각하며, 외적과의 군사적 대결은 대체로 도술전의 양상을 띠면서 치열하고 비중있게 서술되고, 가족의 행방을 알고 있기에 쉽게 재회한다. '성가형'의 경우, 외적의 침입에 의해 조성되는 황실의 위기는 미약하며, 외적과의 군사적 대결은 대체로 지략전의 양상을 띠면서 간단하고 소략하게 서술되고, 행방을 모른 채 흩어진 가족과 군사적 대결 이후에 재결합한다.

'구국형'의 경우는 '황실의 안돈'을 위한 주인공의 분투를 중심적으로 서사화하고 있으므로, '국가의 서사'라 말할 수 있다. '성가형'의 경우는 '가족의 회복'을 위한 주인공의 분투를 중심적으로 서사화하고 있으므로, '가족의 서사'라 말할 수 있다. 대부분의 영웅군담소설은 '국가의 서사'와 '가족의 서사', 두 서사 층위의 결합으로 이루어져 있다. '국가의 서사'와 '가족의 서사'가 거의 대등한 비중으로 결합되어 있는 '혼합형'도 있으나, 대체로는 어느 한 층위가 주-서사로, 다른 한 층위가 부-서사로 결합되어 있다. '국가의 서사'는, '구국형'의 경우에는 주-서사로, '성가형'의 경우에는 부-서사로 배치되어 있으나, 모든 영웅군담소설에 보편적으로 배치되어 있는 서사 층위에 해당된다. '국가의 서사' 층위가 포착되지 않는 영웅군담소설은 존재하지 않는다. 하지만 '가족의 서사'는 그렇지 않다.

외적의 침입으로 조성된 균열된/전도된 중국중심적 국가 질서를 회

---

20) 이에 대해서는 김현양(1994) Ⅲ장을 참고.

복하는/훼손된 세계를 교정하는 서사의 층위가 배제된 작품을 영웅군
담소설이라 호명하기는 어렵다. 뿐만 아니라 세 유형 가운데, '국가의
서사'를 주-서사로 배치하고 있는 '구국형'에 가장 많은 작품이 포함된
다. 그렇기에 영웅군담소설의 개념적 중심은 '국가의 서사'이다. '국가의
서사'를 배제한 채 혹은 도외시한 채 영웅군담소설의 보편성, 그 서사적
핵심을 논의하는 것은 그래서 문제가 있는 것이다.

4. 텍스트의 거시적 독해를 위하여

영웅군담소설은 복합 갈등의 서사이며, 그 서사의 층위 또한 복합적
이다. 대체로 '국가의 서사'를 바탕으로 '가족의 서사'가 결합되는 방식
으로 구성되지만, 항상 그런 것은 아니다. 여성 인물이 영웅적 주인공으
로 설정되는 작품의 경우는 '국가의 서사'를 바탕으로 '여성의 서사'가
결합되는 방식으로 작품/텍스트가 구성된다. 복합적인 복수의 서사 층
위 가운데 영웅군담소설의 보편성을 드러내는 중심은 '국가의 서사' 층
위이지만, 그렇다고 해서 '국가의 서사' 층위가 항상 의미해석의 중심인
것은 아니다. 작품/텍스트에 따라 의미 해석의 중심은 이동한다. <조웅
전>에서 '가족의 서사'만을 주목하고, 정쟁갈등과 긴밀하게 결합되어
있는 '국가의 서사'를 도외시한다면, 이는 <조웅전>을 오독하는 것이
다. <조웅전>의 경우, 의미해석의 중심 층위는 '국가의 서사'이기 때문
이다. 하지만 <장풍운전>의 경우, 의미해석의 중심 층위는 '가족의 서
사'이다. <유충렬전>은 '국가의 서사'와 '가족의 서사', 이 두 층위가 대
등하게 결합되어 있으며, 치밀하게 구조화 되어 있다. <유충렬전>에서
'가족의 서사'를 의미 있게 읽어낼 수 있으나, 그렇다고 해서 '국가의

서사'를 괄호에 넣을 수는 없다.[21] 영웅군담소설의 의미 해석의 중심은 작품/텍스트에 따라 달라질 수 있다. 작품/텍스트에 따라 양식 차원의 보편적 서사 층위가 중심적인 의미 층위일 수도 있고, 유형 차원의 특수한 서사 층위가 중심적인 의미 층위일 수도 있으며, 개별 작품/텍스트의 고유한 서사 층위가 중심적인 의미 층위일 수도 있다.[22]

   종종 일반화의 오류가 있었지만 또한 명확하게 의식했던 것은 아니지만, 영웅군담소설의 연구는 그렇게 진행되어 왔다. 영웅군담소설에서 '병자호란', '당쟁', '세도정치', '북벌론/화이론', '상상적 복수' 등 역사적 현실이나 역사적 현실을 구성하는 의식을 반영론/수용론의 시각에서 읽어낸 연구는 '국가 서사' 층위를 핵심적으로 주목한 결과이다.[23] '신분 변동', '농민층 해체와 유랑민의 고난' 등 조선 후기 민중적 삶의 현실을 반영론/수용론의 시각에서 읽어낸 연구는 '가족 서사' 층위를 핵심적으로 주목한 결과이다.[24] <유충렬전>에서 천자를 비판하는 유충렬의 발화를 주목해 비판적 개인의식을 읽어낸다거나,[25] 여성영웅의 인물

---

21) 이에 대해서는 김현양(2006)에서 자세히 논의한 바 있다.

22) 하지만 그렇다고 해서 보편적 층위와 특수한 층위의 범주가 뒤바뀔 수는 없다. 앞서 언급했듯이, '가족의 서사'를 양식의 보편적 층위로 범주화할 수는 없다. '가족의 서사'를 포착할 수 없는 작품/텍스트도 존재하기 때문이다. 뿐만 아니라 '가족의 서사'를 양식의 보편적 층위로 범주화 한다면, 그 하위의 특수한 유형적 층위를 구성해 내기가 매우 곤란하다.

23) 대표적인 논문을 제시하면 다음과 같다. 서대석, 「군담소설의 출현동인 반성」, 『고전문학연구』 1, 한국고전문학연구회, 1971. ; 서대석, 「병자호란과 군담소설」, 『도남 조윤제박사고희기념논문집』, 1976. ; 김현양, 「<조웅전>의 현실성과 낭만성」, 『연세어문학』 24집, 연세대 국어국문학과, 1992.

24) 대표적인 논문을 제시하면 다음과 같다. 박일용, 「<유충렬전>의 서사구조와 소설사적 의미 재론」, 『고전문학연구』 8집, 한국고전문학연구회, 1993. ; 이상구, 「<유충렬전>의 갈등 구조와 현실 인식」, 『어문논집』 34, 안암어문학회, 2001. ; 전성운, 「장편 국문소설의 변모와 영웅소설의 형성」, 고려대 박사학위논문, 2000.

25) 진경환, 「영웅소설 통속성 재론」, 『민족문학사연구』 3, 창작과 비평사, 1993.

형상을 통해 여성의식 혹은 여성성을 규명한 연구는 개별 텍스트의 고유한 서사 층위를 핵심적으로 주목한 결과이다.[26]

이 세 층위를 통합해 주는 것은 '군담'이다. 작품/텍스트마다 다소 차이는 있지만, '국가의 위기'를 해결하는 것도, '가족의 이산'을 해결하는 것도, '여성의 주체성'을 실현하는 것도 군사적인 대결을 통해서 이루어진다. 국가의 위기를 해소하는 일, 가족의 이산을 해결하는 일, 여성의 주체성을 실현하는 일을 '영웅적 행위'라고 할 때, 이 '영웅적 행위'를 가능케 하는 작품/텍스트의 층위는 '국가 서사'의 층위이며, 그렇기에 국가 서사의 층위는 영웅군담소설의 기본 구조를 이루는 것이라 말할 수 있다.

그렇다고 해서 영웅군담소설이 '국가 서사'를 중심으로 혹은 매개로 통일적으로 구조화되어 있다고 말하기는 어렵다. 국가적 위기를 해결하려는 영웅적 주인공의 행위는, 중국/황제를 중심으로 한 중세의 수직적 질서를 옹호하는 것이기에 본질적으로 보수적이다. 하지만 가족/민중의 이산으로 초래된 고난을 해결하는 주인공의 행위, 여성의 주체성을 실현하는 주인공의 행위는 그렇지 않다. 중세적 질서의 주변부에 배치된 민중/여성의 문제를 제기하고 해결한다는 점에서 진보적이라 말할 수 있다. 그렇지만 이러한 진보성은 반드시 보수적 질서를 회복하는 과정 속에서 텍스트에 구현된다. 그렇기에 영웅군담소설의 복합적 서사 층위는 길항적 관계로 구성되기도 한다.[27]

---

26) 대표적인 논문을 제시하면 다음과 같다. 정병설, 「여성영웅소설의 전개와 '부장양문록'」, 『고전문학연구』 19, 한국고전문학회, 2000. ; 박혜숙, 「여성영웅소설과 평등, 차이, 정체성의 문제」, 『민족문학사연구』 38, 민족문학사연구소, 2006.

27) 영웅군담소설을 구성하는 서사 층위는 복합적이며, 그 관계는 길항적이라는 말은 영웅군담소설을 전일적으로 '보수적'인 성격의 소설 양식이라 독해해서는 안 된다는 것을 의미하는 것이다. 근본적으로 중세 체제의 틀 안에 갇혀 있지만, 중세 체제의

지금까지의 영웅군담소설 연구는 복합적 서사 층위 가운데 의미해석의 중심 층위만을 선택적으로 주목해 왔다. 특히 최근의 연구는 영웅군담소설의 보편적 서사 층위인 '국가의 서사'를 배제 혹은 도외시한 채 이루어지는 경향이 있다. '국가의 서사'를 독자에게 통속적 흥미를 불러일으키는 '관습적 서사'로 자리매김하면서 의미해석의 영역 밖으로 추방하고, 내용을 소거한 채 '흥미의 형식'으로만 바라보고 있는 것이다.[28] 왜 그럴까? 그것은 영웅군담소설의 모든 작품/텍스트마다 거의 동일하게 반복되는 이 서사 층위에서, 새로운 혹은 도전적인 의미해석의 가능성을 발견하기 어렵다고 보기 때문이다. '국가의 서사'는 '천명'의 표상을 통해 너무도 분명하고 명확하게 중세적 지배질서를 보수·옹호하고 있기 때문이다.

하지만 모든 영웅군담소설의 텍스트에서 빠짐없이 '국가의 서사'가 반복되고 있는 '생산의 맥락'은 단순하지 않아 보인다. 16세기말~17세기 중반의 시기에 동아시아 전체를 휩쓸었던 '전란'은, 단순히 전란으로 인한 고난과 치욕스런 패배의 기억만으로 남아 있는 것은 아니다. 그 '전란의 기억'은 '화(華)-이(夷)의 수직적 지배질서'를 근본적으로 부정하는 새로운 역사의 전망을 불러일으키지는 못했지만, 수직적 지배질서를

───────────

문제를 비판적으로 바라보는, 균일하지 않고 상호 모순적이기까지 한 의식이 영웅군담소설에는 내재되어 있다. 그렇기에 영웅군담소설을 '이념의 서사'라 획일적으로 호명해서는 안 된다. 영웅군담소설에는 중세적 이념을 비판하면서 이를 부정하고자 하는 불온한 욕망이 도사리고 있는 바, 그런 점에서 '욕망의 서사'라 말할 수 있다. 영웅군담소설의 성취를 온당하게 해명하기 위해서는 '욕망의 서사'로서의 영웅군담소설의 면모를 온당하게 읽어내는 것이 무엇보다 긴요하다.

28) 이지영, 「<장풍운전><최현전><소대성전>을 통해 본 초기영웅소설 전승의 행방」, 『고소설연구』 10, 한국고소설학회, 2000. ; 전성운, 「장편 국문소설의 변모와 영웅소설의 형성」, 고려대 박사학위논문, 2000. ; 심우장, 「<유충렬전>의 담론 특성과 미학적 의의」, 『관악어문연구』, 서울대 국문과, 2003. ; 김도환, 「고전소설 군담의 확장방식 연구」, 고려대 박사학위논문, 2010.

비판적으로 사유하는 계기가 되기도 했다. 영웅군담소설은, 역사 서술이 감당하지 못하는 이 기억을 불러낸다. 어떻게 그렇게 말할 수 있는가? 모든 영웅군담소설에서 주인공은 국가의 위기를 '홀로' 해결한다. '홀로' 훼손된 세계를 교정하는 주인공의 분투! 주인공이 '홀로' 훼손된 세계를 교정할 수밖에 없는 것은, 주인공 이외에 훼손된 세계를 교정할 수 있는 능력을 갖춘 인물이 존재하지 않기 때문이다. 이는 다시 말하면, 체제가 지배질서—그 이념을 지켜낼 수 있는 역량을 지니고 있지 못함을 의미하는 것이다. 영웅군담소설의 텍스트에서는 이를 충신의 몰락과 역신/간신의 득세로 형상화 한다. 그런데 지배질서를 수호해야 할 충신은 모조리 몰락하고, 주인공을 제외한 충신의 후예도 남아 있지 않으며, 남아 있다 하더라도 결국 주인공의 분투에 의해서만 해결되어야 한다. 주인공의 분투에 의해 국가의 위기가 해결될 수 있었던 것도, '천명'에 의해, 홀로된 주인공에게 '도술력/무력'을 제공하였기에 가능한 것이었다. 영웅적 주인공의 분투를 통해, 충신인 몰락양반의 후예에 의해서 지배질서가 수호될 수 있다는 낙관적 전망을 읽어냈다면, 그건 오독이다. '홀로' 분투하는 주인공의 형상은 지배질서를 지켜낼 역량이 소진되었으며, 현실적으로 더 이상 지배질서를 지켜낼 수 없음을 역설적으로 드러내고 있는 것이다. 그렇기에 영웅군담소설은 지배질서의 중심이면서 무력하기 짝이 없는 황제에 대해서 대단히 비판적이다. 황제를 향한 이 비판의 시선은 거의 조롱에 가깝다. 모든 작품/텍스트가 그런 시선을 드러내는 것은 아니지만, 영웅군담소설은 대체로 '황제'의 무능을 노골적으로 드러낸다. 게다가 위기의 상황에서 드러나는 황제의 유약함과 비굴의 이미지를 보태, 황제를 웃음거리로 만든다. <유충렬전>의 경우에는 주인공의 직접적인 발화를 통해 정면에서 황제의 '혼암(昏暗)'을 비판하기도 한다. 기존의 영웅군담소설 연구에서는 비판의 시선이 외적

/역신에게 향해 있음을 지적했지만, 황제에게 향해 있는 비판의 시선도 함께 읽어낼 수 있어야 한다.[29] 영웅군담소설은 비록 '화-이의 수직적 지배질서'를 근본적으로 부정하지는 못했지만, 그렇기에 '보수적 서사'라 말할 수밖에 없지만, 화와 이, 이 양쪽을 모두 비판적으로 바라보고 있다. 양날의 칼날이 수직적 지배질서의 두 축을 모두 향하고 있었던 것이다. 영웅군담소설을 전란의 치욕을 상상적 허구를 통해 갚는 '관념적 복수의 서사'로 독해했으나, 이 '복수의 시선'은 대단히 착잡하다. 중심[華]에 도전하는 주변[夷]을 응징하는 것에 대한 환희로 행복하게 서사를 마무리 하고 있지만, 이 환희 속에는 중심에서도, 주변에서도, 현실의 기대와 미래의 전망을 발견할 수 없는 '시대의 우울'이 도사려 있다.

몇몇 작품에 국한된 것이지만, 화-이의 인물 설정을 변화시켜 경화된 화이의식으로부터 탈피하고자 하는 지향을 보여주는 경우도 있다. 지배질서를 보수·옹호하는 주인공을 '화'가 아닌 '이'[조선/호국]의 인물로 대체하기도 하는데, 이 경우 '민족주의적 소중화의식'이 반영된 것으로 해석할 수 있다. 뿐만 아니라 화=긍정/이=부정의 대립 구도를 화=부정/이=긍정 또는 화=긍정/이=긍정의 구도로 변화시키기도 하는데, 이 경우 '북학의식'이 반영된 것으로 해석할 수 있다. 중심[화]이 아닌 주변[이]에서 현실의 기대와 미래의 전망을 모색하고 있는 것이다.[30] 이처럼 영웅군담소설은 '국가의 서사'를 통해 '화-이의 지배질서'에 대해 끊임없이 문제를 제기한다. 비록 '화-이의 지배질서'를 근본적으로 부정하지는 못했지만, 이에 대한 비판의 시선을 줄곧 거두지 않았는데, 그것은 명·청 교체 이후로부터 근대에 이르기까지 지속됐던 동아시아 지배질서의 향방에 대한 조선 사회의 관심—그 인식과 수준을 반영하고 있는 것이라 말할

---

29) 황제에게 향하는 비판의 시선에 대해서는 김현양(1994) Ⅳ-3-2)를 참조.

30) 이에 대해서는 김현양(1994) Ⅳ-3-2)를 참조.

수 있다. 모든 영웅군담소설의 텍스트에서 빠짐없이 '국가의 서사'가 반
복되고 있는 '생산의 맥락'이 단순하지 않다고 말한 것은 이 때문이다.

'국가의 서사'에 중심에 대한 비판 의식, 주변에 대한 기대 의식이 반영
되어 있듯이, '가족의 서사'에는 민중[주변]의 삶에 대한 관심이 각인되어
있으며, '여성의 서사'에는 남성[중심]과 여성[주변]의 평등에 대한 인식이
담겨 있다. 영웅군담소설을 구성하는 복수의 서사 층위에는 공통적으로
중심에 대한 비판의식, 주변에 대한 기대 의식이 일정하게 반영되어 있
다고 말할 수 있다. 하지만 '국가의 서사'가 '화-이의 수직적 지배질서'를
근본적으로 부정하지 못했듯이, '가족의 서사'와 '여성의 서사' 또한 마찬
가지이다. '가족 서사'가 가족의 고난을 통해 민중의 문제를 환기한다고
했으나, '민중의 문제'를 환기하는 기표로서 가족이라는 표상은 근본적
으로 한계가 있는 것이다. 뿐만 아니라 '가족 서사'의 지향 가치인 '가족'
은 성리학적 '효' 관념 혹은 '효'를 절대시 하는 관념에 긴박되어 있어,
주변적 가치를 담아내고 있는 것은 아니라고 말할 수도 있다. '여성의
서사'가 여성의 문제를 제기한다고 했으나, 여성주인공의 형상화가 '남
성(중심)성'을 근본적으로 부정하는 방식으로 이루어지지는 못했다.31)

영웅군담소설은 중심과 주변의 관계- 그 수직적 지배질서를 문제시
하며 이를 서사화한다. 하지만 모든 영웅군담소설이 단일하고 균질적이
지 않다. 작품/텍스트에 따라 그 서사의 수준은 상이하며, 개별 작품/텍
스트에서조차 복수의 서사 층위가 단일한 목소리를 내지 않는 경우가

---

31) 조선 후기의 시기에, 주체적으로 여성의 문제를 제기한, 여성 주인공 영웅군담소설
의 성취를 강조한 대표적인 연구자는 박혜숙(2006)이다. 하지만 장시광은 여성주인공
의 형상화가 '남성(중심)성'을 근본적으로 부정하는 방식으로 이루어지지는 못했음을
지적한다. 장시광, 「여성영웅소설에 나타난 '여화위남'의 의미」, 『한국고전여성문학연
구』 2집, 한국고전여성문학회, 2001. ; 장시광, 「'방한림전'에 나타난 동성결혼의 의미」,
『국문학연구』 6, 국문학회, 2002.

허다하다. 이 다종(多種), 다성(多聲)의 복잡한 변주 양상에 접근하기 위해서는 작품/텍스트를 단일하고 균질적으로 이해/인식하는 미시적 시각에서 벗어나, 작품/텍스트를 구성하는 복수의 서사층위를 세밀하게 독해해야 하며, 복수의 서사층위에서 들려오는 소리들의 의미를 거시적으로 음미하며 해석해야 한다.

그렇게 하기 위해서는 영웅군담소설을 '가족의 서사'와 '군담'으로 이분하고, '가족의 서사'를 '서사원리 혹은 구조'로, '군담'을 '흥미의 형식'으로 파악하는 시각에서 벗어나야 한다. '가족의 서사'를 영웅군담소설의 '서사원리 혹은 구조'로 파악하게 되면, '국가의 서사' 층위와 '여성의 서사' 층위에서 들려오는 소리를 제대로 듣기 곤란하다. '군담'을 '흥미의 형식'으로 파악하게 되면, '국가의 서사' 층위에서 들려오는 소리를 전혀 들을 수 없다. 또한 '군담'을 '흥미의 형식'으로 파악하는 것은 철저하게 내용과 형식을 분리하는 시각이다. 서사적 '흥미'가 서사원리 혹은 구조에 해당하는 '가족의 이산과 회복'의 내용에서 비롯되는 것이 아니라, 주인공의 군사적 대결 형식에서 비롯된다고 파악하는 것이기 때문이다.

서사적 흥미의 원천은 내용과 형식, 양자 모두이다. 중심과 주변의 관계—그 수직적 질서를 문제시 하는 내용으로부터 서사적 흥미가 일어난다. 중심에 대한 비판, 주변에 대한 기대의 심리가 충족되면서 서사적 흥미가 돋우어 지는 것이다. 군사적 대결을 벌이는 과정은 외적을 물리치는 과정이기도 하지만, 황제를 비난하고 조롱하는 과정이기도 하며, 헤어진 가족을 만나는 과정이기도 하고, 여성의 주체성을 실현하는 과정이기도 하다. 외적과의 군사적 대결의 서사적 추이[국가의 서사]는 '가족의 서사', '여성의 서사'와 결코 분리되지 않으며, 내용과 형식을 결코 분리시키지 않는다. 그래서 '국가의 서사'가 영웅군담소설의 보편적 중심의 위상을 차지한다고 말할 수 있는 것이며, 거시적 시각을 마련하는

'거점'이라 말할 수 있는 것이다.

영웅군담소설은 후기로 올수록 독자의 흥미에 영합해 통속화되었으며, 매너리즘화 되었다는 시각이 일반화 되고 있으나, 이 또한 온당한 시각이 아니다. 후기로 올수록 작품/텍스트의 수가 증가하면서 중심과 주변의 관계에 대한 문제의식이 결여된 작품/텍스트의 수도 증가했을 수 있으나, 중심-주변의 관계를 문제시 하는 윗길의 작품/텍스트는 오히려 후기로 올수록 풍성해진다. 화-이의 관계를 문제시 하는 <징세비태록>, 황제를 비판하고 가족의 가치를 옹호하는 <유충렬전>, 여성과 남성의 평등성을 드러내는 <방한림전> 등, 영웅군담소설의 문제작들은 후기의 소산이다. 전기와 후기를 나누어, 두 시기의 층차를 강조하는 것 또한 영웅군담소설의 인기를 '흥미의 형식'에서 찾는 미시적 시각에서 기인한 것이다.

복수의 서사가 복합적으로 구성되어 있으며, 다종, 다성의 양상을 보여주는 영웅군담소설의 작품/텍스트들과 제대로 만나 이를 온당하게 이해/인식하기 위해서는 '국가의 서사'를 거점으로 해 거시적인 시각으로 접근해야 한다.

5. 맺음말

이 글에서는 영웅군담소설의 주요 연구 성과들을 바탕으로, (1) 영웅군담소설에 대한 이해/인식이 어떻게 형성되고 교체되었는가 (2) 영웅군담소설을 어떻게 개념화할 것인가 (3) 영웅군담소설을 온당하게 이해/인식하기 위해서는 어떤 시각으로 접근해야 하는가에 대해 서술했다.

(1)과 관련해, 영웅군담소설은 군담소설에서 영웅소설로 그 개념이

교체되었으며, 영웅소설 개념도 '영웅의 일대기 구조를 지닌 소설'에서 '가족의 이산과 회복의 구조를 지닌 소설'로 교체되었다고 했다. 하지만 영웅군담소설을 '가족의 이산과 회복의 구조'로 개념화하는 것은 문제가 있다고 했다. 분석 대상인 작품에서 '가족의 이산과 회복의 구조'를 보편적인 서사원리로 도출하기 어려우며, 영웅군담소설 가운데는 '가족의 이산과 회복의 구조'를 전혀 포착할 수 없는 작품도 있기 때문이라고 했다. (2)와 관련해, 영웅군담소설의 갈등 양상과 갈등의 해결 방식을 주목해, 영웅군담소설을 '주인공이 천명에 따라 외적의 침입으로 조성된 균열된/전도된 중국중심적 국가 질서를 군사적 대결을 통해 회복하는 소설'이라 개념화해야 한다고 했다. 또한 영웅군담소설은 '국가의 서사'와 '가족의 서사'를 두 축으로 해 전체 서사가 구성된다고 했다. 텍스트를 구성하는 서사 층위 가운데 개념의 중심은 '국가의 서사'이나 의미 해석의 중심은 고정되지 않는다고 했다. '국가의 서사'는 모든 영웅군담소설에 보편적으로 배치되어 있는 서사 층위에 해당하나, '가족의 서사'는 그렇지 않다고 했다. (3)과 관련해, 영웅군담소설은 중심과 주변의 관계— 그 수직적 지배질서를 문제시 하며 이를 다종, 다양하게 서사화 한다고 했다. 복수(複數)의 서사가 복합적으로 구성되어 있으며, 다종, 다성의 양상을 보여주는 영웅군담소설을 온당하게 이해/인식하기 위해서는 복수의 서사 층위 가운데 특정 서사 층위만을 주목하는 미시적 시각을 지양하고, '국가의 서사'를 거점으로 해 거시적인 시각으로 접근해야 한다고 했다.

이 글은 『민족문학사연구』 46호(민족문학사학회, 2011)에 수록한 논문을 수정하여 재수록한 것이다.

고전소설사에서의 17세기 소설의 위상

김종철

1. 머리말

김태준(金台俊)의 『증보 조선소설사(增補 朝鮮小說史)』(1939)에서 17세기의 소설을 그 전후(前後) 시기와 구별한 이래 고전소설사 서술에서 17세기는 대체로 전환기(轉換期) 또는 독자적인 시기로 인식되고 있다.[1] 문학사는 물론 일반사에서 17세기 이후를 조선 후기(後期)로 보고 있어

---

1) 조선시대 소설사의 시대 구분은 그 동안 다양하게 이루어져 왔다. 17세기를 하나의 독자적인 시기로 보는 관점, 17~18세기를 묶어서 보는 관점, 17~19세기를 다 묶어 보는 관점, 16·17세기로 묶어 보는 관점 등이 있어왔다. 한편 북한에서는 17세기를 하나의 독자적인 시기로 보는 관점이 지배적인 것으로 보인다. 아래의 논저에서 이러한 조선시대 소설사 시대구분의 실제를 볼 수 있다.

　김광순, 『韓國古小說史와論』, 새문사, 1990 ; 김광순, 『고소설사』, 새문사, 2006 ; 김춘택, 『조선고전소설사연구』, 김일성종합대학출판사, 1986(김춘택, 『우리나라 고전소설사』, 한길사, 1993) ; 김춘택·은종섭, 『조선소설사 -조선문학과용』, 김일성종합대학출판사, 1989 ; 김태준, 『증보조선소설사』, 학예사, 1939 ; 김현양, 「북한의 17세기 소설사 서술의 몇 가지 문제」, 『한국고전소설사의 거점』, 보고사, 2007 ; 김현양, 「16·17세기 소설사의 새로운 면모」, 민족문학사연구소 엮음, 『새민족문학사강좌(1)』, 창비, 2009 ; 성오 소재영교수 환력기념논총 간행위원회 편, 『고소설사의 제문제』, 집문당, 1993 ; 소재영, 「고소설사의 시대구분 문제」, 『고소설연구』 5, 한국고소설학회, 1998 ; 인권환, 「고소설사 서술의 종합적 검토」, 『어문논집』 31, 1992 ; 장효현, 「한국고전소설의 존재양상」, 『한국고전소설사연구』, 고려대학교 출판부, 2002 ; 조동일, 『한국문학통사(3)』(4판), 지식산업사, 2005.

소설사의 이러한 시대구분은 특수한 것은 아니다. 일본(日本)의 조선(朝鮮) 침략으로 인해 전개된 한반도에서의 동아시아 삼국의 전쟁, 그리고 청(淸)의 조선 침략과 명·청(明淸) 교체는 동아시아 질서의 재편은 물론 동아시아 삼국의 내부에 큰 변화를 초래했으므로, 17세기를 전환기, 또는 독자적인 시기로 볼 근거는 충분하다.

　그런데 17세기를 전환기로 보기도 하고 독자적인 시기로 보기도 하는 것은 특정한 시기에 대한 인식이 복층적(複層的)임을 말한다. 과거에서 미래로 지속되는 시간에서 어떤 특정한 단위로 시간을 구획지어 인식할 때, 그 단위가 내적으로 반드시 동질적이라거나 다른 단위와 질적으로 구별된다고 단정할 수는 없다. 김태준(金台俊)처럼 17세기 소설사를 임·병(壬丙) 양란(兩亂) 사이의 시기와 그 이후의 시기로 하위 구분을 할 수 있겠으나, 다른 한편으로는 17세기는 18세기와 엄밀히 구분되지 않을 수 있는 것이다. 17세기를 전환기로 인식하는 것 자체가 17세기는 대체로 그 주된 추세가 18, 19세기와 같다고 보기 때문이다. 또 특정한 단위의 시간의 성격을 규정하는 것도 손쉬운 일이 아니다. 조동일의 『한국문학통사』의 시대구분처럼 17세기는 물론 18, 19세기도 더 큰 차원에서는 전환기라 할 수 있으며, 반면에 소설사로 국한하면 16세기도 나름대로 전환기로 볼 여지도 있는 것이다.[2] 따라서 소설사에서 17세기를 인식하는 시각은 복층(複層)이어야 할 필요가 있다. 즉 16세기 및 18세기와 구별되는 17세기의 독자성을 살피는 시각과, 세기(世紀)의 단위를 넘어선 더 큰 단위의 시간 속에서 17세기의 위상을 살피는 시각을 갖추어야 한다.

　아울러 고전소설사에서 17세기의 위상을 살피는 일은 소설이라는 특정한 갈래(장르) 전개의 역사를 대상으로 그 시대 구분을 하는 작업이기

---

2) 「특집 16세기 소설사의 재인식」, 『민족문학사연구』 25, 2004 ; 민족문학사연구소 고전소설사연구반, 『묻혀진 문학사의 복원 - 16세기 소설사』, 소명출판, 2007 참조.

도 하므로 구분의 기준을 점검할 필요가 있다. 소설사의 전개에 관여하는 요인은 매우 복합적이고, 소설사에서 지속과 변모의 양상들이 함축하는 의미 또한 하나의 기준으로 판단하거나 해석하기 어렵기 때문이다. 예컨대 전기소설(傳奇小說)이 변모하는 것, 장편소설이 등장한 것, 그리고 국문소설의 창작이 활발해지기 시작한 것은 17세기의 대표적인 새로운 현상들로 주목되고 있는데, 이 셋이 소설사의 시대구분과 관련하여 갖는 의미 연관에는 차이가 있다. 전기소설의 변모가 기존의 소설 양식의 변모라면 장편소설의 등장은 새로운 소설 형식의 등장 및 소설 영역의 확대와 관련이 있고, 국문소설의 창작은 소설의 언어와 관련되면서 독자 및 국어 생활사의 영역과 연결되므로 이 세 가지 현상은 시대구분과 관련하여 그 층위가 각기 다른 것이다. 즉 소설의 언어를 중심으로 보면 한문소설의 시대에서 국문소설과 한문소설이 공존하는 시대로, 소설 형식을 중심으로 보면 단편 중심의 시대에서 장편이 소설 판도의 한 축으로 등장하는 시대로, 소설 양식을 중심으로 보면 전기소설이 크게 변모하는 한편 영웅소설과 가문소설을 비롯한 다른 하위 양식의 소설들이 등장하는 시대로 17세기를 인식할 수 있으므로 이 세 현상은 그 의미 층위가 각각 다른 것이다. 이 점에서 소설사의 인식과 시대구분은 입체적일 필요가 있다.

일반적으로 갈래(장르)사의 인식에서 그 중심에 놓는 것은 양식의 변화 혹은 교체인데, 우리 문학사의 경우 시가사(詩歌史)의 시대구분에서 이의 적용을 볼 수 있다. 그러나 소설사의 경우 양식의 변천을 확인하기가 쉽지 않다. 주지하듯이 전기소설 중심의 시대가 지속되다가 17세기에 들어서면서 큰 변화가 일어나지만 조선 후기 자료의 편년 작업의 어려움으로 인해 양식의 변화와 교체 및 확대의 실상을 재구성하기 어렵다. 따라서 양식은 물론 서사의 특징, 작가, 독자, 언어, 소설의 유통

방식, 소설의 사회적 역할과 문화적 지위 등등을 종합적으로 고려할 필
요가 있는 것이다.

지금까지 17세기 소설에 대한 연구를 일별하면 대체로 다음과 같은
연구 경향이 두드러진다. 첫째는 왜란(倭亂)과 호란(胡亂)과 관련하여 이
시기 소설을 보는 것이고3), 둘째는 새로운 자료의 발굴과 작품 창작
시기의 추정을 통해 이 시기 소설사의 전개를 재구성해보려는 것이며4),
셋째는 장편의 등장과 같은 소설 형식과 전기소설 및 가문소설과 같은
양식에 초점을 두어 그 형성, 변모 및 상호 관련성 등을 검토하는 것이
며5), 넷째는 서사의 특징을 중심으로 시대적 추이를 점검하는 것이며6),

---

3) 소재영, 『임병양란과 문학의식』, 한국연구원, 1980 ; 박희병, 「<최척전>- 16·7세기
   동아시아의 전란과 가족이산」, 김진세 외, 『한국고전소설작품론』, 집문당, 1990 ; 정환
   국, 「16~17세기 동아시아 전란과 애정전기소설」, 『초기소설사의 형성과정과 그 저변』,
   소명출판, 2005 ; 장경남, 「임·병양란과 17세기 소설사」, 『우리문학연구』 21, 2006 ;
   김춘택, 앞의 책 ; 김춘택·은종섭, 앞의 책.

4) 임형택, 「전기소설의 연애 주제와 <위경천전>」, 『동양학』 22, 1992 ; 조희웅·松原孝
   俊, 「<숙향전> 형성연대 재고」, 『고전문학연구』 12, 1997 ; 이복규, 「<묵재일기> 소재
   5종 국문·국문본 소설에 대하여」, 『고전문학연구』 12, 1997 ; 박희병, 「17세기 초의
   崇明排胡論과 부정적 주인공의 등장-<강로전>에 대한 고찰」, 기념논총간행위원회
   편, 『양포 이상택교수 환력기념논총 한국고전소설과 서사문학(상)』, 집문당, 1998 ;
   박희병, 「한문소설과 국문소설의 관련 양상」, 『한국한문학연구』 22, 1998 ; 정학성,
   「<신독재수택본 전기집>의 17세기 소설집으로서의 성격과 위상」, 『고소설연구』 13,
   2002 ; 정학성, 「전기소설 <유소랑전> 연구」, 『고소설연구』 13, 2003 ; 간호윤, 『先賢遺
   音』, 이회, 2003 ; 소인호, 「17세기 고전소설의 서적 유통과 <화몽집>의 소설사적 위
   상」, 『고소설연구』 21, 2006.

5) 김종철, 「서사문학사에서 본 초기소설의 성립 문제」, 다곡 이수봉선생회갑기념논총
   간행위원회 편, 『고소설연구논총』, 간행위원회, 1988 ; 김종철, 「전기소설의 전개양상
   과 그 특성」, 『민족문화연구』 28, 1995 ; 박일용, 「전기계 소설의 양식적 특징과 그
   소설사적 변모 양상」, 『민족문화연구』 28, 1995 ; 윤재민 「전기소설의 인물 성격」, 『민
   족문화연구』 28, 1995 ; 임치균, 『조선조 대장편소설 연구』, 태학사, 1996 ; 김대현, 『조선
   시대 소설사 연구-17세기 소설의 이행과정을 중심으로』, 국학자료원, 1996 ; 박희병,
   「한국한문소설사의 전개와 전기소설」, 『한국전기소설의 미학』, 돌베개, 1997 ; 강상순,

다섯째는 개별 작품과 작가 및 독자에 대한 연구이며7), 여섯째는 중국
소설과 관련하여 이 시기 소설을 이해하는 것8) 등이다. 이러한 지금까

「전기소설의 해체와 17세기 소설사적 전환의 성격」, 『어문논집』 36, 1997 ; 송성욱,
「혼사장애형 대하소설의 서사문법 연구」, 서울대 대학원 박사논문, 1997 ; 윤재민, 「조
선 후기 전기소설의 향방」, 『민족문학사연구』 15, 1999 ; 정환국, 「17세기 애정류 한문소
설 연구」, 성균관대학교 대학원 박사논문, 2000 ; 윤세순, 「<홍백화전>을 통해 본 애정
전기의 이행기적 양상」, 『한문학보』 2, 2000 ; 김문희, 「애정 전기소설의 문체 연구」,
서강대학교 대학원 박사논문, 2002 ; 장효현, 「국문 장편소설의 형성과 가문소설의
발전」, 『한국고전소설사연구』, 고려대학교 출판부, 2002 ; 이정원, 「조선조 애정 전기소
설의 소설시학 연구」, 서강대학교 대학원 박사논문, 2003 ; 박일용, 「가문소설과 영웅소
설의 소설사적 관련 양상」, 『영웅소설의 소설사적 변주』, 월인, 2003 ; 정환국, 앞의
책 ; 정길수, 「17세기 장편소설의 형성 경로와 장편화 방법」, 서울대학교 대학원 박사논
문, 2005 ; 김정숙, 『조선후기 재자가인소설과 통속적 한문소설』, 보고사, 2006 ; 임정지,
「한국고전소설의 애정유형과 변화양상 연구」, 한국학대학원 박사논문, 2007.
6) 예컨대, 최기숙, 『17세기 장편소설 연구』, 월인, 1999 ; 양승민, 「17세기 전기소설의
통속화 경향과 그 소설사적 의미」, 고려대학교 대학원 박사논문, 2003 ; 이종필, 「'행복
한 결말'의 출현과 17세기 소설사 전환의 일 양상」, 『고전과해석』 10, 2011 등.
7) 예컨대, 송성욱, 「17세기 중국소설의 번역과 우리 소설과의 관계 - <옥교리>를 중심
으로」, 『한국고전연구』 7, 2001 ; 전성운, 「<구운몽>의 창작과 명말 청초 염정소설
 - <공공환>과의 비교를 중심으로」, 『고소설연구』 12, 2001 ; 정길수, 「<왕십붕기우
기>의 개작 양상과 소설사적 위상」, 『고전문학연구』, 2001 ; 장효현, 「한국고전소설에
미친 중국 소설의 영향사」, 앞의 책 ; 전성운, 『한·중 소설 대비의 지평』, 보고사, 2005
 ; 정길수, 「17세기 장편소설의 형성 경로와 장편화 방법」, 앞의 논문, 제3장 ; 김정숙,
앞의 책, 제3장 등.
8) 이 분야의 연구는 고전소설 연구 초기부터 많은 업적이 쌓여 왔다. 근래 이 분야의
주요 성과를 들면 다음과 같다.
  임철호, 『임진록 연구』, 정음사, 1986 ; 진경환, 「<창선감의록>의 작품구조와 소설사
적 위상」, 고려대학교 대학원 박사논문, 1992 ; 이복규, 『임경업전연구』, 집문당, 1993
 ; 박영희, 「<소현성록> 연작 연구」, 이화여자대학교 대학원 박사논문, 1994 ; 김종철,
「장편소설의 독자층과 그 성격」, 한국고소설연구회 편, 『고소설의 저작과 전파』, 아세
아문화사, 1994 ; 이상구, 「<숙향전>의 문헌적 계보와 현실적 성격」, 고려대학교 대학
원 박사논문, 1994 ; 박영희, 「장편가문소설의 향유집단 연구」, 한국고전문학회 편,
『문학과 사회집단』, 집문당, 1995 ; 이윤석, 「<홍길동전> 연구」, 계명대학교 출판부,
1997 ; 강상순, 「<구운몽>의 상상적 형식과 욕망에 대한 연구」, 고려대학교 대학원
박사논문, 1999 ; 차충환, 『숙향전 연구』, 월인, 1999 ; 이지영, 「<창선감의록>의 이본

지의 연구는 많은 성과를 내어 이 시기 소설사의 전개를 전반적으로 인식하는데 크게 기여하였다.

이러한 성과를 바탕으로 이 글에서는 소설사의 전개라는 차원에서 17세기 소설의 여러 특징과 전개 양상을 거시적으로 점검하되 앞에서 언급한 복층(複層)의 시각을 견지하고자 한다. 이를 통해 상위 층위의 현상이 하위 층위의 현상과 연결되는 양상을 점검하고, 나아가 이 시기 소설사의 전환이 문화사 차원의 전환의 성격도 겸함을 검토해보고자 한다. 이 시기 소설의 전개 양상은 형식과 양식의 차원에서 커다란 판도 변화가 일어나며, 이 변화는 소설의 언어와 독자의 변화와 연계되어 있고, 이 두 층위의 변화는 소설의 사회적 역할과 문화적 위상의 재정립을 이루었는바, 이는 <구운몽>, <사씨남정기>, <창선감의록>, <홍길동전>, <운영전> 등과 같은 우리 소설사의 걸작들의 산출과 함께 17세기 소설의 중요한 역사적 성취라고 보기 때문이다.

2. 17세기 소설의 소설사적 표지(標識)들과 그 해석

1) 작품 수의 증가와 형식 및 양식의 다양화

17세기에 창작되었거나 창작된 것으로 추정되는 작품들은 다음과 같다.[9] 이 중에는 현재 전해지지 않는 작품들도 있고, 중국 작품의 번안작

변이 양상과 독자층의 상관관계」, 서울대학교 대학원 박사논문, 2003 ; 정선희 외, 「<소현성록> 연작 기획특집 I」, 『한국고전연구』 12, 2005 ; 김경미 외, 「<소현성록> 연작 기획특집 II」, 『한국고전연구』 13, 2006.

9) 17세기 소설이라 해서 반드시 1601년부터 1700년까지의 소설만 포함할 수 없다. 작가의 생애가 16세기에서 17세기에, 또는 17세기에서 18세기에 걸쳐 있는 경우에 그 작품이 17세기에 창작되었을 가능성이 있으면 포함하여 다루도록 한다. 허균(1569~

도 포함된다.

홍길동전(洪吉童傳), 주생전(周生傳), 최척전(崔陟傳), 운영전(雲英傳), 위경천전(韋敬天傳), 영영전(英英傳, 相思洞錢客記), 동선기(洞仙記), 유소랑전(劉小娘傳), 왕경룡전(王慶龍傳)(번안작), 왕십붕기우기(王十朋奇遇記)(번안작), 구운몽(九雲夢), 사씨남정기(謝氏南征記), 홍백화전(紅白花傳), 창선감의록(彰善感義錄), 장승상전(張丞相傳)(미발굴), 소현성록(蘇賢聖錄), 한씨삼대록(韓氏三代錄), 설씨삼대록(薛氏三代錄)(미발굴)10), 조승상칠자기(趙丞相七子記)(미발굴), 삼강해록(三江海錄)(미발굴), 한강현전(韓康賢傳), 숙향전(淑香傳), 임진록(壬辰錄), 박씨전(朴氏傳), 임경업전(林慶業傳), 설저전(漢譯本은 翻薛卿傳), 소생전(蘇生傳)(미발굴), 강로전(姜虜傳)

그리고 이 시기 서사문학의 동향을 전반적으로 살피기 위해서는 이들 작품 외에 일사소설(逸士小說)11)로 불리기도 했던 허균의 작품들, 예컨대 <장생전(蔣生傳)>, <장산인전(張山人傳)> 등을 전계(傳系) 소설의 등장과 관련하여 고려할 필요가 있고, 또, 야담계(野談系) 단편소설의 등장과 관련하여 유몽인(柳夢寅, 1559~1623)의 『어우야담(於于野談)』과 17세기 말엽이나 18세기 초엽에 편찬된 것으로 보이는 임방(任埅, 1640~1724)의 『천예록(天倪錄)』도 고려할 필요가 있다. 아울러 17세기에 발생한 것으로 추정되는 판소리도 주목할 필요가 있다. 한편 17세기에 창작된 두 편의<달천몽유록(㺚川夢遊錄)>, <용문몽유록(龍門夢遊錄)>, <피

1618)의 <홍길동전>, 권필(1569~1612)의 <주생전>이 그러한 예이다. 특히 <주생전>의 경우 작품 말미의 서술자의 언급에 따르면 1593년 작이 된다. 그러나 학계에서는 대체로 이 작품을 17세기 소설사의 전개에 포함시키고 있다.

10) 현전하는 <설씨이대록(薛氏二代錄)>일 가능성이 있음.

11) 이 용어는 조동일, 「소설의 성립과 초기소설의 유형적 특징」, 『한국소설의 이론』, 지식산업사, 1977, 238~239면에서 처음 사용했다.

생명몽록(皮生冥夢錄)>, <강도몽유록(江都夢遊錄)> 등 몽유록(夢遊錄) 작품들과 <천군연의(天君演義)> 등을 소설의 범주에 포함시켜 논의를 해오고 있는데, 사실 이들이 서사에 속하는지 교술에 속하는지 그 갈래 귀속 문제는 해결되지 않은 상태이다.12) 다만 이들의 서사갈래 귀속 여부와 관계없이 이 시기 서사문학의 동향과 관련해서는 이들을 포함하여 논의하는 것은 타당하다고 본다.

이상의 자료로 볼 때 15세기의 『금오신화(金鰲新話)』, 16세기의 『기재기이(企齋記異)』, <설공찬전(薛公瓚傳)>, <최고운전(崔孤雲傳)>13), <오륜전전(五倫全傳)> 등의 작품 수와 종류에 비하면 17세기의 소설은 비약적인 발전을 보였다. 우선 작품의 수가 크게 늘어난 사실은 이 시기를 16세기와 구분하여 볼 수 있는 근거가 된다. 작품 수의 증가는 작가와 독자의 증가를 의미하고, 또한 소설이 다른 문학 갈래 및 문화 양식과의 관계에서 이전 시기와 비교하여 그 위상이 달라졌을 가능성을 함축하기 때문이다. 아울러 소설의 형식과 양식도 다양해졌는데, 이 시기에 새로이 등장한 형식과 양식들은 18세기 이후에도 지속되었으므로 소설사의 새로운 전개의 측면에서 주목할 만한 것이다.

먼저 소설 형식에서 중편(中篇)과 장편(長篇)이 등장하여 이전 시기의 단편(短篇) 중심의 소설사의 전개와 달라졌다. 중편의 경우 16세기에 <최고운전>이 선행하고 있으나 이 시기에는 대부분의 전기소설들도

---

12) 몽유록이 서사인가 교술인가를 두고 한 때 논의가 있었으나 이후 이 논의를 심화하지 않은 채 관습적으로 몽유록을 소설의 범주에 포함시키고 있는 것이 근래의 학계의 동향이다. 필자는 이들 작품을 역사상의 특정한 사건을 다루거나 심성(心性)의 문제를 다룬 서사적 교술(敎述)로 보고 있다. 김종철, 「전기소설의 전개양상과 그 특성」, 『민족문화연구』 28, 1995, 48~50면 참조.

13) 이 작품의 창작 시기가 16세기 이전일 가능성이 제기되었다. 박일용, 「최고운전의 창작 시기와 초기본의 특징」, 『고소설연구』 29, 2010 참조.

중편급으로 분량이 늘어났고, <홍길동전>, <박씨전>, <숙향전>, <한 강현전>14) 등도 그 분량으로는 중편소설에 해당한다. 장편으로는 <구 운몽>, <사씨남정기>, <창선감의록> 등을 들 수 있고, 특히 <소현성 록>은 당시 용어로 '대소설(大小說)'로 불릴 만큼 그 분량이 늘어났다. 이러한 중편과 장편 규모의 소설의 등장은 18세기에도 이어지고, 나아 가 <완월회맹연>과 같은 대하소설(大河小說)의 등장으로 이어지므로 소설 형식의 차원에서 17세기는 획기적인 시기임에 틀림없다.

그렇다면 소설의 길이가 이 시기에 와서 확대된 이유를 탐색하는 것 이 과제일 수밖에 없는데, 대체로 학계에서는 서사의 대상이 되는 현실 의 변화와 중국의 연의소설(演義小說)을 비롯한 여러 양식의 소설들의 영향을 들고 있다.15) 특히 연의소설의 경우 이 시기에 남녀를 불문하고 두루 읽었으므로 그 장편 형식이 우리 장편소설의 형성에 영향을 끼쳤 을 가능성은 있다. 그러나 여기서 생각해 볼 점은 전기(傳奇)소설의 경 우 중국의 전기소설의 영향을 받아 같은 양식의 작품을 창작해 왔는데, 연의소설의 경우 같은 양식의 작품 창작은 없었던 점이다. 이 점에서 연의소설의 영향은 제한적이었다고 할 수 있다. 이에 비해 17세기에 전 개된 현실이 단편의 형식만으로는 제대로, 혹은 모두 담아낼 수 없게 되었다고 가정하는 것은 나름대로 설득력이 있다. 거듭된 전란(戰亂)과 그로 인한 사회 구조의 재편 과정에서 개인과 집단이 겪은 다양한 경험 들과 개인의 삶과 사회 질서의 변화 등등은 수많은 이야깃거리를 만들 었고, 이 중에는 단편 분량으로는 담아내기 어려운 사연들이 많았었다 고 볼 수 있는 것이다. 예컨대 <이생규장전>과 <최척전>은 공히 전란

---

14) <한강현전>에 대해서는 이수봉, 「<한강현전>」, 『한국가문소설연구』, 경인문화사, 1992 참조.
15) 각주 7)의 논문 참조

(戰亂)이 작품 전개의 주요 요소인데, 전자에 비해 후자의 작품 분량이 늘어나고, 작품의 성격도 상당히 바뀐 것은 최척과 그 가족이 겪은 사연 자체가 그러했기 때문이라고 할 수 있다. 거듭된 전란 속에서 동아시아를 전전한 한 가족의 기구한 이합집산의 사연 자체가 중편급의 소설의 형식을 요구했다고 볼 수 있는 것이다.

물론 소설의 길이가 길어진 까닭을 이야깃거리의 길고 짧음에서만 찾을 수 없다. 작가와 독자도 중요한 요인이 된다. 여기에는 작가와 독자의 취향과 관심거리, 서사의 대상세계에 대한 작가와 독자의 표현 욕구와 인식 욕구, 여가(餘暇)와 같은 소설 향유 조건 등등이 관여한다. 예컨대 애정전기(愛情傳奇) 특유의 애정 결연담으로 시작한 <최척전>이 <이생규장전>과 달리 전란 속의 가족의 이합집산 이야기로 나아간 것은 바로 관심사의 변화와 관련이 있다. 17세기 소설에서 크게 부각된 관심사의 하나는 가족(家族)이라 할 수 있는데, <숙향전>, <사씨남정기>, <창선감의록>, <소현성록>, <한씨삼대록> 등에서 두루 다루고 있다. 이 점에서 17세기에 가족 이야기는 분명 인기 이야깃거리였다고 할 수 있다. 아울러 가족 문제를 다룬 작품들이 모두 중편이거나 장편인 것은 가족이 함께 겪은 경험이나 가족 사이의 갈등이 복합적이고 장기적인 속성을 가졌기 때문이라고 할 수 있다. 반면 <조신전>과 같은 성격의 주제를 다루고, 양식도 같은 <구운몽>이 장편이 된 것은 서사의 대상세계에 대한 표현 욕구나 인식 욕구와 관련이 있다고 볼 수 있다. 양소유가 여덟 명의 여성을 차례로 만나 단취(團聚)하는 내용이 작품의 분량의 대부분을 차지하는 것은 인간의 애정 욕망에 대한 그 나름의 총체적 접근16)이라 할 수 있기 때문이다. 그런가 하면 <소현성록>과

---

16) 인간의 삶과 인간이 살아가는 세계에 대한 총체적 형상화 욕구가 대서사(大敍事) 형식으로 발현된다면 우리의 서사문학사에서 첫 대서사 형식은 고대의 서사시라 할

같은, 작품 전체를 다 읽는데 상당한 시간이 요구되는 규모가 큰 장편이 등장한 것은 이러한 부류의 소설을 즐길 수 있는 여유 시간이 많은 소설 향유 집단이 존재했음을 뜻하는 것이므로, 여가(餘暇) 시간이 많은 상층의 규방 여성의 요구도 주목할 필요가 있다.17)

한편 이 시기 소설 양식도 다양해져 전기(傳奇)소설, 전계(傳系)소설, 영웅소설, 여성영웅소설, 역사군담소설, 가문(家門)소설 등이 창작되었다. 16세기에 전기소설과는 다른 <최고운전>, <설공찬전>과 같은 새로운 양식18)의 소설이 등장했으므로 이러한 동향이 17세기에 와서 더욱 확대되었다고 할 수 있는데, 그 확대의 폭이 비약적이라 할 만하다. 특히 이 양식들은 18세기 이후에도 지속되고 또 특히 영웅소설, 여성영웅소설, 가문소설 등의 양식은 작품 수가 크게 늘어난다. 이러한 양식의 다양화는 외적으로는 소설의 자장(磁場)의 확대, 소설의 경계선 확대, 그리고 소설 원천의 다양화 등에 기반을 두면서, 내적으로는 소설 판도에서 주류의 변화를 초래했다고 볼 수 있다. 즉 16세기까지의 전기소설 중심의 소설 판도가 이 시기에서는 전기소설만이 아니라 다른 양식의 소설들도 뚜렷한 계맥(系脈)을 형성하기 시작하였으며, 18세기 이후의 상황까지

수 있다.(현재 전승된 서사무가에서 이를 짐작할 수 있다.) 이에 대해 중세의 대서사 형식으로 등장한 것이 17세기의 장편소설, 특히 대하소설이라 할 수 있다.
17) 상품 화폐 경제의 발달과 상층 여성의 여가와 소설 향유에 대한 논의는 조동일, 『한국소설의 이론』, 지식산업사, 1977, 415~423면 참조.
18) 이 두 작품의 양식은 문제적이다. <설공찬전>은 현재 전해지는 자료만으로는 양식을 판별하기 어렵다. 현재 전해지는 자료로 볼 때, 저승에 속한 설공찬의 혼이 이승의 가족에게 되돌아와 벌어진 사건을 통해 저승 소식을 전하는 방식으로 전개되는데, 서술자가 기이(奇異)에 초점을 두고 있는 것으로 보기는 어렵고, 또 명계(冥界)에 속한 설공찬의 혼을 막으려 하지만 실패하고, 설공찬의 혼이 일방적으로 명계의 소식을 전하고 있어서, 기이의 세계와의 교섭을 통해 어떤 변화에 이르려는 서사의 주인공이 존재하지 않는다. <최고운전>은 전기소설의 양식으로 시작하나 민담 요소가 강한 영웅 이야기로 흘러가고 있다.

포함해보면 전기소설은 더 이상 주류를 차지하지 못하는 양상으로 전개되었다. 특히 17세기 소설의 가장 뚜렷한 새로움은 장편의 등장과 국문소설의 창작이라 할 수 있는데, 17세기 전기소설은 장편으로도 창작되지 않았으며, 국문으로도 창작되지 않았다. 이 점에서 17세기의 전기소설과 국문 장편소설 사이에는 일종의 단층이 존재한다고 할 수 있다. 반면 장편소설과 국문창작소설은 일치하는 경우가 적지 않은데, 이 일치에 해당하는 양식이 가문소설과 영웅소설이다. 이 점에서 가문소설과 영웅소설은 17세기 소설사의 새로움을 대표하는 소설 양식이라 할 수 있다.

 기존의 전기소설과는 다른 양식들의 등장으로 이 시기 소설의 판도가 크게 바뀌었으나 그 변화를 편년(編年) 체제로 재구성하기는 어렵다. 작가의 활동 시기로 보면 허균(1569~1618)의 <홍길동전>과 같은 영웅소설은 늦어도 17세기 초엽에 등장했다고 보아야 한다. 역시 권필(1569~1612)의 <주생전>도 17세기 초엽에 창작되었다고 볼 수 있다. 조위한의 <최척전>은 1621년에 창작되었으니 전기소설의 변모는 17세기 초엽부터 일어났다고 할 수 있다. 권칙의 <강로전>은 1630년 작이니 전계(傳系) 소설의 등장도 17세기 전반기에 이루어졌음을 알 수 있다. 김만중(1637~1692)과 조성기(1638~1689)의 활동 시기로 볼 때, <사씨남정기>와 <창선감의록>은 17세기 후기에 창작된 것으로 보이고, 따라서 <소현성록> 등의 가문소설은 17세기 후기에 주로 등장한 것으로 볼 수 있다. 한편 <구운몽>은 1687~1688년간에 창작되었다. 나머지 작품들은 창작 시기를 추정할 수 있는 실증적 자료가 없어 새로운 양식의 등장 시기를 구체적으로 추정하기 어렵다.

 그렇지만 밝혀진 것만으로도 상당히 유용한 정보를 얻을 수 있다. 첫째 영웅소설이 일찍 등장했음을 주목할 필요가 있다. 영웅소설이 등장할 수 있었던 것은 선행 작품으로 <최고운전>이 있었기 때문이라고 할 수 있다.19) 둘째 전기소설의 변모 역시 일찍 시작되었음을 알 수 있다. 16세기의 『기재기이』에서 전기소설을 상당한 변모를 보였으므로 17세기 초엽의 전기소설의 변모는 돌발적인 것이라 할 수 없다. 셋째, 전계(傳系)소설도 17세기 전반기에 등장했음을 알 수 있다. 이것 역시 허균의 <장생전>, <장산인전>, <남궁선생전> 등의 전(傳)과 소설의 경계선에 선 작품들이 선행하고 있었음을 염두에 둘 필요가 있다. 넷째, 가문소설은 17세기 후기에 등장했다고 볼 수 있다. 특히 원작이 국문인 <사씨남정기>가 이 시기에 창작되었으므로 국문장편소설이 본격적으로 등장한 때는 17세기 후반기로 추정할 수 있다. 이상의 사실들만으로도 17세기 소설사가 대단히 역동적으로 전개되었음을 알 수 있다.

뿐만 아니라 17세기 소설사의 역동성은 새로운 양식의 등장 외에 기존 양식의 변화와 분화, 양식 상호간의 영향 수수(授受) 등이 활발하게 전개된 것에서도 확인할 수 있다. 첫째 양식의 변화와 분화를 잘 보여주는 것은 전기소설이다. 이 시기의 전기소설은 이전 시기의 명계(冥界) 또는 이계(異界)와 관련된 기이(奇異)의 특성이 소거되고, 재자가인(才子佳人) 소설의 성격이 가미되는 변화가 나타났다. 또 이 시기 전기소설은 애정문제를 다룬 작품들이 주류를 형성하고, 여행과 의론(議論)의 속성을 가진 몽유 양식의 전기소설은 서사적 교술인 몽유록(夢遊錄)으로 분화되었다. 둘째, 양식 상호간에 영향을 주고받는 양상이 활발히 전개되었다. 예컨대<구운몽>과 <창선감의록>에서 전기소설의 서사 문법을 볼 수 있으며 <최척전>에서 실사(實事)에 바탕을 둔 전계(傳系)소설로의 경사를 감지할 수 있다.20) 또 <구운몽>은 전기소설에서 발달한 몽

---

19) <최고운전>의 영웅소설사적 위상에 대해서는 박일용, 「<최고운전>의 작가의식과 소설사적 위상」, 『영웅소설의 소설적 변주』, 월인, 2003 참조.
20) <최척전>이 어느 정도 사실에 기반을 두고 있는지는 여전히 논란거리이다. 최척과

유 구조와 영웅의 일대기 구조를 융합한 새로운 양식이라 할 수 있다. 한편 모티프의 유사성도 발견되는데, <창선감의록>과 <설저전> 사이에는 여성에 대한 욕망을 충족하기 위해 권력을 동원하는 모티프의 공존을 볼 수 있다.[21] 그런가 하면 <운영전>, <구운몽>, <숙향전> 등에는 적강(謫降) 모티프의 공존을 볼 수 있어 적강소설(謫降小說)[22]이라는 새로운 양식이 이 시기에 등장했음을 알 수 있다.

이상에서 보듯이 17세기는 이전 시기에 비해 작품의 수가 비약적으로 늘고, 소설 형식과 양식이 다양화되었을 뿐만 아니라 상호 영향 관계를 형성하고 또한 구조와 모티프의 차용과 융합의 과정을 통해 개별 작품 마다 나름의 독자성을 구축하였으니, 고전소설사에서 상당한 규모를 갖춘 첫 시기라 할 만하다.

2) 서사의 여러 특징

17세기 소설은 작품 수가 늘어나고, 형식과 양식이 다양해진 결과 사건, 인물, 작중 세계, 미적 특성 등 서사 세계 자체에서도 다양한 특징을 보인다.

(1) 전란(戰亂)과 '가족의 발견'

소설에서 다루는 사건은 그 단위가 어느 특정한 시·공간에서 일어난

조위한의 관계 등에 대해서는 민영대, 『조위한과 <최척전>』, 아세아문화사, 1993 ; 양승민, 「<최척전>의 창작동인과 소통과정」, 『고소설연구』 9, 2000 참조.

21) 박일용, 「가문소설과 영웅소설의 소설사적 관련 양상」, 『영웅소설의 소설사적 변주』, 참조.

22) 적강소설 전반에 대해서는 성현경, 「적강소설연구」, 『한국소설의 구조와 실상』, 영남대학교 출판부, 1981 참조.

아주 작은 것에서부터 장구한 시간과 넓은 공간에서 벌어지는 큰 것에 이르기까지 다층적인데, 여기서는 서사 전개에서 중심이 되는 사건만을 주목하고자 한다.

이 시기 소설이 다룬 사건으로는 우선 왜란(倭亂)과 호란(胡亂) 두 전란(戰亂)을 들 수 있다. 이 전란은 <주생전>, <최척전>, <위경천전>, <임진록>, <박씨전>, <임경업전>, <강로전> 등의 중심 사건이다. <달천몽유록>, <강도몽유록>, <용문몽유록>, <피생명몽록> 등의 몽유록과 <난중일기>, <병자일기> 등 다른 많은 기록문학과 한시, 시조, 가사 등에서 이 전란을 다루었으니 전란은 17세기 문학의 주요 소재였다. 이 점에서 이 시기 소설이 실제 우리 국토에서 벌어진 전란을 다룬 것은 동시대의 문제에 적극 대응한 것이며, 이 점에서 가공의 전쟁이나 중국 역사상의 전쟁을 다룬 다른 시기의 소설과는 구별된다. 이 시기 전란을 다룬 소설들은 전란이 인간의 삶을 파탄시키고 무고하게 희생시키는 과정을 잘 보여줄 뿐만 아니라 전란에 맞서는 인간의 의지와 능력도 잘 그려내고 있는 점에서 우리 소설사에서 처음으로 전쟁소설의 영역을 개척했다고 볼 수 있다.

또 하나 이 시기 소설이 다룬 주목할 만한 사건으로는 가족(家族) 내부의 갈등을 들 수 있다.23) <사씨남정기>, <창선감의록>, <소현성록> 등은 처첩(妻妾) 갈등, 처처(妻妻) 갈등, 계후(繼後) 갈등 등 사대부 가문 내에서 벌어지는 가족 갈등을 다루고 있다. 이러한 사건은 이 시기 소설에서 처음으로 다루기 시작했으며, 나아가 이 시기 다른 문학에 비해 볼 때에도 거의 독점적으로 다루었다고 할 수 있다. 가족은 인류의 보편

---

23) 김종철, 「17세기 소설사의 전환과 '가(家)'의 등장」, 『국어교육』 112, 2003 ; 강상순, 「조선후기 장편소설과 가족 로망스」, 『한국고전여성문학연구』 7, 2003 참조. 가족 내부의 갈등 양상에 대해서는 각주 47)의 논저 참조.

적 집단의 하나인데, 근대 이전 신분(身分) 사회에서 지배층의 가족 또는 가문은 개인의 삶과 국가의 운영과 관련하여 특히 중요한 의미를 가졌다. 특히 개인과 가정과 국가를 연속선상에서 인식한 지배층에게 가정 및 가문의 유지와 영속은 현실적 과제였다. 이 점에서 이 시기 소설이 가족의 문제를 다루기 시작한 것은 소설이 처음으로 특정한 계층의 실제적 이해관계와 결부된 문제를 다루기 시작했음을 의미하는 것이기도 하다. 이와 아울러 가족 문제를 다룬 이 시기 소설이 모두 장편임도 주목해야 한다. 가족 구성원들 사이의 욕망의 충돌이 쉽사리 해결되는 것이 아니며, 가족이라는 하나의 인간 조직 단위가 대서사(大敍事)로 그려야 할 만큼 거대하고 복잡한 세계임을 이 시기 소설이 처음으로 보여준 것이다. 특히 이 시기 가족을 다룬 소설들은 가족의 문제가 구성원 개개인의 욕망에서 비롯될 뿐만 아니라 국가 차원의 정치적 문제와도 맞물려 있는 것으로 설정하여 근대 이전 지배층의 가족 문제의 특수성을 잘 드러내고 있다. 이러한 점에서 이 시기 가족 문제를 다룬 소설들은 우리 소설사에서 처음으로 '가족의 발견'이라는 성과를 이루었다고 해도 과언이 아니다.

물론 이 시기 소설이 주요하게 다룬 사건이 전란과 가족 문제에만 국한되지 않는다. 초기 소설의 주된 사건이었던 남녀 애정은 이 시기 전기소설에서도 지속적으로 다루었으며, <홍길동전>은 신분 갈등 문제를, <구운몽>은 가치 갈등 문제를 다루는 등 이 시기 소설이 다룬 사건은 다양하다.

(2) 다양한 인물 유형의 창조

이 시기 소설이 다양성을 갖게 되면서 인물의 유형 역시 다양하게 형상화되었다. 이 이전 시기의 등장인물들의 성격은 대체로 <이생규장

전>의 경우처럼 애정 지상주의의 고독한 인물, <용궁부연록>의 경우처럼 다른 세계의 여행을 통한 가치 탐색형의 인물, <설공찬전>의 설공찬의 경우처럼 다른 세계에 대한 정보 전달자형의 인물, <최고운전>의 최치원처럼 세계에 대한 자아 우위의 능력 과시형 인물 등으로 분류할 수 있다. 이 중에 최고운의 인물형은 전기소설의 인물형과는 상당히 다른 것으로 영웅형 인물의 속성을 강하게 띠고 있다. 이에 비해 17세기 소설의 인물들은 이전 시기의 인물형을 계승한 경우도 있으나 새로운 유형으로 보아야 마땅한 경우가 적지 않다.

첫째, 성별로 볼 때, 여성이 주인공으로 많이 등장했다. <숙향전>, <운영전>, <영영전>, <설저전>, <사씨남정기>, <박씨전> 등이 그러한데, <구운몽>, <창선감의록> 등에도 주인공에 버금가는 여성 인물들이 등장한다. 여성 주인공은 이 시기 소설에 두루 등장한다는 점에서 뚜렷한 추세로 볼 수 있으며, 18세기 이래에도 이러한 추세가 지속되었다. 아울러 고난이 중첩되어 수난형(受難型) 인물이라 할 수 있는 숙향, 고난을 극복하여 능력을 과시하는 <박씨전>과 <설저전>24)의 두 주인공, 이념의 화신이라 할 수 있는 사정옥25)과 욕망에 충실한 교채란 등 여성의 형상도 여러 유형이다. 이러한 양상들은 이 시기 소설이 여성의 이야기, 또는 여성에 대한 이야기의 성격 갖기 시작했음을 말해준다.

둘째, 소설 속의 역할로 볼 때 주변부 인물들이 적극적으로 창조되기 시작했다. 주변부 인물들의 등장은 중편소설과 장편소설의 등장에 따른 필연적 결과인데, 예컨대 <운영전>의 특, <사씨남정기>의 동청과 설매 등은 서사의 전개에 나름대로의 영향을 미치고 있다.

---

24) <설저전>에 대해서는 최호석, 「<설제전>연구」, 『고소설연구』 6, 1998 참조.
25) 사정옥의 이념 지향에 대해서는 지연숙, 「<사씨남정기>의 이념과 현실」, 『민족문학사연구』 17, 2000 참조.

셋째, 세계에 대해 자아의 우위를 보이는 인물들이 창조되기 시작했다. 이는 이전 시기 <최고운전>의 최고운을 이은 것으로 <홍길동전>, <구운몽>, <박씨전>, <설저전>, <창선감의록>, <소현성록> 등의 주인공들이 이를 잘 보여준다. 이후 영웅소설에서 이 인물형이 집중적으로 창조되었는데, 이전 시기의 애정 주제의 전기소설 주인공들이 세계의 위력 앞에 무력했던 것과 비교해볼 때 자아의 능력을 극대화한 것으로 볼 수 있다.

넷째, 서술자의 윤리적 시각에 의한 선악(善惡)형 인물이 등장하기 시작했다.[26] <사씨남정기>, <창선감의록>, <소현성록> 등 가족 문제를 다룬 작품에서 특히 두드러지는데, 선악형 인물들 사이의 적대적 갈등 관계와 인물들 사이의 갈등을 윤리적으로 판단하는 서술자의 시각은 이 시기 이후에도 지속된다.

다섯째, 물욕(物慾), 정욕(情慾) 등 현실적인 욕망에 충실한 인물과 이 욕망에 대타의식(對他意識)을 가진 인물이 등장하기 시작했다.[27] <사씨남정기>의 교채란과 사정옥, <창선감의록>의 화춘과 화진, <구운몽>의 양소유와 성진 등이 이러한 상호 대타적 관계를 형성하고 있다. 현실적 욕망 추구형의 인물과 이념 및 가치 지향형의 인물을 장편소설의 형식 속에서 그려낸 점에서 이 시기 소설들은 처음으로 욕망과 관련하여 인간의 본성을 본격적으로 탐구하기 시작했다고 할 수 있으며, 아울

---

26) 신재홍, 「<사씨남정기>의 선악구도」, 『한국문학연구』 2, 2001 ; 강상순, 「<사씨남정기>의 적대와 희생의 논리」, 『고소설연구』 12, 2001 ; 조현우, 「<사씨남정기>의 악녀 형상과 그 소설사적 의미」, 『한국고전여성문학』 13, 2006 ; 정환국, 「17세기 소설에서 '악인'의 등장과 대결구도」, 『한문학보』 18, 2008.

27) 강상순, 「<구운몽>의 상상적 형식과 욕망에 대한 연구」, 고려대학교 대학원 박사논문, 1999 ; 이주영, 「<구운몽>에 나타난 욕망의 문제」, 『고소설연구』 13, 2002 ; 김현양, 「<사씨남정기>와 욕망의 문제」, 『한국고전소설사의 거점』, 보고사, 2007.

러 동시대의 윤리적 지평이나 가치론적 지평에서 바람직한 인간상을 추구하는 역할을 담당했다고도 할 수 있다.

여섯째, 우리 역사상의 실존 인물이 작품의 주인공이 된 경우가 있는데, <임경업전>, <임진록>, <강로전> 등이 그것이다. 이것은 전란이 지속된 17세기의 시대적 특수성이 반영된 결과이다.

이상에서 보듯이 이 시기 소설의 인물은 시대상의 반영, 인물 형상화 방식, 인간 탐구 등등 소설의 인물 형상이 담당하는 여러 역할을 잘 수행했다고 할 수 있다.

(3) 작중 시·공간의 변화와 새로운 이원적(二元的) 세계의 등장

이 시기 소설에서 작중의 시간, 즉 이야기되는 시간은 점점 늘어나는 경향을 보인다. 전기소설은 중편급으로 분량이 커지면서 이야기되는 시간이 늘어났으며, 이 시기에 처음으로 등장한 장편소설은 대체로 주인공의 일생(一生)에 해당하는 시간을 다루었다. 이 이전 시기에 인물의 일생을 다룬 작품으로 유일하게 <최고운전>을 들 수 있는데, 이 시기의 장편들은 인물의 일생을 다루되 인물이 겪거나 관여하는 사건을 중첩시키고 늘렸으므로 서술자가 이야기하는 시간과 독자가 읽는 시간은 실질적으로 길어졌다. 특히 <소현성록>, <한씨삼대록>과 같은 삼대(三代)를 다루는 유형의 작품들이 등장하기 시작하여 이야기되는 시간은 대폭 확장되었고, 그 결과 이야기하는 시간은 물론 독서 시간도 늘어나게 되었다.

소설의 공간의 경우 이 시기 소설에서 새로이 등장한 공간은 '가(家)'이다. '가(家)' 중에서도 여성들의 공간인 '규방(閨房)'이 특히 부각되었는데, <사씨남정기>, <창선감의록>, <소현성록>, <한씨삼대록> 등에서 이를 볼 수 있다. <구운몽>에서도 상당한 정도로 규방이 서사 공간으로 등장하고 있다. 가족 문제를 다룬 소설에서 집안, 특히 규방이 서사

공간으로 등장하는 것은 자연스러운 일인데, 비록 작품 속의 무대가 주로 중국의 그것인 문제가 있으나 여성들의 실제 생활 공간이 소설의 공간이 되었다는 점에서 의미가 크다. 이전 시기 전기소설의 규방이 애정의 공간이었음에 비해 이 시기 가족 문제를 다룬 소설들의 규방은 육아를 비롯한 실생활의 공간이고, 가족 구성원 사이의 충돌이 발생하고 전개되는 갈등의 공간이다. 이 점에서 17세기 소설은 '가(家)'를 하나의 독자적인 서사 공간으로 창조했다고 할 수 있다. 특히 서사 공간으로서의 '가(家)'에 가족 구성원 중 특정한 인물이 존재하느냐 부재(不在)하느냐에 따라 서사의 전개에 큰 변화가 일어나므로 '가(家)'는 매우 역동적인 공간이라 할 수 있다. 이 역동성은 예컨대 <사씨남정기>에서 유연수의 부친, 유연수의 고모, 사정옥, 유연수 등이 차례대로 부재(不在)함에 따라 각각 일어나는 사건 전개의 변화에서 잘 볼 수 있다.

한편, 이 시기 소설은 작중 세계 구성에서도 큰 변화를 보인다. 우선 이전 시기의 전기소설에 거듭 등장한 명계(冥界)가 사라지고 대신 초월적(超越的) 세계라 할 수 있는 새로운 세계가 등장한다. 명계(冥界) 혹은 이계(異界)의 인물과 이승의 인물의 만남이라는, 이전 시기에 한 전형을 이루었던 전기소설의 전개 방식은 더 이상 지속되지 않고, 남녀의 만남과 애정 장애 문제는 동일한 이승의 공간에서 전개된다. 대신 현실 세계에 대한 초월적 세계가 등장하는데, <숙향전>의 마고할미와 <운영전>의 운영과 김진사가 원래 속했던 천상계(天上界), <사씨남정기>의 몽중(夢中) 황릉묘(黃陵廟)의 세계, <구운몽>의 연화봉(蓮花峯) 세계 등이 그 사례이다. 물론 이들 세계는 그 성격이 각각 다르고, <구운몽>의 연화봉을 제외하고는 작품 내에서 전면적으로 그려지지 않고 있으나, 서사의 전개와 관련된 그 역할의 의미는 상당히 크다.

우선 이전 시기 전기소설에서 명계(冥界)와 이계(異界)는 주인공이 어떤 계기에 의해 만나거나 여행하는 체험의 세계인데 비해 이 시기 초월적 세계는 현실 세계에서 전개되고 있는 사건에 개입하며, 이 개입은 숙향이나 사정옥처럼 서술자가 옹호하는 주인공을 돕기 위한 것이다. 이 점에서 이 시기 초월세계는 현실세계를 통제하거나 조절하는 역할을 한다고 할 수 있다. 서술자가 옹호하는 주인공을 위해 현실세계와 다른 차원의 세계를 새로이 설정한 것은 소설사에서 새로운 현상이다. 즉 세계의 압도적인 힘 앞에 속수무책이어서 결국 비극적으로 좌절하는 이전 시기 애정전기소설의 주인공과 대척적인 주인공을 설정하는 한 방식으로 주인공의 내재적인 능력 외에 이와 같은 초월적 세계를 설정했다고 할 수 있다. 이처럼 초월 세계가 주인공을 위해 개입하는 경우 현실 세계는 서사의 주인공에게 고난을 주는 세계로서의 성격을 강하게 갖게 된다.

한편, 초월적 세계가 주인공이 원래 속했던 공간으로 설정된 경우, 초월적 세계와 현실 세계로 구성되는 이원적 서사 세계는 주인공의 적강(謫降)과 회귀(回歸)의 서사 구조를 형성하게 된다. <구운몽>, <운영전>, <숙향전> 등에서 이를 확인할 수 있는데, 이들 작품을 이어서 이 이후에 같은 유형의 서사구조를 갖춘 작품들이 다수 등장하여 이른바 적강소설(謫降小說) 군(群)을 형성한다. 이러한 작품에서 초월적 세계는 현실 세계에 비해 가치 차원에서 우월한 세계 혹은 상위의 세계라는 의미를 갖고, 상대적으로 현실 세계는 욕망이 적나라하게 충돌하고 갈등이 치열하게 벌어지는 경험적 세계의 의미를 갖게 된다.

이 시기 소설의 상당수의 작중 세계가 이러한 현실 세계와 초월적 세계로 이루어진 것은 이전의 현실계와 명계(冥界) 또는 이계(異界)로 구성된 것에 비해 새로운 이원적 세계의 등장이라 할 수 있고, 이러한 작중 세계 구성은 18·19세기에 더욱 확대되므로 이 점에서 17세기는 새로운 서사 세계를 마련하기 시작했다고 할 수 있다.

(4) 통속성, 현실성 및 일상성의 미적 특성의 대두

17세기 소설의 미적 특성과 관련하여 현실성, 낭만성, 통속성이 거론되어 왔다. 낭만성은 이전 시기에 이미 등장한 것이지만 현실성과 통속성은 이 시기에 나타난 것으로 보고 있다. 이러한 인식은 15·16세기 소설의 미적 특성과 견주어 볼 때 대체로 타당하다고 할 수 있다.

통속성[28]은 문화적 관념에 의해 재단되는 것인바, 일차적으로는 상층의 고급 문화와 예술이 아닌 하층의 문화와 예술의 속성을 지칭하는 것이다. 근대 이전의 경우, 언어를 기준으로 보면 국문으로 창작된 소설은 기본적으로 통속문학인 것이다. 우리 한문소설의 경우는 중국처럼 백화체(白話體)의 소설을 쓸 수 없고 모두 문언(文言)으로 쓸 수밖에 없었으므로 언어로만 판단하기 어렵다. 단 국문소설을 한문으로 번역한 경우, 외양은 통속문학이 아니나 실질은 통속문학이라 할 수 있고, 전기소설을 제외하고 국문소설과 같은 소설 세계를 형상화한 한문소설도 실질적으로는 통속소설이라 할 수 있다. 아울러 17세기의 전기소설이 중국의 재자가인 소설의 성향을 띠기 시작했다는 견해를 받아들인다면 이 또한 통속소설의 범주에 넣을 수 있다. 이 점에서 문화적 관념에서의 통속성은 17세기 소설의 일반적인 미적 속성이라 할 수 있다. 한편 상층이 아니라 하층의 취향에 맞는다는 점에서 보면 17세기 소설 독자는 대부분 상층이기 때문에 이 시기 소설 모두가 통속성을 갖는다고 하기는 어렵다. 그러나 지배층의 이념과 지배 문화와는 거리가 있는, 생활 문화의 일부로 소설 향유가 자리 잡았다는 점에서 통속성을 띤다고 할 수 있다.

---

28) 이 시기 소설의 통속성에 대한 논의로 다음을 들 수 있다. 양승민, 「<동선기>의 작품 세계와 소설사적 위상」, 『고소설연구』 11, 2001 ; 양승민, 「17세기 전기소설의 통속화 경향과 그 소설사적 의미」, 고려대학교 대학원 박사논문, 2003 ; 송성욱, 「17세기 소설사의 한 국면」, 『한국고전연구』 8, 2002.

반면 이 시기 소설들 사이의 상대적 관점에서 통속성 평가가 있을 수 있다. 김만중이 통속소설의 특징으로 흥미와 오락성을 지적한 것이나, 김춘택이 <사씨남정기>를 황탄(荒誕)하거나 부미(浮靡)한 다른 소설과 함께 논의할 수 없다고 한 것이나, 권섭이 <설저전>을 번역하면서 번쇄한 것을 제거했다고 한 것 등은 소설 사이의 상대적 평가에 의한 통속성 판별이 이루어지고 있었음을 말해준다. 이러한 평가 태도는 18·19세기에도 이어지고, 나아가 근대소설에서의 본격소설과 통속소설 구별로 이어진다고 할 수 있다. 이 점에서 이 시기 소설의 통속성과 진지성의 구별이 요청되며, 이를 위한 기준의 설정이 섬세하게 설정될 필요가 있다.

통속성과 함께 이 시기 소설의 미적 특성을 주목받은 것이 현실성이다.[29] 이 현실성은 주로 명계(冥界) 혹은 이계(異界)와의 만남을 기반으로 한 이전 시기 전기소설의 기이성(奇異性) 내지 환상성(幻想性)과 대비되는 이 시기 전기소설의 특성으로 지적되고 있는 것인데, 이 미적 특성은 영웅소설, 가문소설 등에서도 두루 나타나는 것이다. 이 현실성은 당대 현실의 문제를 사실적으로 반영하였느냐의 여부, 서사의 전개가 인간이 실제로 살아가는 현실 세계의 질서에 기반을 두고 있느냐의 여부, 나아가 서사 세계가 반영하고 있는 세계의 본질을 얼마나 진지하게 형상화하고 있느냐의 여부 등으로 평가되고 있는데, 상당수의 이 시기 소설들에서 이러한 현실성이 확인되고 있다. 또 하나 이 시기 소설의 미적 특성으로 낭만성이 지적되는데, 이 개념 역시 작품의 실제 적용에

---

29) 이 시기 소설의 현실성과 낭만성에 대한 전반적 논의는 정출헌, 「초기 한문소설에서의 현실주의 논의와 그 전망」, 『고전소설사의 구도와 시각』, 소명출판, 1999 ; 장효현, 「고전소설의 현실성과 낭만성」, 『한국고전소설사연구』, 고려대학교 출판부, 2002 ; 김춘택, 『우리나라 고전소설사』, 앞의 책, 제4장 ; 김춘택·은종섭, 『조선소설사 - 조선문학과용』, 앞의 책, 제3장 참조.

서 다양성을 보인다. 흔히 이 시기 소설이 보여주고 있는바, 주인공이 처한 현실에서의 한계가 초월적 존재의 개입에 의해 극복되는 방식30) 을 지칭하기도 하며, 다른 한편으로는 낭만주의의 낭만성과 유사한 낭만성으로서 이 시기 전기소설 일반과 <창선감의록> 및 <구운몽> 등에 두루 나타나는 재자가인의 풍류 취향과 서정시를 통한 자기 고백이나 감정의 자유로운 토로 등31)을 지칭하기도 한다. 물론 이 두 낭만성은 모두 작가 의식과 관련이 있다. 그런데, 전자, 즉 낭만적인 현실 초월은 어떤 경우에는 앞에서 언급한 현실성과 배치(背馳)될 수 있고, 어떤 경우에는 현실성을 강화하는 것이 될 수도 있다. 이 문제는 서사 세계 내에서 환상성이나 초월적 세계 또는 존재가 현실성과 어떤 연관을 맺고 있느냐에 달려 있다고 본다. 또 후자의 경우는 인물 성격 형상과 의식 지향과 관련하여 주목할 필요가 있다. 이 시기 소설을 지배 이념의 엄숙주의와 관련해서 본다면 전기소설들과 <구운몽> 등은 이와 대비되는 바, 낭만적 성격이라는 의미 있는 성격을 지닌 인물을 창조했다고 할 수 있는 것이다. 김만중과 조성기와 같은 상층의 지식인이 엄숙주의와 거리가 먼 낭만적 인물을 창조해 낸 것 자체가 이 시기 문화의 역동성 내지는 다양성을 보여주는 것이기도 하다.

한편 이 시기 소설의 미적 특성과 관련하여 '일상성'을 주목할 필요가 있다. 일상성은 사실 소설의 핵심이라 할 만한 것으로 기본적으로 세부 묘사와 밀접한 관련이 있으며, 한편으로는 현실성을 추구하는 기반으로, 다른 한편으로는 통속성을 유지하는 기반으로 작용하기 때문이다. 예컨대 <사씨남정기>, <창선감의록>, <소현성록> 등에 그려진 가족

---

30) 박일용, 『조선시대의 애정소설』, 집문당, 1993, 제3장 참조.
31) 박희병, 「전기적 인간의 미적 특질」, 『한국전기소설의 미학』, 돌베개, 1997, 47~48면 참조.

생활의 일상성을 들 수 있다. 이들 작품에서 가족 사이의 갈등은 주요한 이해관계와 이 이해관계를 관철하기 위한 계략 등으로 일어나지만 기본적으로 가정 내의 일상생활의 테두리 내에서 전개되는 것이다. 예컨대 <사씨남정기>에서 사정옥과 교채란의 갈등은 교채란의 음악 연주에 대한 사정옥의 비판에서 비롯되고, <창선감의록>에서 화춘과 화진의 갈등은 화춘에 대한 그 아버지 화욱의 일상 태도에서 비롯된다. 그런가 하면 <구운몽>에서 규방에서 여성들의 환담(歡談)은 상층 규방 생활의 일상을 구성하는 한 요소라 할 수 있고, 작품의 디테일을 풍부하게 하는 방식이라 할 수 있다. 이 일상성의 구현은 두 가지 의미를 갖는다고 본다. 하나는 일종의 미시 세계의 확대 재현을 통한 현실성의 미적 특성을 구현하는 것이고, 다른 하나는 주요 사건의 연결을 중심으로 한 서사 방식 외에 미세 사건의 묘사를 통한 세계의 복잡성과 총체성을 구현하는 새로운 서사 방식을 개척한 것이라 할 수 있다. 이러한 일상성이 이 시기 장편소설에서 본격적으로 구현되기 시작했다는 점에서 소설사적 의의를 갖는다.

3) 17세기 소설 언어로서 국문(國文)과 한문(漢文)

17세기에 와서 국문이 비로소 소설의 언어로 사용되기 시작했다. 현재까지의 자료로는 16세기에는 <설공찬전>의 사례에서 보듯이 국문이 한문소설의 번역어로 사용되었는데, 17세기에는 국문이 번역어로만 사용되지 않고 창작의 언어로 사용되기 시작했던 것이다. 물론 <주생전>을 비롯한 전기소설의 경우처럼 한문이 소설 창작의 언어로 사용되는 것도 지속되었다. 아울러 본래 국문으로 창작된 <사씨남정기>가 1709년에 김춘택에 의해 한문으로 번역된 경우처럼 국문소설이 한문본으로 번역되는 현상이 등장하고, 반대로 한문으로 창작된 소설이 국문으로 번역되는 현상도 지속되었다. 그 결과 <구운몽>, <창선감의록>, <숙향전>, <운영전> 등처럼 한문본과 국문본이 공존하는 작품들이 늘어났다. 17세기에 형성된 고전소설 언어의 이 세 가지 양상은 큰 틀에서 19세기까지 지속되므로 소설 언어의 차원에서도 17세기는 이전 시기와 구분된다.

학계에서는 일찍부터 <홍길동전>을 중심으로 국문이 소설 창작의 언어로 사용되기 시작한 것을 주목해 왔다. 즉 민족문자가 소설의 언어로 사용되기 시작한 점과 소설 대중화의 길이 열린 점을 평가했던 것이다. 근래에는 한 작품이 국문본과 한문본으로 존재하고, 국문본이 한문본으로, 다시 한문본이 국문본으로 전환되는 양상이 주목되었다. 그리하여 소설 언어의 전환과 국문본과 한문본의 차이점이 주로 국문으로 소설을 읽는 여성들의 관심사와 취향 그리고 한문으로 소설을 짓거나 읽는 남성들의 소설 독법과 취향 및 목적의식과 관련이 있는 것으로 파악되었다.[32]

소설의 언어와 관련하여 이 시기 세 가지 양상은 소설사의 차원은 물론 문학사와 문화사의 차원에서도 중요한 의미를 가지므로 논의를 확대하고 진척시킬 필요가 있다.

먼저 한문으로 소설을 창작하는 전통이 지속된 경우를 보자. 이 전통은 우선 전기소설(傳奇小說) 창작에서 확인된다. 사족(士族)의 문예 교양의 바탕 위에서 한문이 소설의 언어로 지속적으로 사용되었으며, 또한 기존의 소설 양식에 적용되었다. 반면 국문으로 소설을 창작한 경우는 대부분 그 이전 시기에는 존재하지 않았던 새로운 양식의 소설 창작에서

---

32) 정출헌, 「17세기 국문소설과 한문소설의 대비적 위상」, 『고전소설사의 구도와 시각』, 소명출판, 1999 ; 정출헌, 「표기문자의 전환에 따른 고전소설 미학의 변이 양상 연구」, 『민족문학사연구』 23, 2003.

확인된다. <홍길동전>, <사씨남정기>, <소현성록> 등에서 이를 확인
할 수 있는데, 이 점은 특히 주목할 필요가 있다. 즉 한글로 기존의 소설
양식인 전기소설을 창작하지 않고 새로운 소설 양식인 영웅소설과 가문
소설 등을 창작했다는 것은 새로운 소설 창작 언어의 등장이 새로운
소설 양식의 등장과 함께 이루어졌음을 말한다. 이 점에서 17세기에 한
문으로 창작된 전기소설의 지속과 국문으로 창작된 영웅소설 및 가문소
설의 등장은 일종의 단층(斷層)을 형성했다고 볼 수 있고, 소설사의 전환
은 이러한 내적 단층의 형성을 통해 이루어지기 시작했다고 볼 수 있다.

그런데, 이 단층에 소설 언어의 전환, 즉 한문본과 국문본의 상호 전
환이라는 통로가 개척된다. 첫째, 전기소설의 번역과 같은 한문본의 국
문 번역 통로가 형성되었는데, 사실 이것은 16세기의 <설공찬전>과
<오륜전전>의 국문 번역 양상을 이은 것이기도 하고, 동시대에 이루어
진 <서주연의>를 비롯한 중국 연의소설의 국문 번역과 같은 양상이기
도 하다. 이는 한문으로 창작된 작품의 독자가 국문 번역을 통해 상층에
서 하층으로, 남성에서 여성으로 확대되었음을 말한다. 둘째, <사씨남
정기>의 한역(漢譯)이 대표하듯이 국문으로 창작된 작품이 한문으로 번
역되어 형성된 통로는 17세기에 비로소 등장한 것이다.33) 한문 번역을
통해 국문으로 창작된 작품의 독자가 하층에서 상층으로, 여성에서 남

---

33) 국문으로 창작된 소설이 한문으로 번역되기 시작한 것이 17세기부터인지는 불분명
하다. <구운몽>의 경우처럼 원작의 언어가 무엇이었는지 알려지지 않은 작품들이
있고, 국문에서 한문으로, 또는 한문에서 국문으로 번역된 때도 <사씨남정기>와 <번
설경전>을 제외하고는 정확히 알 수 없다. 그러나 <구운몽>의 한문본 출판이 1725년
에 이루어졌으므로 이 작품의 국문 원작을 전제할 때 한문 번역 역시 17세기 말엽이나
18세기 초엽으로 추정할 수 있다. 또 <사씨남정기>의 한문 번역이 1709년이므로 국
문소설의 한문 번역이 처음으로 이루어진 때는 18세기 초엽일 가능성이 있지만 이
번역 현상과 관련하여 17세기 말엽과 18세기 초엽의 시간 차이는 큰 의미를 갖지 않는
다고 본다.

성으로 확대되는 것으로, 16세기의 양상과는 정반대의 양상이 벌어지기 시작한 것이다. 이 점에서 소설의 언어와 관련하여 17세기 소설사의 주요 표지로 들 수 있는 것은 국문이 소설 창작의 언어가 되기 시작한 점, 국문소설의 창작이 새로운 하위 양식의 소설 창작을 동반했다는 점, 아울러 이 새로운 양식의 소설이 한문으로 번역되어 그 독자가 상층과 남성으로 확대되었다는 점을 들 수 있겠다.

이 시기에 소설이 국문으로 창작되기 시작했다는 것은 소설 생산의 측면에서 보면 한문을 능숙하게 구사할 수 있는 문인 지식층만이 아니라 국문으로 문자 생활을 하는 집단도 소설 공급자가 되기 시작했음을 뜻하는데, 이들이 생산한 국문소설을 한문으로 번역하여 상층의 독자, 특히 남성들이 읽게 된 것은 이 시기에 소설 생산과 향유가 언어별, 계층별, 성별로 확대 분화되면서 동시에 계층과 성별과 관계없이 통합되는 추세도 보이기 시작했음을 뜻한다. 즉 국문소설과 한문소설이 각각 창작되어서 그 주독자층에게 읽히면서 동시에 번역을 통해 독자층의 구획이 허물어지고 동일한 작품을 상층과 하층, 남성과 여성이 함께 향유하는 현상이 전개되기 시작한 것이다. 이러한 소설 창작과 수용의 확대·분화·통합의 양상은 19세기까지 지속되었으므로 17세기는 이 점에서도 획기적이다.

그러나 이 확대·분화·통합에서 유의할 것은 이 현상이 계층별로 보면 주로 상층에서 일어났다는 점이다. 신분상 하층의 작가가 국문으로 창작한 소설을 상층에서 한문으로 번역한 것이 아니라 김만중이 국문으로 지은 <사씨남정기>를 그 종손(從孫)인 김춘택이 한문으로 번역한 사례처럼 상층의 여성과 남성이 소설의 언어로는 분화되면서 같은 작품의 독자라는 점에서는 통합되는 현상을 보였던 것이다. 이 현상은 한문본으로 상층 남성들이 읽었던 <서주연의(西周演義)>를 상층 여성

들이 국문 번역본으로 읽은 것에 대비되는데, 이 경우도 소설의 언어로
는 분화되면서 같은 작품의 독자라는 점에서는 통합되는 양상을 보였
다. 이와 함께 상층의 남성들은 현재 전해지지는 않는 <소생전>을 국
문으로 읽은 홍주원의 경우처럼 국문소설도 향유했으므로 국문을 기준
으로 본다면 사실상 소설 언어의 차원에서는 상층의 남녀 독자 사이에
통합이 이루어지고 있었다고 할 수 있다.

　그렇다면 소설의 언어 해독에 전혀 애로가 없는, 즉 국문과 한문에
모두 능통한 상층 남성들이 굳이 국문본을 한문본으로 번역한 까닭은
무엇인가? 국문은 해독할 수 있으나 한문에 능통하지 못한 독자는 많이
존재했으므로 한문본을 국문본으로 번역하는 것은 소설의 언어 문제를
해결하는 방안이라 할 수 있으나, 그 반대로 한문은 해독할 수 있으나
국문에는 능통하지 못한 독자는 현실적으로 존재하지 않았다고 할 수
있으니 국문소설의 한문 번역은 독자의 언어 능력 문제에서 출발한 것
이라 할 수 없다. 이처럼 독자의 언어 능력 문제가 아니라면 소설의 언
어 자체, 즉 국문소설의 언어와 표현 자체를 상층의 남성들이 부정적으
로 보아서 한문으로 번역했다고 가정할 수 있으나 이것 역시 주된 이유
로 볼 수는 없다. 김춘택이 <사씨남정기>를 한문으로 번역하면서 번거
롭게 중복된 것을 삭제하였다고 한 점과 권섭(權燮)이 <설저전>을 한문
으로 번역하면서 번쇄(煩瑣)한 것이 싫어서 간략하게 번역했다고 언명
한 점이 상층 남성들의 국문소설에 대한 태도를 보여주는 것으로 주목
되고 있으나, 그러한 점들은 번역의 기준은 될 수 있을지언정 번역의
동기는 될 수 없다. 김춘택은 <사씨남정기> 국문 원본의 아름다운 문
장에 자신의 번역문이 미치지 못한다고 했고, 권섭은 국문본 <설저전>
의 낭독을 듣고 감동을 받아서는, 한글로 쓰였다고 황당하다고 할 수
없다고 했으니, 소설의 언어인 국문 자체, 또는 국문의 표현상의 특징을

부정적으로 보아 한문으로 번역했다고 볼 수 없다.

상층의 남성이 국문소설을 한문으로 번역한 이유의 일단을 여항(閭巷)의 부녀자들을 위해 지은 <사씨남정기>가 '제자(諸子)'의 반열(班列)에 오르지 못함을 안타깝게 여겨 한문으로 번역한다고 한 김춘택의 언명에서 찾을 수 있지 않을까 한다. 특히 굴원(屈原)이라는 인물의 위상에 걸맞은 문장으로 전(傳)을 지은 사마천(司馬遷)처럼 주인공 사정옥의 현숙함에 어울리는 한문(漢文)을 구사하지 못해 부끄럽다고 한 말에 주목할 필요가 있다. 이것은 그가 번역의 범례에서 밝힌 바, 한문 번역에는 사가(史家)의 문체(文體)를 구사하려고 했으며, 원작에서 소설의 구기(口氣)가 있는 것은 빼어버렸다고 한 것과 상통한다. 즉 김춘택은 <사씨남정기>의 한문 번역을 통해 이 작품을 다른 국문소설과 구별하여 일종의 '열전(列傳)'처럼 그 위상을 높이고자 했던 것이다. 이것은 허구의 세계 속에서 창조된 인물을 세상에 대한 감계(鑑戒)의 역할을 하는 전(傳)의 인물과 같은 존재로 평가하는 것이라 하겠다. 이러한 태도는 권섭(權燮)도 보이고 있다. 그는 <번설경전(翻薛卿傳)> 후기(後記)에서 주인공 설월영을 두고, 규수의 몸으로 당돌하게도 대장부의 사업에 힘을 쓴 것은 고금의 수많은 사람들 중에서도 보지 못한 바라고 하였고, 이러한 허구의 이야기에 감동하여 한문으로 번역한다고 하면서 여기에는 자기 나름의 의도가 들어있다고 했다.

김춘택이 <사씨남정기>를 제자(諸子)의 반열에 올리기 위해 한문으로 번역한 것과 권섭이 <설저전>을 한문으로 번역하여 <번설경전>이라 하여 자신의 문집(文集)에 포함시킨 것은 상통하는 행위라 할 수 있다.34) 즉 국문소설 중의 일부를 선정하여 한문 번역을 통해 상층 문화의

---

34) 국문소설을 번역하여 자신의 문집에 포함시킨 것은 권섭이 처음이라 할 수 있다. 소설이 문집에 들어간 허균과 박지원의 사례를 보면, 한문으로 기록되었으며, 제목이

일부로 수용하고, 상층 내부의 향유와 소통 거리로 삼은 것이다. 김춘택이 자신이 <사씨남정기>를 한문으로 번역한 것은 바로 김만중이 이 작품을 지어 사람을 가르치려 한 뜻을 조술(祖述)한 것이라고 했는데, 여기서 한문본을 상층 내부에서의 소통거리로 삼으려 한 것을 확인할 수 있으며, 권섭이 <번설경전(翻薛卿傳)> 후기(後記)에서 자기 나름의 번역 의도가 있었다고 한 것 역시 이에 해당하리라고 볼 수 있다.[35] 여기서 주목할 것은 김춘택과 권섭에 의해 한역된 소설 양식이 전기소설이 아니라 가문소설 및 여성영웅소설이라는 점이다. 즉 한문의 문예 양식으로서 전기소설 외에 국문에 바탕을 두고 형성된 가문소설과 여성영웅소설이 한문으로 번역됨으로써 한문소설의 외연이 확대되게 된 것이다. 이러한 현상은 소설 일반의 문화적 위상 제고와 관련하여 중요한 의미를 띤다고 할 수 있다.

한편 국문이 소설 창작의 언어로 자리 잡기 시작한 것은 문학사와 국어 생활사의 차원에서도 중요한 일이다. 국문은 이 이전에 이미 시조와 가사 등 시가의 창작 언어가 되었는데 이 시기에 소설 창작의 언어가 됨으로써 국문은 극 분야를 제외하고는 시가, 소설, 산문의 언어로서 그 활용 영역을 확장하게 된 것이다. 한편 국어 생활에서 국문은 조선

'전(傳)'을 명칭을 사용하고 있음을 볼 수 있다.

35) 이와 관련하여 애초에 작가가 여성까지 독자로 설정하고 한문으로 창작한 다음 국문 번역을 통해 여성이 읽기를 희망한 경우를 고려할 필요가 있다. 18세기 이후의 창작으로 보이는 <일락정기(一樂亭記)>의 작가 만와옹(晩窩翁)이 그러한데, 그는 <사씨남정기>와 <창선감의록>을 의식하여 <일락정기(一樂亭記)>를 한문으로 창작한 다음 자기 작품이 한문본과 한글번역본으로 읽히기를 희망했다. 현재 이 작품의 국문 번역본이 발견되지 않았으므로 그의 희망이 실현되었는지는 알 수 없으나, <사씨남정기>의 창작과 번역 경로와는 반대의 경로가 실재했음은 분명하다. 이 경우 만와옹에게 소설이란 무엇이며, 창작 언어는 단순히 독자와 관련된 것인지, 어떤 문화적 의식과 관련된 것인지 따져볼 필요가 있다.

전기까지는 주로 소통의 언어의 역할을 해왔었다. 그 대표적인 것이 편지의 언어이다. 다른 한편으로 국문은 번역의 언어로서의 기능을 해왔었다. 경전(經典)의 언해(諺解)가 그 대표적인 사례이다. 이런 국어생활 상황에서 한문에 능통하지 못한 여성이나 하층민에게 국문은 발신용 언어의 역할 보다 수신용 언어의 역할이 강했다고 할 수 있다. 이러한 맥락에서 17세기에 국문이 소설의 창작 언어로 된 것은 발신용 언어로서의 역할을 확대한 것이라 할 수 있다. 물론 국문소설의 작가가 남성이고 그 독자가 여성이었던 점에서 진정한 의미에서의 발신용 언어가 되었다고 하기는 어려우나 소설 속에 상당한 정도로 여성의 의식과 정서가 반영되어 있다는 점에서 준발신용 언어의 역할은 담당했다고 볼 수 있다. 나아가 18세기에 여성 작가가 등장했으리라고 추정되는 점에서 이러한 출발은 발신용 언어로 나아갈 바탕이 된 것이라 할 수 있다.

이상에서 17세기에 국문이 소설의 창작 언어가 되기 시작하면서 국문과 한문, 남성과 여성, 상층과 하층 사이의 분화와 통합의 관계가 형성되었음을 확인할 수 있다.

4) 작가의 증가와 전문 작가의 존재 가능성[36)]

이 시기 소설의 작가로 알려진 인물들은 허균(許筠), 김만중(金萬重), 조성기(趙聖期), 권필(權韠), 조위한(趙緯韓), 권칙(權伏), 유몽인(柳夢寅), 임방(任埅) 등으로 모두 사대부가의 남성 문인들이다. 이 점은 김시습(金

---

36) 이하 작가, 독자, 소설 관련 정보는 다음 자료집들에 의거했으며, 이 자료집 외의 정보는 따로 밝힌다.

류탁일, 『한국고소설비평자료집성』, 아세아문화사, 1994 ; 무악고소설자료연구회 편, 『한국고소설관련자료집 I』, 태학사, 2001 ; 무악고소설자료연구회 편, 『한국고소설관련자료집 II』, 태학사, 2005 ; 조희웅, 『고전소설 연구보정(상·하)』, 박이정, 2006.

時晳), 신광한(申光漢), 채수(蔡壽) 등 15·16세기 작가가 사대부 계층의
남성 문인이었던 것과 같은데, 이 계층에서의 작가 배출이 이 시기에
크게 늘어났다. 그리고 이들은 사대부의 출처(出處)와 관련하여 다양한
유형을 보인다. 아울러 상당수의 작품이 작가가 밝혀지지 않은 상태인
데, 이 점에서 익명의 작가 역시 더 늘어났다고 할 수 있으며, 특히 국문
소설에서 이 점이 두드러진다. 이 시기 작가와 관련하여 이상의 세 가지
현상은 좀 더 검토해 볼 필요가 있다.

첫째, 사대부 계층의 남성 문인 작가가 늘어난 것은 이 계층의 소설에
대한 관심이 증대했음을 뜻한다. 아울러 작가의 증가는 소설의 하위 양
식이 늘어난 것과 대응한다. 권필과 조위한은 기존의 전기소설을 창작했
으나 다른 작가들은 영웅소설, 가문소설, 전계(傳系) 소설, 야담(野談)계
단편소설 등을 창안하거나 발전시켰다. 뿐만 아니라 장편소설도 창작하
여 소설 형식의 다양화에도 기여했다. 나아가 일부 작가는 한문이 아니
라 국문으로 소설을 창작했다. 이 점에서 이들은 소설의 형식 및 하위
양식의 개척과 소설의 창작 언어 혁신에 큰 기여를 했다고 할 수 있다.
후술하겠지만 사대부 남성 문인 출신의 작가가 늘어나고 이들이 창작한
소설의 양식이 다양해진 것은 소설의 문화적 지위가 명분상으로는 여전
히 낮으나 실질적으로는 높아지기 시작했음을 뜻한다고 할 수 있다.

둘째, 17세기의 작가들이 사대부의 출처(出處)와 관련하여 다양한 양
상을 보인다는 것은 작가들의 창작 목적이나 소설의 역할에 대한 인식
이 다양해졌음을 뜻한다. 역사적으로 볼 때, 15세기의 김시습은 방외인
(方外人)이었고, 16세기의 신광한과 채수는 관직에 진출한 문인이었는
데, 17세기는 이전의 출처(出處) 양상과 비교하여 더 다양해졌다. 예컨대
권필과 조성기처럼 의식적으로 관직에 나아가지 않은 유형과 조위한처
럼 관직에 나아가 부침을 거듭한 유형과 특히 관직에 나아가되 허균과

김만중처럼 자신들이 속한 당파를 위한 활동에 적극적이었던 유형 등 여러 유형이 공존하고 있다. 그런가 하면 관직에 나아간 작가들은 권칙37)을 제외하고는 모두 상당한 고위직에까지 진출했다. 이러한 양상은 소설이 당시 가장 고급 문학이었던 시문(詩文)의 범주에 속하지 못한 주변부 문예에 속했으므로 이러한 위상의 소설을 창작한 사실 자체가 그 작가의 정치적 성향이나 사상적 성향을 보여준다는 식의 작가 이해가 이 시기 소설의 실상에는 부합하지 않을 수 있음을 말해준다. 또 소설의 작가를 이해하는데, 불우(不遇), 즉 때를 만나지 못했거나 현실과 어긋난 작가의 상황을 중시하는 시각을 취하는 경향이 많은데 이러한 시각이 특정한 작가에는 부합될 수 있어도 이 시기 작가군 전체에는 적실하다고 할 수 없다. 예컨대 여항(閭巷)의 부녀들이 풍송관감(諷誦觀感)하기를 기대하고 창작했다는 김춘택의 언명을 따른다면, 김만중의 <사씨남정기> 창작 계기는 작가의 불우(不遇)와는 거리가 멀고, 오히려 여항 부녀들에 대한 계몽의 태도를 취한 점에서 동시대 사회의 주도적 책임자라는 의식이 보인다. 즉 주류(主流)에 대한 비판이 아니라 주류의 일원으로서 동시대 사회에 대한 구상을 소설을 통해 드러낸 것으로 볼 수 있다. 따라서 사대부 문인 출신 소설 작가의 출처(出處) 유형이 다양함은 그 창작 계기나 목적, 또는 소설의 역할에 대한 인식이 다양해졌을 가능성을 보여준다.

셋째, 익명의 작가 역시 늘어났고, 특히 국문소설의 대부분이 작가가 알려지지 않은 상황은 소설 창작, 특히 국문소설 창작 행위를 한문문학 활동만큼 격조 있는 것으로 인정하지 않은 풍조 때문인데, 익명의 국문소설 작가 중에는 전문적인 작가가 존재했을 가능성도 열어둘 필요가

---

37) 권칙의 생애와 이력에 대해서는 신해진, 『권칙과 한문소설』, 보고사, 2008 참조.

있다. 왜냐하면 권섭의 모친이 필사한 <소현성록>(15책)은 그 연작인 <소씨삼대록>까지 포함된 것일 가능성이 높고[38], 또 이 작품의 파생작 이라 할 수 있는 <한씨삼대록>도 동시대에 같이 읽혀지고 있었는데, 이처럼 연작(連作) 형태의 장편소설과 그 파생작 형태의 장편소설이 이 시기에 등장했다는 것은 이 작품들이 전문적인 작가의 손에서 나왔을 가능성을 말해준다. 물론 이 경우 전문적인 작가를 소설 창작을 직업으 로 삼은 사람으로 보기는 어렵다. 다만 소설 창작에 주력했거나 그것에 취미를 가진 사람이라는 의미에서[39] 전문적인 작가의 존재를 설정할 수 있다고 본다. 나아가 김만중과 조성기가 각각 그 모친을 위해 많은 소설을 지었다는 기록을 적극적으로 해석한다면 이 두 사람도 일종의 전문 작가로 볼 수 있을 것이다. 이들을 전문 작가로 볼 수 있다면 개인 사나 정치적 상황 외에 독자의 요구나 작가의 소설관 등에 의거해 창작 의도나 작가 의식을 밝히는 시도를 할 수 있을 것이다.

5) 독자층의 확대와 여성 독자의 본격적 성장

17세기 소설 독자에 관한 자료 역시 이전 시기에 비해 늘어났다. 이 시기 소설 독자 중 문인이나 지식인들은 독자의 관점에서 소설을 읽고 평을 남기기도 하고, 시(詩)를 짓기도 했으며, 기록자의 태도로 소설과 관련된 경험이나 정보를 기록하거나 지식인의 관점에서 소설과 관련된 고증(考證) 활동을 하기도 했다.

이 시기 독자는 현재까지 밝혀진 기록을 중심으로 볼 때 16세기에

---

38) 박영희, 「<소현성록> 연작 연구」, 앞의 논문, 32면 참조.
39) 18세기의 경우이지만 이에 대한 참고로 김도수(金道洙, 1699~1742)의 사례를 들 수 있다.

비해 그 수와 계층이 상당히 확대되었다. 특히 사족(士族)의 남성과 여성이 소설을 적극적으로 읽었음을 알 수 있다. 사족 남성들로는 이수광(李睟光, 1563~1628), 허균(許筠, 1569~1618), 이민성(李民宬, 1570~1629), 김시양(金時讓, 1581~1643), 권전(權佃, 1583~1651), 이식(李植, 1584~1647), 장유(張維, 1587~1638), 홍주원(洪柱元, 1606~1672), 이건(李健, 1614~1662), 김만중(金萬重, 1637~1692), 홍만종(洪萬宗, 1643~1725), 이이명(李頤命, 1658~1722), 이의현(李宜顯, 1669~1745), 김성최(金盛最)40) 등을 들 수 있고, 왕실의 인물로는 선조(宣祖)와 인조(仁祖)를 들 수 있다. 이들이 읽은 작품은 <홍길동전>, <최척전>, <상사동기>, <주생전>, <소생전(蘇生傳)> 등의 우리 한문소설 및 국문소설과 『태평광기(太平廣記)』, <교홍기(嬌紅記)>, <배항전(裵航傳)>, <운화전(雲華傳)>, <앵앵전(鶯鶯傳)>, 『전등신화(剪燈新話)』, 『전등여화(剪燈餘話)』, <삼국지연의(三國志演義)>, <수당지연의(隋唐志演義)>, <양한지(兩漢志)>, <제위연의(齊魏演義)>, <잔당오대연의(殘唐五代演義)>, <북송삼수평요전(北宋三邃平妖傳)>, <수호전(水滸傳)>, <금병매(金瓶梅)>, <서유기(西遊記)>, <포공안(包公案)>, <염이편(艶異編)>, <국색천향(國色天香)> 등의 중국소설이다.

사족(士族) 여성들로는 오희문(吳希文, 1539~1613)의 딸, 조태억(趙泰億)의 모친 윤씨(尹氏, 1647~1698), 김만중의 모친 윤씨, 조성기(趙聖期, 1638~1689)의 모친 심씨, 임영(林泳, 1649~1696)의 누이들, 권섭(權燮)의 조모 함평 이씨(咸平李氏, 1622~1663)와 모친 용인 이씨(龍仁李氏, 1652~1712) 등을 들 수 있고, 왕실의 여성으로는 인선왕후(仁宣王后, 1618~1674)를 들 수 있다. 이들이 읽은 작품은 우리 것으로는 <구운몽>, <창선감의록>, <소현성록>, <한씨삼대록>, <설씨삼대록> 등이며, 중국 소설

---

40) 정출헌, 「17세기 국문소설과 한문소설의 대비적 위상」, 앞의 책, 190면 참조.

로는 <초한연의(楚漢演義)>(국문 번역본), <서주연의(西周演義)>(국문 번역본), <녹의인전>, <하북이장군전>, <수호전>, <삼국지연의> 등이다. 사족 여성들이 이 시기에 소설, 특히 국문소설의 독자로 등장한 것은 주목할 사항이고, 이 현상을 이후에 지속된다.

한편 여항(閭巷)의 여성도 국문소설의 독자였다. 조태억이 그의 모친이 필사한 국문번역본 <서주연의>에 붙인 발문에 의하면 여항의 여성이 그 모친에게 이 작품을 빌려가 읽은 일이 기록되어 있다. 이 여항 여성의 신분이 중인층인지 평민층인지는 알 수 없으나 역사소설을 읽을 정도이면 상당한 독해 능력을 갖추었다고 볼 수 있다. 물론 이 당시 한글 해독 능력을 갖춘 중하층(中下層) 사람들의 수가 어느 정도였는지는 가늠할 수 없으나 그리 많지는 않았으리라고 본다면, 이 계층의 독자 역시 광범위하게 형성되지는 않았을 것이다. 그러나 중하층의 소설 독자는 18세기 이래 계속 늘어났으므로 이 시기 여항 여성 소설 독자의 존재는 중요한 자료이다.41)

그런데 이 시기 독자들이 소설을 읽는 목적을 명시적으로 밝힌 사례가 적기 때문에 전반적인 동향을 파악하기 힘들다. 소설 읽기는 기본적으로 흥미를 기반으로 읽는 즐거움을 추구하는 것이므로 이 점이 이 시기에 표방되지 않았다 해도 당연히 실질적으로는 추구되었다고 보아야 한다. 소설 읽기의 즐거움은 동시에 독자의 심리적 해방감을 동반하는데, 이 현상은 이미 이 이전 시기에 확인된다. 예컨대 김시습은 『전등신화』를 읽고 난 뒤 쓴 시 <제전등신화후(題剪燈新話後)>에서 "한 편만

---

41) 17세기 후반에 사대부가의 여성이 상중(喪中)에 국문소설을 소리 내어 읽다가 그것이 평민들의 행동이라고 질책 받은 경우가 있다. (김준형, 「18세기 도시의 발달과 소설 향유의 면모」, 『고소설연구』 26, 2008, 97면 참조) 이 자료에서 당시 일부 평민들이 국문소설의 독자였음을 짐작할 수 있다.

읽어도 족히 웃을 만하니, 내 평생 쌓인 응어리를 씻어내누나.(眼閱一篇
足啓齒, 蕩我平生磊塊臆)"라 한 바 있고, 김인후(金麟厚, 1510~1560)는 『금
오신화』를 빌려 읽고 쓴 시 <차금오신화어윤례원(借金鰲新話尹禮元)>에
서 "잠시 빌려 와 하서에서 침침한 눈 씻고 읽노라니, 두풍(頭風)이 어느
덧 거뜬히 나았다네.(暫借河西揩病目, 頭風從此快痊之)"라 한 바 있다. 17
세기의 권전(權佺)이 병중(病中)의 무료함을 달래기 위해 <상사동기>를
아이들로 하여금 읽게 하고 듣다가 소설의 내용과 관련한 시를 지어
'각병지자(却病之資)'로 삼은 사례 역시 이 연장선상에서 있는 것이다.

이 시기의 소설 읽기의 목적으로 주목할 것은 사족 여성들의 경우이다.
이들은 소일거리 및 근심 해소용으로 소설을 읽었다. 예컨대 <졸수재행
장(拙修齋行狀)>에 따르면 조성기의 모친은 만년에 누워서 소설 듣기를
좋아하였는데, 이로써 졸음을 쫓고 시름을 푸는 자료로 삼았으며, 읽을
만한 소설을 계속 구하지 못할까 늘 걱정했다고 한다. 계속 소설을 구해
읽으려 노력했으니 소설을 소일거리 겸 시름 해소용으로 적극적으로 이
용하였음을 알 수 있다. 김만중의 모친도 그러했으니 이러한 목적으로
소설을 읽은 것은 당시 소설을 즐긴 사대부가 여성들에게는 일반적이었
다고 할 수 있다. 이 현상은 소설 독자의 읽기 목적과 소설의 사회적 역할
과 관련하여 주목할 필요가 있다. 즉 소설에 대한 지속적인 수요가 독자
의 현실적 필요성과 연계되어 발생되기 시작했다고 볼 수 있기 때문이
고, 이 독자의 현실적 필요성이 특정한 개인의 경우가 아니고 계층 차원,
또는 사회 일반의 차원에서 생겨나기 시작했다고 볼 수 있기 때문이다.

여성들이 소설을 소일거리 내지 근심 해소용으로 즐기게 된 배경으
로는 흔히 세 가지가 거론된다. 하나는 소설을 읽을 수 있는 시간의 확
보가 전후(戰後) 경제의 발전과 상층의 특권 등으로 여성의 여가(餘暇)
시간이 확대되어 가능해졌다는 것이고, 다른 하나는 소설을 읽기 위해

서는 국문 해독 능력을 기본적으로 갖추어야 하는데, 일반적으로 사대부 계층의 여성들은 그러한 언어능력을 갖추었다는 것, 세 번째로 여성들이 소설 읽기를 통해 해소하고자 한 근심은 가부장제(家父長制)와 관련이 있다는 것 등으로, 그 타당성이 충분히 인정된다. 다만 여성이 여가 시간에 할 수 있었던 문화 활동과 문학 활동 중에서 소설 향유가 어떤 경쟁력을 가졌는지, 소설이 여성 독자층을 어떻게 확대해 나갔는지 등을 보다 면밀히 검토할 필요가 있다.

한편 이 시기 소설 독자들의 소설 취향이 남녀 성별로, 그리고 계층별로 분화된 것으로는 보이지 않는다. 예컨대 중국에서 들어온 연의(演義)류 소설들은 한문 원문으로 읽는 것과 국문 번역본으로 읽는 차이가 있고, 독자의 수에 차이가 있겠으나 남녀(男女) 공히 읽었다. 사족(士族) 남성들이 전기소설을, 사족 여성들이 국문소설을 많이 읽은 경향이 보이나 전기소설의 한글 번역본이 존재하니 여성들도 그 독자였다고 할 수 있으며, 국문소설 역시 남성들이 읽었다. 이 현상은 소설의 다양화와 독자층의 확대가 계층별·성별 분화로만 설명되기 어려움을 뜻한다고 할 수 있다. 즉 앞에서의 소설의 언어에 대한 논의에서 언급되었듯이 소설 독자층은 분화·확대와 통합이 함께 일어났던 것이다. 특히 이 시기에 소설의 언어와 관계없이 소설이란 장르를 남성과 여성이 공히 즐기고, 부분적으로는 상층과 하층이 함께 즐기기 시작한 것은 고전소설사에서 획기적인 것이고, 문학 독자의 역사에서도 상당히 의미 있는 변화이다.

6) 소설의 역할에 대한 인식의 심화

이 시기의 소설에 대한 논의는 활발했다고 할 수는 없다. 그러나 작가, 작품, 독자의 증대 및 확대는 소설에 대한 인식에 상당한 변화를 동반했다고 볼 수 있다.

이 시기 작가들의 창작 목적이나 소설의 역할에 대한 인식을 도식화의 위험을 무릅쓰고 유형화해본다면 다음과 같을 수 있다. 우선 허균은 <유재론(遺才論)>, <호민론(豪民論)> 등에서 보듯 현실의 문제에 대해 혁신적인 의식을 가졌으니 이런 의식과의 동궤(同軌)에서 <홍길동전>을 창작했을 가능성이 있다. 이 점에서 허균은 현실의 문제를 지적하고 자신의 문제의식을 표출하는 방식으로 소설을 창작했다고 할 수 있다. 허균과 한 세대 정도 차이가 나는 택당(澤堂) 이식(李植, 1584~1647)이 허균이 <홍길동전>을 지어 <수호전(水滸傳)>에 견주고자 했다고 한 것은 비록 부정적 표현이긴 하나 바로 허균의 창작 목적을 작가의 문제의식 표출로 이해하고 있음을 말한다. <주생전>의 권필과 <최척전>의 조위한은 작품에 제시된 바를 그대로 믿는다면 주인공의 모델이 되는 실존인물 주생과 최척을 직접 만나 각자의 사연을 듣고 그것을 토대로 창작을 한 것이 된다. 이 점에서 이들의 창작은 기구한, 또는 기이한 사연에 공감하고 널리 소통하는 것이라 할 수 있다. 권칙은 강홍립의 휘하에서 종군(從軍)을 하였으며, 강홍립의 언행을 목격하고, 강홍립의 투항 후 탈출하여 귀국은 경험을 하였다. 이 점에서 그가 <강로전>을 창작한 것은 중요한 역사적 사실을 자신의 경험을 바탕으로 증언하고, 그 사실을 자신의 관점에서 포폄하려고 했다고 볼 수 있다. 한편 김만중의 경우 두 가지로 나뉜다. 우선 김만중은 <구운몽>을 지어서 모친의 소일거리가 되도록 하였으며, 동시에 마음을 넓히고 슬픔을 달래는 역할을 할 수 있으리라 기대했다.42) 여기서 김만중은 소설을 소일거리

---

42) "또 글을 지어 부쳐서 소일거리를 삼게 하였는데 그 글의 요지는 '일체의 부귀영화가 모두 몽환이다.'는 것이었으니, 또한 뜻을 넓히고 슬픔을 달래기 위한 것이었다.(又著書寄送, 俾作消遣之資 其旨以爲一切富貴繁華都是夢幻 亦所以廣其意而慰其悲也)" 김

또는 위안(慰安)의 문학으로 보았다고 할 수 있다. 다음으로 김춘택은 <사씨남정기>를 한문으로 번역하면서 서포(西浦)가 이 작품을 한글로 창작한 목적이 여항부녀(閭巷婦女)들로 하여금 이 작품을 풍송관감(諷誦 觀感)케 하려는 것이었다고 했다. 이에 따르면 김만중은 교화(敎化)의 목적으로 창작했으며, 소설의 역할을 교화로 보았다고 할 수 있다.

조성기의 창작 역시 김만중의 경우와 같다고 할 수 있다. 그의 행장 (行狀)에 따르면 그는 그 모친의 소일거리로 소설을 지었다고 했으며, 또한 그의 <창선감의록>은 후대에 <사씨남정기>와 함께 교화(敎化) 기능을 가진 대표적인 작품으로 평가되었다. 이상 거칠게 도식화한 것을 종합하면 17세기에 소설의 창작 목적, 또는 소설의 역할에 대한 인식은 비판적 의식의 표출, 공감과 소통, 증언과 포폄, 대중 교화, 즐거움과 위안 등으로 다양화되었다고 할 수 있다. 물론 개별 소설이 특정한 목적이나 역할에 국한되지 않으며, 작가들의 창작 목적이나 계기 역시 어느 한 가지로 규정할 수 없다.43) 여기서는 개별 작품의 역할이나 작가의 목적을 규정하는 것이 아니고 이 시기 전반의 창작 목적과 소설의 역할을 점검하기 위한 것이므로 전반적인 경향은 대체로 위와 같이 정리할 수 있다고 본다.

한편 이전 시기의 소설 창작 목적 및 소설의 역할 인식과 비교하여 볼 때 이 시기의 그것은 좀 더 분화되고 분명해졌다고 할 수 있으며, 특히 소설의 위안과 교화의 역할을 뚜렷하게 강조하면서도 이 둘을 분화시키고 있음이 특징적이라 할 수 있다.

병국·최재남·정운채 역, 『서포연보(西浦年譜)』, 서울대출판부, 1992, 226면 및 330면.
43) 김만중의 소설에는 당연히 김만중의 당대 현실 인식이 들어있고, 여기에는 남성의 문제와 당대 정치적 이해관계가 들어있다고 보아야 한다. 이에 대한 논의는 조광국, 「17세기 후반 김만중의 현실인식에 관한 고찰」, 『고전문학연구』 20, 2001 참조.

전대(前代)의 자료를 보면, 김안로(金安老)는『용천담적기(龍泉談寂記)』
에서 김시습의『금오신화(金鰲新話)』 창작 목적을 '술이우의(述異寓意)'
로 보았고, 신호(申濩)는『기재기이(企齋記異)』의 발문(跋文)에서 신광한
의 창작을 의리(義理)에 대한 입론(立論) 행위의 일종으로 전제하고, 이
작품집의 기이(奇異)함이 독자의 즐거움을 가져와 명교(名敎)에 보탬이
될 수 있다고 했다. 그런가 하면<오륜전전>의 저자 낙서거사(洛西居士)
는 그 서문(序文)에서 백성들이 오륜(五倫)을 실천하도록 가르치는데 기
여할 목적으로 지었으며, 특히 한글로 번역하여 한문을 모르는 부인(婦
人)들도 읽을 수 있도록 했다고 밝히고 있다.44) 한편 채수의 <설공찬
전>이 윤회화복(輪回禍福)의 이야기라 하여 조정에서 논란이 되었을 때
채수를 변호한 김수동(金壽童)은 이 작품이 기양(技癢), 즉 재능 있는 예
술가의 급박한 표현 욕구로 말미암아 지어졌다고 한 바 있다. 이러한
15·16세기 소설 창작의 의도 중에서 김수동이 주장한 바는 어떤 면에서
는 모든 문학 창작의 기본 동인(動因)이라 할 수 있고, 또 채수의「설공
찬전」창작이 의도적인 것이 아니라 문인 특유의 기질의 산물로 보이게
하려는 변호 전략의 하나로 동원될 것일 수도 있다. 반면 김안로는 소설
의 창작을 세상에 대한 발언으로 이해했고, 신호와 낙서거사는 세상 교
화를 위한 것임을 표방했다. 이상에서 15·16세기 소설 창작의 목적이나
소설의 역할 인식은 여러 가지 단초를 내포하고 있었다고 할 수 있다.

이렇게 볼 때 17세기에 들어와 소설의 역할로 교화를 내세운 것은
전대(前代)의 신호와 낙서거사의 주장을 계승하면서 특히 여성 일반의
교화를 강조한 것45)이라 할 수 있고, 반면 소일거리 내지 위안의 문학으

---

44) <오륜전전>의 번안과 작가 의식에 대해서는 윤주필, 「16세기 사림의 분화와 낙서거
사 이항의 <오륜전전> 번안의 의미」, 『윤리의 서사화』, 국학자료원, 2004 참조.
45) 낙서거사는 <오륜전전>을 한글로 번역하여 부인들이 읽을 수 있도록 한다면서도

로서 소설을 보는 것은 이전 시기의 흥미를 이용한 소설의 교화 기능에서 인식에서 흥미와 오락의 역할을 소설의 독자적인 역할로 분리 인식한 것이라 할 수 있다.

3. 17세기 소설의 사회적 역할과 문화적 위상

1) 사회적 소통 구조의 형성

고전소설사에서 작가가 필화(筆禍)를 입은 최초의 인물은 중종(中宗) 때 <설공찬전>을 지은 채수(蔡壽)라 할 수 있다. 물론 필화라 하지만 조정에서의 논란만 요란했을 뿐이고, 채수는 파직만 되었다가 오래 되지 않아 복직되었다. 이 작품의 전모를 알 수 없으므로 파동이 일어난 원인을 작품 내에서 찾기가 어렵지만46) 두 가지가 문제가 되었다고 본다. 하나는 윤회화복지설(輪回禍福之說)을 믿게끔 했다는 것이고 다른 하나는 민간에서 한글로 번역하여 읽었다는 것이다. 조정의 관료 출신의 손에 의해 유교 국가의 이념에 맞지 않는 내용이, 그것도 허구적 인물이 아니라 실재하는 집안47)에서 일어난 실제 이야기로 서술되었고, 그 작품이 민간에까지 두루 퍼지게 되어 사실로 믿게 될 가능성이 있었으니 문제로 삼았던 것이다.

그런데, 정도와 내용의 차이는 있으나 김시습의 <남염부주지>에서

그 작품이 널리 전파되는 것에는 소극적이었다.

46) 현재 전해지지 않는 작품의 후반부에 정치적으로 문제가 될 만한 내용이 들어있는지는 알 수 없다. 그러나 당시 조정의 논의에서 이에 대한 언급이 없는 것으로 보아 특별한 정치적 복선은 없었을 가능성이 있다. <설공찬전> 파동에 대해서는 정환국, 「<설공찬전> 파동과 16세기 소설 인식의 추이」, 앞의 책, 참조.

47) 이복규, 『<설공찬전> 연구』, 박이정, 2003, 제5장 참조.

저승 이야기가 다루어졌고, 명계(冥界)의 이야기는 정부 기관인 교서관 (校書館)에서 간행(刊行)한 『전등신화』에 적지 않게 나오니 채수에 대한 공격은 과도했다고 할 수 있다. 채수를 변호한 사람들이 『태평광기』와 『전등신화』의 사례를 든 이유도 여기에 있다. 그러므로 <설공찬전>이 문제된 것은 그 내용 자체 때문이라기보다는 번역되어 민간에서 두루 읽혔다는 사실 때문일 가능성이 더 높다. 이 가능성을 인정한다면 당시 지배층의 일각에서는 유교 이념에 어긋나는 내용을 다룬 소설이 민간 에 유통되어 일종의 민간 자율의 소통 구조가 형성되는 것을 우려했다 고 할 수 있다. 나말여초(羅末麗初) 이래 전기소설(傳奇小說)은 문인층 내 지 사대부 집단에게 지속적으로 수용되었는데, 지배층은 전기소설이 한 문 문언(文言)으로 창작되어 그 유통이 일종의 계층적 폐쇄성을 지녔으 며, 또 그 내용이 사회 이념이나 규범에 어긋나도 수용집단의 교양에 의해 자율적으로 통제되거나 조절될 수 있다고 보았을 것이다. 즉 전기 소설은 사대부 집단 내에서의 자율적인 소통 구조를 지녔다고 할 수 있는 것이다. 이에 비해 윤회화복지설의 내용을 담은 <설공찬전>의 민 간 유통은 지배층의 입장에서 보면 유교식으로 교화(教化)가 충분히 되 지 않은 백성 사이에 교화의 방향과 어긋나는 결과를 초래할 소통 구조 가 형성되는 것으로 보였을 가능성이 있다.

17세기에 오면 민간에서의 소설의 소통 구조 형성에 대한 지배층의 인식이 달라지기 시작한다. 물론 소설의 민간 유통은 16세기 이래 점진 적으로 이루어졌고, 이 바탕 위에서 17세기의 소통 구조가 형성되었다. 특히 이 시기에 뚜렷이 형성된, 사대부 남성이 여성 교화를 위해 소설을 지어서는 읽도록 한 소통의 구조는 16세기 <오륜전전>의 창작과 유통 을 통해 구상한 소통 구조가 발전된 것이라 할 수 있다.

17세기에 형성된 소설의 소통 구조로 가장 뚜렷한 것은 소설을 매개

로 한 남녀 소통 구조이다. 김춘택이 김만중의 <사씨남정기> 창작의
목적으로 밝힌바, 여항 여성들로 하여금 풍송관감(諷誦觀感)케 하려 했
다는 것에서 이 소통 구조 형성의 의도를 알 수 있고, <사씨남정기>와
닮은 부분이 많은 <창선감의록>과 <소현성록>을 비롯한 가문소설이
여성들에게 두루 읽혔던 것에서 이 소통 구조의 형성을 볼 수 있다. 특
히 <사씨남정기>와 <창선감의록>이 후대에 거듭 교육적 역할을 가진
소설로 평가받고 널리 읽힌 것에서 이 소통 구조의 지속을 볼 수 있다.
남성 작가와 여성 독자 사이에 형성된 이 남녀 소통 구조는 가부장제적
이념의 소통과 확산을 의도한 것이었고, 그것을 가장 강력하게 표출한
것이 <사씨남정기>라 할 수 있다. 그러나 이 소통 구조가 발신자 남성
으로부터 수신자 여성에게로 전달되는 일방통행의 기능만을 가진 것으
로 볼 수는 없다. 내부적으로는 남녀 상호 소통과 여성끼리의 소통 기능
도 함축하고 있었다고 볼 수 있다. <창선감의록>에 그려진 남녀 관계
나 <구운몽>에 그려진 여성들 사이의 관계에서 이를 엿볼 수 있다. 이
러한 상호 소통과 여성끼리의 소통은 <운영전>에서 운영의 애정 문제
를 둘러싼 동료 궁녀들 사이의 논쟁과 안평대군에 맞서 운영을 옹호하
는 궁녀들의 변론에서도 볼 수 있으니, 이 시기 소설이 구축한 남녀 소
통 구조는 애당초 일방적일 수 없었던 것이다.48)

---

48) 이 시기 소통 구조의 성격에 대해서는 다음의 연구 업적이 있다. 임형택, 「17세기
규방소설의 성립과 창선감의록>」, 『동방학지』 57, 1988 ; 정창권, 「<소현성록>의 여
성주의적 성격과 의의」, 『고소설연구』 4, 1998 ; 김종철, 「17세기 소설사의 전환과 소설
교육론」, 『한국학보』 96, 1999 ; 김종철, 「소설의 사회·문화적 위상과 소설교육」, 『국
어교육』 101, 2000.
　이 시기 가문소설과 가문의식 및 가문 내 갈등 양상에 대해서는 다음의 연구 업적들
을 들 수 있다. 이원수, 「가정소설 작품세계의 시대적 변모」, 경북대학교 대학원 박사
논문, 1991 ; 이성권, 「가정소설의 역사적 변모와 그 의미」, 고려대학교 대학원 박사논
문, 1998 ; 이승복, 『고전소설과 가문의식』, 월인, 2000 ; 양민정, 「초기 가문소설의

한편 이 남녀 소통구조는 일종의 유비적(類比的) 소통구조를 파생했다. 예컨대 <사씨남정기>의 창작이 가부장제적 관점에서 여성 일반에 대한 교육을 목적으로 삼은 것이 아니라 특정한 정치적 목적, 즉 숙종이 희빈 장씨를 왕비로 책봉한 것을 비판하고 인현왕후의 복위를 도모하여 쓴 것으로 보고, 실제로 인현왕후가 복위된 것에는 이 작품이 기여한 바가 있었다는 견해가 있다. 이러한 견해가 언제 등장했는지는 불분명하나 19세기 자료에 거듭 나오니 이 이전에 형성되었을 것이다. 흥미롭게도 이 견해에서 <사씨남정기>의 작자는 김춘택(1637~1692)으로 오인되고 있는데, 그는 숙종의 첫째 왕비 인경왕후의 친가 조카이고, 또 인현왕후의 복위를 위해 헌신했던 인물이니 그러한 착오가 자연스럽게 일어났을 가능성이 없지 않다. 이렇게 상상된, 소설을 매개로 한 정치적 소통 구조는 남녀 소통구조에 대해 일종의 유비적(類比的) 소통 구조라 할 수 있다. 사정옥, 유연수, 교채란의 작품 속 갈등 관계를 현실의 인현왕후, 숙종, 희빈 장씨의 관계와 연결 짓고, 후자의 문제가 해결된 것이 전자의 결구(結構)의 영향이라고 보는 것은 국문장편소설을 매개로 한 남녀 의사소통 구조가 닫힌 구조가 아님을 뜻한다. 이 점은 <사씨남정기>를 한문으로 번역한 사실에서 우선 볼 수 있다. 한문 번역본은 당연히 상층의 남성들이 읽을 것을 전제한 것인데, 이렇게 독자가 여성에서 남성으로 바뀌었다 해도 애초 남녀 소통 구조가 해소되는 것은 아니다. 한문 번역으로 남·남(男男) 소통구조가 형성되지만 남녀 소통구조는 유지되면서 앞에서 본 바와 같은 유비적 소통 구조가 형성되기 때문이다. 즉 한문본을 통해 사대부가의 남성이 바람직한 가장(家長)으로서 갖추어야 할 바가 무엇인지 숙고케 하는 것이 남·남(男男) 소통구조라면, 이 남성이 조

형성과 여성의 가문의식」, 『고소설연구』 12, 2001 등 참조

정에 나아가 군주(君主)와 형성하는 관계는 남녀 소통구조에 유비될 수 있는 것이다. 김춘택이 <사씨남정기>를 번역하면서 이 작품의 내용을 바탕으로 '추류인의(推類引義)'하면 두루 사람을 가르칠 수 있다면서, <초사(楚辭)>처럼 쫓겨난 신하와 군주의 관계 및 원망하는 지어미와 그 지아비의 관계를 설정할 수 있다고 했으니, 남녀 소통구조에 바탕을 둔 유비적 소통구조의 형성은 애초부터 의도되었다고 할 수 있다.

이렇게 보면 17세기에 와서 소설은 일종의 소통(疏通) 마당의 역할을 담당하기 시작했다고 볼 수 있다. 가부장제 하의 상층 가문의 갈등 극복 과정을 그린 작품을 매개로 가문의 운영에 참여하는 남녀 주체들 사이의 소통 구조를 형성하고, 나아가 가문의 운영을 국가의 운영에 비겨 보려 한 것은 사대부 계층이 스스로 고안해낸 일종의 문화 전략이라 할 수 있다. 이 전략은 그 당·부당(當不當)을 떠나서 소설의 사회적 역할의 정립과 증대라는 관점에서는 상당한 의미를 지닌다. 무엇보다 가문소설들을 통해 사대부 계층이 자신의 계층적 정체성을 자각하고, 장편의 방식으로 형상화된 계층 내적 갈등을 통해 구성원 사이의 소통, 즉남과 남, 남과 여, 여와 여 사이의 소통을 했다고 볼 수 있기 때문이다. 이로써 가문소설은 사대부 계층의 자율적 운영에 관여하는 사회적 장치의 하나로 자리를 잡았다고 볼 수 있다.

물론 17세기에 남녀 소통구조만 형성되었다고 볼 수는 없을 것이다. 예컨대 <박씨전>과 <임경업전> 및 <임진록>의 유통이 형성한 소통 구조는 남녀 소통 구조와 다르며, 또 특정한 계층적 기반을 넘어선 것이었다고 할 수 있다. 한편 소설사적으로 볼 때, 처음 상층에서 형성된 이 남녀 소통 구조는 점차 중·하층으로 확대되어간 것으로 보이고, 18세기부터는 이 남녀 소통 구조 외에 상·하층의 소통 구조가 새로운 소통 구조로 등장했다고 할 수 있다.

2) 새로운 독서 문화의 형성

앞에서 일별한 바와 같이 이 시기에 소설 작품이 크게 늘어났으며 상층의 남녀노소는 물론 중간층도 소설을 읽었다는 사실은 소설 읽기가 하나의 풍속으로 자리 잡았음을 뜻한다. 소설에 대한 부정적인 견해를 가진 지식인들이 없지 않았으나 실제 생활 속에서는 하나의 풍속이 되었다.

이러한 풍속은 상층에서 적극적으로 형성되기 시작했으며, 특히 여성들의 소설에 대한 수요가 늘어나면서 가속화되었던 것으로 보인다. 김만중과 조성기가 소설을 좋아하는 그 모친들을 위해 두루 소설을 구해드리다가 소설을 짓기까지 했으며, 그것도 여러 편이라는 것이 이를 단적으로 보여준다. 소설을 읽는 것을 탐탁스럽지 않게 여기는 견해를 일종의 명분이라 하고, 그럼에도 불구하고 소설을 즐겨 읽는 현실을 실제라 한다면 명분을 실제가 이기고 있으며, 특히 이 과정에 효(孝)라는 또 다른 명분이 개입하고 있음은 흥미로운 현상이다. 김만중과 조성기가 각각 그 모친을 위해 소설을 구하고, 나아가 짓기까지 한 사실은 효(孝)의 실천으로 이해되었고, 권섭이 그 모친이 필사한 소설들을 형제자매들에게 나누어 주어 소중히 전승케 한 것도 효의 실천이었다. 이 점에서 상층 여성들의 소설 수요는 실제로 큰 장애 없이 충족되었다고 할 수 있다.

상층에서 형성된 이 풍속은 앞에서 언급했듯이 여가(餘暇)와 밀접한 관련이 있는데, 문화적으로 보면 이 시기 소설 읽기의 성행은 여가 시간의 확대에 바탕을 둔 새로운 독서문화의 형성이라 할 수 있다. 상층의 남성들에게 독서는 기본이었지만 여성들에게는 여교(女敎)를 위한 서적 외에는 별로 주어진 것이 없었던 상황에서 여성들의 소설 읽기가 늘어난 것은 새로운 독서 문화의 형성으로 볼 수 있는 것이다. 이 점은 남성에게도 해당될 수 있는데, 이 이전 시기에 남성들 중 소설 독자들은 한문으로 된 전기소설을 주로 읽었다면 이 시기에 와서는 국문으로 된 새로운 양식의 소설을 독서 목록에 추가하게 되었기 때문이다. 이렇게 형성된 소설 독서문화는 18세기 이후 소설 읽는 독자 수는 물론 계층도 확대되고, 소설 출판업과 소설 대여업이 등장하는 등 발전 일로를 걸었으니 이 점에서 이 시기의 소설 중심의 새로운 독서 문화의 형성은 소설사는 물론 문화사에서도 획기적인 것이라 평가할 수 있다.

소설 읽기가 새로운 독서문화로 자리 잡으면서 두 가지 문화적으로 주목할 현상이 전개되었다고 추정할 수 있다. 하나는 소설, 특히 국문 소설 읽기의 성행(盛行)이 국문 해독 능력을 갖춘 독자를 증가시켰을 가능성이다. 즉 기존의 국문 해독 능력을 갖춘 사람만이 소설을 읽은 것이 아니라 소설을 읽기 위해 국문 해독 능력을 갖추기 시작한 사람들도 생겼을 가능성이 있는 것이다. 어릴 때 스스로 소설을 읽기 위해 국문을 깨쳤다는 임영(林泳)의 사례가 이에 해당한다. 이를 적극적으로 해석하면 국문소설 독자의 증가만큼 국문 해독 능력을 갖춘 집단의 경계선이 확장되었다고 볼 수 있는 것이다. 여기에는 중국소설을 읽기 위해 『어록해(語錄解)』가 이용된 사례가 참고가 된다. 소설 읽기는 언어 능력의 확대와 밀접한 관련이 있는 것이다.

또 하나의 문화적으로 주목할 만한 현상은 소설에 바탕을 둔 일종의 유사(類似) 교양 세계가 형성되기 시작한 점이다. 예컨대 김만중이 『서포만필』에서 지적한 바와 같이 <삼국지연의>의 내용을 실제 그 당시의 역사로 이해하고, 나아가 선비들은 그 내용으로 과문(科文)을 짓기도 한다고 했는데, 이는 정사(正史)의 세계와 다른 층위의 허구(虛構)의 역사가 실제로는 정사(正史)의 그것과 같은 역할을 하고 있음을 말한다. 지식인들이 더러 소설의 내용에 대해 변증(辨證)을 한 것 역시 이러한 현상과 관련된 것이다. 나아가 이 시기의 권전(權佺), 이건(李健) 등이 소설을 읽고 그 세계에 몰입된 체험을 시로 노래한 것 역시 소설의 세계를 정서적·지적으로 의미 있는 것으로 인정한 결과라 할 수 있다. 다시 말하면 경사류(經史類)의 독서 체험과는 다른 독서 체험을 주는 소설의 세계를 시(詩)의 소재로 삼음으로써 이를 사대부의 교양 세계의 일부로 편입한 것이라 할 수 있다. 한편 18세기 후반기 이후의 사례이지만, 17세기 말과 18세기 전반기에 읽힌 국문 장편소설의 인물과 세계를 활용하여 창작한 <여와전> 연작[49]이 등장한 것 역시 소설의 세계가 하나의 독자적인 교양 세계를 형성하고 있었음을 잘 보여준다.

4. 17세기 소설의 소설사적 위상

지금까지의 논의를 종합하여 소설사에서의 17세기 소설의 위상을 정리해 보기로 한다. 앞에서 본 바와 같이 이 시기 소설의 전개는 소설의 서사적 특징에서부터 소설의 형식과 양식, 소설의 언어, 작가와 독자, 사회적 역할과 문화적 위상에 이르기까지 다층적이고 입체적인 양상을 보이며, 이 여러 양상들이 외적으로는 분화(分化)와 다양성을 지향하지만 내적으로는 긴밀히 연계되어 있음을 알 수 있다.

이 시기 소설의 전개를 체계적으로 보기 위해 앞에서 검토한 바를 편의상 다음과 같이 범주별로 나누어 볼 필요가 있다.

제1범주 : 서사적 특징의 변화(쟁취하는 주인공, 여성 주인공, 가족의 발
견, 이원적 세계관, 현실성, 통속성, 일상성)
제2범주 : 양식의 다양화(전기소설, 가문소설, 영웅소설, 전계 소설 …)

---

49) <여와전> 연작에 등장하는 기존 소설 내용과 인물에 대해서는 지연숙, 「<여와전> 연작의 소설 비평 연구」, 고려대학교 대학원 박사논문, 2001 참조.

　　제3범주 : 형식의 다양화(단편소설, 중편소설, 장편소설)
　　제4범주 : 국문 창작소설의 등장, 국문본과 한문본의 상호 공존
　　제5범주 : 소설 작가와 독자(특히 여성)의 확대
　　제6범주 : 소설에 의한 사회적 소통 구조 형성, 독서 문화 형성

　이 범주들은 상호 연관되어 있는데, 예컨대 제2범주의 가문소설을 중심으로 보자. 이것은 제1범주에서는 가족의 발견, 이원적 세계관, 현실성, 일상성 등에 관련이 될 뿐만 아니라, 제3범주의 장편소설의 등장, 제4범주의 국문창작소설의 등장, 제5범주의 여성 독자의 확대, 그리고 제6범주의 소설에 의한 사회적 소통 구조 형성과 새로운 독서 문화 형성 등과 관련이 있다. 다시 말하면 17세기 소설 작품이 보인 하나의 새로움은 다른 범주들의 새로움과 입체적으로 연계되어 있는 것이다. 이처럼 17세기 소설은 범주별로 다양한 변화와 새로운 양상을 보이면서 범주 사이에 밀접한 관련을 맺고 있음을 보여주는데, 이는 이 시기 소설의 전개가 사회·문화적 변화와 맞물려 있음을 말한다. 이러한 관점에서 소설사에서 17세기의 위상을 규정한다면 17세기는 나름의 독자성을 지니면서 18·19세기의 소설사로 이어지는 전환기라 할 수 있다.

　17세기는 그 전후 시기와 변별되는 독자적인 시기로 볼 수 있는 첫째 특성은 시대적 특수성과 관련이 있다. 이 시기의 소설은 왜란과 호란 두 전란(戰亂)의 체험과 기억을 생생하게 형상화하고 증언하고 기록한 점에서 독자적이다. 민족사의 주요한 고비에 소설이 맡아야 할 역할을 충실히 했을 뿐만 아니라 그 과정에서 <임진록>, <박씨전>, <임경업전>, <강로전> 등과 같은 다양한 양식의 소설을 새로이 창안했으며, 전쟁소설의 영역도 개척했다.

　둘째, 이 시기의 작가와 독자가 주로 상층에 속했다는 점에서 특징적이다. 상층에 속하지 않은 독자도 보이나 소수로 판단된다. 이 시기 소

설은 실질적으로 상층 남녀의 여가 시간의 읽을거리로 자리 잡으면서, 고급문화 향유와 지식 차원에서 차이가 있는 남녀가 같은 작품을 향유하는 공통점을 형성하고, 문화적으로는 새로운 독서 문화를 형성하기 시작했던 것이다. 말하자면 소설이 남녀 모두의 문화로 뚜렷이 등장한 것은 상층에서 비롯했던 것이다.

셋째, 이 시기는 우리 고전소설 중 사대부 계층을 비롯한 상층의 세계를 배경으로 한 걸작(傑作)들을 배출한 점에서 소설사적 독자성을 갖는다. 이 시기에 창작된 <구운몽>, <사씨남정기>, <창선감의록>, <운영전> 등은 고전소설의 걸작으로 평가받는데, 모두 계층적으로 상층의 세계에 속한 인물들의 사연을 다루었다. 이 점에서 <춘향전>, <심청전>, <흥부전> 등 하층의 세계를 기반으로 한 걸작들이 18세기 이후에 등장한 것과 대조를 이룬다.

17세기를 전환기로 볼 수 있는 것은 앞에서 도식화하여 본 제 범주들의 양상이 전반적으로 18·19세기에 지속되거나 확대되기 때문이다. 예컨대 소설 양식으로 보면 가문소설과 영웅소설의 창작이 18·19세기에 급격히 늘어나고, 17세기에 단초를 보인 판소리와 야담이 18·19세기에 본격적으로 발달한다. 소설 형식으로는 단편, 중편, 장편이 두루 창작되고 소설의 언어로는 국문소설 창작과 수용이 우위를 점하는 가운데, 한문소설의 창작과 수용이 지속되었다. 또 17세기의 작가와 독자는 상층이 중심이었는데, 중하층의 독자가 소설을 향유하는 양상도 나타나 18·19세기의 독자층 확대의 단초를 열었다. 이 연장선상에서 18·19세기에는 소설의 출판과 같은 소설 관련 산업과 직업이 등장하여 소설의 유통에서 획기적인 변화가 일어났다고 할 수 있다. 요컨대 17세기에 처음으로 등장한 소설 양식들을 비롯한 제양상은 18·19세기에 점점 뚜렷해지는바, 실질적으로 하나의 새로운 문화로 부상하기 시작한 것이다. 이러한 점에서 17세기는 분명히 전환기이다.

그런데, 17세기의 전환기적 성격과 독자적 성격을 보다 정확히 파악하기 위해서는 앞으로도 많은 과제가 해결되어야 하지만 특히 소설사의 전개와 관련하여 거시적으로 볼 때 다음과 같은 것들이 우선적으로 연구될 필요가 있다.

첫째, 17세기 소설 전개의 역동성을 밝히는 작업이다. 여기에는 장편소설 출현의 동인(動因)과 다양한 양식의 소설을 등장하게 한 동력에 대한 검토가 포함되어야 한다.

둘째, 다양한 문학적 원천에서 소설이 새로이 등장하는 경로를 점검한 기존의 연구를 지속하는 한편으로 소설의 장르적 정체성을 확립하는 작업이 필요하다. 17세기는 다양한 양식의 소설이 등장하면서 소설의 개념이 재정립되는 시기[50]라 할 수 있는데, 이에 대한 정밀한 검토 없이 여러 원천에서 소설적 경사를 보이는 작품들을 모두 소설로 보는 경향이 기존의 연구에서 더러 보인다. 16세기까지 형성된 소설의 판도에 비해 17세기에 새로이 형성된 소설의 판도가 다르고, 그 내적 질서가 새로이 수립되었다고 본다면, 이 판도의 변화에서 새로운 구성원의 등장과 기존 구성원의 퇴장을 가정할 수 있다. 이는 소설사의 흐름을 지속과 새로운 충원의 과정으로만 볼 것이냐, 지속과 새로운 충원과 기존 구성원의 교체의 과정으로 볼 것이냐 하는 시각과도 관련이 된다. 17세기의 소설사는 분명 지속과 새로운 충원의 양상을 보이고 있다. 그러나 실기류(實記類)와 전(傳)에 바탕을 둔 작품 중에는 <유연전>과 <안상서전>처럼 소설과의 경계선에 서 있는 작품들이 있으므로 새로운 충원은 엄밀한 장르적 심사를 거쳐야 할 필요가 있다. 동시에 17세기 소설 판도

---

50) 조동일, 「중국·한국·일본 '소설'의 개념」, 『한국문학과 세계문학』, 지식산업사, 1991, 321~323면에서 이런 견해가 표명되고 있다.

의 형성 과정에서 기존 구성원의 교체 혹은 분화 이탈 가능성은 없는지
도 따져야 한다. 이와 관련하여 검토 대상이 될 수 있는 것이 몽유록(夢
遊錄)이라 생각한다. <조신전(調信傳)>, <용궁부연록>, <남염부주지>,
<안빙몽유록> 등으로 이어져 온 몽유 양식의 전기소설들과 <원생몽유
록>을 비롯한 몽유록 작품들과의 장르적 관계는 분화와 교체의 시각으
로 접근해 볼 필요가 있다고 본다.

셋째, 이 시기 소설 독자에 대한 문학사회학적 접근을 심화할 필요가
있다. 특히 여가(餘暇)의 정도와 여가 시간에서의 소설 읽기 외의 여가
활동, 여가 시간에서의 소설 읽기의 비중이 실증적으로, 그리고 심도
있게 검토되어야 한다.[51] 아울러 여성 독자들의 소설 향유와 관련한
지적 수준과 여성 독자층의 범위가 어느 정도의 크기였는지 등도 세밀
히 점검될 필요가 있다.

넷째, 이 시기에 '가족'이 소설의 주요 소재로 등장한 배경을 더욱 심
층적으로 검토할 필요가 있다. 이른바 가문소설 연구가 활발해지면서
작자층의 계층의식에 대한 검토가 큰 진척을 이루었지만 17세기 이후
상층 가문에 대한 역사학계, 사회학계, 인류학계의 연구가 가문소설 연
구를 심화할 만큼 진척되지 않은 상태여서 가문소설과 상층 계층과의
상관관계에 대한 연구가 일정한 한계에 봉착해 있는 것으로 판단된다.
그렇지만 '가족' 문제를 다룬 소설을 매개로 사회의 질서 수립과 계층
내부의 갈등을 해소하려 한 이 시기의 기획은 우리 소설사에서 처음
등장한 것이자 근대 계몽문학의 선구가 된다는 점에서 가문소설과 상
층 계층 사이의 관련 양상을 보다 정밀히 연구할 필요가 있다.

---

51) 최근의 이에 대한 연구로 다음을 들 수 있다. 황수연, 「17세기 사족 여성의 생활과
　　문화」, 『한국고전여성문학연구』 6, 2003.

19세기 소설사의 쟁점과 전망

／ 김경미

1. 머리말

조선시대를 이해하는 데 세기별 접근이 크게 유효하다는 생각을 하지는 않는다. 세기별 접근은 현대적 관점에서 또는 비교적 관점에서 유용한 접근이지만 조선시대의 흐름과는 무관하기 때문이다. 조선시대를 이해하는 데에는 오히려 왕조별 이해가 더 적절할 수도 있다. 그렇다면 19세기라는 관점이 소설사를 이해하는데 유용한 관점이 될 수 있을까? 19세기의 경우 사정이 좀 다르기는 하다. 19세기는 정조 사후(1800년)로부터 시작해서 갑오개혁(1894), 개항 등으로 마무리되는 정조 시대의 개혁적 흐름이 끊어지고 노론 중심의 정국이 강화되면서 정치적, 문화적으로 다른 면모를 드러낸다는 점에서, 조선 왕조가 무너지면서 일제의 강점이 시작되기 전 단계라는 점에서 18세기, 20세기와는 확연히 다른 시대적 면모를 가졌다고 보기 때문이다. 따라서 세기별 접근의 측면에서가 아니라 그 내용적 측면에서 19세기는 소설사를 이해하는 데 유용한 관점이 될 수 있다.

19세기 조선 사회는 정조 사후로부터 열강의 제국주의적 침탈로 이어지는 과정에서 중층적인 모순을 드러냈으며, 중세에서 근대로의 이행기적인 성격을 강하게 나타낸 시기라 할 수 있다. 표면적으로는 보수 세력이 정국을 장악하고 있었지만 19세기 중, 후반의 여러 민란에서 보 듯이 그에 대한 민중들의 저항 역시 만만치 않았기 때문이다. 모든 문학 장르가 그러하겠지만 특히 인정세태를 그 내용으로 하는 소설은 현실 과의 접촉이 넓고도 직접적이다. 19세기 조선 사회의 정치경제적 변화 와 사회적 관계의 변화 속에서 소설사는 어떻게 전개되었는가? 어떤 작품이 창작되었으며, 어떤 계층이 주된 작가층 또는 독자층이었으며, 어떤 기법적 성취를 이룩했는가?

소설사에서 19세기 소설은 18,19세기로 묶여서 함께 논의되거나 조 선후기에 포함되어 논의되어 오다가 최근에 들어 분리되어 논의되고 있으며, 그 논의의 중심에 한문장편소설이 놓여 있었다. 17,18세기의 주 류적 위치에 있었던 국문장편소설(또는 장편가문소설)이나 영웅소설은 서서히 쇠퇴해 간 것으로 파악되면서 전반적으로 19세기 소설사가 특 별히 다루어지지는 않았다. 그러나 이러한 이해는 국문소설을 중심으로 소설사를 파악한 결과로 볼 수 있다. 근대의 중심 장르 중 하나인 소설 이 근대로의 이행기인 19세기에 이르러 주춤하게 된다는 것은 납득하 기 어렵기 때문이다.[1] 19세기에 집중적으로 창작되기 시작한 한문장편 소설과 그 작가층에 대한 연구는 국문소설 중심의 소설사 이해에 전환 점이 되었다. 이는 한문소설이 독자층이 적고 식자층의 것이라는 인식 을 바꾸고, 한문소설을 주요 연구의 대상으로 끌어올리면서 19세기 소 설의 주류적 위치에 놓았다는 점에서 중요한 의미를 갖는다. 지난 10여 년간 19세기 한문장편소설에 대해 그 어느 때보다 많은 연구가 진행되 었고, 이제 한문장편소설은 19세기의 주요 서사 장르로 인식되고 있다.

---

1) 김경미, 「19세기 한문소설의 새로운 모색과 그 의미」, 『한국문학연구』 창간호, 203~
   234면.

그러나 이러한 연구 경향은 상대적으로 판소리계소설이나 국문장편소
설, 영웅소설의 의미를 축소시키면서 19세기 소설사의 전반적인 경향이
나 추이를 보지 못하게 한 점은 없는지 돌아보게 하는 것도 사실이다.
이 시기에 오면 한문장편소설이 활발하게 창작되는 한편, 방각본 출판
이 확대되어 소설이 상품으로 유통되고, <옥루몽>, <옥수기>, <난학
몽>, <춘향전> 등의 예에서 보듯이 한문소설과 국문소설의 상호번역
이 활발하게 이루어지며, 국문장편소설 역시 독자의 폭이 넓어지면서
계층 사이에, 국문 한문 사이에 서로 영향을 주고받으며 섞여드는 다양
하고도 역동적인 움직임들이 전개되기 때문이다.

이 글은 이상의 점들을 고려하면서 19세기 소설사의 쟁점과 전망을
다룬다. 지금까지 19세기 소설 연구에서 쟁점이 된 것은 한문장편소설
의 세계관에 대한 이해와 관련된 것 정도였다. 그러나 실제로 19세기
소설사에는 많은 쟁점들이 잠복해 있다. 이 글은 이러한 쟁점들을 부각
시키면서 향후 19세기 소설사 연구에 대한 전망을 어떻게 펼쳐나가야
할 것인지에 대한 밑그림을 그리기 위해 시도된다. 이를 위해 먼저 19세
기 소설사의 지형도를 먼저 그리는 일부터 시작함으로써 19세기 소설
사에 어떤 쟁점이 묻혀있는지, 이를 어떤 관점에 놓고 보아야 새로운
전망이 열리게 될지를 제안해 보고자 한다.

2. 19세기 소설의 지형도

19세기 소설의 지형도 그리기는 소설이 19세기에 들어와 어떻게 존
재했는가를 보기 위한 기본적인 작업에 해당한다. 여기서는 작품, 작가,
매체를 중심으로 지형도를 그려보았다. 지형도를 그릴 경우 19세기에

존재했던 소설들의 종류나 분포가 어떠했는지, 19세기 소설의 작가층의 신분이나 지역적 분포가 어떠했는지, 독자층은 어떻게 존재했는지가 드러날 수 있을 것이다. 이러한 구분에 더하여 문자에 따라 한문소설, 국문소설이 어떻게 존재했는가도 19세기 소설사의 지형을 살피는데 도움이 된다. 그러나 한문소설은 이미 몇 차례의 정리가 이루어졌고,[2] 한문소설과 국문소설이 근접해 가는 양상을 보이기 때문에 여기서는 굳이 구분해서 다루지 않고 함께 다루었다.

1) 소설의 지형도

(1) 장편소설

19세기 소설사의 특징은 한문장편소설이 본격적으로 출현했다는 점이다. 국문장편소설은 이미 17세기에 등장했다. 유교적 가부장의식이 저변에 깔려 있는 가문의식을 주요 이데올로기로 삼고 있는 장편소설은 17세기 가문의식의 성장과 관련을 맺고 있다. 국문장편소설의 경우 19세기에 창작된 작품을 확인하기는 어렵다. 그럼에도 19세기에 속하는 작품으로 거론되는 대표적인 작품이 <하진양문록>이다. <하진양문록>의 경우 18세기 말에서 19세기 초에 창작된 것으로 추정되는데 20여 종의 이본이 있고, 세책필사본도 있어 19세기에 유행한 소설로 꼽힌다.[3] 국문장편소설은 17세기 후반에 성립을 본 이래 18세기에 사대부가의 여성 독자들 사이에서 성행하였다가 19세기에 이르러 점차 쇠퇴해

---

2) 김홍규 외, 「한국한문소설목록」, 『고소설연구』 9, 2000, 369~451면.; 김경미, 위의 글, 203~234면.; 이상구, 「17~19세기 한문소설의 전개양상」, 『고소설연구』 21집, 2006, 23~60면.

3) 이대형, 「19세기 장편소설 <하진양문록>의 대중적 변모」, 『민족문학사연구』 39, 민족문학사학회, 2009, 28~31면.

간 것으로 파악되고 있다. 그 증거로 홍희복(1794~1859)의 <제일기언>
서문이 거론된다. 홍희복은 중국 번역 소설, 국문 장편소설, 방각본 소
설의 작품 이름을 들고 나서 중국소설의 번역, <유씨삼대록>, <옥원재
합>, <임화정연> 등 국문장편소설, <숙향전>, <풍운전>과 같은 소설
이 당시 소설의 주를 이루고 있는데 이들 모두 작품 세계나 하는 말이
대동소이하며, 이런 작품들은 부인 여자와 무식천류(無識賤流)가 즐겨
보는 것이라고 평가하였다.4) 여기에 거론된 작품들의 독자층을 부인여
자와 무식천류라고 한 것을 보면 국문장편소설이나 <숙향전>, <풍운
전> 등 중편국문소설의 독자층이 확대된 것을 알 수 있다. 홍희복이
이 작품들을 인정하지 않은 이유에 대해서는 두 가지로 생각해 볼 수
있다. 첫째, 홍희복이 국문소설을 저급한 것으로 보았던 당대의 소설인
식을 벗어나지 못한 결과이며, 둘째, 영웅소설이나 국문장편소설이 이
시기에 이르러 새로운 면모를 드러내지 못하고 비슷한 이야기를 재생
산했을 가능성이다. 쇠퇴의 시점에 대해서는 연구자들 사이에 이견이
있고, 홍희복의 견해를 일반화하기는 어렵지만, 19세기에 이르러 국문
장편소설이 새로운 시대에 대응하기보다는 이전의 작품 세계를 반복적
으로 재생산했음을 짐작할 수 있다. 그런데 여기서 주목되는 것은 국문
장편소설과 영웅소설이 동일한 평가를 받고 있다는 점이다. 이러한 평
가는 조선후기로 오면서 국문장편소설과 영웅소설의 담당층이나 작가
층이 서로 근접해 간 결과로 볼 수 있다.5)

한문장편소설의 창작은 19세기의 가장 특징적인 면모라 할 수 있다.
김소행(1765~1859)의 <삼한습유>(1814), 남영로(1810~57)의 <옥루몽>

---

4) 정규복, 「<제일기언>에 대하여」, 『한중문학비교의 연구』, 고대출판부, 1987, 1~
   220면.
5) 전성운, 『조선후기 장편국문소설의 조망』, 보고사, 2002, 141~142면.

(1832~40년경), 심능숙(1782~1840)의 <옥수기>(1835~40년경), 서유영(1801
~74?)의 <육미당기>(1863), 정태운(1849~1909)의 <난학몽>, 이정균(1852
~99)의 <홍무왕연의>(1887), 박태석의 <한당유사>(1852), 작자 미상의
<옥선몽>6), <구운기> 등이 이 시기에 창작되었다. 그간의 연구를 통
해서 잘 알려져 있듯이 한문장편소설의 작자층은 상층 사대부에 속하
기는 하나 정치적으로 소외된 위치에 있었던 문인들(심능숙, 서유영, 남영
로), 서얼 출신의 문인(김소행), 몰락 사대부의 위치에 있던 인물(정태운)7),
중인 혹은 몰락 양반으로 추정되는 인물(<옥선몽>)들이다. 이정균에 대
해서는 정확한 것이 알려지지 않았다.8) <삼한습유>, <옥선몽>, <구운
기>, <한당유사>를 제외한 <옥루몽>, <옥수기>, <육미당기>, <난학
몽> 등의 작품은 한글로 번역되어 함께 읽혔다. 한문장편소설의 특징
중의 하나는 지식적인 요소들이 작품의 한 구성요소로 들어가 있다는
점이다. <삼한습유>, <옥선몽> 등이 그 전형적인 예이다.

(2) 영웅소설

방각본 소설의 주종을 이룬 영웅소설 역시 18세기 중·후반에 활발
하게 창작되었으나 19세기에는 쇠퇴해 갔던 것으로 보인다. 물론 영웅

---

6) 서경희는 <옥선몽>이 19세기 전반에 일반화된 내용을 담고 있고, 19세기 후반의
   서적을 참고했거나 그 경향을 따르는 부분이 포함되었다는 점에서 그 창작시기를 19
   세기 후반으로 잡고 있다. 서경희, 『옥선몽 연구-19세기 소설의 정체성과 소설론의
   향방』, 이화여대 박사학위논문, 2003, 43면.

7) <난학몽>의 작가 신분에 대해서는 몰락 양반층일 것이 짐작되어 왔는데, 최근 정창
   권에 의해 정태운이 쓴 <난학몽> 한문본과 아울러 시문집인 <悟軒散稿>가 발굴되면
   서 그 구체적인 면모가 드러났다.

8) <홍무왕연의> 서문에 이정균이 延安後人이라 한 것으로 보아 연안 이씨인 것 같고
   다른 사항은 정확히 알 수 없다. 김진영·안영훈(역주), 『김유신전』, 한국고전문학전집
   22, 고려대 민족문화연구소, 22면.

소설은 방각본 출간에 힘입어 19세기에 들어 활발하게 보급되면서 대
중적 인기를 누리기는 했으나 전대의 영웅소설을 그대로 이어받으면서
중세 해체기로서의 19세기적인 면모를 드러내지 못하고 상업적, 통속적
인 경향으로 나아갔던 것으로 보인다. 영웅소설은 대부분 국문으로 창
작되었지만, 한문으로 창작되기도 했다. <봉래신설>이 여기에 속한다.
<봉래신설>은 <방운전>, <봉래신설녹> 등의 제목으로 한글로 번역
되기도 했는데, 당대의 문제의식을 소설화하기보다는 상층의 보수적인
시각을 드러내고 있으며, 소설적인 재미를 염두에 두고 창작된 통속소
설로 평가된 바 있다.9)

　그러나 <옥루몽>, <육미당기>, <삼한습유>, <옥선몽> 등의 한문
장편소설이 영웅소설의 면모를 내포하고 있으며, 통속적 창작 영웅소설
이 작품적 성과의 절정에 달한 것으로 평가된다. 특히 <삼한습유>의
경우 작가가 느끼는 현실세계에 대한 비판적 의식을 영웅소설 형태의
소설로 형상화한 것으로 평가된다.10) 이러한 작품이 창작된 것은 19세
기에 이르면서 이러한 소설들이 좀 더 많은 하층독자를 확보한 한편
상층 사대부 일부에게까지 영향을 미친 결과로 볼 수 있다.11)

　19세기에는 영웅소설의 변주로 여성영웅소설이 창작되었는데 기존
의 틀을 가지고 오면서도 성별 배치를 바꿈으로써 새로운 의식지향을
드러낸다. 한문으로 창작된 <편옥기우기(片玉奇遇記)>는 영웅소설로
보기도 애정전기소설로 보기도 애매하지만, 영웅이 고난을 겪으며 성장
해 가는 듯한 면모를 지닌다는 점에서 영웅소설의 변형이라고 할 수
있다.12) 그러나 그 성격에 대해서는 더 따져져야 한다.

---

9) 박영희, 「<봉래신설> 연구」, 『한국고전연구』 2, 한국고전연구학회, 1996, 203면.
10) 박일용, 『영웅소설의 소설사적 변주』, 월인, 2003, 39~41면.
11) 전성운, 앞의 책, 159면.

(3) 애정전기소설

애정전기소설은 주로 한문중·단편소설로 창작되었다. 15세기 이래 문인 지식인층이 애호했던 전기소설은 19세기에 와서도 창작되었으나 그 형태나 문제의식은 많이 달라져 있었다. 이 시기에 창작된 애정전기소설에는 목태림(1782~1840)의 <종옥전>(1803), 석천주인(石泉主人)의 <절화기담>(1809년 평비), <오유란전>, <포의교집> 등이 있다. 여기서 그 구체적인 면모가 알려진 작가는 목태림이다. 목태림은 경남 사천 출신의 양반이나 어려운 경제 사정으로 중인들이 하던 하급관리의 일을 할 수밖에 없었던 향촌 사족층으로,13) <춘향신설>, <종옥전> 등의 소설을 창작했다. <절화기담>의 작가인 석천(石泉)은 중인14)이었을 것으로 생각되며, <포의교집>의 작가가 누구인지는 알 수 없으나 서울 벌열 가문의 주변에 기식하며 벼슬자리를 엿보는 이생이라는 인물과 남편이 있는 행랑어멈의 사랑을 그리면서 이들을 둘러싼 시정의 모습을 생생하게 묘사하고 있는 것으로 보아15) 작가 역시 그 주변부의 인물이었던 것으로 보인다. <종옥전>과 <오유란전>은 사대부와 기녀의 애정을 다룬 작품으로 사대부에 대한 풍자가 희화적으로 이루어지고 있는 작품이다. <절화기담>과 <포의교집>은 서울을 배경으로 양반과 유부녀인 여종의 연애 이야기를 다룬 것이다. 애정전기는 <금오신화>를 정

---

12) 한의숭, 「「片玉奇遇記」의 소설사적 성격에 대하여」, 『한국어문학연구』 47, 2006, 111 ~112면.

13) 정선희, 「목태림 문학 연구」, 이화여자대학교 박사학위논문, 2001, 6~14면.

14) 김경미, 「<절화기담> 연구」, 『한국고전연구』 창간호, 한국고전연구회, 1995, 139~160면에서 "追書于薰陶坊精舍"라는 기록으로 미루어 한미한 양반 혹은 중인으로 추정해 보았는데, 훈도방이 중인들의 집단 거주지였던 것으로 미루어 중인일 가능성이 높아 보인다.

15) <포의교집>에 대해서는 이승복, 「한문소설 <布衣交集>의 인물 형상과 소설사적 의의」, 『규장각』 21, 1998, 123~139면.

점으로 16, 17세기에 이르도록 지속적으로 창작되었는데, 19세기에 출현한 작품들은 전기소설이 갖는 기이(奇異)의 속성이 현저하게 약화된 모습을 보인다. 이들 작품은 양반에 대한 풍자(<종옥전>, <오유란전>)나 서울의 시정 세태를 배경으로 변화하는 남녀 관계의 양상, 성에 대한 개방적 인식을 보여주고 있다. 이 때 여성 인물들의 성격이 강하게 부각되고 있는 것이 특징이라 할 수 있다. 역시 중단편 한문소설인 <낙동야언(洛東野言)>은 장회체 소설로 애정전기의 전통을 계승하면서 희작적 성격이 더 강해진 작품이다.16)

(4) 몽유록계소설

김면운(1775~1839)의 <금산몽유록>, 김제성의 <왕회전(南湖夢錄)>(1840), 윤치방(1794~1877)의 <만옹몽유록>(1869)17) 등이 여기에 속한다. 김제성은 김해 김씨로 과거시험은 보았으나 관직을 지낸 인물은 아니고, 윤치방 역시 몰락 양반에 가까운 향촌 사족층으로 보인다. <금산몽유록>과 <만옹몽유록>은 짤막한 길이의 단편으로 몽유자는 역사적 현실에 비분강개하는 인물이라기보다는 천하를 주유할 뜻을 품고 있는 인물들로 형상화되어 있으며, <만옹몽유록>은 몽유를 통해 산수가 아름다운 공간에서 신선을 만나 함께 중국의 명승지를 찾아다니는 내용으로 전개된다. 여행 모티프를 수용하거나(<만옹몽유록>) 편지 양식을 수용하여 서사를 전개(<금산몽유록>)하고 있기는 하나 이것을 19세기적인 특성이라고 보기는 어렵다. <왕회전>은 17세기 후반기에 창작된 것으로 추정되는 <금화사몽유록>을 토대로 하고 있지만 큰 폭의 개작이

---

16) 정병호, 「19세기 漢文小說 <洛東野言> 解題 및 註釋」, 『동방한문학』 25, 동방한문학회, 2003, 362~369면.

17) 김정녀, 「<만옹몽유록> 연구」, 『고소설연구』 제9집, 고소설학회, 2000, 297~334면,

이루어진 장편 몽유록이다.[18] 이 작품은 한 고조 유방이 여러 나라의 창업한 왕과 나라를 중흥시킨 왕을 초청하여 잔치를 열고, 역대 군신들을 포폄하고 제왕들을 평론하면서 즐기자 항왕을 비롯해 여기서 소외된 군주들이 전쟁을 일으켜 이를 평정한다는 내용으로 이루어져 있다. 제갈량, 장량, 이백, 소식 등을 비롯한 역대의 책략가, 문장가를 등장시키고 있는데 특징적인 것은 항우가 철저하게 부정적인 인물로 형상화되어 있다는 점이다. <만옹몽유록>에서도 항우는 부정적으로 인식되고 있는데, 이는 <초패왕전>이나 <삼한습유>와는 다른 인식을 보이는 것이다. 19세기의 몽유록 작품에서 공통적인 점은 정치·사회적인 의식이 전대에 비해 약화되었다는 점이다.

(5) 번역소설

중국소설의 번역은 일찍부터 이루어져 왔고, 19세기에 이르러서도 중국소설의 번역은 계속되었다. 당시 소설에 대해 비판적이었던 홍희복도 중국소설 <경화연>을 <제일기언>이란 제목으로 번역했다. <제일기언>이 어느 정도로 독자를 확보했는지는 확인할 길이 없지만 홍희복이 당대 소설의 문제를 진단하고 번역을 시도했다는 점에서 <경화연>은 19세기 소설 독자들의 요구를 어느 정도 충족시켜 줄 작품이었을 것으로 짐작된다. 그것은 바로 이야기와 지식을 아우른 작품에 대한 요구였을 것이다. 외국 소설의 번역은 소설계에 새로운 자극이 될 수도 있다. 그런데 중국소설의 번역이 계속해서 큰 자극이 되지는 못했던 것으로 보인다. 중국소설은 19세기 말 왕실의 후원으로 <홍루몽> 계열의 작품, <설월매전>, <여선외사>, <쾌심편>, <요화전>, <충렬오소의>,

---

18) 임치균, 「<왕회전> 연구」, 『장서각』 2, 정신문화연구원, 1999, 67~87면.

<진주탑> 등이 번역되었다. 그러나 이는 독자층을 유지하고 확산하지 못했으며 창작의 자양분으로 작용하지 못했던 것으로 평가된다.[19] 그러나 이외에 어떤 소설들이 더 번역되었으며, 어떤 영향을 미쳤는지에 대해서는 좀 더 살펴 볼 필요가 있다. 하지만 당시 독자들이 국내 작품에 더 관심을 가지기 시작한 것은 분명한 것 같다.

그 이유는 아마도 당시의 독자나 작가들이 중국의 일이나 옛날의 일 보다는 '지금, 여기'의 문제를 다루는 것이 보다 긴요하다고 생각했기 때문일 것으로 보인다. 1809년 작으로 추정되는 <절화기담>을 평비한 남화자(南華子)라는 호를 가진 인물은 '추서(追序)'에서 패설은 대개 중국 것을 숭상하나 중국 것이 우리나라 것보다 나아서 그런 것은 아니라 인정이 본디 그래서 듣지도 보지도 못한 것을 즐겁게 여기고 옛 것을 좋아하고 요즘 것은 좋지 않게 여기며, 먼 데 것을 좋아하고 가까운 것은 싫어한다고 하였다. 그래서 우리나라 사람들이 이야기를 지을 때는 반드시 중국 것을 쓰고 나서 "우리나라에는 볼 게 없다"고 한다는 것이다. 그런데 <절화기담>은 '우리나라의 것이고 요즘 이야기'로서 내용이 절실해서 <서상기>와 짝을 이룰 만할 정도라고 평가하고, 속되고 촌스럽기는 해도 자세하고 곡진하니 크고 지극한 문장이라고 칭찬하였다.[20] 여기서 남화자는 세 가지 사실을 중시하고 있다. 첫째는 중국의 일을

---

19) 유준경, 「낙선재본 중국번역소설과 장편소설사」, 『한국문학논총』 26, 2000, 109~133면.

20) "稗說尙華, 非華勝東. 人情固然, 輒以未聞睹爲快, 好古非今, 樂遠厭近. 非東之病, 乃天下同病. 東人著說必用夏, 必曰, 東無觀焉. 盖今說東且今, 則東無觀, 今尤何論. 然事甚切, 至與西廂說相表裏. 雖美且賤, 不過衣褸而頭蓬, 不施膏不染紛, 玩好無見稱, 巾裳絶煊然. 所謂工雖巧, 朽不雕, 瓦不琢也. 然意極而情篤, 若是可觀焉. 若身錦頭翠, 金鏤玉成, 則豈特西子無光, 玉妃失顔. 然則富辭麗文, 必倍簁於此矣. …… 俗且俚, 旣詳且盡, 吾子文章大且至矣夫.", 김경미 · 조혜란 역, 『19세기 서울의 사랑』, 도서출판여이연, 2003, 126면. <절화기담> 追序, 70~71면.

쓰지 않고 우리나라의 일을 썼다는 점, 즉 중국을 배경으로 하지 않았다는 점, 둘째, 옛날 일이 아니라 요즘 일이라는 점, 셋째, 귀한 신분의 인물을 다루지 않고 천한 인물을 다루었다는 점이다. 당시 서울의 시정을 배경으로 한 <절화기담>은 주체적인 문화의식의 일단으로 보이며, 이는 당시 조선의 일을 다룬 소설이 절실하게 요구되었음을 보여준다.

이외 판소리나 국문소설을 개작, 번역한 소설도 출현했다. 이러한 작품들을 번역소설로 볼 것인가에 대해 문제 제기가 나올 수 있다. 이것역시 한 언어에서 다른 언어로 번역된 것이라는 점에서 번역소설이라 할 수 있다. 여기에는 <춘향전>을 개작한 목태림의 <춘향신설>(1804)과 <수산광한루기>, <홍길동전>을 한역한 <위도왕전>이 속한다. <수산광한루기>의 작가나 평비자는 평비자인 소엄(小广)은 서울의 중인 출신인 장혼(1759~1828)의 아들 장욱(1789~?)으로 추정되고 있다.21) <춘향신설>과 <수산광한루기>는 이 시기 한문소설과 판소리, 상층문화와 하층문화가 섞이는 현장이라 할 수 있다.

(6) 판소리계 소설

18세기에 서사와 음악이 결합한 새로운 양식으로 자리 잡은 판소리는 19세기에 들어서 지역적으로, 계층적으로 널리 향유되면서 소설로도 정착했다. 따라서 판소리계 소설에는 다분히 19세기적 요소가 포함되어 있다22)고 볼 수 있다. 그러나 19세기는 판소리계 소설뿐만 아니라 판소

---

21) 김동욱, 『증보 춘향전 연구』, 연세대출판부, 1976, 83~87면.; 강명관, 「18·19세기 경아전과 예술활동의 양상」, 『한국근대문학사의 쟁점』, 창작과비평사, 1990, 127~128 면.; 정길수, 「광한루기 평비 분석」, 『동방한문학』 36, 2008, 216~217면.

22) 주형예, 「19세기 판소리계 소설 <심청전>의 여성 재현」, 『한국고전여성문학연구』 14, 한국고전여성문학회, 2007, 491~492면.

리에도 중요한 시기였다. 이 시기에 판소리 유파가 분리되고, 상류층이 판소리 애호가로 등장하면서, 판소리 광대의 신분 변화가 나타났으며, 광대의 사승관계가 얽히고. 지역간 교류도 이루어지며, 판소리 더늠의 개발이 왕성해지면서 소박하고 고졸한 상태에서 화려한 예술로 발전했기 때문이다. 19세기의 상황에서 <심청전>의 경우, 그 변화가 계열을 뛰어넘을 정도로 컸고, 이러한 변화는 이후에 필사되는 동안 문헌을 통해 반영되었다.23) 즉 19세기를 거치면서 필사본 <심청전>은 판소리와 병렬적으로 존립하면서 서로 영향을 주고받았으며, 그 수용 양상은 이본마다 다를 것이다.24) 이렇게 볼 때 19세기 소설사에서 판소리 창본과 판소리계 소설은 서로 교호하는 지점을 보이면서 형성되었을 뿐 아니라 19세기 문화적 장을 재현하는 역사적 서사 장르로 존재했다.25) 위에서 언급한 <광한루기>, <춘향신설>도 판소리계 소설의 자장에 있는 작품들이다. 그러나 20세기 초반에 출간된 완판 <춘향전>의 경우를 보건대26) 19세기적 경향이 20세기 초까지 이월된 것을 알 수 있다.

2) 작가의 지형도

19세기 소설 작가의 지형도를 그리기는 어렵다. 우선 위에 본 바와 같이 다양한 유형의 소설이 각축하고 있었으나 작가가 알려져 있는 작

---

23) 김영수, 「필사본 <심청전>의 계열과 전승시기 연구」, 『판소리연구』 제11집, 2000, 177면.

24) 김영수, 위의 글, 178~180면.

25) 주형예, 위의 글, 494면.

26) 전상욱에 의하면 완판 26장본이 1908년, 33장본이 1906년, 84장본이 1908년에 출간되었다. 전상욱, 「완판 춘향전의 변모양상과 의미」, 『판소리연구』 제26집, 2008, 201~228면.

품군은 한정되어 있기 때문이다. 작가가 가장 많이 알려져 있는 작품군
은 한문장편소설이다.

지금까지의 연구를 통해 그 생애가 알려져 있는 작가들만을 대상으
로 했을 때 19세기 한문장편소설의 작가층은 신분적으로는 사대부, 몰
락 사대부, 서얼, 지역적으로는 서울, 근기 지방 출신이라는 특징을 갖
는다. <옥수기>의 작가 심능숙, <육미당기>의 작가 서유영, <옥루몽>
의 작가 남영로 등은 상층 사대부 가문의 후손으로 낮은 벼슬이나마
했던 근기 지방의 사대부이다. <왕회전>의 작가 김제성은 지방의 문인
으로 과거에 합격한 경력은 있으나 평생 관직에 나가지 못한 인물이고,
<난학몽>의 작가 정태운은 몰락 사대부의 위치로 떨어진 인물이다.
<삼한습유>의 작가 김소행은 서얼 출신이다. 지역적으로 보면 이들은
대체로 서울, 근기 지방에 살았으며, 서울 근기 지방의 문사들과 일정한
관련을 가지고 교유했다. 이들 가운데 심능숙, 서유영 등은 시사(詩社)를
결성하기도 하고 또 여러 시사에 참여하면서 활발한 문예 활동을 했
다.27) 그러나 이들은 정치적으로는 소외된 위치에 있었다. 김제성, 정태
운 등은 심능숙, 서유영, 남영로 등에 비하면 더욱 주변적인 위치에 있
었다. 김소행 역시 주변적이고 소외된 위치에 있을 수밖에 없는 서얼이
었다.

19세기만으로 한정하기는 어렵지만 중간적 지식인층이 새로운 작가
층으로 부상했다는 견해가 있다. 중간적 지식인층을 조선후기의 새로운
작가층으로 부각시킨 전성운은 이들을 어느 정도 문식을 갖추었으나
경제적 토대가 없이 여기저기 떠돌던 부류의 인물들이라고 했다. 이들
은 매문(賣文)을 통해 생계를 유지했기 때문에 최소한의 유학 경전에

---

27) 장효현, 『서유영문학의 연구』, 1988에서 자세하게 다루었다.

대한 지식과 실생활에 직접 소용되는 의약, 점술, 지사적(地師的) 지식을 습득한 경우가 많았다. 여기에는 상업 경제의 발달과 함께 부의 축적을 위해 한양으로 몰려든 계층을 포함해서 대가집의 문객 또는 겸인으로 활동하며 출사할 기회를 노리는 룸펜적 지식인의 면모를 지닌 채 살아가는 지식인 그룹이 포함되는데, 이들은 국문장편소설과 영웅소설의 창작층 일부를 형성했다는 것이다.[28]

19세기에는 방각본 소설 출판이 활발하게 이루어지는데 방각본 출판의 주체는 작가라고 하기보다는 상인의 성격이 강했을 것으로 추정된다. 그러나 이들은 소설의 상품화를 통해 소설 시장을 넓히는 역할을 했으며, 이것은 20세기 출판 시장의 확장을 준비하는 단계였던 것으로 평가된다.[29] 방각본 출판을 담당했던 이들 상인들을 작가군으로 보기는 어렵지만 작품 선정은 물론 작품 내용에도 일정한 영향을 미쳤을 것이다. 방각본이 단순히 이미 존재하는 작품을 그대로 출판한 것이 아니라 축약되거나 편집되었는데, 경판본의 경우 절략본 출판으로 인해 작품성이 훼손되기도 했지만, 보다 소설적 완성도를 높이는 방향에서 편집이 이루어지기도 했다.[30] 20세기 초 활판본 출판에서도 상인의 영향력이 결정되었던 점으로 미루어 '작가의 권리'가 부재한 19세기의 소설 출판에서는 그 영향력이 더 결정적이었을 것이다.[31]

---

28) 전성운, 156~159면.

29) 주형예, 「매체와 서사의 연관성으로 본 19세기 대중소설 시장의 성격」, 『고소설연구』 27, 고소설학회, 2009, 206면, 225면.

30) 유준경은 완성도를 높이는 방향으로 편집된 예로 완판본 <이대봉전>을 들었다. <조웅전>과 함께 크게 인기를 누린 <이대봉전>은 경판본은 없고 1908년에 출판된 완판본만이 남아 있는데, 현재 전하는 <이대봉전>의 필사본과 방각본은 그 내용에서 부분적인 차이를 보이며, 방각본과 동일한 계열의 필사본은 발견되지 않는다고 하였다. 「지식의 상업유통과 소설출판」, 『고전문학연구』 34, 2008, 253면.

31) 주형예, 위의 글, 208면.

3) 독자/매체의 지형도

독자의 확대와 소설 매체의 다양화는 19세기 소설사의 지형을 파악
하는 데 중요한 요인들이다. 먼저 독자는 한문소설을 읽을 수 있는 지식
인 독자의 확대, 방각본 출간과 세책을 통한 대중 독자의 확대로 나누어
이야기할 수 있다. 지식인 독자는 16세기 이래 존재해 왔지만, 19세기
한문장편소설의 독자는 이들과는 조금 다르다. 한문장편소설의 독자는
먼저 지식인 독자를 상정할 수 있는데 <육미당기>의 예에서 보듯이
이들은 개별적으로 따로 존재한 것이 아니라 일종의 그룹을 형성하면
서 서문이나 발문을 통해 비평도 가할 수 있는 적극적인 독자들이었다.
한문장편소설 가운데 <옥루몽>, <옥수기>, <난학몽> 등은 국문으로
번역되어 여성 독자나 한글을 아는 사람들에게까지 확대되었다. 따라서
19세기는 한문소설, 국문소설의 독자가 분리된 것이 아니라 서로 넘나
들고 있었던 것으로 보인다.

19세기 소설 독자의 확대에 기여한 것은 세책본과 방각본이었다. 책
을 대여해 주는 세책본과 상업적 목적으로 출간된 방각본 소설의 정확
한 출현 시기를 알 수 없으나 19세기 말, 20세기 초 서울을 중심으로
성행했던 것으로 보인다. 19세기말 20세기 초에 만들어진 것으로 보이
는 세책장부에 기록된 대출인들은 최상위 계층, 관료 계층, 일반 민서
계층, 무관 계층, 상인 계층, (하층) 여성 계층, 하층 계층 등인데 여기서
가장 많은 비중을 차지하는 것은 상인 계층과 일반 민서 계층이다. 그리
고 아주 짤막한 작품으로부터 장편소설에 이르기까지 다양한 작품을
폭넓게 향유한 인물들이 있다.[32] 세책본이 주로 서울을 중심으로 한
특정 지역을 중심으로 유통되었다면, 방각본은 서울 지역을 넘어서 보

---

32) 정명기, 「세책본소설의 유통양상」, 『고소설연구』 16, 고소설학회, 2003, 84~90면.

다 광범위하게 유통되었다.

방각본 소설의 독자는 일반적으로 다른 소설 독자에 비해 하층이 향유했다. 방각본이 가장 유행한 곳은 서울과 전주인데 서울 지역을 중심으로 생각하면 시정의 하층 남성과 중하층 여성이 독자였다. 경판 방각본은 처음에는 한문을 읽을 수 있을 정도의 중·하층 남성을 대상으로 출판되다가 1850년 이후는 주로 하층 남성, 중·하층 여성을 주 구매대상으로 출판된 것으로 추정되고 있다.33) 세책본이나 방각본이 상품으로 유통되면서 독자의 취향을 고려하지 않을 수 없었을 것이다. 따라서 이러한 매체의 확대는 19세기 소설사 전개에 직접적인 영향을 미친 요인이었다.

3. 19세기 소설사의 쟁점

이상의 지형도를 통해 19세기 소설은 유형적으로도 다양해졌고, 소설 작가층이 형성되었으며, 세책본이나 방각본으로 인해 독자층도 확대되었음을 알 수 있다. 특히 세책본이나 방각본과 같은 소설의 상품화가 가속화되면서 팔릴 만한 소설, 즉 독자 대중의 관심을 끌 만한 요소가 무엇인지에 대해 고민하기 시작했을 것으로 보인다. 따라서 소설의 미학이나 주제의식에서도 변화가 나타나기 시작한 것으로 보인다.34) 19세기 소설사의 이러한 복잡하고도 다양한 양상을 파악하기 위해서는 쟁점의 재설정이 필요한 것으로 생각된다. 19세기적인 특성이 드러나기

---

33) 유준경, 「독서층의 새로운 지평, 방각본과 신활자본」, 『한문고전연구』 13, 2006, 277
~278면.
34) 이에 대해서는 주형예, 위의 글, 2009, 201~229면 참조.

위해서는 작품, 작가, 매체, 독자의 지형도가 이데올로기, 젠더, 통속성, 상업화의 문제와 어떤 관련 속에 놓여 있는지, 19세기의 정치, 경제, 사회관계와 어떻게 관련되는지를 보아야 할 것이지만, 결코 쉬운 문제가 아니다. 위에 항목화한 문제들이 19세기 소설사의 관점에서 조망되지 못하고, 부분적으로 논의가 이루어지고 있기 때문이다.

앞 장에서의 지형도에 의하면 이 시기의 새로운 현상은 내용이나 기법상의 문제는 제쳐놓고라도 한문장편소설과 그 작가층, 국문장편소설과 영웅소설의 근접, 판소리계 소설의 등장, 세책본과 방각본의 본격화, 독자의 확대를 들 수 있다. 그러나 지금까지 19세기 소설사의 쟁점은 한문장편소설 작가층의 성격, 사상적, 이념적 지향과 세계관을 중심으로 부각되었다. 사상이나 이념적 지향이 쟁점이 될 수밖에 없었던 것은 무엇보다도 19세기에 사대부 문인이 장편소설을 창작했다는 점, 소설 속에 사상이나 이념적 지향을 표현하고 있기 때문이다. 작가층의 성격과 사상, 이념적 지향은 서로 맞물리는 문제로 이후 연구사에서는 작가층의 성격과 관련해서 사상, 이념, 혹은 세계관이 쟁점화되었다.

작가층의 문제는 <옥수기>의 작가 심능숙, <옥루몽>의 작가 남영로, <육미당기>의 작가 서유영을 중심으로 부각되었다. 이 세 작가가 서울 근기에 살았고 서로 교유한 흔적이 있으며, 소설을 창작했다는 사실은 이들을 계급적, 지역적, 문화적으로 동질적인 그룹으로 인식하게 하는 근거가 되었다. 따라서 이들 작품이 상층 사대부의 세계관을 표현한 작품인가, 소외되어 가는 사대부의 세계관을 표현한 작품인가, 도가적 지향이 강한 작품인가, 도가적 이념은 소재적인 차원에서 들어가 있는 작품인가, 그리하여 궁극적으로 중세적 이념을 고수하는 보수적인 세계관을 담은 작품인가, 아니면 중세 이념을 해체하는 작품인가가 논의의 초점이 되었다.

논의의 내용을 일일이 예로 들 수는 없고 <옥수기>를 중심으로 논쟁의 지형을 그려보기로 한다. 먼저 세계관의 문제가 쟁점이 되어 온 <옥수기>에 대해 상층 사대부의 세계관을 표현한 작품으로 본 김종철은 19세기 초 사대부 세계관의 구체적 면모로 벌열층이나 당대 현실의 모순에 대한 사대부 관점에서의 비판, 사대부 이념의 구체적 실현, 하층과의 계층적 대결, 정치적 대결과 벌열 집단으로서의 면모, 현실적 이념의 실현에 이은 도선적 세계의 추구를 들었다.35) 이러한 시각은 그 다음 논문에서도 이어져 <옥수기>, <육미당기>, <옥루몽>의 작가들을 상층 사대부 계급에 속하는 인물로 파악하고, 이 소설들은 상층 사대부의 세계를 배타적으로 반영하고 보수화의 의미를 지니는 것으로 평가했다. 장효현은 심능숙이 벌열층에 속했을 것이라는 견해를 반박하면서 19세기 한문장편소설에 드러나는 사대부 작가들의 세계관이 19세기라는 근대 전환기의 시대성에 비추어 일정 수준 한계를 보이는 것은 사실이지만 벌열층의 일원으로서 그들의 작품이 벌열층의 세계관을 반영하고 있는가 하는 점은 재검토가 필요하다고 하였다.36) 전성운은 심능숙의 계급적 성격을 소외된 사대부로 규정하고, 보수 지향적 인물이라기보다는 강건한 중세적 사고를 벗어나려는 인물로 파악하였다. 그는 19세기 한문장편소설과의 관계를 다루면서 <옥루몽>과 <옥수기>에는 19세기 들어 소외되어 가는 사대부로서의 작가의 비판적인 현실 진단과 그 저변에 놓인 위기의식이 드러난다고 지적하였다.37) 이병직은 심능숙이

---

35) 김종철, 「<옥수기> 연구-작품구조와 세계관을 중심으로-」, 국문학연구 71집, 서울 대학교, 1985, 123면.

36) 장효현, 「19세기 한문 장편소설의 창작 기반과 작가의식」, 『한국고전소설사 연구』, 고려대출판부, 2002, 363면.

37) 전성운, 앞의 논문, 77~78면.

상층 벌열층 세계관을 지녔다고 보기에는 무리가 있으며, <옥수기>에는 유가적 세계관과 도선적 세계관이 함께 작용하고 있는데, 도선적 경향이 소재적 차원에서 미학적으로 활용된 것으로 파악하였다.[38] 김경미는 여기서 더 나아가 도선적 경향이 소재나 배경으로 존재할 뿐[39]이라고 보았다. 장효현은 심능숙이 선가에 대한 지대한 관심을 가졌으며, 주인공이 단약을 먹고 장생불사하는 것이 심능숙이 작품을 통해 구현해 보고 싶은 궁극적 지향이라고 밝히면서 소재적 차원이라는 견해를 반박하였다. 또 김종철의 견해에 대해 <옥수기>에 수용된 도선적 세계의 존재 양상을 그의 사대부로서의 계급적 세계관의 표상으로 이해하는 것은 지나친 것이며, '호상불기(豪爽不羈)'한 기상(氣象)의 표출이거나 혹은 '척락무료로부터의 일탈'로 볼 수 있지 않을까라는 견해를 밝혔다.[40]

<육미당기> 역시 유가적 세계관과 도가적 세계관의 관계가 쟁점이 되었다. 장효현은 도선과 불교에의 경도를 통해 서유영이 반중세적 사유의 양태를 띠고 있다고 보았는데, 서유영의 도선에 대한 관심은 대체로 낭만적, 신비주의적 경향이 짙은 반면 불교에 대해서는 유가 이념을 대체할 만한 이념으로까지 인식했다고 하였다. 그리고 이는 유가적 선비의식에 기초하고 있으면서 도선으로부터는 낭만적, 신비주의적 취향을 구하고 불교로부터는 주자주의에 대체할 이념을 상정한 서유영의 사상의 궤적과 부합된다고 보았다.[41] 이강옥은 <육미당기>는 봉건적 신분 질서를 전제로 하여 유가적 이념을 구체적 사건 속에서 실현하고

---

38) 이병직, 「<옥수기>에 반영된 심능숙의 세계관 검토」, 『국어국문학』 35, 부산대 국어국문학과, 1998.

39) 김경미, 「옥수기 연구-이념적 소재에 대한 해석과 새로운 모색을 중심으로」, 『고소설 연구』 17, 2004, 293면.

40) 장효현, 『한국고전문학의 시각』, 고려대학교출판부, 2010, 337~8면.

41) 장효현, 앞의 책, 65면.

자 했음을 암시한다고 보았다.42) 그러나 최경환은 현세적인 규범적 덕
목의 실천과 개인과 가문의 영달과 번창이라는 유가적인 가치는 종국
적으로 소멸되고, 소선과 6미인이 선계로 귀의함에 따라 도가적인 가치
가 긍정된다고 보았다.43) 심치열은 김소선 일행의 '신라→중국→신라→
보타산'의 이동 경로는 작가가 소망하는 의식 세계로 신라와 함께 도선
에 대한 끊임없는 동경과 갈망을 보여주는 것으로 <육미당기>는 문화
적 자부심과 민족의식을 드러내며 백운영을 중심으로 도선적 사유 체
계가 일관되게 표방되면서 장생불사의 도교적 중심 사상으로 승화된다
고 보았다.44)

위에서 보듯 한문장편소설을 둘러싼 쟁점은 주로 작가층의 위치와
세계관의 문제였다. 그리고 중세적 세계관인 유가적 세계관에 대해 비
판하면서 그 대안을 도가적, 불가적 세계관, 혹은 제3의 도(道)를 모색45)
하는 면모를 드러내고 있는 양상이 그간의 논의를 통해 확인되었다. 그
런데 도가적, 불가적 세계관이 유가적 세계관의 대안이 될 수는 있지만,
그것이 곧 중세적인 세계관의 해체라고 보기는 어려울 것 같다. 19세기
의 불가적, 도가적 지향 역시 중세적 세계관의 일환으로 생각되기 때문
이다. 그러나 유가적 세계관의 중심성에 도전한다는 점에서 보면 중세
적 세계관에 대한 도전이나 비판으로 해석될 수 있다. 여기서 직접 다루
지는 않았지만, <삼한습유>는 그 좋은 예를 제공해 준다. 한편 19세기
한문장편소설 작가층의 세계관이 유·불·도라는 전통적인 세계관으
로부터 일정하게 거리를 두면서 탈이념적인 성향으로 나아갔을 가능성

---

42) 이강옥, 「육미당기」, 『한국고전소설작품론』, 김진세(편), 집문당, 1990, 829면.
43) 최경환, 『<육미당기>의 텍스트 생성과정 연구』, 월인, 2002, 140~150면.
44) 심치열, 「<육미당기> 연구」, 『고소설연구』 7, 한국고소설학회, 1999.
45) 조혜란, 「삼한습유 연구」, 이화여대 박사학위논문, 1993, 186~198면.

도 검토해 볼 필요가 있다고 본다. 이를 위해 한문장편소설의 주인공들이 유가적 전형을 벗어나는 면모에 주목할 필요가 있다. <옥수기>의 주인공들이 그 예의 하나이다.

한문장편소설이 19세기를 대표하는 것으로 인식되면서 한문장편소설을 하위유형으로 설정한 논의가 뒤이어 나왔는데, 이는 <옥수기>, <옥루몽>, <육미당기>를 장편영웅소설의 관점에서 바라보던 것과는 다른 새로운 문제설정이라 할 수 있다. 19세기 한문장편소설의 창작기반과 유형적 특성을 다룬 이기대는 근기사족에 속하는 한문장편소설의 작가들은 결코 지배계층에 편입될 수 없는 계층으로, 경화사족과의 관계 속에서 나름의 상층적 시각과 자긍심, 동시에 소외감이라는 이중적 감정을 가졌을 것이며, 소설을 통해 자신의 삶을 이상화시킨 세계를 드러내고, 그로써 스스로를 위안한 측면이 있음을 지적하였다. 그리고 19세기 한문장편소설의 소설사적 의의에 대해 국문으로의 번역이 이루어졌어도 독자가 제한되어 있었다는 점, 이전의 사족층 남성들의 장편소설과 비교해 볼 때 자신을 드러내는 의도가 강하다는 점, 작가의 이상적 삶을 드러내는 것을 공통된 주제로 삼고 있다고 보았다.46)

<옥수기>를 비롯한 개별 작품론이나 한문장편소설 유형 연구에서 부각된 쟁점은 작가군의 성격과 이념적 지향에 관한 것이었다. 이러한 쟁점은 이 작품들이 19세기 조선사회의 정치, 경제와 사회관계의 변화를 어떻게 표현해 내고 있는가의 문제로까지 확장되었다. 그러나 한문장편소설이 19세기 상업의 발달, 상층의 분화, 사상의 변화 속에 등장했지만 이러한 변화들을 어떻게 담아내고 있는가에 대해서는 작가층의 성격과 관련하여 쟁점화할 필요가 있다. 한문장편소설이라 하더라도

---

46) 이기대, 「19세기 한문장편소설 연구」, 고려대 박사학위논문, 2003, 27∼29면, 202∼208면.

<삼한습유>와 <옥수기>, <옥루몽>, <육미당기> 등과 차이가 있다. 그 차이가 어디에서 연유하는가? 당대의 문제를 직접 다룬 것과 그렇지 않은 것의 차이인가, 아니면 서얼 출신의 작가와 당대 정치권력으로부터 소외되기는 했지만 사대부 계층에 속하는 작가와의 차이인가? <삼한습유>는 당대 여성의 문제와 서얼로서의 작가 자신의 문제를 결합해서 창작하면서 유교뿐만 아니라 불교나 도교에 대해서도 비판하고 있다. 그러나 당대의 문제를 가져오면서도 신라를 배경으로 하고, 파격적이기는 하지만 환상적인 결구를 통해 행복한 결말을 추구한 것에서 또 다른 한계를 볼 수 있다. 이를 어떻게 해석할 것인가도 쟁점 중의 하나이다.

이외에도 19세기 소설사에는 많은 쟁점들이 잠복되어 있다.

첫째, 장편소설, 영웅소설, 판소리계소설, 애정전기소설, 몽유록계소설이 공유하고 있는 문제의식에 대한 것이다. 이는 다시 말해 정조 사후 제국주의 열강의 위협이 시작되는 근대 초입에 이르는 시기 동안 사람들의 관심이 어디에 있었으며, 소설은 그러한 관심을 어떻게 표현해 냈는가 하는 문제와 연결된다. 그러나 동시에 과연 이 시기를 관통하는 문제의식이 존재했을까도 질문해 볼 필요가 있다.

둘째, 19세기 소설사를 주도한 소설을 무엇으로 볼 것인가의 문제이다. 이는 어떤 작품이 독자층을 폭넓게 확보했는가, 어떤 작품이 당대의 시대의식을 가장 문제적으로 드러냈는가, 어떤 작품이 기존의 서사 형식을 탈피한 새로운 플롯을 창안해 냈는가 등 여러 가지 측면에서 볼 수 있다. 예를 들어 <포의교집>은 기존의 애정전기나 영웅소설의 플롯을 벗어난 새로운 설정을 시도했지만 미완의 플롯으로 끝난다. 이는 유부녀인 초옥과 유부남인 이생의 사랑, 다른 애정전기에서 달리 결혼 유무에 얽매이지 않는 초옥의 태도, 그리고 돌연한 이별에 대해 새로운 문제 설정은 했지만 하나의 플롯으로 완성해 내지는 못한 것으로 볼 수 있다. 이는 <포의교집>의 제재가 주는 파격성을 소설 형식으로 소화해 내지 못한 결과로 보인다.

셋째, 19세기에 이렇게 다양하게 존재하던 소설은 20세기 초반에 이르러 신활자로 출판되면서 대중적인 보급이 확산되지만, 그것은 '고소설'이라는 위치였다. 이것을 어떻게 이해해야 하는가? 그렇다면 19세기에 새롭게 부각된 소설 작가층은 어떤 의미를 갖는가?

넷째, 19세기 소설사의 주도적인 흐름이 무엇인가 하는 문제이다. 이 시기에 소설은 작품 유형, 작가층, 내용의 측면에서 전대에 비해 상대적으로 다양한 형태로 존재했다. 그런데 20세기의 관점에서 봤을 때 살아남은 작품군은 영웅소설이 가장 많은 것 같고, 판소리계 소설 또는 판소리가 여전히 대중의 인기를 끌었다. 이는 한문장편소설이나 국문장편소설의 위상에 대해 다시 돌아보게 하는 부분이다.

4. 맺음말 : 19세기 소설사의 전망

지금까지 19세기 소설사의 지형도와 쟁점을 살펴보았다. 이러한 작업은 추상적으로 보일 수도 있다. 그럼에도 이 일이 필요하다고 생각하는 것은 19세기 소설사뿐만 아니라 소설사라는 관점을 취할 때 개별 작품의 이본 상황이나 개별 작품론으로 접근하는 방식을 넘어설 것이 요구되기 때문이다. 물론 지금까지 소설사에 대한 관심이 없었던 것이 아니다. 그러나 지금까지 소설사를 조망할 때는 주로 유형적 접근이 이루어졌으며, 영웅소설 플롯은 소설사 전개를 이해하는 데 하나의 기준처럼 사용되었다. 이는 작가가 제대로 알려지지 않은 경우가 많은 고소설의 역사를 정리하는 데 유효한 측면이 있다.

그런데 소설사를 보다 다양한 측면에서 이해하기 위해서는 작가, 독자, 작품의 측면은 물론 정치경제적 변화와 사회적 관계의 변화까지 포괄해서 보는 시각이 요구된다. 이는 소설이 사회와 어떤 관련 속에 놓여 있는가에 대한 질문을 포함한다. 여기에는 일정한 이론적 접근이 요구된다. 고소설을 기반으로 한 이론은 무리 없이 적용될 수 있다는 이점이 있다. 그러나 그것이 고소설 중심적인 것에 그친다면 동시대의 다른 문학 장르와 대비해서 이야기하기 어려울 뿐만 아니라 현대적 관점에서도 소통하기 어려울 것이다. 따라서 고소설을 기반으로 한 이론뿐만 아니라 젠더, 정신분석, 탈식민, 해체주의, 섹슈얼리티, 지역의 관점에서 읽어낼 필요도 있다. 이는 고전연구에서 달갑게 받아들여지지 않았고, 조심스러운 측면이 분명히 존재한다. 그러나 새로운 쟁점들은 이러한 다양한 시각을 통해 새롭게 부각될 것이다. 예를 들어 젠더의 관점은 여성영웅소설은 영웅소설의 플롯으로 볼 때와는 다른 쟁점을 끌어내며, 오늘날의 현실과 접점을 만들어내기 때문이다. 또한 작가, 독자, 작품, 매체의 관계에 대한 다른 방식의 접근을 열어줄 것으로 생각된다.

이 글은 19세기 소설사 연구에서 무엇이 쟁점이 되었는지를 살펴보고 이를 통해 어떤 전망으로 19세기 소설사를 바라보아야 할지를 생각해 본 것이다. 지금까지 19세기 소설사의 쟁점으로 가장 크게 부각된 것은 한문장편소설의 작가층과 세계관의 문제였다고 보인다. 이를 통해 한문장편소설의 성격이 구체적으로 규명되었다고 본다. 그러나 한문장편소설이 19세기 소설사의 새로운 현상이기는 하지만 전반적으로 볼 때 독자층이 한정되었을 것으로 보인다. 따라서 한문장편소설의 위치를 다른 유형과의 관계 속에서 다시 자리매김할 필요가 있다고 본다. 앞으로 남은 문제는 한문장편소설과 국문장편소설의 차이, 장편소설과 영웅소설의 교섭, 작가층과 이데올로기의 문제, 소설의 상품화와 통속성의 문제, 국문소설과 한문소설을 아울러 보는 문제 등을 19세기라는 역사적 지평에서 다른 문학 장르의 전개와 관련하여 살펴보는 것이라고 생각한다.

이 글은 『한국고전연구』 23집(한국고전연구학회, 2011)에 수록한 논문을 수정하여 재수록한 것이다.

판소리 연구의 흐름과 전망

김현주

1. 머리말

판소리 관련 연구는 지금까지는 문학 쪽에서 주도적으로 이끌어가는 추세였지만, 요즘은 음악적 요소에 대한 연구가 점점 활성화되고 있으며, 극이나 퍼포먼스 측면의 시각에서 바라다보고자 하는 논의도 심심찮게 찾아볼 수 있을 정도로 다변화되고 있다. 이러한 연구 시각의 장르적 확산과 더불어 거기에는 연구 방향의 본질적인 변화도 내재되어 있다. 그것은 접근 시각의 진지한 변화라는 점에서 매우 의미가 있다고 할 수 있다.[1] 그 변화가 의미있는 것이라면 우리는 이 즈음에서 그 변화의 내용을 진단해보고 나아가 전망해볼 필요가 있을 것이다.

그렇다면 그 변화의 내용을 보다 적절하게 포착할 수 있는 방법이 무엇인지에 대한 논의가 우선적으로 이루어져야 할 것이다. 연구 경향을 포착하는 방법에는 역사적인 전개 양상을 통한다든가, 테마별로 정리한다든가, 이 둘을 혼용한다든가 등등 무수히 많은 방법이 있을 것이

---

[1] 그렇다고 그 변화가 요즘 들어 단기간에 급작스럽게 이루어졌다고는 할 수 없다. 20~30여 년 전에 선구적인 지적이 간혹 있었다 하더라도 그것이 서서히 진행되어 근래에 심화되고 부각된 변화까지를 여기에서는 포괄하고자 한다.

다. 테마별로 역사적인 연구경향을 파악한 연구사 검토는 이미 몇 차례에 걸쳐 이루어진 바 있으며(김흥규:1977, 최래옥:1984, 최동현:1986), 거기에서는 판소리 발생론이나 장르론과 관련된 연구경향들의 흐름이 일목요연하게 정리되었다. 그러나 그러한 연구사 검토들은 시간이 많이 지나 시의성의 측면에서 볼 때 최근의 변화 국면을 드러낼 수 없다. 또 그것은 제반 연구 경향들을 몇 가지 주제적 측면에서 포착한 것이지 전반적인 판소리 연구 경향에 대한 의미있는 변화의 흐름이라든지 분기지점에 대한 파악은 아니어서 판소리 연구의 통시적 흐름의 관점에서 볼 때에는 미진한 데가 있어 보인다. 이 글은 어느 분야의 전반적인 연구경향이 갖는 보편적인 성격을 패러다임으로 보고, 패러다임이 변화하는 바로 그 지점을 초점화하여 조명하고 그것이 갖는 의미를 구해보고자 한다. 판소리 연구가 변하는 현상을 방향의 변화 또는 전환으로 보고 그 분기현상을 두드러지게 드러냄으로써 분기의 배경적 의미와 연구사적 의의를 진단해보고자 하는 것이다. 그 과정에서 변화의 당위성과 관련하여 미래에 대해 전망도 해볼 것이며, 그 과정에서 필자 자신의 주관적인 견해도 거기에 개입시켜 볼 것이다. 그러한 점에서 볼 때, 이는 전통적인 의미에서의 연구사가 아니다. 다만 연구 방향의 변화라는 시각에 따라 그와 관련된 유의미하고 핵심적인 변화 양상들을 포착하는 성격의 글이 될 것이다.

이 글이 기존의 연구사와 가장 큰 차이를 갖는 것은 아마도 기존의 연구사 정리가 '과거'에 국한되었던 데 비해 이 글은 '미래'에 대한 얘기가 많을 것이라는 점과, 객관적인 진술과 더불어 주관적인 판단과 선도적인 주장도 여과없이 표출하게 될 것이라는 점이다. 그것은 이 글이 애당초 지니고 있는, 판소리 연구 방향의 분기 지점에 대한 관심에서 비롯된 것이라 생각된다. 연구 경향의 분기는 패러다임의 전환이나 퍼

스펙티브의 변화라는 커다란 틀로 조망하지 않을 수 없기 때문에 세부
적인 연구들이 언급되지 않을 수도 있고, 접근방식이 다분히 주관적이
어서 다른 영역의 중요한 연구들이 빠질 수도 있다는 점은 미리 밝혀
두고자 한다. 그렇다 하더라도 분기 지점에 대한 관심은 연구사의 유의
미한 흐름을 거시적으로 포착하는 데는 다른 방법에 비해 장점이 많다
고 판단된다. 수많은 누적들이 있어야 분기가 일어나고, 분기가 있음으
로써 앞으로 무엇을 해야 하는지에 대한 우리의 고민도 시작될 수 있기
때문이다.

판소리 연구 방향의 변화는 다음과 같은 세 가지 틀로 포착하는 것이
가능하다고 본다.

2. 판소리 연구 방향의 변화

1) 문학물에서 연행물로

창극조니 극가니 하면서 조창기의 국문학자들에게는 막연하게 극이
나 음악으로 생각되던 판소리가 극과는 멀고 소설과 가까운 서사문학
으로 그 장르가 규정된 적이 있었다.(조동일:1969a) 이어 거기에 대한 반
성적 검토가 이루어져 판소리의 극적 요소에 대한 지적이 있었고(성현
경:1990, 김흥규:1990), 더 나아가 아예 연극으로 보자는 의견도 있었다.(전
신재:1988) 그런데 판소리를 소설로 보건 연극으로 보건간에 그것을 분
석하는 과정이나 시각은 언제나 문자적(literal)이었으며 배타적이고 독
단적이었다고 판단된다. 하나의 장르로 편입시키기 위해서는 다른 장르
들의 가능성을 배제해야 했기 때문이다. 그러나 판소리의 장르 규정은
독단적일 필요가 없으며, 있는 현상을 그대로 기술해주면 충분하다고

생각된다.[2] 왜냐하면 판소리는 소설과 연극, 음악 등의 장르적 속성들이 혼융되어 있고, 구술성이 강한 판소리에서부터 기술성이 강한 판소리에 이르기까지 여러 층위의 장르적 요소들이 복합되어 있는 종합체로서 어느 것 하나로 규정할 수가 없는 존재이기 때문이다.(김현주:2001)

그동안 판소리에 대한 장르론적 접근뿐만 아니라 작품론과 문헌학적 연구(류탁일:1989) 또는 이본 계통 연구 등 거의 모든 연구들이 판소리를 하나의 문자화된 문학물로 다루는 경향이 있었다. 사설의 성격이나 문체, 그리고 비유법 등의 텍스트 내재적 분석들도 마찬가지였다. 이들은 판소리 소설을 분석 대상으로 하는 경우에는 정당하다고 인정될 수 있을지는 몰라도 문학적 요소뿐만 아니라 음악적 요소와 연극적 요소가 씨줄과 날줄처럼 교직되면서 의미를 생성하는 현장 공연 장르인 판소리를 그렇게 대하는 것은 분명 문제가 있다.

판소리를 하나의 현장연행물로 보는 인식은 판소리 연구의 방법을 전환하게 만든다. 판소리 연구의 초점은 문학적인 내용을 지닌 사설만이 아니라 그것이 음악과 극적 요소와 어울려 분비하는 종합예술적 의미가 되어야 한다. 그런 점에서 소리 대목 하나가 주는 감동의 어울림을 사실적으로 기술하는 방법을 개발하는 일이 필요하다. 다시 말해 하나의 문학적 사설이 어떤 선율과 음색으로 발성되느냐의 문제, 또는 거기에 어떤 연기적 요소가 결합되었을 때 감흥의 질감이 어떻게 달라지는지 등이 충분하게 기술될 필요가 있는 것이다.(김현주:2007, 김현주:2009) 그런 점에서 어떤 대상이 의미를 발생하게 되는 지점에 대해 과정적 기술을 행하는 민족지학(ethnography)적 방법이 원용될 필요성이 강하게 대두된다.(서유석:2011) 마치 공연 예술에 대한 현장 비평을 하듯 판소리

---

2) P. Hernadi, 김준오 역, 『장르론』, 문장사, 1983, 11~21면.

연구가 이루어지기도 해야 하는 것이다. 물론 그것은 감상문 차원이 아니라, 퍼포먼스 차원에서 심도있는 의미 추출이 이루어지는 방식이어야 할 것이다.

판소리를 현장연행물로 볼 때, 가장 두드러지는 요소는 아무래도 음악적인 요소일 것이다. 모든 문학적인 사설이 음율 위에 얹혀져 있기 때문이다. 그러므로 판소리의 음악어법에 대한 광활하면서도 정밀한 탐사가 요청된다. 판소리의 음악적 요소들을 해체하여 이해하는 것도 선행되어야 하겠지만 그 요소들이 합성되어 빚어내는 화성적 의미와 또 그것이 문학적 사설과 어울려 생성해내는 의미 공간이 구체적으로 기술되어야 한다. 그 의미 공간에는 창자쪽의 음악전략뿐만 아니라 청자쪽의 정서적 울림과 감정의 진폭에 대한 내용이 고스란히 담겨야 할 것이다. 그런데 판소리의 장단과 조가 사설의 내용 또는 극적 상황과 갖는 관계를 정밀하게 추구한 업적(이보형:1975)이 있은 이래 이 방면의 연구는 그리 진전을 이루고 있지 못한 듯 보인다. 그것은 판소리에 대한 음악학 분야의 논문들이 수다히 쏟아져 나왔지만 오선지 채보를 바탕으로 한 목구성 방식이나 빌성법, 부침새 또는 시김새 방식, 음색의 특징 등등 음악적 특수 국면에 대한 전문적인 기술로 일관하고 있어서 정서적 의미 공간에 관한 전 연구자들의 공감대를 이끌어내지 못하는 데 기인하지 않나 하는 생각이 든다. 그것은 문학쪽 연구자들도 마찬가지여서 음악적 기법에 대한 바탕을 깔지 않고 문학적 감성에 의해 판소리 음악을 추상적으로 해석하고자 하기 때문에 이 또한 공감을 얻지 못하고 있다. 그러므로 이들을 아우르는 접점이 찾아져야만 현장연행물로서의 판소리의 정체를 제대로 파악할 수 있게 되리란 것은 명약관화하다.

판소리 음악에 대한 이해를 깊게 하기 위해서는 판소리의 음악적 원류가 어디에 있는지를 밝히는 것도 중요할 것이고(정대하:2006), 무가나 민요, 육자배기, 그리고 산조나 시나위 같은 다른 음악 장르들과 어떠한 교섭 내지는 교류관계를 가지면서 역사적으로 전개되었는지, 그리고 그들 간에는 어떠한 공통요소와 변별요소를 갖고 있는지를 추구하는 것(백대웅:1989:1996, 서정민:2009)도 중요할 것이다. 또한 좀 더 세부적으로 들어가서 유파나 명창 개인의 개별적인 성음과 기법의 차이와 그 배경에 대한 이해라든지 판소리에 사용된 음악기법에 대한 정밀한 추구(이보형:2001, 박일용:2003, 김혜정:2006)도 음악을 통한 판소리 해석에 이르는 적절한 길일 것이다. 민속악뿐만 아니라 아악이나 가곡과 같은 정악과의 비교음악학적인 시각에서 판소리의 음악적 특징을 따지는 것도 거시적인 밑그림을 그린다는 점에서 매우 중요한 과제일 것이고,(이보형:1992) 그러한 음악적 용기(容器)에 어떠한 문학적 사설이 담기기에 적합한지 등에 대해서도 꾸준한 탐구가 있어야 할 것이다.

음악 못지 않게 연극학적이고 공연학적인 관점에서 판소리를 바라보는 것도 필요하지만, 이 분야는 음악쪽보다도 더 지지부진한 것이 사실이다. 그것은 아마도 판소리를 연극으로 볼 때 주저되는 점들이 한두 가지가 아니라는 기존의 인식이 아직도 말끔히 불식되지 않고 있기 때문이 아닌가 판단된다. 너름새 혹은 발림, 그리고 부채가 판소리 공연의 부수적인 요소에 그치는 것이 아니라 문학적 사설과 음악이 초점화되는 장소라는 인식의 전환을 이룰 때 우리는 판소리의 상당히 새로운 의미영역을 발견하게 될 것이다.(김현주:2007, 유제호:2007a) 그러한 점에서 공연 현상 그 자체를 하나의 공연텍스트로 보고 현전(現前)하는 요소들이 서로 충돌하면서 빚어내는 의미의 생성과정을 기술하는 것(김익두:2003, 임명진:2002, 윤영옥:2004, 서유석:2009)은 매우 의미있는 작업이 될 것이다. 좀 극적으로 말한다면 판소리의 공연학적 해석은 예술적인 격조를 지닌 공연 현장 실황 중계와 같은 형식을 지향해야 할 필요가 있다. 판소리 공연의 총체적인 의미는 바로 그 현장에서만 찾을 수 있기 때문이다. 비유컨대 판소리는 인화된 필름이 아니라 동영상으로 의미화되는 존재인 것이다.

판소리가 정지되어 있는 문학물이 아니라 현장연행물이라는 인식은 문학적인 연구에서도 가끔은 이미 있어 왔다. 판소리의 서사적 구조가 서구식의 피라미드 구조가 아니라 창과 아니리가 순환 반복하는 가운데 정서적 긴장과 이완이 반복되고 정서적 체험의 몰입과 해방이 교차하는 구조라는 주장(김흥규:1976)은 현장연행물로서의 판소리의 연행 구조를 지적한 것이었으며, 이와 비슷하게 판소리 창자가 내외적 시점과 공적 사적 시점을 혼합 선택함으로써 어떻게 청중의 심리적 거리를 조정해나가고 정서를 통어하는지에 대한 기술(김현주:1994)도 연행론적 시각에서 판소리를 바라다본 것이었다. 이러한 연구들은 현장연행물로서 판소리가 지닌 음악적인 측면과 연극적인 측면을 소홀하게 취급한 것이 흠이었는데, 앞에서 살펴본대로 그러한 측면들을 통합하여 함께 기술하는 일이 앞에 놓여져 있다. 다만 여러 측면들에 대한 기술이 병행하면서 헛돌 우려가 있으므로 모든 기술들이 합류하여 초점화되는 어떤 중심축이 필요한데, 그것은 아무래도 사설의 담론적 내용과 담화방식이 되어야 하지 않겠는가 하는 생각이다.(서종문:2009) 담론적 내용과 담화방식이 전제되지 않은 접근방법은 테크닉 수준의 파악이라는 공소함을 면치 못할 것으로 생각되기 때문이다.

2) 텍스트에서 콘텍스트로

판소리뿐 아니라 거의 모든 분야에서 텍스트는 고정성과 자족성을 지닌 존재로 인식되는 경향이 있다. 이렇게 텍스트를 '이미 주어진' 존재로 본다면 거기에 접근하는 연구 시각도 이미 결정되어 있는 요소들을 분석하는 수준에 머물게 된다. 그렇다면 판소리 어휘의 성격을 따지는 것도, 작품의 서사적 구조를 분석하는 것도, 미적 범주를 설정하는 것도 거의 모두 결정론적이고 고정된 시각에서 대상을 닫아 놓고 접근하게 된다. 그러나 텍스트는 언제나 형성되기 이전부터 운동하고 있었고, 형성될 때는 특히 여러 방향에서 여러 가지 힘들이 작용하였을 것이며, 또 한번 형성된 다음에도 변화의 힘들이 작용하면서 자신의 존재를 지속적으로 모색해가게 된다. 판소리는 오랜 세월을 거치며 변화해왔고 앞으로도 변모해가는 성격의 예술이므로 역동적인 시각에서 바라볼 필요가 있으며, 특히 현장에서 의미가 산출될 때는 여러 가지 힘들이 작용하게 되는 성격의 공연예술 장르라는 사실을 항상 인식할 필요가 있다. 판소리 어휘의 성격을 파악할 때에도 담화 층위의 분석과 타 장르 담화들과의 상호텍스트적인 회로에 대한 고려가 있어야 하며, 서사 구조를 분석할 때에도 단선적이고 일방향적인 구조 분석이 아니라 상하 층위간 서사 구조들이 어떤 충돌과 교섭을 거치면서 분파되고 합성되었는지를 보아내야 할 것이다. 그리고 미적 범주를 설정할 때에도 현상적인 파악이 아니라 생산자측의 의도와 향유층의 수용 방식, 계층간의 미의식이 접촉하고 충돌하는 양상 등이 보다 입체적으로 파악될 필요가 있는 것이다.

텍스트에 대한 역동적이고 입체적인 분석 시각은 달리 말해 관심의 영역이 텍스트에서 콘텍스트로 이동하는 것이라고 할 수 있다. 텍스트를 둘러싸고 있는 온갖 힘의 작용들을 콘텍스트라고 할 때 이러한 콘텍스트들이 텍스트에 꽂히는 그 과정(processing) 자체가 관심의 초점이기 때문이다. 그러므로 그것은 'contextualize' 또는 'entextualize'의 영역이라고 할 수 있다. 물론 작품 분석에 모든 콘텍스트가 감안될 수는 없겠지만 분석할 대상에 적절한 콘텍스트가 감안되어야 할 것이다.

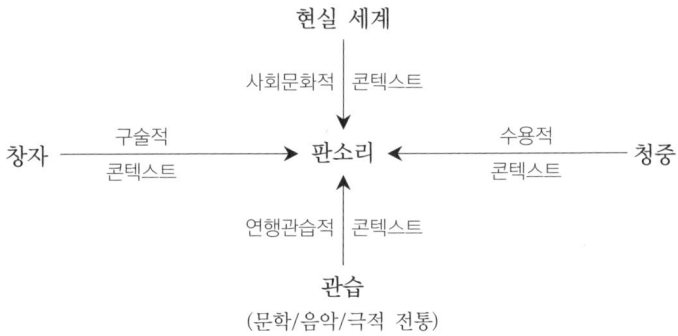

판소리는 창자가 말로 구연하는 장르이기 때문에 구술적 맥락이 작용하게 된다. 그래서 말의 기본적인 속성들인 현장성, 역동성, 자유개방성, 상황의존성, 공동성, 일회성, 초언어성, 상투성 등등의 성질이 작용하세 된다.[3] 물론 판소리는 구술 장르이되 즉흥적이고 무계획적으로 아무 말이나 하는 일상대화 같은 유형이 아니므로 순연한 구술싱에 의해 지배되지는 않을 것이다. 그렇지만 판소리가 아무리 사전 계획되고 세련된 사설을 예술적으로 정련한다고 할지라도 구술적인 속성을 다 털어낼 수는 없다. 판소리에 흔히 볼 수 있는 말건넴의 어투라든가 문법 일탈 현상이라든가 구절의 운율적 반복 현상이라든가 하는 것들은 위와 같은 구술적 속성들이 영향을 끼친 결과라고 할 수 있을 것이다. 구술적 맥락은 어투나 구절의 담화 방식에만 영향을 주는 것이 아니라

---

3) Walter J. Ong, 『구술문화와 문자문화』, 문예출판사, 1982 ; Marshall McLuhan, 『구텐베르크 은하계』, 커뮤니케이션스북스, 2001.

서사구조 내지는 서사패턴을 정형화하는 기능도 수행하고, 모티프의 결합방식까지도 유형화할 정도로 영향력이 크다고 할 수 있다. 그러므로 창자가 구술적 맥락을 어떻게 활용하는지, 텍스트에 어떤 효과를 미치는지, 어떤 기능을 수행하게 하는지 등등 그 구술전략적인 측면을 역동적인 모습 그대로 탐구하는 일이야말로 대단히 중요한 일이라 생각된다.(류수열:2000, 유제호:2007b)

판소리의 내용과 형식에 걸쳐 명징하게 가장 많은 흔적을 남기고 있는 것은 아마도 사회문화적인 현실일 것이다. 판소리는 사실주의 정신에 입각하여 당대 현실의 모습을 매우 충실하게 재현한 장르라고 할 수 있기 때문이다. 그런데 현실 세계를 재현함에 있어 현실과 내용 사이의 투명하고도 즉각적인 대응을 상정하는 것은 문제가 있다고 본다. 판소리 텍스트가 역사적인 사료가 아니고 문학적인 상상력이 개입함으로써 현실이 어떤 식이로건 굴절된 산물이라고 본다면, 현실과 내용을 즉각 대응시키기 전에 그 사이에 어떤 매개적인 등가물을 상정하는 것이 바람직할 것이다. 그러한 점에서 사회문화적인 현실이 문학작품의 내용뿐만이 아니라 담화의 조직이나 결의 형태와도 관련을 갖는다는 관점[4]은 우리에게 매우 소중하다고 할 수 있다. 그것은 현실과 내용을 연결짓기 전에 그 사이에 있는 형식을 통한다는 점에서 더욱 굳건한 논리를 획득하기도 하거니와 형식에 대한 관심은 현실을 보는 시각도 매우 역동적인 각도에서 보게 만든다는 점에서도 유익한 것이다. 내용과 직접 대응시킬 때의 현실을 대하는 방식과는 달리 그러한 현실이 마련된 그 배경이나 이면적 의미를 입체적으로 파악하는 것이 요청된다. 판소리의 비장이라는 미학적 요소를 당대 향유층의 미의식이나 심미안의 변화라

---

4) M. 바흐친, 『도스또예프스키 시학』, 정음사, 1988, 263~367면 ; 김욱동, 『대화적 상상력』, 문학과지성사, 1988, 157~195면.

는 사회문화적 구도 속에서 파악해내는 것(김홍규:1980)이라든지, 판소리 향유층의 변동에 의해 판소리 사설이나 음악이 어떻게 미세하게 변했는지에 대한 논의(정출헌:2000, 최동현:2001)라든지, 판소리 속에 광대집단이나 향리집단을 포함한 여러 집단의 집합의식이 어떻게 담겨지게 되는지에 대한 논의(김영범:1986, 이훈상:2003)라든지, 조선 후기의 변화된 시정세태와 유흥문화적 성향이 판소리의 어떤 인물유형을 창출하였는지에 대한 논의(김종철:1996b)라든지, 판소리에서 상층취향의 담화와 하층취향의 담화가 혼효된 담화접변 현상이 어떻게 당대에 활발하게 진행된 상층문화와 하층문화 사이의 문화접변을 반영하고 있는지에 대한 논의(김현주:1998) 등은 현실세계를 내용과 대응시키기에 앞서 형식이나 그 이면적 배경과의 조응 국면을 추구한 것들이다.

당대의 현실뿐 아니라 현대의 사회문화적 현실도 판소리에 반영된다. 그것은 전통 판소리보다는 오늘날 창작되는 창작 판소리에 더욱 해당되는 말일 것이다. 오늘날 창작되는 창작 판소리는 우리의 현재적 삶을 반영하는 형식과 내용으로 되어 있다. 오늘날의 상황과 인물을 통해 그려내는 이야기 내용은 말할 것도 없고 아니리가 많다거나, 랩과 같은 빠른 장단이 많다거나, 비장이 거의 사라지고 골계의 비중이 확대되고 있다거나 등의 형식적인 변화는 현대 청중의 문화적 취향을 짙게 반영하고 있는 것이다. 그러므로 현대사회의 어떤 이면적 배경이 어떻게 창작 판소리의 텍스트에 반영되는지에 대해서도 역동적인 시각에서 바라볼 필요가 있을 것이다.(신동흔:2002, 유영대:2004, 김기형:2004, 김현주:2004)

판소리에는 문학적인 선행담화를 인유하는 방식이나 기존의 음악적·극적 요소를 상황에 맞게 표현하는 방식이 어느 정도 관습화되어 있다. 어떤 상황에서는 어떤 담화 유형이 인유되고, 어떤 모티프들이 동원되면서 스토리를 형성하게 되는지, 어떤 주제를 표현하기 위해서는 어떤 서사구조가 채용되고 어떤 인물유형이 채택되는 경향이 있는지가 다소 정도의 차이는 있을망정 관습화되어 있는 것이다.(정충권:2005) 판소리에서 포물라라든지 정형적인 관용어구들, 수많은 더늠들이 자유롭게 이동하는 현상, 매우 엇비슷한 성격을 보여주는 전형화된 인물유형들의 존재 등을 보면 판소리가 문학관습에 따라 조직된다는 점을 알 수 있다. 한편 판소리에서 장단이나 조, 목구성과 시김새 방식 등과 같은 음악적 요소들은 천변만화하지만 거기에서도 유파나 계파에 따라 일정한 흐름이 존재한다. 사설의 내용이나 장면 상황에 따라 음악적 요소들의 조합이 일정한 패턴을 보여주는 것이다. 또한 창자의 몸동작이나 부채를 펴고 접는 행위들도 관습화되어 있으며, 청중들이 추임새하는 방식과 추임새를 넣는 장단 사이의 장소 등도 다 정해져 있다. 그런 점에서 본다면 관습에 의지하면 의지할수록 판소리는 판소리다워진다고 말할 수 있다. 이러한 연행관습들이 각각 어떤 전통적 배경 하에서 형성되었고, 이들이 판소리 텍스트를 만들면서 어떠한 현장적 기능을 수행하는지를 자세하게 추구하는 것이야말로 판소리의 내밀한 의미작용을 보아내는 길이 될 것이라고 판단된다. 판소리를 문학관습의 측면에서 볼 때 우리는 <춘향전>에서 하나의 문학관습으로 희극적 구조나 희극적 인물유형을 추출할 수 있는데, 그것들은 통속성의 바탕이라기보다는 막강한 대중성의 원동력이 되고 나아가 예술성까지 담보하기도 한다.(김병국:1974,1975) 그렇지만 이 방면의 연구는 요즘 판소리 음악적 유파나 사승관계 등에 대한 정보 제공 쪽으로만 너무 치중된 느낌이 없지 않다.

판소리에서 청중은 현장에서 반응을 보이는 현전적인 존재로서 창자로 하여금 연행 방식이나 연행 전략을 결정하게 하는, 은밀하지만 막강한 힘을 지닌 존재이다. 그래서 청중을 의식하는 창자의 연행은 그대로 그 흔적이 텍스트에 찍히게 된다. 그렇지만 청중은 다른 맥락으로부터의 힘들에게도 영향력을 행사한다. 즉, 청중의 문화취향이나 이념적 성향에 따라 판소리에 흘러 들어오는 사회문화적 현실의 내용은 달라질 수 있으며, 청중의 기호에 따라 연행관습의 내용도 달라지는 것이다.(이유진:2006) 그러므로 청중이 행사하는 이러한 피드백이 각 맥락에서 작동하는 메커니즘에 대한 구체적인 기술이 절대적으로 요구된다고 하겠다. 이를 위해서는 공연 현장에 대한 모니터링이 통계화될 수 있을 정도로 집적되어야만 하며, 현장비평적인 분석이 지속적으로 행해져서 판소리 연구의 일부분으로 자리를 잡아야 한다.

이상에서 살펴본 바와 같이 판소리는 다방면의 콘텍스트가 작동되는 가운데 현장에서 하나의 텍스트로 형상화되는 존재라는 시각에서 접근할 때 가장 적절하게 파악될 수 있는 존재라고 생각된다. 여기에서 유념해야 할 점은 네 가지 콘텍스트가 서로 독립되어 다른 콘텍스트와는 무관하게 작동되는 것이 아니라 언제든지 서로 얽히면서 판소리라는 텍스트에 합류하게 된다는 점일 것이다. 그러므로 판소리를 분석할 때에는 콘텍스트들간의 상호역학관계를 유의해야만 할 것이다. 예컨대 판소리 창자의 구술적 전략은 청중의 반응과의 역학관계 속에서 조명되어야 좀 더 구체적인 논의가 가능할 것이고, 사회문화적인 상황이 어떠한 연행관습의 변화를 불러 왔는지를 논의해야 좀 더 바람직한 성과를 거둘 수 있으리라는 점이다. 그러므로 판소리 연구가 지향해야 할 방향은 콘텍스트들이 텍스트에 작용함으로써 담화가 직조되고 이야기 내용이 구성되는 방식에 대한 탐구와, 이면적 배경들이 다층적인 의미를 구현하는 방식에 대한 역동적인 시각이라고 생각된다.

3) 사회역사적 시각에서 문화론적 시각으로

김태준(1939)이 <춘향전>에서 '인간의 해방(인간적인 평등과 자유를 절규하는 민중의 의지)'을 주창한 이래 판소리 작품에서 주제 내지는 사상을 읽어내려는 경향이 초창기 국문학계에 팽배했다. 이후 세대에도 약간의 세부적인 차이가 있지만 <춘향전>에 대한 이러한 주제적 경향은 변주를 거듭하면서 이어졌다.(조동일:1970, 이상택:1973, 성현경:1985, 박희병:1985 등) <흥부전>에서는 당시의 농촌사회가 신흥부농층과 빈농층으로 계층이 분화되는 현상을 잘 반영하고 있음이 지적되기도 하였고(임형택:1969), 천부의 대두로 인해 가난해진 양반층과 기존의 관념이 얼마나 허위인가를 밝히는 것이 작품의 요점이라고 지적되기도 했다(조동일:1969b). <토끼전>도 지배층의 무능과 알력, 그리고 모순된 정치현실에 대한 서민들의 신랄한 풍자로 읽혀지곤 했다(인권환:1973). <적벽가>에서는 불의한 권력과 지배층에 대한 비판이라는 주제적 의미가 도출되었으며(서종문:1976), <심청전>도 이면적으로는 심봉사나 뺑덕어미의 골계적인 행위를 통해 허망한 유교 윤리를 벗어버리고 현실을 있는 그대로 인정하자는 주장을 담고 있다고 지적되었다(조동일:1971). 이와 같이 판소리 작품들이 당시의 현실인식과 관련된 주제를 담고 있다는 인식이 강력하게 대두되었고, 현실인식과 관련시키지 않더라도 작품에서 고정된 작가의식이나 주제를 찾으려는 노력이 한동안 계속되었다. 물론 사회현실 상황과 관련하여 작가의식이나 주제를 탐색하는 과정에서 작품이 갖는 시대적 의미와 사상적 배경 등이 밝혀진 것은 훌륭한 성과임이 분명하다.

판소리 문학 작품에서 역사적인 차원의 주제 또는 의미층위를 읽어내려는 경향은 텍스트에 고정된 의의를 부여함으로써 안정성을 획득하려는 방책으로서 그 자체의 의의를 부정할 수는 없을 것이다. 그러나 그러한 경향은 작품에서 이념적 내용만을 추출하고 나머지 대부분의 언술과 내용을 무시해버리는 폐단을 낳게 된다. 문학 텍스트란 작가에 의해 치밀하게 조직되고 배열된 유기적 통일체로서 거기에는 작가의 사상이나 이념이 투영될 수밖에 없다고 보는 그런 기계주의적이고 반영론적인 관점은 최소한 적층문학인 판소리 문학의 해석에 그리 적절하지 않을 뿐만 아니라5) 문학의 의미 공간을 너무 협소하게 만드는 측면이 있다. 그것은 문학텍스트를 마치 당대의 이념적 성향을 진술한 사료(史料)처럼 취급하는 것과 그다지 다르지 않기 때문이다.

문학 텍스트 속에는 물론 사회에 대한 현실주의적 시각에 따른 이념적 내용도 들어 있지만 당대의 풍성한 제 문화 현상이 담겨 있다. 텍스트의 표현 자체가 고도의 문화적 응축물인 언어들로 이루어져 있으며, 그 언어들은 무척 다양한 문화적 현상들을 내포하고 있다. 그러한 점에서 우리는 사상이나 이념을 적재하는 도구로서의 언어관으로부터 탈피해 문화를 담지하는 그릇으로서의 언어관으로 시각을 전환할 필요가 있는 것이다.

사실 문학 텍스트의 표층에는 주제나 이념은 나타나지 않는다. 거기에는 인물들의 대화와 행위, 그들이 사용하는 의복·음식·기물·문방도구, 그리고 그들을 둘러싸고 있는 건축물·동식물·주변환경 등등이 널려져 있을 뿐이다. 우리는 그것들을 통해 당대인들의 생각과 당대의 사회문화적인 내용들을 알 수 있고, 그러한 내용들을 사회문화적인 결에 의해 집단화하고 체계적으로 조직함으로써 당대의 사유체계와 배경적 제도와 관습, 그리고 예술취향 등을 적절하게 파악할 수 있으며, 나

---

5) 많은 서술을 문학관습에 맡기고 있는 문장체 고소설에도 적절치 않은 것은 마찬가지라고 생각된다.

아가 작품의 실상을 재인식할 수도 있을 것이다. 그러한 사회문화적인 요소들을 문화소(文化素, cultureme)라고 할 때, 문화소들의 집합이 갖는 배경적 시대적 의미를 공시적으로 또는 통시적으로 비춰본다면 문학 해석은 훨씬 풍요롭게 되리라 생각된다.6) 그리고 현실주의적 시각에 의한 기존의 이데올로기적이고 주제적인 해석 내용이 사회문화적인 시각에 의해 유의미하게 교정될 수도 있을 것이다.

　문화론적 시각은 문학을 보는 시야를 확장해줄 뿐만 아니라 협착한 틀로부터 벗어나 개방적인 분위기 속에 문학 해석을 위치시키는 역할을 한다. 문학이론의 견고한 틀로부터 벗어나 다양하고 폭넓은 퍼스펙티브에서 문학작품을 바라보는 유익한 지점을 확보할 수 있기 때문에 여기에는 여러 학문적 틀과 관점이 합류하는 학제적 시각이 자연스럽게 마련될 수 있다. 예술사와 예술미학, 문화사와 문명사, 민속학과 고고학, 인류학, 음악학 등 문화 관련 학문들이 통문화적으로 유연하게 한 자리에 모여 문학을 그 사회문화적 배경을 통해 투시함으로써 훨씬 더 풍성한 의미망이 형성될 수 있는 것이다.(손태도:1996,2008, 성기련:2003, 이정원:2007, 배연형:2009)

　그러한 점에서 볼 때, 판소리가 내재하고 있는 민족 심성이라든가 기질, 그리고 사상적 기저 내지는 정신적 바탕이 무엇인지에 대해 탐구하는 작업(한명희:1988, 이성천:1997)은 중요한 의미를 담고 있다. 판소리가 우리 전통음악의 흐름의 한 축을 이루고 있음을 상기해본다면, 거기에 내재하고 있을 정신적인 전통에 대한 문화사적인 이해는 꼭 필요한 일이다. 그것은 동양적인 정신세계를 보편적으로 탐구하는 것임과 동시에 한국인의 개성적인 정신세계를 아울러 추구하는 것이다. 판소리에는 중

---

6) Fernando Poyatos, 『Literary Anthropology』, John Benjamins Publishing Co. 1988, pp.3~49.

국의 고대 사상이었지만 동양 제국의 원형질적 유전인자를 형성한 음양사상과 같은 보편적인 정신적 바탕도 기저에 깔려 있을 것이고,(한명희:1988, 김현주:2010) 한국인의 개성이 반영된 신명(神明)이라든가(이성천:1997, 허원기:2001) 비정제성, 그리고 '화이부동(和而不同)'과 같은 개념의 정신세계(이성천:1997)도 깔려 있을 것이기 때문이다. 그리고 판소리의 정신적 바탕을 심층적으로 파고들 때, 그것이 판소리에만 영향을 준 것이 아닐 터이므로 판소리 이외의 음악 장르들과 회화 장르들, 그리고 수많은 문학 장르들과 건축이나 도자기 같은 문화적 산물들과의 연관성이 동시에 추구되는 것(이성천:1997)은 필수불가결한 일이 될 것이다. 한편 판소리를 동아시아 각국의 가창장르와 비교함으로써 동양적 보편자질과 각국의 특이자질을 점검하는 작업 또한 지속적으로 이루어져야 할 것이다.(김익두:2008, 박소현:2008, 박영산:2008, 박은옥:2008, 최원오:2008)

판소리에 끼친 정신적인 경향을 문화론적인 시각에서 투시할 때, 우리는 판소리를 둘러싼 예술미학적인 배경에 대해 착목하지 않을 수 없게 된다. 판소리도 당대의 문화적 분위기를 호흡하면서 탄생한 예술장르라는 점에서 다른 예술 장르들과 문화적 에토스를 나눠 갖고 있을 것이고, 미학적 근간 구조를 공유하고 있을 것이다. 당대의 예술미학이 하나의 큰 틀을 이룬다면, 그 틀을 이루는 미학적 기반이라든가 정신적 배경은 당대의 여러 예술 장르 속으로 틈입되어 있을 것이기 때문이다. 따라서 같은 시대를 호흡한 판소리와 민화의 예술적 재현원리가 어떻게 상동구조를 보이는지를 추구한 작업(김종철:1997) 같은 것은 의의가 막대하다고 하지 않을 수 없다. 그리고 그런 시각이 풍속화까지 연장될 수 있음은 물론이다(김현주:2000). 그것은 판소리에서의 소리의 질감과 풍속화에서의 선이나 색채의 결이 공유하고 있는 미학적이고 정신적인 바탕을 탐조하는 데까지 나아갈 필요가 있을 것이다.

판소리를 문화론적인 시각에서 보면 텍스트의 내용에서 벗어나 판소리를 위치짓게 한 시공간적 콘텍스트에도 눈이 가게 된다. 그럴 때 판소리 문학에서의 유통과 공연의 방식과 조건이 문제가 되는데, 그렇다면 당연히 제반 사회문화적 상황을 배경으로 창자 또는 구송자의 사회문화적 위상이라든가 청중 또는 독자쪽의 유통회로와 그들의 문화적 성격 등이 추구될 것이다. 강창사(講唱師), 강담사(講談師), 강독사(講讀師)라는 여러 이야기꾼들의 성격과 연행 배경을 문제삼은 논의(임형택:1975)는 문화론적인 시각을 일찍이 개진한 것으로서 당시의 판소리 연행에 대한 사회문화적 상황에 대해 유추의 시선을 열어주었으며, 이러한 시각이 본격적으로 전개되어 판소리 창자와 수용자의 사회적 위상과 공연방식이 당대의 구체적인 시공간을 배경으로 추구되기도 했고(김종철:1996a,1996b), 또 판소리와 직접적인 관련은 없지만 당대의 여러 다양한 예술과 문학이 생성되는 시공간을 입체적으로 재구성한 논의(강명관:1999)는 풍속사적 가능성을 보여주었다는 점에서 문화론적 의의를 찾을 수 있다.

한편 판소리가 현재의 예술이기도 하다는 점에서 판소리를 현대의 문화론적 관점에서 보면 판소리를 매개로 한 문화비평도 가능하게 된다. 판소리 공연 현장 그 자체에 대한 비평적인 해석은 물론이고, 판소리와 관련을 갖고 있는 장르들, 즉 창극과 마당극, 그리고 또랑깡대식 신종 판소리와의 상호텍스트적 소통구조라든지 연계전략, 판소리의 세계화 전략 등과 같은 판소리의 미래와 관련된 논의(김대행:2001, 정병헌:2002,2007)도 가능할 것이다. 그리고 판소리에서의 언어전략을 요즘 시대의 각종 매체에서 행해지는 다양한 커뮤니케이션과 관련짓는 작업(류수열:2001)은 판소리의 문화론적 시각을 소통의 테크놀로지 전반으로 확장할 수 있다는 점에서 주목된다. 문화연구 또는 문화분석이 현대의 다방면의 대중문화 장르들, 이를테면 문학과 영화·연극·가요·광고 등을 꿰뚫으면서 이데올로기와 성적(性的) 의미, 그리고 주체와 타자의 위치 등에 대한 문화분석을 수행하듯이[7] 판소리 연구도 무당굿과 민요, 탈춤, 그리고 음악과 회화 등과 같은 당대의 문화 장르들과의 비교를 수행해야 함은 물론이고, 영화 연극 드라마 TV쇼 인터넷 커뮤니케이션 등과 같은 오늘날의 대중문화 장르들과의 상관관계 속에서 판소리의 지향과 미래를 읽어낼 수 있어야 할 것이다.

3. 맺음말

판소리 연구가 현장연행론적이고 콘텍스트적이고 문화론적인 시각으로 변하고 있고, 또 변해야 한다는 지금까지의 논의는 이 세 가지를 별도로 다루었지만 실제로 이 세 가지는 상당 부분 겹쳐지는 시각이기도 하다. 어느 한 시각을 취할 때 자연스럽게 다른 시각들을 취하게 되는 그런 관계로 연결되어 있는 것이다.

이 글의 논의는 판소리 연구가 새로운 방향으로 서서히 전환하고 있으며, 또 전환해야 하는 당위성에 대한 것이었다. 이 글은 판소리 연구가 다이내믹한 연행론적 시각이나 문화론적 관점으로 무장하는 것이 필요하다고 역설한 것이 되는데, 그렇다고 지금까지 우리가 텍스트를 분석해온 방법 내지는 시각이 무용했다고 주장하는 것은 아니다. 판소리 텍스트에 각인되어 있는 현실 세계의 모습을 보기 위해서는 현실주의적 시각이 여전히 필요하며, 역동적인 변화의 전후 관계를 보여주기 위해서는 텍스트를 고정시켜 놓고 보는 정태적인 시각도 때로 필요한

---

7) Antony Easthope, 『문학에서 문화연구로』, 현대미학사, 1994, 161~200면.

것이다. 다만 전통적인 방법으로 판소리 텍스트를 보고자 할 때에도 문화론적이고 연행론적인 시각을 통할 때 이전의 분석 방법으로는 볼 수 없었던 새롭고 심도있는 해석에 다가설 수 있다는 점은 분명한 사실일 것이다. 서사 구조에 대한 심층적이고 공시적인 구조주의적인 분석이나, 개념의 통찰력과 비전을 보여주는 형식주의와 신비평의 방법론들은 여전히 유효하며, 오히려 그것들은 좀 더 철저하게 다듬어져서 역동적인 시각과 합류되어야 할 필요가 있다고 판단된다.

이 글은 「판소리 연구 패러다임의 변화, 그 진단과 전망」(『한국고전연구』 9집, 2003)을 기반으로 하되 현금의 연구동향까지 포괄하여 대폭 수정·보완한 것이다.

제2부

고소설 명편의
새로운 이해

〈최고운전〉의 설화적 전승과
'최치원설화'의 연원

1. 머리말 : 현황과 문제

언뜻 보기에 설화와 소설의 관계는 명확하다. 설화가 소설보다 먼저 출현했고, 소설에 영향을 주기도 했다고 생각된다. 주로 단순한 구성을 가지고 있는 설화보다 상대적으로 복잡한 구성을 하고 있는 소설이 더 후대의 것으로 여겨지기 때문이다. 소설의 경우 종종 인물의 내면까지 그려지기에 더 완결된 양식으로 이해하기도 한다. 이런 생각이 온당치 않은 것은 아니지만, 모든 경우에 언제나 옳다고 인정하는 것은 조금 저어된다. 소설에 영향을 준 설화가 항상 먼저 출현했는지에 대해서도 검증이 필요하고, 소위 '설화의 소설化' 같이 설화가 발전해서 소설이 되었다는 견해에 대해서도[1] 충분한 검토가 필요한 것 같다.

---

1) 설화와 소설의 관계를 규명하려 한 앞선 연구들이 대부분 소설에 무게 중심을 두었는데, 이는 신동흔의 지적처럼 두 장르를 동등한 층위에서 검토하는 것이 아니라 발전적 시각에서 말하고 있다는 한계를 안고 있다. 그래서 설화의 미학과 소설의 미학을 규명하는데 오히려 방해가 될 수도 있는 측면이 없지 않다. 조동일, 『한국소설의 이론』, 지식산업사, 1997, 66~136면 ; 임형택, 「나말여초의 전기문학」, 『한국문학사의 시각』, 창작과 비평사, 1984, 22면 ; 박희병, 「한국고전소설의 발생 및 발전단계를 둘

본고에서 설화와 소설의 관계 전반에 대해 다룰 수는 없지만, 두 장르의 관계 규명을 위한 한 가지 사실을 검토할 생각이다. 설화가 소설에 영향을 주었다는 것이 큰 담론으로는 타당하지만 미시적 수수관계에서도 정말 그런지를 구체적인 근거를 통해 확인해 보고자 한다. 이는 '설화의 소설화'가 보편타당한 명제가 될 수 있는지를 검토하는 것이 되기도 한다.

이론의 여지가 있지만 우리 소설의 시작을 『금오신화』가 출현한 15세기 즈음으로 잡는다면, 후대의 소설보다는 이 시기에 근접한 소설을 대상으로 설화와 소설의 관계를 검토하는 것이 타당성이 더 높을 듯하다. 아울러 설화와 수수관계가 분명한 소설이어야 할 것이다. 이런 점에서 <최고운전>은 알맞은 텍스트다.2) 상당히 이른 시기의 작품일 뿐만 아니라,3) 설화와 깊은 관계를 맺고 있는 소설이기 때문이다.4)

러싼 몇몇 문제에 대하여」, 『한국전기소설의 미학』, 돌베개, 1997, 58~61면 ; 신동흔, 「설화와 소설의 장르적 본질 및 문학사적 위상」, 『국어국문학』 138, 국어국문학회, 2004, 235~276면 참조.

2) 이본에 따라 다양한 제명이 있지만, 가장 일반적인 '<최고운전>'으로 통칭한다. 대본은 先本인 『신독재수택본전기집』에 있는 <崔文獻傳>을 사용한다. 정학성, 『역주 17세기 한문소설집』, 삼경문화사, 2000, 57~127면 참조.

3) 김현룡은 고상안의 『效矉雜記』 근거를 통해 <최고운전>이 1579년 이전에 창작되었음을 밝혔고, 박일용은 『話東人物叢記』를 근거로 1392년 이전으로 비정했다. 현재로서는 『話東人物叢記』의 위작 문제가 있기에 1392년 이전 창작설에 대해서는 어느 정도 유보해야겠지만, <최고운전>이 적어도 1579년 이전에 창작된 것은 분명한 것 같다. 김현룡, 「「崔孤雲傳」의 形成時期와 出生談攷」, 『고소설연구』 4, 한국고소설학회, 1998, 1~28면 ; 박일용, 「<최고운전>의 창작 시기와 초기본의 특징」, 『고소설연구』 29, 한국고소설학회, 2010, 85~115면 참조.

4) <최고운전>과 설화의 관련됨에 대해서는 이른 시기부터 활발한 논의가 있어 왔다. 정병욱, 「최문헌전(崔文獻傳)에 대하여」, 『한국고전의 재인식』, 홍성사, 1979, 269~278면 ; 김현룡, 『韓中小說說話比較研究』, 일지사, 1976, 318~329면 ; 민영대, 「崔忠傳異本研究」, 『한남어문학』 7·8, 한남대 국어국문학회, 1982, 17~50면 ; 이신복, 「崔孤雲傳에 대하여」, 『한문학논집』 1, 근역한문학회, 1983, 57~70면 ; 이혜화, 「崔孤雲傳의

〈최고운전〉과 관련 있는 주요 설화들로 야래자설화, 지하대적퇴치설화, 관부요괴설화(아랑형 설화) 등이 지목되었는데, 본고에서는 지하대적퇴치설화의 경우를 분석할 생각이다. 앞선 연구들에서 다른 설화와의 관련성은 어느 정도 밝혀졌지만, 지하대적퇴치설화와의 경우는 좀 더 살펴볼 부분이 있다. 설화로 전승되는 '최치원설화'5)와 소설 〈최고운전〉의 관계는 어떠한지, 둘 중 어느 것이 먼저 출현한 것인지, 그리고 최치원설화는 과연 지하대적퇴치설화인지 등은 보다 명확해져야 할 것 같다.

본고에서는 이런 점을 〈최고운전〉의 앞대목인 '최치원탄생담'과 최치원설화의 관련성 검토를 통해 밝혀보도록 하겠다. 그래서 설화와 소설이 관계 맺는 한 가지 방식을 확인하고, 최치원설화의 연원을 규명하도록 하겠다.

形成背景研究」, 고려대학교 석사학위논문, 1984, 54~98면 ; 최삼룡, 「崔孤雲傳의 出生譚考」, 『어문논집』 24, 민족어문학회, 1985, 815~831면 ; 최삼룡, 「崔致遠의 人物傳說과 崔孤雲傳」, 『고전문학연구』 3, 한국고전문학회, 1986, 336~360면 ; 한석수, 『崔致遠傳承의 研究』, 계명문화사, 1989, 35~188면 ; 박일용, 「「崔孤雲傳」의 작가의식과 소설사적 위상」, 『고전문학연구』 16, 한국고전문학회, 1999, 145~176면 ; 정출헌, 「〈최고운전〉을 통해 읽는 초기 고전소설사의 한 국면」, 『고소설연구』 14, 한국고소설학회, 2002, 39~45면 ; 권택경, 「「최고운전(崔孤雲傳)」 연구」, 한국교원대 박사학위논문, 2006, 1~298면 ; 이종필, 「〈崔孤雲傳〉의 초기 소설사적 의의에 관한 연구」, 고려대 석사학위논문, 2006, 1~74면 등 참조.
5) 본고에서 '최치원설화'는 〈쌍녀분〉과 같은 내용의 설화나 여타 다른 최치원 관련 이야기가 아닌, 금돼지의 변으로 최치원이 탄생했다는 설화를 지칭하기로 한다. 『韓國口碑文學大系』 '132-1유형'의 여러 각편 참조.

2. 지하대적퇴치설화와 최치원설화의 거리

<최고운전>의 앞 대목에는 최치원이 어떻게 탄생하게 되었는지에 대한 이야기가 나온다. 최충이 문창현에 부임하는데 그 부인이 금돼지의 변을 당해 아들 최치원을 낳는다는 내용이다. 이 최치원탄생담의 주요 내용을 살펴보면 다음과 같다.

① 신라 때 수령의 부인이 사라지는 문창현에 최충이 부임한다.
② 어느 날 부인이 감쪽같이 사라진다.
③ 부인 손에 묶어 두었던 실을 따라가니, 뒷산 바위틈으로 들어갔다.
④ 밤에만 열리는 그 틈으로 들어가 보니, 금돼지가 부인의 무릎을 베고 자고 있다.
⑤ 최충이 온 것을 안 부인이 금돼지에게 약점을 묻고, 그에 따라 鹿皮를 금돼지 목에 붙여 죽인다.
⑥ 최충이 부인을 구출해서 돌아오고, 부인은 최치원을 낳는다.

<최고운전>은 소설이기에 후대로 이어지면서 이본의 변개가 있었지만6) 이 최치원탄생담은 문면까지 거의 같다.

<최고운전>의 최치원탄생담은 민간에서 설화로 전승되는 최치원설화와 내용이 동일한데,7) 그동안 이에 대해 명확한 선후정리가 이루어지

---

6) <최고운전> 이본에 대해서는 윤영옥, 「崔孤雲傳攷-「嶺南大學本」紹介를 兼하여」, 『영남어문학』 3, 1976, 5~20면 ; 민영대, 앞의 논문, 1982, 17~50면 ; 이혜화, 앞의 논문, 1984, 11~38면 ; 한석수, 앞의 책, 1989, 37~72면 ; 권택경, 앞의 논문, 2006, 14~129면 참조.

7) 최치원탄생담과 최치원설화가 동일하기에, 주요 최치원설화 각편의 전문을 인용하지 않고 단락구성만 제시하는 것은 최치원탄생담과 중복되는 번잡함만 야기한다. 그래서 단락구성을 제시하는 것은 생략한다. 최치원설화의 각편은 『韓國口碑文學大系』 '132-1유형'의 자료들을 참조하고, 단락구성과 설화 각편의 편폭에 대해서는 한석수의

지 않았다. 설화가 〈최고운전〉에 영향을 주었다는 식의 포괄적인 언급
이나, 또는 딱히 짚어 언급을 하지 않는 경우가 일반적이었다. 지하대적
퇴치설화가 영향을 주었다고 설명하는 경우에도 명확하지 않기는 마찬
가지였다. 영향을 주었다는 설화가 그들이 지하대적퇴치설화로 분류하
는 최치원설화인지 아니면 다른 지하대적퇴치설화인지 분명하게 지적
하지 않고 지나쳤다.[8]

　이런 문제는 최치원설화를 지하대적퇴치설화의 한 유형으로 분류하
는 시각을 무비판적으로 받아들인 것에서부터 시작된 것이다. 그러므로
우선 최치원설화가 정말 지하대적퇴치설화인지부터 살펴보아야 한다.

1) 지하대적퇴치설화

　지하대적퇴치설화는 전 세계적인 분포를 보이는 설화로 우리나라에
도 오래 전부터 널리 퍼져 전승되었다.[9] 그러면서 다양하게 변이하여
여러 각편들이 생겼는데,[10] 연구자의 주안점에 따라 각기 다르게 유형
을 분류하지만[11] 기본적인 내용은 다음과 같다.

　　정리(한석수, 앞의 책, 1989, 39~72면)를 참조.
　8) 오직 한석수만이 분명하게 최치원설화가 소설의 최치원탄생담에서 나왔음을 지적했
　　을 뿐이다. 하지만 정작 최치원탄생담에 대한 분석은 여러 설화가 간여했을 거라는
　　원론적인 입장에 머물러서, 최치원설화가 지하대적퇴치설화가 아님을 밝히는 것까지
　　는 나가지 못했다. 한석수, 앞의 책, 1989, 37~188, 206~230면 참조.
　9) 손진태, 「地下國大賊除治說話」, 『한국민족설화연구』(『손진태선생전집』 2, 태학사,
　　1981), 613~639면 참조.
　10) 자세한 각편은 『韓國口碑文學大系』 '134-1유형'의 각편 참조.
　11) 유형 분류에 대해서는 주명희, 「婦女拉致型 大賊退治說話考」, 『韓國古典散文研究』,
　　동화문화사, 1981, 21~54면 ; 이혜화, 앞의 논문, 1984, 58~62면 ; 이채연, 「〈대적퇴
　　치〉 설화의 탐색담적 구조와 의미」, 『한국문학논총』 11, 한국문학회, 1990, 225~244면
　　; 김기창, 「지하국대적퇴치설화 연구」, 『국제어문』 18, 국제어문학회, 1997, 23~65면

① (한량)이 있다.
② 대적이 (부잣집 딸)을 납치해 가자, 구해주는 자에게 상을 내린다고
한다.
③ 한량이 조력자를 만나 도움을 받아 대적이 있는 지하세계로 간다.
④ (딸의 도움을 받아) 대적을 퇴치한다.
⑤ (부잣집 딸)을 구출하여 귀환하고 그녀와 결연한다.

팔호 친 부분은 설화 각편에 따라 명시적인 것이 바뀌는 부분이지만
서사적 기능은 동일하다.[12] 그리고 ④에서 지하대적을 퇴치하지만 조
력자의 배신으로 지하에 갇혔다가 탈출하는 각편도 있고, ⑤에서 잡혀
간 부잣집 딸이 배신하여 한량이 딸의 여종과 맺어지는 각편도 있는데,
역시 큰 줄기는 같다. 즉, 주인공이 한량, 무사, 선비 등으로 다양하게
변이하지만 지하대적을 퇴치하는 영웅적 행동을 하기는 마찬가지이고,
납치되어가는 여성도 부잣집 딸, 공주, 부녀자 등 각편마다 다르지만
그녀들이 기존 사회의 기득권을 가진 상층에 속한다는 점은 동일하다.
물론 지하대적은 기존 사회 질서를 어지럽히는 존재로 기능한다.
　지하대적의 출현은 사회에 큰 해악을 초래하는 문제적 상황이 아닐
수 없는데, 납치당한 여성들의 수가 상당하고 훔쳐간 금은보화 역시 많
은 것으로 미루어, 그의 행패는 지속적이고 극심했음을 알 수 있다. 하
지만 아무도 이 문제를 해결하지 못한다. 신출귀몰한 대적의 정체는 물
론 대적의 소재조차 파악하지 못한다. 그야말로 사회의 질서와 기강이
무너질 대로 무너진 혼돈 상황이다. 이때 한량이 나타나 대적을 퇴치하

참조.
12) 프로프는 민담을 구성하고 있는 요소의 '기능적 측면'이 민담 구성의 핵심임을 강조
하고, 이를 통해 유형화를 꾀했다. 블라디미르 프로프『민담형태론』, 유영대 옮김, 새
문사, 1987, 24~72면.

고 납치된 여성을 구출해 귀환한다. 한량은 기존 사회에 도전하는 근본적인 문제를 해결하고 훼손된 질서를 바로잡는 영웅인 것이다.

결국, 지하대적퇴치설화는 당대 질서를 어지럽히는 대적을 제거하는 영웅의 이야기라고 할 수 있다. 이 영웅은 당대 사회를 위협하는 이질적인 존재를 퇴치하여, 도전받는 기존 질서를 회복하고 공고히 하는 역할을 한다. 이 영웅은 새로운 질서를 창출·구현하는 것이 아니라 기존 질서를 재건·회복하는 기능을 하고, 구해낸 여성과 결합함으로써 궁극적으로 기존 질서에 편입한다. 서사는 그것을 '행복'하다는 것으로 이해한다. 이렇게 행복하게 끝나는 지하대적퇴치설화는 결국, 뭔가가 '어지럽힌 것'을 다시 '되돌리는' 이야기인 셈이다.13)

2) 최치원설화

지하대적퇴치설화에서 극명하게 두드러지는 것은 지하대적과 한량의 대립이다. 지하대적은 퇴치되어 마땅한 부정적 존재이고 한량은 바라마지 않던 긍정적 존재이다. 그러므로 지하대적에게 납치당한 여성들은 그의 압제 속에서 살지만 결코 그에게 굴복해서는 안 된다.14) 왜냐하면 지하대적이 부정적 존재이기 때문이다. 그래서 일부 각편에서는, 지하대적에게 굴복해 그와 야합한 부잣집 딸들이 영웅 한량에게 버림받고 지하대적과 함께 퇴치당하고, 대신 그녀의 몸종이 구출되는 것으로 변이된다. 귀족 여성이 버림받고 천한 몸종이 선택받을 정도로,

---

13) 지하대적퇴치설화를 주인공의 측면에서 보면 영웅의 탐색담이자 영웅의 입사식 (initiation) 이야기이고, 이 영웅이 궁극적으로 실현하는 가치의 측면에서 보면 무너지는 질서를 바로잡아 재건하는 이야기이다.

14) 그녀들이 성적 순결을 유지한 것으로 서사에 두드러지게 나타나는 것이 바로 그런 관념이 외현화된 것이다.

지하대적퇴치설화에 내재하고 있는 옳고 그름의 이분법적 대립은 극명하다.

하지만 최치원설화는 그렇지 않다. 지하대적퇴치설화라면 버림받았을 부인이 구출되고, 돌아온 그 부인은 아들 최치원을 낳는다. 자식을 낳는다는 것은 지하대적퇴치설화에서 볼 수 없는 일이다.[15] 왜냐하면 지하대적퇴치설화는 기존 질서에 도전한 대적을 퇴치하고 현 질서를 회복한다는 내용의 설화로, 잡혀갔던 부녀자들의 출산에 의한 2세 출현은 있을 수 없다. 만약 출산한다면 그 2세는 지하대적의 자식이고, 그렇다면 지하대적이 초래한 기존 질서에 대한 도전은 여전히 유효한 진행적인 도전이며, 결국 궁극적인 질서 회복은 이루어지지 않은 것이기 때문이다. 각편에 따라 잡혀간 부녀자들이 성적으로 순결을 유지했다는 점이 과도하게 부각되기도 하는데,[16] 이는 단순히 순결 이데올로기 때

---

15) 연구자들이 지하대적퇴치설화로 구분한 것 중, 자식 낳는 것은 최치원설화와 『태평광기』의 <구양흘> 이야기이다(이혜화, 앞의 논문, 1984, 58~62면 참조). 본문에서 말하겠지만 최치원설화는 창작된 소설 <최고운전>에서 비롯한 설화이고, <구양흘> 이야기 역시 중국문헌에 기록된 각편이다. 즉, 민간에서 전승되는 지하대적퇴치설화와 거리가 있다. 만약 그럼에도 불구하고 '자식을 낳는 지하대적퇴치설화가 있다'고 군이 유형을 분류한다면, 그렇게 자식을 낳는 지하대적퇴치설화의 기능과 의미가 무엇인지, 기존 유형과 어떻게 다른 것인지에 대한 설명이 있어야할 것이다. 그것은 분명 '기존 질서를 재건하는 영웅 이야기'는 아닐 것이다. 그렇다면 그것은 본래의 지하대적퇴치설화와는 거리가 있는 다른 설화군이라 해야 온당하다.

여기서 <구양흘> 이야기에 대해 간략히 언급하면, <구양흘> 이야기는 <최고운전>에 영향을 준 것으로 여겨진다. 둘을 비교하면 <구양흘> 이야기는 납치된 여인에 의해 뛰어난 인물이 출생한다는 점에서는 <최고운전>과 같지만, 납치된 여성의 역할이 축소된 것이나 지하대적에 해당하는 白猿이 자신의 내면을 길게 진술하는 것, 白猿이 태어난 자손을 잘 길러달라는 부탁을 하는 등 향유자에 따라 동일시가 가능하도록 일정 부분 긍정적인 측면을 열어놓았다는 점에서 <최고운전>과 다르다. 이런 차이는 <최고운전> 작가의 미적 감식안에 의해 선별되어 소설로 창작되는 과정을 거친 것이라 할 수 있다. 이런 구체적 차이와 의미는 본고의 범위를 넘어서므로 자세한 것은 지면을 달리해 논하겠다.

문만이 아니라 돌아온 부녀자들이 결코 출산을 해서는 안 된다는 생각이 설화 전승자들의 의식 속에서 작용하기 때문이다.

물론 지하대적과 잡혀간 여성들과의 성관계는 전제되는 경우가 대부분이다. 지하대적이 여성들의 넓적다리를 베고 잠이 든다는 것은 성관계의 은유가 분명하다. 하지만 이때 성관계는 생산을 위한 성이 아니라, 지하대적 입장에서는 쾌락적 즐김의 성이고, 잡혀간 여성들과 빼앗긴 기존 세계 입장에서는 질서의 훼손을 의미하는 성이다. 잡혀간 여성들이 기득권을 가지고 있는 고위 신분이라는 점이나 처녀가 아닌 유부녀까지 있다는 점을 생각하면, 이들이 잡혀가서 당하는 성관계는 능욕의 문제가 되며, 이는 기존 질서를 모욕·훼손하는 행위이다. 이렇게 지하대적이 여성을 납치해가는 목적은 기존 질서를 혼란시키려는 것이지, 자신의 자식인 다음 세대 출산을 위한 방편이 아니다.

무엇보다 '최치원'처럼 특출한 다음 세대 생산을 위한 성이라고 보기에는 잡아간 여성들이 너무 많다는 것도 문제가 된다. 특정 여성으로 한정되는 것이 아니라, 지속적으로 다수의 여성이 납치되었다는 것은 확실히 쾌락과 모욕·훼손의 문제와 연결됨이 분명하다. 아울러 지하대적이 많은 재물을 뺏어간 것도 기존 질서의 붕괴를 초래하는 행위로 기능하는 것이다. 결국 지하대적이 '부녀자'와 '재물'을 뺏어가는 행위는 기존 질서를 능욕·훼손하는 행위이지, 새 세대를 출산하기 위한 방편이라고 할 수 없다.

이렇게 볼 때, 최치원설화는 지하대적퇴치설화와 꽤 다름을 알 수 있다. 설화전승자들은 모두 '최치원이 금돼지의 아들'이라는 점을 인정한다.[17] 이것은 중요한 지점인데, 결국 부인과 지하대적인 금돼지와의 성

---

16) 여성이 자신의 넓적다리를 보여주며 '헐미'를 내서 잠자리를 피했다고 말하는 화소나, 지하대적이 암컷이었다는 서술을 부가하는 등과 같은 것이 그것이다.

관계가 있었다는 것으로, 결국 부인이 퇴치되어 마땅한 지하대적을 부정하지 않았다는 것이고, 그런데도 구원받았으며, 나아가 그렇게 출산한 다음 세대인 최치원이 특출한 인물이라는 점에서, 지하대적인 금돼지를 부정적으로 보아야하는지에 대한 시각에 혼선이 빚어진다.18) 옳고 그름이 분명한, 그래서 지하대적은 퇴치되고 그에 동조했던 부잣집 딸 역시 버림받는 명쾌하고 분명한 지하대적퇴치설화와 일정한 거리가 있다.

이렇듯 최치원설화는 지하대적퇴치설화가 가지고 있는 의미와 기능에서 일정 부분 벗어난 설화이다. 최치원설화를 지하대적퇴치설화로 함께 묶어 보는 것은 온당치 않은 것 같다.

3. 〈최고운전〉과 최치원설화의 선후관계

앞의 논의를 통해 최치원설화는 지하대적퇴치설화와 어느 정도 거리가 있는 설화임을 알았다. 그렇다면 민간에 전승되는 최치원설화는 어떤 설화인지, 어떻게 발생해서 전승된 것인지가 궁금해진다. 훌륭한 인물의 탄생담이 꽤 많이 다양하게 전해지는데도 불구하고, 유독 최치원에 대한 이야기만은 최치원설화로 묶을 수 있을 정도로 강한 결속력을 보이고 있다. 이는 분명 규명해야할 문제이다.

---

17) 소설의 경우 이 점을 '최충의 처가 임신한 이후 금돼지의 변을 당했다'는 것으로 우회하고 있다. 하지만 설화는 모두 최치원이 금돼지의 자식이라는 점을 분명하게 언급한다.

18) 이런 혼선은 여기에 지하대적퇴치설화만이 아닌 야래자설화가 혼재되어 있기 때문이다. 이 두 설화가 어떻게 조합·확장되었는지에 대한 것은 지면을 달리해 심도 있게 논할 것이다.

여기서 우리가 주목할 것이 최치원설화가 소설 〈최고운전〉의 최치원탄생담의 내용과 같다는 점이다. 물론 설화인 최치원설화는 다양한 각편의 변이가 있기에 〈최고운전〉과 완전히 부합하는 것에서부터 조금 떨어진 것까지 약간의 편폭이 있기는 하다. 하지만 최치원설화로 묶을 수 있는 모든 설화가 최치원탄생담과 유사함은 분명하다.[19]

소설의 일정 대목과 설화가 동일하다면, 우리가 추측해 볼 수 있는 경우는 다음 두 가지라 하겠다.[20]

> 〈가설1〉 설화 → 소설 : 최치원설화가 〈최고운전〉의 최치원탄생담으로 삽입
>
> 〈가설2〉 소설 → 설화 : 〈최고운전〉의 최치원탄생담이 최치원설화로 전해짐

가설1의 경우는 최치원설화가 독립적인 하나의 완결된 설화로 존재하고 있었는데 그것이 〈최고운전〉 작가에 의해 텍스트 속에 삽입되었다는 설명이다. 이 가설에는 몇 가지 선결해야할 문제가 있다.

ⓐ 최치원설화가 〈최고운전〉보다 앞서 전승되어 있었다는 사실 규명
ⓑ 최치원설화에 다른 설화가 섞여 있다는 지적에 대한 대안
ⓒ 최치원설화에 '금돼지', '녹피' 등 명시적인 것이 바뀌지 않고 강한 결속력을 갖는 이유 설명
ⓓ 최치원설화 각편 중에 허구적 공간인 '문창현'이 나오는 이유 해명

---

19) 설화 각편에 따라 탄생담 부분이 아니라 〈최고운전〉의 다른 부분인 파경노 화소, 중국에서 낸 문제 풀이 화소 등 소설 끝부분까지 전부가 있는 경우도 있다.

20) '설화 → 소설 → 설화'의 가능성이 제기될 수도 있다. 하지만 최치원탄생담과 최치원설화가 동일하다는 점을 감안한다면, '설화 → 소설' 또는 '소설 → 설화'의 경우 중 하나에 포함된다 할 수 있다.

ⓐ의 경우는 가장 중요한 사실이면서도 가장 확인하기 어려운 사실이다. 소설의 창작시기는 어느 정도 가늠할 수 있지만, 설화는 그렇지 않다. 설화의 채록 시기가 근대이긴 해도 그 설화의 발생시점은 가늠할 수 없는 먼 옛날일 수도 있기 때문이다.

하지만 다행히도 ⓐ의 경우에 대해 어느 정도 방증할 수 있는 단서가 있다. 바로 『효빈잡기(效顰雜記)』의 기록이다.

고상안(高尙顔 : 1553~1623)이 젊은 시절에 보령 군수 김황(金滉)이 내 보여준 소설 <최문창전(崔文昌傳)>[21]을 보고 매우 신기해하며, 금돼지 문제에 관해 관심을 표했는데,[22] 이를 보면 적어도 젊은 고상안이 <최고운전>을 보았던 1579년 이전에는 금돼지 이야기가 널리 퍼져 있는 설화가 아니라는 것을 알 수 있다. 또, 말년의 고상안이 『효빈잡기』에 이 일화를 기록하면서, 당사(唐史)를 열람하다 깨달았다며 <백원전(白猿傳)>의 효빈이라고만 지적했는데, 이를 통해 그가 늘그막까지 '최치원이 금돼지의 자식'이라는 이야기를 민간에서 들어보지 못했다는 것을 알 수 있다. 그런 이야기를 들었다면 그에 대해 언급했을 것이다. 그때까지 금돼지가 최치원을 낳았다는 이야기를 김황이 보여준 소설 외에서는 보지도 듣지도 못했기에, 굳이 당사를 열람하다 깨달았다는 이야기를 끌어들여 설명한 것이다. 이렇게 보면, 고상안이 얼마나 넓은 견문을 가지고 있느냐는 문제는 차치하더라도, 그의 경우에 소설 <최고운전>에서 처음 '최치원이 금돼지의 자식이다'는 것을 읽었지, 민간에서 전승되는 설화에서 들은 것이 아니라는 것이 확실해진다. 조금 더 나간다면, <최고운전>이 출현하기 전에는 민간에 그런 설화가 전승되지 않았다고도 추측해 볼 수 있다.[23]

---

21) <최고운전>의 이본으로 여겨진다.
22) 김현룡, 앞의 논문, 1998, 8면 참조.

이렇게 비록 정황 증거이긴 하지만, 만약 〈최고운전〉보다 최치원 설화가 후대의 것이라면, '소설→설화[가설2]'일 가능성이 더 높다 하겠다.

ⓑ의 경우는 어느 정도 연구자들에 의해 간접적으로 지적되어 온 사실이다. 앞서 말했듯이 최치원설화와 〈최고운전〉의 최치원탄생담이 동일하다. 선행 연구 대다수가 〈최고운전〉의 최치원탄생담에 대해 야래자설화, 지하대적퇴치설화, 관부요괴설화(아랑형 설화)의 영향을 논했는데, 그렇다면 결과적으로 선행 연구들은 모두 최치원설화가 야래자설화와 지하대적퇴치설화의 영향관계에 있음을 간접적으로 언급한 셈이다. 즉, 최치원설화가 〈최고운전〉보다 선행하려면, 지금 우리가 향유하듯 최치원설화 그대로의 단독적 형태로 발생·전승되고 있었다는 말이고, 그렇다면 그것은 최치원설화가 발생에서부터 앞서 언급한 여러 설화들의 조합에 의한 설화라는 말이 된다. '과연 여러 설화가 합해진 설화가 출현하는 것이 가능하냐?'는 질문에서부터 '그렇게 발생한 최치원 설화의 의미와 기능은 무엇이냐?'까지 다양한 질문이 이어지지 않을 수 없다.

최치원설화가 다양한 설화가 결합된 형태라면, 그것이 설화로 시작되었다기보다는 일정한 목적을 가진 특정 작가에 의해 의도적으로 창작된 것일 가능성 쪽에 더 무게가 실린다. 더욱 〈최고운전〉 작가는 이 최치원탄생담 말고도 〈최고운전〉 텍스트 전반에 상당수의 설화들을 삽입하여 의도적으로 조합·변용을 꾀하고 있기에 더욱 그렇다.24)

---

23) 고상안은 『效嚬雜記』에서, 〈최고운전〉이 〈白猿傳〉의 효빈이라는 지적을 하면서 "금돼지 이야기는 사건 꾸미기 좋아하는 사람들에 의해 나왔다"(김현룡, 앞의 논문, 4면에서 재인용)고 지적했다. 〈최고운전〉의 창작에 대한 그의 생각이다. 그의 논평이 얼마나 날카로운지는 관점에 따라 다를 수 있지만, 의미 있게 받아들여야할 것 같다.

24) 최치원탄생담 이외의 부분에서도 다수의 설화가 적용되었음은 정병욱에서 시작된

ⓒ의 경우는 최치원설화가 상당히 공고한 결속력을 보이고 있음에 대해 해명이 필요하다는 점을 지적한 것이다. 설화는 그 기능을 유지하는 한, 각 시기와 지역에 따라 명시적으로 드러나는 것들이 편차를 보이는 것이 일반적인데[25] 최치원설화는 그렇지 않기 때문이다. 다시 말하면, 설화 전승에서 중요한 것은 화소의 기능이지 표면에 드러나는 것이 아니다. 표면적인 것은 기능을 유지하는 한, 지역과 상황에 따라 쉽게 바뀐다. 앞서 지하대적퇴치설화에서 보았듯이 딸이 공주가 되기도 하고 부인이 되기도 하고, 한량이 선비가 될 수도 있고 무사가 될 수도 있다. 그렇게 시대와 지역에 따라 변이하는 것이 자연스러운 것이다. 그런데 최치원설화는 전승되면서 향유층의 시공간적 상황에 따라 다양하게 유동하는 것이 아니라 특정 내용은 고정된 모습을 유지한다. 지하대적은 꼭 '금돼지'이고 그를 퇴치하는 방법도 언제나 '녹피(鹿皮)를 붙여 죽이는 것'이며, 탄생하는 인물도 항상 '최치원'이다. 이렇게 표면적이고 명시적인 것이 크게 바뀌지 않고 전승되는 것은 그 이야기가 명시적인 것까지 구속할 정도로 강한 결속력을 가지고 있다는 것이다. 즉, 뭔가가 강하게 잡아매는 구심점 역할을 하고 있는 것이다.

구심점이 될 만큼 확고한 것, 금돼지와 녹피처럼 명확한 것까지 분명하게 규정하고 있는 것은 기록으로 된 텍스트일 가능성이 높다. 최치원설화의 경우 소설 <최고운전>이 그 역할을 했을 것으로 보인다. 구비 전승되는 최치원설화가 기록으로 전승되는 <최고운전>의 텍스트 때문에 기록된 범위에서 크게 벗어나지 못하고 고정화된 것이다. 설화 중에,

---

초기 연구부터 줄곧 지적되어온 사실이다.

25) 프로프는 민담을 구성하고 있는 요소의 '기능적 측면'이 민담 구성의 핵심임을 강조하고, 이를 통해 유형화를 꾀했다. 이때 중요한 것은 명시적으로 드러나는 양상이 아니라 그 기능을 담당하는 핵심 요소이다. 블라디미르 프로프, 앞의 책, 1987, 24~72면.

출생과 금돼지 퇴치는 물론 파경, 혼인, 석함 문제, 중국 활동 등까지 거의 소설의 전 부분과 유사한 각편이 있을 정도다. 이는 분명 '소설→ 설화[가설2]'의 방향으로 수수관계가 있었음을 의미한다.

최치원설화가 소설에서 시작되었다고 해도, 이후 최치원설화는 설화로 전승되었기에 모든 요소가 언제나 완벽하게 소설의 내용과 일치하는 것은 아니다. 사슴 가죽이 노루 가죽 정도로 바뀌는 편폭이 있기 마련이다. 여기서 한 가지 눈여겨 볼 것이 있는데, 바로 최충이 부임하는 고을의 지명이다. 설화가 〈최고운전〉처럼 '문창(文昌) 고을'인 경우도 있지만,26) 다른 지명인 경우가 대다수다. 이는 설화가 전승되면서 지역적 기반에 영향을 받아 바뀐 것이다. 금돼지 굴이 있다는 근거를 들면서 자기 고장을 말하는 경우가 꽤 많은데, 특히 평북 철산(鐵山)이나 전북 옥구(沃溝)처럼 구체적인 지명이 나타나기도 한다. 물론 해당 지역에서 최치원설화가 발생한 것은 당연히 아니다.27)

숭앙받는 최치원이 자기 고장 사람이라는 것을 드러내기 위해 설화의 지명을 자기 고장으로 바꾸었다는 것을 생각하면, 역시 '소설→설화 [가설2]'의 근거가 됨을 방증할 수 있다. 철산, 옥구처럼 구체적인 지명 외에도 '문창 고을'이 나오는 각편이 있기 때문이다. 실제 현실에 문창 고을이 존재하고 그곳에서 전승되는 설화라면 문제가 없겠지만, 실상은

---

26) 한석수, 앞의 책, 1989, 237~239면 자료 참조.

27) 여러 사료와 전승되는 설화들을 중심으로 최치원을 沃溝 출신으로 보는 것이나(최삼룡, 앞의 논문, 1985, 815~831면), 지명을 거론하며 민간적 무속적 담론 층위에서 형성되었다고 논한 것(정출헌, 앞의 논문, 2002, 39~45면)이 타당성을 얻으려면 우선 논거로 활용한 각종 사료들이 소설 〈최고운전〉의 창작 연도보다 선행한다는 것을 논증해야 할 것이다. 또한 최치원이 두 군데서 동시에 출생할 수는 없는 노릇이므로, 비록 최치원설화가 鐵山이나 沃溝 둘 중에 한 곳에서 발생했다 해도 둘 중 한 곳의 전승은 설화적 변용인 것이 분명하다. 아울러, 최치원이 鐵山, 沃溝 출신이 될 수 없음에 대해서는 한석수가 이미 명쾌하게 논증했다. 한석수, 앞의 책, 12~18면 참조.

전혀 다르다. 왜냐하면 최충이 부임한 '문창'은 <최고운전> 작가가 '문창후(文昌侯)'였던 최치원에서 착상해서 창조해낸 가상의 공간이기 때문이다. 즉, 지역적 기반에 아무 상관없는 '문창 고을'이 설화 각편에 보이는 것은 소설에 '문창 고을'이라 되어 있기 때문이다.

<최고운전>의 최치원탄생담이 설화로 전승되었음[가설2]은, 소설 <최고운전>의 내용을 사실(史實)처럼 받아들였던 것에서도 어느 정도 찾을 수 있다. 소설 향유자들은 <최고운전>의 등장인물 나씨(羅氏)를 최치원의 진짜 처로 생각했다. 그래서 『경주최씨대동보』에 "羅州 羅氏 承相 業의 딸"로 올릴 정도였다. 신라 관직명에 승상(承相)이 없고, 그렇기에 근본적으로 '나업(羅業)'이란 승상은 존재할 수 없다[28]는 것 등은 전혀 개의치 않았다. 이렇게 작가가 창조한 캐릭터 '나업'을 실존인물로 여길 정도로 향유자들은 <최고운전>의 이야기를 진실처럼 받아들였다. 이런 분위기 속에서 소설에서 파생된 최치원설화가 강한 구심력을 갖는 소설 텍스트에 맞춰 전승하게 되었던 것이다.

소설을 향유한 자들에 의해 소설이 회자되면서 민간에서 소설의 내용이 설화로 전승되는 경우는 이 <최고운전>의 경우 외에도 꽤 있다. <콩쥐팥쥐>, <박씨전> 같은 작품은 물론, <옥루몽>처럼 특정 작가의 창작이 분명한 작품까지 구비 전승되고 있음을 구체적으로 확인할 수 있다.[29]

이상의 논의를 통해 보면, 최치원설화가 <최고운전>에 삽입된 것[가설1]이 아니라, 오히려 <최고운전>을 향유한 자들에 의해 최치원설화

---

28) 한석수, 앞의 책, 1989, 138~142, 207면.

29) <콩쥐팥쥐>는 『韓國口碑文學大系』 1-4권 786~789면, 1-9권 246~252면, 1-9권 460~466면 등 '441-1유형', <박씨전>은 1-7권 912~915면 등 '231-5유형', <옥루몽>은 8-9권 544~562면 참조.

로 파생되었을[가설2] 가능성이 훨씬 크다는 것을 알 수 있다.

4. 맺음말 : 앞으로의 과제

같은 서사 장르에 속하는 설화와 소설은 오랜 인연을 맺고 있는 장르이다. 보통 설화를 소설보다 못한 장르처럼 인식하는 통념에 기반한, 발전론적 사고에 따라 설화가 소설에 영향을 주었다고 생각하기 쉽다. 이렇게 설화가 소설에 영향을 주었다는 생각이 확대되어 고정된 '설화의 소설화' 같은 관념은, 그래서 설화의 설화다움과 소설의 소설다움을 탐색하는데 장애가 되는 경우가 종종 있다. 실제로 대부분의 경우 설화가 소설에 영향을 주었을 테지만 꼭 그렇게 일방향적이지만은 않다. 본고에서는 〈최고운전〉의 최치원탄생담과 최치원설화를 통해 이런 점을 살펴보았다.

크게 두 가지 점인데, 우선 〈최고운전〉의 최치원탄생담과 동일한 내용으로 되어 있는 최치원설화를 검토해 보았다. ㄱ동인 최치원설화를 별다른 검증 없이 지하대적퇴치설화와의 유사성으로 인해 지하대적퇴치설화로 묶었다. 하지만 최치원설화는 지하대적퇴치설화라 하기 어렵다. 기존 사회 질서를 훼손하는 지하대적을 퇴치하는 영웅의 이야기인 지하대적퇴치설화는 2세 출현이 있을 수 없기 때문이다. 납치된 여성이 부정적 존재인 지하대적에게 굴복해서는 안 되기 때문이다. 더욱 최치원처럼 뛰어난 인재를 출산한다는 것은 지하대적이 긍정적 존재로 기능할 수도 있음을 암시하는 것이어서, 지하대적퇴치설화가 지니고 있는 분명한 의미망을 훼손한다.

다음으로 〈최고운전〉의 최치원탄생담과 최치원설화의 선후관계에 대해 검토해 보았다. 고상안의 『효빈잡기』를 통해 <최고운전>이 최치원설화보다 먼저 출현했을 가능성과, 최치원출생담/최치원설화에 여러 설화가 영향을 주었다는 사실, 소설에서나 가능한 '금돼지', '녹피', '문창고을'과 같은 명시적인 것들이 설화에서도 그대로 이어진다는 점 등을 통해 소설 <최고운전>을 향유했던 사람들에 의해 최치원설화로 민간에서 전승되었을 것으로 판단했다. 아울러 <최고운전>을 사실처럼 받아들였던 당시 정황도 확인했다.

본고의 이런 두 가지 검토 결과는 향후 이루어질 <최고운전>의 작가의식과 창작 방법 문제와 깊이 연관된다. 최치원탄생담이 지하대적퇴치설화가 아니지만 유사하게 구성되어 있는 것이나, 창작된 최치원탄생담이 민간에서 설화로 유통하게 된 것은, 모두 소설 <최고운전>의 작가가 특정 목적에 의해 창의적으로 소설을 창작해낸 결과에 기인한다.

거듭 말하지만 최치원탄생담이 지하대적퇴치설화가 아닌 것은, 앞선 연구자들이 지적처럼 소설의 해당 부분이 지하대적퇴치설화와 야래자설화, 관부요괴설화가 조합된 형태이기에도 그렇다.30) 이들 여러 설화들이 어떻게 소설 속에 조합하게 되었는지(창작 방식)와 그렇게 설화들을 소재로 조합한 이유(작가의식)에 대해서는 보다 면밀한 검토가 필요하지만,31) 일단 이들 설화가 조합된 것이 최치원탄생담이라면 결코 최

---

30) 필자는 관부요괴설화에 대해서는 기존 논의와 생각을 달리한다. 관부요괴설화는 官府에 나타난 원혼을 신원해주는 것이 주된 내용인데, 최치원탄생담에는 원혼도, 신원도 존재하지 않기 때문이다. 단지 관부에 정체 모를 존재가 나타난다는 것만을 들어 동질적이라고 보는 것은 온당치 않은 것 같다. 이에 대한 자세한 논의는 <최고운전>의 작가의식과 창작 방법을 분석하는 후속 연구로 미룬다.

31) 이에 대한 가장 주목할 연구는 박일용(앞의 논문, 1999, 145~176면)이다. '문제적 인물로서 최고운의 삶이라는 거시축과 그것을 구성하는 세부 화소들과의 의미 교합 양상을 정합적으로 해석해내어 작가의식과 연결시킨 것'이나 '최고운의 탄생담을 지

치원탄생담은 그 원천소재의 하나인 지하대적퇴치설화로 분류될 수 없다. 그런 분류는 논리적 결함을 일으킨다. 조금 유보해서 최치원설화를 지하대적퇴치설화의 확장형으로 이해하는 시각[32]을 인정한다 해도 문제는 여전하다. 그런 확장형이 생긴 이유는 무엇인지, 어떻게 해서 생긴 것인지, 그런 확장형의 의미망은 분명 원형이라 할 수 있는 지하대적퇴치설화의 의미망과 충돌하는데 그것을 어떻게 이해할 수 있는지, 그리고 그렇게 의미망이 충돌하는 것을 확장형으로 볼 수 있는지, 등에 대해 해결해야 한다.

이는 최치원설화에 지하대적퇴치설화만이 아닌 야래자설화가 결합되어 있기 때문이다. 이 점은 앞서 지적했듯이, 최치원설화가 최치원탄생담과 동일하므로 앞선 연구자들의 지적과 맥을 같이 하는 것이다. 그간의 문제는 〈최고운전〉의 최치원탄생담에 대해서는 여러 설화가 개입했다고 지적하면서도, 최치원탄생담과 동일한 최치원설화에 대해서는 단순히 지하대적퇴치설화의 한 유형으로 분류한 점이다.[33]

하국대적퇴치설화보다는 야래자설화에 가까운 것'으로 해서채낸 점, '지하국대적퇴치설화와 야래자설화는 대극적 성격을 지녔다'고 명쾌히 분석한 점, 작가가 '민담적 성격의 지하국대적퇴치설화와 전설적 성격의 야래자설화를 결합시켜 질적 전환을 이룩하였다'는 점 등은 타당한 분석으로, 필자 역시 동의한다. 하지만 야래자설화와 지하대적퇴치설화의 결합 양상을 보다 면밀히 분석해내는 데까지 나가지 못했다는 아쉬움이 있다. 그래서 작품에서 최치원이 보여주는 일련의 행동을 야래자설화가 아닌 지하대적퇴치설화와 유사한 것으로 본 점이나, 최치원 실패의 근본 원인을 추적하는 등에서 좀 더 논의할 부분이 있다고 생각한다.

32) 대부분의 연구자들은 지하대적퇴치설화와 최치원설화의 차이를 인지해 따로 분류했다. 이를 '확장형'이란 명칭을 사용해 구분한 연구도 있고 그렇지 않은 경우도 있지만, 따로 분류했다는 것만으로도 두 설화의 일정 부분 간격을 충분히 인식하고 있음이 분명하다.

33) 여기서 '얼마나 〈최고운전〉의 최치원탄생담과 최치원설화가 相似한가?'의 문제가 불거질 수 있는데 이에 대해서는 한석수를 비롯한 앞선 연구에서 정치하게 비교했다. 한석수, 앞의 책, 1989, 35~188면 참조.

여기서 자연스레 이어지는 것은, 이런 최치원설화는 과연 민간에서 설화로 발생한 것이 우선이냐의 문제이다. 본고의 검토 결과와 달리, 최치원설화가 설화 형태로 소설보다 먼저 존재했다고 한다면 <최고운전>의 작가가 이 설화를 그대로 작품 속에 수용한 것이 된다. 만약 그렇다면 지하대적퇴치설화와 야래자설화가 결합되어 있는 최치원설화에 대해 문학사적으로 새롭게 조망해야 할 필요가 생기는데, 완결된 특정 설화들이 상호 결합하여 다른 특정 설화를 만들어냈다는 것은 주목할 만한 것이다. 과연 민간에서 전승되면서 두 설화가 결합하여 하나의 독창적인 설화가 탄생할 수 있는 것인지, 그 결과로 만들어진 설화가 분명하게 '금돼지', '최치원', '녹피' 등의 명시적인 것을 간직하게 되는 것인지 등 의문이 이어진다. 필자는 앞서 검토한 바와 같이 소설의 최치원탄생담이 설화의 최치원설화보다 먼저라고 생각한다. 이는 특정 작가가 <최고운전>을 창작하면서 여러 설화를 소재로 가져와 의도적으로 조합했다고 보는 것이다. 이런 시각은 <최고운전>의 최치원탄생담 대목 외에도 다른 대목에 수다한 설화들이 이용되었다는 것을 볼 때 더 합리적이고, 특정 작가의 의도적 조합이 민간에서 자연발생적으로 합해지는 것보다 더 공고하고 명확할 거라는 생각에서다. 그래서 '금돼지', '최치원', '녹피' 등이 힘 있게 살아남았다고 본다.

이런 점들은 모두 <최고운전>의 작가의식과 창작 방법을 검토하는 것을 통해 드러날 것으로, 본고에서 검토한 결과를 보다 분명히 할 것으로 생각된다.[34]

---

34) 최치원출생담에 왜 지하대적퇴치설화와 유사하게 되었는지, 왜 신이한 탄생담 정도의 단순 서술이 아니라 복잡한 구조를 지니게 했는지 등에 대해서는 보다 면밀한 검토가 필요하다. 그것은 여러 설화들을 <최고운전> 작가가 어떻게 활용했는지를 밝히는 작업이 될 것이다. 이런 <최고운전>의 작가의식과 창작 방식을 탐색하는 것은 본고의 논지를 벗어나므로, 지면을 달리해 논하도록 하겠다.

비록 〈최고운전〉이 설화로 전승되면서 최치원설화가 되었다는 점을 본고의 검토를 통해 확인했지만, 그렇다고 해서 모든 설화의 연원이 소설과 같은 고정적 텍스트일 수는 없고, 본고의 주장 역시 그 점을 지적하는 것은 아니다. 대부분의 경우 설화가 소설보다 먼저 발생했음이 분명하고, 설화가 소설에 영향을 주는 것이 일반적으로 일어나는 일이다.

하지만 설화가 언제나 소설보다 선행하고, 그 설화가 소설에 영향을 주었다는 고정관념은 자칫 서사문학의 거대한 흐름 속에 파묻힌 의미 있는 진실을 놓치게 만들 수 있다. 면밀한 텍스트 분석과 검증을 거치지 않은 거대한 담론은 우리 서사문학의 중요한 지점을 너무 범박하게 만들 우려가 있고, 그것은 그대로 우리 문학을 오늘에 되살리는 데 장애가 될 수 있다. 우리 문학의 미적 특질을 밝히는 일은 한순간에 이루어지는 일은 아니다. 하지만 이렇게 구체적이고 작은 논의를 통해 접근하다보면 언젠가 그 본질이 드러날 것이라 생각한다.

앞으로 〈최고운전〉의 작가가 어떻게 여러 설화들을 조합·변용시켜 〈최고운전〉을 창작했는지, 그 의도와 의미는 무엇인지를 규명해야 할 것이다. 제대로 밝혀낼 수만 있다면 〈최고운전〉의 최치원탄생담과 최치원설화의 의미가 더욱 자세히 드러날 것이다. 이는 이후의 과제이다.

이 글은 『한국문학연구』 39집(동국대학교 한국문학연구소, 2010)에 수록한 논문을 수정하여 재수록한 것이다.

〈운영전〉의 인간학과 그 정신사적 의미

강상순

1. 머리말

〈운영전〉은 나말여초의 〈조신〉과 〈최치원〉, 15세기의 『금오신화』를 뒤이어 한국 고전소설사에서 우뚝 솟은 수작이다. 〈운영전〉은 궁녀와 유생의 열정적이고도 위험한 사랑이라는 사건을 섬세한 심리 묘사와 치밀한 구성으로 설득력 있게 전개하고 있을 뿐 아니라 그 속에 인간의 본성이나 생(生)의 가치 등에 대한 자못 파격적인 주장을 담고 있어서 일찍부터 많은 연구자들의 주목을 받았고 또 정전으로서의 가치를 인정받아왔다. 작가나 창작 연대는 명확히 밝혀지지 않았지만, 임란의 충격이 채 가시지 않은 17세기 전반 어느 낙백(落魄)한 문인지식인층 출신의 작가에 의해 창작되었으리라는 데까지는 현재 거의 의견의 일치를 이룬 듯하다.[1]

---

1) 〈운영전〉의 작자에 대해서는 몽유자와 같은 이름의 유영(柳泳)이라는 역사적 실존 인물이 거론되기도 했으나 이를 확증할 만한 구체적인 증거는 부족한 편이다(大谷森 繁, 「운영전 소고」, 『조선후기의 소설독자층 연구』, 고려대 민족문화연구소, 1985). 창 작 연대에 대해서는 17세기 창작설과 18세기 창작설이 제시되었지만 현재는 17세기 전반 창작설이 널리 받아들여지고 있다. 박일용은 국립도서관본 『삼방요로기』에 수록 된 〈유영전(운영전)〉에 표기된 천계21년이라는 연호를 근거로 1641년을 필사시기로

정전적 가치를 인정받는 걸작들이 대개 그러하듯이 〈운영전〉도 그
동안 여러 측면에서 다양한 연구와 해석이 이루어져왔다. 곧 작가와 창
작 연대, 이본에 대한 실증적 연구,[2] 작품의 비극적 성격과 작가의식,
인물형상과 갈등양상을 둘러싼 주제론적 연구,[3] 구성이나 시점을 비롯
한 서사적 형식에 대한 연구,[4] 여성 주체의 욕망과 발화양상에 대한
연구,[5] 작품의 사상사적 맥락이나 미적 정조에 대한 연구[6] 등 〈운영
전〉을 다각도로 조명하는 연구 성과들이 제출되면서 작품에 대한 이해
의 심도를 깊게 하는 데 기여해왔다.[7]

추정한 바 있고, 신경숙은 壽成宮이 壽聖宮으로 개명된 시기와 국립도서관본의 필사
시기를 근거로 1616년에서 1645년 사이를 이 작품의 창작 연대로 추정한 바 있다(박일
용, 「운영전과 상사동기의 비극적 성격과 그 사회적 의미」, 『조선시대의 애정소설』,
집문당, 1993; 신경숙, 운영전의 반성적 고찰, 『한성어문학』 9, 한성대, 1990).

2) 大谷森繁, 앞의 논문; 신경숙, 앞의 논문; 박혜진, 「운영전 이본의 변이양상과 그
의미」, 서울대 석사학위논문, 2003.

3) 大谷森繁, 앞의 논문; 소재영, 「운영전의 비극성」, 『고소설통론』, 이우출판사, 1983;
박일용, 앞의 논문; 신경숙, 앞의 논문; 박기석, 「운영전」, 『한국고전소설작품론』, 집문
당, 1990; 정출헌, 「운영전의 중층적 애정갈등과 그 비극적 성격」, 『고전소설사의 구도
와 시각』, 소명출판, 1999; 이상구, 「운영전의 갈등양상과 작가의식」, 『고소설연구』 5,
한국고소설학회, 1998; 윤채근, 『소설적 주체, 그 탄생과 전변』, 월인, 1990; 정길수,
「운영전의 메시지」, 『고소설연구』 28, 한국고소설학회, 2009; 엄태식, 「운영전의 서술
양상과 그 의미」, 『고소설연구』 28, 한국고소설학회, 2009.

4) 조용호, 「운영전 서사론」, 『한국고전연구』 3, 한국고전연구학회, 1997; 신재홍, 「운영
전의 삼각관계와 숨김의 미학」, 『고전문학과 교육』 8, 한국고전문학교육학회, 2004.

5) 황윤실, 「17세기 애정전기소설에 나타난 여성주체의 욕망발현 양상」, 한양대 박사학
위논문, 2000; 김경미, 「운영전에 나타난 여성 서술자의 의의」, 『한국고전여성문학』
4, 한국고전여성문학회, 2002.

6) 정환국, 「16세기 말 17세기 초 사상사의 흐름 속에서 본 운영전」, 『한국고전여성문학』
7, 한국고전여성문학회, 2003; 전성운, 「운영전의 인물 성향과 비회의 정조」, 『어문논
집』 56, 민족어문학회, 2007.

7) 〈운영전〉에 대해서는 이미 몇 차례 연구사적 검토가 이루어진 바 있다. 성현경,
「운영전」, 『고소설연구』, 일지사, 1990; 양승민, 「운영전의 연구 성과와 그 전망」, 『고
소설연구사』, 월인, 2002.

이 글은 그 가운데서도 특히 <운영전>의 주제를 둘러싼 기존의 연구를 비판적으로 재검토하면서 이를 바탕으로 이 작품을 관통하고 있는 주제적 관념, 곧 인간의 본성이나 생의 가치 등에 대한 <운영전> 특유의 관념을 분석해보고 이를 17세기를 살아간 역사적 주체의 정신세계와 관련지어 이해해보는 데 그 목표를 둔다. <운영전>은 일반적으로 성리학이 지배 이념이자 도덕으로 정착·심화되는 단계에 있었다고 여겨졌던 17세기 조선 사회에서 쉽게 기대하기 어려운, 인간의 본성이나 생의 가치 등에 대한 나름의 파격적이고 독특한 인식을 보여준다. 이 글에서는 인간의 본성이나 생의 가치 등에 대한 이러한 <운영전> 특유의 인식을 '<운영전>의 인간학[8]'이라 명명하고 그 내용과 성격, 역사적 의미를 분석해보고자 하는 것이다.

그런데 <운영전>의 주제나 작가의식을 둘러싼 기존의 연구가 주로 포착하고 해명하고자 했던 것도 실은 이 지점이었다고 할 수 있다. 이에 대해 필자는 지금까지의 <운영전> 연구가 대체로 근대주의적 시각에 편향되어왔다는 문제의식을 지니고 있다. 즉 생물학적 본능으로 상정된 사랑과 성, 보편적 진리이자 권리로 선험적으로 규정된 자유와 평등, 인권 등 근대 이후 확고하게 정립된 관념들을 너무 과도하게 <운영전> 해석에 투사해오지는 않았는지 반성이 필요하다고 보는 것이다.

그러므로 이 글은 무엇보다 우선 기존 연구에 대한 비판적 재검토에서부터 출발하고자 한다. 특히 지금까지 <운영전>의 주제 및 작가의식을 해명하는 데 관건이 된다고 여겨왔던 몇 가지 해석학적 쟁점들을

---

8) <운영전>의 인간 이해가 나름 파격적이기는 하나 아주 체계적이지도 독창적이지도 않다는 점에서 이를 '인간학'이라 명명하는 것은 너무 거창한 수사일 수 있다. 하지만 동시대의 지배 담론인 성리학적 인간학에서 벗어나는 <운영전>의 인간 이해를 소박하나마 나름의 인간학이라고 부르는 것은 수사적 허용의 범위 안에 든다고 여겨진다.

비판적으로 재검토하면서 그 속에서 자연스럽게 〈운영전〉의 인간학에 대한 필자 나름의 이해와 문제의식을 제시해보고자 한다. 사랑에 대한 관념, 비극성의 의미, 안평대군의 인물 성격 등이 이 글에서 다시 검토해보고자 하는 주요한 해석학적 쟁점들이다.

그런데 〈운영전〉에 표명되거나 재현된 인간의 본성이나 생의 가치 등에 대한 독특한 인식이란 곧 작가의 정신세계 속에서 배태된 것일 터이다.[9] 그리고 그러한 작가의 정신세계가 17세기 전반이라고 하는 역사적 시공간 속에서 형성된 것임은 두말할 나위 없다. 물론 〈운영전〉이 보여주는 인간 이해가 동시대의 일반적인 사유를 대변하는 것이라고 말할 수는 없을 것이다. 그것은 현실에서 실의(失意)하고 소외된 한 문인지식인의 예외적인 사유일 수 있다. 하지만 이 예외성은 동시대의 지배적인 이념과 도덕에 이의를 제기하면서 그 정당성을 심문하는 과정에서 나온 것이라는 점에서 나름 보편적 문제성을 지니고 있는 것이기도 하다. 이 점에서 〈운영전〉은 우리에게 17세기 전반을 살아갔던 역사적 주체들의 정신세계의 심층적인 몇 국면을 엿볼 수 있게 해주는 훌륭한 사례를 제공한다.

이와 같은 문제의식 아래 이 글에서 필자는 〈운영전〉의 주제를 둘러싼 몇 가지 해석학적 쟁점들을 비판적으로 재검토하면서 이를 통해 〈운영전〉의 작가가 품고 있었고 또 작품 속에 재현하고자 했던 인간의

---

9) 물론 여기서 논의되는 작가란 해석학적으로 가정된 주체일 뿐이다. 우리는 〈운영전〉의 작가에 대해 어떤 확실한 정보도 가지고 있지 않다. 그리고 (설령 작가에 대한 구체적인 정보를 가지고 있을지라도) 작품의 주제란 작가의 의도로 곧바로 환원되지 않을 뿐 아니라 독자/연구자의 해석학적 실천에 의해 재구성될 수밖에 없는 것이라는 점 또한 잘 알고 있다. 그렇기는 하지만 해석 대상과 해석 주체 사이의 역사적 원근법을 강조하는 역사적 해석학을 지지하는 필자로서는 의미의 기원으로서 '작가'라는 존재를 해석학적으로 가정하지 않으면 안 된다고 생각한다.

본성이나 생의 가치 등에 관한 <운영전> 고유의 인간학적 관점들을 분석해 보고자 한다.

2. 정념의 인간학 : <운영전>의 사랑 관념

<운영전>은 임란 직후 폐허로 변한 옛 안평대군의 사저 수성궁에서 술에 취해 잠이 든 영락한 사인(士人) 유영이 꿈속에서 궁녀 운영과 김 진사를 만나 그들의 열정적이고도 비극적인 사랑 이야기를 전해 듣는 다는 줄거리를 지니고 있다. 수성궁이라는 화려하고 비밀스러운 공간을 중심으로 벌어지는 궁녀 운영과 미소년 김 진사의 위험한 사랑, 수성궁 의 주인으로서 세속의 정념에 오염되지 않은 순수한 인간을 길러내고 자 열 명의 궁녀들을 직접 훈육하는 안평대군과, 그러한 주군의 지엄한 명령에 겉으로 순종하면서도 내적으로는 회의하다가 결국 운영의 사건 을 통해 스스로 정욕(情欲)을 지닌 인간임을 선언하는 궁녀들, 사건의 전말이 들통 난 후 안평대군의 용서에도 불구하고 스스로 목숨을 끊고 마는 운영과 식음을 전폐하고 따라 죽은 김 진사의 비극적 결말 등 <운 영전>은 조선시대에 창작된 소설 가운데 보기 드물게 파격적인 사건과 인물들을 흥미롭게 엮고 있는 문제적인 작품이라고 할 수 있다.

이러한 <운영전>의 여러 측면 가운데서도 작품의 주제 및 작가의식 과 관련하여 연구자들의 주목을 가장 많이 받은 것은 역시 운영과 김 진사의 열정적이고도 위험한 사랑, 그리고 그들의 사랑을 변호하고 나 선 궁녀들의 항변이라고 할 수 있을 것이다. 남녀 간의 자유로운 사랑을 종법적 국가-가족질서를 위태롭게 만드는 불온한 것으로 여겨 억압했 던 조선 사회에서 누구보다 엄중한 정절 규율을 요구받았던 궁녀 운영

과 유가적 이념의 수호자여야 할 젊은 유생 김 진사가 벌이는 위험한 사랑은 그 자체로 매우 문제적일 수밖에 없다. 그리고 안평대군의 철저한 유폐와 훈육에도 불구하고 스스로 정욕을 지닌 인간임을 선언하는 궁녀들의 항변 또한 매우 도발적이다. 기존의 연구는 대부분 이와 같은 측면들을 〈운영전〉의 주제가 드러나는 핵심 국면으로 파악하면서, 이를 중세적 체제와 이념에 대항한 "인간성 회복 선언"[10] 혹은 "포기할 수 없는 자유를 향한 열망"[11], 나아가 '근대적 여성관과 평등사상'[12]으로까지 평가하였다.

그런데 필자로서는, 운영과 김 진사의 위험한 사랑이나 궁녀들의 도발적인 항변에 반중세적 지향이 내포되어 있다는 해석에 일정 부분 동의하면서도, 사랑을 인간의 자연적이고도 보편적인 본성으로 규정하고 〈운영전〉의 주제를 그러한 본성을 억압하는 중세 지배체제를 부정하고 인간성의 회복을 주장하는 것으로 파악하는 해석에 대해 그것이 다소 과도한 근대주의적 독법이 아닌지 하는 의문을 갖게 된다. 사랑에 일정한 보편적 차원이 있다는 것은 분명하다. 그것은 신체라는 생물학적 근원을 가지고 있으며 궁극적으로 종의 재생산이라는 유기체의 목적에 기여한다. 하지만 또한 그것은 성적 차이를 규정하는 담론이나 이데올로기에 의해 규율되고 형식화되는 것이기도 하다. 우리가 사랑에 관한 담론의 역사성을 논할 수 있는 것은 이 때문이다. 그런 점에서 "남녀의 정욕은 음양의 이치에서 나온 것으로 귀하고 천한 것의 구별이 없이 사람이라면 모두 다 갖고 있는 것"[13]이라는 〈운영전〉의 인간학

---

10) 박일용, 앞의 책, 177면.

11) 정길수, 앞의 논문, 92면.

12) 성현경, 「우리 고전소설에 나타난 여성-운영전의 경우-」, 『여성문제연구』 10, 대구가톨릭대 사회과학연구소, 1981, 187~189면.

적 선언 또한 인간의 본성에 대한 하나의 담론으로 볼 수 있다. 물론 그것은 동시대의 지배 담론인 성리학적 인간학이나 작품 속에서 안평 대군이 견지하고 있었던 인간학에 이의를 제기하는 대항 담론으로 볼 수 있지만, 그렇다고 그것만으로 중세 지배체제를 근본적으로 부정하는 담론이라고 단언하기는 어렵다.[14] 사랑을 불온한 정념으로 규정하고 억압하는 금욕주의에 반대하고 사랑을 낭만적으로 옹호하고 있다고 해서 이를 곧 중세 지배체제에 대한 근본적 부정이나 인간 해방 혹은 인간 평등에 대한 주장으로까지 해석하는 것은 그 비약이 크다고 여겨지기 때문이다.

이에 대해 필자는 <운영전>에 나타나는 사랑에 대한 상이한 관점들 간의 대립을, (전형적인 근대주의적 대립구도라고 할 수 있는) 보편적 진리 대 중세적 이데올로기 간의 대립으로서보다, 인간의 본성에 관한 상이한 입장들 혹은 상이한 인간학적 담론들 간의 대립으로 파악해야 한다고 생각한다. 예컨대 <운영전>의 주인공들은 사랑이나 비애와 같은 정념에 쉽게 빠져들고 그것에 막대한 심리적 가치를 투여하는 강한 주정적 성향을 지니고 있는데, 이는 <운영전>뿐 아니라 <주생전> 같은 17세기 전기소설 전반에 두루 나타나는 특징이다.[15] 이러한 양상은 우리

---

13) 이상구 역주, 「운영전」,『17세기 애정전기소설』, 월인, 1999, 159면. 이하 작품 인용은 이에 의거하며 인용 면수만을 밝히기로 한다.

14) 사랑에 대한 급진적인 주장을 표명하고 있다고 해서 <운영전>의 작가의식을 반중세적이라고 평가하는 것은 속단일 수 있다. <운영전>은 작품 전편에 걸쳐 고아한 문예주의적 성향을 띠고 있는데, 문사(文士)와 재녀(才女)를 아꼈던 안평대군을 중심으로 주요 등장인물들은 모두 뛰어난 시재(詩才)를 지니고 있으며 시를 통해 상호 인정과 소통의 관계를 엮어나간다. 이 작품을 관류하고 있는 고아한 문예주의적 성향은, 사특한 노비에 대한 부정적 시선과 함께, 비록 현실에서 소외되었을지라도 중세적 문화 엘리트로서의 자부심을 잃지 않았던 작가의식의 일면을 보여주는 것이라 여겨진다.

15) 물론 『금오신화』의 <이생규장전>이나 <만복사저포기> 같은 작품에도 사랑에 헌신

에게 다음과 같은 방식의 질문을 던져보게 한다. 왜 17세기 전반에 이르러 감정의 절제와 균형을 추구하는 것보다 사랑과 같은 정념에 자신을 내던지는 것이 더 진정하고 가치 있는 행위로 인정받고 절실한 공감을 얻는가. 그리고 그와 같은 열정적 사랑에 공감하는 주정적/낭만적 주체의 대두가 갖는 의미가 무엇인가. 이와 같은 질문들에 답하기 위해서는 인간의 본성이나 사랑의 가치 등에 대한 〈운영전〉 특유의 관념을 역사적 담론의 하나로, 역사적 주체성의 한 증상으로 파악해볼 필요가 있을 것이다.16)

그렇다면 구체적으로 〈운영전〉의 작가는 인간의 본성에 대해, 특히 사랑이라는 정념에 대해 어떻게 인식하고 어떤 가치를 부여하고 있는가. 그런데 이 점에서 특히 주목되는 것은 〈운영전〉에서 인간이란 무엇보다 정념의 주체로, 그리고 사랑이란 어떠한 이데올로기적 훈육이나 신체적 유폐로도 완전히 틀어막을 수 없는 생명의 자기 발현으로 묘사되고 또 선언되고 있다는 점이다.

조선왕조의 지배층은 종법적인 국가-가족질서를 구축하기 위해 가부장의 통제를 벗어난 남녀 간의 자유로운 사랑을 최대한 막고자 했다. 이를 위해 동원되었던 방법 중 하나가 이데올로기적 훈육이라면 다른 하나는 신체적 유폐라고 할 수 있을 것이다. 절제되지 않은 인간의 감정

하는 인물들이 등장한다. 하지만 『금오신화』에 재현된 사랑에는 정념보다 의지의 측면이 훨씬 두드러지게 나타난다는 점에서 〈운영전〉이나 〈주생전〉의 그것과 차이가 있다.

16) 필자가 보기에 이와 같은 문제의식에 가장 가깝게 다가간 연구로는 윤채근의 연구를 들 수 있다. 그는 15세기 『금오신화』의 반성적 주체가 17세기 전기소설에 이르면 파토스적 열정에 자신을 내던지는 행동적 주체로 변모하고 있다고 논하면서, 이러한 주체성은 "전란이 초래한 정신적 황폐화와 중세적 가치관의 이념적 붕괴라는 시대적 인소로부터 발원"하는 "거대한 정신사적 운동과 접맥"되어 있다고 주장한다(윤채근, 앞의 책, 390~403면).

을 위험한 것으로 보는 성리학적 심성론이 주로 지배층 남성의 자기규율을 겨냥한 이데올로기적 담론이었다면, 정절에 대한 미화와 강요는 특히 지배층 여성을 겨냥한 이데올로기적 담론이었다. 그리고 이러한 이데올로기적 훈육과 함께 여성의 신체를 단속하기 위한 여러 조치들이 취해졌던바, 그 가운데서도 내외법은 남녀 간의 만남을 차단함으로써 사랑과 같은 위험한 정념이 발생할 가능성을 원천적으로 막고자 한 조치였다.[17]

그런데, 조선 건국 초기부터 기획되었고 16세기 이후 더욱 강화된, 사랑에 대한 억압과 여성 유폐의 역사적 맥락을 고려할 때 <운영전>에서 수성궁이라는 공간과 궁녀라는 특수한 신분의 여성을 작품의 배경과 주인공으로 설정하고 그 속에서 벌어지는 열정적 사랑을 서사화한 것은 고도의 상징성을 갖는다고 여겨진다. 그것은 궁궐이란 조선 사회에서 상상해볼 수 있는 가장 철저히 유폐된 공간이며, 궁녀란 사랑과 같은 정념을 가장 철저히 억압당한 존재라고 할 수 있기 때문이다. 게다가 수성궁의 궁주 안평대군은 예사 주인과 달리 궁녀 열 명을 뽑아 외부와 접촉을 차단하고서 『소학언해』로부터 사서삼경, 당시(唐詩)에 이르기까지 유가적 교양을 직접 가르친다.[18] 이 점에서 신체적 유폐와 이데올로기적 훈육을 동시에 실행하는 안평대군은, 성적 쾌락과 소유욕의 충족을 위해 여성을 배타적으로 독점하는 폭력적인 지배자라기보다, 스

---

17) 엄밀하게 시행되지는 않았지만, 조선왕조 최초의 법전 『경제육전』의 <禮典>에는 '양반의 부녀는 부모, 친형제·자매, 친백부·숙부와 고모, 친외삼촌과 이모 외에는 가보지를 허락하지 아니하고, 어기는 자는 失行으로 논한다.'는 규정을 두고 있었다.(『조선왕조실록』 세종 13년 6월 25일 정사)

18) 이 때문에 안평대군과 궁녀들, 특히 운영과의 관계는 단순히 주인과 예속인의 관계로만 규정하기 어려운 중층적인 성격을 띠게 된다. 즉 그들은 주종 관계이지만 동시에 사제 관계이기도 하고, 때로는 부녀 관계나 연인 관계처럼 보이기조차 한다.

스로를 전능하고 이상적인 보호자로 자처하는—이 때문에 은애와 위엄이라는 두 얼굴을 지니게 되는— 가부장적 지배자라고 할 수 있다.[19]

〈운영전〉의 작가는 이처럼 철저한 신체적 유폐와 이데올로기적 훈육의 상황에 놓인 수성궁의 궁녀 운영을 주인공으로 설정하고서 그녀가 벌이는 위험한 사랑을 통해 그 어떤 방어로도 사랑과 같은 정념의 틈입은 결코 막을 수 없다는 것을 보여주고자 한다. 작품 속에서 그 틈입은 매우 작은 계기, 곧 안평대군이 나이가 어려서 아직 사랑을 모르리라고 여겼던 김 진사를 운영과 함께 자리하게 한 데서부터 발생한다. 하지만 따지고 보면 그것은 남녀 간의 사랑이 구체적으로 발생하는 계기였을 뿐, 이성의 짝을 희구하는 막연한 정념은 이미 그 전부터 자연발생적으로 배태되고 있었다고 봐야 할 것이다. 운영을 위해 남궁의 궁녀들을 설득하러 간 자란의 다음과 같은 말은 이 점을 잘 보여준다.

> "우리는 지금 깊은 궁중에 꼼짝없이 갇혀 새장 속의 새처럼 있으면서 누런 꾀꼬리 소리를 들으면 탄식하고, 푸른 버들을 대하면 흐느끼곤 한다. 심지어 어린 제비도 쌍쌍이 날고 새집에 깃든 새도 두 마리가 함께 잠들며, 풀 가운데는 합환초가 있고 나무 중에도 연리지가 있다. 무지한 초목과 지극히 미천한 새들도 음양을 품수하여 즐거움을 나누지 않음이 없다. 그런데 우리 열 사람은 유독 무슨 죄를 지었기에 적막한 심궁에 오래도록

---

19) 이 점에서 〈운영전〉의 안평대군을 『전등신화』〈綠衣人傳〉의 賈似道와 비교해보는 것은 흥미롭다. 〈녹의인전〉에는, 주인의 총애를 받던 시녀가 금지된 사랑을 벌이다 발각되어 죽음을 맞는다는, 언뜻 〈운영전〉의 핵심 줄거리와 유사해 보이는 사건이 삽입되어 있다. 그런데 이 작품에서 주인 가사도는 자신의 시녀가 지나가는 남자의 외모를 칭찬하는 것조차 용납하지 않고 참수해버릴 만큼 강한 소유욕을 드러낸다. 정신분석학의 용어를 빌자면 〈녹의인전〉의 가사도는 쾌락의 독점적 향유를 위해 경쟁자를 내쫓는 '원초적 아버지'에 가까운 인물이라고 할 수 있다. 이에 비해 〈운영전〉의 안평대군은 스스로 내세운 법과 이상을 지키기 위해 자신의 욕망과 감정조차 잘 드러내지 않는다는 점에서 '상징적 아버지'의 역할에 충실한 인물이라고 할 수 있다.

간히어 꽃피는 봄과 달뜨는 가을에 등불만 벗하면서 혼을 사르고, 청춘을
헛되이 버리면서 공연히 저승의 한만 남기고 있다."20)

꾀꼬리 · 제비 같은 조수나 합환초 · 연리지 같은 초목들도 음양의 즐
거움을 누리는데 자신들은 심궁에 갇혀 청춘을 허비하며 말라죽어간다
는 자란의 한탄은, 결국 이성의 짝을 희구하는 사랑의 정념이란 생명의
자연스런 자기 발현이며 생명을 지닌 모든 유기체는 그것을 누릴 권리
가 있다는 인식을 바탕으로 하고 있다. 그리고 이와 같은 인식은 안평대
군의 문초에 맞서 운영을 변호하면서 궁녀 은섬과 자란이 "남녀의 정욕
은 음양의 이치에서 나온 것으로 귀하고 천한 것의 구별이 없이 사람이
라면 모두 다 갖고 있는 것입니다.", "남녀의 정욕이 어찌 유독 저희들
에게만 없겠습니까?"라고 항변하는 데서 절정에 이르는데,21) <운영
전>의 작가는 이들의 입을 통해 사랑이 일종의 생명 권리임을, 그리고
여성 또한 정욕(情欲)22)을 지닌 주체임을 선언하고 있는 것이다.

물론 이와 같은 궁녀들의 선언은 안평대군이 그들에게 강요했던 이
상에 맞서 제기된 것이지만, 또한 조선 사회에서 지배 이념으로 군림했
던 성리학적 인간학에 대한 이의제기로도 해석될 수 있을 것이다. 과연
안평대군이 궁녀들에게 강요한 이상이 성리학적 이념과 동일한 것인지

---

20) 136면.

21) 159~160면.

22) <운영전>에서 남녀 간의 사랑을 지시하는 대표적인 어휘는 '情欲'이다. 일반적으로
성리학적 지식인들에게 '情'이란 어떤 대상에 반응하여 발생하는 인간의 감정 일반을,
'欲'이란 그러한 정의 강렬한 파동과 분출을 지시하는 어휘로 받아들여졌다―『주자어
류』에서 주희가 든 물의 비유를 빌자면, 성이 물의 고요함이라면 정은 물의 움직임이
며 욕은 물이 흘러넘치는 것에 해당한다(心譬水也 ; 性, 水之理也. 性所以立乎水之靜,
情所以行乎水之動, 欲則水之流而至於濫也)―. 그런데 <운영전>의 작가는 성리학적
인간학에서 불안하거나 부당하다고 여겨졌던 '정'과 '욕'을 결합해 사랑의 정념과 욕망
을 자연화 · 정당화하는 용어로 사용하고 있다.

는 〈운영전〉 해석에서 중요한 쟁점으로 남아 있고 이에 대해서는 4절
에서 다시 논의하겠지만, 적어도 이 두 관점은 사랑의 정념을 불온시하
고 이를 철저히 방어하고자 하는 입장이라는 점에서 일치한다. 그런 점
에서 사랑이란 거부할 수 없는 생명의 자기 발현이며 그렇기에 오히려
더 진정한 정념일 수 있다는 궁녀들의 항변[23]은 사랑을 부정하거나 불
온한 정념으로 여기는 금욕적인 인간학 일반에 대한 이의제기로서 중
층적으로 해석될 수 있을 것이다.

그렇다면 이처럼 인간을 무엇보다 정념의 주체로, 사랑을 생명의 자
기 발현으로 파악하는 〈운영전〉의 인간학은 어떤 담론사적 맥락 속에
서 산생된 것이며 역사적 주체성의 어떠한 국면 혹은 증상을 드러내주
는 것일까. 우선 〈운영전〉에 표명된 이와 같은 인간학의 담론사적 맥
락과 관련해서는 다음과 같은 두 가지 계보를 주목해볼 수 있을 것이다.

그 하나는 남녀 간의 자발적인 사랑을 옹호하고 이를 서사의 제재로
즐겨 채택해왔던 동아시아 전기소설의 창작 전통이다. 전기소설은 현실
에서의 일탈을 꿈꾸었던 문인지식인층이 주로 창작하고 향유했던 지배

---

23) 그런데 작품 속에서 이러한 주장을 암묵적으로 지지해주고 있는 것은 〈운영전〉
고유의 시론(詩論)이라고 여겨진다. 〈운영전〉에는 안평대군과 김 진사, 궁녀들이 공
유하고 있는 시론이 있는데, 그것은 '시는 성정에서 나온다'는 것과 '시에서는 격식보
다 성정의 토로가 중요하다'는 것이다. 안평대군은 운영의 시를 보고 사랑의 정념에
사로잡힌 그녀의 마음을 읽어내며 다음과 같이 말한다. "시는 성정에서 나오는 것이기
때문에 감추어 숨길 수가 없다."(115면) 자란 또한 운영의 시를 보고 같은 결론에 도달
한다. "시는 성정에서 나오는 것이니 속일 수가 없구나."(132면) 물론 '시는 정에서
말미암는다(詩緣情)'는 주장은 '시는 뜻을 말한다(詩言志)'는 주장과 함께 동아시아
시론의 양대축을 이뤄온 오랜 명제이지만, 〈운영전〉에서 반복적으로 진술되는 이
말은 운영의 사랑이 眞情에 기반하고 있음을 은연중 강조함으로써 그것에 윤리적 정
당성을 부여하는 효과를 낳는 것 같다. 즉 격식을 잘 맞춘 시보다 성정을 토로한 시가
가치 있다는 또 다른 시론과 결합할 때 이 말은 내면의 정념에 진실한 운영의 연정시
(戀情詩)에 일정한 윤리적 정당성을 부여하는 효과를 낳는다는 것이다.

문화 내부의 변방양식으로, 그 속에서 남녀 간의 사랑은 현실에서 실현되지 못한 성공과 인정에의 욕망을 대리 충족하는 수단으로, 혹은 폭력적이고 위선적인 현실을 비판하는 우의적인 장치로, 때로는 성적 욕망을 상상적으로 재현하는 환상의 모티브로 두루 활용되었다. 이 때문에 작품에 따라 차이가 있긴 하지만 대체로 전기소설 양식은 도덕적 이성을 통한 정념의 제어를 강조하는 동아시아 전통 사회의 지배적인 유가적 인간학과는 다른, 정념과 욕망을 긍정하는 탈유가적 인간학을 빈번히 서사 속에 재현해왔다. 그리고 사랑을 생명의 권리나 가치를 표상하는 상징으로 활용하는 것은 『금오신화』의 <만복사저포기> 같은 작품에서도 이미 나타난 바 있으니, 이 작품에서 귀녀(鬼女)와 양생의 사랑은 생명을 꽃피워보지도 못한 채 전란에서 죽어간 무수한 원혼들의 생명 권리를 환상적으로나마 실현해줌으로써 그 원망을 풀어주는 일종의 제의적 행위로 볼 수 있다.24) <운영전>은 이와 같은 전기소설의 창작 전통을 계승하면서 사랑을 생의 절대적 가치로까지 고양하고 있는 작품이라고 할 수 있다. 특히 이 작품에서 사랑은 모든 것이 붕괴되고 부식되는 무상한 현실에서도 주체의 존재 감각과 생의 가치를 지탱해주는 즉각적이고도 생생한 정념으로 묘사되는데, 이 점에서 <운영전>은 아마도 전기소설사상 사랑에 가장 높은 존재론적 가치를 부여한 작품으로 평가될 수 있을 것이다.

---

24) <만복사저포기>에서 평소 유교적 예법에 충실했던 귀녀(鬼女)가 스스로 이성의 짝을 찾아 남녀의 즐거움을 나누는 것은 그녀 스스로도 인정했듯이 매우 당돌한 행위라고 할 수 있다. 하지만 이런 당돌한 행위가 작품 속에서 정당성을 인정받을 수 있는 것은 귀녀가 남녀의 즐거움을 한 번도 누려보지 못한 채 죽어 쓸쓸히 들판에 버려진 원혼이기 때문이다. 필자는 성도 이름도 드러내지 않은 채 다만 '鬼女'로만 호명되는 이 원혼을, 생명을 꽃피워보지도 못하고 전란에서 죽어간 무수한 익명의 여성들을 제유적으로 대표하는 존재로 해석해볼 수 있다고 생각한다.

그런데 어떤 점에서 이러한 문학사적 전통보다 더 주목해보아야 할 계보는 16세기 전반에서 17세기 전반까지 조선의 문인지식인층에게 은밀하게 확산되고 있었던 양명학적 사유, 특히 그 가운데서도 남녀 간의 사랑을 적극 긍정했던 양명좌파의 사유와의 관련일 것이다.[25] 조선에서 양명학은 이미 1521년 이전에 수용되었으리라 추정되며 이황이 <전습록변>을 써서 변척에 나서야할 만큼 16세기 문인지식인층 사이에서 널리 유행했던 것으로 보인다.[26] 이황의 변척 이후 척왕론(斥王論)이 대세를 이루긴 하지만 이로써 양명학에 대한 관심이 일거에 소멸되었다고 보기는 어렵다. 특히 임란은 잠복되었던 양명학에 대한 관심을 다시 활성화시키는 계기가 되었으니, 임란 시 조선에 온 명의 사신들은 대부분 양명학자로 양명학의 유입을 적극 권유하기도 하였다. 임란 이후 17세기 조선의 지식인들 가운데서도 실천적 관심에서 혹은 중국에서 유행하는 신진 문예사조에 대한 관심에서 양명학을 학습하는 이들이 많았는데, 허균·장유·최명길 등을 그 대표적인 인물로 들 수 있다.[27]

물론 양명학적 사유가 16 전반~17세기 전반 조선의 지성계에 은밀하세 유행하였다고 해시 그것이 <운영전>의 인간화에 직접적인 영향을 끼쳤으리라 단정할 수는 없다. 그리고 양명학 가운데서도 더욱 급진적인 노선을 취한 양명좌파의 경우 17세기 조선의 지식인들 가운데 그에 대한 관심을 표명한 이조차 드물 정도로 그 수용의 정도를 가늠하기 힘들다.[28] 그렇기는 하지만 인간을 정념의 주체로, 사랑을 생명의 자기

---

25) <운영전>을 관류하는 사상의 기저를 양명학으로 추정하고 그 근친성을 검토한 논의는 정환국, 앞의 논문, 283~285면에서 제시된 바 있다.

26) 오종일, 「양명학의 수용과 전래에 관한 재검토」, 『양명학』 3, 한국양명학회, 1999.

27) 17세기 전반 지식인층의 양명학 수용에 대해서는 다음 글들을 참조하라. 우응순, 「장유의 양명학적 세계관과 시세계」, 『국제어문』 29, 국제어문학회, 2003; 정두영, 「17세기 서인 내부의 양명학 이해와 현실주의 정치론」, 『동국사학』 48, 동국사학회, 2010.

발현 현상으로 파악하는 <운영전>의 인간학은 선험적이고 규범적인 성(性)보다 개체적이고 주관적인 정(情)을 중시하는 양명학적 사유, 특히 그 가운데서도 남녀 간의 사랑을 긍정하는 양명좌파의 사유와 근친성이 있다. 물론 이러한 근친성을 반드시 직접적인 영향의 산물로만 파악할 필요는 없을 것이다. 16세기 전반~17세기 전반 명과 조선 사회는 성리학이 관학으로 군림하면서 치자(治者)를 위한 규범적 이념으로 고착되어가는 가운데 체제모순이 심화되고 있었으니, 이처럼 성리학이 지배 이념으로 군림하는 사회에서 실의하고 소외된 문인지식인들이 택할 수 있는 반동의 주요한 한 경로는 내적 진정성과 정념의 해방을 주장하는 인간학일 수밖에 없었을 것이다. 아무튼 영향의 산물로 보든 동시성의 사유로 보든 <운영전>의 인간학은 16세기 전반~17세기 전반 명과 조선 사회에서 이성과 규범을 강조하는 주지적인 성리학적 사유와 길항하면서 사상사의 한 저류를 형성하고 있었던, 감성과 자유의지를 강조하는 낭만적인 양명학적 사유와 일정하게 공명하고 있다고 추정해볼 수는 있을 것 같다.

그런데 이처럼 인간을 정념의 주체로 파악하는 관념의 문학사적·사상사적 계보를 검토하는 것보다 더 중요하고 근본적인 물음은 그와 같은 정념의 인간학이 17세기 전반을 살아갔던 조선의 한 문인지식인에게 어떻게 열렬한 공감을 불러일으킬 수 있었던가를 해명하는 일일 것이다. 이는 <운영전>을 감싸고도는 과잉의 주정주의를 해명하는 것과도 연결되는데, 본고의 핵심적인 문제의식이기도 한 이 물음에 대해서는 <운영전>의 비극성을 검토하는 3절에서 논의해보려 한다.

---

28) 17세기 전반 조선의 지식인들 가운데 양명좌파에 대한 언급을 남긴 이는 허균과 이식 정도에 불과하다(강명관, 「조선 후기 양명좌파의 수용」, 『오늘의 동양사상』 16, 예문동양사상연구원, 2007, 127~130면).

3. 연민과 비애의 인간학 : 〈운영전〉에서 비극성의 의미

〈운영전〉 연구에서 사랑이라는 주제 못지않게 오랫동안 주목받아 왔고 해석상의 쟁점이 되어온 또 하나의 주제를 든다면 비극성을 들 수 있을 것이다. 〈운영전〉은 한국 고전소설사에서 보기 드문 독특한 비극적 결말과 애상적인 분위기를 지닌 소설이라고 할 수 있다. "조선 조 소설로서는 유일한 비극소설이라 해도 무방할 것"이라는 평가29)에 전적으로 동의하지 않는다 해도, 〈운영전〉이 매우 독특한 비극적 색조 를 띠고 있는 작품이라는 데는 모두가 동의할 수 있을 것이다. 이 절에 서는 〈운영전〉의 비극성에 대한 기존 연구를 재검토하면서 그것이 〈운영전〉의 인간학적 입장과 관련하여 어떤 의미를 갖는지 논의해보 고자 한다.

그런데 〈운영전〉이 지닌 비극성의 여러 측면 가운데서도 기존의 연 구에서 주로 주목받고 활발하게 논의되어온 것은 운영과 김 진사의 비 극적 죽음과 그 의미에 대해서였다. 주지하듯이 운영과 김 진사의 위험 한 사랑은 파국적인 결말을 맞는다. 운영은 도피 계획을 세우고서도 결 행을 주저하다가 발각된 후 목을 매어 자결하며, 뒤따라 김 진사도 식음 을 전폐해 죽음에 이른다. 이와 같은 비극적 결말의 의미, 특히 안평대 군의 선처에도 불구하고 운영이 굳이 죽음을 선택해야만 했던 이유는 이 작품의 주제나 작가의식을 해명하는 데 있어 매우 중요한 해석상의 요점이 된다고 할 수 있을 것이다.

그런데 이에 대해 제출된 기존의 해석들 가운데 가장 설득력 있고 또 널리 받아들여지고 있는 것은, 운영이 맞닥뜨린 장벽이란 안평대군 개인이 아니라 중세 지배체제 그 자체이며 그것을 벗어나지 않는 한

---

29) 大谷森繁, 앞의 책, 165면.

진정한 삶이 실현될 수 없다는 것을 인식했기 때문에 그녀는 스스로 죽음을 선택할 수밖에 없었다는 해석이다.[30] 즉 안평대군의 선처에도 스스로 목숨을 끊는 운영의 비극적 선택을 통해 <운영전>의 작가는 가장 이상적인 중세적 통치자의 형상을 지닌 안평대군의 성시(盛時)에조차 "인간의 진정한 삶이 훼손될 수밖에 없다는 것을 핍진하게 보여"줌으로써 "중세적 이념과 체제 그 자체를 근본적으로 부정"하고자 했다는 것이다.[31] 이와 같은 해석에 따르자면 <운영전>의 비극적 결말은, 아무리 이상적일지라도 중세 지배체제는 그 자체로 인간성을 억압하는 질곡일 수밖에 없다는 비판적 현실인식과 개인으로서는 그 질곡을 넘어설 수 없다는 무력감이 복합된, 중세 지배체제에 대한 '위대한 거부'와 '내적 망명' 그 사이 어디쯤엔가 위치한 작가의식을 보여주는 것으로 해석될 수 있을 것이다.

그런데 <운영전>의 비극성을 논할 때 비극적 결말과 함께 주목해야 할 또 다른 측면은 작품 전반을 감싸고도는 연민과 비애의 파토스 혹은 비회의 정조이다.[32] <운영전>을 감싸고도는 이 비회의 정조는 사건의

---

30) 이상구, 앞의 논문, 163~165면; 정길수, 앞의 논문, 93면.

31) 이상구, 앞의 논문, 163~164면.

32) 양승민은 <운영전>을 감도는 '비회의 미학'에 주목을 요한다고 제언한 바 있다(양승민, 앞의 논문, 142면). 그리고 이 제언에 화답하면서 전성운은 <운영전> 전반을 감도는 '비회의 정조'를 분석하고 있는데, 그에 따르면 운영과 김 진사는 무엇보다 감상적 낭만주의자로 규정될 수 있다. 감상적 낭만주의자는 현재적 조건을 고려치 않고 격정적 감정에 휩쓸리는 주체이기에 현실에서의 패망은 필연적이다. 예컨대 운영은 사랑의 정념에 쉽게 빠지지만 또한 수성궁 같은 이상적 공간을 떠나서 살아갈 수 없는 나약한 존재이기에 결국 자살을 택할 수밖에 없다. 감상적 낭만주의자가 지닌 내적 모순과 현실에서의 한계가 바로 이 작품의 비회의 원천이 된다(전성운, 앞의 논문, 117~135면). 기존 논의의 편향을 재고케 하는 흥미롭고 주목할 만한 논의이지만, <운영전>의 비극성을 주체의 기질적 성향으로만 설명하는 것은 또 다른 편향에 빠질 위험성이 있어 보인다.

비극적 전개와 연관되어 조성되는 분위기이긴 하지만, 그것만으로는 충분히 설명될 수 없는 측면이 있다.[33] 필자가 보기에 그것은 사건의 비극적 전개나 결말로 인해 발생하는 정서 효과이기에 앞서 무엇보다 역사와 현실을 바라보는 작가의 연민과 비애의 시선에서 유래하는 외삽적인 정서 효과처럼 여겨진다. 즉 이 작품이 자아내는 독특한 비회의 정조는 텍스트 외부의 역사적·경험적 현실을 바라보는 작가의 시선에서 배태되어 텍스트 내부의 인물이나 사건으로 유로되고 있다는 것이다.

〈운영전〉에서 이와 같은 비회의 정조가 특히 두드러지게 드러나는 지점은 운영과 김 진사가 유영을 만나 옛 일을 술회하는 도입부와 종결부의 장면들이라고 할 수 있다. 여기서 운영과 김 진사는 한때 문사들로 북적이던 화려했던 수성궁의 폐허에서 옛일을 회상하며 안평대군의 패배를 슬퍼한다.[34] 그런데 운영과 김 진사를 장악하고 있는 이 연민과 비애의 파토스는 우리에게 다음과 같은 질문들을 던져보게 한다. 만약 수성궁이 죽음 이외에는 벗어날 길 없는 강고한 중세 지배체제 혹은 성리학적 이데올로기를 상징한다면,[35] 폐허가 된 수성궁은 무엇을 상

---

33) 유영에게 옛일을 서술하는 화자로서 운영은 "거의 눈물 속에 잠겨 있는 것"처럼 보일 정도로 감상에 젖어 있다(김경미, 앞의 논문, 58면). 또한 원수를 갚고 선관이 되어 천상의 즐거움을 누린다는 후일담을 전한 후에도 김 진사는 눈물을 흩뿌리며 "바닷물이 마르고 돌이 녹아 없어져도 이 마음은 없어지지 않으며, 땅이 늙고 하늘이 무너져도 이 한을 삭이기 어렵습니다."고 말한다(166면). 악인의 응징과 천상에서의 복락이라는 에필로그에도 불구하고 전혀 소멸되지도 감소하지도 않는 이 비회의 정체는 무엇일까. 필자가 보기에 그것은 무엇보다 역사와 현실을 바라보는 작가의 감상적인 시선에서부터 연원하는 것 같다.

34) "다만 오늘 저녁에 우리가 슬퍼하는 것은 대군이 한 번 패배한 이후로 고궁에는 주인이 없으며, 까마귀와 참새가 슬피 울고 인적이 이르지 않아 슬픔이 극에 달한 때문입니다."(165면.)

35) 박일용은 안평대군이 구축하고자 한 수성궁의 질서를 "조선시대의 절대적인 궁중적 권위가 조선중기 이후의 사회역사를 배경으로 하는 성리학적 이데올로기의 형태로

징하는 것일까. 그리고 운영과 김 진사는 왜 자신들을 죽음으로 내몬 수성궁의 폐허에서 안평대군의 패배를 슬퍼하며 비회에 젖는 것일까. 물론 작품 속에서 안평대군은 운영과 김 진사의 사랑을 가로막는 장벽이었고, 운영과 김 진사는 안평대군의 이상을 균열시키는 탈주자였다. 하지만 현실에서는 안평대군 또한 운영이나 김 진사와 같은 패배자였으며, 운영과 김 진사는 그런 안평대군을 연민의 시선으로 바라보고 있다. 그런 점에서 오히려 폐허가 된 수성궁은 현실에서 패배한 운영과 김 진사, 안평대군, 유영을 연민과 비애의 공감대로 묶는 장소로 기능하고 있는 것은 아닌가.

이러한 질문들은 운영-궁녀-김 진사와 안평대군의 대립이라는 액자 내부의 갈등에만 초점을 맞춰서는 <운영전>의 비극성을 충분히 해명할 수 없다는 점을 일깨워준다. 예컨대 <운영전> 서사에서 중심축 역할을 하는 안평대군의 인물형상을 떠올려보자. <운영전>에서 안평대군은 두 가지 얼굴을 지니고 있다. 절대 권력을 가진 화려한 수성궁의 궁주 안평대군과 폐허가 된 수성궁처럼 역사의 패배자로 전락한 비운의 안평대군. 운영의 회고 속에 묘사되는 안평대군은 주로 전자의 얼굴이지만, 폐허가 된 수성궁이나 운영의 비탄을 통해 언뜻언뜻 그 모습을 드러내는—그리고 동시대의 독자들이 공유하고 있었던 역사적 지식에 의해 보충되는— 후자의 얼굴은 비회의 정조와 함께 작품 전반을 감싸고돌면서 전자에 간섭한다. 전자의 측면에서 보면 운영과 안평대군은 대립하는 듯하지만, 후자의 측면에서 보면 두 사람은 모두 현실에서 실패한 인물이라는 점에서 동질적이다. 앞서 언급한 연민과 비애의 공감대란 바로 이와 같은 동질성 위에서 생성되는 것일 터이다.

형상화된 것"이라고 해석한 바 있다(박일용, 앞의 책, 174면).

이처럼 〈운영전〉의 비극성은 액자 내부에서 벌어지는 인물들 간의 갈등뿐 아니라 액자 내부와 액자 외부, 즉 운영에 의해 술회되는 안평대군의 성시(盛時)와 유영이 발 디디고 있는 경험적 현실 사이의 간극과 긴장까지 고려해야 온전히 해석될 수 있다. 기존의 연구에서는 이 후자의 측면이 간과되거나 과소 해석되어온 경향이 있는데,[36] 전자에만 초점을 맞춰 〈운영전〉의 주제를 파악하면 후자는 전자가 지닌 의미의 일관성을 방해하는 군더더기 혹은 전자의 메시지가 주는 충격을 완화하거나 완곡하게 전달하기 위한 관습적 장치처럼 여겨지기 쉽다. 하지만 필자는 오히려 후자야말로 〈운영전〉의 작가의식이 더 잘 드러나는 지점이며 이 측면을 고려해야 전자의 의미 또한 심층적으로 해석될 수 있다고 보는데, 이를 수성궁의 성격과 역사적 의미에 대한 논의를 통해 제시해보기로 하겠다.

앞서도 언급했듯이 수성궁은 운영을 비롯한 궁녀들을 신체적으로 유폐하고 이념에 맞춰 훈육하는, 중세 사회에서 상상해볼 수 있는 가장 극단적인 가부장적 질서의 원형공간으로 볼 수 있다. 자란의 말처럼 수성궁은 궁녀들을 "새장 속의 새"[37]처럼 가두어 기르는 억압적인 공간인 것이다. 하지만 이로써 수성궁을 중세의 억압적인 체제와 이념을 상징하는 공간으로만 해석하고 말기에는 어딘가 충분치 않아 보인다. 그것은 수성궁이 한편으론 지배-예속관계가 작동하는 억압적인 공간이지만

---

36) 그런데 이 후자의 측면을 〈운영전〉의 주제로 파악한 연구로는 大谷森繁의 연구를 들 수 있다. 그에 따르면 〈운영전〉의 작가는 "유영이라는 인물을 이 전후의 도성에 살게 해서 그 비참한 모습을 체험케 하고, 또 안평대군과 운영에 공통되는 비극을 끌어내어, 인간의 운명이 얼마나 덧없고 비참한 것인가라는 사상을 강하게 호소하고 있는데, 이것이야말로 작가가 〈운영전〉에서 말하고 싶어 했던 것"이다(大谷森繁, 앞의 책, 183면). 운영과 안평대군, 유영을 묶고 있는 연민의 공감대에 주목한 점은 새삼 의의가 있지만, 〈운영전〉의 주제를 염세주의로만 규정하고 그친 점은 아쉽다.

37) 136면.

다른 한편으로는 높은 문화적 이상에 의해 견인되는 고답적이고 심미
적인 공간이기도 하기 때문이다. 억압적인 지배자였지만 동시에 여성의
재능을 인정하고 궁녀들에게 높은 문화적 교양을 쌓게 만든 탁월한 교
육자이기도 했던 안평대군의 고고한 미적 이상에 따라 구축된 수성궁
은 "속세의 태도가 조금도 없"는 "10명의 선인을 기르고 있"는 고답적
인 공간이었다.[38] 이 고답적이고 심미적인 소우주는 세속의 현실과 철
저히 차단되어 있다. 그런데 그러한 차단—혹은 자초한 고립—을 단지
궁녀들을 성적으로 독점하기 위해서라고 보기에는 안평대군의 이상은
너무 높고 그의 욕망은 매우 절제되어 있으며, 궁녀들의 일반적인 상황
을 반영한 것이라고 보기에는 그 차단의 의지가 강박적일 만큼 집요하
다. 그렇다면 안평대군이 강박적일 정도로 궁녀들을 철저히 차단시키고
자 했던 '세속의 현실'이란 도대체 어떤 것이었을까.

<운영전>에서 운영에 의해 술회되는 액자 내부의 서사는 거의 수성
궁을 중심으로 전개되기에 이 '세속의 현실'이 거의 묘사되고 있지 않
다.[39] 하지만 액자 내부를 둘러싸고 있는 액자 외부의 현실은 안평대군
이 그토록 절연하고자 했던 '세속의 현실'이 어떠한 것이었던가를 짐작
해볼 수 있게 해준다. 즉 안평대군과 수성궁이 맞이했던 실제 역사를
통해 우리는 이 '세속의 현실'이 치열한 권력투쟁으로 점철되고 무참한
살육과 승자독식이 난무했던 폭력적이고 야만적인 당대의 정치현실이
었을 것으로 추정해볼 수 있다는 것이다.[40]

---

38) 118~119면.

39) 물론 무녀나 특을 통해 수성궁 바깥의 공간이 잠시 등장하긴 한다. 하지만 여기서
   필자가 말하는 세속의 현실이란 수성궁의 공간과 연장되어 있는 액자 내부의 현실이
   라기보다 액자 외부의 실제 현실이라고 할 수 있다.

40) 이 점은 수성궁을 드나들었던 수많은 문인들 가운데 왜 성삼문만이 실명으로 거론되
   는지, 그리고 수성궁의 화려함 이면에 왜 항상 암울함이 깃들어 있는지를 이해할 수

이 점에서 수성궁은 폭력적이고 야만적인 당대의 정치현실에서 절연된 순수하고 고답적인 세계를 만들어보고자 하는 낭만적 인문주의자 안평대군의 미적 이상이 만든 일종의 반현실이라고 볼 수 있을 것이다. 거칠고 살벌한 남성적 세계로서의 정치현실에 맞선, 여리고 섬세하며 세련된 여성적 공간으로서의 수성궁. 어쩌면 안평대군이 세속의 정념에 물들지 않은 열 명의 어린 미소녀들을 뽑아 직접 훈육하였던 것은 그가 구축하고자 한 반현실로서의 수성궁이란 여성적 감수성으로만 유지 가능한 세계이기 때문이었을 것이다.

물론 이와 같은 안평대군의 이상은 결과적으로 실패한다. 필자가 보기에 실패는 두 가지 차원의 원인에서 초래되는데, 그 하나는 순수하고 고답적인 세계를 구축하기 위해 세속적 정념 일체를 제거하고자 한 그의 시도가 운영의 사랑과 궁녀들의 반발로 인해 실현 불가능한 것으로 판명 나게 된 것이다. 이 내적 실패는 선과 악의 대립으로 인해 초래된 것이라기보다 선한 의지와 선한 의지의 대립 혹은 이성과 정념, 이상과 욕망의 대립에서부터 초래된 것이라고 할 수 있다.

그런데, 어떤 의미에서 수성궁의 몰락을 가져온 더 실제적인 원인이라고 할 수 있는, 다른 하나의 원인은 작품 속에 가리어져 있다. 그것은 액자 내부의 현실과 액자 외부의 현실을 대비해 볼 때 혹은 영화로웠던 과거의 수성궁과 폐허가 된 현재의 수성궁을 대비해 볼 때 드러난다. 안평대군이 구축하고자 했던 반현실로서의 수성궁을 파괴한 실제적인 원인은 다름 아닌 그가 그토록 차단하고자 했던 바로 그 세속의 현실에

있게 한다. 물론 이 가운데 후자의 측면은 역사에 대한 선 이해가 작품 읽기에 암암리에 간섭한 효과 때문이라고 볼 수 있지만, 필자는 액자 외부를 감싸고도는 비회의 정조가 보여주듯이 이러한 간섭 효과를 작가의 의도의 일부로 파악해야 한다고 생각한다.

서 오는 힘이었다. 즉 안평대군을 역사의 실패자로 만들고 수성궁을 폐허로 만든 실제적인 힘은 계유정난과 같은 탐욕스런 골육상쟁의 권력투쟁과 임란과 같은 불가항력적이고 무차별적인 재난이었다는 것이다. 물론 <운영전>의 작가는 계유정난에 대해 일절 언급하고 있지 않고 또 임란에 대해서도 자세히 묘사하고 있지 않지만, 계유정난으로 그 주인이 바뀌고 임란으로 폐허가 되어버린 수성궁이라는 공간을 통해 그리고 안평대군의 패배를 슬퍼하는 운영과 김 진사의 회한을 통해 독자들에게 그와 같은 역사적 사실을 떠올리게 만든다.

여기서 우리는 폐허가 된 수성궁에서 만난 유영과 운영, 김 진사, 그리고 이 자리에 부재하지만 회고를 통해 소환되는 안평대군을 하나로 묶는 연민과 비애의 공감대가 어디에서 연원하는지, 그리고 운영과 김 진사가 왜 안평대군의 패배를 슬퍼하는지를 보다 잘 이해할 수 있다. 안평대군의 패배는 문사를 우대하고 학문을 사랑했던 한 인문주의자의 패배이자 도달 불가능한 이상을 좇는 이상주의자의 실패라는 점에서 운영과 김 진사의 실패나 유영의 좌절과 상통하는 면이 있다. 즉, 인간의 본성이나 생의 가치에 대해 상이한 관점을 지니고 서로 갈등하기는 했지만, 어떤 의미에서 이들은 낭만적이고 이상주의적인 인문주의자라는 점에서 동질적인 유형의 인간에 속했다–운영에 대한 안평대군의 은근한 사랑, 김 진사의 재능과 시론에 대한 안평대군의 격찬, 그리고 안평대군에 대한 유영의 호감어린 관심과 그의 패배에 대한 운영의 비탄을 떠올려보라–. 연민과 비애의 파토스는 이처럼 현실에서 실패하고 좌절한 낭만적이고 이상주의적인 문인지식인들을 장악하고 있는 공동의 정서라고 할 수 있을 것이다.

그런데 <운영전>을 감싸고도는 이러한 연민과 비애의 시선을 제대로 이해하기 위해서는 <운영전>의 작가가 살았던 16세기 말~17세기 전반의 조선 사회를 (작가의 분신이라고 할 수 있을) 유영과 같은 문인지식인의 시각에서 바라볼 필요가 있을 것이다. 조선 사회에서 이 시기는 임란과 같은 참혹한 전란뿐 아니라 정여립의 난을 비롯한 무수한 모반 사건, 영창대군의 살해와 같은 골육상쟁의 정쟁이 줄지어 일어났던 혼돈의 시기였다. 아마도 유영과 같은 처지의 낙백한 문인지식인의 눈에는 이와 같은 현실이 모든 고상한 이상과 가치를 파괴하는 덧없고 무의미한 것으로 여겨졌을 것이다. 폐허가 된 수성궁은 그런 덧없는 현실의 상징적 등가물이라고 할 수 있다. 인간으로 다시 태어나게 해주겠다는 명사(冥司)의 제안을 "지하의 즐거움도 인간 세상보다 덜하지 않"기에 거절했다는 김 진사의 발언은 현실의 무의미함과 덧없음에 대한 작가의 회의가 얼마나 깊은지를 단적으로 드러내는데,[41] 그런 점에서 우리는 〈운영전〉을 감도는 비회의 정조가 당대의 정치현실에 대한 우회적인 비판일 수 있다는 점을 인정할 수 있다. 다만 이를 중세 지배체제의 근본적인 부정이나 인간 해방의 주장으로 해석하는 것은 아무래도 과도한 근대주의적 독법일 것이다.

이제 이상의 논의를 바탕으로 지금껏 유보해왔던 질문에 답해보기로 하자. 앞서 2절의 말미에서 제기했던 질문, 곧 사랑을 지상의 가치로 여기는 정념의 인간학이 〈운영전〉을 감싸고도는 과잉의 주정주의와 어떻게 연결되는가 하는 물음 말이다. 우리는 이 질문을 다음과 같은 형태로 바꿔 제기해볼 수 있겠다. 인간을 정념의 주체로 파악하고 사랑을 생명의 권리로 찬양하는 정념의 인간학이 어떻게 생의 덧없음을 비탄하는 연민과 비애의 인간학과 결합될 수 있었을까. 이는 안평대군의 선처에도 불구하고 결국 운영이 죽음을 선택한 이유에 대한 질문과도

---

41) 165면.

232 제2부 고소설 명편의 새로운 해석

연결되어 있다.

이에 대해 필자는 <운영전>의 작가가 현실을 무의미하고 덧없는 것으로 여기고 그 속에서 살아가는 인간들을 연민과 비애의 시선으로 바라보면 볼수록 오히려 사랑과 같이 즉각적이고도 직접적이며 강렬한 정념은 더 진실하고 가치 있는 경험으로 고양된다는 점을 주목할 필요가 있다고 생각한다. 즉 안평대군과 수성궁의 운명이 보여주듯 어떤 고상한 이상이나 이념도 폭력적인 현실의 힘 앞에서 붕괴되고 무의미한 시간 속에서 마멸되고 마는 것이라면, 모든 의미에 선행하는 순수 정념으로서의 사랑은 그러한 무상성을 견뎌낼 유일한 힘이라고 할 수 있다. 그것은 순수 정념으로서의 사랑만이 역사와 현실에서 의미나 목적을 상실한 주체에게 생의 감각을 부여하고 생의 가치를 지탱해주는 지지대 역할을 할 수 있기 때문이다 그러므로 역설적이게도 현실의 무상함에 대한 환멸이 깊으면 깊을수록 순수 정념으로서의 사랑은 더욱 더 절실한 정신적 가치를 획득하게 된다. 사랑을 죽음조차 굴복시키거나 부패시킬 수 없는 것으로 고양하는 정념의 인간학과, 역사의 덧없음과 인간의 나약함을 비탄하는 연민과 비애의 인간학이 결합될 수 있었던 것은 바로 이와 같은 지점에서라고 할 수 있다.

그런데 현실에 대한 깊은 환멸을 순수 정념으로서의 사랑에 대한 투신(投身)으로 돌파하려고 할 때 이 사랑은 죽음의 충동에 이끌릴 수밖에 없다. 즉 생을 정초할 의미의 토대를 잃어버린 사랑은 살고자 하는 의지를 북돋우고 생명을 잉태하는 사랑이 아니라 무(無)라는 심연을 향해 돌진하는 사랑이기 쉽다는 것이다. 아마도 이러한 사랑에 가장 어울리는 결말은 정사(情死)일 것이다. 정사는 사랑에 대한 찬미임과 동시에 무/죽음에 대한 찬미이며, 죽음충동에 휘말린 사랑이 취하는 가장 전형적인 결말 가운데 하나라고 할 수 있다. 그런 점에서 필자가 보기에 운영이 사랑의 탈주를 계속 유예하는 것, 그리고 안평대군의 선처에도 불구하고 결국 죽음을 선택하는 것은 그녀의 사랑이 죽음의 충동에 이끌리고 있음을 드러내는 증상으로 여겨진다.[42]

물론 〈운영전〉의 작가는 운영과 김 진사의 정사(情死)로 작품을 종결짓지는 않는다. 〈운영전〉의 작가는 여기에 천상의 복락이라는 후일담을 덧붙이는데, 이는 현실의 무상함을 불멸의 사랑을 통해 초극하고자 하는 작가의 낭만적 초월정신이 반영된 것이라고 볼 수 있을 것이다. 고고한 이상을 추구했던 안평대군이나 영화로웠던 수성궁은 현실에서 패배하고 퇴락하였지만, 오히려 정사를 선택했던 운영과 김 진사는 천상에서 불멸의 삶을 얻게 된 것이다. 하지만 앞서도 지적한 바 있듯이 이런 후일담에도 불구하고 운영과 김 진사의 비애는 전혀 소멸되지 않은 것 같다. 천상의 선인으로 되돌아가 불멸의 삶을 얻었지만, 이들은 오랜만의 해후에서 여전히 애잔한 슬픔을 토로하면서 생의 무상함을 거듭 반추하고 있는 것이다.

4. 미적 인간학 : 안평대군의 인물 성격과 그 이념적 지향

〈운영전〉의 주제를 둘러싼 기존 논의를 비판적으로 검토하면서 이를 통해 〈운영전〉 고유의 인간학적 입장을 도출해보고자 하는 이 글에

---

42) 운영이 탈주를 감행하지 못하는 이유나 죽음을 선택한 이유에 대해서는 다양한 해석들이 제시된 바 있다. 하지만 필자는 액자 내부의 서사에만 주목하여 그녀의 선택을 합리적으로 재구성해보려는 시도로는 그것을 충분히 설명할 수 없다고 생각한다. 이를 심층적으로 해석하기 위해서는 액자 내부를 장악하고 있는 정념의 인간학과 액자 외부를 장악하고 있는 연민과 비애의 인간학을 연결지어 해석할 필요가 있다고 생각하는 것이다.

서 마지막으로 검토해 보고자 하는 것은 안평대군이라는 인물의 성격과 그의 이념적 지향에 대해서이다. <운영전>의 서사에서 보이지 않는 중심에 서 있는 인물이 안평대군이라는 점에서 그의 인물 성격과 이념적 지향을 해명하는 것은 이 작품의 주제 및 작가의식을 해명하는 데 중요한 관건이 된다고 말할 수 있다.

그런데 <운영전>에서 안평대군은 서사의 중심축을 이루고 있지만 사건의 전면에 두드러지게 나타나지 않기에 그 성격 또한 간단히 규정하기 어려운 다소 모호한 존재라고 할 수 있다. <운영전>에서 운영의 회고를 통해 묘사되는 안평대군은 밤에는 독서하고 낮에는 시를 지으며 뛰어난 문인·학자들과 교유하는 이상적인 유자(儒者)의 면모를 지니고 있기도 하고, 궁녀들을 뽑아 가르치며 문학적 재능을 북돋우는 자애롭고 진취적인 교육자의 면모를 지니고 있는가 하면, 궁녀들을 유폐시키고 그 내면까지 감찰하는 가부장적 절대 권력자의 모습을 띠기도 하며, 운영과 김 진사를 만나게 해준 사랑의 매개자이자 그 사랑을 가로막는 방해자이기도 하고, 세속의 정념에서 초탈한 듯하면서도 한편으론 운영에게 은근히 마음을 두고 있는 숨은 연인처럼 보이기도 한다.[43]

이 때문에 기존 연구에서는 안평대군의 인물 성격에 대해 다양한 해석들이 제시되었다. 즉 논자에 따라 안평대군은 궁녀들에게 성리학적 이념을 강요하는 사림적 세계관을 체현한 인물[44]로, 또는 현실에서 펼쳐보지 못한 정치적 욕망을 재녀(才女)의 육성을 통해 대리 충족하려고 하는 중세적 권력자[45]로, 혹은 세속적 현실을 부정하면서 자신이 구축

---

43) 물론 <운영전>에서 운영을 향한 안평대군의 마음이 직접적으로 드러난 곳은 없다. 하지만 주변 사람들의 시선과 수군거림을 통해 작가는 독자들로 하여금 안평대군이 운영을 은근히 마음을 두고 있었을 것이라는 상상을 하게 만든다.
44) 박일용, 앞의 책, 168~174면.

한 세계를 외부세계와 철저히 차단하려고 한 도가 편향적인 지식인[46]
으로 다양하게 해석되어온 것이다.

　〈운영전〉에서 안평대군은 서사의 전면에 나서기보다 그 배후에 자
리 잡고 있으면서 인물들을 매개하는 역할을 수행하는데, 그 역할의 비
중에 비해 그에 대한 서술은 매우 절제되어 있다.[47] 그런 점에서 그의
인물 성격을 둘러싼 해석의 다양성은 불가피한 측면이 있다. 그렇기는
하지만 필자로서는 안평대군의 인물 성격과 이념적 지향을 온당히 평
가하고 해석하기 위해서는 다음과 같은 측면들이 좀 더 고려되어야 한
다고 생각한다.

　우선, 기존 연구에서도 지적된 바 있지만, 〈운영전〉의 작가가 안평
대군을 결코 부정적인 인물로 묘사하고 있지 않다는 점부터 다시금 확
인할 필요가 있다. 안평대군은 세종의 셋째 아들로 학문을 좋아하고 시
(詩)·서(書)·화(畵)에 두루 능하여 당대 문인지식인들에게 높은 신망
을 얻었지만 수양대군과의 권력투쟁에서 패배하여 역적으로 몰려 사사
되었던 인물이다. 그런데 〈운영전〉의 작가는 안평대군이 패배하기 직
전, 곧 그가 문인·학지들의 추앙을 받으며 문명을 드날리던 시절의 화
려했던 수성궁을 소설의 시공간적 배경으로 삼고 있다. 그리고 수양대
군과 권력을 두고 경쟁했던 정치적 야심가로서가 아니라 문사들을 우
대하고 학문을 사랑하는 이상적인 유가적 지식인으로 그를 형상화하고
있다.[48] 비록 수성궁을 세속의 정념에 물들지 않은 무균실 같은 공간으

---

45) 정출헌, 앞의 책, 95면.

46) 이상구, 앞의 논문, 140~142면.

47) 〈운영전〉에서 안평대군의 인물 성격이 자세히 묘사되지 않은 것은 어쩌면 아직
　　그가 역적이라는 오명을 쓴 채 忌諱의 대상이 되었던 당시의 사정 때문이었을 수 있다.
　　안평대군은 영조 23년(1747년)에 이르러서야 복관되었다.

48) 박기석은 〈운영전〉의 작가가 안평대군의 성시지사(盛時之事)를 긍정적으로 묘사한

로 만들고자 했던 그의 이상이 운영을 비롯한 궁녀들의 반발과 저항을 불러일으키기는 하지만, 작가는 그를 폭압적이고 무도한 지배자 혹은 남에게 엄격하면서도 자신에겐 관대한 위선적인 지식인으로 묘사하지 않는다.[49] 그는 운영을 총애하고 그녀에게 남다른 마음을 두고 있었지만 그 마음을 겉으로 잘 드러내지도 않고 또 권력을 이용해 그녀를 강제로 취하지도 않을 만큼 자신의 감정과 힘을 절제할 줄 아는 인물이다.[50] 요컨대 <운영전>의 작가는 안평대군을 정치권력을 노리는 야심가나 쾌락을 추구하는 광포한 지배자가 아니라, 세속의 현실과 차단된 수성궁을 구축하고 그 속에서 궁녀들을 자신이 내세운 법과 이상에 맞춰 훈육하며 스스로도 그것에 충실하고자 노력하는 엄격한 가부장적 지배자로 형상화하고 있다는 것이다.

것은 역모로 몰려 비명에 숨진 안평대군에 대한 세간의 인식을 바로잡고자 한 의도 때문이었으리라 추정한 바 있다(박기석, 앞의 논문, 179면). 안평대군의 정치적 복권을 노렸다고 보기에는 그에 대한 서술이 너무 절제되어 있지만, <운영전>의 작가가 안평대군을 권력욕이나 색욕에 물들지 않은 고고한 유가적 지식인으로 묘사하고 있다는 점은 분명해 보인다.

49) 필자는 궁녀들의 생사여탈권을 쥐고 외부와의 접촉을 철저히 막았다는 점을 안평대군의 폭압성을 드러내는 증거로 보기는 어렵다고 판단한다. 그와 같은 禁令은 궁녀들을 사적 쾌락의 도구로 독점하기 위해서라기보다 그의 이상을 실현하기 위해서라고 여겨지기 때문이다. 물론 이상을 강요하는 것조차 일종의 폭력으로 볼 수 있지만, 궁녀들을 사적 쾌락을 위한 소유물로 취급하는 것과 자신의 이상을 실현해줄 대상으로 취급하는 것은 동일한 차원의 폭력으로 보기 어렵다.

50) 안평대군은 "운영에 대한 자신의 감정을 끝까지 드러내지 않을 뿐 아니라 운영에게 어떠한 행동도 강요하지 않았던 바, 오히려 자기모순적이지 않기 위해 노력한 인물"이라는 엄태식의 해석에 필자 또한 공감한다(엄태식, 앞의 논문, 58면). 물론 그렇게 노력했다고 해서 그가 자기모순에 빠지지 않았다고 단정할 수는 없다. 궁녀들에게 부과했던 법(인간적 정념에 휩쓸리지 않기)에 충실하고자 한 그의 노력이 다른 한편에서는 자신의 욕망을 억압하는 선택일 수 있기 때문이다. 이상-법-의식의 일관성을 위해 감정-욕망-무의식을 억압할 때 자기모순은 해소되는 것이 아니라 심화되고 축적될 수밖에 없다.

　　이와 같은 인물 형상화를 고려할 때 우리는 이 작품에서 운영-궁녀들과 안평대군의 대립이 적대적인 대립으로 묘사되지 않는 이유를 이해할 수 있다. 운영을 비롯한 궁녀들은 안평대군의 위엄뿐 아니라 자애를 거듭 언급하는데, 이를 단지 이데올로기적 훈육의 결과 폭압을 자애로 받아들였기 때문[51]이라고만 해석하기는 어려울 것이다. 오히려 안평대군은 궁녀들의 인격과 재능을 인정하고 그들을 직접 가르칠 뿐 아니라 詩文으로 교감을 나누는, 동시대의 기준으로 볼 때 상당히 자애롭고 개명한 궁주였다고 보이기 때문이다.[52]

　　필자가 보기에 안평대군과 운영의 대립이 적대적인 것으로 흐르지 않는 더 근본적인 이유는 이들이 기본적으로 동질적인 유형의 인간에 속하기 때문이다. 즉, 비록 인간의 본성과 생의 가치에 대해 상이한 관점을 지니고 있었고 또 권력관계로 인해 그러한 관점의 차이가 명령과 저항의 형태로 표출되고 있긴 하지만, 그들은 모두 탁월한 시적 감수성과 재능을 지닌 미적 인간이자 진정(眞情)을 추구하는 낭만적 이상주의자라는 점에서 닮아있다. 우선, 격식을 중시했던 두보보다 성정의 토로를 중시했던 이백을 더 높게 평가하는 심 신사의 평론에 대해 "기슴속이 확 트이"[53]는 것 같다고 동의했던 안평대군부터 진정을 추구하는 낭만적 인물이었다. 다만 그는 진정한 인간이란 세속적 정념에 흔들리지 않는 즉물적 경지에 이르러야 도달 가능하다고 믿었고 이를 위해 혼탁한 현실에서 차단된 무균실 같은 세계를 수성궁에 구축하고자 했

---

51) 정출헌, 앞의 책, 110면.
52) 이 점에서 필자는 "궁녀들이 한결같이 안평대군에 대해 은애, 무휼, 자애를 운위했던 것은" "상호간의 인간적인 교감의 문제가 개재되어 있"기 때문이라는 이상구의 해석에 공감한다(이상구, 앞의 논문, 151면).
53) 125면.

다. 이에 반해 운영—그리고 자란과 은섬 같은 궁녀들—은 사랑이야말로 오히려 진정에 기반한 순수 정념이며 헌신할 만한 가치라고 항변한다. 그런 점에서 운영은 안평대군의 미적 이상이 길러낸 다른 얼굴이며, 사랑에 목숨을 거는 그녀의 선택은 진정을 추구하는 다른 방식일 수 있다. 탐욕스럽고 폭력적인 현실에 맞서 순수한 미적 세계를 수성궁에 구현해보고자 했던 것이 안평대군의 이상이었다면, 운영은 진정에 기반한 순수 정념으로서의 사랑으로 이에 응답하고 반향(反響)하고 있기 때문이다.

이처럼 안평대군과 운영-궁녀들-김 진사를 동질적인 유형의 인간, 즉 진정을 추구하는 낭만적 이상주의자이자 섬세한 여성적 감수성을 지닌 미적 인간으로 볼 때 이들의 대립이 왜 적대적인 대립으로 흐르지 않는지, 그리고 운영과 김 진사가 왜 안평대군의 패배에 연민과 비애의 시선을 보내는지를 보다 잘 설명할 수 있다. 그리고 이는 안평대군이 수성궁에 구현하고자 했던 바, 곧 그의 이념적 지향을 해명하는 데도 중요한 논의의 실마리를 제공한다.

안평대군이 궁녀들에게 쌓게 한 유가적 교양이나 궁녀들에게 강요한 금욕적 태도를 보면 그가 지향한 것은 성리학적 이념이었고 수성궁은 그러한 이념의 틀에 맞는 인간을 길러내는 "일종의 인간형성 실험장"[54] 같은 공간이었다고 평가하기 쉽다. 특히 여성의 훈육과 유폐를 통해 가부장적 질서를 구축하려 하고 사랑과 같은 정념을 불온시하며 통제하려 한다는 점에서 안평대군이 지향했던 바는 조선왕조 지배층이 구현하려 했던 성리학적 이념과 매우 유사한 면모를 지니고 있다.

하지만 그가 구축하고자 한 고답적이고 심미적인 공간 수성궁은 성

---

54) 박일용, 앞의 책, 169면.

리학적 이념을 구현한 공간이라고만 보기 어려운 측면이 있다. 무엇보다 특별히 선발된 열 명의 미소녀들로 채워진 수성궁은 애초 음양의 상보성이 깨어진 여성적 공간이라는 점에서 일상의 도덕화 혹은 도덕의 일상화를 지향한 성리학적 이념의 구현과 거리가 있다. 그리고 안평대군이 궁녀들을 훈육하면서 목표로 삼았던 바 또한 도덕적/도학적 인간이라기보다 미적 인간에 가까워보인다. 안평대군은 궁녀들에게 유가적 교양을 쌓게 하지만 그들과 학문적 토론을 벌이거나 이론적 문답을 주고받지 않으며 오로지 즉물적이고 탈속적인 시적 경지를 강조할 뿐이다.55) 그런 점에서 안평대군이 궁녀들에게 유가적 교양을 쌓게 하고 금욕적 태도를 강요했던 것은 그것이 그가 지향한 미적 인간에 도달하기 위해 필요한 덕목이기 때문이지 그것 자체가 목표이기 때문은 아니었으리라는 심증을 갖게 된다. 즉 안평대군이 유가적 교양의 주입과 금욕적 태도의 강요를 통해 궁녀들에게 기대했던 바는 성리학적 이념에 충실한 도덕적/도학적 인간의 완성이 아니라 세속의 정념과 욕망에 물들지 않은 순수하고 세련된 미적 인간의 출현이었다는 것이다. 그렇다면, 적어도 안평대군의 이상 속에 있는 수성궁이란 순수하고 섬세한 여성적 감수성을 지닌 미적 인간들로 채워진 고답적이고 탈속적인 미적 공간이었으리라고 생각해볼 수 있을 것이다.

그런데 필자로서는 이처럼 안평대군이 내세운 미적 인간학이 운영이나 자란·은섬 같은 궁녀들이 내세운 정념의 인간학과 표면적으로 대립하는 것 같지만 이면적으로는 내밀하게 연결되어 있다는 점을 다시금 강조해두고 싶다. 안평대군이 추구했던 순수하고 즉물적인 미(美)나 운영과 궁녀들이 추구했던 진정에서 나오는 순수 정념은 모두 외재적인

---

55) 이에 부응하여 궁녀들 또한 저녁이면 함께 모여 궁원시의 고하를 논하는 등 시적 수련에 매진한다(116면).

도덕규범이나 객관적인 지식을 통해 학습될 수 없는 것이라는 점에서 통한다. 그것은 진정을 추구하는 낭만적 인간만이 도달할 수 있는 이상적 가치이며, 폭력과 탐욕이 판치는 정치현실이나 세속적 현실에서는 그 존속조차 기대하기 어려운, 특히 섬세한 여성적 감수성과 잘 어울리는 가치들이다. 무엇보다 안평대군의 미적 교육이 빚은 결정체라고도 할 수 있을 운영은 미적 인간이 정념의 인간에 얼마나 가까이 근접해 있으며 서로 미끄러지기 쉬운지를 보여주는 사례라고 할 수 있다. 그리고 이 점에서 수성궁은 미적 인간학과 정념의 인간학이 함께 배양될 수 있는 최적의 공간이었다고 할 수 있을 것이다.

5. 맺음말

이상으로 인간의 본성이나 생의 가치 등에 대한 <운영전> 작가의 고유한 관점, 곧 <운영전>의 인간학에 대해 거칠게나마 논의해보았다. 이를 위해 필자는 <운영전>의 주제를 둘러싸고 기존 연구에서 제기된 주요한 세 가지 해석학적 쟁점들, 곧 사랑에 대한 관념, 비극성의 의미, 안평대군의 인물형상과 그의 이념적 지향에 대한 기존 논의들을 비판적으로 재검토하면서 그 속에서 <운영전>의 작가가 지니고 있었던 인간과 생에 대한 인식과 이해를 도출해보고자 하였다. 그런 점에서 이 글은 <운영전>의 인간학에 대한 논의이면서 동시에 기존의 주제론적 연구에 대한 연구사적 재검토와 비평적 개입의 성격을 갖는다고 할 수 있다.

이제 이상의 논의를 맺으면서 <운영전>의 인간학을 통해 간취할 수 있는 17세기 전반을 살아간 한 역사적 주체의 정신세계에 대해 짧게 논의해보는 것으로 결론을 대신할까 한다. 필자가 보기에 〈운영전〉은, 한편으로 중세적 문화 엘리트로서의 자부심을 여전히 지니고 있지만 다른 한편으로는 잦은 정변과 참혹한 전란을 겪으며 안정된 사회경제적 지위와 확고한 이념적 지표를 상실한, 17세기 전반 조선의 한 문인지식인의 존재론적 회의와 그에 맞선 낭만적 고투가 빚어낸 작품이라고 여겨진다. 〈운영전〉의 액자 외부를 장악하고 있는 비애와 연민의 파토스를 통해 우리는 폭력과 탐욕이 판치는 현실에서 이상주의적인 인문주의자는 패배할 수밖에 없다고 보는, 문인지식인층 출신의 작가가 지닌 현실에 대한 깊은 좌절감과 부정의식을 엿볼 수 있었다. 이러한 좌절감과 부정의식은 의미의 부재와 가치의 결여에서 기인하는 것이기에, 그것을 극복하는 길은 믿고 의지할 만한 의미와 가치를 발견/재확인하거나 아니면 (의미에 선행하는) 즉자적인 정념의 세계로 퇴행하는 데서 찾을 수 있을 것이다. 〈운영전〉은 의미의 부재와 가치의 결여를 사랑이라는 순수 정념으로 돌파하고자 하는 작가의식을 보여준다. 〈운영전〉의 액자 내부를 장악하고 있는 정념의 인간학은 바로 이러한 의미의 부재와 가치의 결여라는 암영(暗影)을 바탕으로 더욱 강렬하게 부각될 수 있었다. 하지만 작품의 서두와 결말이 보여주듯 즉자적이고 생생한 사랑의 정념으로도 의미의 부재와 가치의 결여가 초래한 공허를 메울 수는 없다. 천상으로의 귀환과 복락이라는 후일담을 삽입했음에도 불구하고 운영과 김 진사—그리고 그들에 공감하는 유영과 독자들—의 상실감이 전혀 해소되지 않는 것은 지상과 천상을 연결하는 의미와 가치의 상징체계가 붕괴된 상태에서 제시된 천상의 복락이란 공허하고 무의미한 것이기 때문이다.

　〈운영전〉은 17세기 전반을 살아갔던 역사적 주체의 정신세계의 심층적인 몇 국면 혹은 증상들을 보여준다. 이 작품에 재현된 주체는 다음과 같은 여러 측면의 얼굴을 지니고 있다. 인간의 연약함과 역사의 덧없음에 대해 연민과 비애의 시선을 던지는 결여의 주체, 의미의 부재와 가치의 결여를 견뎌내고 돌파하기 위해 사랑과 같은 순수하고 강렬한 정념에 자신을 내어던지는 정념의 주체, 폭력적이고 탐욕스런 현실을 거부하고 섬세한 여성적 감수성의 세계로 퇴행하는 미적 주체. 아마도 우리가 <운영전>에서 근대적인 성격을 찾을 수 있다면 그것은 근대주의적 독법에 의해 과잉 해석된 인간 해방이나 평등의 관념에서가 아니라 존재와 의미가, 정념과 이념이, 미와 도덕이 균열된 이와 같은 역사적 주체성의 출현에서일 것이다.

물론 17세기 전반 역사적 주체의 정신세계에 대한 이상의 결론은 <운영전>이라는 한 작품에 대한 분석에서 도출된 시론적인 해석일 뿐이다. 이 주제를 깊이 있게 천착하기 위해서는 최소한 17세기 전기소설 전반으로 시야를 확대할 필요가 있을 것이다. 특히 <주생전>과 같은 작품은 <운영전>과 매우 많은 지점들에서 흥미로운 교차점들을 형성하고 있다고 여겨지는데, 이에 대해서는 후고를 기약해보기로 하겠다.

이 글은 『고전문학연구』 39집(한국고전문학회, 2011)에 수록한 논문을 수정하여 재수록한 것이다.

〈구운몽〉과의 현대적 소통

—현대역 텍스트에 대한 분석을 중심으로

송성욱

1. 머리말

　문학작품과의 일차적 소통은 텍스트를 통해 이루어진다. 그런데 원전의 형태로 텍스트를 읽을 수 있다면 다른 말이 필요 없겠지만, 조선시대 소설과 같이 원전을 읽을 수 있는 독자가 한정된 경우에는 사정이 달라진다. 뿐만 아니라 다양한 연령층이 동시에 접근하는 작품의 경우는 독서 대상에 따라 적절하게 텍스트를 변형하는 일까지 필요하다.

　〈구운몽〉은 그 문학사적 중요성과 더불어 고등학교 교과과정에 등장하는 작품이기 때문에 다양한 형태의 현대역 텍스트가 요구되는 작품이다. 그런 만큼 상당히 많은 종류의 〈구운몽〉 현대역 텍스트가 존재하고 있기도 하다.1) 뿐만 아니라 〈구운몽〉의 교육 방법에 대한 연구도 꽤 많이 진척되었으며, 범위도 중등학생 교육과 관련한 연구에서부터 대학 수업에서의 교육까지 넓게 확산되어 있다.2) 특히 〈구운몽〉은

---

1) 이에 대해서는 권혁래, 「〈구운몽〉의 현재적 소통과 다시쓰기 출판물」, 『온지논총』 27집, 온지학회, 2011, 9~37면에서 전체적인 현황에 대한 개괄적인 분석을 시도한 바 있다.

다른 소설과는 달리 주제적 심도가 범상하지 않은 소설이기 때문에 보다 많은 주목을 받았다. <구운몽>이 삶에 대한 가치를 전면적으로 질문할 수 있게 하는 작품이라는 견해[3]는 <구운몽>이 가진 무게를 가늠하게 한다.

그런데 학계에서 <구운몽>에 대해 각별한 애정을 기울이는 만큼 일반인들 역시 그러한 관심을 가지고 있는가에 대해서는 의문의 여지가 있다. <구운몽>이 명실상부한 우리 고전이라면 누구나 찾아서 읽어보고 싶고, 나름대로의 방식으로 작품과의 소통을 즐겨야 한다. 그런데 사정은 그렇지 않은 것 같다. <구운몽>을 알고는 있지만 제대로 읽어보지 못한 독자들이 대부분이기 때문이다. 여기에는 두 가지 문제가 있는 것 같다. 우선 <구운몽>이 교과과정에 수용된 작품이기 때문에 일방적인 교육이 이루어졌을 가능성이 있으며, 이 과정에서 <구운몽>과의 다양한 소통 가능성이 차단되었을 수 있다. 다음으로는 출판된 대부분의 현대역 텍스트가 교육용 도서로 기획되어 있기 때문에 의무감에서 읽는 소설로 각인되었을 가능성이다. 어떠한 경우이든 <구운몽>과 독자와의 자유롭고 즐거운 소통이 이루어지지 않았다면, 지금부터라도 이를 위해 노력해야 할 필요가 있다.

본고는 그 일환으로 <구운몽> 현대역 텍스트를 원전과 대비하여 비교하고, 여기에서 발견되는 문제점을 지적하는 것을 목적으로 한다. 물

---

2) 최근에 이루어진 대표적인 연구결과 중, 중등학생 교육과 관련해서는 이강옥, 「<구운몽>의 재해석과 희망의 서사교육」, 『국어교육연구』 46집, 국어교육학회, 2010, 121~158면에서 연구사 비판 및 새로운 견해를 제시하였다. 대학에서의 고전소설 교육과 관련해서는 권순긍, 「대학 고전소설교육의 지행과 방법」, 『한국고전연구』 15집, 한국고전연구학회, 2007, 27~56면. 및 권혁래, 「대학 교양수업에서의 <구운몽> 읽기과 소설교육」, 『새국어교육』 83집, 새국어교육학회, 2009, 5~25면이 있다.

3) 이강옥, 위의 논문, 122면 참조.

론 여기에서 모든 현대역 텍스트를 세밀하게 분석할 수는 없으며 그것
이 효과적이지도 않다. 따라서 현대역 텍스트의 전반적인 현황에 대해
서는 선행 연구의 결과에 미루고[4], 여기에서는 읽을 만하다고 판단되는
몇 개의 텍스트를 중심으로 살펴보기로 한다.[5]

2. 현대역 텍스트의 문제

〈구운몽〉과의 현대적 소통을 위해서는 무엇보다 소통을 위한 텍스
트가 전제되어야 한다. 이 텍스트는 원전으로서의 〈구운몽〉이 아니라
일반적인 독자들이 읽을 수 있는 현대역 텍스트여야 한다. 현재 중, 고
등학교 교과과정에 반영된 작품을 위주로 한 폭넓은 독서 교육의 일환
으로 여러 고전소설의 다양한 현대역 출판물이 존재한다.[6] 〈구운몽〉
도 예외는 아니어서 원전에 충실한 현대역, 삽화를 이용한 현대역, 작품
해설 혹은 해석을 겸한 현대역 등 다양한 출판이 이루어졌는데, 이는
작품을 읽는 대상 연령을 고려한 결과이다.

〈구운몽〉을 원전에 가깝게 번역한 것은 일반 독자 즉 대학생을 포함

---

4) 권혁래, 위의 논문.

5) 권혁래, 위의 논문에 의하면 2010년도까지 출간된 〈구운몽〉 현대역 텍스트는 무려
28종에 달한다. 이중 청소년, 아동을 대상으로 출간된 텍스트가 대부분을 차지하고
있다. 그런데 청소년용과 아동용의 구별이 모호하여 아동용이라고 명백하게 거론할
수 있는 몇몇 출간물을 제외하고는 청소년, 아동용의 구별은 의미가 없다. 따라서 본고
에서는 출판사의 인지도, 판매량 등을 고려하면서도 가장 충실하게 기획되었다고 판
단되는 텍스트를 선별하여 논의를 진행하기로 한다.

6) 이강옥, 「초등학교 고전소설 교육의 의의와 방향」, 『고전소설교육의 과제와 방향』,
월인(한국고소설학회), 2005.에서 초등학생을 대상으로 한 고전소설 다시쓰기의 문제
와 개선 방향에 대한 상세한 논의가 이루어졌다.

한 성인을 염두에 둔 것이다. 물론 독서 능력이 거의 완성된 고등학생까지 감안했을 수도 있다. 원전에 가깝게 번역할 경우에는 상당히 까다로운 문제가 발생한다. 작품 곳곳에 서술되는 전고의 처리, 문장이나 문단의 구획, 문장의 서술어 처리 등 해결해야 할 문제가 하나둘이 아니다. 지나치게 원전에 구속되면 가독성이 떨어지고 원전에서 벗어나려고 하면 원래 작품의 분위기를 제대로 전달하지 못한다.

❶ 선녀 팔인이 걸어서 산문을 나와 서로 의논하되, "남악 형산은 한 물과 한 언덕도 우리집 것이 아닌 것이 없지만, 이 화상이 절을 연후로는 홍구지분(鴻溝之分)이 되었는지라. 연화봉 경치를 지척에 두고 보지 못하였더니 우리 이제 다행히 낭랑의 명으로 이 땅에 왔으니, 해 저물기 전에 연화봉 위에 옷을 떨치고 폭포수에 관(冠) 끈을 씻고 글을 읊고 돌아가 궁중의 자매들에게 그 유람을 자랑하는 것이 어찌 즐겁지 아니리오." ㉠하니, 모두 그 말이 마땅함을 일컫더라.7)

이 현대역은 원전의 표현을 최대한 반영한 것이다. 특히 '홍구지분'과 같은 다소 까다로운 한자성어 역시 그대로 노출시키고 대신 각주로 처리하였다. '-ㄴ지라', '-리오', '였더니'. '-더라'와 같이 고전소설에 전형적으로 사용되는 서술어를 최대한 살렸다. 따라서 원전의 느낌을 최대한 살렸지만 이로 인해 가독성은 떨어진다. 이는 <구운몽>을 현대역하는 작업에서 수시로 만나게 되는 문제이다.

다음 인용은 보다 가독성을 높인 경우이다.

❷ 팔선녀가 대사께 하직하고 문 밖으로 나오면서 말했다. "하늘이 만든 이 남악은 물과 언덕이 모두 우리집의 것이었는데, 육관대사가 거처하

---

7) 송성욱 역, 『구운몽』, 민음사(세계의문학전집 72), 2003, 12면.

신 후부터 경계가 분명히 나뉘었습니다. 그래서 아름다운 연화봉의 경치를 지척에 두고도 구경하지 못한 지 오래되었지만 이제 다행히 낭랑의 명으로 이 땅에 왔습니다. ⓛ게다가 춘색이 아름답고 산에서의 하루도 아직 저물지 않았으니, 이때를 놓치지 말고 저 높은 곳에 올라가 연화봉 위에 옷을 벗어놓고 폭포수에 관 끈을 씻으며 시를 읊고 돌아가서 궁중 자매에게 자랑하면 정말 즐겁지 않겠습니까?"8)

한자성어가 없어지고 문장이 보다 짧게 처리되어 가독성이 훨씬 높아졌음을 알 수 있다. 뿐만 아니라 ㉠과 같은 인용어투도 생략하고, '-ㅂ니다', '-ㅂ니까'로 문장을 종결시킴으로써 현대적인 문장 감각에 가깝게 번역이 이루어졌다. 대신에 ⓛ과 같은 표현이 더 들어와 있어 내용상의 차이도 약간 보인다. 물론 내용상의 차이는 ❶과 ❷가 대상으로 삼은 원본의 차이에서 기인하는 것이다. ❶은 규장각본 한글 4권 4책본을 저본으로 삼았고, ❷는 이가원 소장과 정규복 재구본(再構本) 즉 한문본을 저본으로 삼았다. ❷의 문장 종결어미가 현대 표현에 가까운 것도 여기에서 기인한다고 볼 수 있다.

❶과 ❷는 원본에 충실하면서도 가독성을 획득했다고 여겨진다. ❶은 애초에 국문본을 저본으로 선택했기 때문에 고전소설 특유의 문장 감각을 살릴 수 있었고, ❷는 한문본으로 인해서 세밀한 표현이 풍부해질 수 있었다.

그런데 현재 소통되고 있는 〈구운몽〉 현대역 텍스트의 상당수는 대부분 중, 고등학교 학생이나 초등학생을 주 독자층으로 상정하고 제작된 것이다. 이 텍스트들은 원전의 분위기보다는 가독성을 높이는 데 훨씬 주력을 한 것으로 보인다. 그런데 이 현대역의 과정을 자세히 살펴보

---

8) 설성경 역, 『구운몽』, 책세상, 2003, 10면.

면 몇 가지 특징과 문제점이 보인다. 먼저 다른 텍스트에 비해 원전의 내용을 비교적 충실하게 전달하고 있는 나라말 출판사의 상황을 살펴보기로 하자.

> 문 밖을 나온 팔선녀가 서로 의논을 하였다.
> "남악 형산은 어느 곳도 우리 집이 아닌 곳이 없었는데, 육관대사께서 연화도량을 여신 후로는 연화봉의 좋은 경치를 가까이 두고도 구경하지 못했습니다. 마침 오늘 위 부인의 명을 받고 여기에 오게 되었으니 얼마나 좋은 기회입니까? 계곡에서 목욕도 하면서 잠시 쉬다가 돌아가는 게 좋겠습니다."[9]

확실히, ❶과 ❷에 비해 가독성이 높아졌다. 한자어투가 완전히 사라졌으며 문장도 매우 간결하게 처리되어 있다. 읽기가 수월해졌다는 것은 환영할만한 일이다. 그런데 '홍구지분' 혹은 '경계' 등의 표현을 다른 표현으로 대체하면서 가독성을 높인 것이 아니라 아예 삭제하고 있다. 삭제해서 문제가 없다면 괜찮지만 이것 때문에 내용 전달에 문제가 생긴다면 충분히 따져보아야 한다.

팔 선녀가 연화봉을 구경하지 못한 것은 육관대사가 연화봉에 절을 만들면서부터 엄격한 경계가 나뉘었기 때문이다. 이 경계를 원전에서는 '홍구지분'이라는 단어를 사용하면서까지 강조하고 있다. 이것은 팔 선녀와 성진이 사는 곳과의 소통이 금지되어 있음을 의미하는 것이며, 이후에 팔 선녀와 성진의 만남이 큰 죄가 되는 부분과도 연결이 되는 중요한 표현이다. 즉 가독성을 얻기 위해 이 표현을 삭제함으로써 내용상의 중요한 의미를 살리지 못하는 결과를 초래했다.

---

9) 이상일, 『무엇이 꿈이고 무엇이 꿈이 아니더냐』, 나라말(국어시간에 고전읽기 구운몽), 2007, 22면.

그리고 해가 저물기까지는 시간이 충분히 남았다는 표현, 폭포수의 좋은 경치를 풍류롭게 감상하겠다는 표현, 나아가 그러한 경험을 연화봉에 오지 못한 다른 자매들에게 자랑하고 싶다는 표현 등이 모두 생략된 채 한 문장으로 처리되고 있다. 이 부분은 원전과 비교하여 의미상의 문제가 발생하지는 않지만, 〈구운몽〉의 풍부한 표현력이 사라져 버렸다. 별 문제가 아니라고 생각할 수 있지만 고전소설에 대한 부정적인 통념이 아직도 존재하고 있다는 점을 감안하면 짚고 넘어갈 사안이다. 고전소설은 세밀한 묘사가 없이 설명 위주로 전개되는 소설이기 때문에 현대소설과 비교하여 풍부한 표현이 없다는 부정적인 견해가 있다. 물론 그러한 고전소설이 없는 것은 아니지만 적어도 〈구운몽〉은 그렇지 않다. 가독성을 방해하는 대목이 아니라면 원전에 기록 된 배경이나 상황에 대한 묘사는 충분히 살려 주어야 해당 장면의 분위기를 전달할 수 있다. 그러나 이와 같은 방식으로 현대역이 이루어졌기 때문에 〈구운몽〉의 원래 모습을 전달하지 못하는 결과를 가져왔다.

> 팔선녀가 다리 위에 앉아 아래로 흘러가는 물을 굽어보고 있노라니, √ 그 맑음이 마치 방금 닦아 놓은 거울과 같고, 물속에 비친 푸른 눈썹과 붉은 단장은 실로 한 폭의 미인도였다. 팔선녀는 물속에 비친 스스로의 모습에 도취되어 그곳을 쉽게 떠나지 못한 채 날이 저물어 가는 줄도 몰랐다.[10]

이 부분은 내용과 표현상의 특징을 잘 전달하고 있다. 그런데 원전의 √ 부분에 있는 "여러 골짜기의 물이 다리 밑에 모여 넓은 못을 이루었는데 그 맑음이 마치 광릉(廣陵)의 보배인 거울을 새로 닦은 듯하였다."

---

10) 이상일, 위의 책, 23면.

라는 부분이 생략되었다. 물이 맑음을 거울에 비유한 표현은 살리고 있지만, 원전에서 사용된 '광릉의 보배'라는 전고를 생략했다. 의미상 차이는 없다고 할지라도 전고를 끌어와서 장면의 분위기를 풍부하게 살리는 <구운몽> 나아가 고전소설 특유의 문체를 느끼지 못하게 된 것이다. 또한 "푸른 눈썹과 붉은 단장이 물 속에 떨어져 마치 한 폭의 미인도 같았다."라는 표현을 "물속에 비친 푸른 눈썹--"으로 바꾸었다. 물속에 모습이 비치는 것을 원전에서는 "비치는 대상이 떨어진다"고 표현했으니 품격 있는 수사를 사용한 것이다. 이러한 수사로 인해 가독성이 떨어진다면 이는 감수해야 할 몫이다. 가독성과 문학적 표현력을 선택하라면 문학작품의 경우는 당연히 문학적 표현력을 선택해야 하기 때문이다. 게다가 이 정도 수사는 중, 고등학생 수준이면 충분히 받아들일 수 있는 부분이며, <구운몽>이 가진 고전으로서의 매력을 느낄 수 있게 하는 요소이다. 이런 부분이 평이한 문체로 현대역되면서 사라졌다는 점은 많은 아쉬움을 가지게 된다.

그런데 표현상 더욱 큰 문제를 안고 있는 텍스트는 초등학생을 주요 독자층으로 삼은 텍스트이다. 원전의 분위기를 제대로 살린 <구운몽>을 초등학생이 읽기에는 무리가 있을 수밖에 없다. 위에서 언급한 나라말 출판사 텍스트도 초등학생이나 중등 저학년이 읽기에는 부담스럽다. 어린 연령대의 독자들에게까지 <구운몽>을 읽힐 필요가 있는지에 대해서는 별도의 검토가 필요하지만 이왕 출판된 텍스트가 워낙 다양하니 살피지 않을 수가 없다.

❸ 양소유는 어머니의 편지를 잘 챙겨서 길을 떠났습니다. 여러 날 만에 낙양 땅에 도착하였는데 갑자기 소낙비가 내려 한 주점에 급히 들어갔습니다. 비를 피하는 동안 술을 몇 잔 마셨더니 금세 얼굴이 붉어졌습니

다. 잠시 후 비가 그치자 다시 나귀를 타고 길을 떠나 천진으로 향하였습
니다. 도중에 낙양 시내의 화려한 물건과 번화한 거리가 양소유의 눈에
들어왔습니다.11)

❹ 양소유는 동자를 데리고 길을 떠났다. 어느덧 양소유는 낙양을 지나
게 되었다. 성안에 들어서자 화려한 누각과 정자가 서 있고, 그 앞에 푸른
강이 느릿느릿 흘렀다.12)

❺ 소유는 나귀를 타고 떠난 지 며칠 만에 장안 근처에 있는 낙양에
도착했다. 낙양성 안에 들어가 보니 화려하기가 이루 말할 수가 없었다.13)

양소유가 진채봉과 다시 만나지 못하고 고향으로 돌아왔다가 다시
과거를 보러 집을 나서는 대목이다. 내용상으로는 ❸이 가장 자세하게
다루었고 ❹, ❺는 대동소이하다. ❸은 비록 다른 텍스트에 비해 자세하
기는 하지만 양소유와 술집 주인과의 대화 장면, 천진으로 가는 이유가
빠져 있다. 규장각본에 따르면 양소유는 비를 피하기 위해 주막을 찾아
갔고, 주막의 주인이 "상공이 술을 자시려 합니까?"라고 묻는 바람에
좋은 술을 가져 오라고 했다. 따라서 시골에서만 자란 양소유가 난생
처음 번화한 도시에 와서 어떤 자존심을 지키려 노력하는 태도를 읽을
수 있다. 주막 주인이 가져온 술을 먹은 양소유가 그 술이 상품이 아니
라고 말하는 대목에서도 이러한 태도가 분명하게 감지된다.14) 그런데
❸에서는 비를 피하는 동안 술을 먹어 얼굴이 붉어졌다고만 되어 있어

---

11) 주재우, 『구운몽』, 계림, 2007, 39면.
12) 정영애, 『구운몽』, 예림당, 2008, 40면.
13) 김대성, 『구운몽』, 아이세움, 2008, 45면.
14) 뿐만 아니라 시골에서 자랐지만, 도시의 사람보다 뛰어난 풍모를 가지고 있는 양소
유의 재능을 파악할 수 있게 해주는 대목이다.

양소유의 음주 동기를 알 길이 없다. 이렇게 된다면 어린 양소유의 음주 장면이 도리어 저학년 학생에게는 비교육적인 요소로 작용할 여지를 남기게 된다. 차라리 ④, ⑤와 같이 이 장면을 아예 삭제하는 것이 더 나을 수도 있다.

특히 ❸은 특이하게도 문장의 종결을 '-습니다'와 같이 경어체로 처리하고 있다. 유아나 초등 저학년용 동화책에서는 흔히 볼 수 있는 문체이다. <구운몽>을 동화로 완전 탈바꿈을 했다면 모르겠지만 오히려 다른 텍스트에 비해 내용을 더 자세하게 옮기면서 이런 문체를 사용한 것은 쉽게 납득이 가지 않는다. 고전소설 현대역 텍스트 중에는 내용을 축약하고 동화에 가깝게 만든 것도 다수 있다. <박씨전>, <금방울전> 등은 그러한 작업이 충분히 가능한 소설이다. 그러나 <구운몽>은 그렇게 변용하기가 쉽지 않다.15) 이러한 문체는 결국 고전소설은 모두 설화적 성격, 동화적 성격을 지니고 있는 단순한 이야기에 불과할 수 있다는 부정적 인상을 심어줄 가능성을 지니게 된다.

또한 ❸과 ❺는 나귀를 타고 가는 모습을, ❹는 나귀 없이 동자만 대동한 모습을 서술하고 있다. 사소한 표현이라고 생각할 수도 있지만 이역시 의미 전달에 미묘한 차이를 낳게 하는 부분이다. 양소유는 가난한 집안의 시골 서생이며 초라한 행색으로 번화한 도시에 들어왔지만, 명색이 사대부 집안의 자손이다. 나귀는 전자의 의미를 표현하는 소재이며 동자는 후자에 해당하는 소재이다. 이 장면에서 굳이 더 중요한 소재를 말하자면 나귀일 것이다. 나귀를 탄 양소유의 초라한 시절이 말을 탄 출세한 시절과 비교되는 대목이 나중에 나오기 때문이다. 그렇다면 '동자'만 서술한 ❹의 경우는 가난한 양소유가 아닌 사대부 집안의 양소

---

15) <구운몽>에서 사용되는 전고의 양이나 이야기의 분량, 품격 있는 문체 나아가 전 연령대가 읽기에는 부절적한 장면의 설정 등이 다른 소설보다 번역을 어렵게 한다.

유의 모습만 부각시키기 때문에 오해를 불러일으킬 수 있다. 이는 우리 고전소설의 근간인 초라한 주인공이 자신의 출중한 능력을 발휘하여 성공한다는 '영웅의 일생'과도 배치(背馳)될 수 있다. 물론 앞에서 양소유 집이 가난하다는 서술이 나오기는 하지만 오히려 그런 가난한 집에서 왜 동자를 두는가라는 소모적인 의문을 생산할 수도 있다.

이와 같이 가독성을 고려하면서 원전의 분위기와 의미를 살리는 작업은 결코 쉽지 않다. 위에서 보았듯이 고려할 요소가 하나 둘이 아니며 간단하게 해결될 문제도 아니기 때문이다. 그러나 대부분의 현대역 텍스트가 가독성에 치중한 나머지, 단어를 생략하거나 표현을 바꾸었을 때 발생하는 중요한 문제를 놓치는 문제를 지니고 있다. 사소한 부분은 놓칠 수도 있으며, 군이 청소년이나 아동들에게 전달될 필요가 없는 부분도 있다. 특히 아동이라면 오히려 전달되지 않는 편이 더 나을 법한 장면도 있다. 그런데 대개의 현대역 텍스트는 이러한 전략적 고려 없이 편의에 따라 만들어졌다는 비판을 피할 길이 없어 보인다. 편의에 따른 현대 텍스트로 인해 〈구운몽〉이 지닌 고전적 가치가 폄하되거나 우리 고전소설 전체의 가치마저 부정될 여지가 발생한다면 큰 문제가 아닌 수 없다. 다음 절에서는 이런 문제가 서사의 구조적인 측면에서 발생한 부분에 대해 살펴보기로 한다.

3. 청소년, 아동용 텍스트의 구조

〈구운몽〉을 읽는 재미나 이를 통해 얻는 의미의 측면에서 보자면 아무래도 성진의 입몽과 각몽 대목, 환생 후 팔 선녀를 차례로 만나는 과정에 초점이 모아진다. 팔 선녀를 만나는 대목에서는 진채봉, 계섬월과의 만남 그리고 정경패와 난양공주와의 만남을 특히 주목할 수 있다. 진채봉은 양소유가 처음으로 만나는 인연임과 동시에 진채봉이 비련의 삶을 사는 여인이라는 점에서 관심이 간다. 계섬월의 경우는 신분이 기생이기 때문에 특히 청소년 이하의 독자층 텍스트에서는 더욱 주의를 요하는 대목이다. 정경패와의 만남은 <구운몽> 전체에서도 많은 비중을 차지하는 부분이면서도 여장한 양소유와 음악을 통해 교류하는 모습, 속고 속이는 사건 등 다양한 재미를 창출하는 부분이다

청소년을 대상으로 한 텍스트의 경우는 앞 절에서 본 것과 같은 문체적인 문제들이 있기는 하지만 이러한 장면들은 대개 살려서 번역을 하였기 때문에 서사적으로는 큰 문제가 없다. 그러나 아동 혹은 중학교 저학년 이하를 대상으로 한 텍스트에서는 축약의 정도가 심하기 때문에 서사 구조의 측면에서 상당한 변형이 초래된다. 이미 잘 알려져 있듯이 <구운몽>은 양소유의 삶을 통해서 사대부 남성의 욕망을 한껏 드러낸 작품이다. 그런만큼 지금은 상상도 할 수 없는 가부장적 질서가 내재화 되어 있다. 물론 조선시대 소설치고 그렇지 않은 소설을 찾아보기도 힘들다. 그러나 <구운몽>은 양소유와 팔 선녀의 만남을 통해 참으로 발랄하고 때로는 발칙하기도 한 남성 중심의 애정 욕구를 담고 있다. 따라서 아동에게 있어서는 교육상 문제가 있는 작품이라고 할 수도 있다. 그렇기 때문에 아동용 텍스트가 별도로 필요한 것이다.

대부분의 텍스트에서 입몽과 각몽 장면, 팔 선녀와의 만남 장면은 빠짐없이 반영하고 있다. 그런데 반영의 정도에서 계섬월과 만나는 부분, 정경패를 유혹하는 부분은 특별히 차이가 많이 난다. 계섬월 장면은 기생에 대한 처리 문제, 적경홍을 첩으로 천거하는 문제 등에서 구성상 곤혹스러운 부분이 있을 것이며, 정경패 장면에서는 음악 장면에 대한 까다로운 번역 문제가 있었을 것으로 짐작된다. 이러한 부분을 중심으

로 대표적인 텍스트의 변형 양상을 살펴보면 다음과 같이 정리할 수 있다.

만남의 대상	세부 장면	예림당	아이세움	계림	생각의 나무
계섬월	만남의 계기	잘 반영됨	잘 반영됨	잘 반영됨	잘 반영됨
	계섬월의 과거사	있음	없음	없음	있음
	혼인 언약	정식 부인이 되지 않는 조건으로 언약	혼인 언약만 함	정식 부인이 되지 않는 조건으로 언약	정식 부인이 되지 않는 조건으로 언약
	적경홍 천거	있음	없음	없음	있음
정경패	만남의 계기	있음	있음	있음	있음
	여장의 이유	없음	있음	없음	있음
	음악 연주 장면	봉구황 대목만 있음	"곡을 차례로 연주했다"로만 처리	상세하지는 않지만 봉구황 대목까지의 과정이 제시됨	연주했다는 서술만 있음
	정체 탄로 장면	봉구황 연주 후 고개를 들어 살핌	이유 없이 눈을 들어 유신처 살핌	봉구황을 듣고 방으로 들어감	음악을 듣고 방으로 들어감

논의의 편의상 위와 같이 정리를 하고 보면 우선 계섬월의 과거사 처리 부분에서 차이를 보이고 있음을 알 수 있다. 원전에서는 계섬월이 기생이 된 이유와 현재 선비들의 시를 품평하게 된 목적을 이 부분에서 밝히고 있다. 계섬월은 계모에 의해 강제적으로 기생이 되었고, 자신의 마음에 차는 영웅을 만나기 위해 천하 선비들의 시를 평하고 있다. 이로 인해 술자리의 명랑하고 들뜬 분위기가 계섬월의 기구한 인생과 역설적인 조화를 이루게 된다. 만약 이 부분이 없다면 계섬월은 얼굴이 아름답고 재주가 뛰어난 평범한 기생으로만 읽히게 된다. 또한 양소유가 계

섬월과 혼인을 언약하는 동기 역시 정당성을 획득하지 못한다. 따라서 이 계섬월의 과거사 부분은 교육상의 이유로도 보다 구체적으로 삽입되어야 한다.

여기에서 문제는 혼인 언약이 첩으로 맞이한다는 조건으로 이루어진다는 점, 이와 동시에 계섬월이 절친한 친구인 적경홍을 양소유의 첩으로 천거한다는 점이다. 사실 이 부분은 조선시대의 시대적 상황과 가부장제에 대한 이해, 이에 기반하여 창작된 당시 소설의 관습에 대한 이해 속에서 읽혀져야 하기 때문에 아동의 문식으로는 받아들이기 힘든 부분이다. 원전 <구운몽>은 풍부한 묘사와 품격 있는 문체가 버티고 있기 때문에 이러한 장면의 선정성이 충분히 가려지지만 축약된 상태에서는 양소유의 바람둥이 기질과 그에 매달리는 여성의 모습만 부각될 소지가 충분히 있다. 그러나 이왕 <구운몽>을 현대역의 대상으로 한 이상은 이 부분을 완전히 삭제할 수도 없는 노릇이다.

'생각의 나무' 텍스트는 이 장면이 나오는 페이지 하단에 '생각거리'라는 부분을 별도로 마련하고 있다.

> 양소유는 계섬랑과 만나자 진채봉과의 약속을 까맣게 잊은 채 사랑에 빠집니다. 게다가 계섬랑에게 사대부 집안의 규수 중에 괜찮은 사람이 없냐고 묻습니다. 양소유의 이런 태도에 대해 여러분은 어떻게 생각하세요?[16)

문제가 되는 부분을 짚고 넘어가자는 의도이다. 축약해서 오히려 문제만 더 부각시킨다면 차라리 원래 장면을 살리면서 이와 같이 비판적 사고를 유도하는 것도 좋은 방법일 것이다.

---

16) 박지웅, 『모두가 꿈이로다』, 생각의 나무, 2009, 39면.

정경패가 등장하는 장면은 〈구운몽〉에서 상당한 비중을 차지한다. 양소유의 제 1처가 되는 여성이기 때문에 아무래도 진채봉이나 계섬월과는 비중이 다를 수밖에 없다. 그리고 이정경패를 통해 당대의 바람직한 여성으로서의 모델을 제시하고 있다. 양소유의 첩이 되는 6명의 여성은 모두 여성이 먼저 양소유에게 접근했지만 정경패의 경우는 양소유가 먼저 접근하며, 그 접근 또한 상당히 어렵게 이루어진다. 이 과정은 모두 정경패가 전형적인 사대부 규수로서의 모습을 지니고 있기 때문이다. 정경패는 시를 외우고 예를 익혀 숙녀로서의 몸가짐을 단정하게 하는 까닭에 외간 남자가 만날 방도가 없는 여성으로 설정되어 있다. 그럼에도 불구하고 양소유가 군이 정경패를 만나기를 원하니, 두련사가 여장(女裝)과 음악연주라는 계교를 내놓은 것이다. 그런데 위의 텍스트들은 이런 정경패의 성격을 부각시키지 않고 있다.

> 다음 날 아침 소유는 숙모를 찾아가 정 낭자를 볼 수 있는 방법을 물었다. 그러자 숙모가 곰곰이 생각하다 "혹시 자네 음률을 익힌 적이 있는가" 하고 물었다.[17]

양소유가 여장을 한 계기를 이 정도로만 밝히고 있거나 아예 이러한 서술조차 없는 경우가 많다. 그렇기 때문에 양소유가 여장을 하고 음악연주를 한 것이 단순히 정경패와의 만남을 위한 장치로만 읽히게 된다. 사대부 규수로서 자신의 몸가짐을 지키는데 엄격한 정경패의 성격은 전혀 읽을 길이 없게 되었다.

고전소설의 관습으로 보자면 제일 처음에 만난 여성과의 인연이 가장 비중 있게 다루어지기 마련이다. 아마 〈구운몽〉을 처음 읽은 독자

---

17) 박지웅, 위의 책, 같은 곳.

라면 진채봉과 양소유의 혼인 여부에 대해 상당히 궁금해 할 것이고, 훗날 진채봉이 양소유의 처가 되지 못하고 첩이 되는 것에 안타까움을 표할 수도 있다. <구운몽>에서 진채봉이 양소유의 처가 될 수 없는 가장 큰 이유 중의 하나는 진채봉이 윤리적 완결성을 보이지 않았기 때문이다. 진채봉은 부모에게 고하지 않고, 여성 스스로가 남성에게 먼저 청혼하는 대담성을 발휘했다. 진취적인 모습이기는 하지만 당대가 인정하는 바람직한 여성의 모습은 아니다. 원전에서는 이러한 진채봉의 행위를 탁문군의 고사에 비유하고 있다. 이는 남자 친척에게도 얼굴을 좀처럼 보이지 않는 정경패의 행동과 대비되고 있으며 그 때문에 진채봉은 양소유의 처음 인연임에도 불구하고 첩이 될 수밖에 없었다.

그렇다면 정경패의 성격만큼은 최대한 원전에 가깝게 부각시켜야 하며, 이를 통해 조선시대 여성관에 대해 독자들이 파악할 수 있도록 해야 한다. 그러나 이러한 부분이 생략되면서 정경패가 제 1처가 되고, 진채봉이 첩이 될 수 밖에 없는 이유가 드러나지 않게 되어 작품을 정확하게 이해하지 못하게 되는 결과를 초래하였다. 이는 원전에 대한 깊은 이해가 없이, 앞뒤 이야기의 자연스러운 연결과 가독성만을 고려한 결과로 보인다.

정경패와 양소유의 만남은 음악을 통한 교류라는 점에서 묘한 매력을 지니게 된다. 양소유의 또 다른 처가 되는 난양공주와 만남 역시 퉁소 소리를 계기로 이루어지는 만큼 음악적 교류는 <구운몽>에서 대단히 중요한 부분이다. 정경패와의 음악적 교류에서는 두 사람의 음악에 대한 높은 식견이 부각되기 때문에 엄숙하고도 지적인 분위기가 주를 이루고 있다.18) 그런 만큼 이 장면을 원전에 가깝게 번역하기 위해서는

---

18) 난양공주와의 교류 장면은 퉁소 소리에 반응하는 학의 움직임으로 인해 환상적인 분위기를 연출하고 있다.

수많은 각주가 필요할 정도이다. '곡명'과 그 유래, 곡의 의미를 설명하는 과정에서 서술되는 수많은 인물과 전고들이 모두 각주에서 해명되어야 하기 때문이다. 그러나 아동용 텍스트에서 이 장면을 제대로 살린 경우는 발견할 수가 없다.

❻ 그는 자신 있게 한 곡을 연주하였습니다. 연주를 마치자 정경패가 입을 열었습니다. "곡조가 참 아름답군요. 태평한 시절의 느낌이 납니다. 하지만 세상의 잡스러운 소리입니다. 다른 곡을 듣기 원합니다." ㉠양소유는 연달아 여덟 곡을 연주하였습니다. ㉡정경패가 그만 듣고자 하여 연주를 그치도록 하자 양소유가 말하였습니다. "제가 들으니 음악소리가 아홉 번 변하면 하늘에서 신이 내려온다고 합니다. 아직 연주하지 않은 한 곳이 남아 있으니 마저 들어 보시길 바랍니다." 그러고는 다시 줄을 골라 한 곡을 연주하니 ㉢음악 소리가 전보다 더욱 유려하고 호탕하였습니다. 그때 문득 ㉣정경패의 뺨이 붉어지고 얼굴에 미소가 사라지더니, 몸을 일으켜 자리를 떠났습니다.[19]

❼ 소유는 산에서 만나 백발도사가 들려줬던 곡을 차례로 연주했다. 최씨 부인과 경패는 소유의 거문고 소리에 취하여 한나절을 꼬박 보냈다. 그런데 경패가 눈을 들어 소유를 유심히 보더니 얼굴을 붉히며 어찌할 바를 몰라 했다.[20]

원전에서 이 장면은 양소유가 한 곡조를 연주하면 정경패가 품평을 하는 방식으로 진행되며 여덟 곡이 차례로 등장한다. 곡이 거듭될수록 더욱더 품격이 높은 곡조가 등장하는데, 여덟 번째 곡조가 순임금의 '남훈'이다. 정경패는 이 곡조가 그 뜻이 지극히 높고 아름답다고 평하고는

19) 주재우, 위의 책, 52면.
20) 김대성, 위의 책, 50면.

이보다 더 나은 소리가 없기 때문에 ⓛ에서처럼 그만 듣겠다고 한 것이다. 그런데 ❻에서는 이런 맥락이 완전히 빠져 있기 때문에 ⓛ의 이유를 알 길이 없다. ❻의 문맥을 따른다면 정경패가 양소유의 연주에 싫증이 났을 수도 있고, 이미 양소유 정체를 파악했을 수도 있다는 엉뚱한 해석이 가능하다. 또한 ⓒ의 표현만으로 보면 양소유가 계속 정경패를 유혹하는 연주를 했을 수도 있다는 해석이 가능하다. 그러나 원전을 보면 이전의 여덟 곡은 아홉 번째에 연주한 곡과는 완전히 성격이 다른 정중한 음악이었다. 아홉 번째 곡에서 곡의 성격이 달라지니 정경패가 그 뜻을 알고 뺨이 붉어지고 얼굴에 미소가 사라지며 자리를 떠난 것이다. 따라서 ❻은 다른 텍스트에 비해 이 장면을 상세하게 서술하고 있지만 기계적인 축약으로 인해 <구운몽>에서 상당히 중요한 비중을 차지하는 장면을 훼손한 결과를 낳고 말았다. 차라리 ❼과 같이 완전히 압축하는 편이 더 나을 수도 있다. 그런데 ❼ 역시 정경패의 성격을 곡해하게 만드는 중요한 결함을 지니고 있다. 당시의 예의에 충실한 정경패가 아무 맥락 없이 양소유를 쳐다 볼 리가 없기 때문이다. 정경패는 양소유가 마지막에 탄 곡조에 심기가 불편하고 의심이 들어 두어번 거들떠보았을 뿐이다. 그런데 ❼의 번역에서는 아무런 이유 없이 갑자기 정경패가 눈을 들어 유심히 본다고 하여 숙녀로서의 정경패의 성격과 맞지 않는 모습을 그려내고 있다.

원전에 가깝게 현대역을 하는 것도 어렵지만 독서 대상의 눈높이와 교육적 목표에 맞추어 원전을 적절하게 변형 작업도 결코 쉬운 일이 아니다. 어떻게 보면 후자가 훨씬 더 어려울 수도 있다. 변형을 할 때는 원전의 큰 골격을 유지하면서 새로운 텍스트 자체의 정합성을 확보해야 한다. 비교적 잘 만들어졌다고 판단되는 텍스트에서도 이러한 중대한 결함들이 도처에서 발견된다는 것은 우리의 고전에 대한 인식 결여에서 나온 결과라고 판단된다. 줄거리만 대충 전달하고 매끄럽게 연결만 하면 된다는 안이한 인식, 그리고 무엇이 문제인지 정교한 검토 없이 모양새만 갖추어 출판하는 태도 등에 대한 반성과 교정이 필요하다.

4. 현대역 텍스트의 삽화와 부가 정보

청소년 이하를 대상으로 나온 현대역 텍스트는 작품 내용 외에도 다양한 읽을거리와 볼거리를 마련하고 있다. 삽화는 물론이고 작품 해설, 시대적 상황, 생각할 문제 등 상당히 입체적인 구성을 지니고 있다. 이런 구성을 분석하면, 〈구운몽〉 독서에 대한 현주소를 보다 정확하게 파악할 수 있을 것이다.

먼저 삽화 부분을 살펴보기로 하자. 중국 명, 청대의 소설과는 달리 조선시대 소설에는 삽화가 거의 없다. 소설에서 삽화는 소설의 이해를 돕기 위한 목적으로 삽입된다고 볼 수 있는데 조선시대는 소설은 물론이고 다른 책에서도 삽화가 적극적으로 이용되지는 않았다. 그러나 현대에 출판되는 책들은 삽화 경쟁이라고 할 수 있을 정도로 좋은 삽화를 삽입하기 위해 갖은 노력을 기울이고 있다. 아동용 도서는 말할 것도 없고 고등학교 교과서까지 삽화는 책의 중요한 한 부분을 담당하고 있다.

〈구운몽〉의 경우 중, 고등학생이 많이 읽는 〈나라말〉은 전면 삽화와 부분 삽화를 합해서 삽화의 분량이 80면 이상을 차지한다. 작품 본문이 311면 내외로 구성된 것을 감안하면 30%의 쪽수에 삽화가 들어가 있는 셈이다. 〈아이세움〉과 같은 초등학생용 텍스트는 거의 매 쪽에 삽화가 들어가 있어 텍스트와 삽화의 비중이 거의 같을 정도이다. 그렇다보니 책이 상당히 화려해졌고 읽는 재미에 보는 재미가 더해졌다. 조선시대에 존재하지 않았던 <구운몽> 삽도본이 현대에 와서 새롭게 탄생했다는 느낌마저 들 정도이다.

그런데 삽화는 문학이나 독서 교육에서 텍스트의 이해를 더욱 풍부하게 하는 상당히 중요한 기제로 작용하기 때문에 삽화의 내용 또한 무시할 수 없다. 단지 재미있는 볼거리를 제공하기 위한 삽화는 좋은 삽화라고 할 수 없다. 복잡한 텍스트의 의미나 인물의 성격, 상황에 대한 분위기를 제대로 전달할 수 있는 삽화여야 진정한 의미의 삽화라고 할 수 있다. 이 정도에 미치지 못하더라도 최소한 삽화만으로도 해당 장면의 분위기나 인물의 심리 정도는 짐작할 수 있어야 한다.

삽화1(나라말, 84면)

삽화2(예림당, 131면)

<구운몽>이 조선시대 소설이고 작품의 배경이 중국의 당나라 시절로 설정되어 있는 만큼 대개의 삽화 역시 동양적인 분위기를 드러내고 있다. 그림 형태도 전형적인 동양화 풍은 아니더라도 동양화에 가까운

형태를 지향하고 있다. 또한 인물은 세밀한 묘사를 지양하고 약간 왜곡
된 형태의 얼굴 윤곽을 잡아 만화적 캐릭터의 느낌이 들도록 하였다.
아마 독자층의 연령대를 감안하여 보다 친근감이 들도록 그린 결과로
보인다. 이렇게 본다면 삽화가 책 자체에 대한 재미나 친근감을 높이는
데에는 충분히 성공한 것으로 보인다. 그리고 엄밀하게 따지자면 문제
가 있을 수 있지만 텍스트의 분위기를 전달하는 데에도 일정한 기여를
하고 있는 것으로 판단된다.

그런데 삽화가의 개성이 너무 지나
치게 반영되었거나 〈구운몽〉의 전체
적인 분위기를 잘못 파악하여 삽화가
텍스트 이해에 방해를 주는 경우도
있다. 〈삽화3〉은 어두운 색감과 무거
운 캐릭터로 인해 작품의 전체적인
분위기를 암울한 빛이 돌도록 하였다.
부분적으로 애상적 분위기가 설정되
는 곳도 있지만 〈구운몽〉의 전체적
인 분위기는 밝고 명랑하다. 특히 양
소유의 삶에서 인생의 즐거움이 강조

삽화3(계림. 59면)

되어야 성진의 각몽 부분에 대한 의미가 더욱 살아난다. 물론 삽화가
그림이라는 독립적인 예술성을 견지할 수 있다. 또한 그것이 삽화가의
임무이기도 하다. 그렇지만 텍스트를 더 잘 이해시킬 목적으로 그려지
는 삽화에서 보다 중요한 것은 텍스트에 대한 정확한 이해이다.

이런 맥락에서 생각해 본다면 〈구운몽〉의 삽화 구성에서 반드시 필
요한 것은 등장인물에 대한 캐릭터이다. 〈구운몽〉에는 육관대사와 양
소유를 비롯하여 8명이 여인이 등장하며, 이중 8명의 여인들은 제각기

다른 성격을 지니고 있다. 이 인물들의 성격이 다채롭기 때문에 <구운몽>은 더욱 재미있게 읽힌다. 그렇다면 이 인물들의 캐릭터가 제대로 구현된 삽화가 있다면 그 삽화만으로도 대단히 의미 있는 책이 될 수 있다.

삽화4(나라말. 27면)　　　　　　삽화5(나라말. 34면)

<삽화 4>, <삽화 5>가 이러한 시도를 한 경우로 보인다. 다른 텍스트에서는 개별 인물에 대한 독립적인 캐릭터가 없거나 있다고 하더라도 변별점이 없다. <삽화 4>는 진채봉, <삽화5>는 계섬월을 단독 인물화하여 그리고 있다. 캐릭터 자체가 이 인물의 성격을 정확하게 반영했는지의 여부에 대해서는 논란이 있지만 일단 시도 자체는 의미가 있어 보인다.

한편, <삽화 6>와 같이 만화의 형식을 본격적으로 이용한 삽화도 있다. 만화의 성격답게 인물의 행동과 표정에서 다소 과장된 측면이 드러난다. 고전의 권위를 훼손하고 있다는 비판이 있을 수도 있지만 오히려 독자층의 눈높이에 맞추어 적절한 장면을 구상했다고 판단된다. 특히,

말풍선을 이용해서 실제 텍스트에서
제대로 전달하지 못한 새로운 의미를
만들어내고 있다. 인용된 삽화는 여장
한 양소유가 정경패에게 그 정체가 탄
로나는 장면인데, "히히, 내 여장에 감
쪽같이 속았겠지?"라는 말풍선을 통
해 양소유의 행위에 다분히 장난기가
묻어 있도록 하였다. 이것은 실제 작
품의 분위기와도 일맥상통하는 면이
있어 원전의 분위기를 어느정도 반영
하고 있다고 할 수 있다.

삽화6(아이세움, 51면)

다음으로 살펴 볼 부분은 작품 학습과 관련한 다양한 활동 부분이다.
문학 텍스트를 학습한다는 것 자체가 문제이긴 하지만 현재 출간된 대
개의 텍스트가 이런 목적을 가지고 있는 것이 사실이다. 그래서 아예
책의 표지에 '논술대비', '국어수업대비', '독후감 대비' 등의 목적성 문구
가 들어가 있기도 하다. 따라서 이러한 학습용 책들이 어떠한 부분을
학습 요소로 삼고 있는지 살펴볼 필요는 있다.

다양한 학습거리로 주목을 받고 있는 책은 〈나라말〉 텍스트이다. 이
책에는 중간 중간에 작품 해석에 필요한 여러 가지 사실을 삽화와 사진
을 곁들여 제공하고 있다. 환생에 대한 것, 작가와 양소유의 비교, 악기,
신선 세계 등에 정보를 제공하고 있다. 또한 꿈 속의 일을 대상으로 전
개되는 영화에 대한 해설도 말미에 붙어 있다. 이런 정보들로 인해 〈구
운몽〉에 대한 이해의 폭이 깊어질 수 있고, 작품을 떠나서도 과거에
대한 다양한 지식을 얻을 수 있다. 작품 자체에 대한 이해뿐만 아니라
그 작품을 둘러싼 다양한 사회, 문화적 환경을 학습할 수 있다는 것이

우리가 고전을 읽으면서 얻는 큰 수확 중의 하나이다. 이런 학습을 가능 하도록 구성을 했다는 점에서 의의를 부여할 수 있겠다.

　　물론 이 책을 포함해서 대개의 텍스트들이 일차적인 목표로 삼고 있는 것은 작품 내용에 대한 사실적 이해와 비판적 이해이다. <예림당> 텍스트는 아예 개관식 문항을 구성해서 책의 말미에 붙여 놓았다. 그런가 하면 <생각의 나무>는 중요 장면에 대한 '생각거리'를 제공해서 비판적 독서를 하게 했고, <아이세움> 텍스트에서는 논술 문항을 제시하고, 답안에 대한 접근 방법을 알려주고 있다. 독서 교육적 차원에서 본다면 바람직한 구성이라고 생각할 수 있다. 다만, <구운몽>을 통해서 반드시 생각해 보아야 할 것이 무엇인지에 대해 보다 체계적인 접근이 없다는 것이 아쉽다. 책의 구성에 대한 발상은 좋은데, 이 발상을 실행하기 위해서는 원전 자체에 대한 철저한 이해가 수반되어야 한다. 현대역 텍스트에서 이 과정이 결여되었다는 것은 크게 아쉬운 부분이다.

5. 맺음말

　　<구운몽>은 <홍길동전>, <박씨전>, <심청전> 등의 고전소설에 비해서는 현대역 우선 순위가 떨어지는 것으로 진단된다. 분명하지는 않지만 다른 소설에 대해 분량이 많다는 점, 번역이 까다롭다는 점, 동일한 내용으로는 전 연령대가 읽기가 곤란하다는 점 등이 그 이유가 아닐까 한다. 그러나 이미 오래전부터 고등학교 교육과정에 반영된 작품으로 국정 7차 국어교과서에 수록된 작품이고, 국정 교과서가 없어지는 개정 7차 교육과정에서도 <구운몽>은 중요한 작품으로 거론되고 있다.

　　문학사에서 <구운몽>이 중요한 작품인 것은 다시 말할 필요가 없다.

문제는 〈구운몽〉을 우리의 고전으로 확실하게 자리매김을 하는 일이다. 다른 소설을 압도할 정도로 수많은 연구 성과에도 불구에도 〈구운몽〉에 대한 대중적 인식도는 고전이라고 불릴 수 없도록 정도로 낮은 것이 사실이다. 이제는 〈구운몽〉을 학교 현장의 문학수업과 연관된 작품, 논술과 연관된 작품이 아니라 어디에 내놓아도 품격이 있는 우리 고전으로 인식될 수 있도록 하는 작업이 필요한 시점이다.

조선시대 소설은 심오한 사상적 깊이와 독창적 문학성을 지닌 고전이 아니라 역사적으로 오래된 소설이라는 관점에서 고전으로 인식되는 경우가 많다. 전공자에게 섭섭한 현상이지만 대중에게 알려진 우리 소설의 면모를 생각하면 충분히 그럴 수 있는 일이다. 〈구운몽〉은 이런 인식을 불식시키기에 좋은 작품이다. 일반적인 고전소설의 틀에서 완전히 벗어나 있으면서도 당시의 고전소설을 한꺼번에 끌어안는 작품이기 때문이다. 문장의 수준과 주제적 깊이는 말할 나위도 없다.

〈구운몽〉은 〈만복사저포기〉 등의 귀신 모티프, 〈주생전〉 등의 기생 모티프를 다양하게 수용하면서 새로운 분위기를 창출한 작품이다.21) 〈만복사저포기〉에 설정된 귀신과의 사랑 장면이 대단히 심각하고 진지했다면, 〈구운몽〉은 양소유를 속이기 위한 해프닝으로 귀신을 이용한다. 또 〈주생전〉의 배도는 선화와의 애정 갈등 속에서 죽어가지만 〈구운몽〉의 계섬월은 애초에 첩이 되겠다는 전제를 두고 있기 때문에 이런 갈등이 개입될 여지가 없다. 이렇게 본다면 〈구운몽〉은 확실히 낭만적인 소설이다.22) 그러면서도 김만중은 〈구운몽〉을 통해 전에 볼

---

21) 뿐만 아니라 진채봉을 통해서는 〈운영전〉의 궁녀 모티프를 만나게 된다. 이에 대해서는 정길수, 「17세기 장편소설의 형성경로와 장편화 방법」, 서울대학교 박사학위논문, 2005.에서 자세하게 다루었다.

22) 박일용, 『조선시대 애정소설』, 집문당, 1993, 188~218면 참조.

수 없었던 성진과 양소유, 정경패 등의 새로운 인간형을 창조하였다. 게다가 <구운몽>은 정경패와 난양공주와의 혼인 과정에서 보여주듯, 황실의 늑혼과 자매의 혼인이라는 이야기를 통해 <유씨삼대록>, <명주기봉> 등의 장편소설과도 연결이 되는 작품이다. 이런 맥락에서 <구운몽>은 우리 소설사의 중요한 분수령에 서 있는 작품이다. 한문소설과 국문소설, 단편소설과 장편 대하소설, 나아가 중국소설과 한국소설의 사이를 넘나들면서 새로운 소설의 시대를 개척한 작품이라고 평가할 수 있다.[23]

<구운몽>과 현대적 소통을 시작하면서 복잡한 연구사적 맥락이 깔려있는 주제나 의미를 전달하는 것이 우선적인 사안은 아니다. 이 문제는 뒤로 미루어도 될 듯싶다. 먼저 강조해야 할 것은 <구운몽>을 통해 파악할 수 있는 고전소설의 미학이며, 고전소설 전체에 걸쳐 있는 지형도이다. 이 문제가 풀리지 않고서는 <구운몽>을 자발적으로 읽으려는 독자층을 확보하기 힘들다. <구운몽>과 현대적 소통을 시작하려는 현대역 텍스트들도 이 점에 주목해야 할 것이다.[24]

---

23) 이에 대해서는 송성욱, 「17세기 소설사의 한 국면」, 『한국고전연구』 8집, 2002, 241~270면 및 송성욱, 「17세기 중국소설의 번역과 우리소설과의 관계」, 『한국고전연구』 7집, 2001, 71~94면 참조.

24) 물론 원전에 기반한 현대역 위주의 텍스트만이 현대적 소통을 위한 유일한 대안은 아니다. 얼마든지 새로운 대안을 모색할 수 있다. <춘향전>이나 <심청전>이 영화나 드라마, 뮤지컬 등을 통해서 현대적 소통을 하고 있듯이 <구운몽> 역시 이러한 장르로의 확산을 모색할 필요가 있어 보인다. 최근 출간된 정병설, 『구운몽도』, 문학동네, 2010.가 이런 시도의 일환으로 여겨진다. 이 작업을 통해 <구운몽>을 한국의 회화사, 풍속사 속에서 폭넓게 읽을 수 있는 계기가 마련된다. 이미 중국에서는 <서상기>나 <홍루몽>에 등장하는 인물을 중심으로 다양한 캐릭터가 만들어졌다. <구운몽>을 대상으로도 충분히 가능한 일이다. 이런 작업들을 통해 우리 고전을 가치를 새롭게 인식하고 그것에 대한 자부심을 가지게 할 수 있을 것이다.

〈숙향전〉의 환상담의 서사전략과 독서효과

김문희

1. 머리말

　〈숙향전〉은 우리 고전소설 중에서 많은 독자층을 확보하여 읽힌 소설이다. 현존하는 〈숙향전〉의 이본만 해도 국문본과 한문본을 합쳐 56종이 넘으며[1], 여러 연구자들이 지적한 것[2]처럼 다른 문학 장르에도 〈숙향전〉의 작품명이 거론되고, 전기수가 국문소설을 구연할 때도 〈숙향전〉은 빠지지 않는 레퍼토리였으며, 〈숙향전〉이 임진왜란 후 일본인 역관들에게 우리말 학습교본으로 사용되었다는 기록이 있다. 이런 사실을 보더라도 당대 독자층에 끼친 〈숙향전〉의 영향력과 인기는 쉽게 알 수 있다. 현대에 이르러도 〈숙향전〉은 많은 연구자들에 의해 다각적 측면에서 연구되어 왔다. 창작시기와 이본 연구, 작품론 등이 활발

---

1) 차충환, 『숙향전 연구』, 월인, 1999, 33~39면. ; 이상구, 「〈숙향전〉 연구사」, 『고소설 연구사』, 월인, 2002, 427면.

2) 성현경, 「숙향전론」, 『한국 옛소설론』, 새문사, 1995, 136~137면. ; 차충환, 『숙향전 연구』, 월인, 1999, 9~10면. ; 이상구, 「〈숙향전〉 연구사」, 『고소설 연구사』, 월인, 2002, 427~428면. ; 지연숙, 「숙향전의 세계형상과 작동원리 연구」, 『고소설연구』 24집, 한국고소설학회, 2007, 192면.

하게 진행3)되어 <숙향전>에 대한 연구는 상당한 성과를 거두고 있다.

<숙향전>에서 독자의 흥미를 끄는 요소는 숙향의 고난과 극복, 숙향과 이선의 만남과 결연, 숙향과 그 부모와의 재회가 모두 현실과 초현실을 넘나드는 환상적 상상력의 바탕 위에서 구성되고 있다는 것이다. 선행연구에서 지적된 것처럼 <숙향전>은 적강형 구조, 시은과 보은의 구조, 탐색형 구조라는 뼈대로 구조화되고 변신 모티프, 예언 모티프, 초월자와 동물의 도움 모티프, 이계 여행 모티프 등이 계기적으로 연결되어 세부적인 서사가 구성된다. 이러한 모티프가 결합되어 다양한 환상담이 만들어지고 이러한 환상담의 총합이 <숙향전>인 것이다. 환상적 모티프를 꿰고 깁어서 완성된 <숙향전>은 바로 이 점 때문에 독자에게 많은 호응을 얻게 된다.

<숙향전>의 환상담을 꿰고 깁는 과정에는 작가의 서사적 전략이 활

---

3) <숙향전>의 기존 연구사는 이상구가 소상하게 정리하고 있다. 이상구, 「<숙향전> 연구사」(『고소설 연구사』, 2002, 월인)를 참조. 다만 여기서는 1999년까지의 숙향전 연구사가 정리되어 있어 2000년 이후부터 현재까지의 <숙향전> 연구사는 알 수 없다. 2000년 이후부터 <숙향전>을 중심적으로 다룬 주요 논문을 대략 제시하면 다음과 같다. 정종진, 「숙향전 서사구조의 양식적 특성과 세계관」, 『한국고전연구』 7집, 한국고전연구학회, 2002. ; 최강환, 「숙향전론」, 『민족문화』 13집, 한성대 민족문화연구소, 2002. ; 최재웅, 「숙향전의 공간 구성원리와 그 의미」, 『어문연구』 43권, 어문연구학회, 2003. ; 정병설, 「일본인의 한국어 교재 숙향전:쯔쿠바 대학 소장본을 중심으로」, 『문헌과 해석』 26호, 문헌과 해석사, 2004. ; 김문희, 「숙향전의 환상성의 창출양상과 의미」, 『한민족어문학』 47집, 한민족어문학회, 2005. ; 지연숙, 「숙향전의 한문본 연구」, 『고소설연구』 20집, 한국고소설학회, 2005. ; 박현숙, 「성리학적 관점으로 본 숙향전」, 『한국사상과 문화』 27, 한국사상문화학회, 2005. ; 이명현, 「숙향전의 통과의례적 구조와 의미:신화적 구조와 세계관의 변용을 중심으로」, 『어문연구』 130호, 한국어문교육연구회, 2006. ; 이기대, 「숙향전에 나타난 세계관」, 『국제어문』 37집, 국제어문학회, 2006. 지연숙, 「숙향전의 세계 형상과 작동 원리 연구」, 『고소설연구』 24집, 한국고소설학회, 2007. ; 이명자, 「숙향전의 사명으로서 천명과 그 구현에 관한 연구」, 전남대 석사학위 논문, 2008. ; 서혜은, 「숙향전의 개작 양상과 그 의식: 박순호 소장 43장본 <숙향전이라>를 대상으로」, 『문학과 언어』 31집, 문학과 언어학회, 2009.

용되고 있다. 그러나 〈숙향전〉의 환상담에는 작가적 역량만 들어가 있
는 것이 아니라 독자가 가지고 있는 다양한 층위의 기대지평이 반영되
어 있음을 알 수 있다. 그러므로 환상담의 서사전략이 독자층의 기대지
평에 어떻게 부합하는가를 설명하는 것은 〈숙향전〉의 홍미와 인기의
요인을 구체적으로 밝히는 중요한 연구라고 할 수 있다. 본 연구는 이러
한 문제의식에서 〈숙향전〉의 환상담의 서사전략과 독서효과를 살펴보
려고 한다. 작가가 고안한 환상담의 서사전략이 독자의 독서과정에 어
떠한 효과를 끼치고 〈숙향전〉의 홍미와 재미를 창출하는가를 설명하
는 방식으로 이러한 문제의식을 풀어나고자 한다. 본 연구에서 사용하
고 있는 환상담의 서사전략은 초현실적 사건을 전개하고 직조하는 사
건 구성방법, 이계 모티프의 표현양상, 서사 속에서 초현실적 인물이
행하는 역할과 기능 등을 의미한다.

　〈숙향전〉의 환상적 요소의 서사적 기능과 의미, 환상성의 창출양상
과 의미는 몇몇 연구자에 의해 연구되었다. 최기숙[4]은 17세기 장편소설
들을 연구를 하면서 환상적 요소의 서사적 기능과 의미에 대해 논의하
였는데 그 속에서 〈숙향전〉을 언급하였다. 〈숙향전〉을 포함한 17세기
장편소설에서 환상적 요소는 주로 존재의 해명과 운명의 판독, 위기 예
고와 미래 암시, 보은과 구원의 감통 공간, 서사세계의 필연성 강화와
윤리적 자연관 구현, 통과의례적 관문이라는 서사적 기능과 의미를 지
닌다고 하였다. 필자[5]는 〈숙향전〉을 대상으로 하여 〈숙향전〉의 환상
성의 창출양상과 의미를 논의하였다. 〈숙향전〉의 환상성은 인물이 느
끼는 괴이함과 이를 수용하는 인물의 인식 과정에 독자가 동조함으로

---

4) 최기숙, 『17세기 장편소설 연구』, 월인, 1999, 250~271면.
5) 김문희, 「숙향전의 환상성의 창출양상과 의미」, 『한민족어문학』 47집, 한민족어문학
　회, 2005, 55~76면.

써 창출되는 환상성, 암시와 실현의 반복적 구성에서 독자가 점차로 대
상세계의 거리감을 줄임으로써 창출되는 환상성, 이선의 이계여행이라
는 첨가적 삽화에서 대상세계에 대한 독자의 심리적 거리감에서 창출
되는 환상성이 창출된다고 보았다. <숙향전>의 환상성이 독자가 <숙
향전>을 읽게 하는 흡인력이라고 평가하기도 하였다.

필자는 선행연구에서 <숙향전>의 환상성이 독자를 작품 속으로 끌
어들이는 흡입력이라고 하면서도 <숙향전>의 환상담에 독자가 공감하
는 지점, 환상담이 구체적으로 독자에게 어떤 재미와 흥미를 주는지는
섬세하고 세밀하게 논의하지 못했다. 본고에서는 <숙향전>의 환상담
의 서사전략, 환상담의 독서효과, <숙향전>의 환상의 용법을 새롭게
논의하는 방향으로 연구를 진행해나갈 것이다. 이러한 작업은 <숙향
전>이 당대의 독자에게 애독되었던 요소를 보다 심층적으로 설명할 수
있을 것이며, 고전소설 속의 환상담이 생성되는 다양한 기반을 설명하
는 데도 참조될 수 있을 것이다. 본 연구가 대상으로 삼은 대본은 <숙향
전>의 원 모습을 온전히 유지하고 있다고 평가되는 이본들 중에 하나
인 이대본 <숙향전>[6]이다.

2. 〈숙향전〉의 환상담의 서사전략

1) 전체 서사의 예측과 세부 사건의 불예측화

<숙향전>의 환상담은 전체 서사를 독자가 예측할 수 있는 방향으로

---

6) 차충환, 『숙향전 연구』, 월인, 1999, 139면. 본고에서 다루는 이대본 <숙향전>은 김진
　영·차충환 교주, 『숙향전』(민속원, 2001)으로 출판되었는데, 본고에서 인용하는 작품
　의 면수는 이 책에 의거하기로 한다.

구성되고, 한편으로 세부 사건이 일어나게 된 원인과 이유는 후에 해명함으로써 독자의 호기심을 유지하는 구성방식을 취한다.

숙향이 겪는 다섯 가지 액은 서사의 서두에서부터 계속해서 반복된다. 상자(相者) 왕균은 숙향 부모에게 숙향이 겪게 될 고난을 예시(豫示)한다. 숙향이 부모와 헤어져 고난을 겪을 때마다 숙향은 황새, 까치, 잔나비, 사슴, 선녀, 후토부인, 용녀, 화덕진군, 마고할미, 까치, 청조, 삽살개 등에게 도움을 받고, 그 중 선녀와 후토부인, 화덕진군, 마고할미는 숙향에게 곧 닥칠 액을 말해주거나 삶 전체에 드리울 액을 알려준다. 이선의 경우는 이선 부모의 꿈에 부처가 나타나 자식의 점지를 알려주고, 선관과 선녀가 나타나 이선의 탄생과 천정(天定) 인연을 고지(告知)한다. 화덕진군은 숙향과 이선의 미래사를 다시 말해준다. 또한 숙향의 부모인 김전 부부도 꿈속에서 선녀의 고지를 듣거나 용왕을 만나 숙향의 소식을 듣고 미래사를 전해 듣는다.

이처럼 〈숙향전〉에는 초현실적 존재들이 현실계에 들어와 숙향과 이선의 고난을 구원하고 미래사를 고지하는 기능을 반복적으로 수행한다. 이러한 환상담의 반복은 독자가 〈숙향전〉의 전체 서사가 어떻게 진행될 것인가를 미리 예측할 수 있도록 한다. 독자가 〈숙향전〉에서 가장 관심있게 보는 것은 숙향이 고난을 어떻게 이겨내는가, 숙향과 이선이 어떻게 만나고 결연하며, 헤어졌던 숙향과 부모가 어떻게 만나게 되는가 하는 것이다. 〈숙향전〉에 나타나는 사건의 예시는 이러한 세 가지 사건의 최종 결과를 독자가 미리 알 수 있도록 제시된다. 독자는 〈숙향전〉을 다 읽지 않아도 이미 세 가지 관심사에 대한 결과를 예측하고 행복한 결말을 짐작할 수 있고 자신의 예측이 맞는가를 확인하면서 〈숙향전〉을 읽게 된다.

그러나 환상담이 미래 예시의 기능을 세부적 사건을 서술할 때는 독자의 호기심을 불러일으키는 방향으로 서술되기도 한다. 예컨대, 숙향이 5세 때 부모와 헤어져 고통을 겪을 때 황새, 까치, 잔나비가 숙향을 구원하여 살리고, 청조가 꽃봉우리를 주어 숙향이 그것을 먹고 정신을 차리며 명사계에서 후토부인을 만나는 기이한 사건이 나타난다. 이 기이한 사건이 누구에 의해 주도되는가는 구체적으로 드러나지 않고 기이한 사건만 중첩되어 제시된다. 숙향이 명사계에서 후토부인을 만나는 자리에서 이러한 기이한 사건이 후토부인의 주도하에 일어나게 되었다는 점이 밝혀진다. 또한 숙향이 요지에 갔을 때 청조가 길을 인도하던 일, 이선이 숙향을 찾으러 올 때 삼신산 선관을 청해왔던 일, 청조가 되어 이선에게 편지를 전한 일, 김전이 숙향을 알아보지 못하고 매질하려고 할 때 어떤 힘이 집장사령의 팔을 잡고 숙향을 때리지 못하게 한 일, 숙향 어머니의 꿈에 숙향이 나타나 모든 사실을 말하던 일이 계속해서 반복된다. 이러한 기이한 일들은 현실계에서 숙향을 도와주던 마고할미가 일으킨 것인데 이 사실은 마고할미가 신선계로 돌아가면서 숙향과 이별할 때 알려진다.

　<숙향전>의 환상담은 숙향의 고난, 이선과 숙향의 만남, 숙향과 부모의 만남 같은 핵심적인 서사의 결과를 독자가 예측할 수 있도록 하고, 보다 세부적인 사건이 일어나게 된 원인이나 이유는 나중에 설명하는 방식을 동시에 취한다. 전체 서사는 독자가 예측할 수 있는 쉬운 방향으로 설정하여 전체 서사의 내용과 구조를 쉽게 인지하게 하고, 세부적인 사건이 왜 그렇게 되는가 하는 이유는 가장 나중에 제시됨으로써 독자의 호기심을 지속시킨다. 이런 이유로 독자는 서사 전체에 대한 정보를 미리 알아차리면서 편안한 독서를 할 수 있고, 기이한 사건이 중첩되는 세부적인 사건의 내막은 정확히 알지 못하면서 호기심을 가지고 <숙향전>을 읽게 된다.

2) 시혜-보은과 악행-응징의 대칭적 구조화

〈숙향전〉의 환상담에서 두드러지는 것은 시혜와 보은, 악행과 응징의 서사가 대칭적으로 구조화된다는 점이다. 시혜와 보은은 인간과 초현실적 존재, 인간과 동물 사이에 일어난다. 주로 숙향과 김전이 고난에 처했을 때 초현실적 존재와 동물들이 숙향과 김전에게 은혜를 베풀고 숙향과 김전이 고난에서 벗어나 초현실적 존재와 동물에게 은혜를 보답한다.

〈숙향전〉의 서두에서 김전이 어부에게 잡힌 거북을 구해주자 거북은 물속에 빠진 김전을 구해주고 수복 글자가 쓰인 구슬 2개를 준다. 김전은 이 구슬로 옥지환을 만들어 장씨 처녀에게 주고 혼인을 이룬다. 김전이 살려준 거북은 용왕의 딸인 용녀인데, 이 용녀는 물에 빠진 숙향을 구해주기도 한다. 이선이 황후의 병을 고치기 위해 구약(救藥)여행을 갈 때도 용자(龍子)가 이선의 구약여행의 길잡이가 되어 이선을 도와준다. 이 역시 이선이 김전의 사위이기 때문에 용자에게 도움을 받는 것이라고 할 수 있다. 또한 숙향이 부모와 헤어져 고통을 겪을 때 황새, 까치, 잔나비가 숙향을 구해준다. 숙향은 이선과 혼인하여 부모를 찾으러 가는 길에 이전에 자신을 도와주었던 동물들에게 먹이를 주며 자신이 받은 은혜에 보답한다. 숙향이 들판에서 화재를 만났을 때 화덕진군이 숙향을 구해주자 이후에 숙향은 노전(蘆田)에서 화덕진군의 은혜를 갚기 위해 제사를 지내준다. 그러자 화덕진군은 다시 거위 알만한 구슬을 주고 숙향이 표진강을 건널 때 이 화주로 밥을 지어 여러 사람의 허기를 채우기도 한다. 시종일관 숙향의 곁에서 숙향을 돕던 마고할미가 신선계로 돌아가자 숙향은 제를 올리고 마고할미의 은혜에 감사한다.

더불어 〈숙향전〉에는 환상담이 시혜와 보은의 형태뿐만 아니라 악행과 응징의 형태도 대칭적으로 구조화되는 것을 발견할 수 있다.

장승상댁의 시녀 사향이 숙향을 시기하여 도둑의 누명을 씌우고 내쫓자 천승(千僧)이 나타나 숙향의 무고함을 밝히고 벼락을 쳐서 사향을 응징한다. 또한 이선의 부모가 자식이 없자 대성사 불전에 자식 낳기를 빌고 꿈속에 부처가 나타나 "위공의 형벌이 엄하여 무죄한 백성을 많이 죽었기" 때문에 늦게 까지 자식이 없었다고 말하며 자식을 점지해준다. 숙향을 수양딸로 키우게 되는 장승상 부부의 경우도 현세에 자식을 낳지 못하는 이유가 전생에 저지른 죄 때문이라는 사실이 밝혀진다. 장승상 부인의 꿈에 선녀가 나타나 "네 전생의 죄 중하여 무자식하게 하였다"는 이유를 밝히고 선녀는 숙향이 수양딸로 들어오게 되면 잘 키우라고 한다. 악행과 응징의 형태는 숙향, 이선, 매향, 김전의 전생과 현생의 삶의 궤적에도 그대로 반복되고 있다. 현세의 숙향의 5번 액과 이선의 고난은 천상계의 죄 때문에 받은 일종의 죄 값이라는 설명이 <숙향전>에 자주 드러난다. 김전은 천상계에서 능이선이었는데 봉래산에 구경 갔다가 상제께 꿀을 늦게 진상한 죄로 현세에서는 딸과 헤어지는 고통을 겪는 것이며, 매향은 천상계에서 설중매인데 전생 죄로 현실에서 이선과 부부가 된다는 사실이 제시되고 있다. 현재의 삶의 모습은 전생과 과거에 어떻게 살았는가에 따라 결정된다는 생각이 이러한 악행과 응징의 환상담을 구성하게 된 원동력이 된다.

<숙향전>에서 빈번하게 나타나는 시혜와 보은, 악행과 응징은 인간과 초현실적 존재 사이에 인과적으로 작동하는 대칭적 서사 구조이다. 특히 <숙향전>의 시혜와 보은에 대한 의미는 선행 연구자들에 의해 권선징악적 관념과 인과응보 사상이 발현된 것7)으로 설명되었는데 매

---

7) 신재홍은 가엾은 이웃을 도와야 되며, 받은 만큼 베풀어야 한다는 원초적 윤리의식이 드러난 것으로 설명하였다. 이상구는 남을 도와주면 반드시 그에 대한 보답을 받는

우 타당한 설명이라고 생각된다. 악행과 응징의 구조 또한 시혜와 보은이 내포하는 의미의 연장선에 있으며 권선징악적 관념과 인과응보적 사유 속에서 창출된 것이라 할 수 있다. 〈숙향전〉의 환상담은 은혜를 베풀면 반드시 은혜를 갚아야 하고, 악행을 저질렀으면 이에 합당한 벌이 있어야 한다는 생각을 시혜와 보은, 악행과 응징의 대칭적 구조 속에 구현한다. 이 대칭적 구조화는 현실계뿐만 아니라 초현실계에서도 권선징악과 인과응보적 관념이 지지되고 있음을 독자에게 주지시킨다.

3) 초현실적 존재의 원조자와 시험자로서 이중적 역할

〈숙향전〉의 환상담에서 초현실적 존재는 앞에서 살펴본 것처럼 숙향, 이선, 김전의 고난을 구원하고 미래사를 예시하는 역할을 하지만 한편으로 숙향과 이선의 만남, 숙향과 부모의 만남을 지연시키며 인물의 속내를 시험하는 역할을 하기도 한다.

현실의 고난에서 숙향을 전방위적으로 돕던 마고할미는 이선과 숙향의 결연을 지연시키기도 한다. 이선이 꿈속 요지연에서 만난 천정 인연

다는 관념과 은혜를 입으면 반드시 보답하라는 메시지의 반영으로 보았고 이것은 기본적으로 권선징악과 인과응보적 도덕관념과 맥락을 같이한다고 보았다. 임성래는 조선후기의 대중소설을 연구하는 자리에서 〈숙향전〉의 보은의 강조는 대중소설의 주제인 권선징악을 통한 사회정의의 구현과 밀접하게 관련된 것으로 설명한다. 차충환은 시혜와 보은 현상을 작가와 독자 사이에 존재하는 동물과 인간은 원래 다르지 않고 동질적이라는 관념, 모든 존재들은 동일 근원성을 가진다는 미분적 관념이 자리한 것이라고 설명하였다. 최기숙은 〈숙향전〉의 보은의 서사는 생명이 충만한 윤리적 자연에 대한 인간적 응답의 의미를 부각시킴으로써, 자연과 인간의 상호 화합적 관계를 미학적으로 재구성한 것이라고 하였다. 신재홍, 「숙향전의 미적 특질」, 『다곡 이수봉박사 정년기념 고소설 연구논총』, 경인문화사, 1994, 538면. ; 이상구, 「숙향전의 문헌적 계보와 현실적 성격」, 고려대 박사학위논문, 1994, 256면. ; 임성래, 『조선후기의 대중소설』, 태학사, 1999, 52면. ; 차충환, 『숙향전 연구』, 월인, 1999, 270면. ; 최기숙, 『17세기 장편소설 연구』, 월인, 1999, 263면.

인 숙향을 찾으러 오자 마고할미는 이선에게 숙향의 본 모습을 숨기고 "도적을 만나 칼 맞아 한 팔 없고 표진물에 빠져 죽게 되었더니, 길가는 행인이 구하여 건져내니 두 눈이 청맹과니 되고, 노전이란 땅에 와 자다가 화재를 만나 한다리 절고, 또 후토부인 성화(成火)를 덧들어 두 귀 먹고 입만 남았으니 불측한 거지"라고 하며 숙향을 향한 이선의 마음을 시험한다. 그래도 이선이 숙향에 대한 마음을 포기하지 않자 마고할미는 숙향이 있는 곳을 숨기고 이선에게 김전의 집, 장승상 댁에 찾아가라고 한다. 이선이 우여곡절 끝에 화덕진군의 말을 듣고 다시 돌아오자 마고할미는 숙향은 빌어먹는 아이이며 "얼굴을 다시 보니 추비 막심하고 병처 여러 곳"이라고 하며 이선이 숙향에 대한 마음을 접고 숙향을 포기하도록 유도한다. 마고할미의 이러한 태도는 숙향에게 이선에 대해 말하는 부분에서도 그대로 드러난다. 마고할미는 숙향에게 "다만 그 공자 전생죄로 한 팔 한 다리 저는 병이매 추비하다"고 이선에 대해 말한다. 이선과 숙향은 마고할미의 이 말에도 흔들리지 않고 상대방에 대한 애정을 더욱 굳건하게 하고 서로를 열망한다.

마고할미뿐만 아니라 불 속에서 타죽을 뻔한 숙향을 살려준 화덕진군도 이선이 천정 인연인 숙향을 찾으러 오자 숙향이 있는 곳을 제대로 가르쳐 주지 않는다. 오히려 숙향이 불에 타서 죽었으니 재무더기에서 뼈를 찾아오라고 하거나 꿈속에 들어가 숙향이 간 곳을 알아보고 올 테니 자신이 잠들 수 있게 이선에게 발바닥을 비비라고 한다. 화덕진군은 해가 진 후 잠에서 깨어나서야 숙향의 행방을 알려주면서 숙향을 찾으러 온 이선의 정성을 시험한다.

이처럼 초현실적 존재인 마고할미와 화덕진군은 숙향과 이선의 만남을 지연시키면서 숙향과 이선의 속마음을 시험하고 두 사람의 진정성이 어떤 경지인가를 드러낸다. 마고할미와 화덕진군의 시험을 통과하는 숙향과 이선은 독자에게 사랑의 진정성이 무엇인가를 느낄 수 있게 한다. 숙향과 이선의 말과 행동은 남녀 간의 진정한 사랑이란 외모의 추함과 신분의 귀천을 뛰어넘어 상대방을 열망하는 것이라는 분명한 메시지를 드러낸다. 이 때문에 마고할미와 화덕진군은 원조자이면서도 시험자의 역할을 수행하여 천상계의 천정 인연을 이어주며 현실에서 남녀 간의 진정한 사랑이 추구되는 연애과정을 보여주는 역할을 담당한다.

숙향과 부모의 만남을 목전에 두고서도 용왕은 노인으로 변신해 숙향의 아버지인 김전의 부정(父情)을 시험한다. 노인으로 변한 용왕은 반하물가 바위 위에서 김전의 출입을 막으며 거만하게 앉아 있지만 김전은 노인이 신인(神人)임을 짐작하고 예를 표한다. 노인이 김전의 인사를 받지 않고 숙향과 관련된 짧은 이야기를 하자 김전은 잃어버린 딸 숙향의 이야기를 자세히 듣기 위해 노인이 시키는 대로 하기 시작한다. 노인이 배가 고파 이야기를 하지 못하겠다고 하니 김전은 일행이 가져온 음식을 대접한다. 그래도 노인은 배가 배부르지 않다고 하고 김전은 하인에게 주찬을 가져오라고 한다. 그러자 노인은 "하인이 가져온 음식을 먹으면 하인의 정성이니, 하인의 딸을 찾고자 하느냐"하며 김전이 직접 음식을 구해서 대접하기를 요구한다. 김전이 차려준 음식을 다 먹고 노인은 다시 술이 취하여 이야기를 못하니 자신의 술이 깨도록 기다리라고 한다. 노인이 잠든 사이에 취우(驟雨)가 내려 물이 김전의 어깨를 넘어 위태로웠지만 김전은 요동치 않는다. 얼마 후 강풍이 일어나고 눈이 많이 와 김전의 옷이 젖고 물 속에 서게 되었지만 김전은 요동하지 않는다.

그제서야 노인은 잠이 깨어 김전의 정성이 지극하다고 하며 모든 조화를 멈추고 계절을 여름으로 되돌리며 숙향의 이야기를 차근차근 해준다. 노인과 김전의 대화는 아주 짧은 문답형으로 진행되는데 김전이 숙향의 과거사와 근황을 물으면 노인은 이에 대해 짧게 대답하는 형식이다. 노인은 숙향에 대한 김전의 속내를 묻는다. "숙향을 저리 사랑하면 무슨 일로 반야산 돌 틈에 버리고 가며, 낙양 옥에 갇혔을 제, 어찌 찾지 아니하였는가"를 캐묻는다. 그러자 김전은 "반야산에 버리고 감은 정이 박함이 아니라 세(勢) 부득이하여 버리고 간 일이 옵고, 낙양 옥중에 갇혔던 숙향은 이름과 나이는 같사오나 오래매 얼굴이 변하였고, 또제 어버이 이름을 모르오니, 내 자식인 줄 어찌 알니이까?"하고 상황때문에 어쩔 수 없었다고 변명한다.

김전과 용왕의 만남은 어린 딸을 버리고 간 김전의 행동, 자신의 딸을 알아보지 못하고 딸에게 고난을 가하는 김전의 행동에 대해 해명하게 하고 부성애(父性愛)를 재성찰하게 하는 계기가 된다. 도적 때문에 김전부부와 숙향의 목숨이 위태롭게 되자 부모가 어린 딸 숙향을 버리고 도주하여 목숨을 구하는 것은 온당하지 않으며, 아비가 친딸을 만나고도 알아보지 못하고 옥에 가두어 고난을 주는 행동도 바람직하지 못하다는 인식을 드러내는 서사적 기능을 하는 것이다. 그러므로 노인이 김전에게 가하는 일련의 시련은 숙향에 대한 김전의 부성애를 시험하며 김전의 행동을 해명할 수 있는 기회를 주는 것이 된다. 급박한 상황에서 목숨을 건지기 위해 자식을 버렸고 헤어진 지 오래되어 자식을 알아보지 못하고 고난을 주게 되었다는 김전의 말은 부성애를 다하지 못한 아버지의 반성의 언술이라고 할 수 있다. 김전을 향한 용왕의 질책은 자식을 향한 진정한 부성애는 고난 속에서도 자식을 버리지 않는 것이며, 어떠한 상황에서도 자기 자식을 알아볼 수 있어야 한다는 부성애에 대한 향유층의 보편적인 인식이 표현된 것이라고 할 수 있다.

이처럼 <숙향전>의 초현실적 존재는 구원자와 시험자로서의 이중적역할을 하면서 향유층이 생각하는 남녀 간의 사랑과 부성애를 드러내는 기능을 한다. 독자는 〈숙향전〉에서 남녀의 사랑과 부성애에 대한 기대심리를 확인할 수 있고 이것은 독자가 〈숙향전〉을 읽을 만한 가치가 있는 소설이라고 여기게 하는 요소가 된다.

4) 경이감, 향락, 불로장생의 욕망 재현의 이계 여행

〈숙향전〉의 환상담은 인간이 공상하는 이계의 모습, 향락과 흥취적 삶과 불로장생의 욕망을 재현하는 방편으로 들어오기도 한다. 황후의 병을 낫게 하기 위해 떠나는 이선의 구약여행이 바로 그것이다. 이선의 구약여행은 이선이 매향과 천정 인연을 확인하여 두 사람이 결연하는 계기로 기능한다. 그러나 이선의 구약여행의 의미는 좀 더 찬찬히 살펴볼 필요가 있다. 이선의 구약여행은 매향과의 천정 인연을 확인하여 현실에서 이들의 결연을 가능하게 하는 표면적 의미뿐만 아니라 심층적인 의미를 표현하는 수단이 된다. 이선의 구약여행의 여정은 이계의 경이로움, 흥취와 향락적인 삶, 불로장생의 욕망을 재현하여 현실계 너머에 있는 대안적 세계를 파노라마처럼 펼쳐보이는 것이라고 할 수 있다.

이선의 구약여행은 용궁세계, 12국, 봉래산, 천태산을 지나는 여정이다. 이 구약여행의 초입에서 이선이 제일 먼저 만나는 것은 기이한 형상을 한 용궁을 지키는 바다짐승이다. 이 짐승의 외양은 기괴하고, 그 행동은 사나워 이선은 놀라움과 두려움을 느끼게 된다. 이선의 두려움과 놀라움은 용왕과 용자를 만나기 전까지 계속되는데, 이것은 낯선 이계에서 느끼는 경이감이라고 할 수 있다.

이선은 용궁에 들어가 용왕의 성첩을 가지고 12국을 지나 신선계로 향한다. 이 12국 중 회회국(回回國), 호밀국(好密國), 유구국(琉球國), 오의국(烏衣國)의 모습이 구체적으로 드러나는데 이선이 거쳐가는 나라들은 기이한 모습을 하고 있고 이 나라를 지키는 왕도 모두 별로 설정되어 있다. 회회국(回回國)에서는 사람들이 바로 다니지 못하고 돌며 다니고 이 나라의 왕은 경성(經星)이다. 호밀국(好密國)에서는 사람들이 꿀만 먹고 살며, 이 나라의 왕은 미성(尾星)이다. 다만 유구국(琉球國)의 의관문물은 중국과 같은데, 그 나라의 왕은 규성(奎星)이다. 오의국(烏衣國)에서는 사람들이 곡식을 먹지 않고 차만 먹으며 몸이 가늘고 날랜데 이 나라의 왕은 주성(主星)이다. 이선과 용자가 거쳐 가는 이 나라들은 상상과 실제가 혼합되어 설정된 나라이다. 이 중 회회국은 중앙아시아에 있던 나라 지명이며, 유구국은 일본의 남쪽과 대만의 동북쪽에 위치한 섬나라로 실제 지명을 쓴 것이지만 호밀국과 오의국은 모두 상상의 나라이다. 그러나 실제 지명이든 상상적 지명이든 이 나라들은 현실세계에서 볼 수 없는 기이한 모습으로 형상화된다. 12국을 방문하여 성첩을 주고 신선계로 향하는 이선의 여정을 자세히 살펴보면 황도(黃道)를 중심으로 나눈 천구(天球)의 스물여덟 자리를 여행하는 별나라 여행과 비견[8]될 수 있다. 이선이 방문하는 12국의 여정은 천체를 돌며 우주여행을 하면서 각각의 별들을 의인화하여 왕으로 설정하고 그 별을 기상천외한 이계공간으로 묘사하는 환상적 상상력이 드러나는 부분이다. 12국을 지나는 이선의 체험은 현실계 너머에는 무엇이 있으며, 어떤 세계가 존재하는가 하는 호기심 어린 상상이 잘 표현되어 있고 여기서 독자는 새로운 세상을 목격하는 경이로움을 느낄 수 있다.

이선이 12국을 거쳐 봉래산으로 가는 과정에서 만나는 선관은 이적선(李謫仙), 두목지(杜牧之), 여동빈(呂洞賓)이다. 이들은 전생에서 이선과 동료였던 선관들로 설정되어 있으며 신선계로 들어온 이선에게 함께

---

8) 김문희, 「숙향전의 환상성의 창출양상과 의미」, 『한민족어문학』 47집, 한민족어문학회, 2005, 16면.

술 마시며 즐기자고 여러 차례 권유한다. 또한 안기생(安期生), 장건(張 騫)도 이들과 교류하는 신선으로 언급된다. 이선이 이계여행에서 만나 거나 선관들 사이에서 호명되는 선관들은 모두 널리 알려진 인물로, 역 사적으로 실존했거나 전설적으로 널리 알려진 인물이다. 이적선, 두목 지는 현실계에서 남성적인 호방한 삶을 살았고, 여동빈과 안기생은 신 선이 되었다고 전해지며, 장건은 목숨을 걸고 13년간 서역의 여러 곳을 탐방하여 동서 교류를 가능하게 했던 인물이다. 이들이 모두 신선이 되 어 신선계에 모여 살면서 이선도 자신들과 같은 삶을 살자고 권유한다.

이것은 신선계에서 이들과 동일한 삶을 살고자 하는 이선의 욕망을 다른 방식으로 표현한 것이라고 할 수 있다. 이선이 이적선, 두목지, 여 동빈을 만나거나 안기생과 장건의 근황을 듣고 동료로서 함께 신선계 에 남아서 즐기기를 권유받는 상황이 반복적으로 제시되는 것은 이선 의 무의식적 욕망을 동료 선관들의 부추김과 발화로 대신해서 표현하 는 것이다. 이적선과 두목지는 계속해서 "선경(仙境)도 구경하고 술집이 나 찾자"고 하거나 "좋은 술이나 먹고 봉래산을 가자"고 하며 이선을 잡아끌며 이선의 여정을 늦춘다. 이선은 황후의 병을 고치는 약을 찾아 야 하는 자신의 현실적 임무를 말하지만 이선의 말은 신선들의 말에 의해 점점 힘을 잃어간다. 이선은 신선들의 권유에 어쩔 줄 모르고 자신 을 맡기는데 이것은 유교적 충의식이나 현실적 의무의 이면에 자리 잡 은 이선의 향락과 흥취적 삶에 대한 욕망을 드러낸 것이다. 더불어 현실 적 부귀영화가 부질없다는 인식은 천태산에서 만나는 마고할미의 말에 서도 드러난다. 마고할미는 벽이용을 찾으러 온 이선에게 자신의 정체 를 숨기며 "공명은 다 허사라, 비록 내 몸이 영귀하나 벼슬은 위태한지 라. 장량(張良)은 적송자(赤松子)를 따라 놀았고, 범려(范蠡)는 오호(五湖) 에 떠 명(命)을 보존하였다"고 말하고 이곳에서 자신의 딸과 혼인할 것을 종용하기도 한다.

이선이 구약여행에서 찾은 약은 개언초, 벽이용, 개안주로 죽은 사람을 살리는 신비한 것이다. 이것은 진시황과 한무제가 그토록 찾으러 했던 불로장생의 약과 비슷하다. 이 약을 구하러 온 이선을 보고 이적선은 진시황과 한무제도 불로장생약을 구하러 왔지만 구하지 못했다고 하며 이 일이 불가능함[9]을 말한다. 마고할미도 진시황과 한무제도 불로장생약을 구하러 왔지만 구할 수 없었다[10]고 말하며 이 약을 구하는 것은 불가능하다고 여러 차례 말한다. 여기서 이선의 구약여행은 불로장생약을 구하러 왔던 진시황과 한무제의 욕망과 병치됨을 알 수 있다. 다만 이선의 경우는 약을 찾으러 오는 계기가 왕후를 살리는 충의식에서 비롯되었다는 점이 다를 뿐이다. 그러나 이선은 진시황과 한무제도 찾지 못한 불로장생약을 신선계에서 찾아와 죽은 황후를 살린다. 이선과 숙향이 현실계에서 이 약을 먹고 불로장생한 것은 아니지만 이선의 구약여행은 인간이 열망하는 불로장생약을 구하는 과정이고, 불로장생에 대한 욕망을 다시 재현한 것이다. 이선의 구약여행은 표면적으로는 유교적 충 의식을 실천하는 것처럼 보이지만 이면적으로 신선계에서 불로장생하고자 하는 인간의 욕망을 엿볼 수 있게 환상담이다. 이 때문에 이선의 이계여행은 인간에게 주어진 현실세계의 임무를 무장해제하고 무의식적 세계의 자유로움을 느낄 수 있는 유쾌한

---

9) 네 병부승셔라 ᄒᆞ며 녯 글도 보지 못ᄒᆞ엿난야? 봉닉손 슘슌 십쥬 다 헛말이로다. 진시황 흔무제 위염으로도 능히 득달치 못ᄒᆞ고 ᄉᆞ구와 분슈지탄니 잇거든, ᄒᆞ물며 조고만은 졍셩으로 엇지 봉닉손을 보리요(김진영·차충환 교주, 『숙향전』, 월인, 2001, 348면)

10) 옛날 지시황 흔무제라도 이 약을 구치 못ᄒᆞ여거든, ᄒᆞ물며 즁국 슝셔의 졍셩으로 구ᄒᆞ기를 엇지 ᄇᆞ리랴요 헛슈고 말고 닉 말디로 ᄒᆞ면 가중 유익ᄒᆞ리라(김진영·차충환 교주, 『숙향전』, 월인, 2001, 370면)

체험으로 읽힐 수 있다.

3. 〈숙향전〉의 환상담의 독서효과

1) 가해적(可解的) 독서와 긴장적 독서

앞에서 살펴본 것처럼 〈숙향전〉의 환상담은 미래 예시라는 서사적 기능을 수행함으로써 전체 서사가 어떻게 진행될 것인가를 짐작할 수 있도록 하여 가해적(可解的) 독서를 가능하게 한다. 동시에 기이한 사건이 일어나게 되는 원인이나 내막은 후에 해명됨으로써 독자가 텍스트에 지속적인 호기심을 유지시키며 긴장적 독서를 가능하게 한다.

독자는 〈숙향전〉의 반복되는 미래 예시를 통해 〈숙향전〉의 행복한 결말을 짐작해볼 수 있다. 세부적인 장면을 모두 알 수는 없지만 초현실적 존재가 알려주는 미래에 대한 암시는 숙향이 고난을 당해도 극복해나갈 것이고, 이선과 부모를 만날 것이라는 확신을 가질 수 있게 한다. 가해적 독서 맥락은 독자가 독서를 하는 과정에서 앞으로 진행될 서사 진행 과정을 미리 예측할 수 있으며 텍스트의 의미해독에 어려움을 느끼지 않고 텍스트의 가독성(可讀性)을 높이는 상황을 만든다. 이러한 가해적 독서 맥락은 독자가 〈숙향전〉의 내용을 자신이 꿰뚫고 있으며, 텍스트의 구조 원리를 이해했다는 성취감을 느낄 수 있도록 하고 독자에게 〈숙향전〉의 독서는 흥미로운 과정이라는 만족감을 선사할 수 있다.

〈숙향전〉을 탐독했던 17~18세기 독자와는 달리 현대 독자의 입장에서는 〈숙향전〉의 미래 예시가 과잉 정보로 작용할 수 있고 가독성(可讀性)을 떨어뜨리는 요소가 될 수 있다. 최소의 정보가 제공되고 그 정보를 이용해 독자가 앞으로의 서사의 방향을 예측하고 그 의미를 해독하는 소설읽기가 현대독자에게 일반화된 것이기 때문이다. 그러나 <숙향전>이 향유되었던 당대의 소설 독서과정은 이와는 다른 토대를 가지고 있었을 것이다. <숙향전>을 창작하고 읽었던 당대의 독자층에게는 미래 예시 같은 과잉 정보가 앞으로 진행될 서사의 방향을 예측하고 의미를 해독하는 데 도움을 주고 편안함을 주는 익숙한 독서상황일 수 있다. 오히려 이러한 미래 예시 없이 삶과 죽음, 행복과 불행의 경계를 여러 차례 넘나드는 <숙향전>의 굴곡적 내용을 독자가 수용하는 것은 대단히 낯선 경험이 될 수 있다. 그렇기 때문에 초현실적 존재가 개입하여 미래사를 예시하는 것은 <숙향전>의 수용을 위해 마련된 안전판과 같은 역할을 한다고 볼 수 있다. 초현실적 존재가 제시하는 미래 예시가 독자의 텍스트 수용을 위한 안전판으로 인식되는가 아니면 과잉 정보로 인식되는가 하는 문제는 곧 시대마다 다른 소설 향유층의 독서 문화적 소양과 풍토가 다르기 때문에 생기는 차이이지 향유층의 우월과 열등을 논의하는 근거가 될 수는 없다. <숙향전>을 쓰고 읽었던 그 당대의 작가와 독자에게는 초현실적 존재의 미래 예시가 과잉적 정보로 받아들여지는 것이 아니라 텍스트의 가해성(可解性)을 제공하는 요소로 작용했을 것이기 때문이다.

　한편으로는 세부적으로 기이한 사건을 서술할 때는 독자가 텍스트에 호기심을 지속적으로 가질 수 있도록 기이한 사건이 일어난 원인이나 내막은 후에 설명되기도 한다. 이것은 독자에게 '왜 이런 일이 일어났을까?', '누가 이 일을 일으켰을까?' 하는 의문과 호기심을 지속시키며 긴장적 독서효과를 창출한다. 긴장적 독서는 사건의 의미나 내막을 독자가 곧바로 알아차리는 것이 아니라 독자가 사건의 의미나 내막을 알아차리기 위해 지속적인 의미 해독을 시도하며 텍스트와 팽팽한 줄다리기를 하는 과정이라고 할 수 있다. 텍스트에 제시되는 최소 정보와 적절한 양의 정보가 독자의 해석 과정을 활성화시키는데 〈숙향전〉에서도 독자는 기이한 사건이 반복되는 동안 이 일이 초현실적 존재의 작용으로 일어났을 거라고 추측은 하지만 누가 무슨 의도로 이 일을 일으켰는가는 정확히 알지 못한다. 이 과정에서 독자는 텍스트에 지속적인 호기심을 유지시키며 긴장적 독서를 할 수 있게 된다.

이처럼 〈숙향전〉의 환상담은 전체 서사를 예측할 수 있도록 하여 가해적(可解的) 독서를 가능하게 독자가 예측한 대로 서사가 진행된다는 확신과 텍스트를 꿰뚫고 있다는 텍스트에 대한 독자 우위의 만족감을 선사한다. 또한 세부 사건은 쉽게 예측할 수 없도록 서술하여 텍스트가 독자의 적극적인 의미 해독을 환기하여 긴장적 독서를 가능하게 한다. 전체와 세부의 이와 같은 대조적 서사전략이 독자의 인지적 능력을 활성화시키는데 이것이 독자를 〈숙향전〉으로 끌어들이는 매력으로 작용한다.

2) 윤리적 기대지평의 충족적 독서

〈숙향전〉의 시혜와 보은과 악행과 응징의 대칭적 구조는 당대인이 지니고 있는 윤리적 의식과 가치관을 적극적으로 반영한 결과라고 할 수 있다. 현실과 초현실적 세계를 가로지르며 펼쳐지는 시혜와 보은, 악행과 응징의 대칭적 구조는 선행은 선행으로 갚아야 하고, 타인을 해치는 악행은 그에 상응하는 결과로 처리해야 한다는 권선징악이나 인과응보의 가치관이 재현된 것이다. 이러한 윤리적 가치를 〈숙향전〉이 담고 있기 때문에 독자는 자신이 지니고 있는 윤리적 가치관을 소설 속에서 확인하고 이러한 윤리적 기대지평에 부합하는 〈숙향전〉을 읽을 만한 소설로 생각하게 된다.

그런데 현실과 초현실계를 넘나들며 권선징악과 인과응보적 관념이 실현되는 <숙향전>에 독자가 공감하는 심층적인 이유는 조금 더 깊이 들여다 볼 필요가 있다.

권선징악과 인과응보적 사유는 인간이 살아가는 현실에서 강화되어야 하는 것이지 굳이 현실을 벗어난 초현실계에서까지 지켜질 필요는 없다. 그러나 <숙향전>의 초현실계는 이러한 현실계의 권선징악적 관념과 인과응보적 사유가 가장 잘 지켜지며 이러한 관념을 수호하는 세계로 그려진다. 이것은 독자가 몸담고 있는 현실에서 이러한 윤리적 가치대로 세상사가 순조롭게 작동되지 않고 있다는 사실을 알 수 있게 한다. 권선징악과 인과응보적 관념은 현실에서는 의문이나 회의 없이 실현되어야 하지만 이것이 현실에서 실현되는 것은 그리 쉬운 일이 아니다. 현실에서는 이러한 윤리적 신념처럼 세상이 움직이지 않지만 <숙향전>에서는 이것이 세상사의 원칙인 것처럼 이상적인 윤리상으로 제시될 수 있다. 이런 의미에서 <숙향전>의 시혜와 보은, 악행과 응징은 향유층이 가지고 있는 윤리적 가치관을 재강화할 수 있는 구조로 선택된 것이며, 권선징악과 인과응보에 기반해 세상사가 정의롭게 돌아가야 한다는 당위적인 생각을 이상적으로 그려놓은 것이다. 그래서 향유층에게 있어 <숙향전>은 자신이 지닌 윤리적 가치를 소설적으로 실현하는 장이 될 수 있다. 그렇게 되어야 한다고 생각하지만 현실에서는 정의롭게 처리되지 않는 세상사를 이상적인 윤리가치로 질서화한다는 의미에서 <숙향전>은 향유층의 윤리적 이상이 투영된 윤리 교과서의 성격을 띠게 된다. 이 윤리 교과서를 통해 작가와 독자는 자신이 가지고 있는 권선징악과 인과응보라는 사유가 가치 있고 옳다는 생각을 서로 나누며 윤리적 기대지평이 동일하다는 확인을 하게 된다.

또한 〈숙향전〉이 독자의 공감 속에서 열독될 수 있는 또 하나의 이유는 이것이 환상적인 이야기로 구성되기 때문이다. 이때의 환상은 현실세계의 윤리와 도덕적 이상을 확고하게 수호하는 힘으로 현실세계에서 이러한 윤리적 가치를 관철시키기 위한 상상력으로 들어온다. 우리가 알고 있는 많은 고전소설이나 설화에서 환상은 현실세계의 윤리와 도덕적 이상을 확고하게 수호하는 힘으로써 사용되고 이러한 환상의 용법을 자주 만나게 된다. 그렇기 때문에 이러한 환상의 용법은 독자에게 익숙한 것이어서 새롭게 느껴지지 않을 수 있다. 그러나 〈숙향전〉에서는 이러한 환상의 용법이 현실과 초현실계에 걸쳐서 대칭적으로 재배치되기 때문에 보다 흥미를 제공하기 쉽다. 〈숙향전〉의 시혜와 보은, 악행과 응징은 현실계와 초현실계에 걸쳐 매우 대칭적인 형태로 서사 속에 산포되어 있다. 독자는 〈숙향전〉을 읽으면서 선행과 선행, 악행과 형벌의 원인과 결과, 그 의미를 퍼즐처럼 하나씩 끼워 맞추게 되고 〈숙향전〉을 다 읽고 난 후 이 퍼즐을 완성하고 전체적인 의미를 이해하는 독서를 하게 된다.

만약 〈숙향전〉이 현실적 인물 간의 시혜와 보은, 악행과 응징의 이야기로 구성된다면 〈숙향전〉의 윤리적 가치와 소설적 재미는 감소될 수 있다. 현실적 존재와 초현실적 존재 간의 시혜와 보은, 악행과 응징으로 이야기가 구성될 때 딱딱한 이야기가 아니라 흥미와 재미를 획득하는 소설이 되고 권선징악과 인과응보는 초현실계에서 추구되는 것처럼 현실에서 도 추구되어야 할 당위적인 윤리적 가치로 다시 강조될 가치 있는 윤리가 되는 것이다. 그렇기 때문에 〈숙향전〉의 환상담은 권선징악과 인과응보를 현실에서 실현되어야 할 당위적 가치로 인식하게 하는 효과와 소설적 흥미와 재미를 동시에 주는 일종의 당의정(糖衣錠) 같은 역할을 하는 것이다. 이러한 당의정 때문에 〈숙향전〉의 윤리적 코드는 독자를 식상하게 하는 것이 아니라 독자의 공감과 감동을 불러일으키는 요소로 재탄생되는 것이다.

3) 애정과 부성애에 대한 기대심리의 충족적 독서

<숙향전>의 초현실적 존재는 인물의 고난 극복, 결연, 만남을 도와주는 원조자의 모습과 인물의 결연과 만남을 지연시키면서 인물들이 추구하는 대상에 대한 진정성을 시험하는 이중적인 역할을 한다. <숙향전>의 초현실적 존재가 수행하는 이중적 역할을 알아내고 여기서 드러나는 의미를 생각하고 곱씹어 보는 것이 <숙향전>을 읽는 또 하나의 재미이다. 고전소설에서 주인공을 도와주는 초현실적 존재는 대부분 원조자나 예시자로서 단일한 기능을 하는 경우가 많다. <숙향전>이 향유되었던 17세기에 독자에게 읽혔던 『창선감의록』, 『사씨남정기』나 18세기 이후 대중적 인기를 끌었던 영웅소설의 초현실적 존재는 주인공의 고난을 돕는 원조자나 미래사를 알려주는 예시자라는 단일한 기능으로 움직인다. 그러나 <숙향전>의 초현실적 존재는 인물의 마음을 시험하는 시험자로서 향유층이 꿈꾸고 있는 남녀 간의 사랑, 부성애의 경지를 드러낼 수 있도록 한다.

<숙향전>의 마고할미와 화덕진군은 이선과 숙향의 테스트를 통해 남녀 간의 사랑이 어떠해야 하는가를 되짚어 보게 하는 기능을 한다. 마고할미와 화덕진군의 시험은 남녀 간의 진정한 사랑이란 현재의 외모의 미추나 신분의 귀천에 영향을 받는 것이 아니라 운명적인 한 번의 만남에서 싹트고 이 기억을 공유하면서 추구되는 것이란 생각을 드러낸다. 이선과 숙향의 사랑은 영혼을 울리는 천상계의 아주 짧은 첫 만남에서 시작되고 이 사랑이 현실계에서 계속해서 추구된다. 흥미로운 것

은 이들이 천상계에서 처음 만나 서로에게 매혹당하는 장면이 이선과 숙향의 각기 다른 시선으로 그려진다는 점이다. 똑같은 사건이 이선과 숙향의 다른 시각으로 서술되는 것은 두 인물이 상대방에게 매혹당하는 각기 다른 내면심리를 드러내기 위한 전략이다. 또한 남녀의 사랑에서 매혹적 만남은 애정을 추구하는 과정에서 가장 중요한 사건이라는 점을 독자에게 인지시킨다. 여기에는 사랑과 연애에 대한 낭만적인 생각이 전제되어 있다.

　〈숙향전〉의 이선과 숙향의 애정은 전생의 천정 인연에서 비롯되어 절대성이 부여되는 것이지만 이것은 향유층이 꿈꾸고 있는 사랑에 대한 낭만적인 사고를 천정 인연이란 이름으로 표현한 것이라고 할 수 있다. 천정 인연 때문에 현실계에서 이선과 숙향의 사랑은 절대적이며 지순하게 추구되는 것처럼 보이지만 이 천정 인연은 현실세계에서 남녀의 자유연애를 합리화하고 추구하게 하는 근거가 된다. 곧 천정 인연은 현실세계의 남녀의 자유로운 사랑도 숭고하고 절대적일 수 있다는 생각을 포장하기 위한 수단이 될 수 있다. 사실상 이선과 숙향의 자유로운 애정은 천상계의 첫 만남에서부터 시작되는데 이선과 숙향이 서로에게 매혹되며 사랑에 빠지는 낭만적 경험을 시작하고 이것을 현실세계에서도 추구한다. 이선과 숙향이 현실세계에서 부모에게 불고이취(不告而娶)하며 현실적 규범을 어기면서 애정을 성취하는 것이 용인될 수 있는 이유도 모두 천정 인연이라는 절대성 때문에 가능하게 된다.

　초현실계의 낭만적 사랑의 연장선에서 현실계에서 이선과 숙향의 낭만적 사랑을 확인하게 하는 매개자가 바로 마고할미와 화덕진군이다. 마고할미와 화덕진군은 이선과 숙향의 사랑이 추구하는 사랑의 깊이를 독자가 알 수 있게 하고, 이선과 숙향이 추구하는 사랑의 자유연애의 정당성을 부여하는 역할을 하며 향유층이 꿈꾸는 낭만적 사랑에 대한 인식을 구체화하는 것이다.

또한 용왕은 김전에게 숙향에 대한 부성애를 되물으면서 진정한 부성애에 대한 생각을 드러낸다. 진정한 부성애는 상황이나 일의 형편에 의해 좌지우지 되는 것이 아니라 자식에 대한 절대적인 애호가 뒤따르는 것이라는 점이 강조된다. 이것은 곧 향유층이 생각하고 있는 가장 근원적인 부성애의 모습이라고 할 수 있다. <숙향전>을 읽는 것은 향유층이 가지고 있는 부성애에 대한 생각을 공유하고 부성애의 회복을 경험하는 과정이기도 한 것이다. 곧 현실적 상황 때문에 부성애가 가려질 수 있지만 부모의 정성으로 자식을 향한 부성애는 다시 회복될 수 있다는 믿음을 보여주기 때문에 여기서 독자는 감정적 카타르시스를 경험할 수 있다.

이처럼 <숙향전>에는 향유층이 지니고 있는 사랑과 부성애에 대한 기대 심리가 반영되어 있다. 독자는 자신이 생각하고 있는 낭만적 사랑과 부성애에 대한 인식을 <숙향전>에서 확인하면서 남녀 간의 낭만적 사랑을 꿈꾸고 진정한 부성애에 대한 생각을 재정립할 수 있다. 남녀 간의 애정은 인간이 꿈꿀 수 있는 자연스러운 감정이며, 자식에 대한 아버지의 부성애는 인간이 근원적으로 가지고 있는 천륜적 감정이다. <숙향전>에는 초현실계의 인연을 빌미삼아 현실에서도 그 사랑이 추구되는 당위성을 보여주며 남녀의 사랑의 깊이가 심대하며 절대적이란 인식을 드러내며 사랑에 대한 향유층의 낭만적 기대심리를 만족시킨다. 또한 향유층이 가지고 있는 부성애에 대한 근원적 인식을 회복시킴으로써 독자가 가지고 있는 기대심리를 저버리지 않는다. <숙향전>이 많은 독자층을 확보할 수 있었던 이유는 바로 당대 독자층이 합의하고 있는 낭만적 사랑과 진정한 부성애를 환상담 속에 펼쳐 보이기 때문이다.

4) 정신의 유희와 쾌락적 독서

이선의 구약여행은 숙향의 고난담, 숙향과 이선의 결연담이 모두 완성되고 서사적 긴장감이 해소된 상태에서 부가적으로 덧붙는 서사이다. 그러므로 이선의 구약여행을 읽을 때 독자는 긴장감을 가지고 앞으로의 사건 진행을 살피기보다는 긴장감을 해소하고 이선의 경험과 심리상태를 바라볼 수 있게 된다.

앞에서도 살펴본 것처럼 이선의 구약여행은 용궁세계, 12국, 봉래산과 천태산을 지나는 여정인데 이계의 경이로움과 흥취와 향락을 즐기며 호방하게 살고자 하는 남성적 욕망, 불로장생하고자 하는 인간의 무의식적 열망 등이 병렬적으로 재현되어 있다. 이선의 구약여행은 현실에서 요구되는 충 의식, 현실적 임무, 유한한 인간의 삶과 같은 의무와 제한적 세계로부터 벗어나 무의식적 세계를 대면하게 하고 독자를 유희와 쾌락적 환상의 세계로 이끈다.

여기서 독자는 환상이 제공하는 정신적 유희를 만끽할 수 있고 쾌락적인 독서를 즐길 수 있다. 환상은 독자가 꿈꾸고 공상하는 세계로 들어가는 초대장이 되는 것이다. 이것은 곧 환상이 제공하는 흥미로운 스펙트럼이고 의식적 세계를 해제하고 무의식적 세계의 다양한 감각을 활성화시킬 수 있는 유희적 측면이라고 할 수 있다. 이 때문에 〈숙향전〉은 향유층이 상상하는 세계와 욕망하는 삶의 조건을 환상담으로 재현하여 자유로운 상상력을 활성화시키는 공상적 독서물이 될 수 있다. 이선의 구약여행이 〈숙향전〉의 결말부에 제시되는 이유도 독자가 더 이상 마음 졸이며 다음 사건이 어떻게 진행될 것인가를 신경쓰지 않고 이러한 유희와 쾌락적 상태를 지속시키기 위해서이다.

이선의 구약여행은 〈숙향전〉의 환상담 중에서 환상의 가장 순수한 용법을 보여주는 것이다. 인지적 측면에서 독서의 가해성(可解性)을 돕거나, 독자의 윤리적 기대지평을 충족시키거나 초현실적 존재가 사랑과 부성애에 대한 기대심리를 재현하는 수단적 측면으로 환상이 기능하는 것이 아니라 정신적 놀이나 유희로서 환상 그 자체가 마련되기 때문이다. 환상소설로서 <숙향전>의 독특성은 순수한 정신적 유희와 쾌락적 환상의 용법에 주목하고 있다는 점이다. 영웅소설이나 장편가문소설의 환상은 주로 가해적 독서를 가능하게 하며 독자층의 윤리적 기대지평을 만족시키는 용법으로 사용되는 경우가 많다. 우리 고전소설에서는 순수한 정신적 유희나 쾌락적 환상의 용법은 많이 사용되지 않는 편이다. 왜냐하면 이런 정신적 놀이나 유희로서의 환상담이 서사에서 오랫동안 재현된다면 서사에서 핵심적 사건이 제대로 진행되지 않거나 일정한 사건의 흐름에 의해 나타나는 서사의 목적의식이 제대로 드러나지 않고 약화되는 문제가 나타날 수 있기 때문이다. 그러나 <숙향전>은 이러한 환상의 순수한 용법을 서사에 활용하여 독자가 환상의 세계에 침잠하여 즐거움을 느낄 수 있을 정도의 독서 시간을 제공한다. 이계의 경이로움, 삶의 향락과 흥취, 불로장생의 희구 등을 한자리에 드러내 놓고 즐길 수 있는 것은 환상소설이 줄 수 있는 가장 큰 즐거움이다. <숙향전>을 읽으면서 이 즐거움을 독자가 경험할 수 있기 때문에 독자는 <숙향전>을 흥미로운 소설이라고 생각하고 열독하게 되는 것이다.

4. 맺음말

<숙향전>은 우리 고전소설 중에서 가장 환상적인 소설로 <숙향전>의 환상담은 독자의 관심을 끄는 중요한 요소라고 할 수 있다. 그러나

<숙향전>이 당대에 매우 인기 있는 소설 레퍼토리라는 것은 누차 언급 되었지만 <숙향전>에서 빈번하게 나타나는 환상담과 이 환상담이 독 자의 독서과정에 끼치는 효과를 섬세하게 논의한 적은 별로 없다. 본 연구는 이러한 문제의식에서 시작하여 <숙향전>이 독자의 선택을 받 고 인기를 누렸던 이유를 환상담의 서사전략과 독자의 독서효과에 주 목하여 해명하고자 하였다.

<숙향전>의 환상담은 크게 네 가지 방향으로 전략적으로 구성된다. 우선 초현실적 존재가 미래사를 예시함으로써 전체 서사를 독자가 예 측할 수 있도록 하며 한편으로는 기이한 세부 사건이 일어나게 된 이유 는 후에 해명함으로써 독자의 호기심을 유지시킨다. 여기서 가해적(可 解的) 독서 맥락과 긴장적 독서 맥락이 형성되면서 독자는 <숙향전>을 끝까지 읽어나갈 수 있게 된다. 두 번째로 현실계와 초현실계 사이에서 시혜와 보은, 악행과 응징이 대칭적으로 구조화되는데 이것은 당대인이 지니고 있는 권선징악과 인과응보적 관념이라는 윤리적 기대지평에 부 합하는 것이다. 그러나 현실적으로 권선징악과 인과응보는 제대로 실현 되지 못하고 있기 때문에 향유층은 이상적이고 당위론적인 윤리가치를 강화하고자 한다. 이런 의미에서 <숙향전>은 향유층의 윤리적 이상이 투영된 윤리 교과서가 이야기라는 의장을 갖추고 독자에게 수용되는 것이다. 세 번째로 <숙향전>의 초현실적 존재는 원조자와 시험자로서 이중적 역할을 하는데 특히 초현실적 존재는 남녀 간의 진정한 사랑과 부성애를 시험하는 존재로 기능한다. 이러한 서사전략을 통해 남녀 간 의 낭만적 사랑과 진정한 부성애에 대한 독자의 기대심리를 반영할 수 있고 독자는 흥미롭게 <숙향전>을 읽게 된다. 네 번째로 이선의 구약 여행은 이계의 경이로움을 표현하고 흥취와 향락의 삶과 불로장생의 욕망을 재현하는 통로로서 기능한다. 이것은 환상의 가장 순수한 용법

으로 독자는 지금까지 경험하지 못한 정신적 유희를 만끽할 수 있고 쾌락적 독서를 즐길 수 있게 한다.

이처럼 <숙향전>은 다양한 층위의 환상의 용법을 활용하고 있다. 이 다양한 층위의 환상의 용법은 인지적 측면에서 독자에게 흥미를 주고 윤리적 가치관에 부합하며, 애정과 부성애에 대한 기대심리를 충촉시키고 유희와 쾌락적 독서를 가능하게 하여 독자를 작품 속으로 끌어들이는 매력으로 작용한다.

이 글은 『한국학연구』 37집(고려대 한국학연구소, 2011)에 수록한 논문을 수정하여 재수록한 것이다.

〈설인귀전〉의 소설사적 존재 의미

양승민

1. 〈설인귀전〉 텍스트 문제

〈설인귀전〉 하면 으레 번역소설인가 창작소설인가, 아니면 번안소설 내지 개작본인가 하는 문제부터 자기 나름대로 풀고 넘어가야 한다는 약간의 강박관념 같은 것을 가질 수 있다. 이 텍스트 문제는, 마치 〈설인귀전〉에 대해 그런대로 자신 있게 설명하기 위해서는 필히 넘어야 하는 단계인 듯 생각하기 십상이라는 것이다. 선행 연구 결과들이 제출돼 있음에도 불구하고 연구자 본인이 직접 뛰어들어 여러 이본들을 살피고 중국본 원작과 비교해 보기도 하는 간단치 않은 정신노동을 꼭 수행할 필요가 있다고 종종 인식돼온 작품이 〈설인귀전〉이 아닐까? 내가 직접 그 실상을 파악하지 않으면, 기존 연구결과에 대한 확신이 서기 어렵고 불안심리가 작동할 수 있는 작품이 아닌가 한다.

나도 이 짧은 글을 쓰기 위해 텍스트 문제에 대한 나의 주관을 정립해야겠다는 생각을 떨칠 수 없어 그와 같은 전철을 밟았다. 비단 〈설인귀전〉 하나에 국한된 문제는 아니겠지만, 특히 이 작품은 그동안 은연중 텍스트 문제를 둘러싼 설왕설래가 많았고, 이는 결국 연구사적 사각지대에 놓이게 된 하나의 요인으로 작용하기도 했다는 것이 나의 진단

이다. 그러나 그동안 우리가 텍스트 문제에 관심을 집중해온 만큼, 이제
는 정리할 때가 되었다. 연구사를 정리하겠다는 말이 아니다. 텍스트
문제를 둘러싼 그동안의 연구사적 결실들을 검증해보는 가운데 종합적
으로 못을 박을 것은 박아보자는 뜻이다.

거의 의심의 여지없이, <설인귀전>은 55회본 <說唐後傳>과 42회본
<說唐薛家府傳>(薛仁貴征東全傳)[1]이라는 중국 강사화본계 소설이 그
원작으로 존재한다. 전자는 최소한 건륭 3년(1738)에는 초간본이 나왔고,
후자는 도광 18년(1838)에 전자로부터 갈라져 나온 신각본이다.[2] 이 두
판본 중 <설인귀전> 형성의 직접적인 저본이 된 것 딱 하나를 꼽으라고
한다면, 응당 42회본 <설당설가부전>이다. 설씨 집안 장수들의 영웅전
기(英雄傳奇)인 이른바 설가장연의(薛家將演義) 중 제1대 설인귀를 주인
공으로 한 소설본으로,[3] 전형적 영웅전기로서의 특화된 모습을 완비하

---

1) 그동안은 흔히 <설인귀정동> 또는 <정동>이라고 불러왔다. <설인귀정동>은 실제
로 중국본 판본에도 적혀 있는 <薛仁貴征東全傳>이라는 이칭에 근거한 제목이고,
<정동>은 한국의 연구자들이 써온 약칭인데, 원래의 대표제목은 <설당설가부전>이
다. 이와는 별도로 <薛仁貴征遼事略>이라는 송원대 강사화본이 존재하기 때문에 차
라리 원제목을 살려서 부르는 것이 좋다고 생각한다. 그런가 하면 어떤 이는 <설인귀
정료사략>을 가리켜 <설인귀정동사략>이라고 부르는가 하면, <설인귀정동>을 <정
동설인귀전>이라고 부르기도 했는데, 이런 제목은 근거가 없다. 혼란을 없애기 위해
서는 원 대표제목 그대로 호칭하는 것이 상책이다.

2) 55회본 <설당후전>은 羅通이 北征한 이야기와 설인귀가 東征한 두 이야기를 담은
說唐 고사인데, 이는 19세기에 와서 둘로 나뉘어 각각 별본으로 간행되었다. 이때 <설
당후전> 제15회 이후를 제1회로 삼아서 새롭게 새긴 책이 <설당설가부전>이다. 그리
고 <설당후전> 제14회까지의 내용은 <說唐小英雄傳>이라는 16회본, 또는 <羅通掃
北>이라는 15회본으로 독립되었다.

3) 그 이전에 나온 송원대 강사화본인 <설인귀정료사략> 말고도, 청대에 와서 설인귀-
薛丁山-薛剛 3대의 薛家將 집안 英雄傳奇 고사를 소설시리즈로 펴낸 것이 설가장연
의이다. <설당후전>(55회)과 <설당설가부전>(42회, 일명 <설인귀정동>)을 비롯해
<混唐後傳>(32회, 일명 <薛家將平西演傳> <混唐平西傳>), <征西說唐三傳>(88회,
일명 <異說後唐三傳薛丁山征西樊梨花全傳> <仁貴征西說唐三傳> <說唐征西傳>),

고 있다는 점에서 그러하다. 우리는 조수삼(1762~1849)의 『추재기이』를 통해 〈설인귀전〉이 당시 전기수(傳奇叟)가 도시에서 낭송한 언문이야 기책 가운데 한 레퍼토리였음을 기억하고 있는데, 참고로 『추재기이』는 저자 만년에 엮인 책이다. 따라서 중국에서 설가장 시리즈가 간행된 시기는 조선에서 〈설인귀전〉이 구연된 때와 몇 년 정도의 시간적 거리가 있기에, 그 사이 〈설당설가부전〉이 유입되어 언문번역본이 생겨날 수 있는가 하는 문제는 그다지 깊이 고민하지 않아도 된다는 것이다.

나아가 그렇기 때문에, 〈설인귀전〉이 중국본 원작과의 실제 거리가 어떠하든, 저들 두 중국 판본이 존재하는 이상, 이외의 다른 저본을 탐색하려는 시도는 전략상 접는 것이 상책이라고 생각한다. 실제로 필자가 뛰어들어 조사해본 결과, 멀리 송원대에 나왔다는 〈설인귀정료사략(薛仁貴征遼事略)〉이라는 강사화본을 빼면 '설인귀의 영웅적 일대기'를 그린 다른 텍스트의 존재[발견] 가능성은 극히 희박하다.

앞서 말했듯 〈설인귀전〉은 중국본 원작으로, 〈설당후전〉은 차치하고라도, 최소한 〈설당설가부전〉이라는 선행 텍스트가 존재한다. 문제는 중국본과의 내용적 편차가 크고 작은 여러 조선본이 다양한 양태로 존재한다는 점인데, 그렇긴 하나 연대본과 연활자본(3종)은 일단 동종 이본으로 묶일 수 있으며 번역본임도 확실하다. 이들 4종은 일단 내용적·문체(문장)적 동질성이 두드러지기 때문에 이 중 연대본이 좀 다르

그리고 〈異說征西演義全傳〉(40회) 등이 나왔다. 이 중 〈설당설가부전〉은 앞서 말했 듯 〈설당후전〉에서 '설인귀' 중심으로 독립한 것이며, 그 속서 중 하나인 〈이설정서 연의전전〉의 경우 〈혼당후전〉을 회목만 부분적으로 합쳐서 새로 찍었을 뿐 그 내용 은 〈혼당후전〉과 기본적으로 똑같다. 한편, 우리나라에서 나온 연활자본 〈서정기〉 〈설정산실기〉 〈이화정서전〉 등 〈설인귀전〉 속편 번역본은, 88회본 〈정서설당삼 전〉을 나누어서 축약 번역한 것이다. 우리나라에서 〈설인귀전〉 속편 번역본이 나왔 다는 사실은 〈설인귀전〉을 해석하는 데 있어 시사하는 바가 크다.

다고 해도 굳이 떼어놓을 필요는 없으며, 확실히 번역본이라고 할 수 있다. 비록 대폭 축약한 데다 적잖은 변이도 일어났으나, 중국본 선행 텍스트와의 일대일 번역관계가 뚜렷하기에 번역본으로 간주하는 데 전혀 주저할 필요가 없다. 축약과 변이는 사실 조선시대 거의 모든 번역소설에 보편적으로 나타난 현상이기에, 간단히 말해 '전근대 번역본'의 모습을 띠고 있다고 보면 된다. 소설은 권위가 없는 속문학(俗文學)인 데다 개인적, 상업적 번역이 주류를 이루었기 때문에 역자가 자기 마음대로 줄이거나 바꾸면서 번역하는 것이 얼마든지 가능했다. 이들을 일단 '번역본'4)이라고 해 두자.

나머지 이본들, 즉 국도관본, 경판40장본, 경판30장본, 박순호본 등은 중국본 원작과의 거리가 더 멀어졌고, 동시에 앞서 말한 '번역본' 그룹과의 세부적 편차도 자못 크다.5) 더구나 이들 내에서도 다 제각각이기 때문에 동종으로 묶기도 곤란하다. 방각본의 경우 30장본과 40장본은 같은 경판본임에도 불구하고 서로 별다른 영향관계를 찾기 어려울 정도이다.6) 결국 이들은 중국본과의 거리가 멀어졌으면서 제각각이라는 말인데, 이윤석 교수가 그냥 '중국본 원작과 다른 내용의 이본'이라고 묶어서 설명한 것도 그래서일 것이다. '번역'과 '창작'의 스펙트럼 안에

---

4) '번역본'이라는 말에는 '소극적 개작본'의 뜻이 담겨 있다. 조선시대 소설번역은 거의 다 개작이 수반되었다.

5) 물론 <설인귀전> 이본은 이들 외에도 筆本으로 전하는 이대본과 영남대본이 더 있는데, 나는 미처 살피지 못했다. 이윤석 교수의 연구결과를 빌리면, 이대본은 연대본과 통하며 영남대본은 국도관본과의 친연성이 강하다. 그렇다면 이대본은 번역본이고, 영남대본은 개작본이라고 할 수 있다. 이윤석, 「<설인귀전> 異本考」, 『연구논문집』 27, 효성여자대학교, 1983; 이윤석, 「<설인귀전>의 원천에 대하여」, 『연민학지』 9, 연민학회, 2001.

6) 이윤석, 「<설인귀전>의 원천에 대하여」, 『연민학지』 9, 연민학회, 2001; 이윤석, 「경판 <설인귀전>의 형성에 대하여」, 『동남어문논집』 19, 동남어문학회, 2005.

서 본다면 특히 국도관본과 경판40장본은 오히려 창작 쪽으로 상당히 기울어 있는 이본이며, 국도관본의 경우 정도가 더 심하다. 이들은 일단 '개작본'[7])이라고 해 두자.

그렇다면 이렇듯 번역본과 개작본 두 부류로 크게 나누는 것이 차라리 〈설인귀전〉 텍스트 문제를 보다 명료하게 이해할 수 있다는 것인가? 그렇다. 우선 번역본은 말 그대로 중국본과의 '번역관계' 속에서 성립된 것이 분명하고,[8]) 따라서 중국본은 조선 번역본의 모본이 된다. 또한 각 번역본들은 이를테면 서로 형제지간임이 인정된다. 따라서 그 정체성이 명료한 편이다. 개작본은 어떠한가? 중국본과의 번역관계를 통해 직접 계승되지 못했고, 각 이본들도 서로 형제지간에 있지 않다.

문제는 '개작본' 그룹의 정체인데, 일단 중국본 원작으로부터 직접적으로 그와 같은 이본들이 나오기는 어렵다. 우리네 연구자의 경험적 상식으로 보더라도, 요컨대 개작본은 '번역본'의 단계를 필히 거쳤을 것이라는 말이다. 마땅히 그 중간단계에 어떤 '번역본'의 존재를 상정해야 한다. 지금 실존하는 번역본 그룹이 말해주듯, 〈설인귀전〉은 일단 번역이 되어서 보다 널리 향유될만한 재밌는 이야기책이었다. 현저 번역본 그룹에는 연대본, 이대본 등과 같은 한글필사본도 남아 있지만, 번역본의 단계를 거치지 않고는 그러한 개작본 형태의 이본들이 나올 수 없다. '한글본'이라는 번역본 텍스트를 거친 연후에 그 유통 과정에서 빈번한 개작이 가해질 수 있음이다.

---

7) '개작본'은 '개작번역본'의 뜻이다. 개작도 번역의 테두리에 두어야 문학사 실상에 맞다. '적극적 개작'의 의미를 살리기 위해 '개작본'이라고 한 것이다.

8) 물론 연활자본의 경우 출판에 앞서 한글필사본이라는 정초본 번역텍스트의 단계를 거쳤을 게 자명하다. 또한 경성서적본(1926)과 신구서림본(1926) 등은 가장 앞서 나온 동미서시본(1915년)을 재활용한 것으로 보인다. 뿐만 아니라 필사본인 연대본도 아마도 선행필사본을 전사했을 가능성이 있다. 여기서 이런 문제는 따지지 말자.

실제로 고대본 <백포장군전(白袍將軍傳)>은 유력한 방증이 된다.[9] 고대본은 <설인귀전> 이본들 가운데 유일한 한문필사본으로, 우선은 그 내용적 형식적 양태가 우리나라 한글본과 같은 전형적인 한국형 축약본임을 보여준다. 이때 백화소설(중국본 원작)이 문언소설(백포장군전)로 직접 바뀌는 것도 상상하기 어려운 일이지만, 실제 검토 결과 이 고대본은 한글본을 다시 문언체 한문으로 번역한 재한역본이었다. 단적인 예로, 중국본 원작에 나타난 설인귀 부친 이름은 원외 설영[員外 薛英(薛員外)]인데, '원외(員外)'는 중국 화본소설에도 흔히 등장하는 하나의 사회적 존칭이다. 고대본에는 이 설인귀 부친의 이름이 '원위(元偉)'라로 밝혀져 있으니, 이는 한글본에 적혀 있던 '원외'를 고유 인명으로 오독한 결과 생겨난 현상임이 자명하다. 뿐만 아니라 설인귀가 청년시절 방랑할 때 기탁한 집주인 이름은 유공(柳公)에서 유공(劉公)으로, 그 집 딸 이름은 유금화(柳金花)에서 영춘(英春)으로 바뀌었다. 설인귀 모친 이름도 반씨(潘氏)에서 장씨(張氏)로 달라졌다. 하지만 이러한 예들은 조선본 <설인귀전> 이본들 가운데 '개작본' 그룹과는 대체로 동일한 양상을 보인다. 개작본에는 '장씨(張氏)'와 '영춘(英春)' 등으로 나타난다는 것이다. 더 이상 끌 필요도 없이, 고대본 <백포장군전>은 한글본을 재한역한 이본임이 확실하다고 말할 수 있다. 때문에 그 존재 자체가 소중한 진실을 담고 있는 이본이다.

이때 한문본 <백포장군전>은 또한 우리에게 어떤 시사점을 던져 주는가? 재한역된 한문본이 또다시 한글번역본을 낳을 수도 있다는 것이

---

9) 서대석 교수가 발굴 소개하였고, 박재연 교수가 필사본 전문을 교점하여 다시 소개하였다. 서대석, 「군담소설과 설인귀전」, 『군담소설의 구조와 배경』, 이화여대출판부, 1985; 박재연, 「자료 발굴 <백포장군전>」, 『중국소설연구회보』 24, 한국중국소설학회, 1995.

다. 지금까지 드러난 바와 방증이라면, 〈설인귀전〉 텍스트 형성에 있어
최소한 다음과 같은 가능성이 열려 있다.

      가. 중국어원작 → 번역본
      나. 중국어원작 → 번역본 → 개작본
      다. 중국어원작 → 번역본 → 개작본 → 재한역본
      라. 중국어원작 → 번역본 → 재한역본
      마. 중국어원작 → 번역본 → 재한역본 → 재(한글)번역본
      바. 중국어원작 → 번역본 → 개작본 → 재한역본 → 재(한글)번역본

위에서 가·나·다 세 가지 경우는 이미 확인된 것이나 다름없고, 나
머지 세 경우도 적극 고려할 필요가 있는 가설이다. 〈설인귀전〉 이본
들이 그토록 편마다 달라진 결정적인 요인은 역시 '유통' 과정에 있다고
생각한다. 동시에 그것은 전근대시대 번역소설사의 보편적 흐름과 같은
맥락에 있는 아주 자연스런 현상이라고 할 것이다. 〈설인귀전〉 개작의
원인을 다른 원천 텍스트에서 찾으려는 노력도 필요하긴 하나,[10] 너무
요원하여 성과를 거두는 데 한계가 있는 것도 사실이다. 가령, 국도관본
과 경판40장본 후반부에 아주 길게 추가된 설인귀의 '남만원정담'은 완
전한 창작임이 분명해 보이는데,[11] 이는 사실 우리나라 통속소설사에
서 거의 자생하여 매우 광범위하게 유행한 화소라는 사실만을 갖고도
〈설인귀전〉 유통과정에서 새롭게 개작된 것임을 금방 알 수 있다. 실

---

10) 이윤석, 「〈설인귀전〉의 원천에 대하여」, 『연민학지』 9, 연민학회, 2001; 권도경, 「국
    립도서관본 계열 〈설인귀전〉의 형성 과정에 나타난 고·당 전쟁 문학의 교섭양상에
    관한 연구」, 『동북아역사논총』 15, 동북아역사재단, 2007; 권도경, 「고·당 전쟁문학
    〈설인귀전〉과 설인귀 전설의 내용적 상관관계에 관한 비교 고찰」, 『동양고전연구』
    26, 동양고전학회, 2007.
11) 이유진, 「〈설인귀전〉 이본 연구」, 고려대 석사학위논문, 2009, 58~62면.

제로 중국소설 가운데 남만정벌 고사를 집중적으로 그린 작품은 삼언소설 가운데 『유세명언』 소재 <오보안기가속우(吳保安棄家贖友)>과 청대에 나온 양가장(楊家將) 계통 소설 중 하나인 <오호평남후전(五虎平南後傳)> 정도를 꼽을 수 있을 뿐이다. 물론 몇 편 정도야 더 있을 수 있겠지만 확실히 남만정벌 고사는 중국소설에서 별로 유행하지 않았다. 이와 달리 한국에서는 특히 장편소설과 영웅소설에 그야말로 부지기수로 등장하는 것이 이 화소이다. 덩치가 작은 화소까지 거론하면 줄잡아 백 편은 될 터여서 그야말로 약방의 감초라고 생각하면 된다.

  그런가 하면 나는 우리나라 고전소설 가운데 한문본 원작이 일단 한글로 번역되었다가 다시 한문으로 재번역된 사례를 몇 편 더 살펴본 일이 있는데,[12] 역시 주류적 경향은 갈수록 원작과의 거리가 멀어진다는 바로 그 점이다. 줄거리만 대동소이할 뿐 소설의 디테일과 미감이 완전히 달라져 하나의 '別本'으로 바뀌는 경우도 있다. 단순히 번역과정에서 일어난 변개로는 설명할 수 없을 정도의 크나큰 개작이 동반된다는 것이다. 전근대 시대의 소설 번역은 표기문자의 전환에 그치지 않고 양식적 변화까지 동반할 수 있다는 것이 나의 생각이다.

  여기에 동아시아 문화권 중 우리나라 고전소설사에서 유달리 두드러지게 행해진 '필사'와 '번역'의 광범위한 '운동'은 물론이고, 상업화 과정에 동반된 운동까지 고려한다면 더욱 그러하다. 소설이 상업자본주의 지원을 뒤늦게 받은 우리나라에서 그 유통의 기본 방식은 단연코 '필사'였고, 이는 변개와 개작을 자동적으로 추동했다. 물론 번역필사본도 마찬가지다. 일례로 내가 본 제목 미상의 한 영웅소설 자료에는 책 도처에 엄청나게 수정 가필을 해놓았다.[13] 언뜻 보기에는 마치 정초본(定草本)

---

12) 아직 글로 발표하지는 못했다. 우선은 <최척전>과 <김영철전>의 새 이본을 소개 고찰하는 가운데 텍스트 변모 양상과 그 소설사적 의미에 대한 글을 발표할 생각이다.

을 만들기 위한 초고본(草稿本)과 흡사한 양상을 띠는데, 한편으로 이것은 민간의 선행 텍스트를 누군가 전사한 다음 다시 수정 가필한 이본일 가능성도 있다. 혹은 상업출판을 위해 기존의 필사본을 고친 책일 가능성도 배제할 수 없어 보인다. 그런가 하면 간혹 저자의 미완성본 책이 유출되어 필사본으로 나돈 경우도 있었질 않은가.

한 마디로, 조선 개작본 〈설인귀전〉 이본들은 번역, 필사, 재번역 등 조선시대 소설 유통과정에서의 다양한 텍스트 운동이 빚어낸 보편적인 소산이라는 것이다. 이때 그것들은 예외 없이 '번역본' 단계를 거칠 수밖에 없다는 점도 분명히 해 두자.

이제 〈설인귀전〉이 번역소설인가 창작소설이냐의 문제를 둘러싸고 오락가락 의문을 갖지 말자. 중국본 원작과 조선본 이본들 사이에서 필요 이상의 노동도 그만 두자. 조선본 〈설인귀전〉은 번역본으로부터 출발해 거의 재창작 수준으로 변모하는 지점에로까지 나아간 일종의 '작품군'이라는 실상 그 자체를 이해하면 그만이다.[14] 때문에 전체 이본군에서 어느 한 종의 선본(善本)을 연구텍스트로 선정하여 작품론을 진행하기도 어렵다. 특별히 선본을 비정하는 것도 바람직한 일이 아니며, 최소한 번역본과 개작본 둘 이상을 함께 검토하면서 논의하는 것이 상책이라고 생각한다. 그럼 번역본도 연구할 가치가 동등하다는 말인가? 이 문제는 다음 장에서 기술하겠다.

---

13) 앞부분 일부가 탈락되어 제목을 알 수 없는 미공개 한글필사본. 필자 소장.

14) 세부적인 이본적 특징과 양상에 대해서는 이윤석 교수의 일련의 연구에서 사실상 거의 정점을 찍었다. 작품의 원천 문제, 각 이본간의 상호 관계 등에 대해서는 이론의 여지도 있어 보이나, 기본적인 이본 고찰 결과는 그냥 기대고 가도 된다. 앞서 든 세 논문과 다음 글 참조. 이윤석, 「〈설인귀전〉 考」, 『국문학연구』 7, 효성여대 국어국문학연구실, 1983.

2. 번역소설 및 국적 문제에 대한 인식의 전환

앞서 <설인귀전>은 우선 번역본 그룹의 이본들이 있다고 했다. 이른바 개작본들도 번역본 단계를 거쳤을 뿐 아니라 설사 그 단계를 무시한다 해도 여하튼 그 원천은 <설당설가부전>과 같은 중국소설에 닿아있다. 게다가 멀리 송원대에는 <설인귀정료사략>이라는 강사화본도 있었고, 특히 <설당후전>과 같은 완제품도 나왔다. 이로 인해 <설인귀전>은 번역소설이니 번안소설이니 하는 평가들과 함께 고전소설 연구사의 사각지대에 놓이게 되는 결과가 나타났음을 부인하기 어렵다. 그러한 촌평들에 문제가 있음을 지적하고자 함이 아니라, 그로 인해 나타난 결과에 대해 반성해 보자는 것이다.

우리가 번역소설, 번역소설계 개작본, 번역소설 파생작 등을 소홀히 여기는 데에는 은연중 국적 문제에 대한 정립되지 못한 시각이 작동하고 있는 것으로 보인다. 결론부터 주장한다면, 번역소설 및 번역소설계 작품들도 창작소설과 똑같은 무게로 다루어야 옳다. 나는 '번역소설류'[15]도 국내 역사 속에 우리 언어로 향유되고 뿌리내린 우리 문학이라는 생각을 보다 확고히 할 필요가 있다고 생각한다. 번역소설류는 외국문학이 아니라 국문학이라는 것이다. 우리는 지금도 국적을 지나치게 중시하는 고질적 혈통주의를 버리지 못하고 있다. 좀 심하게 말해, 만일 우리가 계속해서 순종과 국산만을 중시하고 피가 섞인 것을 경시하면 결국은 우리 민족이 이룩한 문학도 내주게 될지 모른다. 가령 중국의 학술계는 이미 오래전부터 "域外中國"을 공표한 채 한문문학(漢文文學)이면 다 중국문학으로 끌어들이려는 억지를 쓰고 있다. 보기에 따라 이

---

15) '번역소설류'는 번역소설, 번역소설계 개작본, 번역소설 파생작 등을 다 포괄적으로 지칭하는 표현임을 밝혀 둔다.

또한 새로운 '동북공정'이나 마찬가지일 터인데, 우리가 이를 모르지 않는다면 스스로 국문학마저 도외시하고 있지는 않은지 진지하게 반성해 보아야 한다. 우선은 원작과 국적을 중시하는 혈통주의에서 빨리 깨어나야 한다.

번역소설류는 그 원작과는 별도로 창작소설과 똑같이 대하면서 연구하면 된다고 생각한다. '원작주의' 선입견으로 인해 그렇게 하기가 쉽지 않다고 한다면, 〈설인귀전〉을 예로 들어 왜 그렇게 해야 하며 어떻게 가능한지를 설명해 보겠다.

우선 〈설인귀전〉의 특징을 한 마디로 표현하라고 한다면, 나는 그냥 '한국형 영웅소설'이라고 답하고 싶다. 한국형 영웅소설은 양식적으로는 이른바 영웅의 일대기, 선악갈등, 군담 등을 기본으로 하며, 유통·상업적으로는 1책 분량의 방각본이나 연활자본으로 출판된 것들이 대표한다. 필사본이라 하더라도 대개 한 두 책 분량에 그친다.[16) 이는 주지의 사실이지만, 바로 여기에 문제의 핵심이 있다고 생각한다. 중국에서 나온 영웅전기(英雄傳奇)들은 우리나라 영웅소설에 보이는 화소나 구조 등 양식적 제재들을 거의 다 포함하고 있으면서도 크게 다르다는 것이다. 가장 큰 차이는 일단 분량이 몇 배는 더 길고 기본적으로 역사 연의에 매우 기울어 있다는 점을 꼽고 싶다. 분량이 길다 보니 거의 다 장회를 나누어 출판하였으며, 중국은 일찍부터 소설의 상업출판이 극히 번성하여 아무리 장편이라 해도 거의 다 찍어서 팔았다.

〈설인귀전〉은 번역본이든 개작본이든 가장 뚜렷한 변모가 원작을

---

16) 대개의 필사본이 그러하듯, 책 수가 많은 것들은 貰冊本이거나 글씨가 유달리 크거나 한 면당 행자수가 적은 책들이다. 〈설인귀전〉의 경우 국도관본이 4권4책인데, 사실 총 분량은 그다지 길지 않다. 이 책은 아마도 낙선재본이 옮겨온 것으로 추정되는데, 궁중본이라서 글씨가 크고 각 책 장 수도 적다. 그런가 하면 이윤석 교수에 따르면 이대본은 세책본이라고 하는데, 여러 권책으로 나뉘어 있는 것은 그래서다.

크게 '축약'한 바로 그 지점에서 일어났다. 전체적으로 볼 때 그렇다는 말로, 기본적으로 분량을 줄이는 방향에서 번역이 이루어졌다. 원작을 살펴보면 중국소설이 대개 그러하듯 조정(朝廷)에서의 일이 상당히 많고 자질구레한 대화가 무척 상세한데, <설인귀전>은 주인공 설인귀의 출장입상과 입공의 일대기 및 연개소문과의 대결이 무척 빠르게 전개된다. 길게 설명하느니 한 마디로 '한국형 영웅소설'로 탈바꿈했다는 말이다. 그렇다면 우리는 이를 어떻게 해석, 평가할 것인가? 우리나라 소설사의 창작 전통과 유형적 스타일에 따라 의도적으로 만들어 냈다는 바로 그 점이다. 때문에 조선시대 '경전' 번역의 시각이나 오늘날의 잣대로 보면 그것은 사실상 번역이 아니다. <설인귀전> 이본들 중 '번역본 그룹'에 드는 것들조차 그렇다는 말인가? 그렇다. 중국어를 한글로 옮겼으니 번역은 번역이되, 한국형 구조와 조선식 표현으로 만들고 윤색하였으니 재창작이다. 이를테면 '재창작 번역' 내지 '창작적 번역'이라고 할 것이다. 가령, '수준 미달'의 번역과는 전혀 차원이 다른 것이다.

또 하나, <설인귀전>은 소설사 해석에 있어 활용가치가 높다. 이는 번역소설류를 어떻게 '활용'할 것인가의 문제와 직결되는데, 만일 번역소설류를 갖고 작품론을 진행하는 것이 주저된다면, 그 활용 방법에 대해 고민하자. <설인귀전>은 우선, 제목이 조선식으로 바뀌었다는 점, 시정에서 낭송 구연되었다는 점, 그리고 속서(續書) 번역본이 나왔다는 점, 상업출판본이 유통되었다는 사실 등 작품 외적 경력이 꽤 화려하다. 한 마디로, 인기 고담이자 상업소설이었다는 말인데, 우리는 이 자체만 갖고도 우리나라 통속소설사의 흐름을 설명하는 데 있어 매우 유리하다. 특히 상업출판이 이루어지고 속서 번역본까지 출판된 것을 보면서, 우리는 국적 불문, 국적 미상, 저자 미상, 저작권 무시 등으로 일관해온 우리나라 소설사의 단면적 실상을 엿볼 수 있다. 가령 중국은 소설을 출판할 때 대개 유명인을 내세워 저자를 밝힌다거나 가짜 저자명을 새 긴다거나 필명을 적는 등의 방식으로 어떻하든 저자를 밝히려고 노력한 흔적이 역력하다. 이는 소설의 사회적 위상을 추켜세우고 신빙성을 높여서 더 많이 팔기 위해서 그랬던 것으로 보인다. 이와 달리 우리나라는 대개 소설의 국적도 모르고, 저자가 누구인지 몰랐을 뿐 아니라 알아도 밝힐 수가 없었기 때문에 그렇게 하지 못했다. 더구나 사회적 지위가 낮은 소설을 두고 국적이나 저자 따위를 하등 중시할 이유가 없었으며, 그 독자층도 대개 일반 평민층이므로 그들에게는 전혀 무관한 것이었다. 단지 흥미진진하면 그만인 것이다.

〈설인귀전〉은 그래서 작품 주인공이 하필 설인귀라는, 옛 고구려에 치명타를 입히고 신라를 압박한 당나라 명장임에도 불구하고 그러한 역사적 사실과는 전혀 무관하게 읽혔다고 보아야 한다. 설인귀, 연개소문, 당태종 등 주요인물의 형상은 거의 고스란히 원작 텍스트에서 전래한 것으로, 설인귀의 영웅적 캐릭터는 오히려 조선본에 와서 더 강화되었다. 가령, 권도경 교수는 설인귀가 우리민족 출신이라고 구전돼온 경기 파주 적성 지역 전설을 들어, 한민족인 고구려를 멸망키고 민족영웅 연개소문을 죽인 장본인을 영웅화한 중국소설이 왜 그토록 인기리에 읽혔는지의 딜레마를 해결하고자 했다.[17] 그러나 이는 비약이 심한 해석이라고 생각한다. 적성 감악산 지역은 예로부터 전략적 요충지이기 때문에 실제 역사에서 힘 좋고 싸움 잘하기로 이름난 설인귀를 사당까지 지어 놓고 신으로 추앙하면서 전승과 화평을 기원한 것으로 보이는데, 비록 지역전설이지만 설인귀가 그토록 수호신으로 추앙된 사실 그 자체가 설인귀를 부정적으로 여기지 않았음을 뜻한다. 때문에 딜레마

---

17) 권도경, 「국립도서관본 계열 〈설인귀전〉의 형성 과정에 나타난 고·당 전쟁 문학의 교섭양상에 관한 연구」, 『동북아역사논총』 15, 동북아역사재단, 2007.

같은 것은 애당초 있었다고 하기도 어려우며, 연개소문이 민족영웅으로 형상화된 것도 근대 이후의 일로, 남아 있는 기록이 거의 없어 조선시대 지식인들조차 그에 대해 잘 알지 못했다. 사실 양만춘에 대해서도 마찬가지다. 조선시대 통속소설 독자들은 그러한 삼국시대 역사를 알기도 어렵고, 안다 하더라도 설인귀는 결코 지탄의 대상이 아니었다. 아니, 평민독자들이 과연 역사의식이나 민족의식을 얼마나 지니고 있었을까? 종종 통속소설에서는 하층민들에까지 일상화된 보편적 충효 이데올로기를 깔아주는 것으로 족하지 않은가. 우리가 <설인귀전>을 두고 '고당(高唐) 전쟁문학'이라고까지 거창하고 특수한 의미를 부여하는 순간, 오히려 작품 본래의 소통적 의미와는 동떨어진 해석으로 나아갈 위험이 높아진다.

여기에 당태종이라는 인물을 생각하면, <설인귀전>과 같은 통속소설을 두고 민족의식 운운하는 해석이 얼마나 타당치 않은지가 더욱 분명해진다. 당태종은 당나라를 세계 제일의 강대국으로 이끄는 가운데 고구려를 두 번이나 침략한 황제인데, 그의 치적이 워낙 화려하다 보니 중국에서야 자국 역사를 대표하는 성군으로 추앙돼 온 것이 당연하지만, 사실 우리나라 역사에서도 당태종은 위엄과 덕망을 갖춘 최고의 제왕으로 회자되었다. 또한 민간에서는 이른바 <세민황제본풀이>라는 서사무가까지 불렸고 소설로는 <당태종전>이 나왔다. <당태종전>도 중국의 <당태종입명기>[18] <서유기> 등으로부터 유래한 '유명 고사'를 취해 재창작한 경우인데, 상업출판에 힘입어 상당히 널리 유행한 것도 <설인귀전>과 비슷하다. 당태종은 전설적 성군으로서 불교 사상을 고

---

[18] <당태종입명기>는 돈황 사본으로, 중국소설사에서 매우 영향력 있는 자료이다. 국내에서는 이경선 교수가 다음 논문에서 그 전문을 교점, 소개하였다. 이경선, 「당태종전 소고」, 『한양어문』 1, 한양어문학회, 1974.

취하기에 좋은 모델로 내세워진 셈인데, 실제로 당나라 때 불교가 발전하였고 당시 이세민은 이민족과의 열린 교류를 통해 문화적 개방화를 선도한 군주로 유명하다. 그런가 하면 설인귀는 마치 〈곽분양전〉의 곽분양이 그러하듯 전설적 무장, 충정과 의리를 지닌 영웅호걸의 통속적 톱모델로 〈설인귀전〉에 선 것이다.[19] 때문에 가령 〈설인귀전〉에서 연개소문이 당태종을 집요하게 괴롭히는 서사의 비중이 높다고 해도 이를 민족의식의 잣대로 해석해서는 곤란하다. 소설 독자들은 워낙 유명세가 있는 흥미로운 고사 자체에 몰입한 것이라고 생각한다. 한 마디로, 〈설인귀전〉 독자들은 역발산기개세에 대식가이고 의리 있고 싸움 잘하는 환상적 영웅담을 흥미진진하게 즐긴 것일 뿐이다.

〈설인귀전〉은 그래서 우리에게 던지는 것들이 많은 것 같다. 이 작품을 하나의 거울로 활용할 경우 무엇보다도 통속소설사의 여러 보편적 현상들을 반사적으로 드러낼 수 있을 것이다. 〈설인귀전〉은 그 존재 자체만으로도 상업소설 및 통속소설을 해석하는 데 있어 활용가치가 다양한 셈이다. 〈설인귀전〉을 거울로 다른 작품들이나 소설사의 제 문제를 한번 비추어 보자. 번역소설류와 국적 문제에 대한 인식 전환의 필요성도 〈설인귀전〉이 말해준 것이다.

3. 번역소설류의 소설사적 비중

앞서 나는 번역소설류도 국적을 초월하여 창작소설과 동등한 무게로

---

19) 곽분양은 당나라 때 명장으로 설인귀와 똑같은 모델인데, 심지어 우리나라 민간에서 그가 우리 민족이라는 전설까지 나오게 된 것도 설인귀와 같다. 소설의 영향일 가능성도 있다고 생각한다.

다루어야 하며, 소설사 해석을 위한 거울로 활용할 것을 강조했다. 그런 가 하면 <설인귀전> 작품군은 번역과정에서 '한국형 영웅소설'로 탈바 꿈된 작품으로, 우리나라 소설사의 창작 전통과 스타일에 따라 빚어낸 재창작이나 다름없는 것이라고 했다. 사실 내가 이러한 생각에 확신을 갖게 된 것은 우리나라 번역소설의 특이한 주류적 경향을 거울로 삼아 서 <설인귀전>을 살핀 결과이다. 조선시대 번역소설은 우리가 흔히 완 역본이라고 칭해도 사실 엄밀히 따지고 보면 거의 다 완역은 아니다. 번역수준이 아마도 가장 높을 낙선재본 번역소설마저도 진정한 완역은 거의 없다. 작품 처음부터 끝까지 다 한글로 옮긴 소위 '완역본'조차도 도처에서 축약, 생략, 늘림 등의 변개가 빈번히 일어났다.[20] 그런가 하 면 요즘 말로 '편역'에 가까운 것들도 상당히 많다. <설인귀전>도 사실 은 편역이다. '번역'이니 '완역'이니 이러한 표현들은 정확하지 않으니 버리자고 주장하는 것이 아니다.

내가 주목한 것은 완역이 아닐수록 창작의식은 더 깊이 개입될 수 있다는 바로 그 점이다. 종종 우리는 완역이 아니면 수준미달이거나 미 완성으로 간주하는 경향이 있으나, 생각을 좀 달리할 필요가 있다. 우리 가 '원작주의'에 길들여져 변모한 것을 과소평가하지 말고, 변모한 것도 얼마든지 훌륭할 수 있다는 생각을 가져보자는 말이다. 원작 텍스트를 훼손한 번역도 창의적으로 잘할 경우 원작에 견주어 더 예술적인 텍스 트로 거듭날 수 있다고 생각한다. 이는 물론 국내 창작 소설도 똑같이

---

20) 생각을 정리하느라 두루 참조한 번역소설 관련 연구성과 몇 종을 밝히면 다음과 같다. 박재연, 「조선시대 중국통속소설 번역본의 연구」, 한국외대 박사학위논문, 1993; 유춘동, 「<금향정기>의 연원과 이본 연구」, 연세대 석사학위논문, 2002; 이은봉, 「<삼 국지연의>의 수용양상 연구」, 인천대 박사학위논문, 2006; 김영, 「조선후기 명대소설 번역필사본 연구」, 한국외대 박사학위논문, 2007; 이재홍, 「국립중앙도서관 소장 번역 필사본 중국역사소설 연구」, 연세대 박사학위논문, 2007.

해당된다. 조선시대 번역소설은 그 원작이 중국소설인데, 대개 원작 그대로 옮겨진 것이 아니라 함은 그 텍스트 운동이 그만큼 활발했음을 뜻한다. 일례로, 수많은 〈서상기〉 한글번역본들 가운데 희곡본과 소설본을 한번 비교해서 읽어보라. 그들 소설본들은 이미 원작을 떠나 있으므로 설사 원작을 보지 않고 연구한다 해도 무방한 것이다.

실제로 조선시대에 소설을 갖고 원작에 충실한 '경전적' 번역본을 만들려 한 사례는 매우 드물 것이라고 생각한다.[21] 심지어 김춘택은 자기 집안네 사람이 저자인 〈사씨남정기〉를 진서(眞書)로 바꾸면서도 결코 그대로 번역하지 않았고, 홍희복은 〈경화연〉을 〈제일기언〉으로 번역하면서 조선의 실정에 맞게 자기 마음대로 윤색을 가했음을 대놓고 밝혔다. 특히 홍희복은 역자는 원작을 마음대로 고칠 자격이 있으며 그렇게 번역한 언문소설은 중국소설이 아니라 한국소설이라고 했다. 번역 과정에서 중국소설이 한국적 특징을 갖추도록 개작이 이루어져 한국소설로 바뀐다고 보았다.[22] 이는 단순한 번역을 넘어서는, 의도적인 재창작 행위라고 생각한다. 특히 중국소설을 번역할 때는 산삭하고 늘려서 한국형으로 개작한다거나 조선인의 미감에 맞게 손질하는 윤문 행위가 거의 자동적으로 동반된 것이 아닌가 짐작된다. 앞서도 밝혔지만 이는 재창작에 가깝다고 할 수 있다. 이것만 생각해도 번역소설의 소설사적 비중은 결코 가볍지 않다.

더구나 번역소설사를 유심히 살펴보면, 중국본 원작 가운데 어느 일부를 떼어내어 별본(別本)으로 번역·개작한 경우가 의외로 많다. 〈설

---

21) 조동일 교수는 중세에서 근대로 이행기에 '자유로운 개작을 수반한 번역'이 일반화되어 자유롭고 창조적인 번역이 다채롭게 이루어졌다고 보았다. 조동일, 「번역으로 맺어진 관계」, 『하나이면서 여럿인 동아시아문학』, 지식산업사, 1999, 437~438면.

22) 조동일, 위의 책, 478~479면.

인귀전> 속서 번역본인 <서정기>・<설정산실기>・<이화정서전>만
해도 중국본 <정서설당삼전(征西說唐三傳)>(88회)을 3권으로 쪼개어 번
역, 제목을 다 달리해서 각각 출판한 것이다. 그런가 하면 경판본 <수호
지>는 120회본 <충의수호지>에서 53회까지만 축약 번역했을 따름이
고,23) 한글필사본 <고후전>(22회)은 <서한지전(西漢志傳)> 53~66회
부분을 대폭 개작한 것이다.24) 뿐만 아니라 경판본 <도원결의록>과
<제갈무후전>은 <삼국지연의>에서 각각 20~30회와 55~93회를 축
약 번역한 작품들이다. 다 정리하면 이들 외에도 상당수가 더 있는데,
이는 무엇보다도 번역소설이 우리나라 고전소설사에서 얼마나 다양한
텍스트 운동을 벌였는지를 단적으로 보여준다는 점에서 흥미롭다. 번역
소설의 재창작 운동은 소설의 상업화 과정에서 더욱 기승을 부린 것으
로 보이는데, 이들을 빼놓고 우리나라 소설사를 온전히 설명하기는 실
로 어렵다고 생각한다.

또 하나, 중국본 원작이 번역, 개작되면서 '제목'이 바뀌는 경우가 많
다는 사실이다. 일부 정리해 보면, 설당설가부전→설인귀전・백포장군
전(白袍將軍傳), 봉신연의→서주연의, 경화연→제일기언, 쌍봉기연→왕
소군새소군전, 주춘원소사(駐春園小史)→쌍미기봉, 수양제염사→수양의
사, 춘추열국지→상주본기・달기전,25) 서한연의→초한연의26) 등과 같

---

23) 유춘동, 「방각본 <수호지>의 판본과 성격에 대한 연구」, 『열상고전연구』 32, 열상고
  전연구학회, 2010.

24) 김영, 앞의 논문, 61~87면.

25) <상주본기>(달기전)는 한글본 뿐만 아니라 한문본도 다수 전한다.

26) <서한연의> 번역본은 <초한연의> 외에도 <초한실기>, <초한지>, <초한전>, <초
  패왕>, <항우전>, <홍문연>, <유악귀감>(한문필사본), <(만고웅변)소진장의전> 등
  다양한 이본들이 출현하였다. 또한 한글본 뿐만 아니라 한문본도 여러 종 전하고 있으
  며, 필사본, 방각본, 활자본 등 판본도 다양하다. 때문에 <서한연의> 계열의 조선본에
  대한 종합적인 정리와 연구가 필요한 상황이다.

다. 〈삼국지연의〉에서 갈라져 나온 각종 개작본들은 제목을 새롭게 단 것만도 줄잡아 10종도 넘는다.27) 또한 제목이 바뀐 것들은 상업출판 과정에서 축소형 별본(別本)으로 만들어진 경우가 많으나, 그렇지 않은 것들도 있음을 알 수 있다. 이렇듯 번역소설 제목이 원작과 달라진 데에 는 상당히 적극적인 개작의식이 기본적으로 깔려 있다고 보아야 한다.

그렇다면 우리나라 소설사에 나타난 '번역소설류'는 도대체 몇 작품 이나 될까? 양적인 규모를 파악하면 번역소설의 비중을 보다 명료하게 가늠할 수 있지 않을까? 아직은 학계에서 번역소설의 개념과 범위마저 정립하지 못하고 있는 형편이긴 하나, 중국본 원작 텍스트가 존재하는 것으로서 조선 번역본 및 개작본을 다 번역소설류로 잡는다면 줄잡아 200종 이상은 될 것으로 보인다. 지금 우리나라 고전소설 전체 규모가 약 700종 정도이니 최소한 1/4 이상이 번역소설류라는 말이 된다. 새삼 놀랍지 않은가? 이토록 많은 번역소설류를 몇몇 관심 있는 연구자들의 간헐적 연구에 기대어 조망하기란 실로 어려운 것이다. 게다가 지금까 지 번역소설류에 대한 관심은 문헌학적 고찰과 국어사적 연구가 주류 를 이루었다. 번역소설류를 평가하는 기본 인식이 변화하는 가운데 이 같은 연구주제의 편중현상을 극복할 필요도 있다는 것이다.

번역소설의 무게가 이상과 같다면, 응당 그것들은 창작소설과 함께 한국소설사를 발전시킨 주역으로 평가되어야 한다. 또한 번역소설은 엄 연한 국문학이기 때문에, 중국본 원작을 보지 않고도 연구할 수 있는 방향을 다양하게 찾아야 한다.

---

27) 이은봉, 앞의 논문, 46~74면.

4. 맺음말

<설인귀전>은 그동안 텍스트 문제를 둘러싼 논의가 주류를 이루었다. 그러나 작품론적 성향의 연구는 거의 이루어지지 못하였고, 무엇보다도 그 '존재' 자체가 갖는 소설사적 의미나 활용가치에 대한 발견이 크게 부족했다. 어찌 보면 은연중 텍스트 연구에 그치는 작품으로 인식돼 왔는지도 모른다. 고전소설 연구사의 변방에 있는 작품 가운데 하나였음을 부인하기 어렵다는 것이다. 비단 <설인귀전> 뿐만 아니라 여타 수많은 번역소설류가 비슷한 처지에 놓여 있다고 말하면 과한 진단일까? 번역소설류는 아마도, 중문학 연구자와 국문학계 모두로부터 변방 취급을 받아왔다고 해도 별로 틀리지 않을 것이다. 우리가 각 소설작품의 우열을 비평할 수는 있어도, 번역소설류를 창작소설에 비해 변방의 것으로 취급하는 시각은 소설사 해석에 있어 큰 허점을 노출할 수밖에 없다는 것이 나의 생각이다. 우리나라 고전소설사의 실상을 균형감 있게 이해하고 설명하기 위해서는, 번역소설의 소설사적 위상을 재정립하려는 노력이 확산되어야 할 시점에 와 있다. 내가 이 글에서, '원작주의'에서 비롯된, 국적 문제에 대한 정립되지 못한 시각에 문제를 제기하고, 번역소설도 국문학이라는 확고한 인식이 필요함을 강조한 것은 이 때문이다. 또한 번역소설의 소설사적 무게를 새삼 환기시키고자 했다.

그런가 하면 지금, 고전소설 연구사의 사각지대에 놓여 있는 번역소설을 연구사의 중심으로 끌어오기 위해서는 번역소설의 개념과 범주, 번역소설은 왜 국문학인가, 창작소설 대비 번역소설의 자료적 실태 등을 종합적으로 검토하는 이론적, 문헌학적 연구가 뒷받침되어야 할 것이다. 나는 우선 이 글에서 <설인귀전>의 소설사적 존재 의미를 살피면서 이를 거울로 발상의 전환을 도모하고자 했다.

덧붙여, 이 글은 나 개인적으로는 미완의 논문이나 다름없다. 당초 목표는 평소 생각해온 영웅소설의 작가층 및 독자 문제, 형성 및 유통의 문제 등을 〈설인귀전〉을 통해 검증하고 싶었다. 처음에 〈설인귀전〉은 선학들의 영웅소설 연구사에서 유의미한 작품으로 주목을 받았고,[28] 실제로 이 작품은 여러 면에서 영웅소설이라는 우리나라 소설사의 거대유형이 어떻게 형성, 발전하였는가를 설명하는 데 있어 몇몇 중요한 시사점을 안고 있는 작품이다. 여기에 우리나라 한글자료의 분포 양상, 한글 문자 활동의 실상, 한글의 사회적 위상 등을 끌어와 논의한다면, 영웅소설을 둘러싼 몇몇 쟁점적 의문들이 보다 명료해질 수 있을 것이라고 생각한다. 서둘러 촌평을 내기보다는 추후 관심이 이리로 옮겨진다면 한번 논의해 보도록 하겠다.

이 글은 『우리어문연구』 41집(우리어문학회, 2011)에 수록한 논문을 수정하여 재수록한 것이다.

---

28) 서대석, 「이조 번안소설 攷 -〈설인귀전〉을 중심으로-」, 『국어국문학』 52, 국어국문학회, 1971; 성현경, 「여걸소설과 〈설인귀전〉 -그 저작연대와 수입연대·수용과 변용-」, 『국어국문학』 62·63, 국어국문학회, 1973; 성현경, 「〈유충렬전〉 검토 -〈소대성전〉 〈장익성전〉 〈설인귀전〉과 관련하여-」, 『고전문학연구』 1·2, 한국고전문학회, 1974; 서대석, 「군담소설과 설인귀전」, 『군담소설의 구조와 배경』, 이화여대출판부, 1985.

〈하진양문록〉의 애정갈등과 여성독자의 자기검열

– 남자주인공을 위한 변(辯)

이경하

1. 머리말

2010년 가을 KBS에서 인기리에 방영된 드라마 〈성균관 스캔들〉(이하 〈성균관〉)[1]은 '남장여자(男裝女子)'를 비롯한 여성영웅소설의 핵심 화소들을[2] 적극 활용하였다는 점에서 고전문학 전공자들 사이에서도 남다른 관심을 모았던 작품이다. 뛰어난 능력의 여주인공이 남장을 하고 남성 성별화된 세계인 성균관에서 활약한다는 기본적인 설정 외에도, 몰락한 집안이라는 가정적 배경, 왕을 중심으로 한 정치적 갈등구도,

---

1) 이 드라마는 정은궐의 장편소설 『성균관 유생들의 나날』 1·2(파란, 2007)와 『규장각 각신들의 나날』 1·2(파란, 2009)를 원작으로 하되 TV드라마의 형식에 맞게 인물과 사건, 갈등 구도를 재구성하였다. 원작 소설과 각색된 드라마 사이에 차이가 있긴 하지만, 뛰어난 능력의 여주인공이 남장을 하고 과거에 응시하여 성균관에 입성하면서 벌어지는 사건을 다룬다는 점에서 두 작품은 기본적으로 동일하다.

2) 여주인공의 남장이 여성영웅소설의 필수요건이라 단정하기는 어려우나, 여성영웅소설로 분류되는 많은 작품에서 '남장여자' 또는 '여화위남(女化爲男)'이 핵심 화소인 것은 분명하다. 여성영웅소설의 범주설정과 유형분류의 문제점에 관해서는 정병설, 「여성영웅소설의 전개와 〈부장양문록〉」, 『고전문학연구』 19, 한국고전문학회, 2001, 211~214면을 참조할 것.

남녀주인공들에 대한 늑혼 등 여성영웅소설의 낯익은 공식들이 많이 등장하기 때문이다.3) 21세기에 들어 크게 유행하는 퓨전사극 계열의 〈성균관〉은 여성영웅소설이라는 고전을 문화콘텐츠로 적극 활용한 성공적인 사례라고 평가할 수 있을 것이다.

〈성균관〉은 남장여자 김윤식의 성공담일 뿐 아니라 재자가인(才子佳人) 남녀주인공의 사랑 이야기이다. 여주인공의 입신(立身)과 능력 발휘뿐 아니라, 남장이라는 비밀이 남녀주인공의 애정전선에 일으키는 갈등이 〈성균관〉의 핵심적인 흥미요소이다. TV드라마와 원작소설 모두 남녀주인공의 애정문제가 전체 서사에서 큰 비중을 차지한다는 점에서, 〈성균관〉은 그 소재의 원천이 되었을 법한 여성영웅소설과는 기본적인 문제의식이4) 다르다고 할 수 있다.

그런데 여성영웅소설로 분류되는 작품의 여주인공들은 〈성균관〉의 김윤식과 달리 대개는 사랑을 모른다. 자의에서든 타의에서든 혼인은 하지만, 그것이 사랑의 '감정'에 의한 결과는 아니다. 여성의 능력이 남성보다 우월하게 설정되고 '자발적 헤어짐-비자발적 다시 만남'의 구도를 이루는 〈홍계월전〉 계열에서,5) 여주인공들은 가문의 회복을 명분

---

3) 〈성균관〉에 군담이 전혀 등장하지 않는 것은 일반적인 여성영웅소설과 크게 다른 점이라고 할 수 있다. 그렇다고 해서 〈성균관〉 원작소설의 작가가 여주인공의 탁월한 능력을 문(文)의 영역에 한정했던 고전소설 〈설제전〉을 특별히 현대적으로 각색했다고 보기는 어려울 듯하다.

4) 박혜숙은 조선후기에 성행한 여성영웅소설의 가치를 자생적인 페미니스트적 사유의 등장이란 점에서 평가한바 있다. 그에 따르면, 많은 여성영웅소설은 능력과 자질 면에서 여성이 남성과 다름이 없다는 생각을 중요한 축으로 삼고 있고, 여성영웅의 남장 활동은 단순한 '남성선망'이 아니라 '동일성에 근거한 평등의 추구'를 문학적으로 형상화한 것이라고 해석하였다. 한편 〈박씨전〉과 〈방한림전〉에서는 '차이에 근거한 평등 추구'라는 페미니즘의 단초를 찾았다. 박혜숙, 「여성영웅소설과 평등·차이·정체성의 문제」, 『민족문학사연구』 31, 민족문학사학회, 2006.

5) 민찬은 남녀이합에 대한 여성영웅의 태도를 '비자발적 헤어짐-자발적 다시 만남'과

으로 내세우며 자아실현에 골몰할 뿐이고, 배우자 남성에 대한 감정은 오히려 적대적이기까지 하다. 남녀주인공의 능력이 대등하게 설정되고 '비자발적 헤어짐-자발적 다시 만남'의 구도를 이루는 <이대봉전> 계열에서조차도,[6] 남자주인공과의 재회와 혼인에 대한 여주인공의 자발성은 감정의 차원이라 보기 어렵다. 그것은 부모와 하늘이 맺어준 정혼(定婚)의 실현을 위한 적극성일 뿐이다. 대화나 행동에서 사랑의 감정을 포착하기 어려운 것은 남자주인공도 마찬가지다.

남성영웅이 작품의 실질적 주인공인 영웅소설의 경우, 혼사장애 극복의 과정이 남자주인공의 가문 회복과 함께 그려지는 경우가 많긴 하다. 그러나 <유충렬전>과 같은 전형적인 영웅소설에서는 물론이고, 애정 모티프가 들어 있는 <소대성전>에서도 남자주인공이 여주인공에게 첫눈에 반하는 묘사가 있긴 하지만 애정 문제로 인한 갈등이 지속되거나 본격화되지는 않는다. 영웅소설에서는 주인공의 가문 창달과 신분 상승의 과정이 주요한 관심사이고, 남녀의 애정은 부수적인 문제로 취급되는 것이 일반적이다.[7] 여기서 남녀주인공의 혼인은 애정의 성취라기보다 남성영웅을 재건된 가문의 가장(家長)으로 자리매김하는 통과의

'자발적 헤어짐-비자발적 다시 만남'으로 대별하고, 이를 기준으로 여성영웅소설의 유형을 분류하였다. 여성영웅이 정혼자와의 재회와 혼인에 비자발적인 경우가 보다 여성중심적이라고 평가되었다. 민찬, 「여성영웅소설의 출현과 후대적 변모」, 서울대 석사학위논문, 1986.

6) 민찬에 따르면, <이대봉전> 계열 중에 <백학선전> 유형은 남녀결합에서 애정이 강조되는 특징이 있다. 그런데 <백학선전>은 남녀주인공의 영웅성이 매우 위축되어 있어서 여성영웅소설보다는 애정소설로 취급되었던 작품이고, 이 유형으로 분류한 <옥루몽> 역시 여성영웅소설이라고 명명하기는 어렵다. 민찬이 이 유형을 여성영웅소설에 포함시킨 것은 '영웅의 일생' 구조를 중요한 기준으로 삼았기 때문이었다. <백학선전> 유형에 관해서는 민찬, 앞의 논문, 38~50면을 참조할 것.

7) 김주은, 「고소설 애정 모티프의 구현 양상과 의미」, 한국교대 석사학위논문, 2008, 22~38면.

레로서의 성격이 더 강하다고 할 수 있다.

요컨대 애정의 문제는 본래 영웅소설의 관심사가 아니었고 여성영웅소설도 마찬가지였다고 할 수 있는데, 〈하진양문록(河陳兩門錄)〉(이하 〈하진〉)은 여성영웅소설이면서도 남녀주인공의 애정갈등을 매우 비중 있게 다룬다는 점에서 특별히 주목되는 작품이다. 〈하진〉은 성역할 불평등에 대한 여주인공의 자각을 바탕으로 '여성우위에 의한 남녀대립'이 전개되는 〈홍계월전〉 계열에 속한다.8) 따라서 선행연구도 〈하진〉의 여성중심적 시각에 주목하면서9) 여성영웅의 성격이나 성별정체성 등을 분석하는 경우가 많았는데, 활자본 중심의 논의에서 벗어나 이본 간의 차이를 밝히는 연구가 활발해지면서 작품에 대한 이해가 보다 넓어졌다고 할 수 있다.10)

그러나 〈하진〉에서 핵심이라 할 수 있는 남녀주인공의 애정서사에 대해서는 충분한 논의가 이루어졌다고 보기 어렵다.11) 남녀주인공의 갈등은 전복된 남녀의 우열관계나 성(聖)·속(俗)의 대결12) 또는 효(孝)

---

8) 민찬, 앞의 논문, 62~71면.

9) 박명희, 「고소설의 여성중심적 시각 연구」, 이화여대 박사학위논문, 1990, 76~83면.

10) 〈하진〉에 관한 2002년 이전의 선행연구는 김민조의 「〈하진양문록〉 연구사」(우쾌제 외, 『고소설연구사』, 월인, 2002)를 참조할 수 있다. 2002년 이후 논문으로는 아래와 같다. 이대형, 「19세기 장편소설 「하진양문록」의 대중적 변모」, 『민족문학사연구』 39, 민족문학사학회, 2009 ; 최기숙, 「여성인물의 정체성 구현 방식을 통해 본 젠더 수사의 경계와 여성독자의 취향」, 『한국고전여성문학연구』 19, 한국고전여성문학회, 2009 ; 조광국, 「『하진양문록』-여성중심의 효담론」, 『어문연구』 38-2, 한국어문교육연구, 2010.

11) 김민조는 〈하진〉이 "남녀주인공의 애정장애 극복을 중심에 둔 작품"이라고 평한바 있지만 정작 애정의 서사화 방식이나 그 의미에 관한 논의를 전개하지는 않았다. 김민조, 「〈하진양문론〉의 창작방식과 소설사적 위상」, 고려대 석사학위논문, 2000, 45면.

12) 서대석은 두 사람의 갈등을 "세속과 신성의 대결"이면서 "가부장제 사회에서의 윤리로 여성을 속박하려는 남성과, 이같은 남성의 속박으로부터 해방되고자 하는 여성 사이의 갈등"이라고 요약하였다. 서대석, 「하진양문록」, 『한국고전소설작품론』, 집문

·절(節) 논쟁13)과 같은 관념적 대립으로 모든 것이 설명되지 않는다. 많은 이본이 전하는 인기 있는 독서물이었던14) <하진>에서 짝사랑으로 번민하는 남자주인공과 한사코 그의 애정을 거부하는 여주인공 사이의 갈등은 여주인공의 영웅적 성취에 못지않게 이 소설의 주요한 흥미소였다고 추정된다. 또한 심리 묘사가 확대되어 있는 장편인 만큼, 애정갈등이 보다 본격적으로 형상화되었을 수 있다.

그런 맥락에서 본고는 <하진>의 남자주인공 캐릭터와 그를 중심으로 펼쳐지는 애정서사에 주목하고자 한다. 선행연구에서 남자주인공을 단지 가부장적 권위의 상징으로 파악한 것은 근거가 희박하고,15) 세속적 욕망을 추구하는 속화(俗化)된 인물 형상이란 평가는16) 일면 타당하지만 미진한 감이 있다. 차갑고 냉정한 여주인공의 기질과 애정기피증에 대해서는 이미 논의한바 있거니와,17) 이성적 여주인공과 짝을 이루는 감성 풍부한 남자주인공과 그가 펼치는 짝사랑의 서사가 갖는 의미를 천착해 보는 것이 본고의 목적이다. 특히 <하진>의 애독자 가운데

당, 1990, 1001면.

13) 조광국은 앞의 논문에서, <하진>이 '효(孝)-절(節)'의 긴장관계와 '효(孝)-애정(愛情)'의 긴장관계를 통해 여성중심의 효담론을 펴고 있다고 분석하였다.

14) <하진>의 이본에 관해서는 박숙례, 「<하진양문록> 연구-필사본과 활자본의 대비를 중심으로」(한국정신문화연구원 석사학위논문, 1999)와 이대형, 앞의 논문을 참조할 수 있다.

15) 박명희는 "가부장제적 권위의 상징인 가장" 진세백이 "남성 된 권위와 가장으로서의 위엄을 내세우고 옥주의 뜻에 순응하지 않으며" "옥주에게 순종적이며 의존적 여성의 태도를 기대"한다고 그 성격을 요약했다(박명희, 앞의 논문, 81~82면). 그러나 그렇게 볼 수 있는 근거가 작품 내에서 충분하지 않다. 남녀주인공이 갈등하는 구체적인 맥락을 소거한 채 남자주인공을 가부장적 권위와 억압의 상징으로 파악하는 것은 선험적 해석의 오류로 보인다.

16) 김민조, 앞의 논문, 65~68면.

17) 이경하, 「하옥주론-<하진양문록> 남녀주인공의 기질 연구(1)」, 『국문학연구』 6, 국문학회, 2001.

하나였을 조선후기 상층신분 여성독자들의 입장에서, 이 소설이 다루는
애정의 문제가 어떤 의미를 가질 수 있는지 논의하고자 한다.18)

2. 사랑에 빠진 남성영웅 캐릭터

〈하진〉의 남자주인공 진세백은 여주인공의 시선에서 종종 '시속(時
俗) 경박자(輕薄子)'로 타박 받는 위인이다. 개인필사본 〈하진〉에서는
남성권위의 희화화 또는 남성폄하의 경향도 보인다고 평가된다.19) 그
러나 진세백은 사랑 때문에 번뇌하는 감성적인 인물이면서 동시에 영
웅의 자질과 능력을 지닌 인물로 형상화된다. 서로 어울리지 않아 보이
는 '영웅성'과 '감성'을 공유한 독특한 캐릭터가 바로 진세백이다.

1) 영웅으로서의 자질과 능력

진세백은 단지 여성영웅의 탁월한 능력을 부각시키고 '장부의 녹록
한 아내' 되기를 거부하는 여성영웅의 심리적 고뇌를 부채질하는 일개
조연에 그치지 않는다. 〈하진〉의 서술자는 진세백을 영웅호걸의 기상
을 지닌 뛰어난 인물로 형상화하며, 신의를 중시하고 불의에 굴복하지
않는 강인한 성격의 소유자이면서도 한 여인에 대한 일편단심으로 괴
로워하는 감성적 인물로 묘사하고, 그의 짝사랑을 서사의 핵심으로 채

---

18) 본고는 통속적 흥미가 확대된 활자본을 대상으로 한다(김기동 편, 『하진양문록』, 활
   자본고소설전집 제11권, 아세아문화사, 1976). 원문 인용 시에는 본문과 각주에서 모두
   인용면수만 밝히기로 한다.

19) 이대형에 따르면, 세책필사본이나 활자본에 비하여 개인필사본에서 남성의 권위가
   희화화되는 등 여성중심적 주제의식이 강하게 드러난다(이대형, 앞의 논문, 31면).

택하고 있다.

소설 전반부에서 '영웅의 일생' 구조에 부합하게 유년기가 재현되는 인물은 하옥주가 아니라 오히려 진세백이다. 태몽을 비롯하여 신이한 탄생에 관한 세백의 일화는 있으나 옥주의 일화는 없다. 세백은 탁월한 총명함과 영웅의 기상을 타고났으며,[20] 조실부모(早失父母) 이후 전염병과 화재로 인해 가산마저 잃고 세상을 떠돌다 옥주의 아버지 하공(河公)의 눈에 띄어 하문(河門)으로 들어가 의탁하게 된다. 집안의 몰락으로 인한 어린 시절의 고난, 지인지감(知人之鑑)이 있는 조력자에 의한 양육 등 세백의 성장과정은 '영웅의 일생' 공식구를 그대로 따른다.

세백이 영웅의 기상을 지녔음은 등장인물들의 평가를 통해서도 드러난다. 비범한 딸의 배필감을 찾고 있던 하공은, 세백이 비록 걸인 형색의 고아이지만 풍채와 골격, 재주와 덕이 자기 딸에게 어울리는 짝임을 확신한다(11면). 세백에 대하여 '비록 단아한 군자 아니나'라고 한 것은[21] 세백이 진중하고 점잖다기보다는 호방하고 외향적인 성격임을 뜻한다. 골격이 장대하여 먹는 양이 많다는 것 역시 남성영웅다운 외양을 강조한 표현이다(9면). 옥주는 남동생 백화가 가져온 세백의 시를 보고, 그가 웅장한 호걸의 기상과 출장입상(出將入相)할 영웅의 운명을 타고났으나 배필과의 연분이 순조롭지 못할 것임을 예견하기도 했다(22면).

일반적으로 <하진>은 여성영웅소설 가운데 '여성우위형'에 속한다고 간주되는데, 그렇게 단순화하기 어려운 면이 있다. 물론 남장여자

---

20) "삼스세 되미 총명이 비범하고 문장지덕이 일취월장하야 발호기유하며 출효기취라. 졈졈 자라미 인효품직지심과 쇄락엄일지풍이 일더영웅이오 당셰용지라. 풍운음양조화지리와 륙도삼약과 오싱팔진지법과 고리사어문스를 무불통지하니 륙녜등직는 족히 긔록할 거시 못되더라."(7면)

21) "진랑이 비록 단아흔 군즈 아니나 지식이 명달하고 위인이 졍디 졀슉하니 시속 경박지 아니라 엇지 여식의 침익하며"(24면)

하재옥이 미래를 예견하여 전쟁터에서 세백의 승리를 돕는다든가, 분노한 세백이 완력으로 달려들 때 신출기묘한 선술(仙術)로써 제압한다든가 하는 사건은 재옥의 능력이 세백보다 한 수 위임을 증명한다. 그러나 〈홍계월전〉에서 보국이 평국(계월)에 비해 시종일관 열등한 존재로 비교되는 것과 달리,22) 〈하진〉에서 세백의 능력은 재옥과 비교되지 않고 그 자체로도 인정된다.

예를 들어, 하옥주의 자결 소식에 망연자실해 있던 세백은 마음을 다잡고 과거에 응시하여 문무과에 장원으로 급제하였고, 그의 뛰어난 자질과 능력은 좌중의 선망을 독차지했다. 천자가 친견할 때 세백은 '내딛는 걸음마다 용이 따르고 범이 엎드려 자는 듯' 일대영웅(一代英傑)과 당세대인(當世大人)의 풍모로 묘사된다(68면). 이후 강주자사와 소주자사가 모반을 일으켰을 때 세백이 평동대원수(平東大元帥)로, 재옥이 평서대원수(平西大元帥)로 출정한다는 설정에서 보듯이, 〈하진〉에서 남녀주인공의 능력은 반드시 우열을 다투는 비교대상이라 단정하기 어렵다.23)

〈하진〉의 서술자는 남녀주인공의 능력을 비교하여 일방적인 여성우위를 강조하기보다는, 두 사람이 각기 뛰어난 능력을 지녔으되 타고난

---

22) 〈홍계월전〉에서는 남자주인공의 능력이 여주인공에 비해 상대적으로 늘 모자란 것으로 설정된다. 예를 들어, 평국과 보국이 도사에게 술법을 배울 때, 평국은 서너 달 만에 무불통지하게 되지만 보국은 1년을 배워도 익히지 못한다. 나란히 과거에 응시했을 때는 평국이 장원을 하고 보국이 부장원을 한다. 서관과 서달의 침입이 있을 때는 평국이 대원수, 보국은 대사마 중군장이었다.

23) 강주와 소주의 모반이 평정된 이후 서촉 서이왕과 서유왕이 쳐들어왔을 때는 재옥이 원수로, 세백이 부원수로 출정하게 된다. 이때는 하재옥이 높은 공을 세워 부친과 동생을 신원하기 위해 출전을 먼저 자원했고, 그러자 세백 역시 자원하여 부원수로 출전하게 된 것이다. 천자는 공주와의 혼사를 앞둔 세백이 전쟁터에 나가는 것을 원하지 않았다.

기상과 지향이 다름에 주목하고 있다. 명선공주의 짝을 정하지 못해 고민하던 천자는 세백과 재옥 두 사람을 불러 시재(詩才)를 시험하는데, 이 때 천자와 태자의 논평은 남녀주인공의 능력이나 자질에 대해 획일적으로 순위를 매길 수 없음을 보여준다.

천자와 태자의 논평에 따르면, 세백은 속계(俗界)의 영웅호걸이요 재옥은 선계(仙界)의 옥골선풍이다.[24] 이 둘은 하나의 잣대로 우열을 논하기 어려운 '이질적 대등'의 관계라 말할 수 있다.[25] '재옥이 신출귀몰한 조화를 부려 세백의 완력을 물리쳤으니까 여성우위'라고 평가하는 것은 지나치게 단순한 논리이다. 후술하겠지만, 이들이 타고난 기질의 차이는 바로 가치관의 차이로 연결되며, 그것은 두 사람의 애정사에도 심각한 영향을 미친다.

2) 미생의 신의와 일편단심

진세백은 신의(信義)를 목숨보다 중시하는 사람이다. 하영화 형제의

---

24) "(천자왈) 셰빅의 글은 웅침ㅎ고 광원ㅎ야 틱산과 딕히의 근원니오, 지옥의 글은 됴화신츌ㅎ고 문치찬눈ㅎ야 오우니 징긔ㅎ고 쳥신ㅎ야 쇽긔를 거두어 빗치오미 빅승ㅎ니 … 진경은 오히려 발월ㅎ나 하경은 너모 탈쇽ㅎ야 씌글에 버셔나니 길됴 젹도다."(149면) "(태자왈) 원간 지옥이 옥인군자나 너모 쳥뎡ㅎ고 남즈지풍이 민몰ㅎ니 그 수한의 희로올 듯ㅎ고 셰빅은 당당한 영웅호걸노 풍유발월함이 지옥의게 지나와 왕공부귀로 텬하거남이라. 지옥만 못할 이 업고 구익함이 업셔 그 위인이 부마에 합당ㅎ니"(151면)

25) '속계'와 '선계'라는 단어에 이미 서술자의 가치판단이 담겨 있고, 그에 따르면 '선계'에 속한 하옥주가 더 우월한 존재가 아닌가 반론을 제기할 수도 있다. 그러나 선계를 속계보다 가치 있게 평가하는 것이 과연 <하진> 서술자의 관점인지에 대해서는 속단하기 어렵다고 생각된다. <하진>에서 남녀주인공에 의해 대변되는 속계와 선계의 대립은 어느 한 쪽의 '우열'을 가르는 방식으로 접근하기 곤란하다. 특히 이들 남녀주인공의 차이, 즉 남녀간의 사랑에 가치를 부여할 것인가 아닌가 하는 가치관의 차이는 옳고 그름의 문제도 아니고 우열을 따질 수 있는 문제도 아니기 때문이다.

죄로 인하여 하씨 집안에 멸문의 위기가 닥쳤을 때, 세백은 생전에 옥주가 연로한 부친의 안위(安慰)를 당부했던 말을 기억하고, 상소를 올려 하씨 집안과 자신의 과거사를 일일이 고한 후 하희지 부자(父子)의 사면을 청한다. 당시 세백은 자신의 정체를 감추고 진세위란 이름으로 행세하고 있었던 만큼, 하씨 집안과의 인연을 밝힌다는 것은 곧 천자를 기망한 자신의 죄를 고백하는 것이기도 했다. 그로 인하여 자신의 신변에 닥칠 위험을 감수하더라도, 세백은 하공에게 입은 은혜와 옥주의 당부를 저버릴 수 없었다(80면).

신의를 중시하는 세백의 성격은 정혼녀인 옥주에 대한 일편단심(一片丹心)에서 가장 잘 드러난다. 세백은 옥주에게서 '효기(孝己)와 미생(尾生)의 류'라는 비난을 종종 받지만, 세백은 오히려 기꺼이 '효기와 미생되기를 감심(甘心)'하겠다고 말한다(89면). 하재옥이 세백의 신의를 시험하여 요조숙녀를 얻어 옛일은 빨리 잊으라고 말했을 때, 세백은 재옥이 옥주인 줄 꿈에도 생각지 못하면서도 '내 공명(功名)을 버려도 이 아내는 버리지 못한다'고 대답한다(128면). 세백이 늘 차고 다니던 옥주의 옥패를 꺼내 보여주자, 재옥은 그의 일편단심에 감동하면서도 '구구함이 심하다'고 타박하는데, 세백은 상전벽해(桑田碧海)라도 자기 마음은 절대 변하지 않을 것이라고 말한다(141~142면). 사랑하는 여자와의 약속을 지키려다 물에 빠져 죽은 '미생지신(尾生之信)'은 너무 고지식하고 융통성 없는 행동으로 간주되는 것이 일반적인데, 세백은 오히려 미련할 정도로 약속을 지킨 미생을 본받겠다고 했다.

사랑하는 임에 대한 세백의 일편단심은 말만이 아니라 행동을 통해서도 증명된다. 이미 옥주가 죽은 줄 알지만 그녀에 대한 마음을 버리지 못한 세백은 좋은 혼처를 모두 물리친다(130면). 세백과 재옥이 함께 수레를 타고 갈 때, 두 사람의 수려함에 반한 길가의 창기들이 귤을 던져 유혹하지만 세백은 일체 반응하지 않고 무심하다(145면). 한때의 풍정(風情)으로 인해 아름다운 정혼자를 영원히 잃었다는 자책 때문에, 세백은 다른 여색(女色)을 일체 돌아보지 않는다.

미생이 연인과의 약속을 지키려다 죽은 것처럼, 세백은 옥주가 황제의 늑혼을 피해 떠나버린 후 상사병이 들고 거의 죽게 되었다가 옥주의 귀환으로 간신히 회생한다. 명선공주의 투기 문제가 일단락된 이후, 옥주가 제가지도(齊家之道)를 내세우며 양위할 뜻을 피력했을 때에도 세백은 '부부사정(夫婦私情)은 마음대로 못하는 것'이라며 양위를 반대한다(464면). 세백은 그의 소원대로 이미 옥주와의 가약(佳約)을 이룬 후에도 옥주에 대한 마음을 변치 않았다.

세백의 일편단심은 어떠한 부귀공명과도 바꾸지 않을 사랑으로 표현된다. 그는 부마로 간택되었으나 이를 오히려 괴롭게 여겼고, 황제가 옥주와의 혼인을 허락하지 않자 '신의가 백 가지 행실의 근본'임을 내세워(233면) 천자에게 맞서다 옥에 갇히기도 한다. 옥에서 풀려난 뒤에도 천자의 처분이 그릇되었음을 역시 강한 어조로 비판하는데, 그 기상이 너무나 매섭고 언사가 격절하여 '늠름한 풍채는 칼 아래 엎드릴 형상이요, 강개한 기상은 기름 가마에 들어갈 거동이라'고 했다(247면). 여인에 대한 짝사랑으로 상사병까지 들긴 하지만, 세백이 심사 유약한 사람은 결코 아니다. 진세백은 소신이 뚜렷하고 불의에 굴복하지 않는 성격으로, 자신의 사랑을 지키기 위해서는 천자에게라도 당당히 맞서는 인물이다.

3. 주인공 애정서사의 양상

1) 사랑의 보편적 정서 형상화

〈하진〉은 짝사랑에 빠진 남자주인공을 통해, 사랑의 기쁨과 슬픔, 연인에 대한 그리움과 원망, 절망과 분노 같은 사랑의 보편적 정서를 표현하고 있다. 남녀간의 사랑 따위에 도통 무관심하고 냉담한 여주인공 탓에 비록 반편의 사랑에 그치지만, 〈하진〉에서 남녀주인공 사이에 지속되는 갈등의 핵심은 애정문제라 할 수 있다. 여주인공의 영웅적 행각이나 고뇌에만 주목한다면, 〈하진〉의 소설적 재미 가운데 절반은 잃는 셈이다. 그만큼 이 소설은 사랑에 빠진 사람이라면 누구나 느낄 법한 행복과 불행의 다양한 감정을 비중 있게 다루고 있는데, 남자주인공의 감정선을 따라가며 이 점을 확인해 보자.

진세백이 남장여자 하재옥을 만나 벗으로 사귀던 시기는 그에게 가장 행복했던 시절이라 할 수 있다. 세백은 남장한 재옥을 처음 만났을 때, 그의 아름다운 외모와 탁월한 식견과 재능에 감동하여 단번에 자신의 지기(知己)로 삼고 친밀하게 대우한다(124~126면). 두 사람이 서로 농담을 주고받고 장난을 치는 모습은 사랑하는 남녀의 행복한 시간을 떠올리게 한다. 너무 매몰차고 냉담하다고 평가되는 여주인공이지만, 세백과 벗으로 사귀던 시절의 재옥은 때로 농담도 던지는 여유와 다정함을 보인다. 한번은 이미 술과 안주를 많이 먹고도 또 밥상의 그릇을 다 비우는 세백을 '뱃가죽만 광대하여 무용한 용부'라고 재옥이 놀리자, 세백은 부채로 재옥의 등을 치며 재옥에게 여자 옷을 입혀 정인(情人)으로 삼겠다고 농을 한다.[26]

---

26) "사랑이 쇼왈, 그딕는 쟝군의 긔품이어니와 다만 빅가죽만 광대ᄒ야 너허 무용한 용부라. 샹셔 디쇼ᄒ고 왈, 네 감히 밥을 욕ᄒ려 ᄒ도다. 니 쳔병만마로 텬하에 횡횡ᄒ

남장여자 화소는 남자주인공이 여주인공의 남장 사실을 모른 채 이성에게나 느낄 법한 호감을 가질 수 있다는 점에서 매우 흥미로운데,[27) 세백이 재옥에게 느끼는 감정과 그를 대하는 태도에도 그런 측면이 있다. 두 사람은 종종 함께 음률을 타고 술을 마시며 즐기는데, 술에 취한 세백은 재옥의 손을 잡고 허리를 안으며 '하필 왜 너는 남자가 되어 나의 애를 끊는가' 묻기도 하였다(141면). 재옥에 대한 세백의 미묘한 감정이나 두 사람이 함께하는 단란한 한때의 묘사는, 재옥의 정체를 알고 있는 <하진>의 독자들에게 흥미진진한 요소임에 틀림없다.

안 보면 괴롭고 또 보고 싶은 그리움, 그런 자기 마음을 몰라주는 상대방에 대한 서운함 등은 연인 사이에 보편적인 감정이다. 세백 역시 재옥에 대해 그런 감정을 느끼고 행동한다. 낙양에서 올라오자마자 재옥의 집에 들렀을 때, 세백은 승평곡(昇平曲)을 연주하는 재옥의 아름다운 모습에 넋을 잃고 바라보다 재옥에게 들켜 '몰래 벗을 엿보는 경박지인(輕薄之人)'이라 핀잔을 듣고는 자신의 그립고 서운한 마음을 토로한 바 있다(139면). 공주와의 혼사가 다가오자 심란하여 세백은 병이 나는데, 이때 재옥이 병문안을 오지 않는다고 "스모지심이 울결ᄒ야" 역시 괴로워했다(161면).

야 널로써 군중의셔 참모를 삼아 빅의셔싱이라 ᄒ리라. 시랑이 답쇼왈, 너 또 빅모황월로 동셔에 졍벌할 젹 압션 선봉으로 ᄒ이여 나의 디하에 쓸게 ᄒ리라. 상셔 금션으로 등을 쳐 왈, 이놈이 당돌ᄒ야 날 욕하기를 심이 하는다. 너희 거동이 당당이미인이 널노써 남의를 벗기고 금차홍군으로 나의 회중졍인을 삼아 슈유불이ᄒ리라."(144~145면)

27) TV드라마 <성균관>에서 남자주인공 이선준은 김윤식이 남자라고 여기면서도 그에 대한 특별한 감정을 느낀다. '길이 아니면 가지 않는다'는 원칙을 지키던 모범생 이선준은 그로 인해 몹시 괴로워하고, 다른 여인과의 혼사를 서두르며 자신의 감정을 부정하려 노력한다. 소설 <성균관>에서는 이선준의 그런 심리적 갈등이 초반부터 훨씬 비중 있게 그려진다.

그리움이 너무 깊으면 병이 되는 법. 천자의 늑혼을 피해 옥주가 속세를 떠나버린 그 해 겨울, 세백은 옥주에 대한 그리움으로 마음의 병을 얻는다. 앉으나 누우나 옥주 생각에 안정하지 못하고 음식 맛도 잃고 불면증에 시달리며(286면), 옥주의 모습을 족자에 직접 그려놓고 자주 꺼내보기도 한다. 세백의 병이 상사로 인한 것임을 알고, 천자가 그를 위해 미녀와 명창을 보내 위로하지만 세백은 거들떠보지도 않는다. 한겨울인데도 추운 줄 모르고 문을 다 열어젖히고 답답해하는 형상은 미친 사람에 방불하다(302면).

이별을 채 받아들이지 못한 사람은 추억이 고통스럽지만 여기서 헤어날 수도 없다. 상사병이 들어 점점 여위어가던 세백은 어느 날 하공에게, 자기가 죽으면 옛날 재옥과 함께 노닐던 물가의 반송(盤松) 아래 묻어달라고 당부한다. 그곳의 아름다운 경치를 두 사람이 자주 구경했었는데, 다른 유생들과 함께 하기를 청해도 재옥이 한사코 사양하고 오직 자기하고만 갔다면서, 시냇가에서 맑은 바람을 쏘이며 시를 창화(唱和)하던 일을 잊을 수 없으니, 죽어 그곳에 묻혀 그 경치나 보게 해 달라 했다. 재옥과 지심지기(知心知己)하는 벗으로서 사생(死生)을 함께 하기로 기약했건만 그 일도 일장춘몽(一場春夢)일 뿐, 이제 다시 그 때로 돌아가고 싶어도 그럴 수 없으니 슬프다고 했다(302~303면).

세백이 옥주에게서 느꼈던 배신감, 원망, 분노 역시 사랑에서 기인한 감정들이다. 옥주가 세백과의 부부인연을 운명으로 받아들이고 속세로 다시 돌아와 거의 숨이 넘어가는 세백을 구하였을 때, 그토록 그리던 임을 다시 대면한 세백의 첫 반응은 분노였다. 옥주는 생혈(生血)을 내어 기껏 세백을 살려놓고는 또 다시 그를 '필부 경박자'라고 나무라는 일장 연설을 하는데, 화가 난 세백은 칼을 빼어들고 옥주를 향해 '실신 배약(失信背約)한 창녀'라 욕하고 미친 사람처럼 달려들며 분노에 치를

떤다. 한차례 심한 언쟁 뒤에 조금 진정이 된 세백은 '가는 곳이나 알려
주지, 기약이나 두고 가지' 하며 원망을 토로한다.[28]

그렇다면 세백에 대한 옥주의 마음은 어떠했는가? 세백에 대해 옥주
는 무엇보다 그의 신의와 은혜에 대해 감사하는 마음을 갖고 있다. 남장
여자 재옥으로서 세백을 처음 만나 자기 집안의 소식을 들었을 때, 옥주
는 부친과 남동생이 멸문지화 가운데 목숨을 부지한 것이 세백의 구환
임을 알게 된다. 또한 자신이 죽은 줄 알고 철마다 제를 올린다는 말을
듣고 그의 '고금에 없는 신의'에 고마워한다(127면). 늑혼을 피해 달아났
다가 속세로 돌아와 세백의 목숨을 구한 것도 그에게 입은 은혜를 갚기
위해서라고 했다(323면).

옥주가 세백의 진심을 모르는 것은 아니다. 천자의 늑혼으로 속세를
떠날 때 옥주가 세백에게 남긴 편지에는 그녀의 진심이 담겨 있다고
할 수 있다. 옥주는 세백이 의리로나 정으로나 형제와 골육 같은 사이라
하고, 자신에 대한 세백의 마음도 잘 알고 있다고 했다. 세백의 신의와
진정(眞情)이 너무나 단단하고 깊어서 목석이라도 감동할 것이라 하고,
자신은 사세가 난처해 떠나는 것이지 그를 저버림이 아니라고 했다(248
면). 그리고 부디 공주와 혼인하여 효를 이루고 진씨 집안을 일으키라는
진심어린 당부를 두었다. 이 편지에는 세백에 대한 어떤 적대적인 심사
도 드러나지 않는다.

상사병으로 거의 죽게 된 세백이 그녀를 원망하여 피를 토하는 모습
을 보고, 차갑기만 한 듯 보였던 옥주 역시 불쌍한 마음에 자책하기도
한다. 바다도 삼킬 것 같은 기운을 가진 사람이, 산도 뒤집을 것 같은

---

28) "눌를 속이고 다니는 쥴 싱각ᄒ면 분ᄒ니 슈화라도 피치 아니듯 시분지라. 형세 쾌할
밧 업스나 거쥬거처와 알게 ᄒ고 후회나 두엇스면 니 그더도록 락담하며 민야 ᄒ랴.
싱이 ᄉ별노 디하후회를 두엇스니 엇지 박절치 아니리오."(323면)

용맹을 지닌 장부가, 자기로 인해 깊은 병을 얻어 괴로워하는 모습을
보니 후회막급이라 했다.[29]

그러나 측은히 여기는 마음이 있다 해도 그것이 사랑은 아니다. 옥주
는 자신이 다시 돌아온 이유가 연로한 부친을 살린 은혜를 갚기 위함이
라고 못 박고, 여자 때문에 일생을 망치려 드는 세백을 '미생의 류'요
'필부 경박자'라고 비난하면서, 정신 똑바로 차리고 남의 웃음거리가 되
지 말라고 차갑게 말한다(322면). 머리로는 고맙게 여기지만 가슴으로
진정 사랑할 수는 없었던 것이 세백에 대한 옥주의 마음인 것이다.

2) 주인공 애정갈등의 원인

〈하진〉에서 남녀주인공 사이에 지속되는 갈등의 핵심은 애정문제
라 할 수 있다. 작품 초반부에서는 옥주와 세백의 결연이 교주의 모략
이라는 외부의 요인에 의해 방해 받는 전형적인 혼사장애의 형태를 띠
지만, 옥주에 대한 세백의 일편단심이 본격적으로 그려지는 중반부 이
후 결말에 이르기까지 이 소설의 핵심 서사는 애정문제를 둘러싼 남녀
주인공의 내적 갈등에 의한 것이다. 한결같이 세백은 사랑을 갈구하고
옥주는 세백의 마음을 거부하는데, 그 갈등의 원인이 무엇인가를 분석
해 보자.

우선 남녀주인공은 타고난 기질이 매우 다르다. 진세백과 하옥주는

---

29) "언파에 심화 발ᄒ야 금금을 헛치고 이러나 다시 피를 토ᄒ고 긔운니 막혀 상에
것구러지거놀, 하시 그 경식을 보고 감동쳐창ᄒ고 디경초악ᄒ야 급히 문을 열고 드러
가 왕을 바로 누이고 수족을 만져보니 … 하시 이를 목견홈이 이 다 즈긔 빌미라.
제 본더 구구장부로 당당한 긔운니 바다홀 숨킬 듯ᄒ고 룡호용밍이 뫼흘 뒤칠 듯ᄒ더
니 일병이 침면ᄒ야 추경에 이르럿슴을 후회막급이라 참년조상ᄒ야 옥누를 훌이더
라."(320면)

'표현적 남성-도구적 여성' 커플의 전형으로서, 이른바 '남성성'과 '여성성'으로 명명되는 인간의 보편적 기질에 대한 통념을 뒤집는 캐릭터로 주목된바 있다.[30] 너무 차갑고 맑은 기질에 이성적 판단이 감정보다 늘 앞서는 옥주에게, 사랑의 열병을 앓을 만큼 감성적인 세백은 전혀 이상형일 수 없었다. 사랑에 목매는 세백과 정반대로, 옥주의 애정기피는 때로 처녀성에 대한 과도한 집착이나 결벽증처럼 보이기도 한다.[31] 세백은 자신의 감정과 욕망에 솔직하고 종종 순간적인 감정에 휘둘리기도 하지만, 옥주는 개인의 사사로운 감정을 배제하고 철저하게 충, 효, 예와 같은 도덕률로 대변되는 공적 가치들을 추구하며 그 기준에 따라 냉철하게 행동한다.

세백의 감성적이고 충동적인 행동과 옥주의 지극히 이성적인 사리판단은 때로 심각한 언쟁과 힘의 대결을 유발하기도 한다. 전쟁터에서 남장의 비밀이 탄로 난 옥주가 혼인을 할 수 없는 이유를 열거하고, 세백은 그것이 이유가 되지 않음을 반박하며, 두 사람은 심한 언쟁을 벌였다. 말을 할수록 두 사람의 가치관과 입장 차이가 극명하게 드러나고, '세상물욕과 부부은의(夫婦恩義)'를 뜬구름같이 여기는 옥주의 마음을 이해할 수 없는 세백이 절망과 분노에 휩싸여 그녀에게 달려든다. 재옥은 도술로써 위기를 모면하고, 다른 장수들을 불러 번을 서게 하여 세백

---

30) 도구성과 표현성은 글레논이 남녀의 일반적 차이를 설명할 때 사용한 용어이다. 도구성의 특징으로 지적한 애정중립성, 자아지향성, 보편주의, 과업지향, 합리성, 논리성, 감정의 통제 등은 하옥주 캐릭터에 부합한다. 반면 표현성의 특징으로 지적한 애정지향성은 진세백 캐릭터의 가장 두드러진 점이다. 이경하는 이른바 '남성성'과 '여성성'이란 단어가 남녀불문한 인간 보편의 기질을 특정 성에게만 귀속하는 통념을 재생산한다는 점에 주목하고, '남성성/여성성' 대신 '도구성/표현성'이란 용어를 사용해 하옥주의 성격을 분석한 바 있다. 도구성과 표현성에 관한 자세한 설명은 이경하, 앞의 논문, 229~232면을 참조할 것.

31) 이경하, 앞의 논문, 237면.

이 더 이상 허튼 수작을 벌이지 못하도록 경계한다.

애간장이 타는 세백은 거의 실성한 사람처럼 있다가 재옥에게 자신의 간절한 마음을 고백하는데, "나는 의리도 모르고 사리도 모르고" "차라리 빨리 죽어서 그대 마음을 편하게 해주겠다"는 그의 말에 재옥은 어이가 없다. 재옥은 그 '졸렬한' 마음을 한심해하며, "그대는 도의(道義)를 잡아 비례를 이루지 말라. 신의로써 나를 생각하면 돌아가 군명(君命)을 얻어 그대 뜻을 좇으려니와, 만일 구구한 사정(私情)을 중히 여긴다면 맹세코 그대 뜻을 따르지 않겠다"고 잘라 말한다(196~203면).

기질의 차이는 가치관의 차이로도 연결된다. 세백은 사랑을 위해서라면 부귀와 공명 모두를 버릴 수 있지만, 옥주는 '부부간의 사사로운 정'을 허망하다 여기고 상사병이 든 세백을 한심하게 생각한다. 옥주는 남녀간의 사랑이 부운(浮雲)과 같다 여기거니와, 한 여인에 대한 사랑에 골몰하는 세백의 태도는 옥주의 가치관으로 납득하기 어렵고 대단히 어리석어 보이기까지 한다. 세백이 천서(天書) 배우기를 옥주에게 청했을 때, 옥주는 남녀간의 정에 연연해한다면 진정한 공부를 할 수 없는데 세백은 '풍류호걸로 주색을 즐기니' 가르칠 수 없다고 했다(413면). 교주와의 사통을 뉘우치고 이후로는 다른 여색을 돌아보지 않는 세백에게 '주색을 즐긴다'는 평은 타당하지 않으나, 세백이 애욕에서 자유롭지 못한 사람이라는 의미로 이해할 수 있다.

하·진 두 사람은 모두 신의를 중요하게 여긴다는 점에서 일치하지만, 남녀간의 예(禮)에 대해서는 다른 시각을 갖고 있다. 세백은 상황에 따라 권도(權道)를 인정하고 소소한 염치를 중시하지 않지만, 옥주는 비례와 무례를 혐오하고 세상의 이목을 중시한다. 하공의 표현을 빌면, 옥주는 "비례는 원수로 알아 일동일정(一動一靜)을 예 아닌 즉 행하지 않는" 사람이다(372면). 예가 인간관계의 질서를 구현하는 방법이라면,

권도는 경우에 따라 바뀔 수 있지만 궁극적으로는 질서를 구현하는 다른 길이다. 옥주는 이미 세상이 인정한 길만을 가려하고, 세백은 자신의 판단에 따라 다른 가능한 길을 선택한다. 두 사람은 첫 대면에서부터 예와 권도 사이에서 갈등하고,[32] 남녀 사이의 예가 어떠해야 하는가를 두고 이후에도 크고 작은 말다툼을 반복한다.

옥주는 천정지연(天定之緣)을 거부하지 못하고[33] 세백과 혼인하긴 하지만 진심으로 세백을 사랑할 수는 없었는데, 그 이유 중 하나는 앞서 보았듯 세백이 자주 무례를 저지른다는 점이었다. 그러나 남녀 사이의 예를 주장하는 옥주의 논리도 때로 설득력을 얻지 못한다. 혼례를 앞두고 세백이 옥주를 만나러 갔을 때, 옥주는 성혼(成婚) 이전에 남녀가 만날 수 없다는 이유로 이를 거부한다. 자신은 이미 여복으로 갈아입었기 때문에 남장을 했던 시절과는 다르다는 논리였다. 그러나 세백의 입장에서는 그렇게 새삼 내외하는 옥주의 태도가 오히려 '가소롭다'.[34] 조정

---

32) 교주의 계략에 빠져 몸을 피해야 할 상황에 처했을 때, 세백은 옥주에게 자신과 함께 떠나자고 말하며 그것이 권도라 했고, 옥주는 타문남녀(他門男女)가 한밤중에 서로 만나는 것도 비례라고 맞섰다. 세백이 함께 달아나자고 주장한 이유는 남겨진 옥주 역시 교주 남매의 흉계로 위험에 처할 것이 분명하고, 이미 혼서와 신물을 교환하였으니 부부와 같다 여겼기 때문이었다. 당연히 옥주는 거절했고, 세백이 떠난 이후 수심에 몸을 던졌다.

33) 곤륜산 진원법선관에서 옥주의 스승이 들려준 이야기에 따르면, 전생에 세백과 옥주는 선계의 문곡선과 미화선이었다. 두 신선이 바둑을 두다가 '인간 세상에 하강하여 부부 되어 살면 좋겠다'는 농담을 주고받았는데, 상제가 진노하여 그들을 인간세상으로 보내어 부부의 인연을 맺되 온갖 고난을 겪게 만든 것이다. 또한 그들이 서로 남자가 되겠다고 다투는 바람에 바둑을 두어 남녀를 결정하게 되었다고 했다(38~39면).

34) "하셩이 드러가 져져를 보고 진왕의 말노써 젼ᄒ니 자군왈, 불가ᄒ다 너 님에 변복ᄒ야 젼일과 절원ᄒ니, 이제 엇지 무단니 보리오. 구구히 비례를 구치 말나 ᄒ라. 하셩이 나아가 이디로 젼하니 왕이 소왈, 이졔야 어디를 갓다가 졸련니 규리에 드러안즈 눈섭을 그리며 규수의 티를 짓거니와 하지옥에 얼굴을 됴졍에 뉘 못 보왓스리오. 이졔 눌를 늬외ᄒ야도 만조를 병납ᄒ야 반열을 일울졔는 감히 규수라 못할 거시오, 륙군디

과 전쟁터의 수많은 남정네들이 이미 그녀의 얼굴을 보았는데, 혼례를 앞둔 정혼자에게 새삼 내외를 하는 옥주의 태도가 세백으로서는 이해하기 어려운 것이다.

남장 사실을 들키지 않기 위해 억지로 참았음을 감안한다 해도, 남장 시절에 재옥이 세백을 대한 태도는 '비례를 원수로 아는' 옥주의 지론에서 벗어나 있다. 재옥은 세백이 자신의 손을 잡고 허리에 손을 두르는 것도 허용하였고, 두 사람은 종종 베개를 나란히 하고 누워서 밤새워 이야기하고 술을 마시기도 했다. 재옥이 다른 남성과는 술잔을 주고받지 않으면서도 세백의 친밀함을 허용했던 것은 그가 정혼자라는 사실 때문이었다. 그런데 자신의 정체가 드러난 뒤로는 세백을 곁에도 오지 못하게 하고 냉담하게 군다. 재옥 시절에는 권도를 인정했는데, 남복을 벗은 옥주는 다시 경직된 원칙주의자로 돌아간 것이다.

기질과 가치관이 전혀 상반된 남녀는 상대의 행동을 이해하기 어렵고, 심한 언쟁은 욕설을 동반하기도 한다. 세백의 무례함에 화가 난 옥주는 싸늘한 얼굴로 "인면수심(人面獸心)이요 근어천류(近於賤流)"라고 그를 비난하는가 하면, 세백은 그녀를 향해 "모질고 사납기가 시호(豺虎)같다"고도 했다(325~326면). 이처럼 지속되는 갈등의 원인은 남녀 사이의 애정과 예에 관한 두 사람의 생각이 크게 다르다는 데 있다. 때문에 이들의 가치관 차이를 '세속과 신성의 대결'이라고만 하기는 석연치 않다.

옥주가 끊임없이 선계를 그리워하는 것은 분명하지만 "세속적 가치 자체를 부정하는 존재"[35]라고 말하기는 어렵다. 옥주는 남녀간의 사랑

장이 되야 천병만마를 거나려 호진에 출몰할 졔 동셔이젹과 구쥬장줄이 다 그 얼골을 익이 아나니, 이졔 눌을 슘으미 도로혀 가쇼롭도다."(368면)

35) 서대석, 앞의 논문, 999면.

이 뜬구름과 같다고 부정하지만 연로한 부친에 대한 걱정은 놓지 못했고, 효라는 명분 하에 하문(河門)의 회복을 위해 나라에 공을 세우고자 노력했으며, 순결을 증명하기 위해 앵혈 묻힌 살을 도려내면서도 안색 하나 변하지 않을 만큼 자신의 명예를 중시한다. 옥주가 철저하게 지키고자 노력했던 효, 충, 절, 예와 같은 도덕률은 사실상 속세의 질서를 지탱하는 가장 현실적인 원리들이다. 명선공주의 광기나 양혜옥의 침묵과 달리, 옥주는 자신의 의지를 관철하기 위한 논리적 언어를 구사할 줄 아는 여성이며, 그 언어란 바로 지배질서의 공적 가치들로 점철된 '지배자의 언어'이다.36) 옥주가 일관되게 기피한 것은 남녀간의 애정이지 '모든' 세속적 가치는 아니다.

세백에 대해 '속화(俗化)된 인물'이란 평가도37) 의미를 좀 더 분명하게 할 필요가 있다. 여기서 '속화'란 애욕을 긍정하는 인물이란 뜻이지, 부귀공명과 같은 다른 세속적 가치에 대한 추구를 뜻하지 않는다. 세백이 부귀공명이나 목숨보다 중시했던 세속적 가치란 남녀간의 애정, 특히 정혼자와 배우자에 대한 사랑이다. 그 점이 옥주와 가장 크게 달랐다.

4. 여성독자의 애정욕망과 자기검열

진세백의 행적을 기준으로 보면, <하진>은 영웅호걸의 기상을 타고 난 호남이며 자기감정에 솔직한 남자주인공이 여주인공에 대한 일편단심으로 인해 번뇌하는 이야기다. 진세백의 짝사랑을 중심으로 전개되는

---

36) 이경하, 앞의 논문, 241~245면.
37) 김민조, 앞의 논문, 65면.

이 애정갈등은 〈하진〉에서 매우 중요한 서사축으로, 특히 여성독자들의 관심을 끌 법한 흥미로운 요소라고 할 수 있다. 가부장적 질서를 뒤집는 여주인공의 영웅적인 행적을 통해 느끼는 쾌감과 별도로, 사랑에 목매는 영웅호걸의 일편단심과 콧대 높은 여주인공 사이의 밀고 당기기를 지켜보는 것 또한 조선후기의 여성독자들이 이 소설 읽기에서 얻음직한 큰 재미였다고 생각된다.[38]

남녀 사이의 애정문제는 고금을 막론하고 소설의 가장 중요한 소재라 할 수 있고, 애정문제를 주로 다루는 멜로드라마는 특히 여성향유층과 밀접한 관계가 있다고 알려져 있다. 얼핏 보기에 조선시대 소설은 그러한 일반적인 공식에서 벗어나 있는 것처럼 보일 수도 있다. 향유층의 성별을 불문하고 애정을 성적(性的) 코드로 접근한 예는 동시대의 중국이나 일본과 비교해서 현격하게 적거니와, 애정문제를 본격적으로 다룬 낭만적·사실적 전기소설은 대개 상층남성의 욕망을 반영한 것으로 간주되며,[39] 주요 독자층이 여성인 한글 장편소설에서 주로 다루는 문제는 정혼한 남녀의 혼사장애나 혼인 이후 처첩갈등이기 때문이다.

그러나 실상은 상층여성들이 애독했던 한글소설 역시 애정문제를 전면적이고 직접적인 방식이 아니라도 꾸준히 다루어 왔다고 보는 것이 더 타당할 것이다. 예를 들어 〈구운몽〉의 독자가 성진의 깨달음보다는 양소유의 화려한 여성편력에 보다 주목할 때, 〈구운몽〉은 한 편의 애

---

38) 이 장에서 〈하진〉이 다루는 애정의 문제를 상층여성의 애정욕망과 연결시켜 논의하는 것은 조선후기 상층신분의 여성들이 〈하진〉의 주요한 독자층 가운데 하나였다는 전제에 근거한다. 그러나 그 전제가 '〈하진〉의 독자는 곧 상층여성'이란 배타적 의미를 갖는 것은 아니다. 이 소설을 즐겨 읽었을 법한 상층신분의 여성독자들에게 세백과 옥주의 애정갈등이 어떤 특별한 의미를 가질 수 있을지 추론해 보는 것은 상층여성들에게 〈하진〉이 재미있는 소설로 애독될 수 있었던 근거를 밝히는 작업이기도 하다.

39) 박일용, 『조선시대의 애정소설』, 집문당, 1993.

정소설로 읽히기에 부족함이 없다. 여성등장인물들에게 '여색에 굶주린 귀신'[色中餓鬼]으로 놀림 받을 만큼 양소유를 움직이는 중요한 추동력은 애정욕망이며, 그의 삶은 바로 여덟 여성과의 애정을 성취해가는 과정이다. 양소유는 중세 상층남성들이 꿈꾸었던 이상적인 인간형으로, 그의 애정편력은 바로 상층남성들의 욕망을 대변한다. 그런데 여성독자들의 입장에서 보아도, 양소유는 문무를 겸비한 만능 재주꾼에, 호탕하고 여유로우면서도 '여인의 눈물을 닦아주는' 다정다감하고 멋진 남자일 수 있다. '조화로운 일부다처 가정'이라는 환상을 전제로 말이다.[40]

<구운몽>은 꿈이라는 서사적 장치를 이용하긴 하지만 주인공의 애정서사를 중요하게 다루었는데, 이후 소설들에서는 애정욕망을 추구하는 인물들의 비중이 오히려 줄어든 것이 일반적이다. <소현성록>의 경우 중세적 이념을 준수하는 인물 소경과 정반대로, 그의 아들 소운성과 소운명은 사랑하는 여인과의 결연에 적극적이면서 자신의 의지와 무관한 혼인에 대해서는 저항하기도 하는 인물로 그려진다.

그렇다면 이들 작품과 <하진>의 차이는 무엇일까? 소운성과 소운명의 애정서사는 <소현성록> 연작의 일부분에 불과한데, <하진>에서 남자주인공 진세백의 애정서사는 소설 전체에서 핵심적인 부분이다. <구운몽>은 남자 주인공 1인과 여러 여성들과의 관계를 남자주인공을 중심으로 한 편력구조로 전개하지만, <하진>은 여주인공에게 일편단심을 바치는 남자주인공의 짝사랑이 애정서사의 중심이다. <하진>은 양소유와 같은 멋진 남성이, 소운성 형제처럼 한 여성에게 사랑을 바치는 이야기이다. <하진>의 남자주인공 진세백은 모든 마음을 바쳐 한 여성만 사랑하고 그 여성을 위해 모든 것을 희생하는, 조선후기 여성들의

---

40) 양소유의 애정성취욕망과 그 성격에 관한 분석은 정길수의 『구운몽 다시 읽기』(돌베개, 2010, 39~59면)를 참조할 것.

애정욕망이 투영된 인물이라 할 수 있다.

진세백은 옥주만을 사랑할 뿐 아니라, 다른 여성영웅소설의 남자주인공들과 달리, 가부장적 권위로 옥주의 뛰어난 능력을 무시하거나 시샘하지도 않는다. 전쟁터에서 남장여자 재옥의 정체가 밝혀졌을 때, 옥주가 세백의 청혼을 거절한 이유 중 하나는 자신이 규중 여자의 몸으로 바깥세상에서 행세하여 이미 '부도(婦道)에 어그러졌다'는 것, 자신은 '구구한 아녀자의 도'를 참아내기 어렵다는 것이었다(196면). 이에 대해 세백은 일반적인 부덕(婦德)의 잣대를 '여중영웅(女中英雄)'인 옥주에게 강요할 수 없다고 대답했다(197면). 이후에 옥주가 총재직을 맡고 활약할 때도 세백이 이에 대해 불평하는 일은 없었다.[41] 상사병이 들었을 때 세백이 그린 족자도 하옥주와 하재옥 두 가지 형상이었는데(286면), 철갑투구를 입고 칼을 찬 재옥의 형상을 그렸다는 것은 세백이 남성 성별화된 세계에서의 재옥의 활약을 가치 있는 것으로 평가하고, 재옥의 정체성과 옥주의 정체성이 서로 분리될 수 없음을 받아들인다는 의미로 이해할 수 있다.

한편 〈소현성록〉에 직접적이고 노골적인 성적 표현은 없지만 성적 상상력을 자극할 만한 간접적이고 암시적인 표현이 들어 있다는 분석은 주목할 필요가 있다. 성에 대한 언술을 최대한 절제하면서도 '엿보기'나 '스치기'를 통해 우회적으로 관심을 표현함으로써 독자의 성적 상상력을 자극한다는 것이다.[42] 이러한 분석은 〈소현성록〉뿐 아니라 여타의 많은 장편소설들에 적용될 수 있고, 〈하진〉에서도 마찬가지다. 예를

---

41) 하총재의 활동영역이 궁중내부에 한정되어 있기 때문일 수 있지만, 세백은 기본적으로 '구구한 아녀자의 도'를 옥주에게 강요할 생각이 없는 남성으로 그려진다.

42) 전성운, 「〈소현성록〉에 나타난 성(性)적 태도와 그 의미」, 『인문과학논총』 16, 순천향대학교 인문과학연구소, 2005, 66~74면.

들어, 세백과 재옥의 단란한 한때는 재옥의 정체를 알고 있는 여성독자들에게 매우 의미심장한 장면이며,[43] 세백과 옥주의 반복되는 동침갈등 역시 여성독자들의 성적 상상력을 자극하기에 충분하다.

세백과 옥주의 동침갈등은 독자에게 남녀 사이의 예와 사랑의 딜레마를 던진다. 중세 유교질서에서 이상적인 부부관계를 가리킬 때 '부부가 서로를 손님처럼 대한다'는 표현을 종종 쓰는데, 그만큼 상대방에게 예의를 갖추고 공경하여 친압하지 않아야 한다는 말이다. 이천(伊川)과 명도(明道)의 어머니 후부인이 그러했고, 북송 때 학자 여희철(呂希哲)은 아내를 대할 때 젊은 시절 잠자리에서도 웃고 장난치며 흐트러진 모습을 보인 적이 없다고 칭송된다.[44] 하옥주는 그러한 선현의 가르침을 철저하게 실천하려 하는데, 진세백은 부부 사이가 손님 같아서야 되겠는가 묻는다고 볼 수 있다. <하진>은 진세백의 언행을 통해 바람직한 부부 사이의 조건으로 공경과 예의에 더하여 애정을 거론하고 있는데, 이것은 조선시대 상층신분의 부부관계에서 실제로 제기될 법한 문제이다.

조선후기 사회가 성에 대한 표현을 금기시하는 분위기였고 특히 상층여성은 성적으로 억압된 집단이었다.[45] 그렇기 때문에 부부간의 동

---

43) 여성영웅소설의 핵심 중 하나인 '남장여자' 화소는 현대의 대중문화에서도 최근 인기 있는 아이템이다. 예를 들어, TV드라마 <바람의 화원>(2008)과 영화 <미인도>(2008)는 '조선시대 화가 신윤복이 여자였다'는 가정을 근간으로 하였고, TV드라마 <커피프린스 1호점>(2007)은 현대의 커피전문점을 배경으로 남장한 여주인공과 그녀가 남자라고 여기면서도 사랑을 고백한 남자주인공 사이의 달콤한 멜로를 그려 높은 시청률을 기록하였다. 조선은 애당초 상층여성의 자유로운 연애를 상상하기 어려운 사회였던 만큼, 여주인공의 남장은 남녀주인공의 애정서사를 위한 유용한 장치로 이용될 수 있었다.

44) 소혜왕후 지음, 이경하 주해, 「부부장」, 『내훈』, 한길사, 2011, 170~171면.

45) 정병설은 조선후기의 성은 전체적으로 억압되지 않았다는 점, 다만 신분질서의 유지를 위해 상층여성에 대한 성적 억압이 엄격했을 뿐이라는 점을 논변한바 있다. 정병설, 「조선후기 성(性)의 실상과 배경-『기이재상담(紀伊齋常談)』을 중심으로」, 『인문논총』

침갈등은 실제로 삶의 문제였을 수 있다. 중세 유교사회에서 여성은 기녀가 아닌 한 애정에 대해 능동적인 주체일 수 없고, 특히 상층여성은 말이나 글로써 애정에 관해 언급하는 것도 금기시되었다. 그런 사회에서 상층여성의 애정욕망 또는 성적 욕망은 그 대상이 배우자라 해도 억압될 수 있는 것이다.

한글 장편소설에서는 일반적으로 남성인물의 애정욕망이 긍정되는 반면 여성인물의 애정욕망은 철저하게 부정된다. 예를 들어 〈소현성록〉 연작에서 애정을 추구하는 남성인물에 대한 시선은 긍정적인 데 반해, 적극적이고 능동적으로 애정을 추구하는 여성인물은 대개 징치되었다.[46] 〈벽허담관제언록〉 역시 애욕을 추구하는 첩과 부덕을 갖춘 정실의 극단적인 대립 구도 하에서 '정실 선호의 일부일처의식'과 '정실의 애욕억압의식'을 구현하고 있다.[47] 〈조생원전〉 같은 애정 모티프가 중요한 통속적 가정소설에서도 모든 갈등의 원인을 부도덕한 첩의 탓으로 돌리고 선한 본처는 잃어버렸던 애정을 회복하는 구도를 취한다.[48]

여성영웅소설에서도 여주인공은 대단히 적극적·능동적 주체이지만 애정에 관한 한 수동적이고 비주체적으로 형상화된다. '정실의 애욕억압의식'은 여성영웅에게도 적용되는바, 이는 상층여성에게 강제된 엄격한 성윤리의 효과일 수 있다. 심하게는 하옥주와 같이 순결에 대한 강박증이나 결벽증으로 보일 만큼 애정을 기피하는 여성 캐릭터가 창조되는데,[49] 이 또한 〈하진〉의 여성독자층이 공유하는 성과 애정에 대한

64, 서울대학교 인문학연구원, 2010, 195면.

46) 장시광, 「17세기의 소설 장르에 나타난 애정에 대한 욕망과 그 속성-〈주생전〉과 〈소현성록〉 연작을 중심으로」, 『온지논총』 13, 온지학회, 2005, 72면.

47) 조광국, 「〈벽허담관제언록〉에 구현된 상층여성의 애욕담론」, 『고소설연구』 30, 한국고소설학회, 2010b.

48) 김주은, 앞의 논문, 53면.

억압된 의식의 발현으로 해석될 수 있다.

그런데 현실에서 여성의 욕망에 대한 억압이 한글소설 속에서 여성 인물의 애정 추구를 부정하는 방향으로 영향을 미쳤을 개연성은 인정되지만, 그것만으로 진세백-하옥주와 같은 커플 캐릭터가 충분히 해명되지는 않는다. 조선후기 상층여성들에게 윤리적·제도적으로 아무리 성적 억압이 심했다 해도, 그들에게 성적 욕망 또는 애정욕망 자체가 완전히 거세되었다고 상상하기는 어렵다. 억눌린 욕망은 사라지기보다는 은폐된 채 다른 방식으로 드러날 수 있고, 조선후기 상층여성의 은폐된 애정욕망이 문학적으로 발현된 것이 <하진>과 같은 소설이라 이해할 수 있다.

요컨대 <하진>은 진세백-하옥주와 같이 애정에 대한 극단적으로 상반된 태도를 보이는 남녀주인공을 통해, 상층여성들의 내면에서 일어나는 애정욕망과 윤리규범 사이의 치열한 갈등을 문학적으로 형상화한 작품이다. 온 마음을 바쳐 한 여성을 사랑하는 남자주인공이 상층여성 독자의 은폐된 욕망을 대변한다면, 애정욕망을 극도로 부정하는 여주인공은 조선후기 사회가 그들에게 강요한 억압적인 성윤리를 대변한다. 즉 진세백-하옥주 커플의 갈등은 상층여성독자의 내면에서 일어나는 애정욕망과 성윤리의 충돌이라 할 수 있다.

"모든 언술은 '말하고자 하는 이해관계'와 언술이 생산되는 시장구조에 고유한 검열간의 타협의 산물"[50]이라는 말이 있다. 여성영웅소설에서 여주인공들이 가부장적 지배질서와 타협하는 일반적인 결말구조를 향유층과 지배이념 사이의 공모와 타협의 산물로 해석한바 있는데,[51]

---

49) 이경하, 앞의 논문, 237면.

50) 피에르 부르디외, 정일준 역, 『상징폭력과 문화재생산』, 새물결, 1995, 68면.

51) 이경하, 「여성문학사 서술의 문제점과 해결방향」, 서울대 박사학위논문, 2004, 121면.

〈하진〉의 애정갈등도 그런 관점에서 이해할 수 있다. 〈하진〉의 작자는 상층여성의 애정문제를 다루되 당대의 보편적 인식이 수용 가능한 범위 내에서 발언의 수위를 조절해야 했을 것이고, 여성독자 역시 그들의 억압된 욕망을 진세백의 열렬한 사랑에 투사하는 한편, 하옥주의 얼음 같은 심장으로 무의식적 자기검열을 수행했을 터이다. 〈하진〉에서 표면적으로 성윤리가 애정욕망을 제압한 듯 보이는 것은 상층여성을 중심으로 한 향유층의 자기검열의 결과로 보인다. 그러나 보다 중요한 것은 윤리와 욕망의 승패 여부가 아니라, 이 소설이 남자주인공의 열렬한 사랑 이야기를 통해 여성독자의 은폐된 욕망을 한껏 발현하고 있다는 점이다.

5. 맺음말

이 논문은 〈하진〉에서 남자주인공의 짝사랑이 여주인공의 영웅적 행적에 못지않게 흥미로운 소재인 동시에 전체 서사의 핵심이라는 점에 주목하고, 독특한 남자주인공 캐릭터와 남녀주인공이 펼치는 애정갈등의 의미를 분석한 것이다. 특히 〈하진〉의 주요 독자층인 상층여성독자의 은폐된 욕망이란 측면에서 적극적인 의미 해석을 시도하였다.

먼저 2장과 3장에서는 감성적 남자주인공의 짝사랑과 이성적 여주인공의 애정기피증이 첨예하게 부딪히며 서사 전체를 관통하는 핵심 갈등으로 작용한다는 점을 논의하였다. 여성영웅소설에서 남녀갈등은 일반적으로 애정갈등이라기보다 권력갈등의 성격을 띠는데, 〈하진〉에서 남녀주인공의 갈등은 극단적으로 다른 기질에서 연유한 가치관의 차이, 특히 남녀 사이의 애정에 대한 상반된 태도에서 비롯된다. 남자주인공은 사랑을 위해서라면 부귀와 명예는 물론 목숨까지도 버릴 태세인데, 여주인공은 사랑으로 번뇌하는 남자주인공을 졸렬하고 어리석다 비웃는다. 그러한 남자주인공의 짝사랑 서사를 통해, 기쁨과 슬픔, 그리움과 원망, 절망과 분노 등 사랑에서 비롯된 인간 보편의 감정을 본격적으로 담아낸 것은 <하진>이 이룩한 중요한 소설적 성취이다.

4장에서는 <하진>이 상층여성들의 내면에서 일어나는 애정욕망과 윤리규범 사이의 치열한 갈등을 형상화한 소설이란 점을 논의하였다. 사랑에 목매는 남자주인공이 여성독자의 욕망을 대변한다면, 한사코 그의 사랑을 거부하는 여주인공은 상층여성에게 강요된 엄격한 성윤리와 규범적 세계를 대변한다. 요컨대 <하진>의 여성독자들은 사랑에 빠진 남자주인공에게 감정이입함으로써 억눌린 욕망을 대리 해소하는 한편, 냉철한 이성으로 무장하고 윤리규범만을 말하는 여주인공을 통해 자기검열을 수행한다고 보았다. 조선후기는 상층여성의 애정욕망에 대한 표현이 금기시된 사회였지만, 작자와 독자들이 표현의 수위를 스스로 조절하면서 욕망의 발현과 소설의 재미라는 두 마리 토끼를 잡은 작품이 바로 <하진>인 것이다.

이 글은 『인문논총』 65집(서울대 인문학연구원, 2011)에 수록한 논문을 수정하여 재수록한 것이다.

〈강로전〉에 나타난
전쟁의 기억과 욕망의 서사

조현우

1. 머리말

본고에서는 〈강로전(姜虜傳)〉이 작자 권칙이 '돌아온 자'로서 겪었던 의심과 비난의 시선에 대한 문학적 대응이며, 그 속에는 강홍립에 대한 '증오'와 '연민'의 양가적 시선이 공존하고 있음을 입증하고자 한다. 또한 〈강로전〉을 통해 주체가 현재의 욕망과 필요에 따라 어떻게 과거를 변형하는가, 그리고 그 과정에서 과거에 대한 기억이 어떻게 허구적 서사로 전환되는가도 살펴보고자 한다. 이를 통해 거대한 충격으로서의 전쟁과 그 전쟁이 기억되고 서사로 만들어지는 과정이 17세기 소설사를 이해하는데 어떤 도움을 줄 수 있을 것인가도 검토해 보고자 한다.

〈강로전〉은 박희병 교수에 의해 처음으로 소개되면서 본격적인 연구가 시작되었다. 박희병 교수는 〈강로전〉이 17세기의 숭명배호론을 담고 있는 작품이며, 소설사에서 최초로 부정적 주인공을 창안했다고 평가했다.[1] 이러한 평가는 후속 연구에서도 별다른 이의제기 없이 수용

---

1) 박희병, 「17세기 숭명배호론과 부정적 소설주인공의 등장」, 『한국 고전소설과 서사

되었다. 가령, 집권한 지 얼마 되지 않은 서인들이 광해군 대를 혼조(昏朝)로 규정하면서 그들의 도덕적 우위를 재확인하려는 시도2), '존명사대(尊明事大)'와 '척화론(斥和論)'이라는 시대적 이념을 충실히 작품화한 것3)과 같은 견해가 그 예이다. 그 밖에도 실기인 <강도록>과의 대비를 통해 부정적 주인공의 형상화에서 실기와 소설이 드러내는 차이가 지적되었다.4) 이본별 특징에 대한 연구가 이루어졌고5), 방대한 구조와 생생한 인물 형상을 지닌 소설로서 중세기로부터 근현대로 발전하는데 중요한 교량적 역할을 담당했다는 평가6)를 받기도 하였다.

선행연구에 대한 간략한 검토를 통해서 드러난 것처럼, <강로전>은 정묘호란 전후의 '숭명배호론'을 충실하게 서서화한 작품으로 이해되어 왔다. 그러나 이와 같은 견해에는 설명되어야 할 지점이 남아 있다. 첫째, 작자 권칙이 왜 이 시기에 숭명배호론을 서사화했는가를 설명할 필요가 있다. 특히 권칙이 강홍립과 함께 참전했고 조선 귀환 이후 실절했다는 비난을 받았던 인물이라는 사실을 고려해야 한다. 권칙이 <강로전>을 지었던 시기는 잠시 열리는 듯했던 그의 관직생활이 '과거'의 행적이 문제가 되면서 좌절되었던 시기였다. 그런 점에서 <강로전>에 드러나는 '숭명배호론'과 강홍립의 부정적 형상화를 작자 권칙의 상황과 관련지어 좀 더 섬세하게 해석할 필요가 있다.

　문학(상)』, 집문당, 1998.
　2) 송하준, 「조선후기 역사소설의 변모양상과 주제의식」, 고려대학교 박사학위논문, 2004, 58면.
　3) 신해진, 『권칙과 한문소설』, 보고사, 2008, 57면.
　4) 정환국, 「17세기 실기류와 소설의 거리」, 『한문학보』 7, 우리한문학회, 2002, 115~120면 참조.
　5) 소인호, 「<강로전> 이본 연구」, 『우리어문연구』 24, 우리어문학회, 2005, 101~130면.
　6) 최웅권, 「숭욕억리의 암울한 정감세계」, 『고소설연구』 24, 한국고소설학회, 2007, 145면.

둘째, 강홍립을 일관되게 부정적으로 형상화하는 이 작품에 왜 전기소설의 설정이 포함되어야 했는가를 설명해야 한다. 소씨녀와의 결연과 이별에 대한 곡진한 서술은 강홍립의 부정적 형상화에 그리 도움이 되지 않는다. 그럼에도 이 부분은 지나치게 길고 상세하게 서술되어 있고, 강홍립에 대한 미묘한 연민의 시선까지 감지된다. 따라서 전기적 설정이 〈강로전〉에 왜 포함되었는가, 그리고 그것을 통해 권칙은 무엇을 말하고자 했는가를 분석할 필요가 있다.

이와 같은 관점에서 본고에서는 먼저 〈강로전〉의 창작 시기와 배경을 구체적으로 검토해 보고자 한다. 권칙은 왜 이 시기에 〈강로전〉을 창작했으며, 그것을 통해 말하고자 했던 바는 무엇인가? 본고의 2장에서는 이 문제를 권칙이 〈강로전〉을 지었던 1630년 전후의 정치적 상황과 작자의 개인적 처지를 연계하면서 풀어보고자 한다. 특히 이 과정에서 1627년에 화친 반대와 대명의리를 주장하며 일어났던 '이인거의 난'이 불러일으킨 파장에 주목해 보고자 한다.

3장에서는 〈강로전〉에 담긴 심하전투의 '기억'에 대해 살핀다. 권칙은 이문학관으로 심하전투에 참전했다. 그가 〈강로전〉을 통해 제시하는 심하전투가 어떤 모습인가를, 특히 '밀지'의 서사적 기능과 '항복'의 책임 소재 규명이라는 문제를 중심으로 검토할 것이다. 이를 통해 〈강로전〉의 심하전투 관련 서술이 강홍립을 부정적으로 형상화하는 동시에 권칙 자신을 포함한 장졸들이 '피해자'였음을 드러내는 것에 초점이 있음을 입증하고자 한다.

4장에서는 〈강로전〉 후반부에 드러나는 미묘한 서술 시각의 변화에 주목한다. 특히 강홍립을 정묘호란을 일으킨 원흉이자 역심을 가진 인물로 서술하면서도, 이와 동시에 소씨녀와의 결연과 이별을 전기소설의 필체로 곡진하게 그려내는 서술이 어떻게 공존할 수 있는가를 집중적으로 검토한다. 이를 통해 권칙이 강홍립에게 '증오'와 '연민'이라는 양가적 시선을 갖고 있었음을 입증하고, 그러한 시선에 담긴 함의를 밝혀 보고자 한다.

2. '실절'의 오명과 그 문학적 대응

<강로전>은 서사 말미의 "崇禎庚午秋"라는 기록으로 보아 1630년에 창작되었다. 그렇다면 이 시기에 권칙은 어떤 상황에 놓여 있었을까? 그에게 이 시기에 <강로전>을 창작하도록 만든 원인은 무엇인가? 권칙에 관한 자료는 많지 않아 그의 생애를 온전히 재구하기는 어렵다. 선행연구에서는 권칙에 관한 몇 가지 자료를 발굴하고 이를 토대로 그의 생애에 관한 여러 가지 사실을 밝혀낸 바 있다.[7] 그러나 창작시기와 이유에 관해서는 좀 더 살필 부분이 남아 있다. 권칙이 심하전투와 강홍립을 왜 이 시기에 굳이 기억하여 <강로전>을 짓게 되었는가는 충분한 설명이 되고 있지 않기 때문이다. 따라서 이 작품이 창작된 1630년 전후 권칙의 생애를 좀 더 면밀하게 분석해야 할 필요가 있다. 이러한 과정을 통해 <강로전>이 어떤 상황 속에서 무엇을 위해 창작되었는가를 알아낼 수 있을 것이다.

> (2-1) 지금 너의 <서정록(西征錄)>을 보니, 네 시가 숙부 권필과 몹시도 닮았도다. 오직 전장에서 절개를 잃은 일만은 애석하구나. 그러나 왕유·정건·저광희·소원명은 모두 위관(僞官)을 받았던 무리임에도, 그

---

7) 박희병, 앞의 논문, 37~46면; 신해진, 「서얼 권칙」, 『권칙과 한문소설』, 보고사, 17~52면 참조.

시가 천추에 탁월하여 당시(唐詩) 중에서도 높이 평가받았다. 하물며 너는 고작 스무살에 이 같은 불행을 만났으니, 채염의 〈호가십팔박〉 시에 견주어 어찌 같은 날에 논할 수 있겠느냐. 힘써 노력하거라. 너는 앞길이 창창하니, 장차 여러 사람들이 (너의 시를) 오래도록 전하여 읊조리면 어찌 석주 정도에 그칠 뿐이겠느냐. 네가 내게 〈김장군충렬록〉을 보내주었는데, 읽으면서 나도 모르게 눈물이 흘러내렸다.[8]

위의 인용문은 유몽인이 권칙이 보내온 〈서정록〉에 붙인 글인데, 권칙이 조선으로 돌아온 이후 어떤 처지에 놓여 있었는가를 잘 보여준다. 유몽인은 권칙이 가진 뛰어난 문학적 재능을 높게 평가하면서, 그의 숙부인 권필보다도 더 훌륭한 문장가가 될 수 있다고 격려한다. 권칙에게 따뜻한 위로와 격려를 보내고 있다는 점에서, 유몽인이 그에게 상당한 호감을 갖고 있었음을 알 수 있다.

그러나 유몽인이 조선으로 돌아온 권칙에 대해 '전쟁터에서 실절했다'고 평가한다는 점에 주목할 필요가 있다. 권칙에게 호의를 갖고 있었던 유몽인조차 이렇게 그를 평가했다면, 다른 사람들이 권칙을 어떤 시각으로 바라보고 있었던가를 짐작하기란 어렵지 않다. 문재를 십분 발휘하여 '왕유·정건·저광희·소원명'처럼 뛰어난 작품을 남기라는 유몽인의 조언은 이러한 비난의 시선과 관련되어 있다. 이들은 모두 당나라 때의 시인으로, 안사의 난 때 포로가 되었다가 안녹산 휘하에서 벼슬살이를 했던 인물들이다. 그 결과 이들은 실절한 인물이라는 비난의 대상이 되었지만, 그들이 남긴 작품이 워낙 뛰어났기에 후세에 문명(文名)

과 실절을 두고서 논란의 대상이 되었다.9) 권칙은 심하전투에 고작 이
문학관으로 참전했으며, 고난을 겪으며 탈출해온 인물이다.10) 그럼에도
유몽인은 그를 안사의 난 때 반군에 빌붙어 벼슬했던 인물들에 비기면
서, 그 해결책으로 문재를 잘 살려 실절이라는 오명에서 벗어나라고 권
유하고 있다. 이는 '강홍립의 휘하'였다는 사실이 권칙에게 얼마나 심각
한 문제를 야기하고 있었는가를 잘 보여준다.

심하전투에서 조선으로 돌아온 이후 권칙의 행적에 대해서는 별다른
기록이 없다. 그 후 10여년이 흐른 뒤 1627년 강원도 횡성에서 일어난
'이인거의 난' 처리 과정에서 권칙의 이름이 발견된다. 그는 이 사건과
관련하여 소무원종공신(昭武原從功臣) 1등에 녹훈된다.11) 그 후 권칙은
1630년 3월에 있었던 식년진사시에 응시하여 합격하고, 말직인 서부참
봉에 제수된다. 그러나 그해 8월 그를 파직해야 한다는 상소 때문에 벼

---

9) 가령, 주희가 한(漢)나라 때 문인인 기준(紀逡)과 당임(唐林), 그리고 당(唐)나라 때
의 왕유(王維)와 저광희(儲光義)를 묶어, "기준과 당임의 절개가 비범하지 않은 것은
아니지만 왕망(王莽)의 조정에서 벼슬하였고, 왕유와 저광희의 시 작품이 청아하고
심원하지 않은 것은 아니지만 안녹산(安祿山)의 조정에 빌붙었기 때문에, 그들이 평소
에 각고의 노력을 기울여 가까스로 후세에 전할 만한 것들이 그저 뒷사람의 비웃음거
리에 지나지 않는다."(<晦庵集> 권76 "向薌林文集後序")고 비판했던 일은 이와 관련
하여 좋은 참조가 된다.

10) <청성잡기>에 나오는 다음과 같은 기록은 권칙이 어떤 고난을 겪고서야 조선으로
돌아올 수 있었는가를 잘 보여준다. "국포(菊圃) 권칙은 문관으로 강홍립을 수행하여
심하 전투에 참여했는데, 강홍립은 오랑캐에게 항복하였으나 권칙은 적진을 탈출해
돌아와서 압록강에 이르렀다. 여러 날을 먹지 못해 앞이 보이지 않았는데 사람 똥을
먹고서야 앞이 보여 마침내 살아 돌아올 수 있었다."(權菊圃伏 以文吏 從姜弘立 深河
之役 弘立降虜 而伏脫身逃遁 至鴨綠江 不食數日 目不能視 囓人矢而始覩 竟得生還.)
성대중, <청성잡기> 권5 '醒言'.

11) 신해진 교수는 권칙이 쓴 부친의 誌石文을 소개하면서, 여기에 소개된 내용을 토대
로 권칙이 소무원종공신 1등으로 녹훈되었다는 사실을 지적한 바 있다.(신해진, 『권칙
과 한문소설』, 보고사, 2008, 51면.) 소무원종공신을 기록한 <昭武原從功臣錄券>에서
그의 이름이 확인된다.

슬에서 물러난다. 〈강로전〉은 그가 서부참봉에서 파직된 직후 지어진
것으로 보인다.

이렇게 볼 때, 〈강로전〉의 창작 배경을 살피기 위해서는 1627년에
있었던 이인거의 난을 좀 더 면밀하게 살펴볼 필요가 있다. 심하전투에
서 돌아온 이후 말직이나마 관직을 제수받을 수 있었던 이유가 이 사건
과 깊은 관련을 맺고 있는 것으로 보이기 때문이다. 이인거는 1627년
정묘호란 당시 화친을 주장한 최명길·김류와 같은 신하들과 후금의
사신을 죽여 명나라에 대한 의리를 지키겠다는 명분으로 군사를 모집
하다가 붙잡혔다. 그는 국문 과정에서 자신이 역모를 일으키려 한 것은
아니었다고 항변했지만, 역모의 수괴로 지목되어 처형되었다. 이 사건
을 진압한 공로로 원주목사 홍보(洪寶)를 비롯한 여러 인물들이 공신으
로 녹훈되었다.

그러나 이 사건 처리, 특히 공신 녹훈 문제를 둘러싸고 당시 조정은
오랜 기간 격론에 휩싸였다.[12] 이러한 논쟁은 이인거의 역모가 과장되
었다는 의혹 때문이었다. 즉 이인거는 고작해야 수십 명의 무리를 이끌
고 과격한 상소를 올리려했던 그저 어리석은 인물에 불과한데도, 원주
목사 홍보가 공을 세우고자 그를 역모의 수괴로 부풀렸다는 것이다.[13]

---

12) 1627년 10월에 일어난 이인거의 난은 그 달에 곧바로 진압되었고, 관련 인물들에
   대한 처벌도 신속하게 집행되었다. 그러나 정작 이 사건에 대한 공신 녹훈은 1628년
   12월이 되어서야 마무리된다. 이는 그 사이에 지속적인 사간원의 상소와 공신 녹훈에
   대한 이의 제기가 있었기 때문이다.

13) 〈인조실록〉의 이인거 관련 기록에는 다음과 같은 사관의 평가가 부기되어 있는데,
   이 글을 살펴보면 당시 이인거의 난이 어떤 시각에서 이해되고 있었는가를 짐작할
   수 있다. "사신은 논한다. 예로부터 난신적자(亂臣賊子)가 어찌 한정이 있겠는가만
   인거의 역적질에는 무리가 20명이 못되었는데도 임금 곁의 악인을 제거하겠다고 방백
   (方伯)에게 스스로 말하였다. 생각건대 인거의 행위는 자신의 행위가 난역(亂逆)의
   죄에 빠진다는 것을 몰랐던 듯하니 참으로 한 번의 웃음거리도 안 된다. 그런데 홍보
   (洪寶)는 적병(賊兵)의 형세를 장황하게 치계하고, 이어서 진격해 소탕한다는 말을

이러한 입장에 섰던 신하들은 소무공신의 녹훈 자체에 대해 못마땅한 시선을 거두지 않았다. 그 결과 이인거의 난과 관련된 공신 녹훈을 재검토해야 한다는 간언이 끊이지 않았다.

이러한 대립은 표면적으로 공신 녹훈 문제를 둘러싸고 벌어졌지만, 그 이면에는 같은 해에 일어났던 정묘호란을 어떻게 이해하는가의 문제가 자리잡고 있다. 이인거가 역모로 고변되었던 것은 관아를 통해 올린 상소문 때문이었다. 이 글에서 이인거는 오랑캐와 화친을 맺은 인조를 비난하고, 그렇게 하도록 간언한 신하들의 목을 베어야 한다고 주장한다. 더 나아가 자신에게 병권을 준다면 의주로 가서 오랑캐 사신의 목을 베겠노라고 호언장담한다.14) 화친을 주장했던 신하들은 이인거의 난을 심각한 사태로 인식했다. 특히 정묘호란 당시 가장 적극적으로 화친을 주장했던 이귀(李貴)는 이 문제를 지속적으로 거론하며 인조를 압박했다. 그는 사건의 심각성을 인식하지 못하고 역당을 끝까지 국문하지 않았다며 대사헌 정광적을 비롯한 국문 참여자들을 공개적으로 비난했다.15) 그는 이 사건과 같은 역모를 근절하기 위해 고변을 장려하고 고변자에 대한 공신 녹훈을 더 후하게 해야 한다고 주장하기도 했다.16)

하여 생판으로 임금을 속이고, 조정의 대신은 덩달아 그 계책을 도와 끝내 녹훈(錄勳)하기에 이르렀으니, 나라에 사람이 있다고 말하겠는가."(<인조실록> 5년 10월 1일)

14) "전하께서는 적변(賊變) 이래로 몸소 갑옷을 입으시고 바람과 이슬을 피하지 않으면서 조종(祖宗)께서 배양해 놓으신 여러 신하와 더불어 콩죽과 보리밥을 먹고 와신상담(臥薪嘗膽)하면서 한마음 한뜻으로 지성껏 하늘에 빌었어야 했습니다. … 이는 하지 않고 안으로는 오랑캐의 사신 접대를 일삼고, 밖으로는 눈치나 살피는 것으로서 계책으로 삼으니, 무슨 까닭입니까. 이것이 천지와 귀신이 함께 분노하는 바입니다. … 신이 군사 일으킨 것을 망령되다 하시지 말고 특별히 병권을 내려 주시어 토적(討賊)의 대의를 펴게 한다면 화친을 주장한 매국(賣國)의 간신을 목베어 전하의 만세(萬世) 수치를 씻은 연후에 숙배(肅拜)하고 서쪽으로 내려가겠습니다."(<인조실록> 5년 10월 1일)

15) <인조실록> 5년 11월 2일.

　반면 후금과의 화친을 반대하고 명나라에 대한 의리를 지키자고 주장했던 신하들은 애초부터 이인거의 난을 심각한 역모 사건으로 여기지 않았다. 가령, 정홍명(鄭弘溟)·오달승(吳達升)[17]과 같은 신하들은 이인거가 어리석은 인물로 오랑캐와의 강화라는 수치스러운 사건을 견디지 못해 벌인 과격한 행동 정도로 이 사건을 인식했다. 오히려 이들은 대단하지도 않은 사건을 공에 눈이 어두운 나머지 심각한 역모 사건으로 둔갑시킨 원주목사 홍보 이하 관련자들에게 비난의 시선을 거두지 않았다. 그 결과 이들은 공신 녹훈이 과도하다며 간언을 그치지 않았는데, 심지어 역모의 진압에 가장 큰 공을 세운 홍보조차도 이와 관련하여 처벌해야 한다고 주장했을 정도였다.[18] 이러한 주장 속에는 화친을 비판하고 오랑캐 사신을 척살해야 한다는 이인거의 상소 내용 자체는 틀리지 않았다는 인식이 담겨 있었다.

　결국 이인거의 난과 공신 녹훈을 둘러싼 논란은 정묘호란 과정에서 화친을 주장했던 이들과 명나라에 대한 의리를 우선했던 인물들이 이 사건을 어떻게 인식하고 있는가를 보여준다. 그렇다면, 이제 문제는 그러한 논란이 소무원종공신 1등으로 녹훈된 권칙의 상황 및 〈강로전〉의 창작과 어떤 연관성이 있는가를 살피는 일이다.

---

16) 〈승정원일기〉 인조 6년 1월 27일.
17) 사간 정홍명은 송강 정철의 아들이며 김장생의 문하였다. 그는 병자호란 당시 의병을 이끌고 청군과 전투를 벌였으며, 그 후 척화파를 두둔하는 상소를 올리고 귀향했다. 또 정언 오달승은 삼학사의 한 명인 오달제의 형이다. 이러한 그들의 배경으로 미루어 보아 그들이 후금과의 화친에 대해 어떤 시각을 가지고 있었는가를 짐작할 수 있다.
18) "녹훈이 얼마나 중요한 일입니까. 원훈이 충분히 생각하여 넣거나 뺄 것을 제대로 해야 할 것인데, 대신이 훈신을 감정(勘定)할 때, 말을 얼버무려 경중과 선후를 가리지 않아서 뒤늦게 도착한 영장(營將)을 모두 훈적에 기록되게 하였습니다. 풍녕군(豊寧君) 홍보(洪霽), 오천군(鰲川君) 이탁남(李擢男)을 모두 무거운 율로 추고하소서." (〈인조실록〉 5년 12월 22일)

이인거의 난 이후 권칙은 1630년 3월에 시행된 식년진사시에 응시하여 진사가 되었다. 그리고 곧이어 서부참봉에 제수되었다. 그런데 권칙이 32세라는 나이로 진사시에 응시했던 것은 몇 가지 추정을 가능하게 한다. 그는 서얼이었던 데다가 심하전투 참전 이후 실절했다는 비난을 받고 있었다. 따라서 그는 정상적인 경우라면 환로에 나가기 어렵기에, 과거에 응시할 이유가 없었다. 그럼에도 그가 1630년에 진사시에 응시했고 미관말직에 불과하더라도 벼슬을 제수받을 수 있었던 것은 이인거의 난과 관련하여 공신으로 녹훈되었기 때문이었다. 그러나 그는 서부참봉에서 곧바로 파직된다. 이와 관련하여 다음의 기록을 살펴볼 필요가 있다.

> (2-2) "근래 관방(官方)이 어지러운데 적합하지 못한 사람들이 백집사(百執事)의 반열에 많이 있기 때문입니다. 사직서령(社稷署令) 유중형(柳重炯)은 관직 생활이 보잘것없는데도 외람되이 5품으로 올랐고, 공조좌랑 조후열(趙後說)은 이름이 드러나지 않은 데다 염치마저 없고, 사어(司禦) 조문영(趙文英)과 시직(侍直) 한희인(韓喜仁)은 모두 미련하고 어리석은 사람이어서 사람들이 모두 비웃고 손가락질하고, 예빈시주부(禮賓寺主簿) 정호례(鄭好禮)는 사람됨이 비루하고 용렬한 데다 나이가 많고, 헌릉참봉(獻陵參奉) 신서민(申瑞民)은 행실이 거칠고 비루하여 능졸(陵卒)을 침학(侵虐)하였고, 서부참봉(西部參奉) 권칙(權伩)은 본래 서얼 출신인데다 성품도 어리석고 망녕되니, 모두 태거(汰去)하도록 명하는 것이 어떻겠습니까?"19)

위의 인용문은 사간원에서 권칙을 비롯한 몇몇 관리들의 문제를 지적하면서, 이들을 모두 파직하도록 청하는 글이다. 선행 연구에서는 위

---

19) <승정원일기> 인조 8년 8월 4일.

의 글에서 권칙의 성품을 우망하다고 말한 점에 주목하면서, 그의 성품
이 숙부 권필과 마찬가지로 자유분방했던 점이 파직 상소의 원인이 되
었을 것으로 추정한 바 있다.[20] 권칙은 역모사건을 진압하는 일에 공을
세운 인물인 데다가, 그가 그 공으로 받은 벼슬은 고작해야 서부참봉이
라는 미관말직에 지나지 않았다. 따라서 역모사건의 공신이자 하급관료
인 그를 굳이 지목하여 파직하자고 간언했다면, 여기에는 무언가 다른
이유가 있었다고 보는 편이 타당하다.

그렇다면 그 이유는 무엇인가? 이에 대한 답을 찾기 위해서 권칙과
함께 언급되는 사람들에 주목할 필요가 있다. 이들에게서 어떤 공통점
이 발견된다면, 이들을 묶어서 파직하자고 간언하는 배경을 추론할 수
있을 것이기 때문이다. 위의 글에서 거론된 인물들 중에서 그 배경을
비교적 명확하게 짐작할 수 있는 인물은 유중형과 신서민이다.

유중형은 인조반정이 일어나자마자 의금부에 구금되었던 것[21]으로
미루어 보아, 광해군 때의 행적을 의심받았던 인물이다. 그런 그가 이
시기에 5품 벼슬을 제수받고, 동시에 그를 파직시켜야 한다는 비판을
받게 된 이유는 무엇인가? 유중형은 정사공신이었던 유순익(柳舜翼)의
양자였을 뿐만 아니라, 그 자신 역시 정사원종공신(靖社原從功臣) 1등에
녹훈되었던 인물이다.[22] 그런데 유순익은 반정에 실제로 공을 세웠다
기보다는 이귀와의 친분 때문에 공신으로 녹훈되었다고 비판받았던 인
물이었다.[23] 따라서 유중형은 그의 과거 전력에도 불구하고, 유순익과

---

20) 박희병, 앞의 글, 40~46면 참조.
21) 〈승정원일기〉 인조 1년 윤10월 8일.
22) 〈靖社原從功臣錄券〉에는 '前主簿 柳重炯'이 1등으로 기록되어 있다.
23) 인조반정 당시 유순익은 분병조참의였는데, 인목대비가 머무르던 경운궁을 지키다
　 가 반정군에게 문을 열어주었다. 그가 반정에 참여한 것은 사실이나 실제로 한 역할은
　 미미했다. 반정 이후 그가 병조참판에 임명되었을 때 부기된 사관의 다음과 같은 논평

이귀의 후광으로 공신으로 녹훈되었고, 1630년에는 5품 벼슬까지 제수
받았던 것이다.

헌릉참봉 신서민은 신서정(申瑞廷)의 동생이다. 신서정은 북인의 거
두였던 정인홍의 문하로 인목대비의 폐서를 주장하는 상소를 올려 인
조반정 이후 위리안치되었던 인물이다. 따라서 통상적인 경우였다면 신
서민은 관직에 오르기 어려웠을 것임은 당연하다. 그런데 신서민은 인
조 6년에 일어났던 유효립의 역모사건 이후 영사원종공신(寧社原從功臣)
1등에 녹훈된다.24) 신서민이 이 시기에 최하위 관직이기는 하지만 헌릉
참봉에 제수되었던 것은 이러한 공적 때문이었던 것으로 보인다.

결국 이들은 인조반정 이후 광해군 때의 행적으로 의심을 받았음에
도, 인조반정 이후 이런저런 공을 세워 벼슬을 제수받았던 인물이다.
즉 유중형·신서민·권칙은 과거에 비난받을 만한 행적이 있었지만, 각
각 정사·영사·소무원종공신으로 녹훈되면서 이 시기에 관직에 진출
해 있었다. 따라서 사간원의 상소는 이처럼 "적합하지 못한 사람들"25)

은 당시 그를 바라보는 시각이 어떠했는가를 보여준다. "유순익은 잔약하고 못나서
본래 인망이 없었는데, 이귀(李貴)와 서로 친분이 있는 관계로 의거의 모의를 들을
수 있었고 병조참판으로 임명되기에까지 이르렀으므로 사람들이 모두 비웃었다."
(<인조실록> 1년 3월 18일)

24) <寧社原從功臣錄券>에는 '幼學 申瑞民'이 1등으로 기록되어 있다.

25) 함께 거론되고 있는 나머지 인물들 역시 이러한 사정과 관련된 것으로 보인다. 가령,
조후열은 그의 동생인 조후량(趙後亮)이 무신이었던 것으로 볼 때, 그 역시 무신이었
을 가능성이 높다. 조후열은 1630년 이전까지 별다른 기록이 없다가, 이 시기에 갑자기
정6품의 공조좌랑으로 제수된다. 이것은 그가 정묘호란 당시 어떤 공을 세웠기 때문으
로 추정할 수 있고, 사간원의 상소는 공조좌랑 제수가 과분하다는 지적으로 보인다.
또 한희인은 진천현감 등을 지낸 한전(韓詮)의 아들이다. 한전은 정3품 어모장군(禦侮
將軍)을 지낸 부친 한여성(韓汝聖) 덕분에 음관으로 벼슬길에 올랐지만, 지방관으로
재임하면서 번번이 부정축재 혐의로 사헌부의 탄핵을 받았다. 이러한 배경을 지닌
한희인은 광해군 때 폐비론에 반대하다가 유배된 정온(鄭蘊)을 제주도까지 압송했던
인물이기도 하다.

을 관직에서 축출하려는 의도에서 비롯된 것이었다. 권칙이 이러한 인물들과 함께 거론되어 파직되었던 것은 그 역시 심하전투와 관련된 과거가 여전히 문제되고 있었다는 사실을 알게 해준다.

권칙은 공신으로 녹훈되면서, 자신의 과거에 대한 비난을 불식하고 관직에 진출하여 능력을 발휘할 수 있는 기회를 잡았다. 권칙은 논란이 많았던 이 사건에서 화친을 주장한 신하들을 척살하고 명나라에 대한 의리를 지키자고 주장했던 이인거를 토벌하는데 공을 세워 공신으로 녹훈된다. 그런데 문제는 바로 이러한 공신 녹훈이 그의 '전력', 감추고 싶은 과거인 강홍립과 심하전투 참전을 떠올리게 만들었을 것이라는 점이다.

화친을 반대하고 명나라에 대한 의리를 지켜야한다고 주장했던 인물들에게 권칙은 명나라를 배신하고 후금의 편에 붙어 만세의 치욕을 안겨주었던 바로 그 사건의 관련 인물이었다. 게다가 이인거의 난은 1627년의 정묘호란 및 강홍립의 조선 귀환에 대한 반발로 야기된 사건이었다. 따라서 화친 반대론자들이 볼 때, 강홍립과 별반 다르지 않은 권칙이 척화와 대명의리를 주장한 이인거의 난 처리 과정에서 공신으로 녹훈되었다는 사실은 받아들이기 어려웠을 것이다. 권칙이 사간원의 탄핵으로 관직에서 파면되었던 까닭은 이와 같은 의심과 비난의 시선 때문이었다.[26]

〈강로전〉은 권칙이 공신 녹훈, 진사시 합격, 서부참봉 제수와 파직

---

26) 이와 관련하여 심하전투 당시 종사관으로 참전했던 이민환이 받았던 비판은 좋은 참고가 된다. 이민환은 '이괄의 난' 때 호종하고, 정묘호란이 일어나자 장현광(張顯光)의 종사관이 되어 군병을 모집하는 일에 공을 세웠다. 그는 이 공으로 1627년에 종6품에 불과한 금교찰방(金郊察訪)에 제수되었다. 그러나 사헌부에서는 그를 "절의를 잃은 사람으로서 세상 사람들에게 버림을 받았으니 다시 의관(衣冠)의 반열에 끼게 할 수 없다"(〈인조실록〉 5년 6월 25일)고 비판했다.

이 이어진 직후에 지어졌다. 권칙은 서얼이었지만 뛰어난 문재가 있던 인물이었다. 그러나 그는 강홍립의 휘하로 심하전투에 참전했다가 돌아온 이후 실절했다는 의심과 비난에 시달렸다. 공신 녹훈과 서부참봉 제수는 그가 과거에서 벗어나 자신의 문재를 떨칠 기회를 잡게 해주는 듯 보였지만, 이는 곧 좌절로 이어졌다. 그 직후에 권칙은 자신에게 오명을 안긴 강홍립을 '강씨 오랑캐'로 지칭하면서 심하전투에서 조선 귀환과 죽음까지 다룬 글을 지었던 것이다.

이렇게 보면 <강로전>은 강홍립에 관한 글인 동시에, 강홍립과 밀접하게 연관된 자신의 과거를 해명하기 위한 변론의 성격이 강한 글임을 추론할 수 있다. <강로전>은 권칙에게 '강홍립의 서사'인 동시에 '나의 서사'이기도 했던 것이다. 그렇다면 <강로전>에 투영된 권칙의 자기변론의 구체적 양상은 어떠하며, 그 변론은 어떤 의미를 갖는가를 살필 차례다.

3. 심하전투에 대한 변론 : '피해자'로서의 '나'

<강로전>[27]은 강홍립의 가문에 대한 소개로 시작되어, 강홍립이 조야에서 촉망받았던 인재였음을 기술한다. 그 후 1618년의 출병에 대한 간략한 서술에 이어, 강홍립과 모친 사이의 이별 장면을 묘사한다. 이때까지 강홍립에 대해서는 별다른 부정적인 내용이 서술되지 않는다. 그러나 출병 이후 강홍립에 대한 서술 시각은 완연히 달라진다. 조선의

---

27) 본고에서는 『전란의 소용돌이 속에서』(박희병·정길수 역, 돌베개, 2007)에 실린 번역문을 사용한다. 원문은 『한국한문소설 교합구해』(박희병 標點·校釋, 소명출판, 2005)에 실린 것을 활용한다. 앞으로는 상세한 서지사항은 생략하고, 면수만 표기하도록 하겠다.

군대가 대동강을 건너 관서지방에 도달하자마자, 강홍립은 갑자기 군무를 돌보지 않고 술판을 벌인다. 그리고 싸우고자 하는 장졸들에게 '밀지'를 핑계로 댄다.

> (3-1) "모든 일에는 완급이 있는 법이고 주상께서 내린 밀지가 내게 있으니 그대는 걱정 말라!"… 이 일을 전해들은 진중의 장수들은 모두들 화가 머리끝까지 나 이렇게 말했다. …"군사를 일으켜 적을 정벌하러 나선 판에 밀지가 있어 싸우지 않는다는 게 가당키나 한 말이오!" 장수들이 눈물을 줄줄 흘리자 이민환이 이들을 진정시키며 말했다. "원수의 속마음을 아직 헤아릴 수 없소. 섣불리 선동했다가는 우리 군대에 이로울 것이 없으니, 우선 참고 일이 어떻게 되는지 지켜보도록 합시다."[28]

인용문 (3-1)에서 강홍립은 이민환에게 밀지를 핑계로 대며 군무를 소홀히 하는 것을 정당화하고, 이 말을 전해들은 장졸들은 모두 화를 내며 강홍립을 비판한다. 〈강로전〉에서 세 차례나 등장하는 밀지는 이처럼 후금과의 전쟁에서 소극적 의지를 보이는 강홍립과 적극적으로 싸우고자 하는 나머지 장졸들이 대립하는 이유가 된다. 광해군이 강홍립에게 때를 보아 항복하라는 밀지를 실제로 내렸는가의 여부는 여전히 논란거리이다.[29] 그러나 〈강로전〉을 이해하는 과정에서 밀지가 실재했는가의 여부는 그다지 중요하지 않다. 그보다는 심하전투에 참전했던 권칙이 왜 이토록 자주 강홍립의 입을 빌려 밀지를 거론하는가, 또 밀지는 서사적으로 어떤 기능을 수행하는가의 문제가 더 중요해 보이

---

28) 99~100면; "凡有緩急 密旨在吾 請君勿憂 "…幕中將士聞者 皆怒髮衝冠曰…"安有興兵征敵而有密旨不戰者乎?" 相與涕泣橫流 民奠止之曰 "主將之意 未能逆料 輕相扇動 於軍不利 不如姑忍以觀其終"(455~456면)

29) 한명기, 『임진왜란과 한중관계』, 역사비평사, 1999, 255~264면 참조.

기 때문이다.

인용문 (3-1)에서 강홍립이 "밀지가 내게 있다"고 언급한 대상은 종사관 이민환이다. 그런데 강홍립의 이 말에 이민환은 깜짝 놀라 그 상세한 내용을 알고자 한다. 이민환은 종사관이었음에도 밀지의 존재에 대해서 전혀 알지 못했던 것이다. 문제는 강홍립의 이러한 언급이 사실상 밀지의 존재 자체를 드러낸다는 점이다. 밀지란 그 내용뿐만 아니라 존재 자체에 대해서 기밀이 유지될 때 의미가 있다. 그런데도 강홍립은 밀지가 존재한다는 사실을 스스로 폭로하고, 이민환은 이를 장졸들에게 널리 전파하고 있다.

강홍립의 이러한 행위는 서사에서 어떤 의미를 갖는가? 먼저 강홍립이 스스로 밀지가 있다고 언급함으로써 밀지가 실재했음이 적어도 서사 내적으로는 확고부동한 사실이 된다. 또 강홍립을 제외한 '나머지 장졸들'은 밀지의 존재는 알았지만 정작 그 '내용'은 몰랐다는 점이 부각된다. 그 결과 이민환의 언급처럼, 어떤 내용인지 '미리 헤아릴 수 없었기에', '참고 기다릴 수밖에 없었다'는 논리가 성립된다.

그런데 이와 같은 밀지의 기능은 강홍립을 제외한 '나머지' 장졸들이 왜 심하전투에서 항복하게 되었는가에 대한 좋은 변명이 된다는 점에서 흥미롭다. 그들은 밀지의 내용이 무엇인지 몰랐기에, 결과를 지켜볼 수밖에 없는 처지로 형상화된다. 그들이 밀지의 내용을 최종적으로 확인했을 때, 이미 강홍립은 밀지에 따라 항복을 결정한 후였다.

(3-2) "내가 막북을 누비고 다니면서도 가는 곳마다 적다운 적을 만난 적이 없건만, 조선 사람의 용맹이 이러할 줄은 꿈에도 몰랐다. 만일 산쪽 대기의 병사들까지 힘을 합해 싸웠더라면, 우리는 앞뒤로 협공을 당해 한 명도 살아남지 못했을 것이다."[30]

(3-3) 오랑캐 철기병이 우리 군대를 둘러싸 압박하며 앞으로 나아가도 록 재촉했는데, 도중에 분을 참지 못해 물에 몸을 던져 자살하는 이들이 많았다. 오랑캐 장수가 감탄하며 이렇게 말했다. "조선사람의 기개와 절 개가 이러하니, 남에게 굴종할 사람들이 아니로구나!"[31]

인용문 (3-2)와 (3-3)에서 강홍립의 항복이 '나머지 장졸들'에게 어떤 결과를 초래했는가가 드러난다. (3-2)에서 서술자는 귀영가의 입을 빌 려, 김응하가 이끈 조선군의 용맹함을 칭찬한다. 그런데 귀영가는 "만일 산꼭대기의 병사들까지 힘을 합해 싸웠더라면", 후금군이 패배했을 것 이라고 언급한다. 이러한 언급은 조선군의 역량을 높게 평가하는 것인 동시에, 강홍립과 '밀지'만 아니었다면 '나머지 장졸들'이 패전이나 항복 하는 일이 없었을 것임을 강력하게 암시한다. 또 (3-3)에서는 항복한 이후에도 '나머지 장졸들'이 굳은 절개를 지니고 있었음을 보여준다. 강 홍립이 항복을 결정해 놓고도 비굴한 태도로 목숨을 연명하는 것으로 그려지는 것과는 달리, '나머지 장졸들'은 스스로 목숨을 끊으면서까지 후금군에 저항하는 모습으로 형상화된다.

이렇게 볼 때 강홍립을 제외한 '나머지 장졸들'은 철저하게 '피해자' 로 그려지고 있음을 확인할 수 있다. 이들은 밀지를 내린 광해군과 이를 따른 강홍립 때문에 자신들의 의지와는 무관하게 '항복'과 그로 인한 치욕을 고스란히 뒤집어쓴 피해자가 되었던 것이다.[32] 이러한 '나머지

---

30) 110면; "吾橫行漠北 所向無敵 不料朝鮮人勇悍至此也 如使山頂之兵 齊力合戰 則吾腹 背受敵 無遺類矣"(460~461면)

31) 113면; 胡人以鐵騎擁逼我軍 催趨前往 途中多有磨拳躍身落澗自絶者 胡將歎曰 "朝鮮 人氣節如此 非可屈於人者"(462면)

32) 〈강로전〉의 여러 부분에서 이와 같은 서술을 확인할 수 있다. 가령 심하전투 직전 오랑캐를 해치지 말라는 강홍립의 명령에 나머지 장졸들이 놀라면서 의논하는 장면이 나 항복하려는 강홍립을 장졸들이 옷자락을 잡아 당기며 만류하는 장면 등이 여기에

장졸들' 속에 권칙 자신도 포함되어 있음은 물론이다. 이와 같은 서술 속에서 강홍립은 항복에 대해 전적으로 책임져야 하는 인물이 된다.

> (3-4) 조선의 장수들도 입을 모아 이렇게 말했다. "군량이 아직 떨어지지 않았는데 늘 바닥이 났다고 말하여 중국 장수의 화를 돋우는 이유가 대체 무엇입니까?" 홍립이 말했다. "나에게 밀지가 있으니 때가 되면 알 수 있을 거요." 장수들이 말했다. "밀지에 오직 물러나 움츠리고 있으라고만 써 있습니까? 지금이 바로 때가 되면 알게 될 거라던 그때이니 밀지를 열어 여러 사람들의 의심을 풀어주어야 하지 않겠습니까?"[33]

인용문 (3-4)에서 강홍립은 군량 부족을 핑계로 진군하고자 하지 않는다. 명나라 장수가 이에 대해 분노하자, 휘하 장수들도 강홍립을 비판한다. <강로전>만 놓고 보면, 강홍립은 부족하지도 않은 군량을 핑계로 어떻게든 진군을 늦추려 했던 인물로 그려지고 있다. 그런데 사료를 보면, 조선군은 압록강을 건넌 직후부터 군량 보급에 어려움을 느끼고 있었다. 특히 우모채(牛毛寨)에 도달했을 무렵에는 군량이 이미 완전히 바닥나 명군에게 군량을 얻어 연명했을 정도였다.[34] 심하전투 당시 군량 보급의 책임자는 박엽(朴燁)이었는데, 당시에도 군량 보급 실패의 책임을 물어 그를 처벌해야 한다는 의견이 비변사에서 제기되었다.[35] 보급

해당된다.

33) 103~104면; 諸將皆曰 "軍食不至盡絶 而每言粮盡 挑天將怒 是何主見?" 弘立曰 "密旨在吾 臨機可見" 諸將曰 "密旨專言退縮乎? 今已臨機 何不柝示以破衆疑乎?"(458면)

34) "창성에서 강을 건너던 날에 사람들이 제각기 10일치 양식을 가지고 출발하였는데, 지금 이미 거의 다 되어 양식이 떨어질 날이 눈앞에 닥쳤습니다. … 날이 저물도록 군량이 도착하지 않았으므로 우영(右營)에는 어제 저녁에 양식이 떨어져 교유격이 보내온 소미(小米) 10포와 마두(馬頭) 2포를 나누어 주었습니다. 화가 눈앞에 닥쳤는데 어떻게 해야 할지 모르겠습니다."(<광해군일기> 11년 2월 28일)

35) "지금 군량을 떨어지게 한 죄는 전적으로 박엽에게 있으니, 이것이 본사가 처벌하기

지연에 따른 군량 부족은 조선군의 체력과 사기에 상당한 영향을 미쳤고, 이는 결국 심하전투 패배의 주요한 원인이었다.

이와 같은 사정을 감안할 때, 〈강로전〉에서 군량 보급 문제를 거론하지 않는 일은 오로지 밀지와 강홍립에게 책임을 돌리기 위한 설정이라는 것을 알 수 있게 된다. 전투에서 군량 보급이 갖는 의미를 생각한다면, 권칙은 이 문제를 거론함으로써 자신을 포함한 조선군이 어쩔 수 없는 상황에 놓여있었다는 점을 부각할 수 있었다. 또한 군량 보급의 책임자였던 박엽은 광해군 때 대 후금정책의 핵심적 역할을 맡았기에, 인조반정 직후 곧바로 처형되었던 인물이다. 그런 점에서 권칙은 〈강로전〉을 통해서 박엽이 전쟁의 성패를 좌우할 군량 보급에 실패했다고 비판할 수도 있었다.

그러나 권칙은 군량 보급과 전쟁의 승패를 연관시키지 않았다. 만약 〈강로전〉에 군량 보급이 원활하지 않았던 상황이 서술되었다고 가정해보자. 이렇게 되면 군량 부족으로 조선군이 겪었던 어려움을 전달할 수는 있지만, 이와는 다른 종류의 문제가 발생하게 된다. 즉 '밀지'를 반복적으로 언급함으로써 강홍립을 항복의 유일하고 궁극적인 책임자로 규정하는 일이 그 타당성을 상실하게 된다. 나머지 장졸들에게 싸우고자 하는 의지와 조건이 충분히 구비되어 있었는데도 항복했을 경우에만, 강홍립에게 그에 관한 전적인 책임을 물을 수 있기 때문이다.

지금까지 논의한 내용을 정리해보자. 〈강로전〉의 심하전투 관련 서술에서는 밀지가 반복적으로 언급된다. 그런데 이러한 밀지는 강홍립의 언급을 통해 존재 자체가 공개되었으면서도, 그 내용은 공개되지 않는

를 계속 청하여 마지 않는 까닭입니다. … 박엽을 우선 추고하여 교만한 습성을 징계하고, 조속히 창성으로 달려가 윤수겸과 협력하여 운송하도록 함으로써 군량을 계속 댈 수 있는 여지를 마련하게 하소서."(〈광해군일기〉 11년 3월 8일)

다. 그 결과 강홍립을 제외한 나머지 장졸들은 자신들의 의지나 능력과는 무관하게 패전과 항복의 멍에를 쓰고 만 '피해자'로 형상화된다. 또한 심하전투 당시 군량 보급이 제대로 이루어지지 않았음에도, 권칙은 이를 전혀 서사에 반영하지 않았다. 이는 강홍립을 심하전투 항복에 관한 전적인 책임자로 만들기 위한 것으로 해석할 수 있다. 따라서 <강로전>의 심하전투 서술에는 '나머지 장졸들' 속에 포함되어 있었던 권칙이 자신이 강홍립과 '밀지'를 내린 광해군 때문에 억울한 처지에 놓이게 된 피해자였음을 은연중에 드러내려는 의도가 담겨 있다.

4. '돌아온 자'의 증오와 연민

<강로전>은 강홍립의 일생을 담고 있다. 즉 권칙과 관련되어 있는 심하전투 관련 기록에서 서사가 종결되지 않고, 그 후의 후금 생활, 조선 복귀, 그리고 죽음에 이르는 과정이 상당한 비중으로 서술된다. 만약 권칙이 심하전투의 패전만을 변명하기 위해서였다면, 이와는 다른 구성도 가능했을 것이다. 굳이 1630년까지 기다리지 않고 심하전투 관련 내용만을 서술하거나, 심하전투 이후의 행적에 관해서는 소략하게 다룰 수도 있었을 것이기 때문이다. 또 권칙이 직접 참전했던 심하전투에 관해서는 서술에 큰 어려움이 없었겠지만, 강홍립의 후금 생활에 대해서는 사실상 별다른 정보가 없었을 것이라는 점도 감안해야 한다. 따라서 권칙이 1630년에 강홍립의 후금 생활 및 조선 귀환 이후의 사정까지 소상하게 포함된 글을 쓰게 된 배경에는 이 부분이 자신의 처지와 관련되는 어떤 의미가 있었음을 짐작할 수 있다.

<강로전>의 심하전투 관련 서술 속에서 강홍립은 대단히 비굴한 인

물로 그려진다. 그는 적장인 귀영가나 누르하치 앞에서 벌벌 떨며 목숨을 구걸하는 인물이다. 그런데 항복 이후의 강홍립은 그 이전과는 사뭇 다른 모습으로 그려진다. 즉 항복 이전의 강홍립이 무능한 장수이자 졸장부로 나타났다면, 항복 이후의 강홍립은 누르하치에게 대단한 환대를 받으며 요동 정벌에 큰 공을 세운 책략가로 그려진다. 게다가 그는 누르하치와 홍타이시를 설득해 정묘호란을 일으킨 원흉으로 지목된다. 흥미로운 점은 이 부분에서 강홍립이 전쟁을 통해 자신의 또 다른 '야망'을 실현하려 했던 인물로 그려진다는 사실이다.

(4-1) "지금 군사를 일으키는 때를 맞아 선봉에 세워주신다면 조선의 가왕(假王)이 되어 지혜롭고 용맹한 이를 모으고 그중 가장 정예한 자들을 뽑아 10만 군대를 갖추어 보이겠습니다. 이로써 주군의 은혜에 보답할 뿐만 아니라 하늘이 주신 천하통일의 기회에 보탬이 되도록 하겠습니다."[36]

(4-2) 강인은 온 집안이 무고하다는 소식을 알리고 홍립이 조선 사람을 함부로 살육한 일을 꾸짖더니 … 홍립은 잘못을 깊이 뉘우치고, 밤에 사람을 시켜 인수(印綬)를 강물에 던져 버리게 한 뒤 탄식했다. "대사는 한낱 꿈으로 돌아가고 내 한 몸에 재앙만 쌓였구나!"[37]

인용문 (4-1)에서 강홍립은 누르하치에게 조선의 임금이 되고 싶다는 속내를 드러낸다. 문제는 이러한 그의 야망이 서사 내에서 그리 설득력 있게 서술되지 않는다는 점이다. 후금에 항복한 이후 강홍립은 누르

---

36) 132~133면; "今當用兵之際 請爲前驅 仍爲假王 收其智勇 簡其精銳 十萬之衆 可以立辨 非但某報德之堦 天賜一統之資也"(472면)

37) 145면; 及綑到虜營 見弘立 報而闔門無恙 責其專行殺伐…弘立心自感愴 夜使人投印于江 歎曰 "大事歸一夢 徒積一身殃!"(479면)

하치가 내려준 재화와 미녀에 크게 만족하여 조선으로 돌아올 생각을
잊어버렸다고 서술된다. 그러다가 조선에서 도망친 한윤이 자신의 가족
이 몰살되었다는 거짓 정보를 흘리자, 복수심에서 조선을 치려 하지만
소씨녀에 대한 애정과 가족에 대한 복수 사이에서 고민한다.

한윤의 거짓 정보로 인한 강홍립의 조선 귀환은 당시 유포되었던 소
문을 반영한 것인 동시에, 서사 내적으로도 충분히 개연성을 확보하고
있다. 그러나 강홍립이 왜 갑자기 조선의 임금 자리를 탐내게 되었는가
에 대해서는 서사 내적으로 별다른 설명을 찾기 어렵다. 이는 인용문
(4-2)에서 강홍립이 자신의 야망을 너무나 쉽게 포기하는 장면에서도
마찬가지이다. 강홍립이 숙부인 강인을 한 번 만나 꾸짖음을 들었다는
이유만으로 '두려움'을 느낀다는 설정은 쉽게 납득되지 않는다. 결국
<강로전>에서 강홍립은 조선 귀환을 앞두고 급작스럽게 '역심'을 가진
인물로 설정되었다가, 그 '역심'을 별다른 이유 없이 포기한 것으로 그
려진다.

따라서 강홍립의 '역심'은 어떤 의도를 가지고 서사에 포함된 것이다.
강홍립을 부정적으로 그리기 위해서라면, 굳이 그가 역심을 가지고 있
었다고 과장하지 않더라도 충분했기 때문이다. 강홍립이 조선으로 돌아
왔을 때, 그를 죽이라는 상소가 계속되었다. 그러나 강홍립을 비난하면
서 그를 처형하라고 주장했던 사람들조차 강홍립에게 '역심'이 있다고
믿는 사람은 없었다. 강홍립을 비판하고 그를 처형하라는 상소에서, 강
홍립은 '반신(叛臣)', 오랑캐의 '모주(謀主)', '항복한 장수' 등으로 지칭되
었다.[38] 그러나 이러한 글에서조차 그에게 역심이 있었다고 주장한 경

---

38) 사간 윤황(尹煌), 지평 조경(趙絅) 등은 정묘호란 당시 상소를 올려 화친 논의를
적극적으로 반대하고 강홍립을 처벌하라고 주장했다. 이들의 글에서 강홍립은 '반신
(叛臣)', '오랑캐의 모주(謀主)', '항복한 장수' 등으로 지칭되고 있다.

우는 찾아보기 어렵다.

그렇다면 권칙은 왜 〈강로전〉에서 강홍립을 '역심'을 가지고 조선에 돌아온 것으로 서술했을까? 강홍립을 이렇게 묘사함으로써 그는 무엇을 노렸던 것일까? 여기서 다시 한번 〈강로전〉이 1630년에 지어졌다는 사실을 떠올릴 필요가 있다. 2장에서 살폈던 것처럼, 권칙은 이 시기에 자신의 과거 행적이 문제되어 소무원종공신 1등에 녹훈되었음에도 벼슬에서 물러나야만 했다. 따라서 권칙의 과거를 '현재'의 문제로 만들어 그를 파직하게 만든 요인은 바로 강홍립의 조선 귀환이다. 강홍립이 조선으로 돌아옴으로써 심하전투에서의 '항복'이 권칙에게 지나간 '과거'가 아니라 '현재'의 문제로 다가왔던 것이다.

강홍립의 귀환은, 권칙이 '강홍립의 휘하'였던 과거를 새삼스럽게 드러냈을 뿐만 아니라, 그를 강홍립과 마찬가지로 실절했음에도 죽지 않고 '돌아온 자'로 의심되도록 만들었다. 권칙의 '과거'를 문제삼아 그를 파직하라고 요구했던 사간원의 상소는 바로 이러한 의심의 산물이었다. 따라서 권칙은 강홍립과 자신이 무언가 다르다는 점을 입증해야만 하는 처지가 되고 만다. 권칙은 강홍립을 '역심'을 가지고 조선으로 돌아온 인물로 그림으로써, 탈출해 돌아온 자신과 역심을 가진 채 돌아온 그가 전혀 다른 인물임을 보여주려 했다. 동시에 강홍립에 대한 일관된 비난의 시선을 드러냄으로써, 자신이 강홍립과 같은 무리가 아님을 입증하려 했던 것이다.

이러한 차별화의 욕망은 서사를 부자연스럽게 만들면서까지 강홍립에게 일정한 역할을 수행하게 했던 원인이 되었다. 3장에서 살폈던 것처럼, 심하전투에 관한 서술은 강홍립을 치욕스러운 항복의 '유일한' 책임자로 규정하는 과정을 통해 자신의 '과거'를 변명하는 것이었다. 반면 강홍립이 역심을 가지고 조선으로 돌아왔다는 설정은 '돌아온 자'라는

조건은 같지만 자신과 강홍립은 엄연히 다르다는 '현재'를 위한 변명이
라고 할 수 있다.

이러한 시각에 따라 서술된 <강로전>의 결말은 철저하게 몰락하여
모든 이들에게 외면당한 채 죽어가는 강홍립의 비참한 최후를 그린다.
그런데 <강로전>의 결말부에는 강홍립을 만나기 위해 후금에서 건너
온 소씨녀의 애절한 사연이 등장한다. 역사적으로 실재했던 인물을 모
델로 하여 만들어진 소씨녀[39]와 강홍립의 만남과 이별 장면에서 전기
소설의 필치를 느낄 수 있다는 점은 이미 선행연구에서 지적된 바 있
다.[40] 문제는 강홍립을 철저하게 악인으로 형상화하고 있는 <강로전>
에서, 특히 그의 비참한 최후를 서술하는 결말부에 왜 굳이 소씨녀의
애절한 사연을 포함시켰는가 하는 점이다.

사실 전란의 소용돌이 속에서 희생당할 뻔했던 명나라 여성의 사연
을 담아내는 일은 강홍립의 부정적 형상화라는 의도와는 그리 어울리
지 않는다. 소씨녀의 사연이 실제로 있었던 사건을 토대로 한 것이라고
해도, 이를 서사에 어떤 비중으로 반영하는가는 철저하게 작가의 몫이
다. 가령, 유한준의 <강홍립전>은 그 중립적인 제목과는 달리, 강홍립
을 일관되게 악인으로 형상화하면서 그에 대한 일말의 연민이나 이해
도 드러내지 않는다. 그리고 그 일관된 형상화는 <강로전>과는 다르게
소씨녀의 비중을 최소화하고, 강홍립이 드러내는 번민의 깊이를 보여주

---

39) 1627년 6월에 요동지휘사(遼東指揮使) 동기공(佟奇功)의 두 딸이 조선에 건너와 강
    홍립과 박난영을 만나게 해달라고 요청한다. 이들은 후금군에 포로가 되었다가, 언니
    는 강홍립, 동생은 박난영과 혼인한다. 이들은 남편을 따라 조선에 거주하게 해줄 것을
    요청했지만 끝내 거부당했다. 당시 조정에서는 강홍립이 명나라 사람을 부인으로 거
    느리는 일이 옳은가, 이들을 조선에 머물게 할 수 없다면 어디로 보내야 하는가를
    두고 여러 날 동안 논의했다.(<인조실록> 5년 6월 18일 기사 참조.)

40) 박희병, 앞의 글, 53~56면; 정환국, 「16-7세기 동아시아 전란과 애정전기」, 『민족문
    학사연구』 15, 민족문학사학회, 1999, 49~50면 참조.

지 않음으로써 가능했다.[41]

　사실 강홍립과 소씨녀의 사연이 곡진하게 서술될수록, 그전까지 일관되게 서술되었던 강홍립의 부정적 형상은 흔들리게 된다. 그들의 사랑과 이별이 안타까울수록 강홍립은 '증오'의 대상에서 조금씩 '연민'의 대상으로 변모하기 때문이다. 그렇다면 권칙은 소씨녀와의 결연 및 이별 이야기를 왜 이토록 상당한 비중으로 서술했을까? 또 이를 굳이 전기적 설정을 통해 서술했던 이유는 무엇인가? 주지하듯 전기(傳奇)는 우리 소설사에서 소외된 사대부 계층이 세계의 횡포를 서사화했던 장르였다. 그렇다면, 이러한 전기적 설정의 도입과 강홍립이라는 부정적 인물의 형상화는 어떻게 연관될 수 있는 것인가?[42]

　일관된 '증오'에서 미묘한 '연민'으로 변화된 시선에는 '돌아온 자'로서 권칙이 그에게 느꼈던 양가적 감정이 담겨 있다. 권칙은 강홍립의 휘하로 전투에 참여했다가, 가까스로 탈출해 고국으로 돌아온 인물이다. 그럼에도 권칙은 그를 아꼈던 유몽인에게조차 전쟁터에서 실절했다는 평을 들어야 했다. 따라서 권칙에게 강홍립은 자신에게 억울한 누명

---

41) 소씨녀와의 결연 부분에서 〈강홍립전〉의 서술자는 강홍립이 '미녀'를 누르하치로부터 상으로 받고 더욱 방자해졌다는 점에 초점을 맞출 뿐, 소씨녀와 강홍립의 대화를 모두 생략한다. 또 〈강로전〉과는 달리 전기소설의 필치가 거의 드러나지 않는다. 또 〈강홍립전〉의 결말 부분에서도 소씨녀의 편지와 강홍립의 반응 등 독자가 조금의 연민이라도 느낄 만한 부분은 모두 생략되어 있다. 〈강홍립전〉과 〈강로전〉을 비교해보면, 가장 많은 차이를 보이는 부분이 바로 소씨녀와 관련된 부분이다. 이러한 차이는 유한준이 〈강로전〉의 소씨녀 관련 부분이 강홍립을 비판하는 일에 도움이 되지 않는다고 생각했음을 보여준다.

42) 박희병 교수는 소씨녀와 강홍립의 결연과 이별담이 "전계소설과 전기소설의 양식적 혼효를 보여주는 현상"이라고 지적하면서도, 그와 같은 시도가 성공적이었는가에 대해서는 일정한 의구심을 표명했다.(박희병, 앞의 글, 56면) 이러한 의구심 속에도 전기소설의 설정이 〈강로전〉에 왜 포함되어야 했는가에 대한 의문이 담겨 있는 것으로 보인다.

을 씌운 주범이라는 점에서, 그리고 자신이 받은 모든 불합리한 시선의 원흉으로 지목된 인물이라는 점에서 '증오'의 대상이었다. 강홍립에 대한 부정적 형상화는 단순히 강홍립이 악인임을 보여주려는 것이 아니라, 그렇게 함으로써 자신을 포함한 장졸들이 억울한 피해자임을 보여주려는 서사적 장치였다. <강홍립전>이 아니라 <강로전>이라는 감정 섞인 명칭을 붙인 것도 그런 점에서 이해된다.

그러나 동시에 권칙에게 강홍립은 드러내놓고 말할 수 없는 '연민'의 대상이기도 했다. 특히 강홍립이 돌아온 이후 겪어야 했던 비난과 냉대는 권칙에게도 낯선 것이 아니었을 가능성이 크다. 강홍립에게 투사된 은밀한 연민은 사실 그와 동일하게 '돌아온 자'로서 권칙이 갖고 있던 문제의식과 무관하지 않다. 다음의 글은 그 문제의식이 무엇인가를 보여준다.

(4-3) 고국을 떠나온 우리 두 사람의 마음이 서로 통해 평생 고락을 같이하며 해로할 것을 하늘과 바다에 맹세했었지요. 굳은 언약을 했건만, 예기치 못한 큰 일이 생겨 우리의 행복을 깨어지고 말았어요. 일이 마음처럼 되지 않아 한번 이별한 뒤 돌아오지 않으시니 낭군의 다정한 목소리가 자나깨나 귓가에 맴돈답니다.[43]

(4-4) "내 일찍 과거에 급제하여 조정의 요직을 두루 거쳤건만, 만년이 기구하여 세상 사람들이 딱하게 여기는 처지가 되었다. 착한 사람에게 복이 돌아가고 악한 자에게 재앙이 돌아가는 것은 하늘의 이치다. 내가 평생 한 일을 모두 기억하기는 어렵지만, 유독 생각나는 것은 내가 나이 어려 한창 혈기방장할 때 사헌부와 사간원을 드나들며 누가 나를 조금만 언짢

---

43) 151~152면; 離邦去土 二人懷抱 誓海盟山 一約金石 呑舟巨魚 敗我深歡 事不從心 一別無還 丁寧好音 癏痳在耳(483면)

게 해도 반드시 그를 해코지한 일이 한두 번이 아니었다는 사실이다. 하늘
이 그 일 때문에 내게 이런 앙갚음을 하는 것일까? 저 높은 곳에서 하늘이
굽어보시니, 사람은 속일 수 있을지언정 하늘은 속이지 못하겠구나."[44]

인용문 (4-3)은 소씨녀가 강홍립에게 보낸 편지이고, (4-4)는 강홍립
이 죽기 전에 남긴 유언이다. 강홍립의 이러한 유언은 소씨녀의 편지를
받고 난 직후에 이루어진다. 전기소설의 필체로 이루어진 이 편지에서
소씨녀는 강홍립과 자신의 마음은 변함없지만, 왜 자신들의 처지가 이
렇게 되었는가를 질문한다. 소씨녀는 "예기치 못한 큰 일(呑舟巨魚)"이
벌어졌고, "일이 마음처럼 되지 않아(事不從心)" 두 사람이 헤어질 수밖
에 없었다고 토로한다. 이러한 언급 속에서 두 사람의 애정이나 의지와
는 무관하게 자신들을 갈라놓았던 '운명'의 문제가 등장하고 있음을 보
게 된다.

소씨녀의 편지를 받은 강홍립은 그녀와 만날 수 없는 처지를 비관한
다. 그는 자신이 이러한 처지에 놓이게 된 원인으로 '천도(天道)'를 지목
한다. 문제는 그가 자신이 받은 업보의 원인으로 애써 찾아낸 것이 고작
해야 젊은 시절에 부린 호기라는 점이다. 즉 그는 전란의 와중에 보인
자신의 행적을 '악보(惡報)'의 원인으로 받아들이지 않고 있다. 이와 같
은 그의 태도는 죽을 때까지 자신의 잘못을 깨닫거나 뉘우치지 않은
모습으로 이해될 수도 있다. 그러나 그렇게 보기에는 소씨녀와의 사이
에서 일어난 애절한 사연이 지나치게 길고 필요 이상으로 곡진하게 그
려져 있다는 점을 감안해야 한다.

---

44) 153면; "吾早登科第 歷敭淸顯 晚節崎嶇 爲世所悲 福善禍淫 天之道也 平生作爲 難可
追記 而獨念 年少氣銳 出入臺閣 以睚眦傷害人者 非一二 天其以是 施此惡報也? 高高
上帝 赫赫下臨 人可欺也 天不可誣也."(484면)

결국 <강로전>의 결말부는 전기소설의 필체를 활용하여 자신들의 의지와는 무관하게 운명의 소용돌이에 휘말려 비극으로 끝나는 두 사람의 사랑을 형상화하고 있다. 이렇게 되면, 강홍립과 소씨녀는 어찌할 수 없는 운명 앞에 굴복한 인물로 그려지게 된다. 그런 점에서 소씨녀와의 결연과 이별은 전란이라는 개인으로서 어찌할 수 없는 거대한 운명의 비극성을 상징하는 사건이 된다. 전기소설이 '운명의 횡포 앞에 놓여진 인간'을 형상화한다고 할 때, 왜 오랑캐에 굴복한 악인을 다룬 <강로전>에 전기소설의 설정이 포함될 수 있었는가도 여기서 이해될 수 있다.

그런데 이와 같은 '운명의 횡포 앞에 놓인 인간' 속에는 작자인 권칙 자신도 포함된다. 권칙은 고작 이문학관으로 심하전투에 참전했던 인물이다. 그는 전쟁의 승패를 책임질 수 있는 위치와는 거리가 멀었고, 엄청난 고생을 하고서야 조선으로 돌아올 수 있었다. 그러나 그는 강홍립의 휘하였다는 이유 하나만으로 <강로전>을 창작한 1630년 '현재'까지 지속적인 비난의 대상이 되었다. 그는 자신의 과거가 결백했음을 입증하기 위해 이 작품을 서술한다. 그 과정에서 자연스럽게 심하전투가 과연 자신에게 어떤 의미를 갖는가, 자신은 무엇 때문에 이러한 처지에 놓여야만 하는가를 질문했고, 찾아낸 답이 바로 '운명의 횡포'였던 것이다.

<강로전>의 서술 속에서 감지되는 미묘한 연민은 운명의 횡포에 노출된 작자 자신에 대한 연민이었다. 그러나 문제는 그가 자신에 대해 '운명의 횡포'를 이야기하는 일은 강홍립 역시 그 희생자였다는 깨달음과 연민을 통해서 가능했다는 점이다. 강홍립은 동아시아를 뒤흔든 전란에 대해 그가 감당할 수 있는 범위를 넘어선 책임과 비난을 받았던 인물이었다. 작자 자신과 마찬가지로 '돌아온 자'인 강홍립의 서사를 통해서 가혹한 운명과 그에 희생된 인물들에 대한 연민을 담아내는 과정

에서, 강홍립은 증오의 대상이자 동시에 자신과 비슷한 상황에 처한 연민의 대상이 되었던 것이다.

그러나 이러한 연민은 허용되어서도 드러나서도 안 되는 것이었다. 〈강로전〉의 끝부분에서 노승의 갑작스러운 등장은 이와 같은 미묘한 연민의 시선을 서사적으로 처리하기 위한 설정이라고 할 수 있다. 노승은 〈강로전〉에서 강홍립과 관련된 사실들을 전해주는 '전달자'로서의 역할을 맡고 있다. 그러나 권칙은 강홍립과 함께 참전했던 사람이기에 작자 자신이 다른 누구보다 더 확실한 '증인'이다. 또 이 작품은 강홍립이 온갖 비난 속에 죽은 지 고작 3년밖에 지나지 않은 시점에 창작되었다. 따라서 권칙이 〈강로전〉에서 굳이 '전달자'를 설정하여 자신을 드러내지 못할 이유가 없었다. 〈강로전〉의 모든 내용이 노승이 상술한 내용에 대한 기록에 불과하다[45]는 언급은 이러한 설정이 필요했던 이유를 드러낸다.

〈강로전〉에서 노승은 강홍립의 서기로 심하전투에 참전한 인물로 설정되어 있다. 만약 그가 실존인물이라면 함께 참전한 권칙이 그를 전혀 몰랐던 것처럼 서술된 점은 부자연스럽다. 여기서 노승이 강홍립을 비판하면서도, 그에게 인간적 연민을 느끼는 존재로 그려지고 있다는 점에 주목할 필요가 있다. '돌아온 자'인 권칙은 일종의 '전향자'라고 할 수 있다. 그렇기에 전향자인 자신이 같은 고난을 겪은 강홍립에게 조금이라도 연민의 시선을 드러낸다면, 곧바로 전향 자체의 신뢰성을 의심받는 상황으로 이어질 수 있다. 그리고 이는 과장된 부정적 형상화를 통해 애써 그를 항복의 최대 책임자로, 그리고 자신을 포함한 나머지 인물들을 피해자로 만들었던 과정을 쓸모없게 만들어 버린다. 따라서

---

45) 仍自逃戊午迄丁卯 逐一條列 詳其始終如右.(485면)

'전달자'의 설정은 운명의 횡포에 노출된 희생자에 대한 '연민'을 노승에게 전가하고, 작자 자신은 안전하게 강홍립에 대한 비판자로서 남아있을 수 있는 최선의 선택이었다.

5. 전쟁의 기억과 서사 만들기

본고에서는 작자 권칙이 자신을 실절했다고 비난하는 시선에 대해 정당성을 입증하고자 〈강로전〉을 서술했다고 보는 관점에서 출발했다. 그에 따라 〈강로전〉이 어떤 시기와 상황 속에서 창작되었는가, 강홍립의 부정적 형상화를 통해 권칙은 무엇을 의도했는가, 소씨녀와의 애절한 사연이 포함될 수 있었던 이유는 무엇인가를 차례로 살폈다. 논의한 내용을 간략하게 정리하고, 이러한 논의가 17세기 소설사를 이해하는 과정에서 어떤 의의가 있는가를 정리해 보고자 한다.

〈강로전〉은 전쟁이라는 거대한 충격을 겪은 개인이 왜 그리고 어떻게 이를 기억하여 서사로 만드는가를 잘 보여주는 작품이다. 권칙은 강홍립의 휘하로 참전했다가 포로가 되었지만, 천신만고 끝에 조선으로 돌아온 사람이다. 그러나 그는 실절했다는 의심과 비난에 직면했다. 권칙은 '이인거의 난' 이후 공신으로 녹훈되고 벼슬길에 오르면서 자신의 재능을 떨칠 기회를 잡지만, 곧 파직된다. 〈강로전〉은 그가 자신을 비난하는 시선에 대해 자신의 결백을 주장하기 위해 서술한 문학적 대응이었다.

〈강로전〉의 전반부는 강홍립을 일관되게 부정적 형상으로 만들면서 작자를 포함한 나머지 장졸들을 '피해자'로 그려낸다. 이 과정에서 '밀지'는 권칙을 포함한 나머지 장졸들이 자신들의 능력이나 의지와는 무관하게 항복의 오명을 뒤집어썼음을 보여주는 서사적 장치로 활용되었다. 또 강홍립이 역심을 가지고 조선으로 돌아왔다는 설정은 같은 '돌아온 자'의 처지였던 권칙이 그와 자신은 다르다는 사실을 보여주기 위한 것이었다. 그러나 강홍립이 소씨녀를 만나고, 조선으로 돌아오는 과정에 대한 서술에서 강홍립은 운명의 횡포 앞에 무력했던 개인으로 형상화된다.

이와 같은 증오와 연민이 공존하는 서술은 '돌아온 자'로서 권칙이 강홍립에게 가졌던 양가적 시선을 보여준다. 권칙은 강홍립을 통해 자신의 결백을 주장하면서도, 자신과 마찬가지로 '돌아온 자'로서 겪었던 그의 처지에 연민을 느꼈던 것이다. '전달자'로서의 노승은 권칙이 자신이 느꼈던 연민을 감추기 위해 만들어낼 수밖에 없었던 설정이었다. 결국 권칙은 과거를 기억하며 강홍립의 일생을 서사로 만들었지만, 그와 동시에 자신의 과거와 현재를 정당화하는 서사도 만들어냈던 것이다.

그런 점에서 〈강로전〉은 전쟁이라는 거대한 사건을 겪는 주체가 이를 왜 그리고 어떻게 기억하는가를 잘 보여주는 작품이다. 그런데 어떤 사건을 기억하고 기록하는 행위 속에는 그것을 행하는 주체의 '욕망'이 개입되기 마련이다. 그렇기에 기억은 '누가 왜 그것을 기억하는가?'의 관점에서 접근할 필요가 있다. 이 글에서 다룬 〈강로전〉은 권칙이 전쟁을 기억하고 서술하는 일을 통해 자신을 정당화하고자 했던 '욕망'을 잘 보여주는 작품이다. 〈강로전〉은 과거를 투명하게 기록한 결과물이 아니라, 훼절했다는 의심에 대한 대응으로 자신의 정당성을 입증하기 위해 쓴 기록이기 때문이다.

자신의 과거를 기억하는 일은 현재의 자아가 과거의 자아를 불러내는 일이다. 이때 과거와 현재의 자아는 언제나 서로 다를 수밖에 없다. 이에 따라 현재의 자아가 자신의 기억이 진실하다고 굳게 믿는다 해도,

두 자아가 만나는 과정에는 고의적이지 않은 '변형'이 생겨난다. 이와 같은 변형은 결국 과거에 대한 기억이 현재의 자아를 위해 소환되기 때문에 생겨난다. 즉 과거 자체를 알기 위해 기억하고 기록하는 것이 아니라, 현재의 자아를 이해하고 정체성을 확보하기 위해 과거를 소환한다.46)

<강로전>에서는 이와 같은 '변형'의 문제가 잘 드러나 있다. 권칙은 과거를 '있는 그대로' 기록하지 않는다. 권칙은 때로는 자신을 피해자로 그려내기 위해, 때로는 '돌아온 자'로서의 강홍립과 자신을 동일시하면서 기억을 서술한다. <강로전>에 담긴 전쟁의 기억은 이러한 과정을 통해 허구적 서사로 전환되었다. 즉 <강로전>은 역사적 사실과의 차이 때문이 아니라, 기억을 자신의 정당성 확보라는 욕망을 위해 변형시키는 과정에서 허구적 서사로 만들어졌던 것이다.47)

그런데 정체성이나 정당성 확보의 문제는 '돌아온 자'만의 문제는 아니라는 점을 기억할 필요가 있다. 17세기를 뒤흔든 전쟁은 조선에 '남아 있던 자'에게도 전쟁이 자신에게 무엇이었나를 해명하도록 요구했을 것이기 때문이다. 그렇다면 '남아 있던 자'에게도 이 문제는 전란이 준 상처를 극복하기 위한 중요한 현안이었을 가능성이 높다. 본고에서 살핀 '돌아온 자'가 겪었던 의심과 비난은 역으로 '남아 있던 자'가 자신을 정당화하고 정체성을 확보하기 위한 몸부림으로도 이해할 수 있다.48)

---

46) 윤진, 「진실의 허구, 허구의 진실 – 자서전 글쓰기의 문제들」, 『프랑스어문교육』 7집, 한국프랑스어문교육학회, 1999, 269~275면 참조.

47) 임진왜란 당시 피로인들이 남긴 글, 가령 강항의 <간양록>, 정희득의 <월봉해상록>, 정호인의 <정유피란기> 등을 이러한 관점으로 함께 다루는 연구가 필요하다. 이들 역시 조선으로 귀환한 이후 실절했다는 비난을 받아야만 했다. <간양록>의 발문에서 윤순거가 강항에 대한 세상의 시선을 비판하는 부분은 이에 대한 좋은 사례이다. 따라서 이러한 글 역시 자기 정당성 확보의 차원에서 서술된 지점을 찾아내고, 이러한 지점을 기억과 욕망의 관계를 통해 연구하는 작업이 필요하다고 판단된다.

소설사적으로 본다면, 이러한 외부적 충격을 극복하기 위한 '서사 만들기'가 있었을 가능성이 높다. 이러한 지점이 본고에서 살핀 '돌아온 자'의 문제와 함께 종합적으로 검토된다면, 전쟁과 그에 대한 기억이 이후 소설사에 어떤 영향을 주었는지 파악될 수 있으리라 기대된다.

이 글은 『민족문학사연구』 46호(민족문학사학회, 2011)에 수록한 논문을 수정하여 재수록한 것이다.

48) 가령, 한국전쟁 초기 정부의 공언을 믿고 서울에 남아 있었던 '잔류파'와 강을 건너 피난을 갔던 '도강파'의 대립과 갈등을 참고할 수 있겠다. 도강파는 서울 수복 후 잔류파에 대해 '감염'되었다는 의심과 비난을 퍼부었고, 이는 부역자에 대한 잔인한 보복과 피살로 이어졌다. 이와 같은 '감염'의 의심과 비난은 '도강파'가 자신의 정당성을 확보하기 위해 만들어낸 '서사'였다.

이덕무의 〈은애전〉 연구

정인혁

1. 〈은애전〉의 세 가지 의문

<은애전(銀愛傳)>은 형암 이덕무(炯庵 李德懋 : 1741~1793)가 지은 12편[1]의 전 가운데 하나로, 자신을 음란하다고 모함한 노파를 살인한 김은애(金銀愛)의 전이다. 지금까지 <은애전>에 관한 연구는 이덕무의 산문 문학에 관한 연구[2] 또는 이덕무의 문학 일반에 관한 논의[3] 속에서 이루어졌거나 조선후기 전 문학 연구의 한 부분[4]으로 이루어져 왔다.[5]

---

1) 이덕무는 12편의 전을 남겼는데, 『靑莊館全書』 卷四 「嬰處文稿」 二에 실린 「管子虛傳」, 「看書痴傳」, 「兩烈女傳」, 「慧女傳」, 卷二十 「雅亭遺稿」 十二에 실린 「銀愛傳」, 「金申夫婦傳」, 「雅亭遺稿」 卷三에 「白胤耉傳」, 「紅衣將軍傳」, 「李氏三世忠孝傳」, 「大郞慧傳」, 「智證傳」, 「慧昭傳」이 그것이다.

2) 이종주, 「북학파 산문 연구」, 박사학위논문, 서강대학교 1990 ; 朴暎美, 「李德懋의 傳 硏究」, 『한문학논집』 12, 근역한문학회, 1994 ; 홍혜정, 「李德懋의 傳에 나타난 서사방식 고찰」, 『국어국문학지』 41집, 문창어문학회, 2004.

3) 李明珍, 「이덕무의 문학 연구」, 박사학위논문, 이화여대, 1983 ; 최삼룡, 「이덕무의 문학」, 『石田李丙疇博士古稀紀念論叢』, 1990.

4) 박희병, 「조선후기 전의 소설적 성향 연구」 서울대 박사학위논문, 1991 ; 이동근, 『조선 후기 전 문학 연구』, 태학사, 1991 ; 李廷珍, 「傳의 敍述 樣式과 小說로의 變用에 관한 硏究」, 원광대학교 박사학위논문, 1992 ; 정인혁, 「朝鮮後期 傳系 短形敍事體 硏究」, 서강대학교 박사학위논문, 2006.

연구자들은 〈은애전〉이 실제 인물의 실재했던 사건을 기록한 전(傳)임에도 불구하고 장면의 묘사, 전반적인 사건의 구성, 그리고 인물 형상화 곳곳에서 허구적 상상력이 노출된다는 점 등에 착안하여 그 장르적 특성에 주목했다. 박희병은 조선후기의 전은 교화적 의도에만 종속되지 않고 사건 자체의 흥미로움이나 상황의 문제성에 관심을 쏟는 방향으로 변화하고 있다고 하면서 이러한 전계 소설의 대표적인 예로 〈은애전〉을 제시하였다.6) 이동근은 〈은애전〉의 서사 전개가 인과성에 의해 구성되었음을 지적하고 대화체 등의 사용을 통해 서사적 효과를 보여주고 있다고 평가하였다.7) 정인혁은 전의 사실 지향의 성격과 소설의 허구적 구성이 길항관계를 이루며 새롭게 형성된 전계 단형서사체의 하나로 〈은애전〉을 다루었다.8)

또한 연구자들은 김은애라는 여인의 인물상과 그의 살인 행위에 대한 임금의 판결 내용에 관심을 두었다. 기존의 열녀들이 현실에 순응하고 고난을 감내하는 수동적 태도를 보였다면 김은애는 현실에 굴하지 않고 적극적으로 문제를 해결하는 인물이다. 유승희는 김은애를 '성리학적 젠더 윤리의 테두리 안에서' '나름대로 성리학적 이데올로기에 대한 지지와 연대를 통해 자신의 주장을 굽히지 않'는 '여성적 정체성과 자의식이 강한 여성'으로 보았다.9) 박영미는 살인이라는 최악의 방법을

---

5) 한국사법행정학회에서 발행한 『사법행정』 19집에 〈古法漫筆 : 銀愛傳〉이라는 제목으로 박병호에 의해 쓰인 글이 있는데 이는 〈은애전〉의 내용 소개에 그쳐 연구 논문이라고 하기 어렵다. 박병호, 『한국의 전통사회와 법』(서울대출판부, 1985)에 재수록.

6) 박희병, 앞의 논문, 102~109면.

7) 이동근, 앞의 책 참조.

8) 정인혁, 앞의 논문 참조.

9) 유승희, 「유혹하는 몸과 정절의 경계-金銀愛」, 『여성이론』 제20호, 여성문화이론연구소, 2009, 215면.

통해 자신의 결백을 주장한 김은애를 국가가 석방하는 태도를 보임으로써 이전의 전에서 보였던 정조(貞操)의 훼손과 죽음이라는 사회적 인습에 이의를 제기하고 있는 작품이라고 평했다.[10]

본고는 지금까지 축적된 <은애전> 연구 성과에 더하여 기존의 논의에서 간과되었던 몇 가지 문제에 주목함으로써 <은애전>의 이해를 더하고자 한다.

첫째, <은애전>이 김은애의 이름을 표제로 하였고 내용도 김은애의 안노파 살인사건이 중점적으로 서술되어 있지만, 거기에는 김은애 이야기만큼이나 큰 분량을 차지하고 있는 신여척 이야기와, 조선후기 소설 향유의 양상을 보여주는 '전기수 살인사건'에 관한 이야기가 함께 실려 있다는 점이다. 즉 <은애전>은 김은애의 이야기만으로 구성된 것이 아니다. 따라서 이 세 이야기를 종합적으로 살필 때 <은애전>이라는 텍스트를 온전히 이해할 수 있을 것이다.

둘째, '전기수 살인사건'은 <은애전>의 작가인 이덕무 소설배격론의 한 근거로서 이해되어 왔다. 그런데 단순히 이 삽화가 당대의 황당하고 흥미로운 일화를 기록한 것이라고 하거나, 소설의 해악을 주장하기 위해 언급한 것이라고 보는 것이 타당한가 하는 점이다. 하나의 메시지는 그 내용만으로도 해석될 수 있지만, 그 내용이 전달되는 맥락 속에서 달리 이해될 수도 있기 때문이다. 이 삽화가 이덕무의 '소설삼혹론'을 제기하는 다른 글들 속에 게재되었다면 소설이 미치는 악영향의 일례로 이해할 수 있겠지만, 이 삽화가 언급되고 있는 곳은 정조의 신여척 사건의 판부이며, 다시 그것이 게재되어 있는 것은 <은애전>이라는 텍스트이기 때문이다. 따라서 이 부분만을 독자적으로 볼 것이 아니라

---

10) 박영미, 앞의 논문, 714면.

〈은애전〉이라는 텍스트의 전체 맥락과 함께 고려해야만 이 삽화의 의미와 이것을 언급한 궁극적인 목적을 이해할 수 있을 것이다.

셋째, 김은애가 방면된 후에 취한 조치에 대한 해석의 문제이다. 이는 〈은애전〉의 주제와도 관련된 문제이다. 일반적으로 김은애 이야기의 주제는 '열(烈)'로 이해되어 왔다. 은애는 자신의 정조(貞操)를 적극적으로 입증한 열녀로 표창된 것이다. 그런데 사면된 은애는 자신을 모욕한 또 다른 공모자 최정련에게 접근하지 말 것을 다짐받는다. 반면 은애를 살인자로까지 만든 두 당사자 중 하나인 최정련에 대한 처벌은 언급되고 있지 않다. 살인까지 결행한 은애의 심정으로 볼 때 최정련에 대한 앙갚음이 예상되고 또 다른 살해자가 나와서는 안된다는 판단은 충분히 이해될 법하다. 하지만 이로 인하여 주체적이고 당당한 새로운 유형의 열녀로서의 은애의 이미지는 퇴색되고 원한에 사무쳐 온몸에 피칠을 한 살인자 은애의 이미지가 부각된다. 이는 결국 〈은애전〉의 저술의도가 단순히 '열(烈)'에 대한 표창에 머무르지 않음을 의미하는 것은 아닐까 하는 의문을 남긴다.

2. 세 개의 살인사건

김은애 살인사건

먼저 김은애의 이야기를 살펴보자.

① 김은애는 전라남도 강진현 탑동리에 살고 있는 양민의 딸이다.
② 같은 마을의 안 노파는 지난날 기생이었는데 마음씨가 음흉하고 언행이 거칠며 거짓되었다.

③ 그 할미는 옴이 온몸에 퍼져 광증이 도지면 더욱 말을 신중히 삼가지 못했다.

④ 평소 할미는 은애 어머니에게 쌀 등을 꾸러 다녔는데 은애 어머니는 간혹 주지 않을 때도 있어 할미는 분개하며 그 딸 은애를 해치고자 하였다.

⑤ 할미는 시누이의 손자 최정련에게 은애와의 혼사를 약속하며 은애가 남몰래 간통했다는 거짓말을 흘리고 다니라고 하였다.

⑥ 어느 날 할미의 영감이 돌아오자 할미는 은애가 정련을 좋아하여 중매 서달라고 했다는 거짓말을 하였다.

⑦ 할미의 남편이 할미의 언행을 질책했다.

⑧ 소문이 성 안에 퍼져서 은애는 거의 시집갈 수가 없게 되었다.

⑨ 김양준은 은애에 관한 소문이 거짓임을 알고 은애와 혼인하였다.

⑩ 할미는 은애 때문에 자신의 병이 심해졌다는 거짓말을 더욱 떠들고 다녔다.

⑪ 은애는 할미의 모함을 당한 지 두 해가 된 즈음 부끄럽고 한스러워 복수하고자 하였다.

⑫ 은애는 할미의 가족이 집을 비운 사이 칼을 들고 할미를 찾아갔다.

⑬ 은애가 칼을 들고 할미의 죄상을 들추며 책망했다.

⑭ 할미가 저항했다.

⑮ 은애가 마침내 할미를 열여덟 군데를 찔러 죽였다.

⑯ 은애는 정련에게 남은 분을 풀려고 하였다.

⑰ 은애는 길에서 만난 정련 어머니의 만류로 포기하고 집으로 돌아갔다.

⑱ 강진 현감 박재순이 할미의 주검을 살피고 은애를 신문했다.

⑲ 은애는 목에 칼을 쓰고 약한 몸으로 기운이 없었으나 두려운 기색 없이 의연히 대답했다.

⑳ 현감은 은애를 장하다고 여겨 풀어주고 싶었지만, 법을 어길 수 없어 관찰사에게 보고했다.

㉑ 관찰사 윤행원도 법 적용하는 것을 늦추도록 했다.

㉒ 경술년 여름, 은애의 옥사가 임금에게 보고되었다.

㉓ 임금이 풍속과 교화를 펴는 명목으로 은애의 목숨을 살려주라고 명
했다.

이 사건에서 살인자는 전남 강진현 탑동리에 사는 김은애(金銀愛)라
는 열여덟 살의 양가 처녀이고 죽은 자는 같은 마을의 안조이[11] 노파이
다. 안 노파는 때때로 은애의 어머니에게 쌀, 콩, 소금, 장 등을 꾸러
다녔는데 간혹 주지 않을 때마다 앙심을 품었다. 그리하여 은애에게 정
숙하지 못하다는 억울한 누명을 씌워 욕을 보이고자 시누이의 손자 최
정련을 부추겼다.

같은 마을 아이 최정련은 노파 남편의 누이의 손자였다. 나이가 십 사
오세로 어리고 잘 생겼다. 노파는 정련을 남녀 간의 성적인 이야기로 부
추기고는 이어 설득하여 말하길, '은애 같은 처녀를 아내로 맞으면 어떻
겠다고 생각하느냐?' 정련이 웃으며 말하길, '은애는 아름답고 고우니,
어찌 매우 행복하지 않겠습니까?' 노파가 말하길, '단지 네가 이미 은애
와 간통했다고 떠들어대면 내가 너를 위해 성사시켜 주겠다.' 정련이 말
하길, '좋습니다.' 노파가 말하길, '나는 옴증과 나병을 앓고 있는데, 의원
이 말하길, 종기 병에 쓰는 약값이 가장 비싸다고 하였다. 일이 성사되면
너는 나를 위해 감당해라.' 정련이 말하길, '감히 이르신 대로 하지 않겠
습니까.'[12]

---

11) 이덕무의 〈은애전〉을 전하고 있는 정약용의 『欽欽新書』권8에는 안 노파의 성명을
安召史라 적고 있다.

12) 里童子崔正連, 卽嫗之夫之妹之孫也. 年十四五, 沖稱娟好. 嫗試挑之以男女昏媾之事,
仍說之曰, 娶妻如銀愛者, 顧何如. 正連笑曰, 銀愛美艷, 豈不幸甚. 嫗曰, 第倡言若業已
私銀愛者. 吾爲若成之. 正連曰諾. 嫗曰, 吾患疥癩, 而醫言瘍科藥料直最高. 事苟成, 若爲
我當之. 正連曰, 敢不如教.
　이덕무, 『雅亭遺稿』, 김균태 편, 『문집소재전자료집』6, 이하 인용문 역시 같은 자료.

노파는 나이 십오륙 세로 혈기왕성한 시누이의 손자 최정련을 부추긴다. 은애와 간통했다고 거짓 소문을 퍼뜨리면 김은애와 혼인할 수 있게 해주겠다는 것이다. 최정련이 혈기왕성한 때이고 아직 미장가이며 외모 또한 훌륭하기에 은애와 아무런 일이 없더라도 사람들은 그 두 사람이 정을 통했다는 이야기를 충분히 믿을 수 있었을 것이다. 안 노파의 이러한 행위는 단순한 악담의 수준이 아니다. 근거 없는 소문이라면 곧 사라지겠지만 사람들이 충분히 그럴 수도 있겠다고 믿을 만한 개연성을 갖추고, 정작 그 소문을 떠벌리는 자가 추문의 당사자 중 한 사람이라면 그 소문은 더 이상 소문이 아니게 되는 것이니, 이는 노파가 은애를 모함하기 위하여 치밀한 계획을 짜고 실행에 옮겼음을 알게 해주는 대목이다. 정조 관념이 엄격했던 조선시대에 처녀의 간통은 소문만으로도 그 사실 여부를 떠나 견디기 어려운 수모였다. 따라서 은애를 추문에 휩싸이게 하는 것만으로도 노파는 한 순결한 여인의 삶을 뺏은 것이다.

노파는 남편에게도 은애가 정련을 좋아하여 자신에게 중매를 서달라고 했다가 정련의 할머니에게 발각되어 도망을 갔다는 거짓말을 하였다. 남편은 그런 말을 함부로 하지 말라고 질책하였으나 노파의 말은 이미 퍼져나갔다. 양가의 처녀가 이미 간통을 하였다는 이야기가 퍼져나가자 은애는 소문으로 인하여 거의 시집을 가기 어려운 지경에 이르렀다. 그러나 그 소문의 거짓됨을 아는 김양준은 은애를 아내로 맞이한다.

　　노파가 말하길, '은애가 정련을 탐하여 내게 중매해 줄 것을 요구하였소. 우리 집에서 하기로 기약했는데, 정련의 할머니에게 발각되자, 담을 타고 달아났습니다.' … 중략 … 이에 온 성 안이 소문이 왁자하게 퍼져 은애는 거의 시집갈 수 없게 되었다. 오직 같은 마을에 사람 김양준은

그 명백함을 잘 알기에 마침내 장가들어 아내로 삼았다. 곧 모함하는 말을
더욱 퍼뜨려서 더욱 차마 들을 수가 없을 정도였다.[13]

은애가 이미 결혼하였는데도 노파는 더욱 기세를 높여 음해하는 소
리를 하고 다녔다. 정련이 자신과 은애의 혼인이 성사되면 약값을 대어
주겠노라고 약속했는데, 은애가 별안간 다른 남자에게 시집을 가버리는
바람에 정련으로부터 약값을 받지 못해 자신의 병이 더욱 깊어졌다는
것이다.

할미는 더욱 떠들고 다니길, 당초 정련과 중매 서기로 약속할 때 일이
성사되면 나의 약값을 갚아주겠다고 하였거늘, 은애가 별안간 배반하고
다른 사내에게 시집가버리니, 정련이 약속한 대로 하지 않고 있다. 그래
서 나의 병이 그로부터 더욱 나빠졌으니, 은애는 진정 나의 원수로다.[14]

이에 은애는 부끄럽고 한스러워 원한을 씻고자 노파를 죽이기로 결
심한다.

은애는 본래 강직하고 독한데 노파의 무욕을 받은 지가 이미 2년이
되었다. 이때에 와서는 더욱 부끄럽고 한스러워 실로 능히 견딜 수가 없
어 반드시 손수 안 노파를 찔러 이 원통하고 분한 것을 한 번에 씻고자
하였으나 할 수 없었다. 이튿날 집안 식구가 없는 틈을 타서 안 노파가
혼자 자는 것을 엿보았다. 밤 1경에 부엌칼을 들고 소매를 걷어붙이고

---

13) 一日嫗夫自外而至. 嫗曰, 銀愛耽正連, 要我行媒. 期于吾家爲正連大母所覺, 銀愛爬牆
而遁. 夫切責曰, 正連家世微, 而銀愛室女也. 愼勿出口. 於是一城喧藉, 銀愛嫁幾不得售.
惟里人金養俊, 深知其明白也. 遂娶以爲室. 則誣言益播, 尤不忍聞.

14) 安嫗大言曰, 初與正連約行媒, 報我藥直. 銀愛忽畔而嫁他夫, 則正連不如約. 我病自此
劇, 銀愛眞我仇.

치마 자락을 거두어 모으고 나는 듯이 걸어서 곧장 안 노파의 침실로 들어갔다.15)

은애가 노파를 죽이고자 했던 동기는 노파와 정련이 거짓된 말로 자신의 정조를 더럽히는 소문을 내어 모욕했기 때문이다. 은애는 참고 견뎌왔지만 계속된 거짓 소문은 더욱 심해졌고 사람들은 수군댔다. 은애는 자신이 정숙한 여인임을 증명하기 위해서는 그 거짓된 소문의 근원인 노파를 살해하는 수밖에는 없다고 생각했다.

신여척 살인사건

노파를 살인한 후 은애는 체포된다. 은애의 옥안은 쉽게 해결되지 못하고 임금에게까지 알려지게 되는데, 임금은 그 전후 사정을 살핀 후 은애를 사면한다. 이때 임금은 은애의 방면 이유를 설명하면서 은애의 사건 이전에 있었던 신여척 사건을 언급하고 있다. <은애전>에서 김은애 이야기만큼이나 많은 분량을 차지하고 있는 신여척의 이야기는 '은애를 용서한다'고 한 임금의 교화를 설명하기 위하여 쓰인 것이다.16)

임금이 비답을 내렸는데, 다음과 같았다. "정조를 지키는 여자가 음란하다는 모함을 당하는 것은 천하에 가장 원통한 일이다. …(중략)… 은애는 원통함을 억지로 머금었다가 급기야 시집까지 간 뒤에 비로소 원한을 갚았으니 더욱 어려운 일이도다. 은애를 놓아주지 않는다면 무엇으로 풍

---

15) 銀愛素剛毒. 受嫗誣辱, 已二年. 至此尤愧恨, 實不能堪, 必欲手剚安嫗, 一洗此寃憤而不可得. 翌日, 値家人不在, 伺安嫗獨宿. 夜一更, 持廚刀, 揎袖扱裙, 颯然而步直入安嫗之寢.

16) 이종주, 『북학파의 인식과 문학-상대주의적 시각과 역설의 미학』, 태학사, 2001, 261면.

속과 교화를 펼 수 있겠느냐? 특별히 은애의 목숨을 살려주라. 일전에 장흥 사람 신여척을 석방해준 것도 윤리의 상도를 숭상하고 기절을 소중히 여기는 뜻에서 나온 것이고, 이번에 은애를 놓아주는 것도 역시 이와 같은 의미이니, 은애와 신여척에 관한 두 옥안의 대강의 줄거리를 호남에 반포하여 사람마다 모르는 이가 없게 하라."17)

신여척 이야기를 살펴보자.

　① 長興 사람 申汝倜과 같은 동네에 사는 金順昌이 그의 아우 順男에게 집을 지키라 하고 아내와 함께 밭을 매고 돌아왔다.
　② 김순창의 아내가 밀 두 되가 축난 것을 남편에게 말했다.
　③ 순창이 순남을 문책하고 방앗공이로 머리를 쳐 크게 다치게 했다.
　④ 이웃 사람들이 마음속으로 노여워했으나 차마 꾸짖지 못했다.
　⑤ 이웃 사람 田厚淡이 화해할 것을 권유했으나 오히려 욕을 당했다.
　⑥ 신여척이 이야기를 듣고 찾아가 순창의 상투를 잡고 꾸짖었다.
　⑦ 순창이 여척에게 상관 말라며 여척을 발로 찼다.
　⑧ 여척도 순창의 배를 찼다.
　⑨ 순창이 다음 날 죽었다.
　⑩ 순창의 가족들은 비밀에 부쳤는데, 한 달 뒤 발각되어 여척이 옥에 갇혔다.

신여척의 동네에 김순창, 순남 형제가 살고 있었다. 밭일을 마치고 돌아온 김순창의 아내는 곡식 창고가 조금 빈 것을 보고는 남편에게 시동생이 집을 보고 있는데 곡식이 비니 이상하다고 했고, 이 말을 들은

---

17) 上下批若曰, 貞女被淫誣, 天下之切寃. …(中略)… 然銀愛黽勉含寃至適人, 方報怨則 尤難矣. 不宥銀愛, 何以樹風敎. 特貸其死. 向者長興申汝倜之放. 盖出於敦倫常重氣節. 今宥銀愛, 亦類是爾. 銀愛, 汝倜兩獄案. 頒其大略于湖以南, 俾人人無不知也.

김순창은 동생 김순남을 도둑이라고 몰아붙이며 폭행을 가해 거의 죽게 만들었다.

> 순창이 순남을 꾸짖어 말하길, '내 집을 지키라고 하였더니, 내 곡식을 훔쳤구나. 도둑이 아니면 무엇이냐? 너는 그것을 자백해라.' 순남이 바야흐로 병들어 누워 있었다. 원통함을 견디지 못하고 눈물을 흘리며 오열하니, 순창은 눈을 흘기며 말하길, '도둑놈이 후회해서 우는 것이냐?'하고 방아를 들어 그 머리를 치니, 순남이 정신을 잃고 거의 살아날 수 없게 되었다.[18]

김순창의 이야기를 들은 신여척은 김순창을 찾아간다.

> 후담이 돌아와 여척을 보고는 분개하며 말하니, 여척은 발끈하면서 팔을 걷어 부치고 일어서며 말하길, '순창은 사람도 아니다.' 급히 순창의 집으로 가서 상투를 잡고 꾸짖었다. …(중략)… 순창이 여척을 차며 말하길, '내가 내 동생을 때렸는데, 어찌 네 일이냐?' 여척이 크게 노하여 말하길, '내가 의로써 권하거늘, 너는 도리어 나를 차니, 나 또한 너를 차리라.' 마침내 그 배를 차니, 순창이 엎드러졌다가, 다음날 죽었다.[19]

위 인용문을 볼 때 사실 상 신여척에게 김순창을 살해하려는 의도가 있었다고 하기는 어렵다. 그러나 유감스럽게도 그의 폭행이 원인이 되어 김순창이 죽게 되었으니 엄밀하게 말하면 의도적인 살인이라기보다

---

18) 順昌詬順南曰, 看我屋偸我穀. 非盜而何. 爾其自服. 順南方病臥. 不堪寃痛, 泣嗚咽. 順昌睨曰, 盜亦悔泣耶, 擧杵撞其腦. 順南委頓, 幾不得生.

19) 厚淡往見汝倜, 慨然言之. 汝倜艴然扼腕而起曰, 順昌非人. 急如順昌家, 捉髻而責之曰, …(中略)… 順昌踢汝倜曰, 我毆我季, 胡干汝事. 汝倜大怒曰, 我以義勸, 汝反踢我, 我亦踢汝. 遂踢其腹, 順昌匍匐, 翌日死.

는 과실치사에 가깝다.

전기수 살인사건

신여척의 옥안 역시 임금이 직접 보게 되고 신여척은 사면을 받게 되었는데, 이때 덧붙인 판부에 '전기수 살인사건'이 언급되고 있다.

> 이때에 이르러 임금께서 친히 그 옥안을 판부하니, 이르길, '전에 한 남자가 있었다. 종로거리 담뱃가게에서 어떤 사람이 패사 읽는 것을 듣다가, 영웅이 가장 실의에 빠졌을 때에 이르자, 홀연 눈을 부릅뜨고 거품을 물면서 담배 써는 칼을 들어 패사 읽던 사람을 찔렀다. (패사 읽던 사람이) 곧 죽었다. 무릇 종종 맹랑한 죽음도 있으니 가히 실소할 죽음이다. 그러나 주도퇴·양각애 같은 자이니, 고금에 몇 사람이나 있겠는가.20)

이 이야기는 무엇을 의미할까. 지금까지 이 부분은 조수삼의 〈전기수〉21)를 통해서도 알 수 있거니와 조선후기 소설의 인기와 그 유통

---

20) 至是上親判其案, 有曰, 占有一男子. 鍾街烟肆, 聽人讀稗史. 至英雄最失意處. 忽裂眦噴沫, 提截烟刀, 擊讀史人. 立斃之. 大抵往往有孟浪死, 可笑殺而朱桃椎羊角哀者, 古今幾人.

21) 그 내용은 다음과 같다.
"이야기책 읽어 주는 노인은 동문 밖에 살았다. 그는 책 없이 입으로 국문 패설을 읽는 바, 〈숙향전〉, 〈소대성전〉. 〈심청전〉, 〈설인귀전〉 등의 전기와 같은 것들이었다. … 읽기를 잘하기 때문에 곁에서 듣는 사람들은 겹겹이 둘러싸게 된다. 무릇 가장 재미있는 대목에 이르러 가장 듣고 싶은 구절에 이르러, 문득 묵묵히 입을 다문다. 사람들이 그 다음 이야기를 듣고자 하여, 다투어 돈을 노인에게 던져 준다. 이르자면 이것이 곧 요전법이라는 하는 것이다."(叟居東門外. 口誦諺課稗說, 如淑香, 蘇大成, 沈清, 薛仁貴等傳奇也. …(中略)… 而以善讀, 故傍觀匝圍. 夫至最喫緊甚可聽之句節, 忽默而無聲. 人欲聽其下回, 爭以錢投之. 曰此乃邀錢法云. "言多默少邀錢法. 妙在人情最急聞.")
『秋齋集』 卷之七 詩 紀異, 조수삼, 박윤원·박세영 옮김, 『이야기책 읽어주는 노인』,

상황을 짐작할 수 있게 하는 소중한 자료임에는 틀림없으나, 이 부분이 이덕무의 소설 비판적 시각을 드러내는 것이라는 점은 재고의 여지가 있다.[22] 이덕무는 대표적인 소설 배격론자로 평가되기에 전기수 살인 사건의 예도 소설이 어떻게 사람들에게 해악을 끼치는가를 보여주는 것으로 인식되어 왔다.[23] 이 부분만을 놓고 글자대로 해석하면 전기수 살인사건을 가소로운 사건으로 인식하고 있다고 볼 수 있고, 또 소설 때문에 엉뚱한 살인 사건이 벌어졌기에 소설에 대한 비판적 관점에서 서술한 것으로도 볼 수 있을 것이다. 하지만 이 구절이 놓인 전체의 맥락을 고려하면 해석은 달라진다.

김은애의 안 노파 살해 사건이나 신여척의 김순창 살해 사건에서 김은애와 신여척이 사면을 받게 된 이유는 각각 아녀자로서 정조를 지키고 형제간의 우애를 지키고자 했던 것으로부터 비롯된 것으로, 다시 말해 '윤상(倫常)에 힘쓰고 기절(氣絶)을 중히 여김에서 나온 것(蓋出於敦倫常重氣節)'이며 '능히 의로써 행한 살인(皆能義殺而傳生者也)'이기 때

보리, 2004, 171~172면.

22) 형암의 글을 인용하면 다음과 같다.
　　"소설에는 세 가지 의혹됨이 있다. 헛것을 꾸미고 빈 것을 천착하며 귀신을 이야기하고 꿈을 말하니 그 짓는 사람이 첫째 의혹이요, 부화함과 탄망함을 감싸고 천하고 더러운 것을 고취하니 그 평하는 사람이 둘째 의혹이요, 기름과 시간을 허비하고 경전을 등한시하니 그 읽는 자가 셋째 의혹이다. 짓는 것이 오히려 불가한데 무슨 마음으로 평하며, 평하는 것이 오히려 불가한데 또 <삼국지연의>를 잇는 자가 있고 <수호지>를 잇는 자가 있으니, 비루하고 비루함을 이루 다 논할 수 없구나."(小說有三惑 架虛鑿空 談鬼說夢 作之者一惑也. 羽翼浮誕 鼓吹淺陋 評之者二惑也, 虛費膏晷 魯莽經典 看之者三惑. 作之猶不可 何心以爲評 評之猶不可 又有續國誌者 續水滸者 鄙哉 鄙哉. 尤不足論也.)『靑莊館全書』卷之五 嬰處雜稿一 '歲精惜譚'
　　이덕무의 소설배격론에 있어서 다음 글 참조. 이문규,『고전소설 비평사론』, 새문사, 2002 ;「이덕무의 소설배격론 연구」,『국어교육』, 한국어교육학회, 2001 참조.
23) 夫銀兒,「李德懋 文學論 硏究」,『龜泉元裕漢敎授定年紀念論叢』下, 혜안, 2000, 508면.

문이었다.

즉, 신여척과 김은애는 정의를 위해 살인을 한 굳센 절개를 보여준 인물들이다. 은애의 이야기와 신여척의 이야기에서 공통적으로 주목되는 것은 바로 '기절(氣絶)', 즉 '기개(氣槪)와 절의(節義)'이다. 지아비를 둔 정숙한 아녀자로서의 은애는 자신에게 주어진 윤상, 곧 정조를 지키는 데 있어 살인도 마다않고 자신의 처형도 겁내지 않는 굳센 '기절'을 보였고, 신여척 또한 김순창에 의해 무너진 윤상(倫常), 곧 형제간의 우애를 교화하기 위해 뛰어난 '기절'을 실천해 보였던 것이다.

전기수의 이야기를 듣던 사람이 어떤 지점에서 전기수를 담배 썰던 칼로 찔렀는가. 그것은 바로 영웅 주인공이 실의하게 된 대목에서였다. 다시 말해 정의를 실천하는 영웅이 좌절하는 지점에서 이 살인자는 칼을 빼어들었던 것이다. 전기수가 읽어주는 영웅 이야기에 심취하여 듣는 이들이 눈물을 흘리기도 하는 장면을 그린 조수삼의 글[24]도 있거니와, 정의로운 주인공이 좌절하는 상황에 분개했기 때문에 그는 칼을 빼들었던 것이다. 물론 전기수 살해자의 경우, 작가가 만들어낸 허구적인 것을 실제와 혼동하여 그것을 읽을 뿐인 전기수를 죽인 것이기에 참으로 황당하여 실소를 흘릴 수밖에 없는 것이기도 하지만, 그 살인 행위의 이유가 정의로운 주인공 영웅이 정의가 어그러진 현실 속에서 그 뜻을 이루지 못하고 실의에 빠진 것 때문이라는 점을 눈여겨보아야 하는 것이다. 자신과 아무런 상관도 없고 실재하지도 않는 소설 속 이야기이지만 온전히 바로 세워져야 할 정의가 짓밟히는 상황에서 침묵하지 않고 분연히 떨쳐 일어난 것 또한 어떤 기개와 절의의 발로라 하지

---

24) "애들과 부녀들은 안타까워 눈물까지 떨군다네 / 영웅의 승패가 어찌 될 건가 손에 땀을 쥐면서."(兒女傷心涕自雲, 英雄勝敗劍難分) 조수삼, 『추재집』, 박윤원 외 옮김, 위의 책, 172면.

않을 수 없는 것이다. 이는 소설의 해악에 대한 정조(正祖)와 형암(炯菴)의 견해를 표명하기 위한 것이 아니라 김은애나 신여척과 같이 불의의 공간에서 자신의 기절을 드러낸 흔치 않은 인물의 한 사건으로서 제시된 것이다.

3. 불의(不義)의 공간

왜 김은애가 정숙한 양가의 딸로서 살인이라는 극단적인 행위를 저질렀는가. 물론 직접적인 원인은 근거 없이 악의적인 소문을 퍼뜨린 안조이 노파에게 있다. 그러나 문제는 이러한 근거 없는 이야기가 몇 년을 두고 사람들 사이에 회자되었다는 점이다. 텍스트 곳곳에서 김은애에 대한 소문이 근거 없는 것임을 사람들은 알면서도 소문을 나르기를 멈추지 않았다. 또한 그 소문의 근원인 노파에게도 아무런 말을 하지 못했다.

> 하루는, 노파의 영감이 밖으로부터 돌아왔다. 노파가 말하길, '은애가 정련을 탐하여 내게 중매해 줄 것을 요구하였소. 우리 집에서 하기로 기약했는데, 정련의 할머니에게 발각되자, 담을 타고 달아났습니다.' 영감이 정색하며 꾸짖어 말하길, '정련의 집은 보잘 것 없는 집이고 은애는 양가의 규수이니, 삼가 입 밖에 꺼내지 말라.' 이에 온 성 안이 소문이 왁자하게 퍼져 은애는 거의 시집갈 수 없게 되었다. 오직 같은 마을에 사람 김양준은 그 명백함을 잘 알기에 마침내 장가들어 아내로 삼았다. 곧 모함하는 말을 더욱 퍼뜨려서 더욱 차마 들을 수가 없을 정도였다.[25]

---

25) 一日嫗夫自外而至. 嫗曰, 銀愛耽正連, 要我行媒. 期于吾家爲正連大母所覺, 銀愛爬牆

할미는 더욱 떠들고 다니길, 당초 정련과 중매 서기로 약속할 때 일이 성사되면 나의 약값을 갚아주겠다고 하였거늘, 은애가 별안간 배반하고 다른 사내에게 시집가버리니, 정련이가 약속한 대로 하지 않고 있다. 그래서 나의 병이 그로부터 더욱 나빠졌으니, 은애는 진정 나의 원수로다. <u>온 동네의 늙은이나 젊은이 할 것 없이 서로 돌아보고 놀란 얼굴로 눈을 껌벅이며 손을 내젓고는 감히 말을 꺼내지 못했다.</u>[26]

이를 통해 볼 때, 은애가 처한 공간은 은애의 결백을 지켜줄 공간이 되지 못하는 것이다.[27] 그리고 자기의 힘으로 해결하려는 것은 사회적으로 자신을 보호해 줄 어떤 장치도 없다는 것을 의미한다.[28] 은애는 잘못을 바로잡으려는 의지도 박약하고 용기도 없는 마을 사람들 속에 고립되었던 것이다. 이러한 절박한 상황이 은애로 하여금 살인이라는 극단적 행위를 선택하게 한 것이다.

이는 신여척의 경우도 마찬가지이다. 김순창이 병든 그의 동생을 곡식이 조금 축났다고 하여 의심하고 폭력을 가한 것에 대해 사람들은 모두 노여워하면서도 꾸짖지 못하고 있었다.

순창이 순남을 꾸짖어 말하길, '내 집을 지키라고 하였더니, 내 곡식을 훔쳤구나. 도둑이 아니면 무엇이냐? 너는 그것을 자백해라.' 순남이 바야흐로 병들어 누워 있었다. 원통함을 견디지 못하고 눈물을 흘리며 오열하

而逋. 夫切責曰, 正連家世微, 而銀愛室女也. 愼勿出口. <u>於是一城喧藉, 銀愛嫁幾不得售.</u> 惟里人金養俊, 深知其明白也. 遂娶以爲室. <u>則誣言益播, 尤不忍聞.</u>

26) 安嫗大言曰, 初與正連約行媒, 報我藥直. 銀愛忽畔而嫁他夫, 則正連不如約. 我病自此劇, 銀愛眞我仇. <u>里中老小, 相顧駭愕, 瞬目搖手, 不敢出言.</u>

27) 정인혁, 『朝鮮後期 傳系 短形敍事體 硏究 : 조선후기 지식인의 정체성 찾기』, 한국학술정보(주), 2009, 160면.

28) 박영미, 앞의 논문, 714면.

니, 순창은 눈을 흘기며 말하길, '도둑놈이 후회해서 우는 것이냐?'하고 방아를 들어 그 머리를 치니, 순남이 정신을 잃고 거의 살아날 수 없게 되었다. 이웃 사람들이 모두 모여들어 마음으로는 노했으나 차마 말하지 못했다.[29)]

　형제간의 우애 없는 행위가 눈앞에서 자행되고 있고 그것이 잘못된 것임을 알면서도 사람들은 침묵하고 있는 것이다.

　이야기의 사실 여부를 떠나서 정조(貞操)가 강조되던 조선사회에서 음란한 이야기에 연루된 여성은 순결하지 못한 인물로 치부되기 십상이었다. 사실이 아니라, 소문이 은애라는 존재를 규정하는 것이 바로 은애가 처한 사회였고 그 사회라는 공간은 더 이상 은애를 일상 속에서 편히 살도록 허락하지 않는다. 그런 소문에도 괘념치 않고 결혼한 김양준이 있다고 하더라도 김양준 개인이 인정하는 은애의 순결은 사회화되지 못한다. 결혼 후에도 노파의 무고가 계속 되었다는 것은 남편인 김양준 또는 남편의 집안, 곧 시댁과의 관계 속에서 은애의 결백이 지켜지지 못했음을 의미하며 이는 은애의 처지를 더욱 곤궁하게 했을 것이다. 당대의 여성들은 시집가기 전에는 본가에서, 그리고 시집간 후에는 양가로부터 성의 통제를 받는 관계망 속에 있기 때문이다.[30)] 은애의 순결이 중요한 것이 아니라 그 말이 떠돌아다니는 공간, 그리고 그 공간을 구성하는 사람들의 거짓과 불의에 대한 침묵이 이 사건을 일으킨 또 하나의 주범인 셈이다.

---

29) 順昌詰順南曰, 看我屋傷我穀. 非盜而何. 爾其自服. 順南方病臥. 不堪寃痛, 泣嗚咽. 順昌睨曰, 盜亦悔泣耶, 擧杵撞其腦. 順南委頓, 幾不得生. 隣人咸集, 心怒不忍言.

30) 김선경, 「조선후기 여성의 성, 감시와 처벌」, 『역사연구』 8, 2000.

4. 의살(義殺)과 의(義)의 사회적 자각

그렇다면 은애에게 주어진 문제 해결의 방법은 그러한 공간을 바꾸는 일이다. 즉, '순결한 은애'가 존재하는 공간을 회복하는 것이다. 가장 직접적인 원인, 곧 거짓된 소문을 만들어낸 자, 안 노파를 제거하는 일이다. 안 노파를 살해한 일에 대해 임금이 포착한 지점도 바로 이 점이다.

> 은애란 자는 18세를 넘지 않은 여자이다. 그는 정조를 지키는 결백한 몸으로 갑자기 음탕하다는 더러운 모욕을 당하였으며, 소위 안조이란 여인은 처녀를 겁탈했다는 헛된 말을 지어내 수다스럽게 추잡한 입을 놀렸다. 설사 시집을 가기 전이라 하더라도 오히려 목숨을 걸고 진위를 밝혀 깨끗한 몸이 되기를 원할 것인데, 더구나 새 인연으로 혼례를 치르자마자 악독한 음해가 다시 물여우처럼 독기를 뿜어 한 마디 말이 입에서 튀어나오자 수많은 주둥이가 마구 짖어대어 사방에서 들려오는 소리가 모두 자기를 비방하는 말이었다. 그리하여 원통함과 울분이 복받쳐 한번 죽는 것으로 결판을 내려고 한 것이다. <u>그러나 그저 죽기만 해서는 헛된 용맹이 될 뿐 알아주는 사람이 없을 것이 염려되었다. 그러므로 식칼을 들고 원수</u>의 집으로 달려가 통쾌하게 말하고 통쾌하게 꾸짖은 다음 끝내 대낮에 <u>추잡한 일개 여자를 찔러 죽임으로써 마을 사람들로 하여금 자신에게는</u> <u>허물이 없고 원수는 갚아야 한다는 것을 환히 알게 하였으며,</u> 평범한 부녀자가 살인죄를 범하고 도리어 이리저리 변명하여 요행으로 한 가닥 목숨을 부지하길 애걸하는 유를 본받지 않았다. 이는 실로 피 끓는 남자라도 결단하기 어려운 일이고, 또 편협한 성질을 가진 연약한 여자가 그 억울함을 숨기고 스스로 구렁텅이에서 목매어죽는 것에 비할 바가 아니다. 만약 이 일이 전국 시대에 있었더라면 그 생사를 초월하여 기개와 지조를 숭상한 것이 섭정의 누이와 사실은 달라도 명칭은 같은 것으로서 태사공 또한 이것을 취하여 유협전에 썼을 것이다.31)

---

31) 銀愛者, 渠不過十八歲女子耳. 渠以江, 漢守紅之跡, 忽遭溱, 洧玷白之辱, 而所謂安女,

은애 이전의 여인들은 자결함으로써 자신의 결백을 증명하기도 했지만, 그것은 자신의 자족적인 만족일 뿐 그 자신의 삶을 올바르게 바꾼 것은 아니다. 그것은 결국 자신이 처한 불의한 공간을 회피하는 것밖에는 되지 못한다. 그릇된 공간을 되돌리지 못하고 대신 그 공간에서 자신을 소거한 것일 뿐이다. 그 공간은 더 이상 그런 소문이 의미 없어진 공간일 뿐이다. 왜냐하면 공간은 더 이상 그 공간을 영위하는 주체가 존재하지 않는 한 의미를 갖지 못하기 때문이다. 그래서 정조는 이러한 불의한 공간을 의의 공간으로 바꾸려고 한 은애의 절의를 평가한 것이다.

이 세 가지 살인사건을 한 텍스트 안에 묶이도록 한 것은 여인의 열(烈), 형제간의 우애(友愛), 그리고 의(義)에 대한 '기절(氣節)'의 실천이다. 주목할 것은 이와 같은 '기절'의 행위자들의 동기가 은애로부터 신여척을 거쳐 전기수 살해자에 이르기까지 자신과 직접적인 관계가 없는 것으로 확장되고 있다는 점이다. 즉 은애의 경우, 그가 살해한 노파는 자신을 직접적으로 모함한 원수이다. 신여척의 경우는 자신의 일과는 직접적으로는 관계없는 이웃이 그 대상이다. 그리고 전기수 살해자의 경우는 살인자와 피해자인 전기수 사이의 관계는 물론 전기수는 심지어 소설 속 영웅이 실의하는 것과도 전혀 상관없는 존재이다. 즉 살인자와

粧出掠花之虛影, 閃弄哆箕之饒舌. 雖在未結禍之前, 尙且決性命卜眞僞, 要作分明之身. 況新綠纔觀於旭雁, 毒射復肆於沙蜇? 一言脫口, 百喙吠聲, 垓城之歌, 四面皆楚, 則冤切憤徹, 將判了一死. 但恐徒死傷勇, 人無知者. 於是乎提出床刀, 走到仇家, 說得痛快, 罵得痛快, 畢竟白白晝刺殺一箇潑婦, 使鄕黨州閭, 曉然知自己之無累, 彼仇之可報, 而不效巾幗䰐婦, 旣犯殺越, 反事變幻, 以丐其僬倖一縷者流. 此誠熱血男子所難辦, 而又非褊姓弱女, 匿冤憤自經溝瀆之比也. 若使玆事在於列國之時, 則其外死生, 尙氣節, 可與聶政姊, 跡舛而名齊, 太史公亦當取而書之於遊俠傳.『朝鮮王朝實錄』正祖十四年 庚戌 八月十日 戊午.

전기수 사이에는 어떤 개인적 관계도 없다. 즉 은애의 이야기로부터 전기수의 이야기로 나아갈수록 점차 '기절'의 실천이라는 주제는 추상화되고 이념화된다. 그리고 그렇기에 이는 어떤 특정한 경우에 해당하는 원리가 아니라 언제나 늘 추구해야할 절대적 가치가 된다. 즉 '기절'의 실천은 김은애나 신여척과 같은 특별한 개인에게만 요구되는 것이 아니라 이 사회를 구성하는 모든 이들이 함께 실천해야할 사회적 문제로 그 인식의 층위가 확장되는 것을 의미한다.

그런데 만약 김은애의 말이 옳다고 판결했다면 왜 김은애의 정절을 훼손하는 데에 적극적으로 가담한 최정련의 경우는 처벌하지 않았을까 하는 의문이 생긴다. 은애는 최정련의 처벌을 강하게 요구하고 있었다. 물론 이 사건의 원인을 최정련이 주도적으로 계획한 것은 아니지만, 정련 또한 단순히 노파의 지시를 수행한 정도에 그친 것은 분명 아니다. 안 노파는 최정련에게 소문을 내도록 시키는 것뿐만 아니라 은애와의 결혼을 성사시켜주겠다고 약속했으며, 그 대가로 자신의 약값을 부담하도록 한다. 비록 최정련이 아직 어린 나이라고는 하지만 노파의 은애 음해 계획을 사전에 충분히 인지하고 있었으며 자신의 이익을 위해 적극적으로 가담하고 있기 때문이다. 그러나 오히려 정조는 은애가 최정련에게 다시 복수할 가능성이 있음을 지적하고 이를 철저하게 방비토록 한다.

형조에 하교하기를, "지난번 호남지방의 죄수 중 은애는 그 처사와 기백이 뛰어났기 때문에 특별히 방면하라는 하명이 있었는데, 그처럼 강하고 사나운 성질로 그와 같이 분풀이를 하였으니 처음에 손을 대려다가 뜻을 이루지 못한 최정련이 다시 은애의 독수에 걸려들 우려가 없을지 어떻게 알겠는가. 그렇게 된다면 은애를 살리려다가 도리어 최정련을 죽이게 되는 것이니, 사람의 목숨을 소중히 여기는 뜻이 어디에 있겠는가. 어젯밤에 마침 심사하여 내린 판결문을 뒤적이다가 이런 전교를 내리게 되었는데 이는 사실 공연한 생각이다. 공연한 생각이지만 사람의 목숨에 관계되니 해조로 하여금 사실을 낱낱이 들어 밝혀 해당 도에 공문을 띄워 그로 하여금 지방관을 엄히 신칙하여 다시는 최정련에게 손을 대지 못하게 할 것으로 다짐을 받아 감영에 보고하도록 하라." 하였다.[32]

여성의 절개라는 윤리적 상도를 굳게 지킨 여인, 은애에게 정련에게는 더 이상 죄를 묻지 말라는 것, 오히려 정련을 보호하는 임금의 처사는 이해하기 어렵다.

여기에서 은애의 이미지는 정조(貞操)를 지킨 정숙한 아녀자의 이미지에서 다시 노파를 잔인하게 살해한 살인자로 뒤바뀐다. 다시 말해 은애의 살인 행위는 물론 정조에 대한 굳센 수호 의지와 그 실천이라는 예교적 차원에서의 모델로서 신화화될 수 있지만, 사실상 살해 순간의 은애는 자신의 정절을 수호하기 위한 이성적 존재가 아니라 개인적인 모욕을 더 이상 감내할 수 없는 분노에 휩싸인 살인자인 것이다. 치마와 저고리가 피로 붉게 물들이도록 노파를 열여덟 번이나 찌르면서 한 번 찌를 때마다 그 죄를 꾸짖고 그길로 정련을 찾아가는 은애의 모습, 붙잡혀 와서도 담담하고 당당하게 자신의 논리를 주장하며 끝까지 정련을 때려죽일 것을 청하는 은애의 모습에서는 일견 무엇으로도 설명하기 어려운 살기와 광기 또한 느껴지는 것이다. 아마도 은애의 실상은 이에

---

32) 尋教刑曹曰, "向以湖南死囚中銀愛, 處事與氣魄之卓然, 有特放之命, 而以若强悍, 雪若冤慎, 則初欲下手而未果之崔正連, 安知無更遭銀愛毒手之慮乎? 然則欲活銀愛, 反殺崔漢, 烏在其重人命之意乎? 昨夜適閱審理判辭, 有此下教. 此誠浮念, 則浮念所關, 在於人命, 令該曹枚擧, 行會該道, 使卽嚴飭地方官, 招致銀愛於公庭, 以更無敢犯手於正連之意, 捧供報營." 『朝鮮王朝實錄』 正祖 十四年 庚戌 八月十日 戊午.

가까울 것이다. 따라서 최정련을 해하지 않겠다고 다짐을 받아야만 또 다른 살인을 막을 수 있었을 것이다.

여기에서 우리는 김은애를 방면한 이유가 표면적으로는 정조를 지켜 낸 여인의 표창이지만 그 이면에는 누구도 진실을 알려하지 않고 거짓을 바로잡으려고 하지 않는 불의의 공간에 외로이 처한 한 여인의 마음속 울분을 달래주기 위함도 있었음을 생각할 수 있다. 정조가 김은애나 신여척을 방면하도록 결정한 것은 '법'보다도 '예교'의 실천이 중하다고 보았기 때문이다.33) 특히 부모나 부(夫)를 위한 복수, 여자의 정결을 위한 복수에 대해 관대했던 시대였기에 가능했을 것이다.34) 정조가 이렇게 예교에 집착했던 이유가 사도세자의 복권을 정치적인 문제가 아니라 부자지간의 당연한 도리로서 이해되기를 바랐던 때문35)이라는 해석도 있거니와, 법적으로 사도세자가 허물이 있다 하더라도 아들 된 입장에서 아버지인 사도세자를 극진히 하는 것은 당연하다는 논리인 것이다. 이와 같은 상황에서 사회의 암묵적 불의에 노출되어 곤궁에 처한 김은애나 아버지 없이 자랄 수밖에 없었던 정조의 처지, 그리고 이 글을 지은 이덕무 또한 서얼 출신이라는 점은 공교롭다 하지 않을 수 없다.

〈은애전〉에는 세 명의 살인자 이야기가 중첩되어 있다. 그리고 이 세 가지 사건을 바라보는 정조(正祖)와 형암(炯菴)의 시선이 담겨있다. '살인'했지만 '정의'를 구현한 이들을 법에 우선하여 예교라는 명분을 구제함으로써 자신들 역시 처해있는 부조리한 현실에 대해 일침을 가하고 있는 것이다. 그리고 이와 같은 문제는 개인의 문제가 아니라 사회의 문제이며 국가의 문제라는 인식을 보여준다. 예교의 실천은 개인의

---

33) 신병주·노대환, 『고전소설 속 역사여행』, 돌베개, 2011, 288~289면 참조.
34) 박병호, 『한국의 전통사회와 법』, 서울대학교출판부, 1985, 301면.
35) 신병주, 위의 책, 294~296면.

차원에서 머무를 것이 아니라 사회의 차원으로 확대되어야 한다는 것이다. 중요한 것은 개인의 실천으로부터 시작되겠지만 사회 구성원 모두의 자각이 이루어질 때 불의한 공간은 의로운 공간으로 회복될 수 있다는 것이다. 이는 인격 도야가 자족적 의식에서 머무를 것이 아니라 사회적 자아의 각성으로 화해야 한다는 이덕무의 주장과도 일치하는 것이었다.36)

---

36) 이런 이덕무에게 있어 김은애나 신여척과 같은 이들은 '구렁텅이에서 홀로 자진'하여 결백을 주장하는 열녀들보다 살인자가 되어서라도 이 사회에 문제의 심각성을 알림으로써 사회적 각성을 이루게 한 자들로서 의미가 의미가 있는 것이다. 李和炯, 「炯菴 李德懋의 문학적 성격-자아실현 의식의 특징적 국면」, 『국어국문학』 109, 1993, 291면 참조.

〈옥루몽〉 황소저의 성격 변화에 대하여

–악인형 인물의 개과천선 과정 서술과 관련하여

조혜란

1. 머리말

　<옥루몽>은 진지성과 대중성을 겸비한 걸작[1]으로 평가받는 작품이며, 고전소설에서는 보기 드물게 인간의 욕망 및 유흥 장면에 대해 적극적인 서술을 펼쳐 19세기 소설사에서 뚜렷한 자리매김을 한 소설이기도 하다. 훌륭한 가문 출신인 두 명의 부인보다 기생 출신인 두 명의 첩을 중심으로 서사가 전개되고 장자의 권리 또한 정부인 출생이 아닌 기생첩인 강남홍의 아들에게 이어진다는 설정 역시 파격적이다. 작가 및 서지 상황을 밝히는 데 주력했던 초기 연구[2] 이후 방대하고도 화려

---

1) 김종철, 「<옥루몽>의 대중성과 진지성」, 『한국학보』, 일지사, 1990 참고.
2) <옥루몽>에 대한 대표적인 초기 연구 중 작가로 남영로를 거론한 김태준, 차용주, 성현경의 논의가 있으며 문헌학적 접근으로는 장효현의 논문을 들 수 있다. 해당 논의는 박희병(교주), 김태준, 『조선소설사』, 한길사, 1990; 차용주, 「<옥련몽>의 작자 및 저작연대고」, 『어문논집』10, 안암어문연구회, 1967; 성현경, 「<옥련몽> 연구」, 『국문학연구』9, 국문학연구회, 1968; 장효현, 「<옥루몽>의 문헌학적 연구」, 고려대 석사학위논문, 1981 참고. 본고가 황소저의 성격 변화를 다루므로 기존 논의 중 황소저에 대한 대표적 논의로는 초기 연구인 성현경, 앞글, 148~172면; 심치열, 「<옥루몽> 연구」, 성신여대 박사학위논문, 1994, 205~216면을 들 수 있다.

한 서사 전개에 조정에서의 정치 담론은 물론 가족 모임 같은 일상사에 이르기까지 구체성을 확보한 <옥루몽>에 대해서는 꾸준한 후속 논의[3] 들이 이어지고 있다. 연구사가 축적되면서 더욱 분명해지는 사실 중 하나는 <옥루몽>이 재미와 작품성이라는 두 마리 토끼를 다 잡는 일에 성공한 작품이라는 평가라고 하겠다.

그런데 과연 작가가 이 작품에서 진정 진지한 자세로 재현하고 있는 것은 무엇일까? 혹은 이 작품의 진정 문제적 지점은 어디일까? 현재까지 남영로의 문집은 발견되지 않았으며 「고시비평(古詩批評)」이라는 글 앞에 붙은 서문이 <옥루몽> 외에 그가 남긴 유일한 문장이다. 「고시비평」은 남영로의 사촌인 남계우가 <공작동남비>라는 중국 시에 평비를 한 글인데, 남영로가 이 글에 서문을 써 준 것이다. 이 서문에 의하면 남영로는 문장에 대해 유희적인 태도를 지녔음[4]을 알 수 있다. 그렇다면 <옥루몽>에서 남영로가 구축해 놓은 서사 세계 역시 그의 유희적인 문학 태도의 결과물일 가능성이 있다. 이 작품은 천상의 인연이었던 다섯 명의 등장인물들이 인간 세상에 적강하여 인연을 맺는 과정이 서사의 중추를 이루는 가운데 처첩 갈등, 군담, 정쟁, 여가를 위한 놀이 및 기방 공간에서의 유흥담 등이 펼쳐진다. 남영로는 <옥루몽>의 이 같은

3) <옥루몽>에 대한 2005년도까지의 기존 연구는 유광수의 논문에 잘 정리되어 있으므로 기존 연구사 정리는 그 논문으로 대신한다. 유광수, 「<옥루몽> 연구」, 연세대 박사학위논문, 2006, 10~18면. 그 이후의 연구로는 신향화, 「<옥루몽> 소고-강남홍 인물 분석을 중심으로」, 『한국문예비평연구』 30, 한국현대문예비평학회, 2009; 유광수, 「<옥련몽>에서 <옥루몽>으로 개작된 여성 인물의 양상과 의미-윤부인, 일지련, 강남홍의 개작 양상을 중심으로」, 『고소설연구』 25, 한국고소설학회, 2008; 유광수, 「<옥련몽> 이본과 선본 계열 추정」, 『동양학』, 단국대 동양학연구소, 2007; 유광수, 「<옥련몽>·<옥루몽>의 "창작-개작" 양상과 의미-주요 남성 인물의 개작 양상을 중심으로」, 『고소설연구』 27, 한국고소설학회, 2009 등의 논문이 있다.
4) 정우봉, 「평비본 <고시비평> 연구」, 『한국한문학연구』 40, 342~350면.

모티프들 대부분을 구체적인 장면화가 가능할 정도로 섬세한 서술로 재현해 내었다. 그런데 이중 그 규모 면에서 눈에 띄는 것을 고르라면 여러 차례에 걸친 군담 및 양창곡이 노균 및 동홍과 벌이는 정치적 갈등 그리고 강남홍과 벽성선을 중심으로 한 놀이와 설중매와 빙빙을 중심으로 한 유흥에 관한 부분을 들 수 있을 것이다.

　〈옥루몽〉에서 작가가 전달하고 싶었던 문제의식을 추적하려면 이같은 부분들에 초점을 맞추어야 할 것인가? 이 부분의 서술을 보면 사건의 정황이나 인물 형상화 면에서 개연성을 획득하고 있으며 사소한 부분들까지도 구체성을 획득하고 있다. 그런데 그럼에도 불구하고 이 부분들이 진정 작가가 고민하며 문제 삼은 부분인지 즉 현실에 대한 소설적 대응인지에 대해서는 선뜻 전면적인 동의가 잘 되지 않는 부분이 있다. 그것은 바로 양창곡의 정치적 주장과 그로 인한 좌절과 회복의 서사가 매우 거침없이 유려하고 익숙하다는 데서 비롯하는 것이며 취성동 및 기방에서의 유흥담 역시 한바탕 가능한 경우의 수들을 다 진설해 내듯 잘 만들어진 장면들을 매끄럽게 연결해 나가고 있다는 데서 비롯하는 의외로 인한 것이다. 권세를 누리는 기득권 세력을 비판하고 그로 인해 실세한 후 그 세를 회복하는 주인공의 성공담은 고전소설의 독자에게는 매우 익숙한 플롯[5]이다. 실제로 양창곡이 주장하는 왕패병용이나 인재 등용 방식은 19세기 조선에 필요한 방법론[6]들이었다. 그러나 세도정치가 행해지던 당대 현실 정치에서 그 문제가 작품에서처럼 수월하게 해결되기는 어려웠을 것이다. 그러므로 정치적 견해를 구체적

---

5) 군담소설의 대표적 작품이며 대중적인 선악 구도를 보여주는 〈유충렬전〉에서도 주인공은 이 같은 상황 전개를 연출해 낸다.

6) 일례로 남영로와 같이 19세기 지식인이었던 최한기 역시 〈기측체의〉, 〈인정〉 등의 글에서 조선의 군사력과 인재 등용 방식에 대한 방법론을 역설하고 있다. 최한기에 대해서는 박희병, 『운화와 근대』, 돌베개, 2005 참고.

으로 설파하고 정쟁에 휘말리는 주인공의 서사에서는 그 모색의 고심
참담함이 전제되어 있어야 비로소 문제의식의 진지성이나 설득력이 제
고될 것으로 보인다. 놀이 및 유흥 서술 역시 마찬가지의 문제를 노정하
고 있다. 놀이나 유흥 장면 서술 역시 조선 후기의 유흥 문화가 반영된
측면은 있겠으나 그 방대한 스케일은 오히려 소망의 대리만족에 가까
울 것으로 보이기 때문이다. 또 기생첩이 부인보다 집안에서 더한 주도
력을 발휘하고 그 아들이 장자로 세워지는 설정은 어떠한가? 당대 조선
상황을 고려할 때 이 부분은 가히 혁명적 꿈꾸기에 가까우나 작가는
그 같은 꿈꾸기가 가능한 서사적 고리를 설정하는 데는 많은 공을 들이
지 않았다. 천자가 그 공을 인정하는 자라면 기생첩의 아들이 장자가
된다고 해도 그 과정에서 아무런 반대에도 부딪히지 않는다. 남영로의
글쓰기가 유희적이라면 <옥루몽>에서 가장 유희적인 태도로 서술되는
부분들은 바로 위에서 언급한 부분들일 가능성이 높다.

　그렇다면 이 작품에서 기존의 플롯과는 다른 새로운 내용, 새로운 모
색의 과정을 보여주는 사건담이 있다면 어느 부분일까? 본고는 이 같은
질문에서 출발하여 황소저라는 인물의 형상화 방식 중에서도 개과천선
과정에 대한 서술[7] 부분에 집중하려고 한다. 황소저는 그 서사적 비중
에도 불구하고 기존 인물 연구에서 많이 다루어지지 않았던 인물이다.
황소저는 윤소저와 더불어 양창곡의 두 부인 중 한 명으로, 작품에서는
기생첩인 벽성선을 모해하는 처첩 갈등의 추동자로 기능한다. 이 작품
에서 부인들은 첩들에 비해 후경화되어 있지만 벽성선과의 처첩 갈등
은 작품에서 중요한 비중을 차지하는 하위 플롯 중 하나이다. 그 결과

---

7) 기존 논의 중 본고가 주목하는 황소저의 개과천선 장면을 다룬 연구가 있기는 하다.
　그런데 이 논의는 개과천선보다는 가부장제 포섭에 대한 분석에 논의의 초점이 맞춰
　져 있다. 유광수, 2006, 235~256면.

황소저는 윤소저와는 달리 서사에서 무시 못 할 비중을 지닌 인물이
되었다[8]. 그런데 본고가 관심을 가지는 부분은 그녀의 인물 형상화 중
에서도 개과천선 과정에 관한 것이다. 〈옥루몽〉 전체 서사를 고려할
때 황소저의 개과천선 과정은 매우 적은 분량에 불과하다. 그러나 〈옥
루몽〉의 작가가 그 서술에서 보여주는 문제 해결 방식은 여타의 작품
에서 시도하는 개과천선 서술 방식과는 차별화되는 지점이 있어 보인
다. 고전소설을 보면 '개과천선했다'는 식의 언급으로 등장인물의 변화
를 서술하는 작품이 있는가 하면, 그 인물의 개과천선 과정을 구체적으
로 형상화해 내는 작품이 있다. 이는 소설 형상화 측면에서 중요한 차이
를 노정하는 것일 수 있다. 개과천선 과정 서술은 악인형 인물이 어떻게
하여 자신의 잘못을 고치고 선한 인간형으로 변모하는가 하는 과정을
그린다는 점에서 인간의 심성에 대한 인식의 변화 및 인간 이해에 대한
작가적 역량을 가늠하게 해 주는 중요한 부분일 수 있기 때문이다. 본고
는 이 같은 문제의식에서 출발하여 황소저의 개과천선 과정을 분석한
후 그 서술의 특징을 고찰하고 이를 악인형 인물의 개과천선 과정이
등장하는 다른 고전소설 작품들과 비교하고자 한다. 이 같은 시도를 통
해 황소저의 개과천선 서술이 〈옥루몽〉에서 맥락화되고 의미화되는
방식에 대해 살피기로 한다. 〈옥루몽〉은 이본에 따른 내용 편차가 그
리 크지 않은 작품으로, 본고가 논의의 대상으로 삼은 이본은 「활자본
고전소설전집」에 수록된 적문서관본 〈옥루몽〉[9]이다.

---

8) 두 부인 중 한 명인 윤소저는 강남홍이 양창곡에게 혼인 상대로 권한 여성이다. 윤소
  저는 부덕을 갖춘 인물로 첩들과도 긍정적인 관계를 유지하며 첫째 부인으로서의 권
  위를 유지하나 등장인물 중 그 서사적 비중은 적다.

9) 남영로, 〈옥루몽〉, 『활자본 고전소설전집』 권6, 서울, 아세아문화사, 1976.

2. 황소저의 개과천선 과정 서술 양상과 그 의미

제이부인(第二夫人)인 황소저는 기첩(妓妾)인 벽성선이 연왕부에 들어오자 처첩갈등을 일으키는 장본인이 된다. 이는 그녀와 마찬가지로 문벌 높은 집안 출신인 윤소저가 기첩인 강남홍이나 벽성선과 좋은 사이를 유지하면서 부인으로서의 체모를 지켜가는 것과는 대조적이다10). 결국 벽성선에게 지속적인 모해를 가하던 황소저는 그녀의 시비 춘월의 계교대로 자객 노랑을 고용하여 벽성선을 죽이고자 시도하였는데, 잠입해 있다가 벽성선의 앵혈을 보게 된 노랑은 그녀의 절개에 감탄하여 도리어 춘월의 코를 베어 벌한다. 왕세창의 전언을 통해 벽성선이 살아있음을 알게 된 위씨11)는 춘월에게 책임을 묻는다. 춘월은 다시 장이랑을 고용하여 벽성선을 위씨 모녀 살해교사 혐의로 제거하고자 하였으나 노랑이 신문고를 울려 그 사실들을 다 밝힌다. 그 결과 천자는 노랑은 용서해 주고 춘월은 참하였으며 왕세창은 추방하였다. 또한 황소저는 연왕부(燕王府)에서 쫓겨난 며느리가 되었고 태후의 엄명으로 황소저와 위씨는 추자동으로 일종의 귀양살이를 가게 된다. 황소저는 이 귀양살이를 통해 개과천선을 하게 되고 이 과정을 통해 인물 성격의

---

10) 쟁총형 고전소설에서 시기 질투를 통해 갈등을 일으키는 인물은 주로 첩으로 설정되어 있는 데 비해 <옥루몽>의 경우는 처인 황소저가 투기를 하며 문제를 일으키는 장본인으로 그려져 있다. <옥루몽>에서 황소저가 이렇듯 신분적 지위에 역행하면서 갈등을 일으키게 되는 까닭에 대해 유광수는 황소저의 투기는 벽성선과의 관계에서 쟁총을 하려는 것이 아니라 자신이 마땅히 누려야 할 '처'로서의 위치에 대한 도전과 박탈의 위협을 거부하는 것에서 비롯한 것으로 해석하고 있다. 유광수, 2006, 216~218면.

11) 위씨는 황소저의 어머니이자 황각로의 부인이다. 그녀의 어머니 마씨는 태후와 친밀한 사이였기에 태후는 위씨를 친딸과 다름없이 여겼고 이로 인해 위씨는 권세가 당당하게 된다.

변화를 경험하게 된다.

개과천선은 자신의 잘못이나 허물을 고쳐 선한 데로 옮겨가는 것인데, 허물을 뉘우쳐 고치는 것[改過]과 선한 데로 나아가는 것[遷善]은 동시적으로 일어날 수도 있고 점진적으로 일어날 수도 있다. 뉘우치고 고친 순간 그 이전과는 다른 태도로 삶을 대하게 될 터이므로 개과가 곧 천선일 수도 있다. 그러나 한 번의 개과로 삶이 완전히 변화되는 것이 아니라 몇 번의 과정이 중첩되면서 그 이전과는 다른 존재가 되고 다른 삶을 살게 되기도 한다. 그런데 분명한 것은 자신의 잘못을 깨닫고 자신이 행한 일이 잘못된 것임을 인정해야만 개과천선이 가능하다는 점이다. 그러므로 이 장에서는 황소저의 개과천선 서술 양상을 자신의 죄에 대한 깨달음과 반성, 그리고 이후의 삶의 변화를 통해 고찰하고자 한다.

1) 잘못에 대한 깨달음과 반성

황소저가 자신의 잘못을 깨닫게 되는 과정은 '추자동에서의 한 달 - 꿈 - 노랑의 환영 - 유언 및 유사죽음' 단계를 거쳐 점차적으로 전개된다. 황소저의 개과 과정에 대한 서술을 단계별로 제시해 보면 다음과 같다.

① 청산은 첩첩하고 솔바람은 쓸쓸하였다. 산 한 귀퉁이를 의지하여 한 칸 흙집을 지었는데 사면 흙벽에 구멍이 뚫려 창이 되고 가시나무가 성처럼 에워싸 해를 보기 어려울 정도였다. 두 궁노가 태후의 엄명을 받들고 문을 지켜 바깥사람의 출입을 엄히 금하니 황소저가 이 광경을 보고 고운 눈에 슬픔의 눈물이 교차하였다. 어머니, 도화와 함께 방중에 들어가니 거적자리에 한기가 들어서 앉을 곳이 없었다. 여종과 주인 세 사람이 손을 잡고 목놓아 통곡하다가 위씨가 오히려 도화를 호령하여 침구

를 풀어 비단 자리에 수놓은 요를 겹겹이 깔아 놓고 편안히 앉아 웃으면서 말하였다.……황소저는 대답 없이 눈물이 앞섶을 적시면서 몰래 비단 자리를 거두고 거적자리에 앉았다.……세월이 빨라 황씨가 추자동에 거한 지 이미 한 달이 되었다. 음식을 전폐하고 주야 호읍하니 달 같고 꽃 같던 얼굴이 날로 초췌하여졌고 떨어진 옷과 거적자리에 눈물 자국이 마르지 않았다.……소저가 그저 대답하지 않고 더욱 소리 내어 울기를 그치지 않았다.[12)]

② 하루는 가을바람이 잠깐 불어 하늘 기운이 소슬한데……위씨와 도화는 잠이 들고 소저는 홀로 침석에 기대어 남은 등불을 바라보며 말똥한 채로 잠이 오지 않았다. 지난 일을 생각하니 신세를 한탄하다가 갑자기 비몽 간에 삼혼이 유유하고 칠혼이 탕탕하여 한 곳에 이르렀다. 누각이 하늘 높이 솟아 있고 뜰은 깊고 담장이 굉장하여 인간 세상의 궁궐과는 다른데……시녀에게 명하여 칠보자리를 깔고 앉으라고 하자 황소저가 사양 않고 자리에 나아갔다.……"제가 다른 말을 듣기 원함이 아닙니다. 부인이 인간 세상에 거할 때 여러 첩들이 관저 규목의 시를 지어 성덕을 칭송하였고 털끝만큼의 투기심도 없었다고 하니 이는 만약 낯빛을 꾸미는 것이 아니라면 반드시 칠정에 다름이 있어서 그런가 합니다."……"여자 평생이 남편에게 달렸거늘 평소에 여러 첩을 두어 은총을 옮긴즉 어찌 투기심이 없었겠습니까?"……상청부인이 꾸짖기를 마치고 시녀를 호령하여 황소저를 쫓아내니 황소저가 분하기도 하고 부끄럽기도 하였다. 길

---

12) 靑山은 疊 〃 ᄒᆞ고 松風은 蕭 〃 라 倚山一隅ᄒᆞ야 構成一間土室ᄒᆞ니 四面土壁에 通穴成窓ᄒᆞ고 荊棘爲城ᄒᆞ야 難見天日이러라 兩個宮奴ㅣ 奉太后嚴命ᄒᆞ고 守直門戶ᄒᆞ야 嚴禁外人ᄒᆞ니 黃小姐ㅣ 見此光景ᄒᆞ고 一雙秋波에 悲淚潸然이라 與母親及桃花로 入房中ᄒᆞ니 草席에 寒氣ㅣ 侵入ᄒᆞ야 無可坐處어늘 奴主三人이 執手而放聲痛哭이라가 衛氏ㅣ 猶號令桃花ᄒᆞ야 解寢具而錦席繡褥를 重疊鋪陳ᄒᆞ고 晏然而坐ᄒᆞ야 笑曰……黃小姐ㅣ 不答ᄒᆞ고 淚濕前襟而暗捲錦席ᄒᆞ며 坐於草席이어늘……且說 光陰이 倏忽ᄒᆞ야 黃小姐之處楸子洞이 已一朔이라 全廢食飮ᄒᆞ고 晝夜號泣ᄒᆞ야 月態花容이 日益憔悴ᄒᆞ고 散衣草席에 淚痕이 不乾이라……小姐ㅣ 頓然不答ᄒᆞ고 尤加號泣不已러라, <옥루몽>, 404~409면.

을 찾아 나오다가 문득 한 곳을 보니 습기가 가득하고 은은하게 슬픈 곡성
이 들려오거늘 앞에 가서 보니 큰 웅덩이가 있고 불결한 것들이 가득하여
악취가 코를 찔렀다. 무수한 여자가 그 가운데서 빠져나오지 못하고 혹
머리를 내밀고 팔을 뻗쳐 황소저를 소리쳐 불렀다.⋯⋯"저희들은 모두 고
문갑제의 부귀한 여자들로 평생에 다른 죄악은 없으나 다만 투기심으로
집안을 탁하게 어지럽혀 이 고초를 당합니다." 황소저가 이 모양을 보고
모골이 송연하여 한 마디도 답하지 못하고 소매를 들어 코를 가리고 돌아
서 달렸다. 여러 여자들이 크게 외치기를, "연국부인은 도망하지 마라. 그
대도 우리와 동류이니 마땅히 이 고초를 함께 받아라." 하고 손으로 오물
을 움켜 던지며 일시에 따라왔다. 황소저가 놀라 큰 소리를 지르고 깨어보
니 침상일몽이었다. 땀이 온몸에 흘러 베개와 자리가 모두 젖었다. 참담하
고 분한 마음을 이기지 못해 전전반측하고 잠을 이루지 못하다가⋯⋯갑
자기 두렵게 깨달아 말하기를, "저 더러운 가운데 있는 무수한 여자들도
그림 같은 집의 왕후부인들이었다. 일찍이 나보다 못한 게 없었거늘 이제
고초를 달게 받는다. 이는 다른 게 아니라 사람의 귀천이 밖에 있는 것이
아니라 단지 마음에 있어서로구나.⋯⋯"13)

---

13) 一日은 秋風이 乍起ᄒᆞ야 天氣ㅣ 蕭瑟ᄒᆞᆫ데⋯⋯衛氏與桃花ᄂᆞᆫ 就睡ᄒᆞ고 小姐ㅣ 獨倚孤
枕而坐ᄒᆞ야 望見殘燈ᄒᆞ고 耿〃不寐ᄒᆞ야 思往事而嘆身勢라가 忽然非夢間에 三魂이
悠〃ᄒᆞ고 七魄이 蕩〃ᄒᆞ야 轉至一處ᄒᆞ니 一座樓閣이 聳出半空ᄒᆞ야 門庭이 深邃ᄒᆞ고
墻垣이 宏傑ᄒᆞ야 異於人間宮闕ᄒᆞᆫ데⋯⋯命侍女ᄒᆞ여 設七寶席而請坐ᄒᆞᆫ데 黃小姐ㅣ 不
辭而就坐⋯⋯妾이 非欲願聞他言이라 夫人이 居人間時에 衆妾이 作關雎樛木之詩ᄒᆞ야
稱頌聖德ᄒᆞ고 無一毫妬忌之心이라 ᄒᆞ니 若非巧飾則必是七情之有異인가 ᄒᆞ나이
다⋯⋯女子平生이 懸於家夫어늘 家夫ㅣ 平日에 有衆妾ᄒᆞ야 移其恩寵則豈無妬忌之心
乎잇가⋯⋯上淸夫人이 責畢에 號令侍女ᄒᆞ야 驅出黃小姐ᄒᆞ니 黃小姐ㅣ 且憤且慚ᄒᆞ야
覓路而出이라가 忽然望見一處ᄒᆞ니 濕氣彌滿ᄒᆞ고 隱隱聞愀〃哭聲이어늘 當前視之ᄒᆞ
니 有一大洿ᄒᆞ고 不潔之物이 充滿ᄒᆞ야 惡臭觸鼻ᄒᆞᆫ데 無數女子가 陷於其中ᄒᆞ야 不能
脫出ᄒᆞ고 或出頭伸臂ᄒᆞ야 見黃小姐而叫號어늘 ⋯⋯妾等은 皆朱門甲第之富貴女子로
셔 平生에 無他罪惡이나 但以妬忌之心으로 濁亂家道ᄒᆞ야 當此苦楚니이다 黃小姐ㅣ
見其狀ᄒᆞ고 毛骨이 竦然ᄒᆞ야 不能答一言ᄒᆞ고 擧袖掩面而回走ᄒᆞ니 諸女子ㅣ 大呼曰
"燕國夫人은 勿走ᄒᆞ라 君亦吾之同類ㅣ라 當共受此苦ᄒᆞ라." ᄒᆞ고 掬汚物而投之ᄒᆞ고 一
時追來어늘 黃小姐ㅣ 大驚ᄒᆞ야 大呼而覺ᄒᆞ니 乃枕上一夢이라 汗流全身ᄒᆞ야 枕褥皆濕

③ 그 중 더욱 심해서 모골이 송연한 것은 노낭의 일이다. (노낭이) 흉악한 외모로 서리 같은 칼날을 끼고 한밤중에 창 사이에서 몰래 보던 때에 선낭의 위험이 경각에 있더니 내가 장차 그 보복을 받으리라 하는 생각에 마음이 스스로 두렵고 겁이 났다. 갑자기 한 가닥 음습한 바람이 창틈으로 불어와 등불을 끄더니 창밖에 사람의 그림자가 언뜻 비추었다. 황소저가 크게 놀라 한 마디 큰 소리를 지르고는 땅에 엎어져 기(氣)가 막히게 되었다. 대개 이때는 이미 사오경이 되어 서산에 기우는 달 때문에 나무 그림자가 옮기면서 창밖에 비춘 것이다.……"어머니, 노랑이 창밖에 있어요."……"어머니, 선낭은 죄 없으니 죽이지 말고 노랑은 물러가게 해주세요."14)

④ 소저가 잠이 들면 깨고 깨면 우니 모습이 바짝 마르고 자리에서 일어날 수가 없었다.……저 같은 자는 천지간 죄인입니다. 혼령과 백골이 거처가 없으니 엎드려 바라건대 어머니께서는 저 죽은 후에 시신을 화장하여 이 세상에 누추한 뼈를 남기지 말아 주세요. 말을 마치자 한숨 쉬듯 탄식하고 다시 한 마디를 지르더니 숨이 갑자기 끊어져 그렇게 되었으니 가련하구나, 황소저의 평생이여!15)

이라 不勝慚憤之心ᄒᆞ야 輾轉不寐ᄒᆞ고……忽瞿然而覺曰 彼汚中之無數女子ㅣ 亦畵堂彩閣의 王侯夫人이라 曾不下於我어늘 今甘受苦楚ᄒᆞ니 此는 無他라 人之貴賤이 不在於外ᄒᆞ고 只在於心이라, <옥루몽>, 409~412면.

14) 其中尤甚ᄒᆞ야 毛骨이 竦然者는 老娘之事也ㅣ라 凶獰之貌로 挾霜刃ᄒᆞ고 半夜三更에 窓間窺視之時에 仙娘之危ㅣ 在於頃刻ᄒᆞ니 吾ㅣ 將受其報復이라 ᄒᆞ야 心自畏劫터니 忽然一陣陰風이 吹入窓隙ᄒᆞ야 吹滅燈火ᄒᆞ고 窓外에 人影이 閃忽이어늘 黃小姐ㅣ 大驚ᄒᆞ야 大叫一聲에 仆地氣塞ᄒᆞ니 盖此時는 已四五更이라 西山傾月이 轉移樹影ᄒᆞ야 照於窓外ㅣ러라……母親이여 老娘이 來於窓外ᄒᆞ니이다……母親아 仙娘은 無罪ᄒᆞ니 勿殺ᄒᆞ고 却此老娘ᄒᆞ소셔, 112~113면.

15) 小姐ㅣ 寢則警ᄒᆞ야 覺則泣ᄒᆞ야 形容이 柴脫ᄒᆞ고 不能起於床席이러니……如小女者는 天地間罪人이라 魂靈白骨이 無所居處오니 伏願母親은 小女死後에 火葬屍體ᄒᆞ야 莫有陋骨於此世ᄒᆞ소셔 言畢에 歔欷歎息ᄒᆞ고 更叫一聲이러니 氣息이 頓絶ᄒᆞ고 因以奄忽ᄒᆞ니 可憐哉라 黃小姐之平生이여, <옥루몽>, 113면.

자신에 대한 성찰은 없이 벽성선을 죽이고 싶어 할 정도로 미워했던 황소저가 벽성선은 선한 사람이며 자신이야말로 죽어 누추한 뼈조차 남기는 게 부끄러울 정도의 죄인임을 자처하게 되었다면 그 변화의 과정이 설득력 있게 잘 묘사되어야 할 필요가 있었다. 게다가 황소저는 작품에서 일정 정도의 비중을 차지하던 인물이었던 데다가 재생한 후에 다시 양부로 복귀하여 서사에 등장하는 인물이기도 하다. 〈옥련몽〉과 〈옥루몽〉은 황소저의 개과천선 과정에서 차이를 보이는데 이러한 변개는 서사적 개연성을 충족시키기 위한 남영로의 선택이었을 것으로 보인다.

①의 예문은 추자동에서 이들이 거처하게 된 장소에 대한 묘사로 시작한다. 산 속의 허물어져 가는 한 칸 흙집, 벽에는 구멍이 뚫려 바람이 그냥 들어오고 주변은 가시나무로 에워싸여 해조차 잘 들지 않는 방안에는 거적자리만이 깔려 있고 냉랭하여 앉을 곳도 없는 곳이다. 이런 환경은 부귀하게만 살았던 황소저에게는 현재 자신의 현실적 처지를 총체적으로 역설해 주는 것으로, 절망 그 자체였던 것으로 보인다. 추자동에 도착하여 눈에 들어온 풍경에 대한 서술 다음에 '황소저가 이 광경을 보고 고운 눈에 슬픔의 눈물이 교차하였다'는 문장이 등장한다. 지금까지의 광경을 목도한 인물의 시선을 알게 해 주는 문장이다. 황소저가 이 같은 환경에 충격 받고 좌절한 반면 그 어머니 위씨는 환경의 영향을 상대적으로 덜 받은 것으로 보인다. 위씨는 '강상윤리를 범한 것도, 대역무도한 죄를 범한 것도 아니니 이런 고초를 당할 이유가 없다'면서 따라온 여종 도화에게 가지고 온 비단 침구를 겹겹이 깔도록 하고 그 위에 앉는다. 그러나 황소저는 아무 말 없이 눈물만 흘리면서 조용히 비단 자리를 거두고 거적자리에 앉는다. 한 달 동안 황소저는 식음을 전폐하고 주야로 울기만 하니 아름답던 얼굴은 날로 초췌해졌고 남루

한 옷과 거적자리에는 눈물 자국이 마를 날이 없었다. 위씨에게 추자동이 억울하게 처하게 된 장소라는 공간적 의미를 갖는다면, 황소저에게 추자동은 이해할 수도 감당할 수도 없는 자신의 현실에 대한 은유였다. 황소저의 언어적 의사소통 및 음식에 대한 거부는 그 상황을 받아들일 수 없다는 심정적 저항의 표현일 수 있다. 이때의 눈물 역시 회개의 눈물과는 거리가 멀 것으로 보인다. 그녀의 초췌해진 외모는 심리적 고통의 외적 발현인 셈이다.

황소저는 고문갑제(高門甲第)의 딸로서 귀하게 자라난, 자존심 강하고 안하무인격인 여성이었다. 이런 인물이 자신의 죄를 깨닫고 인정하고 변화하기란 결코 쉬운 일이 아닐 것이다. 황소저의 개과천선 과정은 그 변화를 형상화해 내야만 독자들에게 핍진하게 다가갈 수 있었을 것16) 이다. 작품에서 황소저의 개과에 결정적 역할을 하게 된 장치로는 두 가지 장면을 들 수 있는데 그 하나는 그녀가 꾼 꿈의 내용이고 다른 하나는 그녀가 본 노랑의 환영에 대한 것이다. 예문 ②와 ③을 통해 이 두 가지 장면을 살피기로 한다.

②는 황소저의 꿈 장면과 그 이후 그녀가 생각하는 장면에 대한 예문이다. 꿈 속 천상 옥경에서의 체험은 또 다시 두 가지 점에서 주목할 만한데 하나는 황소저가 칠보자리에 선뜻 앉은 행위이며 다른 하나는 그녀가 자기 자신의 모습을 직시하게 되었다는 점이다. 꿈속에서 주나라 태사인 상청부인을 만나게 된 황소저는 상청부인이 권하는 칠보자리를 사양하지 않는 모습을 보인다. 이 장면을 보면 황소저가 추자동에서 비단자리를 마다했던 것이 죄인으로서 취하는 겸양의 표현과는 거

---

16) 19세기에 창작된 장편소설의 서발문들을 참고해 보면 당시 소설 작가들이 중요하게 생각했던 것 중에는 기존 소설들이 지녔던 지리번쇄함을 덜어내고 인정세태에 핍진한 서사를 구축하는 일이 포함되어 있음을 알 수 있다.

리가 있었음을 짐작할 수 있다. 연국부인으로서의 자존감을 지니고 있으나 추자동의 현실에서는 자신의 자존감을 충족시킬 수 없었다. 어머니가 제공하는 비단자리로는 상처 받은 자존감도 회복되지 않으며 고귀한 신분이라는 존재증명도 불가능했다. 그런데 천상 옥경의 중요 인물인 상청부인이 자신을 '대명국 연왕의 제이부인 황씨'로 호명해 주자 자존감을 회복한 황소저는 자신의 지위에 합당하다고 여겨지는 칠보자리에 선뜻 앉았던 것이라 하겠다. 아직까지 황소저는 기존의 자기 정체성을 유지하고 있었던 것이다. 이 사실이 더욱 분명해지는 것은 다음의 대화를 통해서이다. 황소저는 상청부인에게 당신이 여러 첩을 두고도 투기하지 않아 칭송 받을 수 있었던 것은 표정관리를 했거나 아니면 성정 자체가 보통 사람과는 달라서일 것이라며 나름대로의 분석을 내놓는다. 상청부인이 투기하지 않을 수 있다는 것은 그 가능성조차 염두에 두지 않았음을 알 수 있으며 이는 곧 자신의 '투기'에 대해서도 문제삼지 않고 있음을 추정하게 하는 대목이다. 황소저는 여전히 잘못을 인정하지 않고 있었으며 그러므로 한 달 동안 그녀가 거적자리 마를 날 없이 울었던 이유는 억울해서였을 가능성이 높아진다.

　더러운 여성들에게 쫓기다 소리를 지르고 깨어보니 온몸에 땀이 흘러 베개와 자리까지 다 젖을 지경이었다. 악몽 치고도 꽤나 힘든 악몽에서 깨어난 황소저는 처음에는 상청부인이나 자신이나 다 '고문갑제 출신에 이목구비, 오장육부가 같은 인간'인데 왜 이렇게 다른 처지가 되었는지 의아해 한다. 그리고 더 분한 것은 그 더러운 여자들이 '평생 부귀한 문중에서 보옥 같은 몸'으로 지내던 황소저 자신과 그네들을 '동류'라고 칭한 사실이다. 꿈에서 깨어나자마자 황소저가 보인 반응은 '참담하고 분한' 마음이었다. 그녀는 잠을 이룰 수가 없었다. 그녀는 상청부인과 자신의 처지가 왜 이렇게 달라야 하는지 이해할 수 없었으며, '귀를 씻고 뼈를 갈아 그 더러움을 씻고자' 할 정도로 웅덩이의 여자들과 자신은 전혀 다른 처지라고 간주했기 때문이다.

그런데 오물에 빠져 허우적대는 여후, 마씨 등도 실은 지체 높은 여성들이었다. 그러나 더럽고 냄새 나는 그들의 외모는 그녀들의 과거 신분을 다 덮어버리기에 충분했다. 한순간 황소저는 '두려운 깨달음'에 직면하게 된다. 이 순간이 황소저의 인식에 변화가 일어나는, 개과가 시작되는 때이다. 황소저는 그녀들의 신분이 자신보다 못할 게 없다는 사실에 생각이 미치게 되고 그런 그녀들이 고초를 달게 받는 것은 바로 사람의 귀천이 밖, 즉 외적 조건이 아니라 마음에 달려 있기 때문이라는 사실을 깨닫게 된다. 황소저에게 일어난 변화는 당위와 실제가 일치하는 상태로의 변화이다. 고대광실, 비단옷, 좋은 음식이 있다 해도 마음이 천하면 천한 것이니 '진정 비천한 마음'을 지녔던 자신은 곧 진정 비천한 존재라는 인정이다. 그러자 '자신이 오늘 이 고초를 당하는 것은 실로 자신이 취한 것'이라는 인식에 도달하는 것이다. 문제의 원인을 '나'에게 돌리는 것, 신분이나 경제적 지위 등이 아닌 마음의 소유자인 존재 자체로서의 '나'에 대한 직시가 가능해지자 비로소 황소저에게 뉘우침이라는 정서적 작동이 일어난다. 그리고 뒤이어 자신이 벽성선을 모해한 사건들, 벽성선이 당한 고초가 비로소 황소저에게도 고초로 이해가 된다. 자신의 외적 조건을 사상해 버리자 역지사지가 가능해지는 것이다. '역지사지해야 한다'고 주장하는 것이 아니라 실제로 역지사지하게 된 것이다. 이런 인식의 전환은 '천도가 순환하여 이제 내가 보복을 당하는 것'이라는 결론으로 귀결된다. 황소저는 비로소 그 '천도의 보복'을 받아들일 수 있게 된 것이다. 이는 황소저가 더 이상은 자신을 합리화하지 않으며 자신의 잘못을 인정하고 과거의 태도를 고쳐 가는 과정을 보여준다.

③은 노랑의 환영에 대한 예문 부분이다. 이는 꿈에서 깬 다음에 이어지는 장면인데, 꿈과 환영은 구별 가능한 별개의 것이기에 예문을 나눠서 살피기로 한다. 노랑의 환영은 황소저의 개과 과정을 잘 보여주는 또 하나의 사건이다. 천도가 순환하여 자신이 이제 보복을 당하는 것이라면 현재 황소저가 당하는 추자동에서의 감금 생활이 곧 보복일 수 있겠다. 그런데 황소저 마음속에 자리 잡고 있던 두려움과 겁은 자객 노랑에 대한 기억을 환기시켰고 결국 황소저는 기절하고 만다. 황소저가 노랑의 환영을 보게 된 것은 물론 자신이 벽성선을 죽이려 했기에 그에 대한 갚음이 자기에게 돌아오리라는 공포에서 비롯된 것[17]일 수도 있겠으나 그 이전에 자신의 잘못에 대한 죄의식으로 말미암은 것일 수도 있다. 황소저가 노랑의 환영을 보며 기절하기에 이르는 것은 죄에 대한 대가를 치를 것에 대한 예상이 공포로 확산되면서 스스로를 벌주는 형국인 셈이다. 결국 그녀는 자신은 죄인으로, 벽성선은 죄 없는 자로 언표하게 된다.

④는 황소저가 자신의 죽음을 직감하면서 유언을 하는 장면이다. 황소저는 몇 차례에 걸쳐 기절했다 정신을 차렸다 하면서 유언을 남기는데, 막상 황소저는 자신의 죽음을 애석해 하지도 않고 만사를 잊을 수 있다고 한다. 다만 마음에 품은 두 가지가 있다면서 그 하나는 연왕이 자신을 저버리지 않았는데 자신이 연왕을 저버린 것과 벽성선이 자신을 모해하지 않았는데 자신이 벽성선을 모해한 것이니 이 이후로 연왕이나 벽성선을 거론하지 말아 달라[18]고 부탁하였고 또 다른 하나는 자

---

17) 유광수, 2006, 240~243면.

18) 막상 황소저는 자신의 죽음을 애석해 할 것 없다고 하는데도 위씨는 다 남편을 잘못 만나 자기 딸이 이렇게 된 것이라며 양창곡을 탓하고 있다. 황소저는 벽성선이나 양창곡에 대한 이 같은 말을 막고자 한 것으로 이해할 수 있겠다.

신이 죽은 후 황씨 선산에도, 양씨 선산에도 묻지 말고 화장해 달라고
부탁한 것이다. 첫 번째 경우도, 두 번째 경우도 황소저의 감정적 기조
는 부끄러움이었다. 혼령이나마 부끄러움을 면하고 싶다는 바람이 이
같은 유언으로 정리된 것이다. 각로의 딸로 태어나 평생 부귀하게 안하
무인으로 살아왔던 황소저와, 유교 사회에서 화장(火葬)을 선택하여 다
만 뼛조각이라도 자기 존재의 흔적은 남기지 않겠다는 황소저 사이에
는 현격한 차이가 있다. 장례 및 상례가 삶의 과정에서 절대적인 의미를
차지했던 당대 사회를 생각해 볼 때 이는 스스로를 비천한 존재로 자리
매김한 것으로 낮은 자리를 선택한 것이다. 이제 황소저는 확실히 개과
했으나 기(氣)와 숨이 끊어져 죽게 된다.

위씨는 딸의 유언에 따라 화장하고자 여종 도화를 산화암에 보내는
데 마침 산화암에 와 있던 벽성선이 이 소식을 듣게 된다. 벽성선을 통
해 그 말을 들은 강남홍은 '황소저의 상태는 칠정이 서로 충돌하여 호흡
이 멈춘 것'으로 추정하면서 벽성선과 강남홍은 여승으로 위장한 후 숨
이 끊어진 지 이틀 된 황소저를 살피고 위씨에게 환약 세 개를 내어
주고 사라진다. 황소저는 이틀 동안의 유사 죽음 뒤 숨을 몰아쉬며 다시
살아나게 된다.

2) 이후 삶의 변화 : 존재의 변화와 탈속한 삶의 태도

벽성선은 황소저가 제대로 조섭하지 않으면 회복하기 어려울 것이라
고 하며 태후에게 황소저 모녀를 용서해 달라는 상소를 올리고 태후가
허락하자 위씨와 황소저는 황부로 돌아간다. 이후에 황소저가 보여주는
행동들은 그녀의 개과가 어느 정도로 진정하고 절실한 것인지를 판단
하게 해 준다. 여기에서 예로 들 것은 다시 살아난 황소저가 어떻게 예

전과 다른지, 또 어떤 삶을 살게 되는지 등에 대한 것이다. 이 과정은 바로 황소저의 천선(遷善)을 보여주는 부분이라 하겠다. 〈옥루몽〉에서 황소저의 천선에 대한 서술은 개과 서술에 비해 상대적으로 소략하다. 이는 어떤 인물의 변화를 설득하는 것이 그 인물의 변화된 행동 양상을 그리는 것보다 더 공을 들여야 할 필요가 있는 일이기에 그렇게 된 것으로 보인다.

① 황소저도 부모를 따라 본부로 돌아간 후 더욱 부끄럽고 낯이 없어 바깥사람들을 만나지 않고 황부 후원의 방 하나를 얻어 거처하니 그 이름은 매설정이었다.……화장을 하지 않고 상 위에 열녀전을 펼쳐놓고 향을 살라 세상 염려를 없이 하며 여생을 보내려 하니……19)

② 다만 고맹지질이 완전히 회복될 기약이 없으니 비록 건즐을 받들어 부인으로서의 직분을 다하고자 해도 힘써 부지런히 할 수가 없습니다. 바라건대 상공은 제 사정을 살펴주셔서 제 뜻을 용서해 주시고 제 몸이 세상 일을 잊고 이곳에 살게 허락하여 다시 사람 사이에 섞여 거듭 죄를 저질러 그릇되지 않도록 해 주세요.20)

③ 황소저가 감히 사양하지 못하고 옅은 화장에 검소한 옷을 입고 시부모를 뵙는데 유순한 태도와 공손한 모습이 다시 전날의 황소저가 아니었다.21)

---

19) 黃小姐ㅣ 亦自從其父母而至本府後로 尤爲慙愧無面ᄒ야 不接外人ᄒ고 得黃府後園 一個房室而處ᄒ니 其名은 梅雪亭이라……不粧脂粉ᄒ고 床頭에 開列女傳ᄒ고 焚香而 消遣世慮ᄒ고 欲送餘生ᄒ니……, 〈옥루몽〉, 429면.

20) 但痼盲之疾이 蘇完無期ᄒ야 雖欲奉巾櫛而盡其職이오나 莫可勉强이오니 伏望相公 은 俯察妾之情地ᄒ샤 恕其志而許其身ᄒ야 使忘世事而居於此處ᄒ야 無得更參人類ᄒ 야 以重罪戾케 ᄒ소셔, 〈옥루몽〉, 434면.

21) 黃小姐ㅣ 不敢辭ᄒ고 淡粧儉衣로 見於舅姑ᄒ시 柔順之態와 恭遜之狀이 非復前日黃

①은 추자동에서 풀려 친정으로 돌아온 다음의 생활을 보여주는 예문이다. 황소저는 사람들을 만나지 않고 후원 별당에 거처했는데 그 이유는 낯을 들 수 없을 정도로 스스로가 부끄러웠기 때문이다. 황소저는 연지와 분을 멀리하고, <열녀전>을 읽고, 향을 사르고 세상일을 멀리하며 여생을 보내고자 하였다. 화장을 안 하는 것은 여자로서의 색(色)을 포기하는 것이고, <열녀전(列女傳)>을 읽는 것은 과거와는 달리 유교적 여성 교육의 규범을 내면화하는 것이다. 그 이전에도 <열녀전(列女傳)>을 읽었을 수 있으나 꿈속 상청부인과의 대화를 참고해 보면 그녀는 태사에 대한 입전 내용을 그대로 준신하지 않았음을 알 수 있다. 즉 그녀는 귀양 올 때까지는 투기에 관련한 여성 교육의 내용들을 내면화하지는 않았으나 귀양에서 돌아온 후에는 '상 위에 펼쳐 놓고' 지침으로 삼는 모습을 보여준다. 여기에 향을 사르고 세상일을 멀리하며 여생을 보낸다고 하였으니 영락없는 재가수도자의 이미지를 연상시킨다.

그녀가 세상과 일정하게 거리를 유지하고 살고자 하는 것은 ②의 예문에서 보듯 양창곡과의 대화에서도 재확인된다. 황소저의 거처에 찾아간 양창곡은 방안을 살펴본 후 '황소저의 병문안을 하고자 왔더니 잘못 승당 도관에 들어왔다'고 말하면서 '이 또한 부인과 여자의 합당한 길은 아니'고 '부끄러움이 지나쳐 다시 허물을 만드는 것[22]'이라고 하였다. 삭발만 하지 않았을 뿐 황소저의 선택은 '승당 도관' 다시 말해 여승 혹은 여도사를 연상시키는 삶이었다. 이는 황소저 본인의 입을 통해 다시 확인된다. 다시 연왕부로 돌아올 것을 권하는 양창곡에게 그녀는 비록 병을 핑계 삼았지만 자신은 다시는 인간사에 섞여 살기를 원하지

小姐이라, <옥루몽>, 434면.

22) '學生이 欲問黃小姐之病이러니 誤入僧堂道觀이로다.……此亦非婦人女子의 合當之道ㅣ로다……此所謂羞過而作過也ㅣ라' <옥루몽>, 433~434면.

않는다는 뜻을 분명하게 전한다. 몇 권 책과 향로 하나만이 놓여 있는 방안에서 여생을 보내겠다는 황소저에게서는 탈속한 삶을 살고자 하는 태도가 엿보인다. 높은 문벌, 가문의 부와 권세 등 자신의 외적인 배경 들로 인해 스스로를 성찰할 기회가 없어 자신이 교만하다는 사실도 몰 랐던 황소저는 그 같은 배경의 박탈과 결핍을 통해 비로소 벌거벗은 스스로를 직면할 수 있었고 그렇기에 다시는 이전과 같은 생활로 돌아 가기를 원치 않는 것이라 하겠다.

③의 예문은 양창곡의 권유와 설득으로 다시 연왕부로 돌아가 시부 모에게 인사를 드리는 황소저의 모습이다. 옅은 화장은 했으나 옷은 검 소했고 그 태도와 모습은 더 이상 예전의 황소저가 아님이 서술자에 의해 다시 확인되는 부분이다. 여승처럼 살겠다던 황소저가 옅은 화장 이나마 화장을 하고 나타났다. '옅은 화장'은 쫓겨난 며느리였던 자신이 다시 시부모에게 인사를 드리게 되면서 예를 갖춘 것인데, 이는 두 가지 점에서 과거의 그녀와 달라진 황소저의 태도를 보여준다. 하나는 그녀 가 여전히 소박한 삶을 지향하고 있었다는 것이며, 다른 하나는 그녀가 다시는 인간사와 얽혀 살고 싶지 않다는 자신의 뜻을 굽혀 연왕부로 돌아왔다는 것이다. 이후 연왕부에서 그녀는 벽성선을 만나 스스로를 '천지간의 죄인'으로 자처하면서 '부끄러움'을 여러 번 토로한다. 이후 황소저는 '개과천선하여 선한 이들과 잘 살았다'는 식으로 처리되지 않 고 서사의 장면 장면에 등장하면서 연왕부에서 함께 생활하는 모습이 그려진다. 네 명의 처첩들과 어울려 꽃구경도 하고 낙성연에도 참여하 며 일지련의 잠실(蠶室)에 들어가서 누에를 보기도 한다. 이 과정에서 일정한 분량의 대사가 주어지고 친정에서 보내온 과일로 시작되는 황 소저 중심의 임신과 출산 사건도 전개된다. 즉 황소저는 자신의 죄를 뉘우친 후 천선한 모습으로, 그 이전과는 차별화된 변화된 모습으로 삶

을 살아가는 과정이 지속적으로 그려지는 것이다. 강남홍은 아들이 과 거급제하여 이름을 남길 수 있기를 소망하나 황소저는 아들에게 그 같 은 욕망을 부리지 않는다. 개과천선했기에, 한때는 여승처럼 속세와의 인연을 멀리한 후 탈속하게 살기를 원하기도 했던 존재였기에 황소저 가 연왕부에 다시 돌아와서는 여러 명의 처첩들 사이에서 화목하게 지 냈다는 설정이 자연스럽게 여겨진다.

3. 악인형 인물의 개과천선 과정 비교 검토와 〈옥루몽〉 서술의 특징

1) 개과천선 모티프가 수용된 다른 작품과의 비교 검토

선악 구도가 비교적 확연한 고전소설에는 개과천선 모티프가 종종 등장하곤 한다. 개과천선 모티프의 유무는 악의 성격과도 유관할 터인 데, 악인형 인물이 절대악에 속해서 징치의 대상[23]이 되는 경우라면 개 과천선 모티프가 등장할 확률은 매우 낮아질 것이다. 그러나 악행을 저 지르면서 주인공과 갈등관계에 있던 안타고니스트가 용서를 받을 수 있는 인물이라면 혹은 그 인물을 용납해 주기 위해서라면 이때에는 반 드시 그 계기가 마련되어야 하므로 개과천선 과정이 필요해진다. 악인 형 인물이 용서 받는 경우는 가족 구성원 간의 갈등인 경우[24]가 대부분 이다. 고전소설에서 가족 갈등은 부모와 자식 간의 갈등 혹은 처첩갈등

---

23) 조현우, 「<사씨남정기>의 악녀 형상과 그 소설사적 의미」, 『한국고전여성문학연구』 13, 한국고전여성문학연구회, 338~339면.
24) 가족 구성원이라 해도 그 인물이 반역에 가담하는 경우라면 용서의 여지는 없어진다.

이 주를 이루는데, 훼손되었던 가족 간의 관계가 다시 회복되는 서사에서 개과천선 과정이 서술된다. 유교적 이념으로 치가(治家)할 때 문제가 되었던 가족 관계는 효 이데올로기로 강조되는 수직적 질서인 부모 자식 간의 관계와, 가부장제 혈통의 순수성과 가부장의 욕망과 관련하는 처첩 관계였을 것으로 보인다.

가족 구성원 사이에서 선악 구도가 생기는 경우, 악행을 저지르는 인물은 결국 선인형 인물인 주인공25)의 정당성을 제고해 주는 역할을 하게 된다. 부모 자식 간의 갈등에서는 '선한 부모-악한 자식' 구도보다는 부모가 악행을 저지르고 자식이 그런 부모를 끝까지 선한 마음으로, 즉 효성으로 감화시키는 전개가 대표적이다. 이런 서사적 전개는 아들이 악한 아버지를 끝까지 효로 잘 섬겨서 훗날 대효(大孝)라 불리게 된 순임금과 그의 아버지 고수(瞽叟)와의 고사에서 영향을 받은 것이라 하겠다. 여기에 속하는 예로는 〈유효공선행록〉이나 〈창선감의록〉 같은 작품을 들 수 있다. 두 작품 다 주인공인 아들은 시종일관 효성으로 악한 부모를 잘 모시고 결국 지속적으로 자식에게 모해를 가하던 부모가 그 효성에 감화되어 자신의 잘못을 뉘우친다는 전개를 보인다. 〈유효공선행록〉은 아버지 유정경과 두 아들인 유연, 유홍이 등장하는데 동생 유홍은 형 대신 자신이 장자권을 상속받고자 아버지 유정경에게 형을 모함한다. 이 작품에는 수차례에 걸쳐 유홍과 유홍의 사주를 받은 유정경이 유연에게 악행을 저지르는 과정이 서술된다. 연은 답답하리만큼 고지식한 방법으로 아버지를 효성으로 대한다. 작품 중반쯤에 이르러 유정경이 유홍의 방에서 그가 형을 모해하는 계획을 써 놓은 글을 발견하고 자신의 잘못을 뉘우치기는 하나 작품에서 아버지 유정경의 개과천

---

25) 선인형 인물이 반드시 주인공인 것은 아니나 주인공은 선인형 인물이다.

선 과정이 집중적으로 그려지지는 않는다. 아들 유연의 변함없는 효성에 감화한 아버지가 잘못을 뉘우친다는 언급 정도에 그칠 뿐, 유정경의 개과는 인물의 내면적 변화의 과정을 보여주지 않는다. 아들 유연의 효성, 즉 외부의 자극에 반응하는 수준으로만 그려져 있는 것이다.

이런 서술은 <창선감의록>에서도 마찬가지이다. <창선감의록>은 화욱의 세 부인 중 첫째 부인인 심씨와 그의 아들 화춘, 그리고 셋째 부인인 정씨 소생의 화진 사이에서 빚어지는 갈등을 보여준다. 정씨는 이미 죽었기에 갈등의 구도는 심씨와 화춘 대 화진의 구도가 되는 셈인데 이 과정에서 심씨는 화진에게 갖은 악행을 저지른다. 화진만이 아니라 며느리도 같이 내쫓아 화진은 작품 후반부에서야 부인과 다시 재회한다. 그러나 화진은 물론 그의 아내도 효성으로, 착한 성품으로 대응할 뿐이었다. 결국 자신들이 믿었던 이들에게서 배반당한 후 화춘은 뉘우침과 원망이 뼈에 사무쳐 통곡하고 밤이면 꿈에서 동생을 부르며 눈물을 흘렸다는 언급이 나온다. 심씨의 경우도 마찬가지여서 예전을 뉘우쳐 착한 행실을 하게 되었다고 하는데 이 과정들이 사건이나 장면으로 서술되는 것이 아니라 한두 문장 정도로 설명적으로 제시된다.

<유효공선행록>도, <창선감의록>도 부모의 악행과 이를 부추기는 형제 때문에 목숨에 위협을 당하는 사건들까지도 행해지는데 그래도 유연이나 화진 등의 인물은 효성으로 시종일관 선하게 대응할 뿐이다. 그리고 악인형 인물들은 개과천선했다고는 하나 그 뉘우침이나 변화 과정이 비중 있게 서술되지는 않는다. 그 과정이 비교적 자세한 작품으로는 <보은기우록>을 들 수 있겠다. <보은기우록> 역시 이악스러운 아버지 위지덕과 군자를 지향하는 아들 위연청 사이에서 벌어지는 갈등의 서사가 주를 이루는 작품이다. 그런데 이 작품에는 위지덕의 회과(悔過) 계기가 사건화되어 구체적으로 제시된다. 그것은 바로 위지

덕이 독을 먹고 혼수상태에 빠지게 되는 사건으로, 이 독은 바로 위지덕이 후취로 맞은 녹운이 위지덕의 약에 넣은 것이다. 위지덕은 혼수상태에서 혼백이 한 곳에 이르게 되는데, 그곳에서 귀졸들이 달려들면서 '위지덕의 행실은 죽어 마땅하나 네 아들과 며느리의 적선 행덕으로 다시 살아나게 되었다'라고 일러준다. 그는 이 과정에서 철편으로 맞는 고통을 당하는데 이는 그가 아들 위연청에게 저질렀던 고통을 그대로 받게 되는 과정이기도 하다. 위지덕 역시 아들 연청을 때려죽이고자 했고 실제로 아들이 죽었다고 간주하고 있었던 것이다. 이런 혼수상태에서의 귀졸 체험을 통해 위지덕은 자신이 저지른 잘못을 깨닫게 된다. 그러나 그 다음에 강조되는 것은 위연청과 그의 아내의 선한 행동이다. 혼수상태와 같은 구체적인 정황을 설정해서 깨달음의 계기를 마련한 것은 서사 전개의 설득력 면에서 고무적이다. 그러나 작품 속에서 철저하게 인색했던 악인형 인물의 변화가 독자들에게 설득력 있게 다가가기 위해서는 개과천선 과정이 더 구체적으로 모색될 필요가 있었다고 판단된다.

이번에는 처첩 갈등이 그려진 작품을 예로 들어보자. 이때의 처첩 갈등은 처처 갈등도 포함한다. 처첩 관계가 되었든 처처 관계가 되었든 가부장의 사랑을 나누어야 한다는 점에서는 공히 갈등의 요인이 되기 때문이다. 처첩 갈등의 대표적 작품은 〈사씨남정기〉일 것이다. 그런데 이 작품에서 악인인 교채란은 개과천선하지 않고 징치 당한다. 처첩/처처 갈등의 서사에서 악인형 인물의 개과천선 과정이 그려지는 작품으로는 〈옥린몽〉을 들 수 있다. 송나라를 배경으로 하는 〈옥린몽〉은 범공의 두 부인인 유부인과 여부인 사이의 갈등을 다룬 작품이다. 공주의 딸인 여부인에게 유부인은 눈엣가시 같은 존재여서 여부인은 유부인을 지속적으로 모해하고 목숨까지도 앗으려 하였다. 그런데 천자가 여부인의 죄악을 알게 되어 여부인을 귀양 보내 유부인이 당한 고통 그대로를 경험하게 한다. 공주의 딸로 귀히 살던 여부인은 난생 처음 당하는 어려움에 고생을 하게 되고 영능 유배지로 가는 도중에 도적을 만나 행장을 모두 잃고 양식이 떨어진 가운데 종들은 병이 들게 된다. 때마침 지나가다가 여부인의 사정을 알게 된 유부인이 음식을 가져다주는데, 여부인은 이 상황이 민망했지만 도리 없이 유부인의 도움을 받는다. 이때 자기 종들이 '유부인이니 도와줬지 우리 주인이라면 도와주지 않았을 것'이라며 수군대는 이야기를 듣게 된 여부인은 비로소 자신의 잘못을 깨닫고 부끄러움 가운데 뉘우치게 된다. 이 부분이 여부인의 개과 장면인데 여부인이 저지른 악행의 정도나 수준에 비해 소략할 뿐만 아니라 유부인의 선한 행동이 회과의 직접적 계기가 된다. 즉 여부인의 회과 역시 유부인의 선행에 대한 반응이라는 점에서 수동적이며, 그 내면적 변화의 과정은 구체적으로 그려지지 않는다.

처첩/처처 갈등의 서사에서 악행을 저지른 여성의 개과천선 과정이 비교적 풍부하게 그려지는 작품으로는 <명행정의록>을 들 수 있다. <명행정의록>은 <보은기우록>의 후속작인데 전편에서 부자 갈등이 주를 이루었다면 후편에서는 위연청의 두 부인인 이월혜와 소예주 간의 갈등이 중요한 갈등이 된다. 이 작품은 전 70권 70책의 분량으로, 이 중 47권째 내용이 이월혜를 모해하던 소예주의 개과천선 과정으로 이루어져 있다. 이 작품은 여러 차례에 걸쳐 다양한 사건을 중첩시키면서 개과천선의 계기들을 점차적으로 마련한다. <명행정의록>에도 악행이 드러난 소예주가 귀양을 가는데 그 과정에서 <옥린몽>의 경우처럼 도적을 만나 가진 것을 다 잃어버리는 낭패를 경험한다. <옥린몽>의 경우는 이 상황에서 유부인이 직접 선행으로 갚아 회과를 유도하는데 비해 <명행정의록>의 도적 사건은 소예주 일행이 더욱 위험한 지경에 이르게 되는 계기가 된다. 소예주는 위험에서 도망하다가 발이 상하고 무릎에서 살이 떨어져나가는 육체적 고통을 당하는 가운데 피곤함을 못 이겨 잠에 빠지고 꿈을 꾸게 된다. 그녀는 꿈속에서 무산신녀를 만나고 '나와 소저는 일반인데, 쟁총을 안 했다는 점에서 내가 더 낫다'는 무산신녀의 말을 듣게 된다. 양왕과의 고사로 인해 무산신녀를 낮춰 보던 소예주는 그 말에 크게 부끄러워진다. 소예주는 그 후에도 곤경을 당하는데 그러나 자신의 신세에 대해 절치부심하는 모습을 보여 그 꿈이 개과의 결정적 계기가 되지는 않았음을 알 수 있다. 그러다가 정절을 지키기 위해 투신을 하고 이후 거처하게 된 암자의 청정한 기운에 따라 변화하는 과정이 그려지는데 그 대표적인 현상이 '물욕이 사라지는 것'이다. 그러다가 자신의 죄악이 지대했다는 사실을 깨닫고 개과하게 된다. 여기에 시아버지 진국공의 편지로 인해 완전한 '새 사람'이 되었는데 이때 자주 등장하는 단어는 '부끄러움'이다. 소씨는 '자작지얼'이라고 하면서 '삭발위승할 수는 없으나 출속(出俗)한' 삶을 살고 싶다는 의지를 발하며, 나중에 편안하게 되면 다시 옛날처럼 되지는 않을까 걱정한다. 결국 소예주는 이런 과정을 걸쳐 진정 개과천선한 모습을 보여주게 된다. 소예주의 개과에 결정적인 역할을 한 것은 이부인의 선행이 아닌 귀양에서 경험하게 된 고통과 청정한 환경, 물욕 없는 환경에서의 생활이라 하겠다.

2) 〈옥루몽〉 개과천선 과정의 특징

(1) 구체적 형상화의 강화

〈옥루몽〉 개과천선 과정의 특징을 살피기 위해서 우선 〈옥련몽〉과 〈옥루몽〉이 다른 부분부터 짚어보기로 한다. 우선 〈옥련몽〉에는 황소

저 모녀가 추자동에 감금되는 사건이 등장하지 않는다. 그러므로 추자
동 귀양 사건은 작가가 개과천선 모티프를 더 강화하기 위해 부연한
설정으로 이해할 수 있겠다. 특히 <옥련몽>의 황소저는 출부(黜婦)된
다음 친정에 가서 지내는 것으로 설정되어 부귀한 환경은 그대로 유지
된다. 이에 비해 <옥루몽>에서 추자동 유배를 설정하고 그 공간의 영
락함을 묘사하는 것은 황소저의 몰락을 여실하게 보여주는 효과가 있
다. 또 <옥련몽>에서는 노낭이 직접 추월을 죽이고 스스로도 자결하는
것으로 그려진다. 황소저는 그 과정을 종들에게서 전달해 듣는데 그 후
노낭의 환영에 시달리다가 시시(時時)로 기절하고 하고 싶은 말을 묻는
부모에게 '남편을 다시 못 보고 죽는 것'을 한스럽게 여기는 말을 한다.
이로 인해 양창곡이 황부를 방문해서 황소저를 보고 개과했으니 용서
하겠다는 말을 했는데 얼마 안 되어 황소저가 혼절하고 깨어나지 않는
다. 그 뒤에 상청부인과의 만남이 이어지는데, <옥련몽>에서는 '얼굴
표정을 꾸민 것이 아니라면 칠정이 다른 것'이리라는 황소저의 추정이
없다. 이 추정은 <옥루몽>에서 부가된 것인데 이는 여전히 자신의 잘
못을 인정하지 않고 있는 황소저의 상태를 보여주는 동시에 상청부인
이 화가 나서 황소저를 내쫓는 동기화를 마련해 주는 서사적 기능을
한다. 이와는 달리 <옥련몽>에서는 상청부인에게 쫓겨나 여러 부인들
의 이야기를 들은 뒤 곧장 "소저가 일변 연구하고 일변 뉘웃쳐 참괴홈
을 익의지 못ㅎ야 돌쳐 오더니26)"로 연결된다. 그렇게 뉘우치기까지의
내면의 변화에 대한 서술이 전혀 없는데 <옥루몽>에서는 황소저 혼자
묻고 답하다가 자신의 잘못을 스스로 깨닫게 되는 과정이 묘사되어 있
다. 원래 <옥련몽>에서는 그렇게 곧장 깨달은 후 황소저가 누군가를

---

26) 인천대 민족문화연구소(편), 『구활자본 고소설전집』 10, 은하출판사, 1983. 396면.
앞으로 이 작품의 인용은 작품 제목인 <옥련몽> 및 면수만을 표기하도록 한다.

끌고 오는 노낭을 목도하는 것으로 연결되었는데, 이때 그 여인은 바로 황소저의 어머니 위씨였다. 노낭은 자신은 풍도부에 들어가 야차가 되었고 세간의 음란하고 투기하는 여자를 잡으러 다니는데 소저는 천상(天上)의 존재라서 잡지 못하고 위씨는 죄악이 관천하여 잡아간다고 대답한다. 그 와중에 춘월이 황소저를 향해 달려들고 노낭이 칼을 빼어 저지하는 과정에서 황소저는 놀라 깨어나고, 그 후 개과하여 외인을 보지 않고 지분을 단장치 않고 지내다가 양부 사람들에게 다시 받아들여진다. 〈옥루몽〉에서는 이와는 달리 노낭이 살아 있고 또 꿈을 통해 스스로 생각하는 과정에서 자신의 죄를 깨닫고 회과한 후 노낭의 환영이 등장하는 것으로 변개되어 있다. 노낭이 살아있다는 사실은 황소저의 두려움을 더 잘 설명해 주는 것일 수 있으며 꿈을 통한 인식의 변화와 자신의 잘못에 대한 깨달음이 있었기에 그 공포와 두려움은 죄의식과도 연결되는 지점이 있을 수 있다. 즉 작가가 이 부분을 〈옥련몽〉에서 〈옥루몽〉으로 개작하면서 노력을 기울인 부분은 황소저가 교만하여 자신의 죄를 인정하지 않는 상태에서 어떤 과정을 거쳐 스스로 잘못을 뉘우치고 회과하는지 그 생각의 변화 과정과 개과천선 과정을 서사적으로 구체화하는 것이었음을 알 수 있다.[27)]

---

27) 이는 위씨 부인의 경우에도 적용 가능하다. 〈옥련몽〉에서는 위씨의 고초는 그려지지 않는다. 다만 황소저가 놀라 깬 후 "위부인 녁시 여취여몽ᄒᆞ여 주연 감동흠이 모녀 량인이 일시에 착훈 사롬이 되니라."라는 언급으로 처리될 뿐이다. 〈옥련몽〉, 397면. 이에 비해 〈옥루몽〉에서는 위씨도 같이 추자동에 유배되고 황소저가 개과해 가고 있는 과정에서 위씨 역시 꿈속에서 어머니 마씨를 만나 꾸중을 듣고 매를 맞은 후 뉘우칠 계기를 얻는다. 황소저와는 달리 유배 처음부터 시종일관 당당한 태도를 유지했던 위씨는 이를 계기로 변화된 모습을 보이게 된다. 매 맞은 상처를 치료해야 되지 않겠느냐는 가궁인의 말에 위씨는 어머니에게서 혼난 자국이니 고이 간직하면서 교훈을 잊지 않겠다고 대답하는데 위씨의 개과 과정은 황소저와는 달리 스스로의 생각의 과정이나 그로 인해 도달한 깨달음 등은 그려지지 않으나 〈옥련몽〉에 비한다면 위씨

(2) 인물의 성격 변화에 대한 진지한 접근

고전소설에서 악인형 인물의 개과천선이 등장하는 작품은 상당수 되지만 해당 인물의 변화 과정이 실제로 개연성 있게 형상화되는 작품은 많지 않다. 개과천선을 언급하는 수준 정도이거나 혹은 개과천선한 인물은 그 다음의 서사에서는 별로 존재감이 없는 방식으로 그려지는 경우도 종종 볼 수 있기 때문이다. 이에 비하면 앞에서도 확인했듯 <옥루몽>의 황소저가 겪어내는 개과천선 과정은 서사적으로 구체성을 획득했을 뿐만 아니라 변화의 방식도 무의식 수준의 꿈이나 환영 등을 통해 자기 생각을 전개해 나가고 그 과정에서 스스로 깨닫게 되었다는 설정을 하고 있다. 이 같은 개과천선 과정의 뼈대는 <옥련몽>에서 이미 만들어져 있다. 그러나 남영로는 굳이 사건의 앞뒤를 바꾸거나 혹은 사건 자체를 바꾸거나 아니면 새로운 내용들을 더 보충해 넣거나 생략함으로써 서술을 가다듬었다. 그리고 변개의 방향은 악행을 저지르면서도 자신의 행동에 대해 객관적인 판단을 하지 못 했던 인물이 자신에 대해 직시하게 되는 과정의 개연성을 높이는 것이었다. 독자들이 이 부분을 읽었을 때 실제로 어떤 악인이 뉘우친다면 이런 변화 과정을 겪을 것이라고 동의할 수 있을 정도이다. 즉 <옥루몽>의 개과천선 과정을 읽는 독자들은 이 과정이 현실태일 수도 있으리라는 상정을 할 수도 있으며, 이는 양창곡의 정치 담론이나 대대적인 놀이나 유흥 장면 서술과는 차별화되는 지점이다. 두 경우 다 매우 구체적이고 생동감 있는 서술이라는 점에서는 동일할 수 있으나 그것이 조선 당대 현실 맥락에 놓일 때 어떻게 받아들여질 것인가를 놓고 본다면 서로 다른 결론에 도달할 것이기 때문이다. <옥루몽>의 황소저가 보여주는 인식과 태도의 변화 과

역시 개과천선의 과정이 강조되는 방향으로 개작되었다.

정은 당대 현실에서도 가능하리라는 점에서 이 부분에 대한 작가의 서술 태도가 진지했음을 추정할 수 있겠다.

그런데 개과천선 과정에서 황소저의 인식을 바꿔 놓는 결정적 계기는 자기 자신의 추론 과정이었다. 이 과정에서 황소저는 자신이 더럽다고 여겼던 여성들이 결코 자신보다 못하지 않다는 깨달음과, 이 깨달음에 이어 '사람의 귀천이 마음에 있다'는 발견을 하게 된다. 여기에 흥미로운 지점이 있는데 황소저의 깨달음은 당위와 실제가 만나고 있다는 사실이다. 예컨대 사람에게 중요한 것은 마음이지 외적 조건이 아니라는 주장은 당위에 해당한다. 그런데 고전소설 속에서도 당위와 실제가 부합할 확률은 그리 높아 보이지 않는다. 당위이기는 하나 현실 속에서는 각자의 입장에 따른 다양한 변주를 인정하면서 그 차이를 포장하는 방식으로 서술하곤 하기 때문이다. 그 대표적인 경우가 가문소설이다. 작품 속에서 유교적 군자상의 실현과 가문의 번영을 위한 선택은 서로 모순되는 경우가 있는데 대개 이런 경우 등장인물은 당위와 현실 사이의 어느 적당한 선에서 타협을 모색한다.[28] 현실 맥락에서만이 아니라 소설 속에서도 당위와 실제가 일치하기 어려운 것이다. 그런데 황소저의 깨달음은 그런 자기 자신이 가지고 있었던 괴리를 정확하게 인식하게 되었고 스스로의 허위성을 간파하는 순간 자기 자신이 누추한 존재라는 사실을 인정하게 되는 데서 비롯한 것이다. 이런 깨달음이 있었기에 개과 이후의 황소저는 탈속한 존재로 개연성 있게 변화할 수 있었던 것이다. 이때의 깨달음이란 그 이후의 변화를 담보해 내는 진정성의 마련이라 하겠다.

처첩 갈등 모티프는 〈사씨남정기〉 이래로 고전소설에서 자주 등장

---

28) 〈임씨삼대록〉의 임관흥이 보여주는 태도가 여기에 해당한다. 조혜란, 「가문과 개인 사이」, 『고소설연구』 26, 한국고소설학회, 2010 참고.

하는 모티프였기에 독자들에게도 매우 익숙한 서사라 하겠다. 익숙한 모티프를 익숙한 방식으로만 전개시키는 소설에서는 더 이상 문제의식을 발견하기 어렵다. <옥루몽>의 황소저-벽성선 관계도 처첩 갈등 모티프에 따른 사건 전개를 보이는데, 이 작품의 개과천선 과정에 대한 서술 방식은 독자들에게도 익숙했을 이 서사 전개를 낯설게 만들어 주는 부분이었을 것이다. 독자들도 대개의 개과천선 과정이 어떻게 전개되는지에 대한 기대를 가지고 있었을 터인데 <옥루몽>의 개과천선 과정이 뭔가 낯선 서사[29]이기에 새로운 문제 제기를 가능하게 한다면, 그것은 인간에 대한 이해와 관련된 부분일 것이다. <옥루몽>에서는 황소저가 개과한 것이 황소저의 성품이 원래 착했기 때문이라고 설명하지 않는다. 마찬가지로 그녀의 악행 또한 그녀의 심성이 흐려졌기 때문이라고도 하지 않았다. 그러므로 그녀가 개과천선한 것은 성리학에서 주장하듯 본성에 대한 회복을 보여주기 위함과는 거리가 있겠다. 대신 <옥루몽>에서는 그녀의 악행과 불선(不善)한 성품의 원인을 평생 지체 높고 부귀하였던 그녀의 환경에서 찾았다. 이 환경은 <명행정의록>에서처럼 청정한 종교적 환경과는 달리 현실적인 배경[30]이다. 또한 개과의 치명적 계기가 갈등 관계에 있었던 선인의 하해 같은 태도 때문이 아니라 의식, 무의식을 동원하여 본인이 도달한 깨달음으로 설정되어 있다. 그런가 하면 강남홍은 황소저의 개과를 높이 사는데, '투기는 누

---

29) 본 연구자가 과문하여 미처 보지 못한 작품 중에서 <옥루몽>만큼이나 개과천선 과정이 잘 그려진 작품이 있을 가능성도 있다. 그러나 그렇다고 해도 그런 작품 수가 첨가되는 것일 뿐 <옥루몽>의 개과천선 서사가 갖는 플롯의 새로움이 부정되는 것은 아니다.

30) <명행정의록>의 개과과정에는 이 외에도 시아버지가 주신 거울이 개과 상태를 지켜 주는 방편으로 제시되고 있다. 이 작품의 개과과정에는 여전히 초현실적 힘이 간여하고 있다.

구에게나 있을 수 있는 것이지만 개과는 아무나 못하기 때문'이라고 그
이유를 설명한다. 투기지심은 누구에게나 있을 수 있다는 강남홍의 태
도는 투기에 대한 도그마적 입장31)과는 차별화된다.

4. 맺음말 : 〈옥루몽〉의 문제의식을 다시 거론하며

〈옥루몽〉은 19세기를 대표하는 고전소설 중 한 작품임에 분명하다.
〈옥루몽〉은 서사 기법 면에서 매우 탁월한 성취를 이루어냈으며, 19세
기의 유흥적 분위기를 잘 그려내어 의미화한 작품32)이다. 뿐만 아니라
〈옥루몽〉은 처가 아닌 첩을 전면화하고 처의 아들이 아닌 첩의 아들을
적장자로 내세웠다는 점에서 문제적인 작품이다. 유교적 신분 사회에서
처와 첩의 위계는 그 차이가 현격하였고 첩의 아들은 적장이 될 수 없었
다. 이런 점에서 보면 〈옥루몽〉은 종법적 질서나 가부장제를 문제 삼
는 지점이 있다. 그러나 앞에서도 고찰했듯 황소저의 개과천선 과정에
서 과(過)는 소위 '투기'이고 선(善)은 황소저가 자신의 투기가 잘못임을
인정했다는 사실을 가리킨다. 즉 황소저의 개과천선은 그녀가 가부장제
질서에 순응하고자 결심한 데서 이루어졌다. 부귀하고 지체 높은 집안
의 딸인 황소저는 자신의 지위를 내세우며 도도하고 교만하게 행동하
는 인물로 그려지는데 인물이 이렇게 부정적으로 그려진다는 것은 이
미 작가가 해당 인물에 대해 부정적인 입장에 서 있음을 의미한다. 같은
부인이라도 현숙하게 그려지는 윤부인은 도도하거나 교만하게 서술되

---

31) Ⅱ장의 예문 ②에서 상청부인이 보이는 태도가 여기에 해당하는 예라 하겠다.
32) 조혜란, 「〈옥루몽〉의 서사미학과 그 소설사적 의의」, 『고전문학연구』 22, 한국고전
  문학회, 2002 참고.

지 않는다. 이를 보면 작가 남영로는 지체 높고 교만한 여성 인물을 부정적으로 그렸으며, 황소저의 개과천선 서술에서는 가부장제 질서를 옹호하는 입장을 보인다. 이렇듯 <옥루몽>은 가부장제에 대해 균열을 만드는 지점과 가부장제를 옹호하는 지점을 동시에 내포하고 있다. 그렇다면 <옥루몽>의 문제의식은 어디를 향하고 있는 것인가? <옥루몽>에서 당대 현실에 대해 가장 비판적으로 접근하는 부분은 왕패병용과 인재등용 방식을 논하는 양창곡의 상소 내용이다. 당대 정치의 문제점에 대한 날카롭고 격렬한 논쟁을 보여주기 방식으로 서술한 것을 보면 작가가 이 문제에 대해 비판적인 입장을 취하면서 고민했음을 짐작하게 한다. 그러나 그의 고민은 현실에서 그 문제를 어떻게 풀어가야 할 것인가에 대한 모색이나 대안적 전망 없이 미소년, 음악, 도사 등과 얽히면서 스펙터클한 사건들로 전개된다. 현실에 대한 비판과 고민이 그 자세를 견지하지 못하고 독자의 흥미를 북돋우는 방향으로 선회하게 되는 것이다.

그렇다면 과연 <옥루몽>의 작가가 현실에 대한 소설적 대응으로 진지하게 고민하면서 서술한 것에는 어떤 것들이 있겠는가? 기존의 개과천선 플롯과 차별되는 세부 내용 전개를 보여주는 <옥루몽> 황소저의 개과천선 과정은 바로 이에 대한 한 가지 대답일 수 있겠다. <옥루몽> 작품 전체 분량을 생각해 보면 황소저의 개과천선 과정은 상대적으로 적은 서사 분량에 해당한다. 그러나 개과천선으로 인한 황소저의 성격 변화는 분량 면에서는 적지만 그 의미는 결코 미미하지 않다. 대부분의 처첩 갈등에서 징계를 당하고 개과천선을 거쳐 성격 변화를 보이는 인물은 주로 첩의 경우인 데 비해 <옥루몽>에서는 처인 황소저가 변하기 때문이다. <옥루몽>에서는 첩인 벽성선이 아니라 처인 황소저가 문제가 되고 그 성격에 변화를 일으킨다. 이는 첩인 강남홍의 아들이 적장자의 위치를 차지하는 것과도 궤를 같이하는 것이다. 즉 이 작품은 유교적 가부장제에서 흔들리지 않는 기득권을 지닌 처가 아니라 가족의 경계에 놓였던 첩에게 정당성을 부여하고 있음을 알 수 있으며, 황소저의 개과천선 과정 서술은 바로 이 부분과 연결되어 맥락화되는 사건이다.

〈옥루몽〉 황소저의 개과천선 모티프는 고전소설 독자들에게 새로운 모색의 과정을 보여주는 부분이다. 그리고 황소저가 이 과정을 통해 얻는 깨달음은 구호 차원이 아닌, 당위와 실제의 거리를 좁히는 것의 중요함이라 하겠다. 변화한 황소저가 원하는 삶은 출속(出俗)한 삶이고 그녀는 자신의 원대로 삶의 모양을 잡아 나간다. 그런데 황소저가 세속적 욕망과 거리를 두는 방식으로 욕망을 발원했다면 강남홍과 양창곡은 세속적 삶에 대한 적극적 태도로 욕망을 이야기하고 있다. 강남홍도, 양창곡도 자신들의 내밀한 욕망이 발화되고 행위로 형상화되며 서술된다. 이 점에서는 그들도 당위를 내세우지 않고 실제 자신들의 욕망을 긍정한 것이다. 당위와 실제의 거리를 좁히면 좁힐수록 허위의식이 용납될 공간은 줄어든다.[33] 작가 남영로가 문제를 해결하는 방식은 이렇듯 거대담론 차원이 아닌, 개인의 변화나 구원 혹은 욕망의 충족 등과 같은 개인적 차원을 향해 있다.

개과천선 과정의 형상화는 악인의 변화를 보여준다. 소설에서 인물 성격의 변화는 매우 중요한데, 개과천선 과정에 대한 서술은 바로 이

---

33) 물론 〈옥루몽〉의 개과천선 과정이 문제가 전혀 없다고 주장하는 것은 아니다. 〈옥루몽〉에서도 황소저의 시비 춘월은 범죄를 도모한 죄로 사형에 처해진다. 사건의 주모자인 황소저와 위씨는 개과를 통해 다시 새 삶을 시작하는 데 말이다. 그런데 강남홍이 시비 연옥과 소청을 대하는 태도를 보면 이 작품이 종을 도구화하거나 수단화하는 것은 아님을 알 수 있다. 자신들의 여종을 도구화, 수단화하는 예로는 〈현몽쌍룡기〉를 들 수 있다. 〈현몽쌍룡기〉의 두 여성 주인공인 정채임과 양옥설은 모두 긍정적인 자질을 지닌 여성들이었는데 자신들이 불리한 형국에 처하자 자신들 대신 시비들에게 자기 옷을 대신 입어 자기 행색을 해 줄 것을 당연히 요구한다.

변화를 그리고자 하는 것이다. 이렇듯 <옥루몽>의 개과천선 과정을 통해 드러난 황소저의 성격 변화는 작품 분량에서 차지하는 비중은 적지만 유의미한 형상화 양상을 보여준다. 인간에 대한 이해 및 서사의 개연성을 제고하는 개과천선 서술의 방향성은 <옥루몽>이 양창곡과 강남홍의 행동 양상을 그려내는 방식과 궤를 같이 하고 있다. 비록 작품 전체에서 차지하는 서사 비중은 적다고 할지라도 <옥루몽>의 개과천선 과정 서술은 작가의 문제의식과 연결되는 중요한 요소임에 분명하다. 양창곡, 강남홍, 황소저 등의 인물 및 <옥루몽>의 문제의식과 관련한 보다 정치한 논의는 후속 작업으로 남기기로 한다.

이 글은 『한국고전여성문학연구』 22집(한국고전여성문학회, 2011)에 수록된 논문을 수정하여 재수록한 것이다.

여성희생의 관점에서 본
〈심청전〉의 주제

정하영

1. 머리말

오랫동안 익숙하게 보아오던 대상도 시각과 방향을 달리 하면 새롭게 보인다. 문학도 예외가 아니다. 문학이 끊임없이 '새롭게 쓰기'를 추구하는 작업이라면, 문학연구 역시 끊임없는 '새롭게 읽기'의 모색이다. '심청전 연구사'를 정리해 보면 '새롭게 읽기'는 작품에 대한 관심에서 비롯했으며, 그 흐름은 크게 세 단계로 구분된다. 초창기의 연구는 작품의 서지(書誌)와 이본(異本)에 대한 검토에 초점을 맞추었고, 그 다음 단계는 작품의 소재 원천을 탐색하고 생성과정을 밝히는 데로 이어지며, 근래의 연구자들은 작품의 의미를 해석하고 가치를 평가하는 데 관심을 기울이고 있다.[1] 이러한 연구 주제의 전이(轉移)는 작품연구의 자연스러운 과정이며 합리적 발전 단계로 생각된다.

〈심청전〉의 의미와 가치를 파악하는 작업은 작품의 효용성을 확인

---

1) 인권환, 「심청전 연구사와 그 문제점」, 『한국학보』 9, 일지사, 1977, 189~207면.
   사재동, 「심청전승의 현대적 계승 방안」, 『심청황후』 3, 중앙인문사, 2010, 428~477면.

하는 작업으로부터 출발했다. 초창기 연구자들은 <심청전>이 '효행(孝行)의 문학'이며 '교훈(敎訓)의 문학'이라는 점에 주목했다. 줄거리는 단조롭고 주제가 분명하여 <심청전>은 동화 계열의 소설로 분류되었고,[2] 청소년들의 권장도서 정도로 취급되어 왔다. 이런 까닭으로 <심청전>에 대해서는 별다른 논란거리가 발견되지 않았고, 따라서 이 작품이 갖는 소재의 진지함과 주제의 심오함은 오랫동안 깊이있게 천착되지 못했다.

<심청전>은 '효(孝)의 문학'이기 이전에 가난과 질병, 그로 인해 발생된 어린 딸의 희생을 다룬 '문제적 작품'이다. 심청의 희생을 효행으로 칭송하고 현양하기 이전에 희생이 갖는 현실적 측면을 고찰하고, 이를 통해 작품의 의미를 이해할 필요가 있다. 이런 관점은 심청전연구의 초창기부터 제기되었으나 그것이 비중있게 다루어지기 시작한 것은 근래의 일이다.

심청의 희생은 <심청전>의 핵심 소재이며 주제를 구현하는 요체이다. 개화기 이전의 '고전 심청전'에서는 희생을 윤리적·종교적 관점에서 해석하고 형상화함으로써 당대 독자들의 공감과 호응을 받았다. 개화기 이후의 개작본에서는 종교적·윤리적 성격을 약화함으로써 희생을 바라보는 관점에 변화를 보이기 시작한다. 현대 개작에서는 '고전 심청전'이 가진 교훈적 성격을 걷어내고 희생의 사회적 측면을 부각시킴으로써 <심청전>의 의미를 새롭게 파악하고 있다. 이런 관점에서 볼 때 <심청전>의 전통은 단절된 것이 아니라 새로운 모습으로 계승되고 있다고 할 수 있다.

이 글에서는 작품의 소재로서 심청의 희생이 어떤 성격을 가지며 작

---

2) 김태준, 『조선소설사』, 학예사, 1939, 144~153면.

품 속에서 어떻게 구현되고, 개작을 통해서 어떻게 변모되고 있는지를
살펴봄으로써 '심청전 새로 읽기'의 실마리를 찾아보고자 한다. 이 문제
를 다루기 위해서는 〈심청전〉의 이본(異本)을 광범위하게 검토해야 할
것이지만, 수십 편의 이본들을 동시에 다룬다는 것은 불가능한 일이다.
이들 가운데 소설적 성취를 이루면서 뚜렷한 개성을 보이는 몇몇 이본
을 중심으로 논의를 진행하고자 한다. '경판 24장본'(이하 경판)은 설화적
전통을 이어받은 문장체 소설로서 〈심청전〉의 초기 형태를 보여주는
이본이다. '완판 71장본'(이하 완판)은 판소리의 영향을 수용한 판소리계
소설로서 개화기의 변모를 보여주는 이본이다. 〈심청전〉의 현대 개작
본 가운데 각 시대를 대표하는 채만식의 〈심봉사〉(1947), 최인훈의 〈달
아달아 맑은 달아〉(1969), 황석영의 〈심청 – 연꽃의 길〉(2010)을 검토의
대상에 포함시킨다.

2. 〈심청전〉에 수용된 희생의 유형과 기능

1) 희생과 관련된 두 제의(祭儀) 유형

(1) 시주(施主) : 치병(治病)을 위한 공물제의(供物祭儀)

〈심청전〉의 핵심 소재는 '심청의 희생'이며, 그것은 심봉사의 개안
(開眼)을 위한 시주를 통해서 실현된다. 가난한 집안에서 맹인의 딸로
태어난 심청은 어려서 어머니를 잃고 철이 들면서 아버지를 위해 밥을
빌러 다닌다. 이런 상황에서 심봉사가 불의의 사고를 당하고, 그것을
계기로 감당할 수 없는 일을 저지른다. 심봉사가 물에 빠져 죽게 되었을
때 문득 나타난 화주승이 그를 구해주고 개안을 위한 시주(施主)를 권유
한다.

노승이 말하기를… 어르신네의 관상을 보니 지금은 어려우시지만 사오
년 후면 왕후장상이 될 것이오, 따님의 영화도 천하에 으뜸이 될 것입니
다. 지금 크게 시주를 하시면 따님도 귀하게 될 뿐 아니라 어르신네의
감긴 눈도 뜨일 것입니다.(경판)

화주승은 시주의 효과로 심봉사와 심청의 부귀영화를 내세우지만 핵
심은 개안(開眼)에 있다. 심봉사는 눈을 뜨게 해 준다는 말에 솔깃하여
시주를 약속하지만 그것은 실현 불가능한 일이었다. 그렇다고 해서 약
속을 파기할 수도 없었다. 부처라는 신격(神格)에 대한 서원(誓願)이었기
때문이었다.

공이 집으로 돌아와 혼자 탄식하기를, "내가 앞 못 보는 사람으로 한
끼 양식도 마련하지 못하여 어린 딸이 빌어다가 연명하는데 어디서 쌀
삼백 석을 얻어다가 시주하겠는가? 부처님을 속이면 끝내 좋지 못할 터인
데, 부득이 속이게 되었으니 후세에 억만 지옥을 면치 못하게 되었구나."
하고 슬퍼했다. (경판)

심봉사가 가세(家勢)는 살피지 않고 시주를 약속한 것은 개안에 대한
열망 때문이었다. 여기에는 자신을 살려 준 화주승에 대한 감사와 신뢰
의 감정이 크게 작용했을 것이다. 심봉사는 '백미(白米) 삼백석'을 마련
하는 일이 어렵다는 것을 알고 심청을 향해서 자신의 답답한 심경을
하소연한다.

"화주승 말이 … 쌀 삼백 석을 시주하면 내 눈이 뜨이고 네 일생도 크게
귀하게 된다고 하더구나. 그 말을 듣고 문득 적선하고 싶은 마음이 생겨서
삼백 석을 권선책에 적으라 하고 왔느니라. 돌아와서 생각해보니 우리 부
녀가 한 푼 돈과 한 홉 쌀도 마련할 길이 없는 터에 어디 가서 이런 시주를

하겠느냐? 속절없이 부처님을 속여서 장차 큰 벌을 받게 될까 걱정이 되어서 슬퍼하는 것이다.(경판)

심봉사는 공양미 시주가 자신의 눈을 뜨게 해 줄 뿐 아니라 심청의 행복한 앞날을 보장할 것이라고 하며 자신의 무모한 약속을 변명한다. 이것은 심청에게 무언의 압박이며 강요로 작용한다. 부모에 대한 무한 희생을 효도라고 가르치는 유교 사회에서 심청은 심봉사의 소원을 외면할 수가 없었다. 게다가 심봉사는 자신의 삶에 남다른 은혜를 베푼 아버지였다. 심청은 아버지의 간절한 소망을 알아차리고 선뜻 자신이 공양미를 구하겠노라고 약속한다. 심청의 약속은 심봉사의 시주 약속만큼이나 무모하고 허망한 것이었지만, 부모에 대한 자녀로서의 서약(誓約)이었기 때문에 파기할 수 없었다.

심청은 공양미를 구하기 위한 방안을 갖가지로 모색하던 중에 마침내 백미 삼백석에 자신을 사겠다는 남경 장사 선인(船人)들을 만난다. 심청은 선인들에게서 백미 삼백석을 받아 불전에 시주하고 선인들을 위한 제물로 희생되었다.

개안(開眼)을 위해 백미를 불전에 바치는 시주(施主)는 고대로부터 전해오는 '치병(治病)을 위한 제의'의 불교적 변용(變容)이다. 시주에서 바쳐지는 제물은 시대와 지역에 따라 다양하게 나타난다. 백미(白米)는 농경사회에서 행해지던 '공물제의(供物祭儀)'의 전통을 보여주는 제물이며, 산업사회의 화폐가치를 대변하는 것이다.

(2) 용신제(龍神祭) : 재난퇴치를 위한 인신공희(人身供犧)

〈심청전〉에서 시주(施主)와 연계된 또 하나의 제의는 선인(船人)들이 재난 퇴치를 위해 바치는 용신제이다. 백미 삼백석에 심청을 사겠다고 나타난 사람들은 배를 타고 바다를 오가면서 장사하는 선인들이었다. 그들이 지나다니는 뱃길에는 인단소란 물이 있었는데 거기에는 못된 귀신이 있어서 큰 해를 입혔다. 보물과 비단을 많이 싣고 다니는 배는 해마다 용신(龍神)에게 처녀를 제물로 바치고 나서야 무사히 지나갈 수 있었다.

　　선인들이 말하기를 "우리는 물건을 매매하는 장사꾼인데, 처녀를 높은 값으로 사다가 인단소에 가 용왕께 제사하니, 사람의 목숨을 살해함이 바르지 못한 짓인 줄은 알지만 살자 하니 어절 수 없는 일입니다."(경판)

　　우리는 남경 뱃사람으로 인당수를 지나갈 때 제물로 제사하면 가이없는 너른 바다를 무사히 건너고 수만 금 이익을 내기로 몸을 팔려 하는 처녀가 있으면 값을 아끼지 않고 주겠습니다.(완판)

용신제의 정확한 유래와 근거는 알 수 없지만, 해마다 처녀를 제물로 바치는 용신제는 선인집단에서 오랜 관습으로 내려오고 있었다. 선인들은 용신제의 관습이 적불선(積不善)인 줄은 알지만 처녀를 제물로 바치고 나서야 무사히 바다를 왕래하며 많은 이익을 얻을 수 있기 때문에 폐지할 수 없다고 한다.

　　낭자를 사다가 물에 넣고 갔던 장사꾼들이 물건을 매매하고 돌아오다가 인단소에 이르러 다시금 탄식하기를 우리가 지난해에 심가 여자를 사다가 물에 넣고 가서 이익을 많이 남기고 일행이 무사히 돌아오게 되니.(경판)

선인들의 용신제는 신(神)에게 제물을 바치고 소원을 빈다는 점에서 심봉사의 시주와 다름이 없다. 다만 그 주체가 상인이고 대상이 수신(水

神)이라는 점에서 상업사회 또는 어업사회의 제의로 볼 수 있고, 살아 있는 사람을 제물로 바친다는 점에서 원초적 제의 형태를 띠고 있는 것으로 볼 수 있다. 시주가 개인의 소원을 비는 제의라면 용신제는 집단 의 안녕을 비는 공동체적 제의에 해당한다. 용신제는 세계 여러 지역에 서 그 흔적을 찾아볼 수 있는 인신공회(人身供犧, human sacrifice)의 전통 을 재현한 것으로 수렵시대와 유목시대를 거쳐 농경시대까지 실제했던 것으로 추정된다.

3. 심청의 희생과 그 성격

〈심청전〉에 수용된 두 유형의 제의(祭儀)는 별개의 것으로 전승되어 왔다. 유래와 성격이 다른 두 유형의 제의가 하나로 결합됨으로써 〈심 청전〉의 골격이 만들어지게 된 것이다. 이들 두 제의를 하나로 연결하 는 고리는 심청이다. 〈심청전〉에서 시주와 개안, 용신제와 재난 퇴치는 수단-목저익 인과관계로 연견되지만 시주와 용신제 사이에는 필여적 인과관계가 성립되지 않는다. 다만 심청이 시주미를 구하기 위한 방편 으로 용신제의 제물이 되기를 자청함으로써 두 제의는 비로소 인과 관 계로 맺어지게 된다.

형식논리에서 보면 시주와 용신제는 목적-수단의 관계로 결합되어 있다. 심청의 입장에서 보면 시주는 개안을 위한 수단이며, 용신제는 시주를 위한 수단이다. 그렇다면 〈심청전〉의 서사는 시주에 초점을 맞 추어 전개되어야 한다. 심봉사는 공양미 시주의 공덕으로 눈을 뜨고 그 과정에서 부처와 화주승의 역할이 언급되어야 한다. 공양미를 구하기 위한 심청의 희생이 부각되어야 하지만, 죽음은 공양미를 구하기 위한 방편에 지나지 않는다. 심청의 죽음은 선인들로 하여금 무사히 바닷길을 오가며 많은 이득을 남기게 하는 데 의미가 있는 것이다.

<심청전>의 작가는 이러한 형식논리를 무시하고 심청의 투신(投身)을 출발점으로 해서 새롭게 이야기를 전개해 나간다. 서술의 중심이 되어야 할 시주(施主)는 뒷전으로 밀려나고, 시주를 위한 방편에 불과했던 용신제로 초점을 옮겨간다. 심청은 제물이 되어 물에 던져졌지만 용궁 시녀의 도움으로 죽지 않고 용궁으로 인도되어 간다. 용왕은 심청을 불러 살신성효(殺身誠孝)를 칭송하고 다시 세상으로 살려 보낸다. 심청이 왕후의 지위에 오르고 부녀상봉하여 아버지의 눈을 뜨게 한 것은 모두 용신제에서 목숨을 바친 결과였다.

시주와 용신제를 하나로 결합하는 과정에서 논리적 괴리와 모순이 생기고 작중인물의 정체성이 훼손된다. 시주와 용신제의 성격과 기능이 뒤바뀌게 된다. 시주를 위한 방편에 지나지 않았던 용신제가 개안을 이루는 요인이 되고, 시주는 용신제를 이끌어내는 계기로 작용할 뿐이다. 심봉사의 개안을 위해 시주를 요구한 화주승은 전면에서 사라지고 아무런 역할도 하지 않는다. 경판에서는 모든 일이 부처의 섭리라는 전생담(前生談)을 삽입하여 개안을 시주의 결과로 설명하지만 논리적 설득력이 약하다. 완판에서는 화주승을 가리켜 '눈을 뜨게 해 주지도 못하면서 공양미를 갈취한 요망한 중'으로 매도한다. 처녀를 제물로 요구한 용왕의 정체성도 모호해 진다. 선인들을 괴롭히며 해마다 처녀를 제물로 요구하는 용신(龍神)은 악귀(惡鬼)이다. 그러나 심청에 대해서 용신은 옥황상제의 지휘를 받는 선신(善神)의 모습으로 나타난다.

<심청전>에서 논리적 모순과 괴리를 무릅쓰고 성격이 다른 두 제의(祭儀)를 하나로 결합한 데는 나름대로의 의도가 있다. 시주의 방편으로 용신제를 선택한 것은 심청의 효행을 죽음과 연결시키기 위한 장치이

며, 죽음을 통해 희생의 의미를 극대화하고자 한다. 심봉사의 눈을 뜨게 한 것은 공양미가 아니라 심청의 죽음이었다. 심청의 죽음은 심봉사의 개안을 위한 선택적 방안이 아니라 필수적 요건이 된 것이다. 〈심청전〉의 근원설화에서는 자녀의 죽음을 효행의 필수 조건으로 설정하지 않는다. 자녀가 부모를 위해 몸을 팔더라도 남의 집 종이 되거나 고용살이를 한다.3) 〈심청전〉에서는 이런 관례를 거부하고 죽음을 효행의 필수 조건으로 설정한다. 완판에서 장승상 부인이 공양미를 마련해 주겠다는데도 심청이 이를 군이 사양한 것은 죽음을 효행의 필수 조건으로 설정하고 있기 때문이다. 심청은 죽음을 통해서 선인들을 자연의 재난으로부터 보호해 주었을 뿐 아니라, 아버지를 실명(失明)의 고통에서 구해 줄 수 있었던 것이다. 이 두 가지 기능을 하나로 결합한 데서 심청의 희생자적 성격이 드러난다.

4. 여성희생의 배경과 문학적 형상화

1) 심청의 죽음과 현실적 배경

〈심청전〉은 심청의 희생을 윤리적 시각에서 해석하고 풀어나간 이야기이다. 이 작품에서 유교적 교훈성과 불교적 신비성을 걷어내고 나면 절박한 현실의 삶이 드러난다. 앞 못 보는 맹인 심봉사와 그의 어린 딸 심청이 살아가는 모습이다. 아버지는 어미 없는 딸을 동냥젖으로 길

---

3) 국내외를 막론하고 효부·효녀의 설화에서 부모를 위해 목숨을 바치는 경우는 찾아보기 힘들다. 『삼국사기』에 실려 있는 〈向德〉에서는 논평을 통해 다리 살을 베어 부모를 봉양한 향덕의 처사에 대해 감탄하면서도 권장할 일이 아니라고 비판적 견해를 싣고 있다.(三國史記 卷48 向德)

렀고, 어린 딸은 밥을 빌어 아버지를 봉양하다가 아버지를 위해 목숨을
바쳤다.

심청의 죽음은 아버지를 위한 딸의 희생이었다. 심청의 희생은 가부
장제 사회의 가치관과 윤리관을 배경으로 해서 일어난 일이었다. 가장
(家長)인 아버지는 가정에서 절대권을 가지고 자녀의 희생을 요구할 권
한과 능력을 가지고 있었다. 노모(老母)의 반찬을 빼앗아 먹는 아들을
땅에 묻으려 했던 손순(孫順)의 이야기는 자녀에 대한 부모의 절대권을
보여주는 사례이다. 가문의 명예를 더럽힌 자녀에 대해 부모가 죽음을
명령하고 실행한 경우도 적지않게 있었다.

<심청전>이 배태된 조선 사회에서는 효(孝)를 충(忠)과 연계시켜 강
력한 이데올로기로 만들어 놓았다. 어려서부터 반복되는 교육을 통해서
효는 최상의 윤리규범이 되었고 부모를 위한 희생은 거부할 수 없는
의무로 인식되었다. 심봉사가 심청의 희생을 끝까지 만류하지 않고 받
아들인 것은 이런 윤리관이 잠재되어 있었기 때문이다.

<심청전>에서 심청의 희생은 자발적 선택으로 되어 있지만 그 바닥
에는 참혹한 현실이 자리하고 있다. 정황상으로 볼 때 어린 심청이 자발
적으로 목숨을 내놓았다고 보기는 어렵다. 그의 죽음은 아버지의 소망
을 이루어 주기 위해 불가피하게 받아들인 희생이었다. 죽음의 강제성
이 드러날 경우 심봉사는 딸을 팔아먹은 비정한 아버지로 비난받게 되
고 심청의 희생은 효행으로 추앙될 수 없다. 이런 점을 고려한 <심청
전> 작가는 작품 전반에 걸쳐 죽음의 강제성을 은폐하는 방어 장치를
마련해 놓았다. 심청의 희생이 전생죄(前生罪)의 과보(果報)라는 전생담
(前生談)을 내세우기도 하고, 시주 약속이 심봉사의 개안(開眼)만을 위한
것이 아니라 심청의 부귀영화를 위한 것이라는 억지스러운 주장을 펴
기도 한다. 심청의 매신(賣身)은 심봉사의 만류에도 불구하고 심청의 '출

천대효(出天大孝)'에서 결단한 것으로 설정되어 있다. 심청이 몸을 판 사실을 알려주지 않아 심봉사가 알지 못하도록 했고, 팔려가는 날에야 그 사실을 안 심봉사가 통곡하며 만류하다가 기절하는 장면을 연출하기도 한다. 그것으로도 모자라 일부 판소리계 이본에서는 심청이 화주승을 만나 직접 공양미 시주를 약속하는 것으로 설정하여 심봉사에 대한 책임 논란을 원천적으로 봉쇄하기도 한다.4)

심청의 죽음은 윤리적 덕목을 실천하기 위한 것이면서 동시에 가난 때문에 일어난 비극이다. 가난은 〈심청전〉에서 제기하는 주요 문제 가운데 하나이다. 심청이 몸을 판 것은 공양미 삼백석을 마련하지 못하는 가난 때문이었다. 〈심청전〉의 독자들은 맹인 심봉사가 눈을 뜨는 장면보다 가난한 심청이 왕후가 되어 부귀영화를 누리는 장면에 더욱 강한 인상을 받았을 것이다.

심청의 희생은 윤리와 종교의 이중 보호막 속에 가려져 있었기 때문에 그에 대한 이성적 고찰은 이루어지지 못했다. 그 결과 〈심청전〉의 의미는 경직된 윤리의 범주 안에서 논의될 수밖에 없었다. 개화기에 이르러 왕조시대의 사회질서가 붕괴되고 기존 가치와 윤리에 대한 비판이 일어나면서 문학을 보는 시각에도 변화가 일어났다. 기생의 정절(貞節)에 초점을 맞추어 논의되던 〈춘향전〉에서 인권(人權)과 저항의 목소리를 발견하게 되었고, 효행 일변도로 해석되던 〈심청전〉에 대해 성찰과 비판의 목소리가 나오기 시작한다.

이건창(李建昌)은 판소리 〈심청가〉를 듣고 비장(悲壯)과 감개(感慨)의 감정을 느끼고 그것을 〈부심청가(賦沈淸歌)〉에 절실하게 표현했다.5)

---

4) 〈신재효본〉에서는 화주승이 심봉사를 구해 놓고 시주를 권할 때 심청이 그 말을 듣고 시주를 약속한다. 혼미한 가운데 그 사실을 알게 된 심봉사가 나서서 심청을 나무라며 만류하지만 심청은 시주를 고집한다.

<심청가>를 들으면서 효행을 기리기보다는 심청의 가여운 처지를 한 탄하고 세상살이의 신고(辛苦)함을 탄식한다. 이러한 시각은 <심청전> 을 '효의 문학'이라고 칭송하던 전대의 무비판적 시각에 변화가 일어나 고 있음을 보여 주는 것이다.

<심청전>에 대한 학문적 접근을 시도한 초기의 연구자들도 심청의 희생을 새로운 시각에서 보기 시작한다. 김태준은 심청의 희생은 '금전 (金錢)과 은의(恩義)의 충돌'에서 일어난 비극적 사건으로 규정하여 희생 을 가난과 연결시켜 해석했다.6) 김삼불(金三不)은 이에서 한 걸음 나아 가 <심청전>이 과연 '효(孝)의 문학'인지에 대해 의문을 제기했다. 그는 <신재효본>을 대상으로 한 연구에서 심청의 희생은 자발적인 효행이 아니고 당시의 사회가 가한 '폭압적 강요'에 의한 것이라고 지적했다. '효(孝)의 이데올로기'는 당대 위정자들이 백성을 억압하고 통제하기 위 해 마련한 기만에 불과하다고 주장했다.7) 김삼불의 견해는 이본 간의 차이를 적시하면서 <심청전>의 변화된 내면세계를 짚어내고 있다는 점에서 '심청전 해석사'에서 획기적 전기를 마련했다.

김삼불 이후의 연구자들도 심청의 희생에 주목하여 작품의 의미를 파악하고자 했다. 심청의 희생은 '효행의 실천'임을 인정하면서도 그것 을 '인간적 비극'이라는 측면에서 조명했다. 장덕순(張德順)은 심청의 죽 음을 '인신공희열화(人身供犧說話)'와 연결지어 설명했고,8) 김동욱(金東 旭)은 '고대의 희생관념을 조선사회의 가족주의적 봉건윤리와 접동시킨

5) 寧齋李建昌 賦沈淸歌二首云 靈光裵喜根 伶人也 作沈淸歌 悲壯感慨 近所罕有(鄭魯 湜 朝鮮唱劇史 7면.)

6) 김태준,『조선소설사』, 학예사, 1939, 151면.

7) 김삼불, 「신오위장 연구」, 서울대 졸업논문,『판소리연구』8, 79면.

8) 장덕순, 「심청전의 민간설화적 고찰」,『사상계』31, 1956.

것'으로 파악했다.9) 조동일은 심청의 희생에서 비장(悲壯)을 보게 된다
고 했으며,10) 정하영은 통과제의의 입장에서 조명하여 희생을 속죄행
위의 한 표현으로 해석했고11), 성현경도 같은 견해를 바탕으로 작품의
의미를 추출했다.12)

　근래에 나온 몇 편의 논문에서는 심청의 죽음에 대한 집중적 분석을
통해 희생의 본질과 기능에 대한 해석을 시도했다. 이들은 심청의 죽음
이 현실적 배경에서 나온 것이며 자발적인 것이 아님을 지적한다. 류인
균은 정신분석학의 이론을 원용하여 심청의 살신효행이 심봉사의 가학
성에 대한 반작용, 즉 심청의 피학성(被虐性)에서 나온 것이라는 충격적
결론을 도출해 냈다.13) 오세정은 심청의 죽음이 '심청을 둘러싼 남성들
의 무서운 음모' 때문에 일어난 사건이라고 보았고,14) 이정원은 심청이
심봉사의 이기심과 이념공동체의 음모에 의해 살해되었다는 견해를 제
시하고 있다.15) 정재서는 〈심청전〉을 중국 효녀서사의 연장선상에서
검토하면서 심청의 희생은 자발성을 내세우고 있지만 그 내면에는 사
회적 약자인 여성에 대한 폭력성, 강압성이 작용하고 있다는 견해를 밝
혔다.16) 이들의 견해를 종합하면 심청의 희생은 아버지에 대한 딸의
의무에서 나온 것이지만 자발적 선택이 아니라 여성 차별적 현실에 의

---

9) 김동욱, 「韓國人의 犧牲精神」, 『인문과학』 22, 연세대, 1969.

10) 조동일, 「심청전에 나타난 비장과 골계」, 『계명논총』 7집, 계명대, 1977.

11) 정하영, 「贖罪意識의 문학적 전개」, 서울대 대학원 석사학위논문, 1974.

12) 성현경, 「成年式 소설로서의 심청전-경판 24장본의 경우-」, 『서강어문』 3, 1981.

13) 류인균, 『한국 고소설에 나타난 오이디푸스 콤플렉스』, 서울대출판부, 2004.

14) 오세정・조현우, 「심청가, 누가 심청이를 죽였는가?」, 『고전 대중문화를 엿보다』, 이
　　숲, 2010.

15) 이정원, 「심청 살인사건의 은밀한 내막」, 『傳을 범하다』, 웅진 지식하우스, 2010

16) 정재서, 「효녀서사, 폭력과 성스러움 사이에서」, 『동아시아 여성의 기원』, 이화여대
　　출판부, 2002.

해 강요된 선택이었다는 것이다.

2) 여성희생 주제의 맥락과 문학적 형상화

심청의 죽음은 아버지를 위한 딸의 희생이며, 선인들을 위한 처녀의 희생이라는 점에서 남성을 위한, 남성에 의한 '여성의 희생'이란 성격을 지닌다. <심청전>은 고대로부터 현대까지 광범위하게 일어났던 '여성희생(victimization of women)'[17]이란 주제를 조선후기의 가치관에 맞게 형상화한 작품이다.

'여성 희생'은 조선사회에서 일상화된 현상이었다. 여성은 남성에 종속된 존재로 살아 왔다. 삼종지도(三從之道)에서 보는 것처럼 여성은 서열이 높아도 남성의 지배와 지휘를 받아야 했다. 여성은 가정생활에서뿐 아니라 사회생활에서도 갖가지 제약을 받았다. 공직에 나설 수 없었고, 상속에서 제외되었으며 교육의 기회도 제공되지 않았다. 종교적으로 성소(聖所)의 출입이 제한되었고, 성직(聖職) 담임권도 봉쇄당했다.

가정과 사회의 남녀 불평등은 여성의 희생을 당연시하고 일상화하는 현상으로 이어졌다. 가정의 경제적 어려움을 타개하기 위해 우선적으로 희생되는 것은 딸이었다. 일정 재산을 받는 대가로 부잣집 소실이 되거나 종이 되는 것은 흔히 있는 일이었다. 전란의 위험에서 버림받는 것도 여성이었으며, 사회의 안녕을 위한 제의에서 희생되는 것도 여성이었다. 여성은 정치적 협상의 제물이 되기도 하고, 전쟁의 전리품으로 배분되기도 한다. 몽고는 전쟁에서 패배한 고려에 동녀(童女) 500명을 바치도록 요구했으며, 조선에서는 수많은 공녀(貢女)를 명(明)과 청(淸)에 바쳐야 했다. 남녀불평등에 바탕을 둔 여성 희생의 사례는 20세기 후반까

---

17) Amy and Regina Wall, 『*Critica Reading*』, Alpha books, 2005, pp.86~89.

지 존속되어 왔다.

여성차별과 억압을 바탕으로 한 '여성 희생'은 전세계에 걸쳐 다양한 양식의 문학작품으로 형상화되었다. 한국문학의 경우 신화에서 보이기 시작하는 여성희생의 주제는 현대문학에 이르기까지 거대한 주제적 맥락을 이루고 있다.

고대신화는 여성희생의 원초적 형태를 보여준다. 〈단군신화〉와 〈주몽신화〉에서 여성은 자식을 위해 희생하는 어머니로 나타난다. 웅녀의 역할은 단군을 낳아 주는 데 국한되어 있다. 동굴에 갇혀 마늘과 쑥을 먹으면서 사람이 되고, 환웅에게 빌어 회임(懷妊)을 간청한 것은 단군을 낳아 주기 위한 과정이었다. 〈주몽신화〉에서 유화의 모습도 이와 다르지 않다. 유화는 해모수에게 유인되어 주몽을 잉태하고 부모에게 내침을 당했다. 금와의 소실이 되어 갖은 핍박을 받으면서도 주몽을 낳고 죽음의 위험에서 그를 탈출시켜 마침내 고구려의 건국시조가 되게 했다. 웅녀와 유화는 자신들의 희생을 통해 고조선과 고구려의 건국시조를 낳아 길렀으나 자신들은 그 영광을 함께 누리지 못했다.

설화의 세계에서 여성희생은 다양하고 구체적인 모습으로 나타난다. 신라의 향덕(向德), 지은(知恩), 설씨녀(薛氏女) 등은 부모를 위해 희생하는 딸의 모습을 보여준다. 향덕은 흉년이 들어 주리는 아버지를 위해 다리살을 베어 대접하고, 등창에 시달리는 어머니의 종기를 입으로 빨아 낫게 했다. 지은은 가난한 어머니를 봉양하기 위해 곡식을 받고 몸을 팔아 종살이를 했다. 설씨녀는 자기의 늙은 아버지를 대신해서 수자리를 살아 준 가실을 남편으로 맞아야 했다.

여성 희생은 미천한 신분의 여성에게만 해당되는 것이 아니었다. 평강공주와 선화공주는 혼인과 관련하여 부왕(父王)으로부터 핍박을 받고 추방당해야 했다. 도화녀(桃花女)와 도미처(都彌妻)는 국왕의 성적 욕구 때문에 수난을 당해야 했다. <예성강곡(禮成江曲)>의 배경설화에서 남편은 아내를 걸고 내기 바둑을 두어 결국에는 중국 상인에게 아내를 빼앗겼다.18)

조선시대에 쏟아져 나오는 효녀·효부·열녀 설화는 기본적으로 남성을 위한 여성의 희생을 미화한 기록이다. 부모나 시부모 그리고 남편을 위해 고난을 감수하고 목숨까지 버린 여성들의 모습은 설화 뿐 아니라 시조, 가사, 수필 등에도 다양하게 나타난다. <시집살이노래>는 대부분 시부모의 학대와 남편의 무관심 속에서 고통스럽게 살아가는 며느리의 희생적 삶을 노래하고 있다.

여성들이 주된 독자였던 고소설에는 여성희생의 주제가 다양한 모습으로 녹아들어 있다. 『금오신화』의 <만복사저포기>와 <이생규장전>, <강도몽유록> 등에서 여주인공은 전란 중에 희생된 여성들이었다. 적군이 처들어왔을 때 여성들은 나라의 보호를 받지 못햇고, 부모나 남편으로부터도 버림을 받았다. 그들은 적군에게 잡혀 가서도 정절을 잃지 않으려고 저항하다가 무참한 죽음을 당했다. <남궁선생전>에서 남궁두의 아내는 살인죄를 저지르고 잡혀가는 남편을 탈출시키고 자신은 아들과 함께 죽임을 당했다. <춘향전> 역시 '여성 희생'의 한 사례로서 이도령을 위한 춘향의 희생을 사랑의 미담으로 미화한 것이다.

문학 속에 나타난 여성희생은 남성지배사회의 윤리규범을 따르고 실천하는 것을 목적으로 한다. 개화기 문학에 이르면 윤리적 목적을 위한 여성의 희생을 비판하면서 사회적 약자로서의 여성 희생을 다룬 작품들은 끊임없이 나오고 있다. 김동인의 <감자>, <배따라기>, 나도향의 <벙어리 삼룡이>, 현진건의 <운수좋은 날> 등에서 남성의 횡포와 가

---

18) 고려사에서는 당나라 상인에게 빼앗겼던 여인이 동행을 거부하여 집으로 돌아오는 것으로 되어 있다.(『高麗史』71卷 志25 俗樂 禮成江)

난 때문에 희생되는 여성의 모습을 볼 수 있다.

5. 〈심청전〉의 여성희생 주제 구현 방식

1) '경판 심청전' : 종교 · 윤리적 해석

개화기 이전에 나온 필사본이나 방각본 형태의 '고전 심청전'은 심청의 희생을 종교적 · 윤리적 관점에서 다루고 있다는 점에서 공통성을 보인다. 심청의 죽음은 아버지를 위한 효행이다. 그것은 강압된 것이 아니라 천부적 효심에서 자발적으로 결단한 일이다. 이러한 '고전 심청전'의 사상을 전형적으로 보여주는 작품이 경판이다.

경판은 '여성 희생'을 윤리적 · 종교적으로 윤색하여 당대 기득권층의 이념을 철저하게 구현한 작품이다. 심청의 희생은 딸로서 당연히 해야할 의무이며 하늘이 미리 정해 놓은 운명이었다. 경판의 작가는 심청이 용궁에서 듣게 되는 전생담을 통해서 심청의 희생을 합리화하고 정당화한다. 심청은 전생에 옥황상제를 모시는 선녀로서 자신이 지은 죄 때문에 세상에 적강(謫降)했으며, 그가 당하는 모든 고난은 전생죄에 대한 보속(補贖)이며 후세 복락을 위한 공업(功業)이라고 설명한다.

심청은 아버지를 위한 희생에 대해 추호의 의심이나 거부도 하지 않고, 심봉사와 주변 사람들 역시 그것을 당연한 일로 받아들인다. 심봉사의 삶도 운명론으로 설명하고 있다. 그도 전생의 죄로 적강하여 맹인이 되고 홀아비가 되어 어린 딸이 빌어다 주는 것으로 연명한다. 화주승에게 공양미를 약속한 것은 자신의 욕망을 실현하기 위한 것이 아니라 미리 정해진 운명에 따른 행위였다. 선인들이 적불선(積不善)인 줄 알면서도 처녀를 바쳐 제의를 바치는 것도 타고난 운명 때문이라고 한다.

경판의 결말은 당대 윤리관을 확인하는 장치이다. 하늘에서 정해준 운명에 충실히 따르고 그 이상의 선행을 행한 결과로 심청은 이생에서 왕후가 되어 부귀영화를 누린다.

2) '완판 심청전' : 현실 · 비판적 해석

완판은 경판에서 보이는 <심청전>의 기본 구조를 그대로 따르면서 세부적 내용에 있어서 상당한 변이를 시도한 작품이다. 판소리창을 통해서 청중 · 독자들의 반응을 수용하여 심청의 희생을 새롭게 해석한다. 완판에서는 전생담을 거론하지 않음으로써 종교적 운명론을 거부한다. 심청과 심봉사는 자신의 가난과 불구를 현실로 받아들일 뿐 정해진 운명으로 생각하지는 않는다. 그들은 자신에게 주어진 현실에 대해 한탄하고 원망하는 태도를 보인다. 심봉사는 '사궁지수(四窮之首)'가 된 자신의 처지를 한탄하고 고르지 못한 세상을 원망한다. 심청은 자신의 죽음을 앞두고 '부자간 천륜을 끊고 싶어 끊으며 죽고 싶어 죽겠습니까.' 라고 하며 내키지 않는 죽음을 서러워한다. 심청은 뱃사람들에게 팔려가면서도 친구들을 향해 '너희는 팔자 좋아 양친 모시고 잘 있거라.' 하며 원망의 감정을 풀지 못한다. 심봉사는 혹시나 하는 마음에 공양미 시주를 약속했으나 끝내 눈을 뜨지 못하자 화주승을 요망한 사기꾼으로 비난한다.[19)]

완판에서는 희생의 목적을 효의 실천에 있다고 하면서도 거기에 대해 비판적 입장을 보인다. 심청이 죽으러 가는 뱃길에서 만나는 원혼(冤

---

19) 요망한 중이 와서 공양미 삼백 석을 시주하면 눈을 떠서 볼 것이라 하니 딸이 듣고 … 몸을 팔아서 인당수에 제물로 빠져 죽었는데 … 눈도 뜨지 못하고 자식만 잃었으니 자식 팔아먹은 놈이 세상에 살아 쓸데없으니 죽여주옵소서.(완판)

魂)들은 자신들의 억울함을 호소하면서 심청의 죽음이 억울한 희생임을 일깨워 준다. 심청의 주변 인물인 장승상 부인, 도화동민 등도 심청의 죽음을 슬퍼하면서 그것을 막을 힘이 없음을 애통해 한다.

완판은 왕조시대의 가치관과 세계관을 유지하면서 변화하는 시대의 식을 수용하여 작품에 대한 새로운 해석을 유도한다. 심청의 희생을 인간적·현실적 성격을 조명함으로써 자발적 효행으로 포장된 희생의 타의성과 강제성을 드러내 보여 준다. 이런 작업을 통해서 완판은 고전 심청전의 현대적 개작 사이에 다리를 놓은 과도기적 역할을 했다.

3) '현대 개작 심청전' : 사회 · 문화적 해석

'고전 심청전'에서부터 끊임없이 이어져 온 '심청전 다시쓰기(改作)' 작업은 개화기의 신문학시대를 거쳐 오늘에 이르기까지 이어지고 있다. 그 가운데 대부분은 '고전 심청전', 그 가운데서도 완판의 틀을 유지하면서 표현과 문체를 당대 독자의 취향에 맞게 손질하는 작업이었고 작품의 기본구조와 주제에 변이를 가한 경우는 드물었다. 기존 작품의 보완·정리 차원에 머물던 개작활동에 근본적 변화를 가져온 것은 채만식에게서 비롯한다.

채만식은 '심청전 다시쓰기'에 남다른 열정을 가지고 10여 년에 걸쳐 다섯 번의 개작을 시도했다.[20] 그는 〈심청전〉에서 심청의 희생이 갖는 사회적 의미를 중시하고 이를 당대 현실과 연관지어 구체화했다. 심청의 죽음이 갖는 비현실적 요소를 제거하고 거기에 덧씌워진 윤리적 해석에 비판을 가했다. 초기의 개작에서 그는 심청의 희생을 공양미 시주와 연결시키지 않고 일제하의 궁핍 현상과 연결지어 다루었다. 심청의

---

20) 신선희, 「심청전의 현대적 수용과 변용」, 『우리 고전 다시쓰기』, 삼영사, 2005.

화신인 업순이는 가난 때문에 공장노동자로 팔려갔다가 병을 얻어 돌아오는 것으로 그려졌다. '심청전 새로쓰기'의 결정판으로 보이는 희곡 <심봉사>(1947)에서 작가는 등장인물을 통해서 시주(施主)와 살신희생(殺身犧牲)의 부당함을 직설적으로 비판한다. 이 작품에서 작가는 여성의 몸을 상품화하는 당대 현실을 고발하고 그런 현실을 방관하는 기성세대의 무력함을 비판했다.

채만식에 의해 해체된 <심청전>은 최인훈을 통해서 보다 구체적이고 새로운 모습으로 나타난다. 희곡 <달아달아 밝은 달아>는 심청의 희생을 고전 심청전과 전혀 다른 시각에서 다루고 있다. 심청은 선인들에게 제물로 팔린 것이 아니라 중국 상인들에게 창녀로 팔려간다. 거기서 심청은 해적들을 상대로 하는 매춘(賣春)에 이용되다가 늘그막에 망가진 몸을 이끌고 고향으로 돌아온다. 이 작품에서 심청의 죽음은 육체적 유린과 정신적 절망이었으며, 그것을 딛고 새로운 삶의 희망을 찾는 것을 환생으로 해석했다.

황석영의 <심청>은 채만식과 최인훈의 작품을 계승하면서 소설적으로 확장시킨 작품이다. <심청>은 '고전 심청전'의 비현실적 요소를 철저히 제거했다. 용궁 화소(龍宮 話素)를 삭제하고, 공양미 시주를 통한 개안(開眼) 화소도 담지 않았다. 지배 계층의 논리를 거부하고 서민의 눈으로 심청의 희생을 바라보았다. 심청의 희생은 사회적 관습과 윤리에 따른 폭압임을 부각시킨다. 심봉사와 뺑덕어멈은 자신들의 편안한 삶을 위해 심청을 중국 상인들에게 팔았다. 심청은 중국, 대만, 싱가포르, 일본 등지를 떠돌며 노인의 시첩(侍妾), 창녀 등 여성의 몸을 상품화하는 현장을 떠돈다.

심청의 수난사는 한국 여성의 수난사이며 동시에 동아시아 여성의 수난사를 상징한다. 그는 자신의 희생을 수동적으로 받아들이면서도 그

것을 통해서 반복의 고리를 끊는 능동적 자세를 보인다. 소외된 여성들
과 노인들을 보살피고, 버려진 혼혈아들을 돌보아 새 삶을 살게 한다.
말년에 조선으로 돌아온 심청은 작은 암자에서 조용히 살다가 자신이
돌보아 준 혼혈인 내외의 보살핌 속에서 임종을 맞는다. 〈심청〉은 '고
전 심청전'의 줄거리와 서술 방식을 적절하게 활용하면서 '여성 희생'의
시각에서 주제를 새롭게 구현하고 있다.[21]

현대 개작본은 〈심청전〉에 대한 적극적 관심의 산물이다. 이들 작품
은 '고전 심청전'에서는 드러나지 않았던 '여성 희생'의 주제를 새롭게
부각시켜 〈심청전〉의 의미를 구현하고 있다. 현대 개작본에서 다루고
있는 '여성 상품화'는 '여성 희생'의 구체적 사례로서 〈심청전〉에 내재
된 주제였다. '고전 심청전'에서는 종교적·윤리적 규범 속에 갇혀 있던
'여성 희생'의 주제를 새롭게 조명한 것은, 〈심청전〉에 대한 '새로 읽기'
의 산물이다. 이러한 작업은 〈심청전〉을 왜곡하고 심청을 타락시켰다
는 비판을 받기도 하지만,[22] 〈심청전〉의 생명력을 연장하고 확산하는
데 기여하고 있음을 부인할 수 없다.

6. 맺음말

〈심청전〉에 대한 '새롭게 읽기'는 익숙하게 보아 오던 〈심청전〉을
새로운 시각에서 조명함으로써 이해의 폭을 넓혀 가는 작업으로 연결
된다. '효의 문학'으로 규정된 〈심청전〉은 오랜 기간 동안 윤리적·교
훈적 측면에서 이해되고 평가된 까닭에 작품에 내재된 현실적 측면을

---

21) 류보선, 「모성의 시간, 혹은 모더니티의 거울」, 『심청』(황석영), 문학동네, 2003.
22) 사재동, 『심청황후』1, 작가의 말, 중앙인문사, 2010.

제대로 읽어내지 못한 감이 있다. 그리하여 이 작품의 문학적 성격과 기능에 대한 이해의 폭이 넓지 못했고 문학적 의미도 제대로 드러나지 못했다.

<심청전>이 '효(孝)의 문학' 이상의 의미를 가지고 있다는 사실에 주목한 연구자들에 의해 새로운 시각에서 이 작품을 이해하려는 시도가 있었고, 그 가운데 하나가 '여성희생' 주제와 관련지어 살핀 것이었다. '여성 희생'은 <심청전>을 배태한 모티브였으며 주제를 구현하는 바탕이었다. 세계 문학의 보편적 주제 가운데 하나인 여성 희생은 종교, 사상, 사회, 심리 등 인문학의 여러 분야와 밀접한 연관을 가진다. 이런 관점에서 볼 때 <심청전>은 단순한 효의 문학이라는 부정적 평가에서 벗어날 수 있을 것이다.

<심청전>의 각 이본은 그것으로 완결된 작품이다. <심청전>은 지난 수세기 동안 새로쓰기를 통해 진화를 거듭해 왔듯이 지금도 변모를 거듭하고 있다. 특정 지역, 특정 계층의 민간설화로 출발했던 <심청전>은 그 동안 역량있는 작가들에 의해 새롭게 쓰여지면서 많은 이본을 남겼고, 그것이 축적되어 한국문학의 대표작으로 자리잡게 되었다. 현대 작가들은 <심청전>이 갖는 보편적 주제를 조심스럽게 찾아내어 새로운 모습으로 재현해 놓았다. 이런 작업을 통해서 <심청전>은 한국이라는 지역적 경계를 넘어 동아시아, 나아가서는 세계의 문학으로 발돋움할 날이 올 것이다.

심청의 희생을 윤리·도덕적 측면에서 다룬 '고전 심청전'은 시대적 사명을 충실히 수행했으며 현대에도 일정 부분 의미를 가질 것으로 보인다. 그러나 작품 속에 내재된 주제를 새롭게 발견하여 새로운 시대의 문학으로 재현하는 것도 충분히 의미있는 작업이다. 필사본, 방각본으로 유통된 '고전 심청전'이 <심청전>의 전통을 형성하고 있지만, 그것

을 해체하여 새롭게 쓴 현대 개작본들도 전통에서 제외되는 것은 아니
다. 이들 작품이 주목하고 쟁점화한 여성 희생은 〈심청전〉의 본질에서
벗어나는 것이 아니기 때문이다. 이들 작품은 '고전 심청전'의 연장선상
에서 다루어지고 전승사에서 자리매김 되어야 할 것이다.

〈변강쇠가〉의 성 담론 양상과 의미

이정원

1. 머리말

수신(修身)을 개인이 지향해야 마땅한 규범으로 인정하는 조선 사회에서, 〈변강쇠가〉는 매우 이질적인 텍스트이다. 가령, 〈변강쇠가〉에서는 남자 주인공뿐만 아니라 여자 주인공도 음욕의 화신으로 그려져 있고, 인물 됨됨이를 따지지 않은 채 두 남녀는 사랑을 나눈다. '성'과 '성욕'에 대한 파격적인 형상화는 인물 형상이나 사건 전개 과정에만 그치지 않는다. 죽은 변강쇠의 장례를 치러야 하는 윤리적 의무를 위해 아내인 옹녀는 열부(烈婦)되기를 포기한다. 자신의 몸을 도구로 삼아 아내된 도리를 다하겠다는 모순된 발상은 이 작품의 후반부를 지탱하는 근본적인 설정인데, 여기에 많은 남성들이 반응하고 죽어나가면서 '성'과 '성욕'에 대한 문학적 탐색은 진행된다. 이처럼 〈변강쇠가〉는 특유의 형상화를 통해 성이나 성욕에 대한 당대인들의 입장과 고민, 그리고 통찰을 담은 일종의 성 담론 텍스트로 이해된다.

이질적인 성 담론이 담겨 있는 것이 〈변강쇠가〉의 중요한 특징 중 하나임은 연구사 초기부터 주목을 받아왔다. 가령 〈변강쇠가〉에 대한 초창기 연구자라 할 이명선은 〈변강쇠가〉에 대해 '음란한 사설이 많고,

옹녀도 음탕한 성격의 소유자다.'고 소개했다.1) 이후 〈변강쇠가〉의 성
담론은 조선 후기 사회의 갈등 국면에 대한 문학적 형상화로 이해되
어2), 많은 연구자들은 음란한 주인공을 내세워 사회 갈등의 원인을 호

---

1) 이명선, 「조선 연문학(軟文學)의 최고봉 〈변강쇠전〉」, 『신천지』 제4권 제6호, 서울
   신문사, 1949, 7, 197~200면. ; 박관수, 「〈변강쇠가〉의 음란성 재고」, 『고소설연구』
   2, 한국고소설학회, 1996, 320면에서 재인용.
2) 이 분야의 주요 논저는 다음과 같다. 서종문, 「변강쇠歌 研究」, 서울대 대학원 석사학위
   논문, 1975, 1~101면. ; 박경신, 「무속제의(巫俗祭儀)의 측면에서 본 〈변강쇠가〉」,
   서울대 대학원 석사학위논문, 1985, 1~116면. ; 이국자, 「변강쇠가 - 해석시론 -」, 『인문
   논총』 15, 전북대학교 인문학연구소, 1985, 147~178면. ; 김종철, 「19C. 판소리사와 〈변
   강쇠가〉」, 『고전문학연구』 3, 한국고전문학회, 1986, 90~122면. ; 정병헌, 「변강쇠가에
   나타난 신재효의 현실인식」, 『한국언어문학』 24, 한국언어문학회, 1986, 181~192면.
   ; 전신재, 「〈변강쇠가〉의 비극성」, 『선청어문』 18, 서울대학교 국어교육과, 1989, 103~
   124면. ; 박일용, 「〈변강쇠가〉의 사회적 성격」, 『고전문학연구』 6, 한국고전문학회,
   1991, 170 ~200면. ; 김종철, 「〈변강쇠가〉의 미적 특질 - 괴기미 추구와 관련하여 -」,
   『판소리연구』 4, 판소리학회, 1993, 275~316면. ; 이강엽, 「신재효 〈변강쇠가〉의 性과
   죽음의 문제」, 열상고전연구 6, 열상고전연구회, 1993, 196~223면. ; 강진옥, 「변강쇠가
   연구 2 - 여성인물의 '쫓겨남'을 중심으로 -」, 『이화어문논집』 13, 이화어문학회, 1994,
   197~217면. ; 박관수, 「〈변강쇠가〉의 음란성 재고」, 『고소설연구』 2, 한국고소설학회,
   1996, 319~340면. ; 윤분희, 「〈변강쇠전〉에 나타난 여성인식」, 『판소리연구』 9, 판소리
   학회, 1998, 325~349면. ; 최혜진, 「〈변강쇠가〉의 여성중심적 성격」, 『한국민속학』
   30, 한국민속학회, 1998, 387~412면. ; 김경미, 「고소설 남성 인물의 형상화 - 〈변강쇠
   가〉를 중심으로」, 『이화어문논집』 17, 이화어문학회, 1999, 75~91면. ; 정인혁, 「〈변강
   쇠가〉의 구조 연구」, 서강대 대학원 석사학위논문, 2000, 1~71면. ; 서유석, 「〈변강쇠
   가〉에 나타난 기괴성의 구현 양상과 의미」, 경희대 대학원 석사학위논문, 2003, 1~100
   면. ; 정지영, 「〈변강쇠전〉-조선후기 성 통제와 하층여성의 삶」, 『역사비평』 65, 역사비
   평사, 2003, 352~370면. ; 정하영, 「〈변강쇠가〉성담론의 기능과 의미」, 『고소설연구』
   19, 한국고소설학회, 2005, 167~198면. ; 최경환, 「〈변강쇠가〉 연구 -선택과 배치의
   담화전략-」, 『어문학논총』, 국민대학교 어문학연구소, 2006, 229~244면. ; 김창현, 「〈변
   강쇠가〉, 뎁득이의 인물형상과 그 의미」, 『국제어문』 38, 국제어문학회, 2006, 225~253
   면. ; 이주영, 「〈변강쇠가〉에 나타난 강쇠 형상과 그에 대한 적대의 의미」, 『어문논집』
   58, 민족어문학회, 2008, 5~33면. ; 이주영, '기괴하고 낯선 몸'으로 〈변강쇠가〉 읽기,
   고전과 해석 6, 고전문학한문학연구학회, 2009, 47~75면. ; 정환국, 19세기 문학의 '불편
   함'에 대하여, 한국문학연구 36, 동국대학교 한국문학연구소, 2009, 253~287면.

도하는 서술자의 편향된 태도를 지적하였다. 이런 연구 경향은 어느 연구자가 지적한 것처럼 "하층민의 빈곤을 개인의 나태와 무지의 탓으로 돌림으로써 사회의 구조적인 모순을 은폐하려는 지배 이데올로기의 허울을 벗겨내고, 조선 후기 하층민의 삶을 사회, 역사적인 관점에서 해석하려는 당위적 원칙에 입각한 것"[3]이라 할 수 있다.

<변강쇠가>의 성 담론을 텍스트 표층에 있는 '징음(懲淫)'이나 '호색(好色)에 대한 경계'라는 교화의 논리에서 벗어나 사회 갈등에 대한 지배층의 문학적 대응으로 이해한 것은 상당한 성과로 간주된다. 또한 이런 성 담론의 미적 범주를 '기괴미'로 정리하고 여기서 실전의 원인이나 향유층의 혼란을 읽어낸 연구[4]는 보다 진전된 성과로 인정된다.

한편 이런 연구 경향과는 달리 <변강쇠가>에서 성 담론은 "독자의 흥미를 끌어내는 유도적 장치"일 뿐이며 이 작품의 핵심은 '강쇠의 장승 훼손과 그로 인한 죽음'이라는 연구 경향도 있다.[5] 장승 동티 사건이 <변강쇠가>의 핵심 사건이라는 주장은 몇 가지 설득력 있는 근거가 있다. 먼저 현재 전하는 신재효본 <변강쇠가> 이전의 <변강쇠가>에서는 음란물로서의 성격이 뚜렷하지 않았을 가능성이 인정된다.[6] 또한 이 작품의 핵심 사건이 성적 일탈이라면 옹녀 또한 징치를 당했어야 하는데 변강쇠만 징벌을 받았다는 점도 근거로 인정된다.[7] 마지막으로 전반부의 옹녀 이야기와 후반부의 강쇠 치상(治喪) 이야기가 구조적으

---

3) 박일용, 앞의 논문, 186면.

4) 김종철(1993), 서유석(2000), 이주영(2008, 2009), 정환국(2009).

5) 대표적인 연구자는 정하영(2005)이다.

6) 이는 송만재의 <관우희>, 이유원의 <관극팔령>, 김동욱 채록본 <변강수 설화>, 그리고 서도 창본인 오연화의 <변강쇠 타령> 사설 등을 검토한 결과이다. 박관수 (1996), 323~331면. 정하영(2005), 187면.

7) 정하영(2005), 179면.

로 유기성이 떨어진다는 점이 지적된다.[8]

　그러나 신재효 개작 이전에 〈변강쇠가〉의 모습이 어떠하든, 음란 사설과 치상(治喪) 사설이 〈변강쇠가〉의 전후반으로 짜여져서 전승된 것이 사실이므로, 음란 사설을 장승 훼손 사건을 위한 유도 장치로만 인정하는 것은 과도한 평가로 보인다. 오히려 그런 평가는 단절적으로만 보이는 〈변강쇠가〉의 서사 구조에 대한 학계의 논의가 아직도 부족했음을 증거한다고 생각한다. 그만큼 이 문제를 해명하는 것이야말로 〈변강쇠가〉를 이해하는 데에 가장 중요한 일이 될 것이다.

　이런 까닭에 연구사 초기부터 〈변강쇠가〉의 구성은 여러 각도에서 해명되어 왔다. 이는 크게 세 가지로 구분된다. 먼저 '형성 과정'의 특징으로 이를 설명한 경우이다. 이는 연구사 초기에 두드러졌다. 가령, 서종문은 전후반부를 '유랑민의 생활상과 유랑상의 투사'로 이해하여, 구성의 문제를 제재의 차원에서 해명했다.[9] 무속제의의 측면에서 이 작품을 본 박경신은 〈변강쇠가〉의 전반부가 장승의 신성(神聖)에 대한 서사적 풀이이고, 후반부는 그러한 제의에 뒤따랐던 놀이 과정이 반영된 것이라고 설명했다.[10] 서종문과 박경신의 논의는 각각 판소리 자체의 기원과 〈변강쇠가〉의 형성 과정에 대해 설득력 있는 성과로 보인다.[11]

---

8) 정하영은 이에 대해, 옹녀의 상부살을 계기로 부각된 음란 사설들은 변강쇠의 장승 동티 사건을 이끌어내기 위한 에피소드로서, 부분의 독자성 원리에 따라 과장되었을 따름이라고 분석했다. 정하영(2005), 175면.

9) 서종문, 앞의 논문, 8면.

10) 박경신, 앞의 논문, 79면.

11) 특히 박경신의 논문은 〈변강쇠가〉와 무속제의 사이의 관계를 매우 설득력 있게 제시했다. 그러나 무속제의에 대한 연구자의 선입견이 과도하지 않았는지 의문이 들기도 한다. 가령, 부정적인 인물인 변강쇠가 장승과의 싸움에서 패배했으니 〈변강쇠가〉의 전반부는 '장승 신화(神話)'라는 판단(박경신, 앞의 논문, 63면)은 서사 전개의 '결과'를 확대 해석한 것이라고 본다.

그러나 이 논의는 여전히 '기원론'에 대한 것일 뿐 '구조론'은 아니라는 점에서 미진한 점이 있다. 형성 과정의 특이성이 서사 구조에 안착하게 된 사유를 설명하지는 못한 것이다.

다음으로, 사회 갈등론의 입장에서 <변강쇠가>의 구성을 설명한 경우이다. 이는 특별히 옹녀라는 하층 여성의 삶에 주목하고 있다. 가령, 박일용은 이 작품의 후반부를 '천민신분으로의 전락'에 대한 상징으로 읽고, 강쇠의 저주란 그런 전락을 희구하지 않는 옹녀의 안간힘이 상징적으로 표현된 것이라고 보았다.12) 최혜진은 치상 과정에서 중, 초라니, 풍각쟁이들이 죽어나가는 것을 "불건강한 삶의 자세와 여성을 성적 유린의 대상으로 파악하려는 잘못된 인식에 대한 징벌"로 보고, 소외된 유랑민인 동시에 성 갈등의 피해자인 여성으로서 옹녀의 삶을 지배하는 봉건사회의 모순이 강쇠의 원혼을 공포의 대상으로 변화시켰다고 했다.13) 정지영도 강쇠의 저주가 위력을 발휘하여 사람들이 시체에 부착되는 것은 "가부장적 질서의 강건함, 광범위함" 등의 형상화로 이해했다.14) 사회 갈등론에 입각한 이러한 해석은 옹녀의 삶에 드리운 이중의 고난, 즉 하층민의 사회적 고난과 가부장제에서 여성의 고난이 <변강쇠가>에서 어떻게 투사되고 있는지를 잘 드러내고 있다. 그러나 한편으로는 이런 해석을 통해 <변강쇠가>의 서사적 혼란이 모두 해명되었다고 보기엔 미흡한 점이 있다. 가령, 치상하러 온 사람들이 변강쇠의 원혼을 달래고 그의 원한에 공감한다든지, 변강쇠의 저주가 신분과 성별을 가리지 않고 무차별적으로 위력을 발휘하는 것 등은 사회 갈등 담론만으로는 이해가 되지 않는 상황이라 하겠다.

---

12) 박일용, 앞의 논문, 191~193면.
13) 최혜진, 앞의 논문, 406~410면.
14) 정지영, 앞의 논문, 364면.

마지막으로 미의식의 산출 과정으로 〈변강쇠가〉의 구성을 설명한 경우이다. 이는 '기괴미'에 집중하여 논의가 이루어졌다. 가령, 김종철은 옹녀의 이중성이나, 뒤틀린 인물인 변강쇠에 대한 징치가 온전하지 못한 채 변강쇠의 저주가 위력을 발휘하여 결국 시체를 갈아서 처리해 버리는 것 등은 이 작품이 '기괴미'를 추구하기 때문이라고 해명했다.15) 서유석도 정상적이지 않고 낯설고 이상한 상태를 기괴로 보고, 〈변강쇠가〉에서 신체, 죽음, 성에 대한 태도 그리고 공포와 웃음이 교차되고 비종결형으로 서사가 전개되는 점 등에서 기괴성이 구현된다고 보았다.16) 이주영은 〈변강쇠가〉의 갈등 구조의 핵심이 '산 자들에게 달라붙은 죽은 자의 몸'으로 귀결된다면서, 이런 갈등 구조는 '불확실성의 악으로의 치환'과 '불안과 공포의 심리적 현실' 등을 담아낸다고 보았다.17) 〈변강쇠가〉에서 구성의 특이성을 '기괴미'의 지향 때문이라고 설명하는 이런 논의들은 문학사에서 〈변강쇠가〉의 독특한 위상을 잘 간파했다는 점, 그리고 이른 바 '기괴적 사실주의'18)라는 이 작품의 남다른 성취를 해명하는 단초를 제공하고 있다는 점에서 연구사적 성과로 이해된다. 그러나 일탈적인 서사 전개를 통해 기괴미가 추구된다는 분석은 〈변강쇠가〉의 미적 지향은 설명할 수 있어도, 기괴미를 통해 환

---

15) 김종철(1993), 김종철, 「〈변강쇠가〉와 기괴미」, 『판소리의 정서와 미학』, 역사비평사, 1996, 47~82면. 재수록. 이하 김종철의 논문은 이 책에서 인용.
16) 서유석, 앞의 논문, 14~71면.
17) 이주영(2009), 앞의 논문, 64면.
18) 성현경은 바흐친의 이론을 원용하여 "축제를 바탕으로 하고 있는 민중문화를 문학에 표현한 심미적 양식을 기괴적 사실주의(Grotesque realism)"라 정리하고 그 구체적인 양상을 이명선 고사본에서 확인하고 이를 다른 판소리 문학에까지 확대할 수 있는 가능성을 제시한 바 있다. 성현경, 「춘향전론 2 - 〈이고본 춘향전〉의 축제적 구조와 의미, 문체와 작자 - 」, 『한국옛소설론』, 새문사, 1995, 418~465면. 서유석의 논문에서 이는 보다 구체화되고 있다.

기되거나 소통되는 의미는 무엇인지를 구체화하지 않는다는 점에서 새로운 연구 과제를 남기고 있다.19) 텍스트 안에서 논리가 완결되지 않거나, 서로 상충되는 논리가 전개될 경우를 모두 '기괴미'로 볼 수는 없기 때문이다. 기괴미를 환기하는 '모순'이 형상화하는 현실은 무엇인지, 그것은 어떻게 모순을 통해 드러나는지 등을 논의할 필요가 있는 것이다.

이처럼 <변강쇠가>의 성 담론에 대한 논의는 구조에 대한 분석과 맞물리며 상당한 수준에 이르렀으나 여전히 서사 구조에 대한 설명이 미흡한 것도 사실이다. 장승 동티 사건을 기점으로 전반부에서 일탈적 인물에 대한 징치가 정당화되었지만, 후반부에서는 다시 일탈적 인물이 장승만큼이나 위력을 발휘한다. 작품의 결말에서 변강쇠의 시체가 갈이질을 당했으니 부정한 인물의 패배가 확정되었고, 징음(懲淫)의 논리가 완결되었으며, 공동체의 권위가 존중되었다고 볼 수도 있으나 이는 결과론적인 분석이다. 오히려 갈이질이라는 추레한 방법으로 대응해야 할 만큼 변강쇠라는 일탈적 인물 앞에서 공동체의 권위와 위력은 왜소했다고 볼 수 있다. 그런 점에서 <변강쇠가>를 음란에 대한 징계와 교화의 서사로 이해해서도 안 되겠지만, 동시에 신분이나 성별에 관련된 사회적 갈등을 집중하여 형상화한 것으로만 이해하는 것도 한계가 있어 보인다.

오히려 필자는 <변강쇠가>를 조선 후기 향촌 사회를 배경으로 하는, 본격적인 성 담론으로 이해하는 것이 보다 현실적이라 판단한다. 즉 개인의 성적 특징을 '음란함'으로 간주하여 억압하려는 공동체의 입장과

---

19) 가령, 김종철은 강쇠에 대한 징치로써 작품이 매듭지어지지 않는 까닭이나 강쇠가 원혼이 되어 현실계의 인물들을 놓아주지 않아야만 하는 필연적인 이유가 드러나지 않는 점에서 기괴미가 창출된다고 보았다. 서사 구조에 대한 이런 의문들을 해명하지 않은 채 기괴미라는 효과만을 강조하게 되면, 연구의 방향이 편중될 우려가 있다고 생각한다. 김종철, 앞의 책, 253면.

이에 항거하는 개인의 입장 사이에서 빚어지는 긴장을 〈변강쇠가〉의 서사가 담고 있다고 간주함으로써, 일탈적으로 보이는 서사 구조를 해명하는 계기가 마련되리라 생각하는 것이다.

〈변강쇠가〉를 성과 성욕에 대한 문명론적 성찰을 담은 작품으로 바라보는 논의가 그간 전혀 없었던 것은 아니다. 가령 연구사 초기에 이국자는 〈변강쇠가〉를 민중 생활상의 반영으로 보는 연구 태도에 문제를 제기하면서 청석골의 사랑 장면을 모든 문명의 간섭에서 벗어나 생명의 부름에 호응하는 에로스 정신이 드러난 것으로 이해했다.[20] 윤분희는 상부살에서 여성의 육체에 대한 부정적인 인식이 발견된다고 하였다.[21] 또한 정지영은 유교적 이상에 기반을 둔 새로운 사회질서를 만들어가는 과정에서 사회를 통제하기 위한 악의 상징으로 음란한 여성이 설정된 것은 아닌지[22] 의문을 제기했다.

이런 문명론적 논의들은 여성 성(性)과 성욕 일반에 대한 부정적인 인식과, 이로써 사회적 갈등의 원인을 오도하려는 향유층의 서사 전략을 노출하는 성과가 있다. 그러나 여전히 한편으로는 너무 포괄적인 수준의 분석이거나 기존의 사회 반영론에서 도출되었던 결론이 반복되는 경향도 있다. 연구사에서 제시되었던 구체적인 문제들 가령, 옹녀의 이중성이나 변강쇠 저주의 원동력, 서사 전후반의 유기성 등이 온전히 해명되었다고 하기엔 부족하다.

그러므로 이 논문에서는 〈변강쇠가〉의 서사를 성과 성욕에 대한 문학적 담론으로 간주하고, 그것의 양상과 의미를 살펴보겠다. 구체적으로 〈변강쇠가〉의 전반부를 이루는 옹녀의 퇴출과 변강쇠의 장승 동티

---

20) 이국자(1985), 157면.
21) 윤분희(1998), 327~335면.
22) 정지영(2003), 358면.

사건 등이 성과 성욕에 대한 공동체의 특수한 입장에서 비롯된 것임을 설명하고, 나아가 후반부에서 변강쇠를 치상하면서 벌어지는 비정상적인 사건들 즉 변강쇠의 저주도 전반부를 해명했던 성 담론의 연장선에서 해석될 수 있음을 설명하겠다.

이러한 설명을 통해 기존 연구자들이 주장했던 기괴미나 치상 과정의 축제성 등도 새롭게 조명되고, 무엇보다 <변강쇠가>의 서사적 모순 문제도 어느 정도 이해될 수 있으리라 기대한다.

주지하다시피 현전하는 <변강쇠가> 사설은 모두 신재효본으로 인정되는데, 갈이질 사설까지 모두 있는 '성두본'을 해제한 텍스트23)를 대본으로 삼는다.

2. 성과 성욕에 대한 공동체의 공포

평안도 월경촌에 살던 옹녀가 황해 평안 양도에서 퇴출되는 것은 그녀의 청상살 때문이라고 제시된다. 즉 옹녀 때문에 많은 남자들이 죽었고, 그래서 황해도와 평안도가 여인국이 되리라는 사람들의 두려움에 옹녀가 쫓겨나는 것이다.

이에 대해 그간 연구자들은 실제로 옹녀의 남편들이 죽은 원인이 옹녀와 관련이 없다는 점24)을 들어 사회 위기의 원인을 오도하고 기존 지배 체제를 유지하기 위한 희생양으로 옹녀가 제시되었다고 분석했다.

---

23) 김태준 역주, 『흥부전/변강쇠가』, 고려대학교 민족문화연구소, 1995. 이하 텍스트 인용 쪽수는 이 책의 것이다.

24) 옹녀의 남편들은 급상한, 화류병, 문둥병에 걸려 죽거나, 벼락 맞아 죽고, 대적으로 포도청에 떨어지고, 비상 먹고 죽었다.

또한 이런 현상에서 여성의 육체에 대한 부정적인 입장이 유포된다고 하였다.

이런 분석은 옹녀의 처지를 이해하는 데에 타당하다. 그러나 이를 근거로 이 작품이 반사회적 인물에 대한 공동체의 경고만을 담고 있다고 볼 수는 없다. 왜냐하면 작품의 후반부에서 반사회적 인물인 변강쇠에 대한 장승의 징치는 완성되지 못한 채, 그의 저주가 막강한 위력을 발휘함으로써 사회의 존속을 해치는 존재에 대한 징벌의 정당성과 능력은 의심되기 때문이다. 변강쇠의 시체를 보거나 만진 온갖 인물 군상들은 아예 죽거나 시체와 땅에 달라붙는 등 비정상적인 상태에 놓이게 되고 이는 장면화된다. 그리하여 호색한인데다가 나태하기 짝이 없으며 장승으로 상징되는 공동체 규범의 권위를 무시하는 뒤틀린 인물인 변강쇠 또한 건전한 공동체에 비견되는 위력을 지닌 실체임이 드러난다.

옹녀는 쫓겨났고 변강쇠의 시체는 갈이질을 당했으니 결국 사회적 위기는 극복해야만 하고 극복할 수 있다는 공동체의 논리를 정당화하고 있다고 주장할 수도 있다. 그러나 작품에서 징벌의 당위성은 압도적이지 않고 자신감은 미약하게 제시되거나 아예 인정되지 않는다. 가령 옹녀의 경우 양서 지방에서 쫓겨나오면서 온갖 치장을 한 채 "어허, 인심 흉악하다. 황·평 양서 아니면 살 데가 없겠느냐. 삼남 좋은 더 좋다더라."[25]라고 악을 쓴다.

체제 유지의 논리에 비정상적인 개인이 승복하여 교화될 수 없음을 분명히 하기는 변강쇠의 처리 과정에서도 마찬가지이다. 변강쇠를 죽이기 위해 모인 많은 장승신들은 온갖 방법들을 고민하다가 "장승을 화장한 죄인 줄 저도 알고 남도 알아 쾌히 징계가 될" 수단으로 수많은 병을

---

25) 〈변강쇠가〉, 251면.

강쇠의 몸에 바르고, 그로 하여금 고통 속에 죽게 한다. 그러나 변강쇠가 죽음에 이르러 한탄하는 것은 옹녀와의 이별이지 장승을 패어 땐 '죄'가 아니다. 변강쇠의 죽음을 통해 장승을 세우는 공동체 규범의 권위를 남도 알게 하겠다는 목적도 달성되지 못한다. 변강쇠를 치상하러 온 온갖 인물들은 변강쇠만큼이나 음란함을 노골적으로 드러내거나, 아예 변강쇠의 원통함을 달래고 위로할 뿐 그가 죽게 된 사연에 대해서는 관심이 없다. 그만큼 변강쇠에 대한 징계는 단지 그의 목숨을 앗아가는 생물학적 차원에서 그쳤을 뿐이고, 변강쇠의 욕망과 가치관을 바꾸지도 못했고 그것이 부정적이라는 가치 판단을 이야기세계 안에 유포하는 데에도 실패했다.

이처럼 옹녀와 변강쇠를 음란한 사람으로 특정하고 징벌하는 것은 부분적으로 성공했을 뿐이지, 그 과정에서 음란함보다 월등한 도덕적 권위나 역량이 과시되었던 것은 아니다. 그러므로 옹녀와 변강쇠라는 음란한 사람들을 대상으로 월경촌이라는 지역 공동체와 장승으로 상징되는 공동체 규범의 권위를 존속시킬 수 있을 것인지에 대해 <변강쇠가>는 회의적이다. 그리고 공동체 운영의 역량에 대한 믿음이 옹색함은 처리 대상이었던 옹녀와 변강쇠의 성적 특징, 음란함으로 치부되었던 성과 성욕에 대한 공포에 맞닿아 있다.

애초에 상부살이 넘치는 음란한 여성 옹녀를 쫓아냈던 데에는 이상한 점이 있다. 옹녀는 열다섯부터 서방을 얻어 스무 살에 얻은 서방까지 해마다 죽었다. 이는 흉악한 소문을 자아냈지만 여전히 남자들은 죽어나간다.

2, 3년씩 걸러 가며 상부를 당할지라도 소문이 흉악할텐데 한 해에 하나씩을 전례로 처치하되, 이것은 남이 아는 기둥서방, 그 다음은 샛서방,

애부, 거드모리, 새호루기, 입 한 번 맞춘 놈, 젖 한 번 쥔 놈, 눈 흘레한
놈, 손 만져 본 놈, 심지어 치마귀에 잠시 사정을 얼른 한 놈까지 모두
결단을 내는데, 한 달에 한 뭇을 넘겨, 일년에 한 묶음 한 동 일곱 뭇,
윤달이 든 해면 두 동 뭇수 대고 씻어낼제, 어떻게 쓸었던지 삼십 리 안팎
상투 올린 사나이는 고사하고 열다섯 넘은 총각도 없어 계집이 밭을 갈고
처녀가 짚을 이니[26)

그녀와 관계를 맺으면, 그것이 합법적인 부부 관계이든 그렇지 않든,
농도 짙은 성행위이든 그렇지 않든 남자들은 죽어나간다. 만약 옹녀가
음란하고, 상부살까지 있다면 다른 남자들이 그녀를 거부하면 된다. 그
러면 마을은 유지될 것이다. 그러나 그녀의 성적 매력 앞에서 남성들은
자기 주도권을 상실한다. 그리하여 성적 매력 앞에서 이성적이지 못했
던 그들은 모두 죽음을 맞고, 심지어 벼락맞아 죽은 것까지 모두 옹녀의
탓으로 간주된다.

이처럼 죽음에 이르는 과정에서 남성들의 선택은 은폐되고, 옹녀의
성적 자질은 '음란함'으로 부각된다. 이러한 편파적 이해의 바탕엔 성과
성욕에 대한 공포가 놓여 있다. 이 두려움의 한 켠에는 여성의 성적 매
력 앞에서 남성은 이성적인 통제 능력을 상실하게 된다는, 남성 성에
대한 자학적인 입장이 도사리고 있다. 그리고 다른 한 켠에는 성적으로
매력 있는 여성 또는 성욕이 강한 여성을 정상적인 인격체가 아니라
괴물로 취급해야 한다는 강박관념이 놓여 있다. 여성 성욕은 후천적인
것이 아니며, 통제될 수도 없는 것으로 간주된다. 그러므로 〈변강쇠가〉
의 이야기세계에서 마을 사람들이 옹녀를 통제하거나 교화하지 않고
마을에서 퇴출시키는 '사회적 살인'으로써 대응하는 것은 여성 성에 대

---

26) 〈변강쇠가〉, 249~251면.

한 문명 공동체의 두려움이 이 서사에 반영되었기 때문이다. 마을 사람들이 '음란한 여성' 옹녀를 쫓아내는 데에는 괴물이라는 비정상적인 것과 스스로를 격리함으로써 정상성을 유지하려는 문명사회의 태도가 드러나는 것이다.

성적 매력이 있는 사람, 또는 성욕에 충실한 사람을 괴물로 취급하는 공포 담론은 변강쇠의 징치 과정에서도 반복된다. 청석골에서의 만남 장면이나 이후의 살림살이 장면에서 계속 강조되는 것은 옹녀만큼이나 변강쇠 또한 자신의 성과 성욕에 충실한 사람이라는 점이다. 심지어 죽음을 목전에 둔 변강쇠가 남긴 유언이나 죽음을 맞이하는 행위에 근거하여 판단하자면, 변강쇠의 원통함이란 결국 '여성에 대한 성적 지배를 완수하지 못한 것에 대한 감정'이라고 볼 수 있다. 그는 수절을 당부했고, 아내의 성기를 움켜쥐고 일어서서 스스로 거대한 '성기' 형태를 하고서 죽었다. 이러한 일련의 행동들은 그가 옹녀만큼이나 성욕에 경도되어 있으며, 남성 성의 화신으로 다루어지고 있음을 보여준다.

그런데 <변강쇠가>는 바로 그런 성욕을 사회적 불건전함의 표지로 삼아 그를 괴물로 취급한다. 변강쇠는 옹녀의 막강한 음욕을 감당할 만한 음란한 남성으로 등장한다. 강한 성적 능력을 지닌 만큼, 그는 건전한 노동 의욕이나 사회성이 없는 인물이다. 성욕만으로 꾸려진 이 비정상적인 가정은 그러므로 옹녀의 생활력에도 불구하고 점차 사회에서 소외된다. 결국 정상적인 사회적 소통이 미치지 않는 막다른 곳이라 할 지리산 산중에서 그들은 살게 된다. 공간의 차원에서 진행된 배척과 소외의 과정은 다른 한편으로는 성욕이 다른 인성들과 어떻게 관련을 맺는지를 증명하는 과정이기도 했다. 처음에 옹녀가 벌어 온 돈을 강쇠는 노름과 술 등으로 탕진하고 싸움을 벌이더니 급기야 나무를 해오라는 아내의 요구에 장승을 뽑아온다. 변강쇠는 아무런 삶의 지향을 가지고 있지 않고 오로지 쾌락의 원칙에만 충실하다. 그러므로 "낮이면 잠만 자고 밤이면 배만 타"는 그에게 장승으로 대변되는 공동체의 권위와 규범 등은 애초에 의미가 없었고, 이러한 반사회성이 옹녀와의 결혼 생활을 통해 점차 폭로된 것이다.

이처럼 〈변강쇠가〉에서 성욕은 변강쇠의 삶을 통해 인간의 여러 욕망들 중의 하나로만 다루어질 수 없다고 제시된다. 그것은 성실, 근면, 절제 등 공동체가 인정하는 긍정적인 자질과 공존할 수 없는 것으로 간주되고 있다. 앞서 월경촌의 남성들이 옹녀의 성적 매력 앞에서 무기력했던 것처럼, 강쇠의 성욕 앞에서 강쇠가 따라야 할 모든 긍정적인 규범들을 무기력해진다. 그는 스스로를 '오입쟁이'로 알고 그러하기에 나무 지게 지는 것 따위를 꺼려한다. 그리하여 강한 남성 성을 지닌 변강쇠는 옹녀처럼 반사회적인 인물, 곧 괴물로 취급받게 된다.

변강쇠가 지닌 '괴물'로서의 정체성, 그리고 거기에 깃든 공격성을 가장 극적으로 드러내는 장면은 역시나 장승을 패어 때는 사건이다. 강쇠의 손에서 공공성의 상징인 장승은 뽑히고 쪼개어져서 개인의 육체적 쾌락을 위해 불살라졌다. 성욕은 강쇠의 불한당 기질, 정상적인 사회 규범에 순응하지 않고 또한 사회 규범으로써 포섭될 수도 없을 불건전성과 반사회성의 원천으로 간주된다.

아무런 현실적 인과도 없는 죽음조차 옹녀의 탓으로 몰아 그녀를 쫓아냈던 마을 사람들의 입장이 합리적이지 않았던 것처럼, 장승을 뽑아다가 땐 것에 대한 징치 또한 매우 감정적인 면이 있다. 옹녀의 음란함 때문에 모든 남성들이 죽어갈 것이라고 마을사람들이 염려했던 것처럼, 강쇠의 나태하고 불건전한 오입쟁이 기질 때문에 모든 장승들이 화를 입을 것이라고 장승들은 분노한다. 그리하여 변강쇠에 대한 징치는, 옹녀에게 내려졌던 것처럼, 현재의 죄에 대한 징벌이 아니라, 미래의 위험에 대한 방제(防除)의 성격을 띤다. 따라서 장승들은 변강쇠의 죄에 상응하는 벌을 주기보다는 '본보기성 징벌'로써 '감정적인 제재'를 한다. 이처럼 과도한 처벌의 밑바닥에는, 강쇠의 반사회적인 행태의 원천으로서 통제할 수 없는 욕망인 성욕에 대한 공포가 자리잡고 있다.

따라서 장승들이 쏟아 부은 온갖 종류의 질병은 바로 통제될 수 없는 욕망으로서의 성욕, 그리고 그런 성욕의 화신으로서만 존재하여 반사회성을 띠는 개인에 대한 증오의 산물이다. 그리하여 치료 불가능한 육체는 그 자체로 변강쇠의 교화 불가능한 인성에 대한 은유이며, 고름이 배어나오는 흉측한 모습은 괴물로서의 정체에 대한 형상화이다. 불건전한 가치관과 생활 태도에 대한 공동체의 혐오가 이런 형상들로 구체화된 것이다.

이처럼 옹녀의 퇴출과 변강쇠의 징치라는 두 사건은 서로 다른 상황에서 빚어졌지만 성과 성욕에 대한 공동체의 공포를 담아내고 있다. 두 사건은 병렬됨으로써 인간은 성과 성욕에 경도될 수 있고, 그런 인간은 괴물로 취급되어야 한다는 공동체의 입장을 풍성하게 제시한다. 옹녀의 퇴출 사건이 여성 성에 대한 공동체의 자학적 입장을 드러낸다면, 변강쇠의 징치 사건은 성욕과 다른 인성 그리고 여러 건전한 규범들 사이의 관계를 드러낸다. 두 사건의 심층엔 모두 육체적 성과 성욕에 대해 인간의 이성적 통제는 원천적으로 불가능하며, 여기에 경도되면 개인과 공동체가 파멸하고 말 것이라는 공포 담론이 놓여 있다.

3. 공동체의 폭력에 대한 개인의 원한

기존 논의에서 후반부 서사를 이해하는 데에 가장 걸림돌이 되었던 것은 강쇠의 저주 문제였다. 일탈적인 인물의 부정한 저주가 위력을 발휘하는 것이야말로 〈변강쇠가〉 서사의 아이러니가 아닐 수 없다. 왜 〈변강쇠가〉는 강쇠에 대한 징치로 마무리되지 않고 이야기세계에서 부정적인 인물로 형상화된 변강쇠의 저주가 위력을 발휘하게 되는지, 과연 그 위력의 원천은 무엇인지, 나아가 저주의 장면이 축제의 양상을 띠는 까닭은 무엇인지 등이 논란거리였다.

그러나 후반부의 서사를 아이러니로 이해하는 것은 필자가 보기에, 연구자들 또한 옹녀와 변강쇠를 '괴물'로 보는 시선을 따라갔기 때문이라고 생각한다. 즉 마을에서 퇴출된 옹녀나 혐오스럽게 죽어야 했던 강쇠의 입장에서 보자면, 후반부는 공동체의 폭력에 노출된 개인의 원한과 그것의 의미가 드러나는 장면으로 이해된다.

〈변강쇠가〉의 후반부를 새롭게 이해할 수 있는 단초는 변강쇠가 죽는 장면에서 발견할 수 있다. 경상도 함양의 장승을 패어 땐 방에서 사랑을 나눈 뒤, 다음날 저녁에 변강쇠는 장승들이 온갖 병을 발라서 온몸에 부스럼이 낭자하고 피고름이 독한 냄새를 풍기게 되었다. 옹녀는 겁이 나서 점을 치고 약을 쓰지만 결국 변강쇠는 죽게 된다.

> 의원이 간 연후에 침약의 힘이었는지 목신의 조화인지 강쇠가 말을 하여, 여인의 옥수를 덤벅 잡고 눈물을 흘리며 하는 말이,
> "자네는 양서 사람이고 내 몸은 삼남 사람으로, 하늘이 지시하고 귀신이 중매하여 오다가다 맺은 연분이나 죽자살자 깊은 맹세는 단산에 봉황이오 녹수에 원앙과 같다. 잠시도 이별하지 말고 백년해로 하겠더니 하룻밤 사이에 얻은 병이 백 가지 약으로도 효험이 없어 청춘소년 이내 몸이 황천 먼 길로 가게 되었으니 생기사귀라는 성인의 말씀을 나는 설워하지 않거니와 생리사별 자네 정경은 차마 어찌 보겠는가. …(중략)… 이 몸이 죽거들랑 염습하고 입관하기를 자네가 손수하고, 출상할 때 상여배행이

며 시묘 살이 조석 상식이며 삼년상을 지낸 후에 비단 수건 목을 잘라
저승으로 찾아오면 이생에 미진하나 연분 끊어진 인연을 이어 다시 짝이
되겠지만, 내가 지금 죽은 후에 사나이라 명색하고 열 살 아래 아이라도
내 몸에 손대거나 집 근처에 얼른하면 즉각 급살할 것이니 부디부디 그리
하소."

　속옷 아구대에 손길을 풀쑥 넣어 여인의 아래를 쥐고 으드득 힘주더니
불끈 일어나서 우뚝 서면서 건장한 두 다리는 화살을 쏘려는듯 비정비팔
빗디디고, 바위 같은 두 주먹은 시왕전에 문지기인듯 눈 위에 높이 들고,
경쳇덩이 같은 눈은 홍문연 번쾌인듯 찢어지게 부릅뜨고 상투를 풀어 산
발허고, 혀를 빼어 길게 물고, 짚둥우리 같이 부은 몸에 피고름이 낭자하
고 주장군은 그저 뻣뻣하며 목구멍에 숨소리가 딸깍하고 코구멍에 찬바
람이 왜 생문방이 앞을 막고 장승 죽음 하였구나.[27]

　강쇠의 죽음 장면은 그의 유언과 장승 죽음에 대한 묘사로 채워져
있다. 강쇠가 죽으면서까지도 아내의 성기를 움켜쥐고, '주장군'을 뻣뻣
이 세우며 아내에 대한 성적 집착을 포기하지 않았다는 점에서, 그의
죽음을 징벌의 완수로 볼 수 없다. 변강쇠는 장승과의 싸움에서 패배하
지만 결코 이념적으로 교화될 수 없음을 보여주었기 때문이다. 그러므
로 강쇠가 죽는 장면은 반사회적인 인물에 대한 공동체의 혐오를 보여
주는 동시에, 바로 그 혐오의 폭력성을 전시하기도 한다. 강쇠가 죽어가
는 과정, 육체에 병이 스미고 문드러지는 과정이 적나라하게 제시됨으
로써 공동체가 개인에게 저지르는 폭력의 실상이 구체화되는 것이다.

　이러한 고발의 성격은 강쇠의 시체가 짓는 장승 모양으로써 강화된
다. 가령 뎁득이는 강쇠의 시체에서 다음과 같이 '공격성'을 읽어내기도
한다.

27) <변강쇠가>, 299~301면.

"그 제어미를 할 송장이 어떻게 죽었단 말이오."

불끈 일어서서 두 주먹 불끈 쥐고 이 놈이 연해 해석하여,

"누를 콱 치려고 두 다리를 벋디디고, 누를 탁 차려고 두 눈을 딱 부릅
떴소. 에게, 그것이 용병이거든 그도 그렇겠지. 집에 갈퀴 있소?"[28]

뎁득이는 강쇠가 '누군가를 콱 치려고, 또는 누군가를 탁 차려고' 두
눈을 부릅뜨고 비정비팔(非丁非八) 꼿꼿이 서서 장승 모양으로 죽었다고
해석한다. 이러한 공격의 대상을 특정하지 않고, 단순히 사회 일반에
대한 무분별한 반발심으로 보는 것은 타당하지 않다. 강쇠는 자신의 죽
음이 누구 때문인지 분명히 알고 있었기 때문이다. 그러므로 강쇠의 시
체가 '주장군'을 뻣뻣이 세운 채 장승의 모양 또는 거대한 성기의 형상
을 하고 있는 것은 일종의 상징으로 이해된다. 서서 죽은 강쇠는 '파괴
자'의 형상(장승)으로 파괴의 원인(성기)과 결과(죽음)를 과시함으로써 파
괴의 명분에 저항하는 것이다.

이처럼 강쇠의 장승 죽음은 이중의 의미를 띠고 있는데, 그의 저주가
위력을 발휘하게 되는 까닭이나 과정도 이 죽음에서부터 해명될 수 있
다. 강쇠는 죽기 전에는 육신의 제약을 받았지만 이제 그는 죽었기에
그 제약으로부터 자유롭다. 그러므로 강쇠의 저주가 위력을 발휘할 수
있게 되는 것은 강쇠라는 개인의 죽음에 드리운 공동체의 명분에 강쇠
가 동의하지 못하기 때문이고, 그의 죽음이 공동체와 개인 사이의 이념
적 긴장을 형상화할 수 있는 새로운 차원을 열었기 때문이다.

그러나 강쇠의 죽음에서 저항의 명분을 읽어낸다고 하여도, 그것이
이야기세계 안에서 동의되지 못한다면 강쇠의 저주는 위력을 발휘할
수 없을 것이다. 강쇠의 죽음은 그가 자신의 억울함을 항변할 수 있는

---

28) 〈변강쇠가〉, 327면.

가능성을 열었을 뿐이다. 그 가능성이 사람들의 죽음과 '달라붙기'라는 비정상적인 사건들로써 실현될 수 있었던 까닭, 다시 말해 변강쇠의 저주가 위력을 발휘하는 까닭은, 그의 원한에 사람들이 공감하기 때문이다.

사람들이 변강쇠의 원한에 공감하게 되는 배경에는 성과 규범 사이의 딜레마가 자리잡고 있다. 옹녀의 상황은 이 딜레마를 가장 잘 보여준다. 강쇠는 자신의 시신을 오직 아내만이 손댈 수 있지 열 살 아래 아이라도 사내가 손을 대거나 집 근처에 얼씬하면 급살을 내겠다고 했다. 이 저주는 옹녀에 대한 강쇠의 성적 욕망, 가부장제의 남성들이 지닌 자연스런 집착에서 비롯되었다. 이 집착에서 강쇠는 옹녀의 수절만이 아니라, 옹녀의 치상까지 주문했다. 장례를 옹녀 혼자서 치르라는 요구는 비현실적인 것이다. 그러므로 옹녀는 강쇠가 죽자마자 '수절'을 대가로 삼아 '치상'을 치르려 한다. 남편에 대한 윤리적 의무를 다하기 위해서는 남편의 유언을 저버려야 하는 이 모순된 상황은 성과 규범 사이의 긴장을 반영하고 있고, 그것이 바로 옹녀가 감당해야 할 현실인 것이다.

그런데 옹녀가 윤리적 딜레마에 빠지게 된 까닭은 그녀가 강쇠의 '아내'였다는 점 때문이자 동시에 다른 남성들이 원하는 '여성'이었기 때문이다. 옹녀의 딜레마는 이렇게 그녀의 사회적 정체와 생물학적 정체 사이에 주어진다. 그리고 이점은 옹녀의 '남편'이었기에 나무를 하러 갔지만, 성적 능력과 성욕이 강했기에 사회적 규범에 일탈적이었던 강쇠의 상황과 유사하고 또한 강쇠를 치상하러 온 사람들과도 유사하다. 즉, 강쇠를 치상하러 온 사람들도 모두 강쇠처럼 음욕을 지닌 사람들이었다. 중, 초라니, 풍각쟁이들, 그리고 뎁득이가 강쇠를 치상하려고 덤벼든 까닭은 모두 옹녀를 취하기 위함이었다. 그러나 이 사내들의 성욕은 비록 그것이 본능의 발로라 할지라도 죽은 낭군의 시신을 처리함으로써 그 아내를 취하려 한다는 점에서 역시나 윤리적 딜레마에 노출된다.

강쇠의 치상 문제가 성과 성욕 그리고 사회적 규범 사이에 드리운
딜레마를 압축해서 보여주고 있음은 여러 곳에서 노출된다. 가령, 처음
으로 치상하겠다고 나섰던 중이 음욕을 견디다 못해 옹녀에게 덤벼들
자, 옹녀가 다음과 같이 말한다.

> 여인이 책망하여,
> "바삐 먹으면 목이 메고 급히 더우면 쉬 식는 것이니, 여러 해 주린
> 색심 아무리 그러하지만, 죽은 가장을 방에 두고 새 낭군과 그 노릇이
> 내 인사에 되겠는가. 다 되어 가는 일이니 마음을 조금 진정하소."[29]

옹녀는 스스로 남성을 유혹해 놓고도 그의 색심이 인사에 맞지 않는
일임을 지적하고 있다. 치상과 혼인의 차례를 지적하는 옹녀의 타박은
음욕을 어떻게 해소할 것인가에 대한 사회적 규범에 기초하고 있다. 그
런데 '사람다운 일'에 맞지 않기는 옹녀에게 덤벼든 모든 사내들이 마찬
가지이다. 가령 뎁득이는 옹녀를 차지하겠다고 덤벼들었다가 죽은 다섯
명의 풍각쟁이들에게 다음과 같이 말한다.

> "…(전략)…큰 동네 파시평에 무리 지어 다니면서 풍류로 적고 사니
> 눈치도 환할 테요 경계도 알 터인데, 송장을 쳐 낸대도 계집은 하나뿐,
> 누구 혼자 좋은 꼴 보자고 한꺼번에 달려들어, 한날 한시 뭇짐 송장 여덟
> 송장 각기 설움 다 원통한 송장이라. …(후략)…"[30]

풍각쟁이 다섯 명의 죽음은 이 치상에 내재된 윤리적 긴장을 드러낸
다. 그것은 현실 규범과 성욕 사이의 긴장, 양립하기 어려운 딜레마이다.

---

29) 〈변강쇠가〉 307~309면.
30) 〈변강쇠가〉 357면.

변강쇠의 저주는 옹녀의 딜레마를 유도함으로써 현실에서 성과 성욕에 대한 혼란상을 폭로하고, 그것이 먼저 죽은 자신만의 문제가 아니라 성욕을 지닌 인간 보편의 문제가 될 수 있음을 드러내는 것이다.

이처럼 옹녀뿐만 아니라 남성들까지도 성과 성욕의 문제에서 사회 규범과 언제라도 충돌할 수 있음을 치상 과정은 윤리적 딜레마로써 제시하고 있다. 그리고 이것은 변강쇠의 저주와 관련하여 두 가지 의미를 추론하게 한다.

먼저, 옹녀를 퇴출하거나 강쇠를 죽여야 했던 공동체의 입장, 즉 사회 존속의 논리와 공동체 규범의 권위 등이 부당했음을 드러낸다. 애초에 월경촌 공동체에서 옹녀를 퇴출했던 까닭은 그녀가 '음란한 여성'이라는 점이었다. 음란한 여성은 공동체의 존속을 위태롭게 하는 절대적인 위험 요소로 간주되었다. 그러나 강쇠의 죽음 앞에서 그녀의 성적 매력은 오히려 윤리적 의무를 실행할 수 있게 하는 현실적 수단으로 등장했다. 따라서 그녀의 성은 음란한 것이 아니라 오히려 사회 존속의 규범을 지탱하는 방편이 된다. 다른 한편으로 변강쇠의 죽음은 쾌락밖에 모르는 그의 뒤틀린 성품 때문이라고 제시되었으나, 치상 과정에서 징벌의 정당성은 부정된다. 즉 반사회적 표지로 간주되었던 음욕은 실상 모든 남성에게 일반적인 것이었고, 그것은 또한 '치상'이라는 윤리적 행위를 위한 수단이기도 했기 때문이다. 이처럼 변강쇠의 저주는 성과 성욕에 대한 윤리적 딜레마를 드러냄으로써 옹녀의 퇴출과 강쇠의 죽음이 부당했음을 치상 과정에서 암시한다. 그들의 처리 과정에는 성과 성욕에 대한 공동체 규범의 폭력성이 편파적으로 개입된 것임을 드러내는 것이다.

한편 치상 과정에 내재된 윤리적 딜레마에서는 변강쇠의 저주가 위력을 발휘하게 되는 근본적인 까닭도 제시된다. 옹녀에 대한 음심으로 변강쇠를 치상하러 온 사람들은 모두 스스로 인식하든 그렇지 못하든 성과 성욕에 대한 윤리적 딜레마에 빠져 있음을 앞에서 밝혔는데, 그들은 공통적으로 변강쇠를 '원혼'으로 파악한다. 또한 변강쇠를 치상하려다가 죽은 사람들마저도 원통하다고 판단한다. 그들은 변강쇠의 죽음에서 죽어 마땅한 죄를 읽고 그 징벌의 정당성에서 시신을 처리하는 것이 아니라 죽음의 억울함을 거론하며 변강쇠를 위로하려 한다.

> …(전략)… 뎁득이가 그리해도 서울 있는 사람이라, 애절히 사정으로 송장에게 비는 목이 의지하여 들을만 했다.
> "천고에 의기남자의 원통히 죽은 혼이 지기지우 못 만나면 위로할 이 뉘 있으리. 역수의 찬바람에 연태자를 하직하고 함양에 죽었으니 협객 형가는 불쌍하고, 계명산 밝은 달에 우미인을 이별하고 오강에 자문하니 패왕 항적 가련하다. 이 세상에 변서방은 협기 있는 남자로서 술먹기에 접장이요 화방에 패두시니, 간 데마다 이름 있고 사람마다 무서워한다. 꽃같은 저 미인과 백 년을 살겠더니, 이슬 같은 목숨이 일조에 돌아가니 원통하고 분한 마음 눈을 감을 수가 없어 뻣뻣이 선 장승 송장. 중 동지 자네 신세 부처님의 제자로서 선공부 경문 외워 계행을 닦았다면, 흰구름 푸른 뫼에 간 데마다 도방이요, 비단 가사 연화탑에 열반하면 부처 될터인데, 잠시 음욕 못 금하여 비명횡사 거적 송장. …(중략)… 이생의 원통한 마음을 다 버리고 지부명황 찾아가서 절절이 원정하여 후생의 복을 타서, 부귀가에 다시 생겨 평생 행락하게 하면, 당신네 신체들은 청산에 터를 잡아 각각 후장한 연후에 해마다 기일 돌아오면, 내가 봉사할 것이니 제박 덕분 떨어지오."
> 애절히 빈 연후에 네 놈이 불끈 일어서니 모두 다 떨어졌다.[31]

뎁득이는 변강쇠의 죽음에서 일상적인 욕망이 부당하게 좌절된 원한

---

31) 〈변강쇠가〉, 355~357면.

을 읽어낸다. 그렇게 뎁득이가 여러 시신들을 '원혼'으로 규정하고 나서
야 시체와 땅에 달라붙었던 것들이 떨어졌다. 뎁득이는 다른 사람들과
달리 처음부터 변강쇠의 눈을 보지 않았기에 살아남을 수 있었는데, 그
만큼 저주의 위력은 변강쇠의 눈, 그 시선에 담긴 원한에서 비롯되고
있음을 알 수 있다. 따라서 뎁득이가 저주의 위력을 감소시킬 수 있었던
것도 그가 변강쇠의 원한에 공감하고 연민의 말을 건넸기 때문이다.

　뎁득이보다 먼저 치상을 하려고 왔던 사람들은 모두 변강쇠의 시선
을 마주했기에 죽었다. 이것은 그들이 변강쇠의 죽음에 깃든 원한과 그
것의 무서운 위력에 무지했음을 보여준다. 그러나 이런 지식의 차이와
상관없이, 남성들의 보편적인 욕망이 훼손당한 결과로서 변강쇠의 시신
은 존재하고, 사내들은 이를 마주하게 된다. 그리고 그들은 변강쇠의
장승 죽음에서 장승을 훼손하는 반사회적인 죄를 읽어내는 것이 아니
라, 배타적이고 독점적인 성적 관계로서 '결혼'을 유지하려 했던 남성의
욕망이 윤리적 딜레마 속에서 부당하게 죽어야 했던 억울함을 마주하
게 된다.32) 그리하여 개인의 신체와 욕망에 대한 공동체의 규율 권력이
얼마만큼 강력하고 파괴적인 것인지 목격하는 순간은 음욕이라는 자기
파괴의 명분을 확인하는 시간이기도 하다. 따라서 옹녀를 향해 음욕을
숨기지 않았던 중, 초라니, 풍각쟁이들은 모두 죽어야만 한다.33)

---

32) 뎁득이가 변강쇠뿐만 아니라 중, 초라니, 풍각쟁이들 모두를 원혼으로 간주하고 위로
　하는 것은 시체와 땅이 달라붙는 비정상적인 상황이 변강쇠 개인의 문제가 아니라,
　변강쇠 개인에게 발생한 '보편적인 문제'에서 비롯되었다고 보기 때문이다.
33) 변강쇠의 저주를 가능하게 하는 이런 성 담론은 서구에서 '메두사의 시선'에 대한
　해석과 유사하다. 그리스 신화에서 메두사의 시선은 남성들을 공포에 질려 돌로 변하
　게 한다. 이것은 남성을 상징적으로 거세하고 무기력하게 만든다는 의미를 지녔다.
　이런 신화의 탄생엔 '남성에 의해 억압되고 대상화되었던 여성의 누적된 경험이 그녀
　안에 공격성을 배태시키고 그것이 표면적으로 분출하는 것이 남성을 맹목으로 만들
　것이라는 공감'이 배후에 있다. 여성의 성적 욕망에 대한 가부장제 사회의 억압적 태도

음욕을 고백하진 않았지만, 그 명분에 노출된 사람들에게도 저주는 유효하다. 왜냐하면 시체에 근접함으로써, 그네들은 개인을 옥죄는 공동체 규범의 진실에 근접했고, '달라붙기'라는 공간적 현상이야말로 그네들이 처한 윤리적 혼란과 위기를 드러낼 수 있는 가장 효과적인 은유이기 때문이다.

이처럼 〈변강쇠가〉의 후반부는 성과 성욕에 대한 공동체 규범의 편파성과 공격성에 대한 개인의 원한과 이에 대한 공감을 풀어낸다. 변강쇠의 죽음이 그의 성욕에 대한 공동체의 혐오와 배척의 결과라면, 동시에 그 죽음은 개인의 욕망에 대한 공동체의 공격성을 증거함으로써 새로운 저항의 명분을 제시한다. 이 저항은 치상 과정에 나타나는 윤리적 딜레마에서 구체화된다. 즉 치상이라는 윤리적 행위를 위해 옹녀는 성을 개방해야 하고, 반대로 사내들은 윤리적 행위를 도구로 삼아 여성을 취하려는 것이다. 이로써 윤리적 딜레마 속에서, 옹녀를 퇴출시키고 강쇠를 죽였던 공동체 규범도 실상은 개인의 욕망만큼이나 도구적이고 상대적일 수 있음이 드러난다. 또한 치상 과정에서 모든 남녀가 윤리적 딜레마에 노출됨으로써 그것이 성욕을 지닌 모든 인간이 처한 보편적인 문제임도 드러난다. 그리하여 강쇠의 시신을 처리하려던 사람들은 강쇠의 시선에서 공동체의 폭력에 부당하게 희생된 개인의 원한을 보게 된다. 그러므로 그 원한에 공감하는 사람들은 자신의 음욕에서 파괴의 명분을 확인하게 된다. 이 죽음의 명분 앞에서 그들은 공포를 느끼고 죽는 것이다. 그러므로 〈변강쇠가〉의 전반부와 후반부는 성과 성욕 그

___

를 회의하는 것에서 메두사의 공포스런 시선은 탄생한다는 것이다. '메두사의 시선'에 대한 논의는 다음을 참조하시오. 이용은, 『타이터스 앤드러니커스』 - 남성에게 던지는 메두사의 시선, 그리고 응시, 『Shakespeare Review』 Vol.34, No.0, 한국셰익스피어학회, 1998, 255~285면. ; 박혜영, 「메두사의 신화와 여성」, 『한국프랑스학논집』 61, 한국프랑스학회, 2008, 283~298면.

리고 공동체 규범 사이의 긴장을 개인의 욕망에 대한 공동체의 공포와 혐오, 그리고 이 폭력에 대한 개인의 공포로써 형상화한 것이다.

4. 맺음말 : 치상의 축제적 성격

앞서 <변강쇠가>에는, 성과 성욕을 사회 파괴의 요소로 간주하여 공동체가 대응하지만, 그러한 대응에 내재된 폭력성이 개인에게 또 다른 공격성을 배태시킨다는 성 담론이 높여 있음을 분석했다. 결론에서는 그러한 성 담론의 형상화가 축제적 성격을 띠고 있음34)을 지적함으로써 <변강쇠가> 성 담론의 의의를 정리하겠다.

<변강쇠가>의 치상 장면은 풍각쟁이를 비롯하여 온갖 유랑 연예인들이 몰려와서 변강쇠의 원혼을 위로하기 위해 한바탕 놀이를 벌이는 축제의 성격을 띤다. 단지 놀이만 벌어지는 것이 아니라 변강쇠의 저주에 걸려 죽거나 시체와 땅에 들러붙는 비정상적인 상황들도 매우 경쾌하게 제시된다.

온갖 유랑 연예인들이 벌이는 굿판과 놀이판은 변강쇠를 위로하여 저주를 풀려는 데에 목적이 있다. 이 연희의 자리에는 옹좌수, 움생원부터 미천한 사당패의 '우는 년'까지 참가함으로써 신분의 위계는 무너진다. 또한 옹녀에게 음욕을 품었던 중이나 도포 입고 안장마에 향청 하인을 데리고 가다가 친구 움생원의 부름에 합석을 했던 옹좌수까지 함께함으로써 도덕의 구분 또한 무너진다.

---

34) 박경신은 무속제의의 '풀이' 뒤에 이어지는 '놀이'의 과정으로 치상 장면을 이해했다. (박경신, 앞의 논문, 69~80면). 많은 연구자들은 치상 장면뿐만 아니라 전반부의 음란 사설 등에서 나타나는 <변강쇠가>의 희극적인 면을 중요한 특징으로 삼았다.

저주가 실현되는 이 장면들이 축제로서 연출되는 까닭은 성 담론의 사회적 성격과 관련이 있다. 즉 〈변강쇠가〉에서 변강쇠의 저주는 공동체 권력에 대한 저항과 탈주의 성격을 띠고 있는 것이다.

이러한 반체제성을 구현하는 서사적 매개는 '육체'이다. 〈변강쇠가〉에서 육체는 지극히 사적인 성격을 띤다. 옹녀와 변강쇠는 한낮의 청석관에서 서로의 기물을 들여다보며 희롱한다. 멀쩡한 대낮에 청석관의 바위 위에서 벌어지는 성행위에서 그들은 욕망의 대상으로서 서로의 육체, 그중에서도 성기를 분명하게 제시한다. 그때의 성기와 육체란 다른 사회적 명분이나 가치에 의해 수식되고 이해된 것이 아니라 오직 성욕의 대상일 뿐이다.

봉건사회에서 신체는 개인의 것이 아니다. 『삼강행실도』가 생생한 그림으로써 안내하듯 충신 효자 열녀 됨의 극치는 결국 자신의 신체를 임금, 부모, 남편의 존속에 희생하는 것이다. 그것은 결코 관념적인 희생이 아니다. 배고픈 임금을 위해 허벅지 살을 도려내고, 아픈 부모를 위해 기꺼이 손가락을 자르고, 남편의 혈통이 순수하게 전해질 것임을 보장하기 위해 눈을 부릅뜨고 몸으로 칼을 맞는 지극히 육체적인 희생이다. 즉, 봉건사회에서 규범의 권위는 궁극적으로는 〈변강쇠가〉에서 옹녀나 변강쇠에게 공동체가 했던 것처럼 개인의 육체를 속박하고 관리하는 것으로 구체화된다.

〈변강쇠가〉에서 육체는 이와 같은 봉건적 공공성으로부터 해방되어 있다. 그것은 지극히 개인적인 욕망, 그냥 육체적인 욕망의 투사체일 뿐이다. 공공성의 상징인 장승은 뽑히고 쪼개어져서 개인의 육체적 쾌락을 위해 불살라진다. 옹녀가 생계를 위해 '들병장사', '막장사'와 같이 매춘에 버금가는 일을 한다. 옹녀는 '정조'와 같은 도덕 관념에 얽매이지 않는다. 변강쇠는 자신의 계집에 대해 눈웃음 짓는 놈들을 보기 싫다며 도회 살림을 청산하는 데에 찬성한다. 옹녀의 육체에 대한 변강쇠의 집착을 '가부장제적 관념'으로 볼 수도 있겠다. 그러나 옹녀에게 책임을 물으려 하지 않는다는 점에서 변강쇠의 집착은 사회문화적 배경보다는 본능에서 비롯된다고 보는 게 자연스럽다.

물론 개인의 육체에 대한 공공의 속박은 끈질기다. 장승들은 변강쇠에게 공동체 규범의 권위를 훼손한 죄의 대가를 치르게 한다. 온갖 병들로 변강쇠의 육신은 고통스럽게 죽는다. 이로써 공공의 속박이 얼마나 강력한지가 체현되었다. 그러나 역으로 그러한 체벌의 과정은 공동체의 속박이 지닌 한계를 드러내기도 한다. 변강쇠의 육체는 죽었지만, 규범의 권능은 바로 거기까지일 뿐이어서 변강쇠는 교화되지 못했다. 오히려 변강쇠는 저주를 내림으로써 규범의 폭력성을 고발한다.

변강쇠의 저주가 위력을 발휘하는 까닭이 사람들이 그의 죽음에서 개인에게 가해지는 공동체의 폭력, 그리고 자신이 바로 그 폭력의 대상이 되어야 하는 명분을 발견하기 때문이라고 했는데, 이 파괴의 공포 앞에서 모든 사회적 위계는 허물어진다. 그의 눈빛을 보고 사람들은 공포에 질리고, 그의 시체를 만진 사람들은 모두 땅에 달라붙는다. 이것은 그들 모두가 사회적 규범만으로 살 수 없는 육체적 욕망을 지닌 존재이기 때문이다. 그러므로 그들은 저항할 수 없으며, 신분이나 윤리 의식 등이 저주의 효력을 떨어뜨리지 못한다. 변강쇠의 저주 앞에서 모든 사람들은 오직 그의 원통함이 위로받기만을 갈구한다. 변강쇠의 원통함에 공감함으로써 장승 죽음을 한 변강쇠의 시체를 중심으로 일종의 제의적 공간이 형성된다. 이 공간에서 기존의 규율들은 위력을 잃고, 죽음과 삶의 위계도 불분명해진다. 살아있는 자들은 죽은 변강쇠의 힘에 짓눌리고, 저주는 모든 사람들에게 평등하게 구현된다. 즉 축제가 펼쳐지는 것이다.

그러나 변강쇠의 치상 과정에서 펼쳐지는 축제적 구조는 아무리 그 것이 사회적 속박을 해체한다 할지라도 기본적으로 두려움의 산물이자 비일상성의 현장이라는 점에서 끝내야만 한다. 뎁득이는 변강쇠의 원혼을 위로하지만 결국 시체를 토막 내고 바위에 갈아버린다. 갈이질이 공 감과 연민의 연장선 위에 등장했으므로, 갈이질을 근거로 치상의 축제성을 부정할 수는 없다. 뎁득이는 변강쇠를 징계하는 데에 동참한 것이 아니라 그의 저주를 마칠 뿐인 것이다.

변강쇠의 시체가 사라짐으로써 저주가 빚어낸 축제 공동체도 해체된다. 그러나 뎁득이가 치상에 성공했음에도 옹녀와 결혼하지 않는 것은 이 치상의 의미가 옹녀라는 개인의 새로운 짝짓기가 아니라, 변강쇠의 원통함에 공감하는 저주의 공동체를 실현하는 데에 있었음을 보여준다. 옹녀가 애초에 치상의 대가를 제시함으로써 제의의 시작을 알리기는 했지만 치상의 과정에서 주변부로 밀려나거나 아예 사라져버리는 것도 바로 그런 이유 때문으로 보인다.

이 글은 『한국고전연구』 23집(한국고전연구학회, 2011)에 실린 논문을 수정하여 재수록한 것이다.

〈남원고사〉, 이야기에 얽힌 욕망과 인식

신재홍

1. 머리말

　〈춘향전〉 이야기의 중심 내용은 신분이 다른 젊은 남녀가 사랑에 빠졌다가 헤어져 고난을 겪은 다음 재결합한다는 것이다. 이러한 내용의 이야기를 가지고 이본에 따라 조금씩 다른 성격의 이야기가 만들어져 〈춘향전〉 군이 형성되었다. 이본이 만들어지는 데에는 원래의 이야기를 수용하고 재창작하는 향유자의 의식이 개입하게 된다. 그런데 의식이란 욕망과 인식이 복합된 것이라고 할 수 있다. 향유자가 무엇을 바라고 어떻게 이루려고 하는지가 욕망의 문제라면 무엇에 관심을 두고 어떻게 알고 대처하는지가 인식의 문제라고 하겠다. 욕망과 인식은 서로 구분되는 개념이지만 의식 속에서 상호 의존적으로 기능한다고 할 수 있다.

　〈춘향전〉 공통의 이야기가 있고 이본이 있고 그것을 만든 향유층이 있다. 이본들은 각자의 세계를 구축하고 있지만 줄거리를 공유하는 〈춘향전〉 이야기의 큰 테두리 안에 놓인다. 향유층의 의식은 공통의 이야기로부터 이본으로서의 특색을 지닌 이야기에 걸쳐 두루 반영되어 있다. 춘향, 이도령, 변사또, 월매 등의 인물들, 사랑과 이별, 저항과 해방의 사건 전개, 이야기를 연결하는 각 장면들 등에도 반영되고, 이본에 따라 인물의 성격이 조금씩 달라지고 이야기의 구성이 변하고 장면의 축약과 확장이 이루어진 데에도 반영된다.

이는 표현의 측면에서도 마찬가지라고 생각한다. 판소리계 소설에는 관습적 표현이 많이 나온다. 그런데 관습화되는 과정에 향유층의 의식은 계속 작용한다고 볼 수 있다. 어떤 표현이 처음 등장했을 때 그것에 담긴 향유층의 의식은 이후에 나온 이본들에서 원래의 의미와 기능이 유지될 수도 변개될 수도 있다. 아니면 새로운 표현이 그것을 대체하여 이전과는 다른 효과를 거둘 수도 있다. 여러 작품에 공통된 관습적 표현일지라도 그 이본만이 지닌 맥락과 분위기에 의해 의미 있는 역할을 하기도 할 것이다. 이렇듯 관습적 표현에도 원래의 이야기에서부터 각각의 이본에 이르기까지 향유층의 의식이 적층적으로 반영되어 있다고 본다.

〈남원고사〉도 이러한 〈춘향전〉 이본 중의 하나이다. 〈남원고사〉는 전후 모순이 별로 드러나지 않고 짜임새 있는 구성을 하고 있을 뿐더러[1] 금옥 사설, 치레 사설 등 상면별로 사설이 크게 확장된 것이 특징이다.[2] 사설의 표현 속에는 딴전 피우기,[3] 둘러대기, 알아맞히기 등의 서사 기법도 다양하게 나타나는 한편 사대부의 교양을 드러내려는 한문투

---

1) 김동욱 외, 『춘향전비교연구』, 삼영사, 1979, 24면 ; 윤용식, 「춘향전-남원고사본을 중심으로-」, 『한국고전소설작품론』, 집문당, 1990, 516~517면 ; 설성경, 『춘향전의 통시적 연구』, 서광학술자료사, 1994, 191~197면.
2) 〈남원고사〉계 이본들의 특징에 대해서는 김석배, 「남원고사계 춘향전의 이본 연구」, 『금오공대 논문집』 12, 1992, 307~327면 ; 전상욱, 「세책 계열 춘향전의 특성-서지 사항과 서사 단락을 중심으로-」, 『세책 고소설 연구』, 혜안, 2003, 147~193면.
3) 김종철, 「남원고사의 골계적 정신에 대한 연구」, 『판소리연구』 8, 판소리학회, 1997, 81면.

의 표현도 상당수 있다.[4] <남원고사>의 이러한 면모에는 <춘향전> 이야기에 얽힌 인식론적, 서사론적 문제가 내포되어 있다고 생각한다.

<남원고사>에 반영된 향유층의 의식, 곧 욕망과 인식은 <춘향전> 공통의 이야기에 얽힌 것과 <남원고사>에 얽힌 것이 섞여 있을 것이다. 어디까지가 전자에 혹은 후자에 속하는지를 명확하게 구분하기는 어렵다. 다만 작품 자체에 대한 분석을 통해 이본이 지닌 특성을 드러내는 과정에서 <춘향전> 이야기를 포함한 <남원고사>에 대해 욕망과 인식의 서사론을 전개하는 것은 가능하다. 곧, 욕망과 인식이라는 개념을 사용하여 <남원고사> 및 <춘향전> 서사에 대한 논의를 다시 시도해 보려는 것이다.

본론으로 들어가기에 앞서 향유층의 의식이 <춘향전> 공통의 이야기와 각 이본에 두루 반영되었다는 관점에서 <춘향전>의 줄거리를 정리해 두기로 한다. 욕망과 인식의 주체 및 대상을 기준으로 단락별 의미를 부여하려는 것이다.

욕망의 문제는 무엇인가를 바라는 주체가 대상에 대해 알고 싶어 한다는 점에서 인식의 문제와 깊이 관련되어 있다. 무턱대고 바라는 것이 아니라 그 대상이 무엇이며 어떤 특성을 지녔는지, 대상이 사람이라면 연령, 출신, 직업, 외모, 성격, 생각 등을 제대로 알아서 주체의 바람에 부합할 때 비로소 욕망을 이루기 위해 적극적으로 나서게 된다. 이렇듯 욕망과 인식은 서로를 추동하는 작용을 하는 것이다. 이 점을 고려하여 내용 정리를 하고자 한다.

<춘향전>의 줄거리를 발단, 전개, 위기, 절정, 결말의 5단 구성으로

---

4) 김의정, 「춘향전 연구—남원고사본을 중심으로」, 단국대 박사학위논문, 1992, 75면 ; 이창헌, 『경판방각소설 춘향전과 필사본 남원고사의 독자층에 대한 연구』, 보고사, 2004, 514면.

볼 때 발단부는 이도령이 춘향을 욕망하여 일단 그 욕망을 이루는 이야기이다. 전개부는 이도령과 이별한 춘향을 이번에는 변사또가 욕망하여 그 욕망을 이루려고 했으나 춘향의 거부로 실패하는 이야기이다. 위기부는 옥에 갇힌 춘향이 이도령을 고대하다가 거지꼴로 나타난 이도령을 보고 절망하는 이야기이다. 여기에는 옥중 상봉이 있기 전에 암행어사 이도령이 남원으로 내려오면서 춘향의 일에 대해 탐문하는 내용과 월매가 춘향을 수발하면서 이도령을 기다리는 내용이 포함되어 있다. 결말부는 춘향과 이도령의 욕망이 성취되는 이야기이다.

이러한 줄거리를 욕망과 인식에 초점을 두어 다음과 같이 정리해 볼 수 있다.5)

① 이도령이 춘향을 욕망하여 알고 싶어 하고 결국 그 욕망을 이루다.
② 변사또가 춘향을 욕망하여 알고 싶어 하지만 끝내 그 욕망을 이루지 못하다.
③ 암행어사가 된 이도령이 춘향의 일에 대해 탐문하여 실상을 알아내다.
④ 춘향과 월매가 이도령을 고대하다가 마침내 만났으나 사정을 알고 실망하다.
⑤ 춘향과 이도령이 서로의 마음을 확인하고 마침내 욕망을 이루다.

이러한 구분은 서술자가 누구를 주체로 내세우는가에 의해 명확해진다. ①과 ②에서는 이도령과 변사또가 욕망의 주체이고 춘향이 그 대상이다. 춘향이 욕망의 주체로 나서는 것은 이도령과 사랑을 나누는 데에 와서이고 변사또의 수청을 거절하는 데에서는 바라는 바를 끝까지 지

---

5) 구성상 ①, ②, ⑤가 각각 발단, 전개, 결말에, ③과 ④는 위기에 해당하므로 다섯 단위가 대등하게 구분된 것은 아니다. 단락 구분이 아니라 욕망과 인식을 통해 본 내용 정리에 목적을 두었기 때문에 편차가 생겼다.

키려는 의지를 보여 준다. 이렇듯 춘향은 이도령 및 변사또의 욕망에 대응하는 과정에서 주체적인 면모를 갖추어 간다. ③은 이도령의 처지 및 의식의 변화와 관련된다. 사또 자제에서 암행어사로 변신했을 뿐더러 욕망의 대상이던 춘향이 정절을 지키는 열녀의 형상을 띠게 됨으로써 그녀를 구원하는 것이 공무와 직결된 일임을 자각하였다.[6] 이에 춘향의 구원은 억압받는 남원 백성의 구원과 같은 수준의 의의를 지니게 되었다. ④는 춘향과 월매가 좌절된 욕망의 회복을 기대하다가 실망하는 내용이다. 변사또에게 저항하여 옥에 갇힌 춘향은 절망적인 상황에서도 이도령이 돌아오기를 고대하며 욕망의 성취를 바란다. 이에 비해 월매는 차라리 춘향이 변사또의 수청 요구를 받아들여 생활의 안정과 이득을 얻었으면 하고 은근히 바란다. 상황에 대한 인식 태도와 욕망의 성격에 있어서 춘향과 월매는 차이를 보이고 있다. ⑤는 우여곡절 끝에 대단원에 이르러 남녀 주인공의 욕망이 성취되는 내용이다.

본론에서는 <남원고사>를 대상으로 줄거리상의 ①과 ②에서 주로 욕망의 대상을 인식하는 양상에, ③과 ④에서 주로 사태를 파악하여 대처하는 양상에 중점을 두어 분석하고자 한다. 춘향을 욕망하는 것은 이도령과 변사또가 공통되지만 춘향에 대해 어떻게 알아 가는가 하는 점에서는 서로 다른 모습을 보여 준다. 이도령을 학수고대하는 것은 춘향과 월매가 공통되지만 이도령의 거짓 정체를 알고 난 후 그를 대하는 태도에서 차이를 보인다. 이러한 양상을 분석하는 과정에서 욕망의 성격보다는 인식 방법에 대한 논의가 더욱 부각될 것이다. 이를 바탕으로 <남원고사> 및 <춘향전> 이야기를 이해하는 데 기존과는 조금 다른 시각을 제시하고자 한다.

---

6) 이에 대해 설성경,『한국고전소설의 본질』, 국학자료원, 1991, 251면에서 '성애적 사랑에서 윤리적 의미와 사회적 차원'으로의 변화라고 설명하였다.

2. 욕망의 대상을 인식하는 양상

〈춘향전〉 줄거리의 전개와 발단부는 이도령이 춘향을 욕망하고 다시 변사또가 춘향을 욕망하는 이야기이다. 〈남원고사〉에서 이 부분이 어떻게 그려져 있는지 살펴보겠다.

먼저 이도령이 춘향을 욕망하여 알고 싶어 하고 결국 그 욕망을 이루는 이야기가 나온다. 광한루에 나온 이도령은 '밍낭이도 어엿분'[7] 처녀가 그네 타는 '경(景)'을 보고 '얼골 달호이고 ᄆ음이 취ᄒ'게 된다. 그 광경이 이도령의 욕망을 한껏 고취하는 동시에 대상에 대한 관심을 불러일으킨 것이다. 이도령은 방자에게 그녀가 누구인지 묻는다. 물음과 대답은, "션녀가 하강ᄒ엿ᄂ 보다." "무산십이봉이 아니여든 션녀가 어이 이시리잇가?" "그리면 슉낭지냐?" "이화정이 아니녀든 슉낭지가 웬말이오?"와 같은 식으로 전개되는바 이도령의 질문에 방자의 부정이 이어진다.[8] 션녀, 슉낭자, 서시, 옥진, 금, 옥, 도화, 해당화, 귀신, 혼백, 일월로 이어지는[9] 질의응답에서 인식 방법상의 특징이 나타난다.

첫째, 은유적 인식이다. 이도령이 미지의 처녀에 대해 알려고 내세운 것들이 미녀, 보배와 꽃, 주술적 존재 등이다. 대상에 대한 직접적, 객관

---

7) 〈남원고사〉의 원문은 『춘향전』(복사본; 고려서적, 1984)에서 인용한다. 행을 달리해서 인용하는 부분에만 면수를 밝히고 본문 중의 인용구와 인용문은 면수를 생략한다.

8) 이러한 정체 확인형 사설에 대해 전경욱, 『춘향전의 사설 형성 원리』, 고려대 민족문화연구소, 1990, 65면에서 '판소리 창자들은 중요한 대상이 등장하는 장면에 '정체확인형 사설'을 수용하지 않고 지나가면 뭔가 미진하다고 생각'했을 것이라고 하였다.

9) 작품에 특징적인 '열거적인 수사가 지향하는 발화의 도달점은 고착된 시각으로 규정된 이전의 세계와는 다른 변화하는 세계'(윤덕진, 「남원고사계 춘향전 수록 시가의 서사양식화 과정」, 『한국시가연구』 28, 한국시가학회, 2010, 289면)라는 지적이 있었는데 본고에서는 인식 방법에 주목하고자 한다.

적 인식을 의도적으로 회피하고 있다. 둘째, 전거에 의지한 인식이다. 이도령의 질문에 대해 방자는 전거를 대며 부정하고 있는데 전거들은 대개 잡기, 소설, 야사, 관습 등에 따른 지식이다. 셋째, 인식의 과정이 나타나 있다. 선녀에서 옥진까지의 미녀들, 금에서 해당화까지의 귀한 보배와 꽃, 그리고 귀신에서 일월까지의 주술적 의미가 담긴 존재로 나아간다. 그 처녀와 직접적으로 관계를 맺을 수 있는 존재에서 사물로, 나아가 비존재로 옮겨간다. 가까운 데서 먼 곳으로 인식의 과정을 이끌어 가는 양상이다.

그런데 방자는 모두 부정한다. 이는 이도령의 은유적, 우회적 인식에 대한 거부이다. 방자는 전거를 들이대며 부정하는데 이는 전거에 기대어 인식하는 이도령의 습성을 비판하려는 의도이다. 결국 이도령은 "그리면 네 어미냐? 네 할미냐?……아마도 사람은 아니로다. 천년 묵은 불여호가 날 호리랴고 왔느 보다."라며 화를 낸다. 그제야 방자는 사대부가의 규수가 그네 타러 온 것이라고 대답한다.

그러나 이번에는 이도령이 그 말을 믿지 않고 "이 아희야, 그러치 아니ᄒ다. 그 쳐녀를 보와ᄒ니 청텬의 썻는 숑골미도 갓고 셕양의 나는 물찬 져비도 갓고 녹슈파란의 비오리도 ᄀᆺ고 말 잘ᄒ는 잉무시도 갓고 회양횟쑥 별진잘슉 ᄒ니"라고 말한다. 그 처녀는 송골매, 제비, 비오리, 앵무새 같고 그 태도는 '회양횟쑥 별진잘슉' 하다. 이도령은 그녀에게서 여염집 처녀가 아니라 노는계집의 태를 보았고 그로써 자극된 욕망을 주체할 수 없게 되었다. 그러나 욕망을 성취하기 위해서는 대상에 대한 올바른 인식이 필요한데 이것은 이도령이 하기 어려운 일이다. 남원 토박이도 아닐뿐더러 체면상 그럴 수도 없다. 더욱이 그의 은유적 인식 방법이 큰 걸림돌이 된다.[10] 그러니 "사람 죽깃다, 바로 닐너라."며 안달을 낼 수밖에 없다.

그 처녀에 대해 제대로 알려 줄 사람은 남원에서 '싱어스 장어스 유어스 공어스' 한 방자이다. 그는 이도령의 성화에 '공슥시가 잇셔야' 한다며 버틴다. 문맥상 '공슥시'라는 말은 공(功)에 대해 보답하는 재물이나 이권을 뜻한다. 여기서 방자의 욕망이 이도령의 욕망과 얽히면서 둘 사이는 주종관계에서 이해관계로 전환한다. 다급해진 이도령은 곧바로 "니 셔울 가거든 세간 밋쳔 흐랴 흐고 돈 오빅 냥 봉부동으로 두어시니 너를 줄 거시오, 장가들거든 네물 쥬랴고 어루신늬 평양셔윤 가 계실 졔 츈천슈식 당만흔 것 두어시니 너를 줄 거시오……"라며 방자의 요구를 받아들인다. 물론 이것은 둘러댄 말이기에 방자의 욕망이 실제로 성취된 것은 아니지만 말로라도 약속을 받아낸 것은 사실이다. 대상을 제대로 알기 위해 물질적인 보상이 필요하다는 것, 이것이 이 대목에서 보이는 인식 방법이라고 하겠다. 욕망을 이루기 위해 대상에 대한 인식이 필요한 상황에서 세상물정에 밝은 방자가 그러한 인식을 선취하고 있다. 다만 방자의 인식도 남원 토박이라는, 한정된 지역적 토대 위에서 얻었다는 점에서 일정한 한계를 지닌다.

> 져 아희는 귀신도 아니오 즘성도 아니라 본읍 기성 월미 딸 츈향이오. 츈광은 이팔이오 인물은 일식이오 힝실은 빅옥이오 지질은 소약난이오 풍월은 셜도오 가곡은 셤월이라. 아직 셔방 졍치 아니코 이시나 셩품이 민몰ㅎ고 사지고 교만ㅎ고 도쓰기가 영소보면 북극텬문의 틱 건 줄노 알외오.(38~39면)

방자는 이도령이 처녀를 귀신이나 동물로 인식한 것을 부정하고 사실을 알려 준다. 그러면서도 이도령의 이해를 돕고자 백옥, 소약난, 설

---

10) '[전고를 통한] 은유에 의해서 성취되는 이해와 지식은……부분적인 것에 그친다.'(황혜진, 『춘향전의 수용문화』, 월인, 2007, 227면)는 한계이기도 하다.

도, 섬월 등의 은유적 인식을 덧붙인다.[11]

이와 같이 이도령이 춘향을 알게 되는 대목에서 인식 방법이 잘 나타나 있다. 요컨대 구시대적인 인식 방법, 가령 은유나 전거에 의한 우회적 인식을 부정하고 물질적인 보상을 전제로 한 객관적 인식을 추구하고 있다. 이러한 이도령과 방자의 대화를 확대 해석한다면 인식의 문제가 서사의 주도권 획득으로까지 비화된다고 할 수 있다. 작품의 주인공이 되기 위해 이도령은 방자로부터 인식 방법과 내용을 사야만 했던 것이다.

이후 이도령과 춘향의 결연과 이별 이야기가 전개된 다음 이번에는 변사또가 춘향을 욕망하여 알고 싶어 하지만 끝내 그 욕망을 이루지 못하는 이야기가 나온다.

변사또는 신연맞이 차 서울에 올라온 남원 이속(吏屬)들에게 제일 먼저 춘향에 대해 묻는다. "네 고을에 져 무어시 잇다 ᄒᆞ더고나. 업다, 유명ᄒᆞᆫ 별 것 잇다 ᄒᆞ더고나.……익고, 무슨 양이라 ᄒᆞ더고나. 므슨 양이 이ᄂᆞ냐? 아조 논난 업시 졀묘ᄒᆞ다더고나." 그러나 공무를 먼저 챙겨야 할 수령으로서 떳떳치 못한 욕망을 내비치는 것이기에 "업다, 이런 정신이 어딘 잇시리. 고약ᄒᆞᆫ 정신이로고나. 그시의 싱각ᄒᆞ엿더니 고 ᄉᆞ이의 쌈박 니져고나."라면서 건망증을 내세운다. 떳떳하지 못한 욕망에 더하여 이방 등이 알고 있는 것을 취하려는 기생적(寄生的) 인식 태도를 보여 준다. 그래서 변사또의 욕망 성취는 지연되고 인식은 방해를 받는다. 이는 변사또나 이방 같은 등장인물 그리고 독자들에게 갑갑증을 일

---

11) 이러한 정체 확인 대목은 <동양문고본>과 <동경대본>에는 나타나 있지 않다고 한다(전상욱, 앞의 논문, 161면). 그렇지만 '일찍 생성된 이본으로 다른 이본의 영향을 받지 않고 19세기 중반기의 춘향전의 모습을 제대로 유지하고 있'(김석배, 앞의 논문, 325면)는 이본이 <남원고사>라는 점에서 이 대목의 의의는 무시될 수 없다.

으킨다. 앞에서 이도령이 사람 죽겠다고 안달한 심정과 같은 양상이다.

그런데 변사또의 건망증은 본인의 말처럼 '도임후의 슈다흔 공亽의 성화홀 밧긔' 없는 결과까지 예측된다. 변사또의 욕망 성취가 지연되지 않기 위해서는 그 밑의 아전이나 서민들이 그의 성화를 견뎌내야 하리라는 것이다. 변사또의 욕망이 그때그때 이루어지지 못하고 자꾸만 지연되는 것이 갈등을 유발하여 이야기를 전개시키고 있다.

변사또가 남원까지 부임하는 데 걸리는 시간을 묻자 이방이 대답한다.

> "셔울셔 본관 읍닉가 뉵빅오십 니로소이다." "그러면 닉일 일즉 나려가면 적녁 춤의 드러 다히랴?" "졋亽오되, 닉일 슉비나 흐옵시고 조졍의 하직이나 흐옵시고 각亽 셔경이나 도옵시고 우명일 흐겻즘 써나옵시면 즈연 날 구즌 날 끼이옵고 가옵시다가 감영의 연명이나 흐옵시고 혹 구경처의나 노리흐옵시고 열노 각읍의 혹 연일 유슉이나 되옵시고 천천이 느려 가옵노라 흐오면 흔 보름이나 흐여야 도임흐옵시리이다."(189면)

춘향을 보고 싶어 안달이 난 변사또로서는 하루 만에 도착해야 할 거리가 보름이나 걸린다고 하니 갑갑한 노릇이 아닐 수 없다. 하루와 보름의 차이가 변사또의 주관과 객관 세계 사이의 거리이다. 여기서 보듯이, 변사또의 욕망 성취가 지연되는 또 다른 원인이 신관사또 부임에 따른 인사치레와 부임 과정에서의 유흥 관습이다. 변사또같이 구시대적인 인물에게까지도 이러한 사회적 관습이 제약을 가하고 있다.

남원에 도착한 즉시 변사또는 춘향에 대해 묻는다. 서울서부터 지녔던 욕망을 한시라도 빨리 성취하고자 "네 고을에 유명흔 것 드런 지 오릭거든 여긔 아니 잇느냐? 무슨 양긔라 흐더고나."라며 또 '양'자 타령을 한다. 신관사또라는 지위상 자신의 욕망을 숨길 필요가 있었던 것이다. 상관의 감춰진 욕망에 대해 아전이나 지방 유지들이 알아서 처리해

주면 얼마나 좋을까마는 그들은 사태의 본질을 깨닫지 못해 우왕좌왕한다. '니방이 막지기고ㅎ여 겁결의 디답ㅎ디, "챵고의 군량이오 육고의 우양이오 공고의 잘양이오……"'라고 하며 '양'자가 들어간 단어들을 늘어놓는다. 이러한 언어유희에도 인식 방법이 나타나는바 두서없이 나열한 것에서 골라잡기 방식이라고 부를 만하다.

급기야 변사또는 화를 내게 되고 기생 점고의 영을 내린다. 기생 점고를 명분으로 삼아 춘향을 찾겠다는 것이니 합법적 절차를 가장해서 욕망을 이루려고 한 것이다. 그런데 기생 점고는 은유와 전거에 의해 명명된 이름들을 나열하는 방식으로 전개된다. 구태의연한 호명 방식이 반복적으로 길게 나열됨에 따라 정작 욕망의 초점인 춘향의 이름은 지루한 이름들 사이에 숨어 버린 꼴이 된다. 호명이 길어질수록 기생 이름을 장식하는 수사들은 맥없이 헛된 구호가 되어 버린다. 이에 변사또는 호명을 간편하게, 한꺼번에 하라고 재촉한다. 바라는 이름이 지루한 이름들 틈에 끼는 것은 참기 어려웠을 것이다. 이렇게 하여 끝까지 갔는데도 춘향의 이름은 불리지 않는다.

일부러 우회하여 갔는데도 욕망의 대상이 나타나지 않는 상황이 문제적이다. 형식과 명분을 갖추어 욕망을 충족하기에는 세상이 변하였고 사람도 달라진 셈이다. 나아가 은유와 전거로 수식한 허울뿐인 이름들 사이에서 헤매는 수준에서는 진정으로 욕망하는 대상을 찾기 어려운 세상이 되었음을 시사한다고 볼 수 있다.

3. 사태를 파악하여 대처하는 양상

<춘향전> 줄거리의 위기부는 암행어사가 된 이도령이 남원으로 내

려오면서 춘향의 일을 탐문하고 춘향과 월매가 이도령을 고대하다가 다시 만나는 이야기이다. 이 부분이 〈남원고사〉에서는 어떻게 그려져 있는지 살펴보겠다.

춘향이 옥에 갇힌 후, 암행어사가 된 이도령이 춘향의 일에 대해 탐문 하여 실상을 알아내는 이야기가 나온다. 이도령이 춘향의 실상을 알려 고 한 것은 애초 개인적인 욕망에서 나왔다. 그런데 이제 탐관오리 변사 또의 수청을 거절해서 당하는 고난이라는 점에서 춘향이 겪는 일은 사 회적인 문제가 되었다. 이에 따라 이도령의 탐문은 춘향의 낭군으로서 사적인 욕망의 표출인 동시에 암행어사로서 백성의 질고를 살피는 공 적인 인식 과정이 된다.

임실에 들어서서부터 남원에 이르기까지 암행어사의 탐문이 계속되 는데 춘향의 사정을 알아 가는 것과 남원 백성의 여론을 듣는 일이 함께 진행된다. 먼저 민요를 부르며 농사짓는 농부들을 만나 담뱃불을 청한 다. 농부들은 허술한 차림의 이도령을 구박하다가 한 농부가 인물로 보 아서는 춘향의 서방이 될 만하다고 하자 '모든 농뷔 골을 너여 쌤을 치 며 ᄒᆞ는 말이 "빅옥 갓튼 츈향이를 졔 아모리 업다 ᄒᆞ고 뉘게다가 비기 ᄂᆞ니 밋친 놈이로다."'라고 한다. 춘향을 아끼는 농부들의 마음을 알게 되는 것이다.

다음으로, 절에서 만난 소년 선비들과 문답하다가 "남원 읍늬 사람의 게 츄심츠로 송ᄉᆞᄒᆞ려 ᄒᆞ니 공ᄉᆞ나 분명홀지오?"라고 묻자 한 선비가 '소 임ᄌᆡ의 소를 아ᄉᆞ 도젹놈을 쥬'는 변사또의 몰지각한 판결을 예로 들면서 춘향도 변사또의 형벌로 죽었다고 한다. 이도령은 이 말을 곧이 듣고 강좌수 딸의 초빈(草殯) 앞에서 통곡하다가 쫓겨나는 소동을 벌인 다. 이도령의 허랑한 모습이 해학적으로 그려진 삽화지만 변사또의 실 정과 춘향의 처지를 알아 나가는 시행착오의 과정이기도 하다.

이어 길에서 만난 초동과 목동의 노래를 듣고 그 처지를 짐작하고 다시 농부들을 만나 민요를 듣는다. 앞서의 민요보다 사설이 길고 끝에 가서 ‘불상ᄒᆞ고 가련ᄒᆞ다 남원 츈향이ᄂᆞᆫ 비명원ᄉᆞ ᄒᆞ단 말가 무거블측 니도령은 영졀소식 업단 말가’라는 가사가 덧붙여졌다. 이도령이 딴전을 피우며 쟁기에 관해 말수작을 하고 밥 한 그릇 얻어먹고 떠난다. 수수께끼 같은 말놀이가[12] 섞여 있지만 노래 가사에서 보듯 춘향에 대한 탐문이 이어지고 있다.

마지막으로, 길가의 주막 영감을 만나 농담하다가 “셔울셔 드ᄅᆞ니 남원 기싱 츈향이가 창기 즁 정졀이 이셔 긔특다 ᄒᆞ더니 이곳의 와 드ᄅᆞ니 셔방질이 동관삼월이오 본관 슈쳥 드러 쥬야 농창ᄒᆞᆫ다 ᄒᆞ니 그럴시 분명ᄒᆞᆫ지?”라며 실상과는 정반대로 묻는다. 이 말에 주막 영감은 격분하지만 곧 춘향이 당한 일을 알려 준다.

> 젼등 ᄉᆞ또 ᄌᆞ제 니도령인지 ᄒᆞᄂᆞᆫ 아희 년셕이 츈향이롤 작쳡ᄒᆞ여 ᄇᆡᆨ년 긔약 ᄆᆡᆼ셰ᄒᆞ고 올나갈 졔 후일 긔약 금셕갓치 ᄒᆞ엿더니 ᄒᆞᆫ번 ᄯᅥᄂᆞᆫ 후 삼년에 쇼식이 돈졀ᄒᆞ고, 신관 ᄉᆞ또 호식ᄒᆞ여 츈향의 향명 듯고 셩화갓치 블너드려 슈쳥으로 작정ᄒᆞ니 춘향의 빙옥 졀ᄀᆡ 한ᄉᆞᄒᆞ고 블청ᄒᆞ니 신관 ᄉᆞ또 골을 ᄂᆡ여 한ᄉᆞ 듕당ᄒᆞᆫ 연후의 항시 족시 엄슈ᄒᆞᆫ 지 올조ᄎᆞ 삼 년이라.(337면)

이로써 이도령은 춘향이 처한 상황을 제대로 알게 된다. 더욱이 주막 영감이 내보이는 춘향의 편지를 보고 실상을 확인한다. 사람들의 전언보다 당사자가 진술한 문서가 사실을 보증하고 있다. 예전에 춘향의 정

12) 대상 이본은 다르지만 <춘향전>에 나타난 수수께끼 말놀이에 대해 성현경, 「이고본 춘향전의 축제적 구조와 의미, 문체와 작가」, 『한국옛소설론』, 새문사, 1995, 433~434면, 455~457면에서 ‘자유로운 놀이 정신 및 익살을 바탕으로 한’ 것이라고 하였다.

체를 알려 주면서 방자가 물질적인 보상을 요구한 것과 유사하게 이제 이도령은 춘향의 편지라는 물증을 통해 사태를 확실히 인식하는 것이다.

이렇게 하여 이도령은 남원으로 내려온다. 여기에 춘향과 월매가 이도령을 고대하다가 마침내 만났으나 사정을 알고 실망하는 이야기가 이어진다. 춘향보다 먼저 월매가 이도령을 만나게 된다. 이 부분은 춘향과 이도령이 다시 만나는 이야기의 도입부이지만 월매의 인식 방법이 드러난다는 점에서 의의가 있다.[13]

어스름에 문밖에서 부르는 소리에 월매가 "건 누구 와 계시오?"라고 응한다. 이도령이 "너로세."라고 대답하는데 이 말에는 수수께끼를 내는 듯한 시험의 의도가 있다. 월매는 '동편작 굴독의 아들'을 말했다가 다시 '김풍헌'을 지목한다. 이들을 언급하는 중에 옥바라지를 하고 있고 이웃에게 돈을 꾸어 쓴 월매의 처지가 드러난다. 나아가 수청을 거절한 자기 딸과 비교되는 인물로서 '옥셤이는 신관 스쏘 슈청 드러 쥬야 농창 힝낙ᄒ며 남원 읍늬 디소스롤 졔게 몬져 쳥을 ᄒ면 빅발 빅듕 영낙업고, 원님이 디혹ᄒ여 져의 아범 힝슈 군관 졔 오라비 셔창 고즈 읍늬 논이 열 셤직이 군쳥 뒤 밧 보름가리 가장 긔믈 모도 치면 오륙쳔 금 되여시니' 하며 신세 한탄을 한다. 여기서 행락, 이권, 구실, 논밭, 기물 등을 바라는 월매의 물질적 욕망이 드러난다. 이것은 작품이 향유된 당대 서민들이 품은 욕망의 내용이기도 할 것이다.[14]

이렇듯 정체 확인이 지연되면서 현실의 모습이 반영되는데 그것은 대개 일상생활에서 우러난 욕망의 세계이다. 이러한 성격의 대화는 좀

---

13) 성현경, 「남원고사의 구조와 의미」, 위의 책, 402면 ; 정하영, 『춘향전의 탐구』, 집문당, 2005, 97면에서 지적한 월매와 춘향의 대비적 성격이 인식 방법상의 차이까지 보여 준다고 생각한다.

14) 물질적 욕망은 조선 후기의 '물질적인 인식 경향(김현주, 『판소리와 풍속화, 그 닮은 예술 세계』, 효형출판, 2000, 276면)과 관련될 터이다.

더 이어진다. "이 스람 니로셰." "오호, 지 넘머 니풍헌 즈젠가?" "아니로셰. 즈셔히 보소. 날을 몰나보나?" "올희, 이졔야 알깃네. 즈네가 봉화지 스는 어린돌인가? 이 스람아, 향뇌에 죽갑 칠 푼 진 것 쥬고 가쇼. 요 스이 어려워 못 견디깃네." 여기서도 일상생활의 면모가 나타나는바 월매는 밥장사를 하면서 외상으로 죽을 팔았던 것이다. 바로 이어서 이도령이 "니가 젼 칙방 도련님일셰."라며 정체를 밝히자 월매는 오히려 화를 내며 "늙은 거시 곳지듯고 불너 드려 지오거든 밤 든 후의 쌉쓸흔 것 도젹흐여 가랴는가?"라고 응대한다. 이 말에도 부녀자 겁탈이라는 사회 병리 현상이 반영되어 있다.

이러한 월매에게 이도령이 다음과 같이 응답한다.

> 이 스람 망녕일셰. 나의 스졍 드러 보쇼. 시운이 불힝흐여 과거도 못흐고 벼슬길도 끈허져셔 가산이 탕픽흐고 유리걸식 단니더니, 우연이 여긔 와셔 소문을 잠간 드르니 즈니 쌀이 날노 흐여 엄형 듕치흐고 옥에 드러 죽게 되다 흐니 져 볼 낫치 업건마는 옛 졍니롤 싱각흐고 춤아 그져 가지 못흐여 흔번 보려 츠즈 왓네.(350~351면)

이는 본색을 감추려는 거짓말이긴 하지만 그 내용인즉 당대 현실을 반영한 것이다. 정치적, 경제적 이유 등으로 광범위하게 몰락 양반이 생겨난 조선 후기 사회상의 반영인 것이다. 그러기에 월매는 이 말을 사실로 받아들인다.

> 츈향어미 이 말 듯고 쌈작 놀나 빕싀눈을 요리 쎳고 조리 쎳고 녁녁히 치여다 보니 싈 더 업는 네로고나. 두 손픽을 마조 치며 강동 강동 쮜놀면셔 "익고 이거시 웬일인고? 이 노릇 보게. 미오 잘 되엿다. 현슌박걸인들 분슈가 잇지오. 벽희가 상젼 되고 상젼이 벽희 된다 흔들 져디지 변흐

엿나? 잘 되엿네. 디한칠년 비 바라듯 구년지슈 히 바라듯 하늘갓치 바라
고 북두갓치 미더더니 이롤 엇지 흣잔 말고. 이고 이고 셜운지고."(351~
352면)

월매는 하늘같이 바라고 북두성같이 믿었던 것이 무너졌다며 통탄한
다. 월매의 이러한 모습에서 신세 변화에 따른 당대인의 불안감을 읽을
수 있다. 이후 암행어사 출도 소식을 듣고 동헌으로 달려가서도 그녀는
어사가 이도령인 줄은 까맣게 모르고 다만 자기 딸이 어사의 수청을
받아들였다고만 여긴다. 그녀는 이도령의 거짓말을 거의 끝까지 사실로
믿었던 것이다. 그만큼 서민 여성으로서 월매의 인식 태도는 겉모습에
의존한 것이자 이해타산에 따른 것이라고 하겠다.

그런데 이 부분은 인식의 주체인 월매에게 인식 대상인 이도령이 속
임수를 쓴 것이라서 복잡한 양상을 띤다. 주체의 입장에서는 대상이 쓴
속임수로 인해 정확한 인식을 방해 받는다. 드러난 대로 인식하는 월매
에게 가짜로 드러난 대상의 본질을 간파하기란 매우 어려운 일이다. 본
모습을 가리고 가짜로 드러난 모습을 사실인양 인식하는 태도가 문제
인 것이다. 이러한 월매의 모습에는 시대의 변화 속에 서민들이 겪었을
인식상의 혼란이 반영되었다고 볼 수 있다.

월매와 이도령의 만남에 이어 춘향이 옥중에서 이도령과 만나는 이
야기가 나온다. 암행어사 출도라는 절정부의 바로 앞에서 욕망과 인식
의 문제가 얽힌 극적 장면을 연출한다.

월매가 앞장서 옥에 이르러 춘향을 부르자 "져 뒤히 셧는 니가 누구
요?"라며 춘향이 어두운 곳에 서 있는 사람에 대해 묻는다. 월매가 "직
넘어 니풍헌이 ᄌ·리갑 바드라 왓단다."라고 둘러대자 춘향은 "그리면
어더 드리지오. 이 밤의 무삼 일 옛가지 뫼셔 왓소."라고 대답한다. 앞에

서 보았던 일상생활의 모습이 스쳐 지나가는 것이다.

이어 월매가 "ᄌ셔히 보아라. 이 놈의 ᄌ식 꼴 된 것 쩐쩐의 아들놈 너롤 ᄎᄌ 왓단다."라고 하자 춘향은 "그 뉘라셔 날 찻는고?……뭇귀신이 날 찻는가?……그러치 아니ᄒ면 상산ᄉ호 벗지 업셔 바독 두ᄌ 날 찻는가? 영천슈의 귀 씻던 소부 허유 진셰ᄉ롤 의논코져 날 찻는가?……"라며 사설을 늘어놓는다. 전거에 의한 방법으로 대상을 추측하고 있다. 그런데 여기서의 전거의 나열은 대상에 대한 인식을 위해서가 아니라 고대하던 이도령을 지금 만난다는 엄청난 사실 앞에서 숨고르기를 하기 위한 것이다. 곧, 대상 인식이 목적이 아니라 감정 조절과 마음의 준비를 위해 전거의 방법을 쓴 것이다.

월매가 다시 한 번 일러 주어도 의아해하니 이도령이 나서서 다음과 같이 말한다.

> 츈향아, 어듸 보ᄌ. 져 형상이 웬일이니. 빅옥 갓튼 고은 양ᄌ 촉누갓치 되엿시며 션녀 갓든 네 모양이 산 귀신이 되엿고나. 녹의홍상 흣든 몽(몸)의 몽동치마 웬일이며 비단 당혀 신든 발의 헌집신이 웬일이니. 반가온 즁 션겁도다. 나도 가운이 불힝ᄒ여 급졔도 못ᄒ고 가산도 탕진ᄒ여 루년 걸식ᄒ노라니 진시 흔 번도 못 와 보고 풍년 든 딕만 찻노라니, 금년이야 이곳을 지나다가 공교이 네 편지도 보고 네 소문도 드르니 날노 ᄒ여 져럿 틋 죽을 고셩 당ᄒ니 너 볼 낫치 업것마는 녯 졍니롤 싱각ᄒ여 그져 가들 못홀지라 보라 오기는 왓다마는 반가온 듕 무안ᄒ고 슬픈 즁 붓그럽다. 아니 보니만 못ᄒ고나.(375~376면)

앞서 월매에게 했던 거짓말을 좀 더 자세히 한 것이지만 춘향의 신세 변화를 동정하며 말했다는 점이 다르다. 춘향의 신세가 급락한 것처럼 이도령의 처지도 몰락했다는 점, 곧 둘 다 인생의 전복에서 오는 고통을 맛보고 있음이 주의 깊게 토로되었다.

이에 춘향은 "하늘노셔 쩌러진가? 쏜흐로셔 솟ᄉᆞᆫᄂᆞᆫ가? 바람결의 블녀 왓나? 쎄구름에 ᄲᆞ혀 왓나? 무릉도화 범나뷘가? 오류문젼 쇠ᄼᆞ린가?……삼츈고한봉감우오 쳔니타향봉고인이라. 깃부도다, 이 몸이 죽어져셔 후셰에나 볼가 ᄒᆞ엿더니 쳔만의외 오날 다시 샹봉ᄒᆞ니 칠년뎐한 빗발 보듯 구년지슈 희빗 보듯 반갑기도 칭냥 업ᄂᆞ니."라며 기뻐한다. 이 사설에도 은유적이고 고사에 따른 어구들이 많이 나오나 이 역시 감정 조절의 역할을 하고 있다.

춘향은 월매처럼 이도령의 말을 액면 그대로 받아들인다. "엇지하던지 날 살녀 쥬오. 항시 족쇄 벗겨 쥬오. 거름이나 쇠훤이 거러 보셰. 나의 몸을 옥문 밧긔 너여 쥬오. 셰상 구경 다시 ᄒᆞ셰."라고 애원해 보지만 직접 본 이도령의 몰골로서는 가망 없는 노릇이다. 그런데 바로 이 대목에서 춘향이라는 인물의 본질과 주제 구현의 면모가 뚜렷이 드러난다.

고대하던 이도령이 상거지 꼴로 돌아온 시점에서 춘향은 "이제 져 몰골이 되여시니 잇고 나는 죽네. 죽으나 한이 업소. 져 지경으로 나려오니 님의 쳔디 오죽ᄒᆞ며 긔한인들 져어슬가? 불상ᄒᆞᆨ 가련이도 되엿고나."라고 말한다. 이도령의 말과 겉모습을 그대로 믿는 점은 월매와 비슷하지만 사태를 파악한 다음에 취하는 말과 행동에서 춘향다운 면모를 보여 준다. 이도령에 의한 구원을 꿈꾸었으나 이제는 절망에 빠지게 되었다. 그래도 이도령을 만났으니 죽어도 한이 없다며 단념하는 동시에 자신이 죽은 후에도 살아가야 할 이도령을 동정하고 배려한다. 이도령의 남은 생애에 실질적인 도움을 주는 쪽으로 마음을 쓰는 것이다.

잇고 어마니, 니 말 듯소. 셔방님이 뉴리걸식 홀지라도 관망의복이 션명ᄒᆞ여야 남이 쳔디룰 아니ᄒᆞ고 졍흔 음식을 먹이ᄂᆞ니, 셔방님이 날 다려갈

쳬 쓰려 ᄒ고 장만ᄒ엿던 의복 초록공단 겻막이며 보라디단 쇽젹고리……
함농 쇽의 드러시니 그것 모도 드러니여 헐가 방미 탕탕 파라 셔방님 통냥
갓 외올망건 당뇌도포 겨ᄉ슈건 장만ᄒ여 드리고……(381~382면)

춘향이 이렇게 당부하자 월매는 즉각 반발한다.

나는 네 슈종을 밤낫으로 들건마는 젼혀 말 션물뿐이지 모쥬 한 잔 먹
으라고 돈 흔 푼 쥬는 일이 이쩌가지 업더고나. 이 원슈의 놈은 보든마듯
옷 파라라 노리기 파라라 호ᄉ 시겨라 잘 먹여라 엇지흔 곡졀이니? 좀
아ᄀ굿고나. 니 마음디로 ᄒ량이면 단단흔 참나모 몽치로 동혀민고 쥬리롤
흔참 틀면 가슴이 쇠훤홀 듯ᄒ다.(383면)

거지꼴의 이도령에게 원망까지 품은 월매는 이도령에 대한 춘향의
태도를 보고 안쓰러움과 원통함을 함께 토로하고 있다. 이로써 모든 것
이 끝났다는 절망적인 태도이다. 이에 대해 춘향은 단호하게 이도령을
변호한다.

춘향이 울며 ᄒ는 말이 "익고 이거시 무슴 말슴이오. 셔방님이 칙방으
로 계실 젹의 엇더케 지니엿소. 이진졍소 비은망덕 나는 ᄎ아 못ᄒ깃쇼.
어마니 마음 져러ᄒ면 니 몸 하나 슬허져셔 출히리 불효는 되려니와 마음
은 곳치지 못ᄒ깃쇼."(384면)

극도의 난관 앞에서도 사랑하는 사람에 대한 신의[15]와 배려의 마음
을 놓지 않고 있다. 이도령에 대해 절망하는 데 그친 월매에 비해 희망

---

15) 정하영, 앞의 책, 43면 주10)에서 이 대목을 통해 춘향 '모녀가 이도령으로부터 상당
한 도움을 받았음을 알 수 있다.'고 하였다. 그렇다면 춘향은 이도령의 후의에 대해
신의를 지키려는 것이기도 하다.

이 사라진 상태에서도 사랑과 신의에 기초한 인간적인 보살핌의 자세를 견지한 것이다.

이렇듯 절망의 끝에서 발하는 춘향의 선한 성품16)은 주제 구현에 핵심적인 의의를 지닌다. 변사또에 대한 저항과 이도령을 위한 절개도 기본적으로 춘향의 선한 본성에서 나온 덕목일 따름이다. 춘향이 열녀의 형상으로만 그려졌다면 오늘날에도 인정받는 민족 보편의 고전적 인물이 되지 못했을 것이다. 시대를 뛰어넘어 독자의 공감을 얻는 데에는 중세적 이념의 구현자이기 전에 인간 보편의 선한 존재라는 점이 작용했다고 본다.

이도령의 훗날까지 배려한 다음 춘향은 죽을 차비를 차린다. 절망의 현재를 넘어 과거와 미래가 통하는 초월의 세계를 지향한다.

> 셔방님이 삼문 밧긔 셧다가 니 신체 나오거든 드립더 덤셕 안고 집으로 나와 나 즈던 방 니 금침의 날을 누인 후의 셔방님도 흔디 누어 한 몸이 두 몸 되고 두 입을 흔디 디여……천호만환 불너 보고 영결 죵쳔 홀 일 업다. 귀헤 다여 아미타불 셰 마디 넘불흐고 몸이 쾌히 식은 후의, 그졔야 니러니 슈시흐여 홋니불을 보기 조케 덥허 노코 나 입던 쇽젹삼을 너어나가 지붕 말니 올나 셔셔 니 혼빅을 부룰 젹의, 셔방님 초셩 놉혀 희동 죠션국 젼나좌도 남원부 부니면 향교리 거흐온 곤명 갑인싱 김시 츈향 혼빅은 셔양셰계로나 극낙셰계로나 쳔슈경 법화경으로 시니오 복복 혼빅 불너 드러와셔……관을낭 흐지 말고 뒤동산의 솔쩜흐여 두엇다가 슈삼삭이 지니면은 부러난 것 츄귀물이 몰슈이 썬질 거시니 피골이 샹연흐여 감쳡갓치 경쳡흐거든 칠셩판 흔 닙만 밧쳐셔 아모커나 질빵흐여 셔방님이 친히 지고 춘춘이 올나 가면셔……니가 혼빅이라도 즐거워 허공듕텬

---

16) 신동흔, 「평민 독자의 입장에서 본 춘향전의 주제」, 『판소리연구』 6, 1995, 205면에서는 이를 '춘향의 놀라운 덕성'이라고 지적하였다.

음음등에 셔울가지 ᄯᆞᆯ가셔, 셔방님딕 묘하의 버셔 노코 아모디라도 히
ᄌᆞ 안히 무더 쥬고 무덤 압희 비롤 셰고 여덟ᄌᆞ만 쓰디 '슈졀원ᄉ춘향지
묘'라 ᄒᆞ여 쓰고……셔방님 산소 출입ᄒᆞ실 젹의 졔ᄉᆞ 지닌 퇴션으로 니
무덤의 옴겨 노코 셔방님이 친이 와셔 "비불니 흠향ᄒᆞ라." 이러트시 ᄒᆞ여
쥬옵시면 니가 비록 유명이나 감츅ᄒᆞ여 즐겁고 죠화ᄒᆞ여 츔을 츄고 만슈
무강 튝원ᄒᆞ며……"(386~389면)

이렇듯 춘향의 욕망은 물질적인 것을 넘고 인간적인 것조차 넘어 피
안을 향한다.[17] 물질과 삶에서 벗어나 죽음 이후에도 지속될 욕망을
그려 보인 것이다. 춘향의 욕망이 자가 발전하여 극대치에 다가갔다고
하겠다.

춘향과 헤어져 나오면서 이도령은 변사또에 대해 '이 놈, 너일 싱일잔
치 ᄒᆞ량이면 더욱 조타. 니 손씨로 츌도ᄒᆞ여 급경풍을 모라다가 만경창
ᄑᆞ 되강오리롤 민들니라. 마음이 썰니고 쎠가 져리고 눈의 불이 난다.
돌졀구도 밋치 샌지고 마로 굼긔 볏치 든다. 이 놈 미양 긔승홀가? 어디
보ᄌᆞ.'라며 벼른다. 여기에는 이도령이 자기가 가진 권력으로써 삶을 역
전시키려는 의지가 담겨 있다. 그 권력은 춘향을 구원하기 위한 목적
아래 발휘된다. 따라서 곧 있게 될 인생 역전은 진실하고 선한 춘향의
욕망으로부터 도출된 것이다. 결국, 죽음 이후를 기획한 춘향의 욕망은
죽음 직전에 되살아나 새로운 삶의 전망으로 자리 잡는다.

---

17) 김석배, 「춘향가」, 『판소리의 세계』, 문학과지성사, 2000, 220면에서는 춘향이 망부석
    이 되고자 한 것으로 보고 이를 '죽음을 통해 완성된 사랑'으로 해석하였다.

4. 욕망과 인식의 서사

앞의 두 장에서 살펴본 욕망과 인식의 표출 양상은 〈남원고사〉는
물론 〈춘향전〉 공통의 이야기를 이전과는 조금 다른 시각에서 이해할
수 있도록 해 준다. 이를 표현, 인물, 사건의 측면에서 논하고자 한다.

표현의 측면에서 정체 확인 사설, 치레 사설 등 판소리계 소설의 관습
적 표현에 담긴 욕망과 인식의 내용 및 방법에 대해 조명할 필요가 있
다. 〈남원고사〉는 다른 이본에 비해 장면별 사설의 확장이 두드러지지
만 욕망과 인식의 문제와 관련해서는 정체 확인 사설의 확장이 주목된
다. 이 사설은 상대방의 정체를 알아내는 데 수수께끼와 같은 말놀이나
언어유희를 통해 우회하면서 점차 핵심에 이르도록 짜여진 말이다. 이
를 통해 장면이 확대되고 표현에 대한 흥미를 높이는 효과를 얻게 된다.
그런데 이러한 효과뿐 아니라 향유층의 욕망과 인식이 사설에 개재해
있다고 볼 수 있다. 변하는 세상에서 어떤 욕망들을 지니고 사는지, 세
상을 어떻게 인식하고 대처해 나가는지 등이 관습적 표현 속에 반영되
어 있는 것이다. 말하자면 당대인의 세상 읽기가 관습적 표현 속에 담겨
있다고 본다.

말 돌리기, 비유하기, 비꼬기, 수수께끼 놀이, 나열하기 등의 표현법
이 단순한 언어유희에 그치지 않고 일정한 의미를 갖는 것은 이러한
욕망과 인식을 담고 있기 때문이다. 가령, 방자가 물질적 보상을 전제로
자기의 인식 내용을 이도령에게 알려준다거나 월매가 이도령의 초라한
행색과 인생 역전의 거짓말을 곧이듣는다거나 남원 이속들이 변사또의
물음에 사또 부임의 관습을 말하거나 '양'자 타령으로 나열하는 것 등은
당대인의 욕망과 인식을 반영한 것으로 볼 수 있다. 이 점이 〈남원고
사〉를 비롯하여 〈춘향전〉의 여러 이본들이 주는 독서의 재미 중 하나

일 것이다.

인물의 측면에서 이도령, 방자, 변사또, 남원 이속들, 월매, 춘향 등이 보여 준 욕망과 인식의 양상은 각 인물의 생각과 지향, 인물 간의 갈등 관계 등에 대한 이해를 심화시켜 준다. 양반층인 이도령, 변사또가 은유 및 전거에 의해 사물을 인식하는 것, 방자, 월매, 춘향이 일상의 경험을 통하거나 눈으로 확인한 내용으로 사물을 판단하는 것 등은 계층에 따른 인식상의 차이라고 할 수 있다. 또한 춘향에 대해 타방 출신의 이도 령, 변사또는 알 수 없는 내용을 방자, 남원 이속들이 알고 있는 것은 출신 지역에 따른 차이다. 나아가 이도령과 변사또가 한 여성을 욕망의 대상으로 택해서 그녀에 관한 정보를 구하는 것은 양반층이자 남성의 입장에서 나온 태도인데 비해 월매와 춘향이 마냥 이도령을 기다리다 가 막상 만나 이도령의 겉모양과 말만 믿고 절망하는 것은 서민 여성으 로서의 태도이다. 이렇듯 계층별, 지역별, 성별에 따라 욕망과 인식의 양상이 달라진다.

이에 더하여 세대에 따른 차이가 중요하게 거론되어야 한다. 춘향 이 야기에 담긴 것은 무엇보다도 인생의 주기에 따른 욕망과 인식의 문제 라고 할 수 있다. 이도령, 변사또, 춘향, 월매 등은 자기 연령대에 걸맞은 욕망과 인식의 내용 및 방법을 취하고 있다. 이도령이 춘향에 대해 정열 을 쏟아 욕망하고 알고 싶어 하는 것이나 춘향이 이도령의 초라한 행색 에도 불구하고 끝까지 사랑을 지키고 보살핌의 자세를 취하는 것은 서 로 사랑하는 청춘 남녀의 욕망과 인식의 양상이다. 변사또가 지방 관리 로 내려가면서 젊은 여성을 탐하는 것이나 월매가 춘향이 차라리 수청 을 들었으면 하기도 하고 거지꼴의 이도령을 보고 춘향과 자신의 처지 를 한탄하는 것은 나이가 지긋한 사람들이 보여 주는 욕망과 인식의 양상이다. <남원고사>의 이러한 면모를 바탕으로 인생의 주기에 따른 욕망과 인식의 문제를 〈춘향전〉 이야기에 대한 일반적인 독법으로 확대할 만하다.

춘향과 이도령의 사랑 이야기는 그들이 청년기에 겪는 일이다. 이것이 작품의 중심 줄거리를 이룬다. 변사또와 월매도 줄거리의 한 축을 형성한다. 변사또는 이도령보다 나이가 훨씬 많고 어떻게 벼슬자리를 얻어 남원부사로 도임하는 장년기 인물이다. 월매는 늦둥이 외동딸 춘향을 얻어 결혼 적령기까지 키워 냈는데 딸의 인생행로에 따라 노후의 행불행이 정해질 장년기 혹은 장년기에서 노년기로 넘어가는 시기의 인물이다. 춘향과 이도령이 청년기를 대표한다면 변사또와 월매는 장년기 내지 장년기~노년기의 인생의 주기를 대표하고 있다.

이와 함께 월매가 춘향과 이도령을 맺어주면서 하는 말이나 옥중에서 춘향에게 하는 넋두리에는 춘향의 유년기가 언급되며 노년기를 지나 죽음에 이르는 인생의 마지막 고비에 대한 심정도 토로된다. 한편 춘향은 변사또 앞이나 어사 이도령 앞에서 죽음도 불사하는 결의를 드러낸다. 이렇게 본다면 줄거리상 비중의 차이는 있지만 〈춘향전〉 이야기 속에는 인생의 유년기, 청년기, 장년기, 노년기, 그리고 죽음의 전 과정이 담겨 있는 셈이다.

이 중에서 청년기 춘향과 이도령의 애정과 신의, 장년기 변사또의 욕망과 탐학, 장년기 혹은 장년기~노년기 월매의 기대와 절망이 이야기의 중심 내용을 이룬다. 청년기의 애정과 함께 장년기의 욕망이 그려지는 것이다. 물론 전자가 중심이 되고 후자가 부수되지만 부수적인 후자의 면모가 작품을 입체적으로 만들어 낸다. 이러한 세대별 욕망과 인식이 얽혀서 〈춘향전〉 이야기가 흥미진진하게 펼쳐진 것이다.

사건의 측면은 주로 욕망과 인식의 내용과 관련된다. 인물이 겪는 사건을 통해 어떤 욕망과 인식을 드러내는지를 살필 수 있다. 그것은 대개

작품이 산출된 당대 현실의 반영이 될 것이다. 그런데 신분이 다른 청춘 남녀의 사랑 이야기라는 것은 현실을 낭만적으로 분식한 측면이 있다. 이보다는 인물들의 신세 변화 혹은 인생 역전18)이 두드러지게 나타나는 점이 좀 더 현실적인 내용일 것이다.

우선, 춘향과 월매의 신세 변화가 있다. 그녀들은 애초에 양반 댁 소실과 그 자식이었다. 그러다가 그 양반이 서울로 간 후 두 모녀가 서로 의지하며 서민 특유의 강인한 삶을 살아간다. 어느 날 사또 자제 이도령을 만나게 되면서 신분 상승의 가능성이 커졌지만 여러 사건을 겪으며 그녀들은 몰락을 경험하고 죽음 직전까지 이르게 된다. 거기서 극적인 인생 역전이 이루어져 행복한 결말을 맞이한다.

다음으로, 이도령의 신세 변화가 있다. 그는 사또 자제로서 안정된 지배 신분을 유지하다가 장원 급제하여 더 높은 신분으로 올라간다. 이렇게 보면 그의 신세 변화는 미미한 듯이 생각된다. 그러나 비록 거짓말이긴 하지만 월매와 춘향을 다시 만나 하는 신세 한탄은 그 자체가 양반 계층의 전복된 삶을 그려내고 있다. 그의 거짓말은 상대에게 사실로 받아들여지는데 그만큼 양반층의 몰락이라는 당대 현실의 한 국면을 사실적으로 반영했기 때문일 것이다.

끝으로, 변사또의 신세 변화가 있다. 그는 명망가의 양반은 아니었지만 어떻게 연줄을 대어 남원부사 자리를 얻게 된 인물이다. <남원고사>에서는 남원 도임 행차에 바쳐진 화려한 묘사에서 그의 인생이 상승한 모습이 그려져 있다. 그러나 그는 탐학과 착취를 일삼아 암행어사에 의해 파직을 당함으로써 삶의 전복을 경험하게 된다.

이렇듯 중심인물들은 한껏 욕망하고 한껏 절망하는 가운데 시대 변

---

18) 정병헌, 「판소리의 세계 인식과 그 의미」, 『판소리문학론』, 새문사, 1993, 205면에서는 '[등장인물의 관계에서 혹은 동일한 인물 속에서] 역전 또는 뒤집기'라고 설명하였다.

화에 따른 인생 역전의 가능성에 휘둘리고 있다. 작품이 향유된 19세기 당대의 변화하는 세계가 사람들로 하여금 안정된 삶을 누릴 수 없게 만들었을지 모른다. 작품 속에 그려진 신세 변화, 인생 역전의 양상은 그러한 현실의 반영일 가능성이 높다.

5. 맺음말

본고는 〈춘향전〉의 공통 이야기와 〈남원고사〉와 같은 이본에 향유층의 의식이 두루 반영되어 있는데 그 의식은 욕망과 인식의 상호 의존적 작용으로 이루어진다고 보았다. 그리하여 〈춘향전〉 해석은 욕망과 인식이 그려진 양상에 초점을 맞출 필요가 있다. 먼저 욕망과 인식의 주체 및 대상을 기준으로 〈춘향전〉 줄거리를 ① 이도령이 춘향을 욕망하는 이야기, ② 변사또가 춘향을 욕망하는 이야기, ③ 암행어사 이도령이 춘향의 실상을 알아 가는 이야기, ④ 춘향과 월매가 이도령을 만났으나 실망하는 이야기, ⑤ 춘향과 이도령의 욕망이 성취되는 이야기 등으로 정리하였다.

줄거리상의 발단부 ①에서 이도령이 춘향을 멀리서 보고 그녀에 대해 알고자 한다. 춘향의 정체를 알아내기 위해 이도령이 묻고 방자가 대답한다. 이 대화에 나타나는 인식 방법은 은유적 인식, 전거에 의지한 인식, 현존의 대상으로부터 멀어지는 인식 등이다. 주로 이도령이 취하고 있는 이러한 방법에 대해 방자가 부정하는 한편 물질적인 보상을 전제로 사실을 알려준다. 대상을 제대로 아는 방법을 이도령이 아닌 방자가 선취한 양상이다.

전개부 ②에서는 변사또가 춘향을 욕망한다. 신임 사또로서 떳떳치 못한 욕망을 품은 데다 이속들을 다그쳐 알아내려는 기생적인 방법을 취했기에 변사또의 욕망 성취는 지연되고 인식은 방해 받는다. 부임에 따른 인사치레 및 유흥 관습도 변사또에게 제약을 가한다. 기생 점고를 명분으로 내세우나 마지막까지 춘향의 이름이 불리지 않는 상황이 문제적이다. 격식과 명분으로 욕망을 충족하기 어려운 세상이 된 셈이다.

위기부의 앞 단락 ③에서 이도령이 암행어사가 되어 남원으로 내려오면서 춘향에 대해 탐문한다. 애초 개인적 욕망에서 나온 것이 이제 백성의 질고를 살피는 공적인 인식 과정이 되었다. 농민, 선비, 초동, 주막 영감 등을 차례로 만나며 여론을 탐색하다가 어떤 처녀의 초분에서 통곡하는 우스운 일도 겪지만 결국은 춘향이 보낸 편지를 보고 실상을 파악한다. 방자가 그랬던 것처럼 실제의 물증을 통해 사태를 제대로 알게 되었다.

위기부의 뒤 단락 ④에서는 먼저 월매가 이도령을 만난다. 상대를 알아맞히려는 월매의 말에서 일상생활의 모습, 심지어 부녀자 겁탈 같은 병리 현상까지 반영되어 있다. 그런데 이도령이 몰락한 신세라고 말하자 월매는 사실로 받아들인다. 어사 출도 소식을 듣고서도 눈치채지 못할 만큼 겉모습에 의존한 인식 태도이다. 이도령이 거짓말을 하고 있기에 월매는 대상을 잘못 알게 된 것인데 이는 시대 변화에 따라 당대 서민에게 닥쳤을 인식상의 혼란이 반영되었다고 할 수 있다.

이어서 춘향이 고대하던 이도령을 만난다. 어둠 속의 상대에 대해 전거를 나열하거나 일상생활의 요소들을 통해 알고자 하는데 이는 이도령을 만난다는 사실 앞에서 숨고르기를 하는 형국이다. 정체를 확인하는 중에 인생이 전복된 처지에 대해 공감하기도 한다. 이도령의 말을 그대로 믿는 점에서 월매와 비슷하지만 사태 파악 후 취하는 말과 행동은 다르다. 자기가 죽은 후 이도령이 처할 상황을 대비한 보살핌의 자세를 취하는 것이다. 변사또에 대한 저항과 이도령을 위한 절개가 이와 같은 춘향의 선한 성품에서 나왔음은 강조될 필요가 있다.

〈남원고사〉에 그려진 욕망과 인식의 양상을 통해 〈춘향전〉 이야기에 대한 이해를 좀 더 심화시킬 수 있다. 우선 판소리계 소설의 관습적 표현법이 단순한 언어유희에 그치지 않는 것은 욕망과 인식의 내용 및 방법이 담겨 있기 때문이라고 할 수 있다. 또한 인물들의 욕망과 인식이 계층별, 지역별, 성별뿐 아니라 세대별에 따라서도 차이가 난다는 점이 중요하다. 인물들은 자기 연령대의 욕망과 인식을 보여 주는데 청년기 춘향과 이도령의 애정과 신의, 장년기 변사또의 욕망과 탐학, 장년기 혹은 장년기~노년기 월매의 기대와 절망이 그려져 있다. 한편 인물이 겪는 사건에서는 신세 변화, 인생 역전이 두드러지게 나타난다. 변화하는 시대의 굴곡 많은 인생살이가 그려져 있는 것이다.

요컨대, 욕망과 인식을 중심 개념으로 삼아 〈남원고사〉를 비롯한 〈춘향전〉 이야기를 읽는 것은 작품에 반영된 당대 삶의 내용과 방식, 작품이 지닌 흥미 요소들을 좀 더 깊이 이해할 수 있게 해 준다.

이 글은 『겨레어문학』 46집(겨레어문학회, 2011)에 수록한 논문을 수정하여 재수록한 것이다.

여장군소설의 개화기적 변화상
-『대한일보』 연재소설 〈여영웅(女英雄)〉을 대상으로

조용호

1. 머리말

우리 역사에서 20세기를 전후하여 개화라는 이름으로 밀어닥친 서구문명의 이입과 빠르게 진행된 식민지화만큼 당대인들의 삶에 광범위하게 영향을 끼친 사건은 찾아보기 어렵다. 개화기 이래로 외래 물결은 문화적인 영역에까지도 빠른 속도로 밀려들어 개인적·사회적 삶의 외형과 의식을 파천황적으로 바꾸어 놓았다. 개화기의 사회·문화적 현상을 비교적 발 빠르게 담아낸 소설문학에서도 새로운 물결에 대한 대응 방식은 중요한 이슈의 하나였다. 특히 새로운 여론의 생성과 최신 소식의 전달을 특징으로 하는 매체인 신문에 연재되던 소설에는 당대의 첨예한 문제들이 적극 수용되기도 하였다. 이것이 개화기의 신문연재소설에 주목하게 되는 이유이다.

나는 그 가운데『대한일보』에 연재된 소설 〈여영웅(女英雄)〉에 주목한다. 백운산인(白雲山人)이라는 이가 고전소설 〈이형경전〉을 개작하여 연재한 것으로 밝혀진[1] 이 소설은 그 이전까지 유행하던 여장군소

---

1) 조용호, 「개화기 국한문소설 〈女英雄〉 연구」,『古小說研究』16, 2003, 320~332면.

설[2])의 전형적인 서사 패턴을 전복시키고 있다. 이전의 여장군소설들에서는 여성이 남장을 하고 남성을 뛰어넘는 능력을 발휘하다가도, 여성이라는 사실이 밝혀지면 동문수학한 남성과 결혼함으로써 다시 가정에 속박되는 것이 서사의 일반적인 패턴이었다. 그러나 <여영웅>에서는 여성으로서의 정체가 밝혀지고도 오랜 시간이 흘러 나이 서른을 훌쩍 넘긴 시점까지도 이른바 천정배필(天定配匹)과의 혼사가 이루어지지 않는다. 현존 텍스트에는 나타나지 않지만, 남녀주인공이 혼인을 하는 것으로 결말이 맺어졌더라도 동종 소설들이 갖는 일반적인 패턴을 상당히 벗어나 있는 것은 틀림없다. 이렇게 변화된 서사적 양상을 보이고

---

2) 내가 대상으로 삼은 <女英雄>을 가리키는 장르 명칭은 여러 가지가 있는데, 여성영웅소설·여걸소설·여장군소설 등이 대표적이다. 그 가운데 여성영웅소설이란 명칭이 가장 일반적으로 사용되고 있다(윤분희, 「여성 영웅소설 연구」, 『한국문학논총』 32, 2002, 174~177면). 그러나 여성영웅소설이란 용어는 너무 포괄적이고 범주가 모호하다는 점이 문제이다. 그래서 예컨대 <심청전>이나 <춘향전>의 주인공은 왜 여성영웅이라고 할 수 없는가와 같은 질문을 피하기에도 그리고 만족스럽게 답변하기에도 어렵다. 이들이 남장한 채 남성과 경쟁하고 장수로서의 능력을 발휘하는 내용이 포함되어 있지 않기 때문이라는 사실을 제시하는 것만으로는 너무나 시쁘다. 그렇다고 만일에 주인공이 장수가 되어 직접 진투에 참여하지 않는 <박씨부인전>을 포함시키기 위해 불가피하게 여성영웅소설이란 장르 명칭을 취했다고 답한다면, 이것은 문학에서 장르론을 전개하면서 본말이 전도된 것이기에 수용할 수 없다. <박씨부인전>이 여타의 소설들과 다르면 제외해야 마땅하고, 구태여 넣으려면 여성이 장수로서 직접 전투에 임한다는 행위를 부동의 조건으로 내세우지 않는 명칭과 정의를 취하면 된다. 여성영웅소설이 영웅소설이란 장르명칭을 의식하여 만들어진 용어라는 점도 명칭 자체에 문제가 있다는 사실의 방증이 된다. 조동일이 추출한 '영웅의 일생'(조동일, 『韓國小說의 理論』, 지식산업사, 1977, 246면) 구조가 포함하는 남성인물의 일대기는 여성인물의 그것과 사뭇 다르다. 여성영웅소설이라는 명칭이 연구자들의 사고를 제한하게 만들지 않기 위해서라도, 굳이 영웅소설이란 명칭을 고집할 필요는 없다고 생각한다. 그래서 나는 '男裝', '戰功', '장군' 등의 어휘들이 이 소설들의 변별성을 드러내는 핵심적인 용어임에 주목하여 여장군소설이라는 명칭을 사용하려 한다. 장르론은 단지 유형이 비슷한 작품들을 분류하는 단순한 논의가 아니기에, 특정 작품들이 지닌 내용적·구조적 성격을 가장 잘 드러내는 최적의 용어를 사용할 필요가 있기 때문이다.

있다는 사실만으로도 이 소설의 연구 가치는 충분하다.

<여영웅>을 연재한 『대한일보』는 현재 한국연구원에만 유일하게 한 질 소장되어 있어서, 누구나 쉽게 접근할 수 있는 텍스트가 되지는 못하였다. 그래서 이에 대한 연구 논저도 단지 몇 편에 지나지 않는다. 이 소설을 처음 소개하며 연구의 선편을 잡은 이는 한원영이다. 그는 이 소설이 한문체이고 중국어까지 혼용된 것으로 보아 중국소설의 번역이거나 모방작일 것이라고 하였다.[3] 정환국은 『대한일보』에 연재된 한문소설들을 두루 검토하고 이 소설에 투영된 개화의 논리를 몇 가지로 추출하였다.[4] 조상우는 이전의 여장군소설들 및 동시대의 다른 소설과 비교하며, 이 소설은 남녀평등과 운명을 개척하려는 적극적인 여성상을 표현하고 있다고 하였다.[5] 조용호는 <여영웅>이 고전소설 <이형경전>의 개작임을 밝히고, 신문 '연재소설'의 측면과 '개화기' 소설이라는 측면에서 구조 및 주제적인 특성을 논하였다.[6]

<여영웅>은 이전에 존재했던 여장군소설에 개화기적인 내용과 의식을 담아 변개한 작품이다. 나는 이 소설이 전대적인 모습을 어떻게 바꾸었는지 분석하고, 작가의식이 투영됨으로써 전대의 소설들과는 서사 전개와 주제적 지향점이 어떻게 달라졌는지를 검토하고자 한다.[7] 본론은

---

3) 韓元永, 『韓國改化期 新聞連載小說 硏究』, 一志社, 1990, 281~282면.
4) 鄭煥局, 「愛國啓蒙期 漢文小說의 성격 규명을 위한 試論」, 『韓國漢文學硏究』21, 1998.
5) 趙祥祐, 「愛國啓蒙期 漢文散文의 意識 志向 硏究」, 고려대 박사학위논문, 2002. 및 「애국계몽기 한문소설에 표출된 지식인의 여성인식」, 『한국고전여성문학연구』 8, 2004.
6) 조용호, 앞의 논문.
7) 이러한 목적을 지닌 연구를 진행하면서도, 나는 정작 <여영웅> 이외에 이 시기에 지어지거나 개작된 다른 여장군소설을 제시하지 못했다. 따라서 도출될 결론이 불가피하게 성급한 일반화라 불리는 오류에 빠질 가능성을 배제할 수 없다. 다른 소설이

두 개의 장으로 나누어 서술할 것인데, 2장에서는 서사의 표면적인 문제를 주로 다루고 3장에서는 이면적인 문제를 주로 다루게 된다. 이런 검토를 통해 개화기 작가의 세계 이해와 개화에 대한 반응을 확인할 수 있을 것이다. 이것이 바로 본고의 목적이다.

2. 서사적 견고성의 이완

1) 인물구성의 범속화

여장군소설은 장르상으로 영웅소설 및 적강소설과 인접한다. 여주인공은 초인적 능력을 발휘하여 개인적·국가적인 위기를 타개하는 영웅이라는 점에서 남성이 주인공인 영웅소설과 비교될 수 있고, 그 주인공은 대개 천상의 존재로 하늘에서 죄를 짓고 지상으로 내려왔다가 다시 하늘로 돌아간다는 점에서 적강소설과 구조적 특징을 공유하고 있기 때문이다. 여장군소설의 서사는 대개 적강(또는 하강)한 여성이 난국을 타개하고 영웅적인 능력을 펼치는 사건을 중심으로 전개된다.[8] 그렇기

아예 없어서일 수도 있고 내가 아직 확인하지 못했기 때문일 수도 있으나, 한 편의 소설만을 대상으로 하는 현재의 상황에서는 논의 결과가 일반적 진실을 담보한다고 단언하기는 어렵다. 그런 까닭에 본고에서의 결론은 일단 <여영웅>에서만 유효하다는 점을 미리 밝혀둔다.

8) 민찬이 집계한 바에 의하면, 그가 연구대상으로 삼은 23편의 여장군소설 가운데 15편이 적강(또는 하강)한 천상적 존재를 주인공으로 하고 있다(閔燦, 「女性英雄小說의 出現과 後代的 變貌」, 서울대 석사학위논문, 1986, 13면). 그러나 천상적 존재가 주인공으로 나타나지 않는 것으로 알려진 여장군소설일지라도, 주인공이 천상적 존재임을 암시하는 이본들도 있어서 그 비중은 더 커질 것이다. 실제로 <女英雄>의 개작을 위한 저본이 되었던 <이형경전>은 민찬의 분류에서 제외되었지만, 결말에서 남녀주인공이 모두 백학을 타고 승천하는 것으로 그려져서 그 전생 신분이 천상적인 존재였음을 암시한다.

에 그 주인공은 선천적으로 탁월한 능력을 지니고 있고, 또 그가 지상에서 겪는 사건과 만나는 인물은 모두 하늘이 미리 정해 놓은 길을 충실히 따라간다는 서사적 궤도를 벗어나기도 어렵다. 여장군소설의 주인공은 대개 남장(男裝)한 채 수학하고 과거에서 장원급제하며, 주로 전공(戰功)을 통해 남성을 압도하는 업적을 이룬 영웅으로 자리매김 되고, 혼인 전까지는 대개 당대인들이 그토록 따르고자 했던 출장입상(出將入相)이라는 추상적 역할모델9)의 삶을 온전히 구현해가는 인물로 그려진다. 말하자면, 여장군소설은 인물과 사건의 구성에서 천정과 필연이라는 논리로 무장된 견고한 서사10)를 구축하고 있다는 것이다.

여장군소설에는 대개 적강한 여성인물이 주인공이 되고, 그와는 천상에서부터 인연이 있었으며 지상에서도 평생을 함께하는 남성인물이 반려자로 등장한다. 그래서 인물구성은 남녀주인공만이 중심에 우뚝하게 드러나 보이는 단순한 형태를 띠게 된다. 그렇다보니 지위가 매우 높거나 서사적 역할이 적지 않은 인물들조차도 모두 그 두 인물을 양각화(陽刻化)하는 데 기여하는 부차적 존재로 머무는 것이 보통이다. 중심인물의 관계와 주요한 사건들의 진행이 모두 하늘에 의해 조종되므로, 주인공이 위기에 처하면 천상적인 존재가 등장하여 직접 구원하거나

---

9) 소설의 인물들이 이상적인 인물을 역할모델로 삼아 모방하고 있다는 논거는 조용호의 논문(趙鏞豪, 「三代錄 小說의 人物構成」, 『古小說 研究』 2, 1997, 221면.)을 참고할 것.

10) 적강소설들에서 지상에 하강 또는 적강한 천상적 인물은 대개 독립적인 개체로서 자유롭게 의사를 결정하거나 의지를 실현하지 못하고 천정이라는 초월적 논리에 의해 일방적으로 결정된 삶의 방식을 따라가는 수동적인 존재들이다. 그들은 전형에 가까운 서사의 궤적에서 이탈하거나 천정의 논리를 거부하지 못한다. 나는 이처럼 인물들이 지상에서 출생하는 순간부터 천상으로 귀환하기까지 일관되게 천정과 필연성이라는 논리를 좇아서 살아갈 때, 그런 인물을 그리고 있는 소설들은 견고한 서사 형태를 구축했다고 규정한다.

꿈을 통하여 활로를 지시하는 일도 다반사이다. 그렇기 때문에 주인공의 영웅적 업적은 그가 순수하게 인간적인 능력을 실현한 결과가 아니라, 하늘의 의지를 지상에서 충실히 구현한 것이라고 볼 수밖에 없다.11)

그런데 <여영웅>의 주인공은 더 이상 수동적인 존재에 머물지 않고 황제의 압력과 천상의 명령에 항거하며 자신의 의지를 고수한다. 그래서 이전의 소설들에서라면 모든 갈등을 일거에 해결할 수 있었던 만능 열쇠인 천정(天定)이라는 초월적 법칙은 계속 거부되고, 이를 해결하기 위해 또 다시 새로운 존재들이 투입되어 천정을 강요하는 일이 반복된다. 이렇게 사건이 다단해지고 등장인물이 늘어가면서 서사도 복잡한 양상을 띠게 되었다. 이전의 적강소설들에서라면 초월적 존재가 한두 번 출현함으로써 모든 문제가 해결되고 인물구성도 단순명쾌해질 수 있었을 것인데, 이제는 혼인이 서사적 전환의 분수령이 되는 여장군소설 특유의 서사도 계속 지연될 뿐만 아니라 인물구성도 매우 달라진 모습을 보이게 된 것이다. 소설의 마지막 회에는 그때까지 등장한 주요 인물이자 장차 남성인물의 배필이 될 여성들을 다음과 같이 길게 열거하고 있다.

　一李炯卿　二春溫公主　三洞庭月　四巫山雲　五武陵春　六玉鳳凰(卽百鏡)
　七惠光珠　八壽光珠　九天狼星12)

---

11) 천상적 질서의 절대성과 적강한 인물의 전생 신분이 강조되는 神聖社會的 작품들에서는 작품의 모티브뿐만 아니라 주인공이 지상에서 겪는 위기와 그 해소 방법, 주인공의 몰개성적인 체취들이 모두 천상적인 의도가 반영된 결과물이다. 따라서 적강한 천상적 존재가 주인공인 여장군소설은 신성소설적인 의미를 지닌다고 할 수 있다. 신성소설의 개념과 특징에 대해서는 李相澤, 「古代小說의 世俗化過程 試論」, 『韓國古典小說의 探究』, 中央出版, 1981, 244~246면.
12) <女英雄>, 116회분(1906.8.29.).

거명된 인물들은 모두 남주인공인 張沼와 혼인을 할 운명을 가지고 태어난 여성들이다. 처음 거명된 이형경은 소설을 대표하는 여주인공의 이름이고 춘온공주는 황제의 딸이다. 동정월과 무산운은 자매 사이로 각각 기녀와 무협(武俠)의 신분인데, 남주인공인 장소를 도와 이형경이 여성임을 밝히기 위해 비교적 일찍부터 등장하고 있다. 무릉춘은 서량 총독의 동생인 마작(馬綽)을 지칭하는데, 이형경이 서정(西征)하였을 때 구원병을 이끌고 참전하였다가 명나라 황도를 관광하고자 따라와 눌러 앉은 여성이다. 백경도인과 천랑성은 후반부에 등장하여 장소를 보호하고 천정 인연이 이루어지도록 도와주는 존재이다. 혜광주와 수광주는 용왕의 두 딸인데 혜광주는 장소를 납치하려던 용왕이 장소를 보호하던 백경도인과 내기를 한 싸움에서 지고 빼앗긴 큰딸이고, 수광주는 그런 그녀를 구출하려다가 도리어 백경도인에게 포로가 된 둘째딸이다.

거명된 여성인물은 모두 9인인데, 문제는 장소와 인연이 있는 여성이 이들 9인에 그치지 않는다는 점이다. 서술자는 이 부분에서 중요한 여성을 하나 빠뜨리고 있는데, 그 인물은 바로 자허관(紫虛觀) 주인 위태낭(韋太娘)이다. 그녀는 이형경과 장소가 처음으로 출정을 할 때부터 지속적으로 도움을 준 도관(道官)으로, 소설 속에서도 인연임이 여러 차례 발화되고 있어서 결연해야 할 천정 인연임을 부인하기 어렵다. 그녀는 작중의 역할이나 장소와 만난 순서만 가지고 보아도 배우자로서의 순번은 적어도 춘온공주 다음인 3순위에는 들어야 마땅하다. 내용상 장소와 관련이 있는 모든 여성들은 그의 배우자가 될 운명을 지니고 있는 것처럼 보이는데, 그것이 맞는다면 앞서 거론된 존재들 이외에도 결연의 가능성이 있는 여성은 더 나오게 되어 있다.[13] 더구나 소설은 미완

---

13) 그런 여성이 救苦星과 萬里雁이다. 구고성은 이형경에게서 여성이라는 자백을 받아냈던 무산운이란 여인을 이끌고 초월계로 들어가 다시 여성이 아니라는 답변을 받아

인 채로 남아 있어서 거론된 여성이 전부라고 단언하기도 어려운 실정
이다.

여장군소설을 포함한 역대의 어떤 소설도 이런 형태의 결연 관계와
복잡한 인물구성을 보여준 적이 없다. 그런데 더 큰 문제는 결혼 적령기
가 한참 지나도 제대로 혼사가 이뤄지지 않는다는 점이다. 고전소설들
에서 인물들이 혼인을 하는 나이는 대개 14세 내외인데, 이 소설에서는
그런 고전소설 일반의 시학적 원칙이 전혀 통하지 않는다. 소설에서 이
부분에 이르기까지 장소와 정식으로 혼인한 여성은 춘온공주 하나에
불과하다.14) 스토리-라인을 따라 계산하여 보면 이형경은 이때 이미
나이가 서른을 훨씬 넘게 되고, 다른 여성들도 서른 안팎의 나이에 이르
러 있다.15) 그런데도 당연히 이루어져야 할 인물들의 혼사가 이루어질
기미가 보이지 않는다. 이는 장소의 원실(元室)이 되어야 하는 이형경과
의 혼인이 아직도 성사되지 못하고 있기 때문이다. 아무리 흥미를 위해
서사를 지연시키고 있다고 하더라도, 이렇게까지 이른바 천정 인연이라
고 하는 인물들 간에 혼사가 미뤄지는 것은 매우 낯선 현상이라 하지

낸 여성이다. 만리안은 이형경이 세운 아란국의 궁녀로, 장소가 아란국의 포로가 되었
을 때 그의 인품에 감복하여 헌신적으로 보살핀 여성이다. 만리안은 특히 장소가 귀국
할 때 이형경이 베푼 송별연에서 이별가를 부르기도 하는데, 이는 그녀를 장소와 연분
이 있는 것으로 해석할 수 있는 근거가 된다. 만리안의 경우는 천상적인 존재인지의
여부가 뚜렷하게 드러나지 않으나, 인물구성의 특성으로 보아서 장소와 결연하는 것
으로 그려졌을 가능성이 적지 않다.

14) 이는 그녀의 신분이 황녀라서 혼사를 끝까지 지연시킬 수 없었기 때문에 불가피하게
만들어간 것이었을 수 있다. 하지만 공주와 혼인하는 과정에서도 서사가 상당히 지연
되고 있어서, 서사 전개의 큰 틀에서는 일관성을 유지한다고 할 수 있다.

15) <女英雄>의 107회분(1906.8.15.)에는 여성인물들이 서로 나이를 이야기하고, 나이에
따라 형제의 정을 맺는 장면이 나온다. 이때 백경도인은 서른하나, 위태량은 서른,
동정월은 스물아홉, 마작(무릉춘)은 스물여덟, 무산운은 스물일곱, 혜광주는 스물여섯
이었다.

않을 수 없다.

서사가 이렇게까지 진행되었음에도 불구하고, 장소와 이형경의 혼사는 더 많은 시간과 사건을 거친 다음에나 성사될 것으로 보인다. 두 인물이 혼사를 이루기 위해서는 겪어야 할 열 가지의 어려움이 있다고 하는데,16) 소설에서는 아직 세 가지밖에 거치고 있지 않기 때문이다.17) 하나의 어려움을 극복하는 과정에서 많은 사건과 시간이 필요하여 며칠간의 연재 분량을 필요로 했던 것을 생각해 보면, 10難을 해결하자마자 혼인이 성사되도록 이끌어간다고 해도 그 시점이 되기까지 더 많은 사건과 인물과 연재 분량이 필요할 것임에 틀림없다. 그렇다면 더 이상 또 다른 여성이 천정 인연이라는 이름으로 등장하지 않을 것이라고 속단하기도 어렵다. 천상에서의 인연으로 적강하여 한 남성과 혼사를 맺어야 할 여성이 이처럼 지속적으로 많이 등장하고 또 그들이 서로 간에 그렇게 나이차가 나는 것은 매우 특이한 일이다. 이런 특징은 초월적 세계관이 분명하게 작용하고 있던 이전의 소설들에서는 좀처럼 보기 어려웠던 측면이 아닐 수 없다.

작자는 장소와 이형경의 혼사를 이루기 위해 계속해서 새로운 사건을 만들어냈고, 매번 새로운 여성인물을 등장시켜 새로운 사건을 담당하게 했다. 그 때문에 등장인물의 수나 서술 분량이 대폭 늘어나게 되었고, 소설 자체도 이전의 여장군소설들과는 판이한 모습을 보이게 되었

---

16) <여영웅>, 92회분(1906.7.28.). '(巫山)雲이 日 張駙馬與李尙書ᄂᆞᆫ 俱有宿世之緣 而今爲仇敵者ᄂᆞᆫ 何也오 道人日 業鏡이 未盡ᄒᆞ니 過盡厄運ᄒᆞ고 好緣自至면 必有和樂之日矣리라 雲이 日 李尙書之心을 上帝도 莫可回오 天子도 莫可回ᄒᆞ니 如之何哉오 道人이 日 ~ 亦有十難然後에 可得大緣之合矣리라'

17) 제1난은 장소가 아란국을 치러 갔다가 해상에서 아란국 군대에게 포위되어 절체절명의 위기에 처했던 것이고(93회분), 제2난은 장소가 황제를 모시고 闓王의 반란을 진압하기 위해 출정하였다가 도리어 죽을 위기에 처해 자결하려고 한 것이며(98회분), 제3난은 장소가 용왕의 사주로 유인되어 끌려갈 뻔했던 것이다(105회분).

다. 아무리 신문연재소설이 지속적인 흥미유발 요인을 우선적으로 고려
한다 하더라도, 그 궤도 이탈의 정도는 매우 심하다고 하지 않을 수 없
다. 이전의 여장군소설들에서라면 혼인할 여성인물은 이형경과 춘온공
주까지만 등장해야 하고, 또 주인공이 여성이라는 사실이 밝혀지자마자
서사는 곧바로 혼사 문제로 전환되는 것이 일반적이었다. 그러나 이 소
설에서는 한 명의 남성과 결연해야 할 천상적인 존재가 무려 10여 명에
이르게 되었고, 천상에서 시작된 연애를 지상으로 옮겨서 성사시키던
단순명쾌한 구도의 인물구성에서 매우 범속화되고 복잡한 구도로 변질
되었다. 요컨대 표면적으로는 어느 소설에서보다도 더 빈번하게 천정의
필연성을 외치고 있지만, 속에서는 인물들이 철저하게 세속적인 인간세
계의 논리와 상황에 의해 관계를 맺고 있는 것이다.

2) 현실적 삶의 논리 강화

<여영웅>에는 이전의 여장군소설들에 비하여 훨씬 많은 사건과 인
물이 등장한다. 인물과 사건이 복잡다단해지면서 서사는 초월적 세계관
이 약화되고 세속적 세계관이 강화되는 방향으로 전환하게 되었다. 지
상에서 일어나는 사건들에 개입하는 천상적 절대자의 의지는 등장인물
의 행동을 강제하는 영향력을 갖지 못한다. 오히려 적강한 인물들이 지
상에서 대면하는 사건과 대인관계에 천상적인 존재들이 개입해 이것
또한 천정이라는 논리로 합리화해주는 기현상까지 나타나고 있다. 마치
인간이 자신의 피나는 노력으로 열악한 형세와 불운한 처지를 극복하
고 성공한 것을 두고, 이조차도 숙명으로 정해진 것이라고 말하는 반박
불가능한 논리처럼 말이다. <여영웅>의 서사논리는 인간세계의 현실
적 맥락을 충실히 반영하고 있다.

적강 모티프를 수용하고 있는 여장군소설들에서 주인공이 능력을 발휘할 수 있는 범위는 대개 여성으로서의 정체가 드러나기 전까지였다. 그래서 여주인공이 여성으로서의 정체를 자복하기 직전이 소설의 절정을 이룰 수밖에 없었다. 일단 여성임이 밝혀진 다음에는 활동의 범위와 역량은 급속히 위축되게 마련이었고, 그 결과 소설의 구성이 느슨해져서 극적인 긴장감은 급격히 떨어지곤 하였다. 간혹 혼인 이후에도 장수로서의 능력을 발휘한 적이 있지만, 이는 사적인 영역에서 야기되는 갈등을 풀기 위한 장치로 사용하기 위한 것이었다.18) 여성으로서의 정체가 밝혀지고 혼사의 문제로 방향을 전환하면 여성이 가진 모든 능력은 대번에 무화되어 버리기 때문에, 작자는 당연히 그 시간을 최대한 연장함으로써 흥미와 긴장감을 유지하고자 했다.19) 그렇지만 '여성으로서의 정체 탄로→결혼 성사'로 곧장 이어지는 순서는 공식을 이룰 만큼 단순한 구성으로 일관한다. 혼인 이후에 여성이 출정하여 국난을 극복하는 사건이 추가된 경우에도, 이는 가정으로 귀속하기 위한 연착륙 과정일 뿐이었다.

그런데 <여영웅>에서는 여성으로서의 정체가 비교적 일찍 노출되었음에도 불구하고, 혼사까지의 과정을 계속 지연시키는 새로운 서사 패턴을 선보이고 있다. 여기서 여성으로서의 정체가 탄로 나기까지를 1차적 서사 지연이라고 하고, 정체가 밝혀진 뒤에 결혼을 하지 않으려고 갈등하며 대결하는 것을 2차적 서사 지연이라고 하자. 1차 과정에서는 남성인물인 장소가 동정월과 무산운을 동원하여 이형경이 여성임을 밝

---

18) <홍계월전>을 그런 소설 가운데 하나로 거론할 수 있다.

19) 이런 점에서 주인공이 황제에게 결혼 이후에도 여성이라는 사실을 감추다가 죽을 때에 이르러서야 자복하는 <방한림전>은 긴장감이 거의 막바지까지 유지되는 작품이라고 할 수 있다. 이 소설은 여타의 여장군소설들과 비교하여 보면 매우 이질적인 것이다.

히려는 노력이 중심 사건을 형성한다. 그리고 2차 과정에서는 끝까지 혼인을 거부하는 이형경과 주변 인물들 간의 대결이 중심 사건을 형성한다. 지연은 주로 혼사를 두고 강요하는 편과 거부하는 이형경의 대립 때문에 야기되는데, 서사는 이처럼 새로운 패턴의 지연을 구조화함으로써 일관되게 긴장감을 유지할 수 있게 되었다. 다음은 모두 그러한 긴장이 발생하고 있는 곳들이다.

(가)仙人이 日 不欺之欺가 欺誰오 欺天乎아 尙書ㅣ亦笑日 吾亦未嘗無思慮로더 旣張之舞를 不可斂袖오 已拔之劍을 不可韜鞱니 吾已出世ᄒ니 今何變質이리오 吾ᄂ 雖不順天命ᄒ며 不從人道라도 將終其天年而已라 豈有他也리오 仙人日 不然ᄒ다 君이 生覺前緣ᄒ니 必有所思어니와 不若目睹ᄒ니 願兄은 與我去一遭ᄒ야 看得這一看이면 必渙然心釋ᄒ야 必有回掉之念矣리라ᄒ고 携手至一處ᄒ니 石壁上에 有古篆ᄒ니 天乙星張沼가 娶太乙星李炯卿이라ᄒ야ᄂᆯ 仙人이 指示尙書日 兄이 見此則可以知天定矣리니 尙無覺悟耶아 尙書ㅣ沈唫日 皇天이 何以生我爲女子ᄒ야 區區作爲人之箕箒婦耶아 長嘆一聲에 壯氣가 頓消라 仙人이 慰之日 君有無限福祿이니 不必長嘆이니라 尙書日 <u>但吾所愧所限者ᄂ 不欲爲人之妻ᄒ야 俯首從心이니 若背天定이면 雖遭神譴이라도 誓不畫蛾眉施粉朱ᄒ야 作屑屑之態矣리니</u> 決心一死則萬事已矣라 後何疑哉리오 仙人日 兄之寸心이 何若是固塞耶아 以一女子로 名動天下ᄒ니 若不露出本色이면 誰知一女子李炯卿은 立盖天之魁勳耶리오 兄이 再思之ᄒ라 尙書勃然怒日 我有一定之心이어ᄂᆯ 君之盡力勸諭者ᄂ 抑何意也오[20]

(나)天子ㅣ又日 卿何負朕也오 尙書對日 非臣負陛下라 陛下負臣也니이다 天子日 朕何負卿也오 對日 臣之踪跡를 陛下ㅣ何其摘發也잇가 臣之平生所志ᄂ 但事君以忠ᄒ고 事親以孝오 立功建名於世ᄒ야 垂於竹帛이 臣

20) <여영웅>, 44회분(1906.5.30.).

之大願이어늘 陛下ㅣ 强欲奪臣之志ㅎ시기로 上表辭職ㅎ야 終身於山林之
下로 已決臣志ㅎ니 陛下ㅣ 垂斧鉞之誅라도 臣志는 不可回也니이다 天子
曰 國家社稷은 顧不重歟아 對曰 國家社稷은 皆膂力方剛之男子責也라 豈
係於區區一女子잇가 天子ㅣ 慰解萬端曰 此是張沼之所奏故로 爲之一言이
라 當此危急之日ㅎ야 朕이 縱有一遭過失이나 卿何以若是爲慍乎아 朕이
自此以後로 更不言此等事라21)

　(가)는 무산운이 부린 조화에 의해 이형경이 초월적인 공간으로 들어
가 선인과 대화를 나누는 장면이다. 천상의 절대자가 이형경을 직접 교
유(教諭)하는 것으로 나오지는 않지만, 이 부분에 펼쳐진 가상의 공간은
초월적 세계이고 선인의 말은 천상의 의지를 그대로 반영한다고 보아
도 좋다. 여기에서 선인은 끊임없이 이형경에게 여성임을 밝히고 장소
와 혼인을 하라고 회유하는데, 이에 대하여 이형경은 끝내 거부하고 저
항한다. 특히 밑줄 친 부분에서 이형경은 '남의 아내가 되어 머리를 숙
이고 순종하는 게 하늘이 정한 이치를 배반하는 것이라면, 비록 신께
쫓겨나더라도 눈썹을 그리며 번거롭게 수선을 떠는 모습을 보이고 싶
지 않다'며 자신의 의견을 확고하게 피력하고 있다. 이런 인물 성격은
이전의 소설들에서는 익히 볼 수 없었던 파격적인 것이다.

　(나)는 황제의 압력에 저항하는 모습을 담고 있다. 황제는 이전부터
이형경이 여자임을 짐작하고 있었고, 계속해서 여자임을 밝히고 장소
와 혼인하라는 뜻을 은근히 강요한 바 있다. 지속되는 압력 때문에 난
처해진 이형경은 결국 사직 상소를 올리고 산사로 숨어버린다. 그때
서번(西藩)이 갑자기 반란을 일으켜 국가적 위기가 발생하면서, 그 반
란을 토벌할 장수는 이형경 뿐이라는 현실적 필요가 그를 다시 찾게

---

21) <여영웅>, 53~54회분(1906.6.9~10.).

만들었다. 그런데 밑줄 친 부분에서 보듯이 이형경은 황제의 면전에서 '근력이 강한 남성들이 국가와 사직을 책임지지 못하고, 왜 그것이 구구하게 한 여자에게 매어 있다고 하느냐'고 내뱉고 있다. 이런 독설은 허울만 있고 무능력한 남성들에 대한 신랄한 비판이 아닐 수 없다. 남성들이 그토록 강조하는 충효는 성별이 아니라 능력에 의해 행해질 수 있는 것이며, 문제의 핵심은 여성이 아니라 인간 자체에 있다는 절규인 셈이다.

이러한 구성은 이전 여장군소설들의 서사적 관행에서 상당히 벗어나 있다. 여성이라는 이유로 가정에 유폐될 수 없다고 항거하는 인물의 의식을 통하여, 세속적이고 현실적인 논리가 서사 진행의 방향을 좌우하고 있음을 확인하게 된다. 이것은, 출생과 죽음이라는 인생의 거대한 흐름 속에서는 숙명론을 완전히 부정할 수 없었겠지만, 적어도 각 개인이 인생에서 겪는 구체적 사건 속에서 행위의 방향을 선택하는 데에서는 조명론[22]과 자유의지가 미덕으로 받아들여지기 시작했음을 보여주는 증거이다. 이제 결국 <여영웅>은 초월적 세계보다는 현실적 세계, 천정과 필연을 강조하는 숙명론보다는 인간의 자유의지를 강조하는 조명론이 새 시대에 맞는 사고방식이라는 사실을 정당화하는 방향으로 전개될 수밖에 없게 되었다.

그런데 어느 시점이 되면 사건이 개인의 자유의지만으로도 제어할 수 없는 상황으로 전개되는 일이 발생하여 관심과 흥미를 자아낸다. 이형경은 세계를 유람하는 과정에서 인도양에 있는 미개의 섬을 발견하고, 그 섬을 개화시켜 아란국이라는 문명국을 건설하였다. 나라의 기틀

---

22) 造命論은 인간 개체의 자유의지가 주체적으로 작용하여 자기 운명을 스스로 만들어 간다는 이론 혹은 생각이다. 成賢慶, 『韓國小說의 構造와 實相』, 영남대출판부, 1981, 129면.

이 완전히 갖춰진 뒤에는 왕에서 물러나 귀국하고자 했지만, 아란국 사
람들이 귀국을 가로막는다. 이형경으로 하여금 어쩔 수 없이 10년을 더
머물 수밖에 없도록 일을 꾸미고, 그 만큼 더 머물겠다는 약속을 받아낸
것이다. 이형경은 나이도 들고 장소에게 호감도 생겨 귀국하려 했고,
이로써 혼사에 따르는 장애요인이 모두 제거되었는데, 이제 상황 논리
가 개입하여 전혀 새로운 문제를 야기하게 되었다.

  이것은 인간의 운명에 대한 인식이 이전 소설이 기대고 있던 숙명론
으로부터 개인의 자유의지를 강조하는 방향으로 나아갔다가, 다시 개인
의 의지로도 어찌할 수 없는 상황의 문제로 바뀌게 되었다는 것을 뜻한
다. 선험적 운명론이 강하게 작용하던 과거의 여장군소설과는 달리,
<여영웅>에는 경험적이고 현실적인 삶의 논리가 매우 강화된 채 서사
가 전개되고 있다. 이처럼 사건의 향방이 상황의 불가피성에 의해 결정
되는 방향으로 전개된 것은, 그것이 운명에 의해 작동하는 힘이나 자유
의지대로 진행되던 것보다 더 후대적이라는 점에서 중요한 의미를 지
닌다. 나는 이런 까닭에, 혹자는 현토한문본이라는 사실을 들어 과거회
귀적이고 시대착오적이라 평가할지도 모르지만, <여영웅>은 분명히
근대문학을 향해 진일보한 소설이라고 생각한다.[23]

---

23) 구태의연한 것처럼 보이는 표기 방식에도 불구하고, <여영웅>은 현실적인 삶의 논
   리가 문제시되는 사건 구성을 실현해냈다는 점에서 크게 주목할 만하다. 이것은 근대
   서양사상사가 신 중심의 중세적 세계관으로부터 인간 이성 중심의 근대적 세계관으로
   전환되었다가 다시 이성의 통제를 벗어난 상황의 아이러니를 주목하는 방향으로 변화
   해온 궤적과 상통한다. 그러므로 <여영웅>은 한글로 표기된 일부 신소설보다 오히려
   더 근대적인 면모를 갖추었다는 주장도 충분히 가능하다고 생각한다.

3. 의식의 길항작용과 시대정신의 추이

1) 안과 밖의 대조, 물질적 개화

<이형경전>을 비롯한 모든 여장군소설에서 인물들이 직접 활동하는 지상의 공간적 범위는 모두 중국의 통치력이 미치는 곳까지로 한정된다. 소설은 늘 중국을 중심으로 삼고 있어서 천자가 거처하는 황도는 항상 공간상의 원점이 되며, 이곳을 축으로 하여 인물의 활동에 구심력과 원심력이 반복적으로 작용한다. 원심력이 최대로 작용한 경우라 하더라도 그 도달 범위는 어디까지나 중국의 정치적 영향력이 미치는 한도 내에서였다. 변방의 사건은 직접적이건 간접적이건 간에 황실의 운명과 관련이 있고 천자에 대한 불경(不敬)이 문제될 때만 의미를 갖게 마련이었다. 소설에서 의미 있는 사건의 발생 장소나 주인공의 활동 범위가 결코 중국의 영향력이 미치는 영역 밖으로 벗어난 적이 없다.

그런데 <여영웅>에서는 인물의 활동 공간이 세계로 확대되면서 여장군소설 일반의 서사 공식이 완전히 깨지고 있다. 이는 소설의 구조와 주제는 물론 세계인식이란 측면에서도 매우 획기적인 것이다. 소설에서 자신이 여성임을 이실직고한 이형경은 황제의 늑혼을 피해 중국 전역은 물론, 조선과 일본 등 극동 지역을 거쳐 동남아시아와 전 세계를 두루 유람한다.24) 유람은 언뜻 혼인을 피하려고 시작한 즉흥적 사건처럼

---

24) 유람은 그 동기와 목적의 구체성과는 상관없이 신소설들이 거의 유행처럼 수용하던 모티프였기에, 유람 모티프를 신소설의 근대적 징표로 거론하는 것은 전혀 이상하지 않다(유람 모티프에 대한 논의는 최현주, 「신소설의 담론적 근대성 -유람 모티프를 중심으로-」, 『韓國言語文學』 59, 2006, 475~502면을 참조할 것). 특기할 것은 현재까지 유람 모티프가 처음 등장하는 소설로 확인된 것이 바로 <여영웅>이란 점이다. 유람 모티프를 최초로 채용하고 있다는 점에서, 그리고 나아가서 그 모티프가 즉흥적으로 채용된 것이 아니라 서사적 긴밀성과 밀접하게 연관되고 있다는 점에서, 고전소설을 개작한 <여영웅>은 근대소설적인 면모를 지닌다고 할 수 있다. 한편 유학 모티

보이기도 하지만, 뒤로 갈수록 작가가 치밀한 계산에 따라 의도적으로 도입한 사건임이 드러나게 된다. 이형경이 중국을 떠나 전 세계를 유람하는 사건은 해외에 문명국을 건설할 수 있게 만든 결정적 전환점이 되고 있기 때문이다. 이형경이 실현하는 영웅적 능력의 궁극적인 도달점이 문명국 건설이라면, 이형경이 나선 유람은 그런 비약을 위한 단초 사건이었던 셈이다. 다음은 이형경이 유람을 하는 일련의 여정과 생각을 드러낸 부분이다.

> 却說 李尙書ㅣ上表辭職ㅎ야 解吏部尙書ㅎ고 卽向龍光寺ㅎ야 收拾行李ㅎ야 遊覽於名山大川之間홀시 騎一匹靑驢ㅎ고 觀書天下之大觀ㅎ야 南遊洞庭巴陵之勝ㅎ며 西觀巫峽瞿塘之險ㅎ며 登蜀道劍閣ㅎ야 觀成都之壯ㅎ고 歷岍函出隴西ㅎ야 觀秦關之夕陽ㅎ며 渡黃河沿長城ㅎ야 嘆燕臺之悲風ㅎ며 登泰山而覽魯國之名敎ㅎ며 渡臨淮而瞻齊城之繁華ㅎ니 四海五嶽이 森羅目中이라 固不足以盪其胸襟이라 ㅎ야 東渡朝鮮ㅎ니 衣冠文物이 足以伴中華오 直向日本ㅎ니 山川人物이 足以名東洋이라 沿海至緬甸暹羅安南西藏新疆靑海波斯土耳其等諸國ㅎ야 采其風氣ㅎ고 入于五印度ㅎ야 遊歷數年에 嘆曰 東亞風景이 不過以是一撮塵이라 當遍遊環球ㅎ야 以壯心目이라 ㅎ고 搭乘汽船ㅎ고 發印度洋ㅎ야 至于歐洲ㅎ니 大陸이 蒼蒼ㅎ고 風氣大闢이어늘 歷覽英法德義葡萄牙白義耳諸國ㅎ고 至南阿美里加ㅎ야 嘆紅黑人種未開之氣像ㅎ고 至北阿美里加ㅎ니 伊時 華盛頓이 熱心合衆ㅎ야 克復獨立之時代也라 喟然嘆曰 大丈夫ㅣ當如此矣라[25]

이형경은 중국의 동서남북을 유람하고도 그 정도로는 '흉금을 씻기

프도 『대한일보』에 연재된 <一捻紅>에 거의 처음으로 등장하고 있는 것으로 보인다. 이런 사실들로 볼 때, 『대한일보』는 개화기소설사를 이해하는 과정에서 매우 중요하게 다루어야 할 신문임에 틀림없다.

25) <여영웅>, 84회분(1906.7.19.).

에는 부족하다'고 하여 조선과 일본을 거쳐 동남아지역과 근동까지 여행을 한다. 이어서 인도양에 들어가 몇 년을 지낸 다음에는 '지구를 두루 유람하면서 마음과 눈을 씩씩하게 하리라'는 목적으로, 그곳을 떠나 유럽과 남아메리카를 거쳐 북아메리카에 도착한다. 그런데 이형경이 유람에 나서서 북아메리카에 도착하기까지 걸린 몇 년 간의 시간은 서사에서 매우 빠르게 가속되고 있는데, 이것은 서술자 혹은 작자가 지닌 세계의 역사와 지리에 대한 지식이 일천하기 때문이었을 것이다. 하지만 그렇다고 해서 그처럼 짧게 서술된 유람이 텍스트에서 핵(kernel) 사건이 못 되는 위성(satellite) 사건이라거나 별 의미를 갖지 못하는 일회성 사건에 머물고 만다고 할 수는 없다. 오히려 이어지는 중요한 서사의 머리가 되고 있어서, 주제의식과 관련해서도 반드시 필요한 사건이라고 하겠다.

신소설들에서는 일반적으로 유람을 끝낸 인물은 바로 국내로 복귀하는 것이 거의 공식적 패턴이었다. 유람 장소는 마치 지도를 훑어보듯 주마간산(走馬看山)처럼 나열되고 있으며, 인물이 해외의 공간에서 의미 있는 행위를 하는 경우도 매우 드물었다. 유람은 유람지에서 얻은 지식이나 경험이 인물에게 부여한 의미 자체로 중요했던 것이 아니라, 주로 돌아온 뒤의 사건 전개를 가능하게 하기 위해서 필요한 선행 조건으로 취해진 모티프였기 때문이다. 그래서 유람을 떠난 인물이 돌아오면, 이전에 그가 연루되었던 갈등은 바로 해소의 실마리를 찾곤 하였다. 또한 외국 유람은 인물에게 마치 개화를 주창할 수 있는 자격증의 취득과 유사한 의미를 지니고 있어서, 그가 주장하는 개화나 낯선 행동을 합리화시켜주는 근거가 되기도 하였다.

그런데 <여영웅>에서는 주인공이 유람을 마치고 곧장 귀국하지 않고, 신세계에 머물면서 부국강병으로 대표되는 개화의 모습을 직접 실현시켜 보이면서 공식적인 패턴에서 벗어나게 된다. 이형경의 유람은 과거의 여장군소설들이 공식처럼 전개해가던 서사의 틀을 전면적으로 바꾸어 놓은 유의미한 사건이었다. 유람은 또 향후의 신소설들에서 최대의 이슈가 되는 개화의 당위성을 정면으로 문제 삼는 핵심적 모티프로서의 의미도 지니게 된다.

乃入薩摩伊島ᄒ니 是島ᄂ 在於歐亞之間 印度洋緯線一百四十八度라 地方面積이 十餘萬方里오 土蠻人種이 數百萬이라 風氣未闢ᄒ고 敎化不行ᄒ야 雖爲蠻族社會로되 物産이 足以興商況이오 風土가 足以闢文明이라 ᄒ야 仍以居焉ᄒ고 結合民衆ᄒ야 日以演說ᄒ야 敎之以開明主義ᄒ니 ~ 乃簡選其聰明俊秀者二百人ᄒ야 游學于大不列顚일시 李尙書ㅣ鳩聚資金ᄒ야 率入英國ᄒ야 敎之以農商工業ᄒ야 三四年間에 其業이 乃卒이라 歸于同島ᄒ야 設各般工場ᄒ고 製造物品ᄒ니 一年之間에 出口品爲四百餘種이오 收入金이 乃至七千餘圓이라 乃設學校百餘區ᄒ야 養成數千人ᄒ니 金融이 興旺ᄒ고 百務擴張이라 又選靑年子弟數千人ᄒ야 派送于文明列邦ᄒ야 入于普通學校ᄒ야 十餘年間에 卒業于政治理化法律等專門學校ᄒ야 歸于本島ᄒ야 大設學校ᄒ고 養成全國子弟ᄒ니 文明이 大振이라 於是에 選代議士ᄒ야 設衆議院ᄒ고 ~ 乃選擧人民代表者ᄒ야 請李公爲君主ᄒᄃ ~ 李尙書ㅣ曰 衆人之至願이 如是어든 稱以島長이오 不以君主면 我自副其衆願ᄒ리라 ᄒᄃ 衆이 不得已ᄒ야 乃以李公으로 爲島長ᄒ고 擇其學問道德兼備者로 爲副長ᄒ고 公薦人材ᄒ야 各執其任ᄒ니 儼然爲强國之風焉이러라 乃設陸海學校ᄒ야 養成士官ᄒ고 又設金融部 整頓財政ᄒ니 政簡人和ᄒ고 民皆愛其土地ᄒ며 惜其生命ᄒ야 無不有烝烝退步之心ᄒ니 風氣堅剛ᄒ고 步武大振이라 李尙書이 爲島長數年에 文化大振ᄒ고 武氣益彰ᄒ야 頗有列邦並馭之氣焉이라 ~ 島長이 調査其事業擴張者ᄒ니 文學博士ㅣ二十人이오 理學博士ㅣ八人이오 法學博士ㅣ十三人이오 小學校ᄂ 一千二百區오 中學校ᄂ 二百餘오 專門大學校ᄂ 四十三이오 出席學員이 統計七萬餘人이오 卒業執務者ㅣ一千八百餘人이오 陸軍은 四萬이니 分爲八

師團호고 海軍은 二萬이오 艦隊는 爲二隊호니 戰鬪艦이 八隻이오 驅逐艦
이 五十餘隻이오 水雷艇이 三百餘오 運送船이 五百餘隻이니 陸海之權이
足以禦侮오 農商工藝部는 實業學校가 七百餘所오 實業試驗場이 六百餘
所오 實業會社가 一千五百餘니 一歲出口物이 合爲九千萬圓이오 土地稅
가 輕於物品稅호니 統額勢入이 爲四千萬圓이오 人口稅가 平等每人口爲
二圓餘오 流行金融額오 原位金貨가 一億萬圓 補助銀貨銅貨가 合爲五千
萬圓이니 其敎育之盛과 殖産之隆과 國防之嚴과 財務之富가 大略如是焉
이러라26)

인용문에는 이형경이 인도양에 있는 살마이도(薩摩伊島; 살마이는 서사
모아의 音借)라는 미개의 섬을 개명한 강국으로 환골탈태시키는 과정이
서술되어 있다. 그 섬은 이형경의 유람 과정에서 종착지가 된 곳이다.
그는 여기에서 토인들을 교화하여 개명주의를 가르치고 청년자제들을
해외로 유학 보내는 한편, 적극적으로 농상공업(農商工業)을 일으키는
선각자─지도자의 역할을 수행한다. 이형경은 대의사(代議士)를 뽑아서
중의원(衆議院)을 설치하고, 그들에 의해 실질적인 왕의 자격을 갖는 도
장(島長)으로 추대된다. 그래서 내각을 구성하고 육해학교(陸海學校)를
설치하여 사관을 양성하고 금융부를 두어 재정을 정돈하기도 한다. 이
렇게 한 지 수년 만에 문화가 크게 떨치게 되었고, 교육이 융성하여 각
종 학교가 많이 설립되었으며, 강력한 육군과 해군도 확보하게 되었고,
실업이 발달하여 물산이 매우 풍부해지게 되었다. 이형경이 정착하여
지도력을 발휘한 지 10년도 안 되어서 토인들이 살던 미개의 섬 살마이
도는 개명한 강국으로 탈바꿈하게 된 것이다.

이형경이 실행한 과업 속에는 무엇이 개화의 급선무이며 독립국가로

---

26) <여영웅>, 84~85회분(1906.7.19~20.).

서의 격을 갖추려면 어떤 과정을 거쳐야 하는지가 매우 이상적이고 구
체적으로 나타나 있다. 이런 사실은 많은 신소설들이 개화를 부르짖기
만 하고 그 과정을 구체적으로 보여주지 못했던 것과 견주어볼 때 매우
색다른 점이라 하지 않을 수 없다. 이형경은 주로 제도를 정비하는데,
그 효과는 국가 체제의 안정과 경제적인 성장 등 주로 외형적인 제도와
물질적인 측면에서 나타나고 있다. 특히 주목할 것은 군사적인 측면이
매우 강조되고 있다는 사실이다. 이는 개화가 단지 물질적인 풍요만을
의미하는 것이 아니라, 강병을 바탕으로 한 부국을 지상의 목적으로 하
는 것임을 분명히 하기 위해 의도적으로 취한 소재로 보인다. 특히 육군
보다 해군에 대하여 자세하게 제시하는데, 이것은 향후에 부국강병을
이루기 위해서는 해군력 증강이 관건임을 강조하기 위한 것이라고 생
각한다.

  그런데 이형경이 선도한 개화의 과정은 일본의 그것과 흡사하다는
점에서 주목을 요한다. 일본은 1854년 페리 제독의 위협에 굴복하여 미
일화친조약을 맺은 이후 많은 논란을 거쳐 쇄국 정책을 버리고 개방과
개화에 속도를 내기 시작하였다. 뜻 있는 젊은이들은 해외에 나가서 공
부를 하고 돌아와 개화를 적극 추진하고 뒷받침하는 중심 세력이 되기
도 하였다.[27] 비교적 이른 시기부터 서구식 군제를 도입하여 군대를
정비·강화하였고,[28] 그 힘으로 청일전쟁과 러일전쟁에서 승리할 수

---

27) 애초에 막부에서는 해외유학을 금지했었다. 그런데 서양의 군사기술과 지식에 대한
   수요가 늘면서 번(藩)에서도 비밀리에 유학생을 파견했는데, 1863년 조슈(長州)에서
   이토오 히로부미(伊藤博文) 등 5인을 영국으로 파견한 것이 그 처음이었다. 막부 말의
   해외유학생들은 원래의 파견 목적인 서양의 군사기술과 군사제도 뿐 아니라 정치·경
   제·법률·철학 등 폭넓은 학문을 접함으로써 서양인식의 전기를 마련하는 데 큰 역할
   을 했다. 또한 서양의 발전된 실상을 체험함으로써 서양과의 교류를 옹호하는 개국론
   으로 전환하는 경우도 나타났다. 함동주, 『천황제 근대국가의 탄생』, 창비, 2009, 87면.
28) 이것은 일본이 유학생을 처음으로 보낸 나라가 영국이라는 사실과 무관치 않아 보인

있었다. 특히 해전이었던 러일전쟁에서의 승리는 <여영웅>이 연재되기 바로 전 해에 일어난 사건이었다. 그러므로 소설에서 이형경의 현대식 해군이 명나라의 전근대적인 해군을 몰살시킨 일이나, 민왕(閩王)이 반란을 일으켜 명나라의 존망이 위태로울 때 이형경이 해군을 거느리고 가서 구원해준 일은, 일본의 막강한 해군력에 대한 경외심이 그 발상의 원천으로 작용했을 가능성이 높다. 일본이 특히 군사력을 강화하여 식민지를 개척하는 제국주의적인 방식으로 개화에 성공했다는 문제는 있지만, 다른 개화의 모델에 대한 지식이 부족한 상황에서 작자가 이처럼 일본의 방식을 주목한 것은 어느 정도 불가피했다고 이해해야 할 것이다.[29]

다. 영국은 그 이전부터 개척한 많은 식민지로부터 풍부한 물산이 유입되었는데, 그것을 가능하게 한 것은 막강한 해군력이 바탕으로 작용하였기 때문이다. 영국에 유학한 일본 유학생들이 이런 역사적 사실을 몰랐을 리 없고, 그런 바탕이 이 소설에서 특히 해군력의 강화를 강조하는 현상으로 나타났다고 생각한다. 일본은 1869년에 병부성(兵部省)을 설치하여 육군은 프랑스식(보불전쟁 이후에는 독일식으로 바꿈), 해군은 영국식 군제를 모델로 채용하였다. 1878년에는 천황직속의 참모본부를 설치하였고, 육군사관학교도 설치하여 군사관료를 양성하기 시작하였다. 참모본부의 설치는 행정권으로부터 군권이 독립된 것을 뜻하는 것이었으며, 참모본부장의 지위도 태정대신에 버금갈 정도로 격상되어 군국주의화의 길로 들어서게 되었다. 박영재 외, 『19세기 일본의 근대화』, 서울대출판부, 1996, 53~55면.

29) 나의 이런 논지에 대하여, 일본인이 발행한 『대한일보』에 연재된 소설에 친일의식이 투영되었을 것은 당연한데, 어떻게 불가피한 것이었을 수도 있다며 판단을 유예하는 태도를 취할 수 있는가 비판하는 의견이 있을지도 모르겠다. 그렇다면 이런 비판에 대해서는 우선 작가의 문제가 아직 해결되지 않은데다가, 신소설들에서 흔히 목격할 수 있는 것처럼 주인공이 직접 일본인의 도움을 받거나 일본에 유학하여 신학문을 배우고 개화를 주창하는 것으로 그려지지는 않았기에, 저변에 친일의식이 투영되어 있다고 주장하는 데에 신중할 수밖에 없었다는 답변을 하겠다. 그러나 공세적으로는 신문의 발행자가 일본인이었다고 해서 거기에 실린 소설들도 모두 노골적으로 친일의식을 담았을 것이라고 간주하는 태도는 심각한 편견이며 현실과 괴리된 공론일 뿐이라고 반론을 제기할 것이다. 예컨대 『대한일보』에 연재된 소설은 <여영웅> 말고도 <灌頂醒醐錄>·<一捻紅>·<龍含玉>·<返魂香>·<斬魔劒> 등 다섯 편이 있는데,

한낱 미개의 섬이 이형경의 탁월한 지도력에 힘입어 각종 제도를 정비하고 부국강병을 실현한 문명국으로 탈바꿈한 것은, 주제의식과 관련하여 매우 중요하게 취급되어야 할 사안이다. 이형경은 중국으로 대표되는 황권 중심의 폐쇄적 국가와 대의민주제 하의 개방적 국가라는 전혀 다른 두 세계에서 최고의 능력을 펼치고 있지만, 후자의 것이 더욱 조명을 받아야 한다. 더 적극적이고 능동적인 역할이 요구되고, 동시에 지적인 측면에서의 능력 발휘가 필요한 부분은 해외에서의 능력 실현이라고 할 수 있기 때문이다. 여기에서 조선이 지향해야 할 방향은 후자라야 한다는 작가의 의도를 읽어낼 수 있다. 황권 중심의 관료주의를 탈피하여 대의민주제를 도입해야 하고, 내륙 편중에서 벗어나 해양 중시로 나아가야 하며, 폐쇄된 공간에서 머무는 대신 개방된 해외의 공간으로 진출해야 하고, 독자적으로 생존하려고 하기보다는 외교를 강화하여 공존하자는 생각이 그것이다. 이것이 바로 작가가 인식한 개화기의 시대정신일 것이다.

이 가운데 친일의식이 분명하게 투영된 것은 <일념홍> 한 편 뿐이다. 나머지는 시·공간적인 특징이나 인물구성 등에서 모두 고전소설과 전혀 차이가 없어서, 모두 친일적 성격을 지녔을 것이라는 생각을 여지없이 깨뜨리고 있다. 자료를 객관적으로 검토하고 우선적으로 그 텍스트 안에서 모든 것을 이해하고 설명하는 것이 학자로서의 올바른 태도이다. 선입견이 얼마나 객관적인 판단에 장애가 되는지는, 당연히 일본을 배타적으로 보았을 것이라고 생각되는 『독립신문』에서 다음과 같이 일본을 칭송하는 사설을 읽었을 때 갖게 될 당혹감을 배신감으로 느끼지 않기 위해서라도 절대 잊어서는 안 된다. '일본은 동양에 격은 나라로셔 상하가 합심ᄒ야 三十년 렬심으로 태셔 기화를 기단취장ᄒ야 강국이 되야 청국을 타파ᄒ야 대만을 졈령ᄒ고 각국과 됴약을 기뎡ᄒ야 금년브터는 외교내치ᄒᄂ 대쇼 권리를 구미 각국과 동등ᄒ게 되야 일호도 남의게 짜지지 안ᄂ 일등국이 되엿스니 그 영광과 명예ᄂ 흠탄ᄒ야 마지 못홀 일이로다.'『독립신문』 <논설>, 1899.1.17.

2) 과거와 현재의 대비, 정신적 개화

많은 고전소설들은 과거 중국의 특정 국가를 시·공간적 배경으로 삼고 있다. <여영웅>도 서두에서 가정연간(嘉靖年間 : 1522~1566)을 명시하고 있어서, 고전소설 일반의 서사 관습을 충실히 따르는 것처럼 보이기도 한다. 하지만 주인공 이형경이 해외로 진출한 다음에 벌어지는 사건들은 다분히 19세기의 역사에서나 볼 수 있을 만큼 파격적으로 변한다. 살마이도에 건국한 이형경은 '19세기 이전(86회분(1906.7.21))'에 세계 열방으로부터 이상서도국(李尙書島國)의 왕으로 인정을 받고 있으며, 1899년에 헤이그에서 실제로 열렸던 역사적 사건인 만국회의[30]에서 독립국으로 공인을 받는다(108회분(1906.8.16)). 이형경의 해외 활동은 19세기를 시간적 배경으로 한다는 말인데, 이 때문에 서두부와 결말부 사이에 최소한 300년 이상의 격차가 생기게 되었다. 이것은 서사가 갖추어야 할 중요 덕목인 시간적 질서의 통일성이라는 것을 깨뜨리는 치명적인 오류처럼 보이기도 한다.

표면상 이런 현상이 나타나게 된 원인은 대략 두어 가지로 추정해볼 수 있다. 첫째는 신문 연재소설의 작가들이 간혹 범하는 고유명사의 혼동이나 사건 전개의 궤도 이탈, 즉 작가의 단순 실수로 보는 것이다. 둘째는 작가가 노골화되고 있던 일본의 조선 침략 과정을 발 빠르게

---

30) 소설에는 상서도국의 주을나가 영국의 국무경과 사귀고, 그의 도움으로 만국회의소에 파견되어 상서도국의 독립을 공인 받도록 한 사건이 제시되고 있다. 만국회의는 유럽 열강의 경쟁적인 영토 확장으로 긴장감이 높아지자 러시아 황제 니콜라이 2세의 제안으로 1899년 네덜란드 헤이그에서 26개국이 참가한 가운데 처음으로 열렸는데, 여기에서는 전쟁이 아닌 법으로 국가 간의 분쟁을 해결하자고 합의하였다. 만국회의라는 역사적 사건은 19세기라는 특정한 시기를 제외하면 이야기될 수 없는 것이다. 소설이 후반부에 이르러 19세기 후반에서 20세기 초반의 국제정세를 배경으로 이용하고 있다는 점을 부인할 수는 없다.

반영한 결과로 보는 것이다. 그런데 첫 번째 경우처럼 작가의 부주의가 초래한 단순 실수라고 보는 관점은, 이어지는 사건들이 나름대로 질서 있게 배열된 것처럼 보여서 받아들이기 어렵다. 또 두 번째 경우처럼 치밀한 의도의 산물로 보기에는, 짧은 기간에 의식 변화의 폭이 너무나 크다는 점이 석연치 않다. 작가가 1회분에 썼던 시간적 배경을 까맣게 잊고 불과 100여 일만에 19세기에 일어났음직한 사건들을 취했다거나, 감춰져 있었던 일본의 조선 합병 의도가 갑자기 노출되었다거나, 작가가 뒤늦게 일본의 야욕을 감지하게 되었다거나 하는 생각들은, 어떤 식으로든 작가를 대단히 경시하는 것이라서 선뜻 수용하기 어렵다.

이런 문제가 단지 실수라거나 친일의식을 담기 위한 의도적 왜곡이라고 단정하기 어려운 것은, 구성상 16세기적인 사고 및 행동이 19세기적인 사고 및 행동과 극히 대조적이기 때문이다. 해외에서의 이형경의 행적은 분명 20세기 언저리를 배경으로 하고 있다. 그에 반해 동일한 시간대에 명나라에서 일어난 사건에는 여전히 전근대적인 사고가 깊이 작용하고 있다. 이형경의 해외 활동을 두고 중국에 대한 반역이니 토벌해야 한다고 변방의 군대를 징발하려는 행태나, 제후가 황권에 도전하여 벌이는 전쟁이 여전히 중요한 사건으로 나타나는 점은 그런 사례로 거론될 만하다. 이처럼 극단적인 의식과 사고의 격차가 노출된 것은 연재 과정에서 빚어진 단순한 실수나 혹은 작가의 의식분열이 초래한 결과가 아니라, 작자에 의해 만들어진 모종의 대립구도 안에서 이해되어야 마땅하다. 이런 서사 전개가 매우 의도적인 것이라고 해석할 수 있는 이유는 작가가 모두에서 보여준 문제의식 때문이다.

> 盖人之稟 大無男女之別 而奚獨有英雄之人於男子 而無於女子也 女子
> 之稟氣 尤有勝於男子 則必有英雄之人於女子焉 見此李炯卿一事 可以知女

中之英雄 支那風俗 唯以男子爲活動物 以女子爲幽閉物 棄却天生之無限英
雄 不可勝嘆也 腐俗流於韓國 以女子爲社會上一棄物 國之不能進進明 亦
可嘆也 於是一穗春燈揭李炯卿故事 一通表彰女中之有英雄也[31]

인용문에서 작가는 여성에 대한 차별을 거론하고 있는데, 이것으로
부터 여성에 대한 잘못된 인식을 핵심적인 문제로 삼을 것임을 예측할
수 있다. 그렇다면 연구자는 우선 제시된 모든 사건들이 그런 의도와
관련되어 있다고 보아야 한다. 당연히 시간의 문제도 그런 의도와 유관
하다고 간주해야 마땅하다. 작가는 먼저 오직 남자만을 살아 움직이는
존재라 여기고 여자를 깊숙한 곳에 감춰진 존재로 여겨 영웅을 버려두
는 중국의 풍속을 언급한다. 그리고 그런 풍속이 한국에까지 들어와 여
자를 사회적으로 버려진 존재라고 여김으로써 나라가 진보되고 개명한
데로 나아갈 수 없게 만드는 현실을 개탄한다. 이런 남녀평등의 의식을
분명하게 지닌 작자였다면, 중국으로부터 유래한 전근대적인 사고방식
의 문제를 강도 높게 비판하기 위해 전혀 낯선 길을 선택했다 하더라도
별로 이상할 것이 없다. 의도적으로 만들어진 시간의 왜곡은 그런 비판
을 위한 효과적인 방식 가운데 하나일 수도 있겠기 때문이다. 여성의
성공 여부는 여성이 지닌 본질적인 능력의 문제가 아니라 사회적인 제
약과 편견에 있음을 극단적으로 보여주기 위해서, 상대적으로 과거에
비해 여성에 대한 제약이 줄었던 19세기 언저리라는 시간과 해외라는
공간을 배경으로 삼았을 것이라는 뜻이다.

작가는 주인공이 여성으로서의 정체가 드러난 뒤 늑혼에 굴복하지
않고 심각한 갈등을 거쳐 해외로 나갈 수밖에 없게 만들었고, 작가가
경험한 사건들도 19세기에나 있음직한 것으로 채워 서사를 획기적으로

---

31) <여영웅>, 1회분(1906.4.5.)의 緖言.

비약시키고 있다. 여성에 대한 일반의 의식이 매우 심각한 문제라는 사실을 극단적으로 드러내려 했기 때문이다. 나는 작가가 여성에 대한 인식을 바꾸지 않고는 개화가 불가능하다는 점을 특별히 강조하기 위해 굳이 여장군소설인 <이형경전>을 개작했고, 또 여성을 둘러싼 원초적인 편견과 제약이 없다면 그들도 얼마든지 뛰어난 능력을 발휘할 수 있음을 증명하기 위해서 주인공이 해외에서 성공하는 모습을 그렸다고 생각한다.

작가는 여성에 대한 인식의 변화를 요구했고, 그 요구의 정당성을 주장하기 위해 여주인공이 그 어느 누구도 견줄 수 없는 위업을 이루어가는 과정을 서사화하였다. 그렇기 때문에 이형경과 관련된 사건들로부터 작가의 의도를 추론하는 것이 자연스러운 순서이다. 우선 이형경이 여성임을 밝혔을 때 이어지는 황제의 다음 말을 통하여 작가의 의도를 확인하기로 하자.

> 上이 慰之曰 卿은 眞個女英雄이로다 古之女媧ㅣ爲帝王ᄒᆞ고 近之木蘭이 爲將軍ᄒᆞ니 女子之鍾出이 出勝於男子者ㅣ盖亦多矣로ᄃᆡ 女子之教育이 近世無之ᄒᆞ야 不能作成人材ᄒᆞ야 爲公爲卿而輔弼邦國ᄒᆞ고 禁錮於閨門之內ᄒᆞ야 無是無非오 唯酒食是儀ᄒᆞ니 所以與男子로 無平等之權能者ᄂᆞᆫ 朕甚痛之ᄒᆞ노라 今卿以一女子로 入則爲八座之卿月ᄒᆞ고 出則爲萬軍之將星ᄒᆞ니 宇古宙今에 朕所初見이라 卿勿爲辭ᄒᆞ라 命陞殿上ᄒᆞ라 ᄒᆞ샤 玉手로 戴其冕ᄒᆞ시며 佩其印ᄒᆞ시고 命立於殿頭ᄒᆞ시고 乃命撤宴ᄒᆞ시고 特設大軍總督二府ᄒᆞ샤 令天下兵馬로 分屬於左右府ᄒᆞ고 令大司馬大將軍兵部尙書靑州候征西大元帥李炯卿으로 爲左府兵馬都總督ᄒᆞ시고 票騎將軍馬綽으로 爲副總督ᄒᆞ시고 韋太娘으로 爲總督府參謀長ᄒᆞ시고 洞庭月로 爲左將軍ᄒᆞ시고 ('巫山雲으로 爲右將君ᄒᆞ야'가 빠진 듯: 필자) 各賜印綬ᄒᆞ시며 特賜白旄黃鉞ᄒᆞ사 以專征伐케 ᄒᆞ시고 上이 親筆賜額於總督府ᄒᆞ사 曰 女英雄府라 ᄒᆞ시니[32)]

인용문에서 황제는 여자들에게 교육을 시키지 않아서 결국에는 규문
(閨門) 안에 갇힌 채 술과 음식만 만드는 존재로 떨어지고 남자들과 평
등의 권능(權能)이 없어지게 되었다고 애통해한다. 그리고는 마치 남녀
평등을 조정에서부터 제도적으로 뒷받침하겠다는 듯이, 지휘자와 참모
가 여성들만으로 이루어진 여영웅부(女英雄府)를 설치하는 파격적인 조
치를 취한다. 그리고 여성의 대표인 이형경은 좌부총독부의 수장이 되
어 대사마 대장군 병부상서 정서대원수(大司馬 大將軍 兵部尚書 征西大元
帥)란 관직을 받고 정벌에 관한 일을 전담케 된다. 이 벼슬은 병권을
쥐고 군사에 관한 모든 책임을 지는 막강한 것으로, 남주인공인 장소보
다도 더 높고 실질적인 것이다.33) 이것은 여성이 선두에 서는 남녀평등
의 상징적 실현을 의미하는 사건으로 받아들여져야 한다. 그런 점에서
황제의 조치는 작가의 의도와 정확하게 부합한다고 할 수 있다.

황제가 한탄한 것처럼, 여성들이 능력을 발휘할 기회를 잃고 가정에
금고된 채 술과 밥이나 차리는 존재가 되어버린 것은 교육을 받지 못했
기 때문이다. 남성과 평등한 교육을 받을 수 있다면 여성도 문무를 초월
하여 얼마든지 능력을 발휘할 수 있다. 작가는 바로 그런 생각을 이형경
을 비롯한 여러 여성들의 역할을 통해 증명해 보였다. 이로써 개화를
이루기 위한 관건은 결국 여성에 대한 교육이라는 사실이 분명하게 드
러나게 되었다. 이전의 많은 여장군소설들에서도 여성이 남성을 능가하
는 능력을 실현해 보이기는 하였다. 하지만 그것은 단지 개인적인 능력
의 우월성 차원에 머물렀을 뿐, 사회적인 부조리를 본격적으로 거론하

---

32) <여영웅>, 66회분(1906.6.26.).
33) 황제는 여성들에게 무관의 벼슬을 주어 여영웅부를 설치한 다음, 장소를 비롯한 남
    성 장군들에게도 벼슬을 주고 그들만으로 구성된 부서도 설치한다. 그런데 실질적인
    병권은 여성인 이형경이 갖게 된다.

는 거시적인 차원의 문제제기는 아니었다. 그런데 <여영웅>에서는 여성의 능력의 실현이 개인의 문제가 아닌 사회의 문제로 인식되고 있다. 이 소설이 과거의 여장군소설들에 비해서 획기적으로 발전한 점은, 이처럼 여성의 능력 실현 문제를 개인의 우수성이 아닌 사회적 환경 조건의 문제와 결부시켰다는 데에 있다.

<여영웅>에서는 모든 사건들이 여성과 관련된 문제의식으로부터 나왔고, 그 문제의식을 쟁점화하기 위해서 전개되고 있다고 해도 과언이 아니다. 그런 점에서 이형경이 부모의 반대를 무릅쓰고 굳이 남장을 한 채 공부를 하는 동기도 이전의 여장군소설들과는 근본적으로 다르다고 할 수 있다.34) 과거의 여장군소설들에서 여성들이 남장을 한 것이 남성 중심의 사회로 나아가기 위한 필요나 생존을 위해 불가피하게 취한 행동이었다면, 이 소설에서는 교육과 능력의 평가에서 남녀평등을 실현하기 위해 시작한 능동적이고 합목적적인 행위이기 때문이다. 그밖에 문무를 겸비하고 과거에 급제하는 것이나 남성을 능가하는 능력을 발휘하는 것, 그리고 분연히 해외로 유람을 떠나는 것과 새로운 문명국을 건설하는 것 등 핵심적인 사건은 모두 이런 동기와 불가분의 관계에 있다. 이형경은 최종적으로 새 나라의 왕으로 추대되는데, 근대 이전에 여성이 강요된 운명을 거부하고 새로운 운명을 개척한 예로는 이 이상

---

34) 많은 여장군소설들에서 여성이 남복을 입는 것은 부모와 사별했거나 그에 준하는 일을 당하고 난 뒤 살길을 찾아야 했기 때문이다. 그런데 <옥주호연>·<이학사전>·<방한림전>의 주인공들은 입신양명의 뜻을 품고 자발적으로 남복으로 갈아입는다. 장시광, 「여성영웅소설에 나타난 女化爲男의 의미」, 『한국고전여성문학연구』 2, 2001, 310면. <이학사전(이형경전)>의 주인공인 이형경은 부모가 살아 있을 때부터 남장을 고집하여 허락을 받고 있으며, 남자 아이처럼 부모의 손님들 옆에서 시중을 들기도 하여 다른 여장군소설들과는 일정한 차이를 보인다. 백운산인이 굳이 자발적으로 남장을 하고 수학하는 인물이 등장하는 <이학사전>을 골라 개작을 한 것도 이런 사실과 무관치 않을 것이다.

을 상상하기 어렵다.

하지만 독신으로 사는 것이 남성과 대등한 능력을 발휘하고 운명을 개척할 수 있는 필요충분조건이라고 할 수는 없다. 작가도 비록 이형경으로 하여금 불멸의 업적을 이루도록 만들어가긴 했지만, 혼사의 문제까지 완전히 초탈하기는 어려웠을 것이다. 소설이 비록 20세기 언저리를 배경으로 삼았다 하더라도, 이때는 결혼이 인간 본성의 문제이자 거부할 수 없는 대사라는 통념마저도 바뀌기에는 아직 이른 시점이기 때문이다. 남녀불문하고 평생을 독신으로 지내는 것은 금기시되었기 때문에, 작가는 이형경의 혼사 문제에 대해서 심각하게 고민했을 것이다.[35] 그래서 택한 방법이 일정 기간 동안만 결혼을 미루는 것이었고, 그것을 핍진하게 그려내고 또 당대의 시대정신까지 담기 위해서 주인공이 해외로 나가 문명국을 건설하게 만들었다. 그러나 결혼을 끝까지 미룰 수는 없었기에, 이형경과 장소가 전쟁을 계기로 재회를 하도록 만들고 마침내는 극적으로 화해를 하도록 하였다. 이런 과정을 거치면서 이형경은 장소를 다시 생각해보게 되었고, 혼사에 대한 거부의 태도가 누그러지게 되었다. 미완인 채 남아 있는 현전 내용에서는 혼사까지 나아가지 못하였지만, 서사 전개의 방향에서 볼 때 결국에는 혼사가 이루어질 것임에 틀림없다.

작가는 이런 서사 전개를 통해 여성도 남성과 평등하게 교육 받고 자유의지에 따라 운명을 개척해야 한다는 시대정신과 결혼이라는 인륜상의 문제를 적절히 타협하고자 하였고, 그것은 나름대로 성공을 거두었다고 생각한다. <여영웅>은 하늘에서 결정된 운명을 순순히 받아들

---

35) 작가의 선택 가운데 하나로 <방한림전>처럼 주인공이 끝까지 여성으로서의 정체를 감추고 동성 간에 결혼을 하게 만드는 방법도 생각할 수 있다. 하지만 당시는 통념상 아직 거부감 없이 이를 받아들일 수 있는 단계가 아니었다.

여야 한다고 보는 폐쇄적이고 수동적이며 운명론적인 세계관을 전복시키려는 의도에서 출발했고, 모든 사건은 그런 기획 아래에서 조직적으로 배열된 채 결말을 향해 진행되고 있다. 작가는 이러한 서사적 기획 속에서 안과 밖이라는 공간의 대조를 통해서는 물질적인 개화를 주장하였고, 과거와 현재라는 시간의 대비를 통해서는 정신적인 개화를 주장하였다. 그 핵심에 여성에 대한 인식 변화를 요구하는 의식이 자리 잡고 있는 것이다.

4. 맺음말

이상에서 나는 신문 연재소설인 <여영웅>을 중심으로, 조선조의 여장군소설들이 개화기에 어떻게 변화되고 있는지 고찰하였다. 그 결과 새로운 얼굴로 '신문'에 '연재'된 이 소설이 보여주는 서사 외적·내적 변화상은 당대의 시대정신을 매우 분명하게 담지하고 있다는 의미 있는 결론을 도출할 수 있었다.

처음에 주목한 점은 이 소설의 원천이 되는 과거의 여장군소설들에 비하여 인물과 사건의 구성이 매우 복잡다단해지고 있다는 사실이었다. 과거의 여장군소설들에서라면 남녀주인공 둘만이 서사에 우뚝하게 양각되고, 여주인공이 여성으로서의 정체성을 밝힌 다음 그 남주인공에게 출가하며 결말로 치닫는 것이 일반적인 구성이었다. 서사는 여주인공이 여성임을 자복하는 순간을 절정으로 하기 때문에, 그 이후의 문제는 급격히 혼사라는 블랙홀로 빨려 들어가고 서사의 흥미도 반감되게 마련이었다. 그러나 <여영웅>에서는 주인공이 혼인을 끝까지 거부하면서 이전 여장군소설들의 서사 패턴을 완전히 바꾸어 놓았다. 그 과정에서 수많은 인물과 사건이 새로 등장함으로써, 인물과 사건의 구성이 매우 복잡해졌다. 이런 구성을 관통하는 서사논리도 전통적인 여장군소설과는 확연히 다른 모습을 보여주었다. 인간세계의 현실적인 논리가 적강소설 일반을 지배하는 천상세계의 초월적인 논리를 압도하게 된 것이다. 이런 서사 전개는 과거의 여장군소설들에서는 익히 보지 못하던 것으로, 개화기라는 상황에서만 이해될 수 있는 특수한 국면이라고 할 수 있다.

이런 과정을 거쳐서 서사에 드러나는 시각의 길항작용과 작가가 거기에 투영한 시대정신을 고찰하고자 하였다. 처음으로 주목한 것은 중국이라는 고전소설의 관습적인 무대와 주인공이 그것을 깨뜨리고 나가서 활동하는 무대인 해외라는 공간의 대립구도였다. 세계의 중심이라는 중국은 고착된 사고와 행위가 당연시되는 폐쇄적이고 억압적인 공간이었고, 바다 밖의 미개한 섬은 오히려 유연한 사고와 행위가 보장되는 개방적이고 자유로운 공간이었다. 여주인공은 두 공간을 모두 경험하고 그 모든 곳에서 불멸의 위업을 이루지만, 해외에서 이룬 것이 더 탁월하고 찬란하였다. 그것은 단시간에 문명국을 만들고 부국강병을 이룩하였으며 왕으로 추대되는 결과로 집약된다. 해외의 선진 문물을 받아들여 문명국가를 만드는 것은 물질적인 측면에서 이루어야 할 개화의 모습이다. 과거라는 시간과 현재라는 시간이 기반하는 사고도 대립구도를 형성하고 있는데, 여기에서는 여성에 대한 인식이 핵심적인 문제로 제기되었다. 과거는 여성이 교육을 받지 못하는 것을 당연시하고 불운한 신세를 운명으로 받아들이는(sein) 시대였지만, 미래의 시작으로서의 현재는 여성이 남성과 평등하게 교육을 받고 그것을 운명 개척의 토대로 삼을 수 있는(sollen) 시대여야만 했다. 남녀평등의 교육이 이루어지고 여성의 힘을 빌어서 부국강병을 성취하는 것은 정신적인 측면에서 이루어야 할 개화의 모습이다. <여영웅>은 이처럼 물질적·정신적 영역의 두 측면에서 균형을 이루어야 하는 개화를 시대정신으로 주창하고 있는 소설인 것이다.

나는 <여영웅>의 개화기적 변화 양상을 서사의 표층과 심층의 측면에서 고찰하였는데, 아직은 미흡한 점이 있다. 그것은 아직 작가가 누군지 확인하지 못했다는 점인데, 작가가 맹목적 친일분자라고 한다면 내가 전개한 논지가 완전히 뒤집힐 수도 있기 때문이다. 하지만 대충은 짐작하는 바가 있고, 그는 다행하게도 맹목적인 친일분자는 아니었다는 점에서 결론이 완전히 뒤집힐 것 같은 불안감은 없다. 이런 내 논지에 정당성을 부여하기 위해서라도, <여영웅>에 대한 후속 논문은 반드시 백운산인의 정체를 밝히는 것이 되어야 할 듯하다.

이 글은 『한국고전여성문학연구』 22집(한국고전여성문학회, 2011.6.)에 수록한 논문을 수정하여 재수록한 것이다.

〈연의각〉 장면·재담·서술의 독서 효과

-1910년대 통속소설 독서경험 구성을 위한 한 사례로서

주형예

1. 머리말

　〈흥부전〉은 설화·동화·판소리·소설·드라마 등 다양한 형식으로 향유되어 온 작품이다.[1] 그 이본 중 하나인 〈연의각〉은 심정순이 구술한 것을 이해조가 산정(刪定)하여 1912년 4월 29일부터 6월 7일까지『매일신보』1면에 연재하였던 텍스트이다. 이후 1913년에 출판되었고 여러 번 재판되면서 읽혔다. 그러므로 〈연의각〉은 근대 초기 매체·출판 환경의 변모를 대변하는 텍스트 중 하나라고 할 수 있다. 경판본과 모티프 구성의 유사성을 보이지만 어느 정도 이해조의 개입이 있었던 것으로 보인다. 하지만 그 산정의 범위는 명확하게 단정짓기 어렵다.[2] 또한 구술자 심정순은 20세기 초 서울을 중심으로 활동하던 중

---

1) 〈흥부전〉 연구는 판소리와 소설에 걸쳐있는 텍스트 형성 과정의 특수성에 관련된 연구들이 많다. 또한 주제 연구로 포섭될 수 있는 인물과 구성에 대한 접근도 많다. 〈흥부전〉 연구의 대략적 경향은 유광수, 「흥부전 연구의 검토와 전망」,『우리어문연구』23, 우리어문학회, 2004, 343~371면. 정충권,『흥부전연구』, 월인, 2003, 1~357면에서 볼 수 있다.

2) 송혜진은 「매일신보」에 연재된 심정순 구술 텍스트를 창본으로 보았다.(「심정순 창

고제 창자였고,[3] 『매일신보』는 독자할인권을 발행하는 방법으로 연극 공연에 협조하면서 연재소설의 인기를 높이려 했다[4]는 등 여러 정황은 연재소설이었던 <연의각>이 공연 무대나 음반 판매 전략과 연동하였으리라 암시한다. 이는 <연의각>이 전대 서울을 중심으로 한 문화 토양에서 생산된 텍스트이면서 새로운 출판·매체 환경과 관련되어 있음을 보여준다.

또한 <연의각>은 20세기 초 판소리 공연 중 하나로 익명의 대중을 대상으로 하는 무대 환경을 만났고, 신문 연재소설과 이를 바탕으로 한 활판본 소설이라는 새로운 매체 형식과 결합된 <흥부전> 이본 중 하나이다. 이처럼 한 작품을 여러 매체로 소비하는 문화 향유의 경향을 반영하고 있었다. 그러므로 <연의각>을 읽는다는 것은 특정 작가의 현대소설을 읽는 것과는 다른 문화적 경험으로 작용한다. 소설 읽기의 독특한

심청가의 장단구성 특징」, 『정신문화연구』 34, 정신문화연구원, 1988, 209~320면.) 최진형도 「<흥부전>의 傳承 樣相 :出版文化와의 관련을 중심으로」(『어문연구』 34, 한국어문교육연구회, 2006, 205~228면.)에서 소리꾼의 구술이 더 많다는 의견을 폈다. '구쓰'나 '상해' 등의 어휘, 매삯을 받았어야 하는지 후회하는 홍보의 심리 정도가 <연의각>만의 독특한 설정이라고 보았다. 몇 가지 대목에서 문맥이 어긋나는 당착은 구술 연행의 특징이므로 이해조 산정이 미미했으리라고 의견을 내고 있다. 정충권은 「<연의각>의 계통과 성격」(『개신어문연구』 24, 개신어문학회, 2006, 69~87면)에서 몇몇 장면을 근거로 <연의각>에서 놀보의 부정적 면모를 강화한 것은 창본 <흥보가>와는 다른 방향이라고 하였다. 그와 더불어 성적 표현을 완화시키거나 인물의 도덕적 성격을 강화하는 것 또한 이해조 산정의 한 방향이라고 생각된다.(서두 부분의 윤리적 설교(1), 매품파는 것을 반대하는 홍부 아내(22~25), 장비 비역 장면의 대체(88)도 애초에 이해조가 지향했던 도덕적 윤리 지향의 산정이라는 취지에 맞는 부분이다. 서사적 논리에서 어긋나는 서술은 전면적 개작이 아니라 도덕적 성격만 강화시키는 의도적 수정이었기 때문임을 알 수 있다.)

3) 송혜진, 앞의 논문, 이보형, 「심정순의 생애와 예술」, 『한국음악사학보』 18, 한국음악사학회, 1997, 9~16면. 배연형, 「심정순일가의 음반」, 『한국음악사학보』 28, 한국음악사학회, 2002, 5~28면.

4) 권보드래, 『1910년대, 풍문의 시대를 읽다』, 동국대학교출판부, 2008, 267면.

문화적 맥락이 있었기 때문에 〈연의각〉 읽기의 목적과 효과에 대한
별도의 논의가 필요하다.5) 이와 같이 여러 매체에 걸쳐 있었던 텍스트
에 대한 분석 결과는 당대 시정에 형성되어 있었던 공통 심성과 재현
(representation)에 대한 한 사례를 보여줄 것이다.

〈흥부전〉은 재담의 성격이 강하다. 「옹고집전」·「게우사」·「골생원
전」 등 재담의 성격이 강한 텍스트가 연행에서 패트론의 선택을 받지
못했던 것처럼, 〈흥부전〉도 19세기 말 여타 레파토리에 비해 연행에서
밀려나는 경향이 있었다.6) 이런 〈흥부전〉이 독서물로 정착하는데 결
정적으로 기여한 것이 이해조 산정의 〈연의각〉이다. 물론 〈연의각〉에
나타나는 특징은 대부분 〈연의각〉 고유의 것이 아니라 〈흥부전〉 일반
에 해당하는 것이다. 그러나 〈연의각〉이 출판 텍스트로서 시정에서 가
졌던 영향력이나 이후 〈흥부전〉 출판에 미친 영향을 생각한다면7) 〈연

---

5) 현재도 대중문화의 장에서 영화/연극/소설/뮤지컬 등이 하나의 콘텐츠로 연계되어
있는 경우가 있다. 『연의각』 역시 그러한 상품의 초기 형태라고 할 수 있다.

6) 이보형은 「판소리 공연문화의 변동이 판소리에 끼친 영향」(『한국학연구』 7, 고려대
한국학연구소, 1995, 261~319면.)에서 흥보가를 재담소리라고 하여 가르지지 않았던
창자들의 일화를 소개하고 있다. 그리고 확실한 더늠을 가지고 있을 때 공연으로 향유
될 가능성이 더 커지는 것은 사실이다. (김종철, 「실전 판소리의 종합적 연구 - 판소리
사의 전개와 관련하여 -」, 『판소리연구』 3, 판소리학회, 1993, 87~153면 참조.) 그러나
20세기 초의 상황은 단순하지 않다. 또한 비용을 지출하는 판소리 후원자의 미감과
소설 향유층의 미감은 동일하지 않은 듯하다. 극장의 대중들은 좌상객들과 동일하지
않으며, 신문매체와 활판매체의 등장은 전대와 차별화를 만들어내는 조건이 된다. 향
유층의 성격이 시차를 두고 달라진다는 것, 각 매체가 서로 공조하고 있다는 것이
〈연의각〉을 읽는 경험 이면의 역동성을 구성한다.

7) 출판된다는 것은 텍스트의 고정과 대량 생산을 의미한다. 그러므로 이전 필사시기와
는 비교도 되지 않는 영향력을 갖게 되는 것이다. 서구에서도 근대 초기 서적 매체가
의사소통의 역사에서 지니는 혁신적 중요성에 주목하고 있다. 베르너파울슈티히, 『근
대초기 매체의 역사』, 지식의 풍경, 2007, 385~438면 참조. 〈연의각〉은 이후 활판본
에도 중요한 전거가 되었다(정충권, 2006)

의각>에 집중한 논의 또한 필요한 작업이다.

<연의각>은 시각적 읽기의 텍스트일 뿐만 아니라 노래나 재담 등 실제 연행 요소를 가지고 있고, 리듬 있는 언어로서 다양한 감각을 환기시키는 텍스트이므로 실제 낭독에 적합하다. 이는 당대 독자들의 읽기 방식과 조응하는 부분이었다.[8] 텍스트를 구성하는 서술적 특징들이 독자들의 읽기 방식을 따르며, 일면으로는 읽기를 구조화하고 있음을 생각할 때, 서술과 구성 언어, 이야기 패턴에 대한 분석은 독자들을 구체화하는 필수 조건이 된다. 시정에 팔리는 소설로서 <연의각>은 독자들의 성향과 조율되면서 형성되었다. 또한 통속 소설 독자들이 전대부터 형성되면서 변화되었던 것처럼 <연의각>도 전대 텍스트를 수용하면서 변화를 추구하였다. 그러므로 이 텍스트는 전대의 텍스트를 가져와서 내놓은 상품이 새로이 획득한 20세기 초 문화의 맥락과 독자를 설명하는 전거가 될 수 있다.

논의를 위해 이 글에서는 장면과 서술, 재담 언어를 분석단위로 하여 독서 경험을 분석하였다. 장면화된 것과 서술자의 직접 발언으로 나타나는 것, 재담으로 구성된 부분이 독서 텍스트로서 어떤 독서 경험을 이끌어낼 수 있는지 분석하여 구체적 독자에 다가설 수 있는 바탕을 마련하고자 한다.

분석을 위해 사건을 공유하면서 시간의 흐름과 공간의 동질성을 노

---

8) 이 시기는 묵독의 방식과 낭독의 방식이 혼용되었던 시기이다. 한글소설에 대해서는 낭독 방식의 읽기가 일반적인 형태였을 것으로 보인다. 낭독은 '듣기' 청각성이 중요한 이미지일 수밖에 없다. 서사의 단순성과 리듬, 청각적 이미지 구성이 강화된 <연의각> 텍스트는 이 시기 이런 읽기와 조응되는 한글 소설 독자군이 있었음을 방증한다. 초보적 읽기가 음성학적 일대일 대응과정임에 비해 능숙한 읽기는 시각적 의미 구성 과정이다. 그러므로 한글 소설 독자들이 아직 의미를 추론하는 읽기에 이르지 못했던 것도 소리를 강조한 읽기 텍스트를 만들어낸 바탕이 된다. (스티븐 로저 피셔, 『읽기의 역사』, 지영사, 2011, 16~17면 참조.)

정하는 장면을 25개 단위로 나누었고, 서술자가 발언하는 부분을 별도로 정리하였다. 또한 두 기준을 가로지르는 재담·연행적 요소로 구성된 23개 단위에 대한 어휘와 문장 분석으로 독서효과를 논하였다.[9]

2. 감정 경험의 방식: 장면 구성의 정서 편향적 독서 유도

이 부분 논의를 위해 〈연의각〉을 사건·시간·공간의 동일성을 단위로 장면 번호를 부여하여 분석하였다.[10]

1) 연민, 공감, 슬픔

독서에서 연민과 공감, 슬픔의 감정은 흥보네의 가난과 놀보에게 일방적으로 당하는 흥보네, 설움 타령 등의 장면에서 발생한다. 특정 인물

---

9) 분석 텍스트는 신구서림본 〈연의각〉(1913)이다. 국립중앙도서관 소장본 필름 출력본을 활용하였다.

10) 1. (2~8) 놀부, 흥보네를 내쫓고 재산을 독차지하다. 2. (8) 흥보네 묘막 살이하다. 3. (8~9) 흥보, 조상묘에 분향하다. 4. (9~10) 흥보 집짓기 재담 5. (10~11) 흥보네 가난한 살림살이 6. (11~19) 흥보, 형의 집에 밥 빌러 가다. 7. (19~22) 흥보가 형에게 매맞고 돌아오다. 8. (22~26) 흥보, 환곡을 얻으러 가다. 9. (26~28) 흥보와 흥보처의 매품논쟁. 10. (28~31) 매품팔이 11. (31~33) 흥보처 기도, 흥보, 허탕치고 돌아오다. 12. (33~34) 흥보, 김부자 조카와 대화하다. 13. (34~35) 흥보, 짚신 장사 준비하다. 14. (36~42) 흥보네 가난. 15. (42~44) 흥보, 제비 다리 고쳐주다. 16. (44~46) 제비 노정기 포함 제비의 발언. 17. (46~49) 제비 귀환. 18. (49) 흥보네 가난. 19. (49~59) 흥보박. 20. (59~67) 놀보 질투. 21. (67~69) 화초장. 22. (70~74) 놀보, 제비를 몰다. 23. (75~77) 제비 귀환과 보수. 24. (77~78) 놀보박 심기. 25. (78~99) 놀보박 타기 위의 장면은 각기 가난(1, 2, 5, 6, 8, 9, 10, 13, 14, 18), 인물의 슬픔(1, 5, 6, 7, 14, 18), 악행(1, 6, 20, 21, 22) 부의 획득(19, 20), 징벌(25), 선행(3, 7, 12) 등과 재담/연행을 재현한다. 각 장면에는 몇 가지 의미 지향이 공존하기도 한다.

의 내면을 이해하거나 동일시할 때 발생하는 감정이다. 장면 서술에서 가난, 설움을 형상화하더라도 서술 태도의 차이에 따라 감정 효과는 달라진다.

> ① 흥보가 발치 지게 걸머지고 마누라 압흘 셰이 비갓치 오는 눈물 옷깃시 다 젓는다 어린 것을 압셰우고 한번 거러 도라보고 두 번 거러 도라보되(8)
> ② 흥보 너외 어린 것을 압세우고 한 모롱이 돌아 쉬고 두 모롱이 돌아 쉬어 긔운은 졈졈 업고 갈 길은 십리로다(8)

①에서는 '눈물' '어린 것을 압셰우고' '도라보고' 등 인물의 내면과 어휘, 이미지 등이 이 장면을 독자들이 연민할 대상으로 재현한다. ②에서는 서술자가 인물과 결합되는 '긔운은 졈졈 업고 갈 길은 십리로다'는 독자에게 인물의 내면에 동일시하도록 하는 서정적 효과를 거둔다. 곧 감정 효과는 어휘 선택과 행동에 대한 묘사적 서술, 인물의 내면 서술 등에 기인한다. 또한 직접적으로 설움을 표방한 장면에서는 인물이 자기 설움으로 선도하기 때문에 독자들은 슬픔의 감정으로 이입될 수 있다.(①)그러나 슬픔도 서술의 성향에 따라 질적 수위 조절이 이루어진다.

> ① 불측흔 도척이도 이에셔는 셩인이잇다 이고 다리야 이고 허리야 비가 곱흐 죽게 된 놈을 이대지 칠 수가 잇나 이고 이고 니 팔ᄌ야(19)
> ② 지빗무의 형졔 되야 금옥갓치 이즁ᄌ를 헐벗기고 굼쥬리니....낙양옥중 고싱ᄒ든 슉낭ᄌ에 설음인들 이 고싱에 더흘소냐(41)

①과 ②를 비교할 때 인물의 육체적 고통을 드러내는 ①의 서술과 달리 상투적 고사들만으로 인용되는 ②는 공유하는 공통 교양의 환기

효과가 슬픔의 감정보다 우선했으리라 생각된다. 묘사적 서술에서도 흥보의 처지에 대한 연민을 자극한다.

> ① 여러히 비인 집에 풍우가 거치럿고 고목만 의연한더 벼록 빈더 등의 피를 빨아먹고 것친 뜰에 모긔는 비가족을 침질ᄒ고 밧갓히 세우가 오면 방안에 큰 비 오고 세우가 오면 방안에 큰 비 오고 엄동더흔 도라오니 살쏫듯시 부는 바람 오쟝이 져려오고 흐로 이틀 굴머노니 어린 자식....앞살 터진 헌 망건에 물네쥴 당쥴 달아 압홀 눌너 흠벅 쓰고 모자 빠진 헌 갓 양티 실로 층층 얼거 미 쥭영 갓큰 달아쓰고 엄동더흔 찬바람에 고의적삼 썰처 입고...(10~12)
>
> ② 흥보쳐는 콩이삭 벼이삭 쥬으러 갓다가 소니기 슴형제 비에 쪽기여 드러와 헌 누더기가 쪼루루 져져 입을 것슨 업고 집안 드러 스스러온 스룸이 업슨잇가 북덧이 속에 가 어린 즈식 품고 드러누어 즈랴 ᄒ니 덥풀 것 업셔 업듸려 즈즈 ᄒ니 톄격이 덜 되엿고 반듯시 눕쟈니 남이 붓쓰러 질마ᄭ지 겹쳐 누은 듯시 안져 잠을 자되 찬비를 맞고 뜻뜻흔 방에 누어 노으니 눈이 소로로 감기며 잠이 드난더(37)

①에서는 먹을 것이 없고 최소한의 주기도 확보하지 못한 흥보가 놀보를 찾아가는 장면의 남루한 차림이 그려져 있다. '오쟝이 져려오고' '엄동더흔 찬바람에 고의적삼 썰처 입고' 등 육체화된 감각으로 서술하여 독자들의 공감을 강화시키고 있다. 이 텍스트에서 슬픔과 연민의 감정은 대개 의식주의 결핍을 조건으로 한다. 놀보가 재산을 독점하고 내쫓을 때에도 흥보의 처지는 가난한 살림살이로 대변된다(6). ②에서는 서술자가 직접적 감정을 시연하여 유도하는 어휘가 배제되어 있는데 시각적 이미지만으로 독자들에게 슬픔의 장면으로 제시할 수 있다는 언어적 가능성을 보여준 것이다. 행위에만 주목할 때 우스꽝스러울 수 있으나 최소한 문화적 존재로서 자신을 드러낼 수 없는 궁핍함, 차가움

과 따뜻함 등을 드러내는 감각어와 인물의 수치스러운 내면, 이 장면을 초점화하는 서술 의도 등이 한 장면에 작용하고 있어 그로테스크한 효과에 이르렀다. 행동 묘사에 유용한 재담적 수법[11]과 서술자와 인물의 내면이 교차되어 표현되는 서술기법으로 이른 복합적 이미지화라고 할 수 있다.[12]

이와 같은 묘사적 서술이 슬픔과 연민의 감정이 되는 것은 서술자의 시선이 흥보 편에 있기 때문에 가능하다. 독자가 흥보 편에서 감정을 느끼도록 하기 위해서 흥보네는 피해자-약자/선인/슬픔의 주체/빈자 등으로 다양하게 그려졌다.

> ① 제 형에게 엇지 압계를 밧엇던지 형의 목소리만 ᄂ도 위션 오장이 셔늘ᄒ고 ᄉ지를 벌벌 썰며(3)
> ② ᄌ긔남편을 보니 류혈이 낭ᄌᄒ야 얼골이 모다 붓고 왼몸을 만져보니 셩ᄒ 더가 바이 업스니 흥보 안해 기가 막혀 쌍에 펄셕 쥬져안져 이고 이고 이게 웬일인가(20)
> ③ 여보 마누라 슬허말소 간난 구졔는 나라에셔도 못ᄒ다니 형님인들 엇지ᄒ시나(21)

피해자의 모습은 ①과 같이 반복된 폭압으로 정신적 피해를 입고, ②

---

11) 주형예, 「19세기 판소리계 소설의 서술기법 연구」, 연세대학교 박사학위논문, 2008, 4장 참조.

12) 이런 곳에서 다성성이 유발되는 것이다. 김현주는 「판소리의 다성성, 그 문체적 성격과 예술사회학적 배경」, 『판소리연구』 13, 2002, 127~149면에서 서술자의 목소리에 인물의 목소리가 침투하는 현상(130)으로 논의하였다. 좀 더 정확하게 말하자면 서술자가 인물의 내면에 이입되는 현상으로 보인다. 그런 효과를 통해 독자는 서술자의 감정 흐름을 따라 인물에 동일시하여 독서하게 되는 것이기 때문이다. 여러 입장이 교체되면서 그 경계에서 미적 효과로서 기괴함(그로테스크)에 이르게 된다.

와 같이 실제 구타당하고 폭언을 듣고 재산을 몰수당하고 내쫓기는 육체·재산 상의 피해를 입은 모습으로 나타난다. 그러한 상황에서도 ③과 같은 태도를 보임으로써 홍보의 도덕적 정당성을 확보해 준다. 홍보와 홍보처의 도덕적 정당성은 그들을 '착한 사람'으로 만드는 데 결정적으로 기여하며 그것으로 독자들은 맘 놓고 감정이입을 할 수 있게 된다. 그런 의미에서 다음 대목은 주의가 필요하다.

> 여보시오 으히 아버지 미품 말이 웬말이오 남의죄를 웃지 알아 디신이라니 웬말이오 살인죄에 범힛는지 강도죄에 범힛는지 긔언취지 범힛는지 남에 죄를 엇지 알고 만일 영문에 올나갓다 여러날 굴문 몸에 영문 곤장 맛게되면 멋안마져 죽을테니 어서 그길 파의호오(27)

홍보는 처의 말을 듣고는 그 말을 따르겠다고 속이고 매품 팔러 갔다가 허탕치고 돌아온다. 그런데 홍보처는 '가군이 감영에 간후에(31)' '정화수' 떠 놓고 기도한다. 이처럼 〈연의각〉은 서술적 불일치를 감수하면서도 홍보처의 부덕(婦德)을 강조하였다. 여성에 대해 부덕을 강조하는 것은 전대 소설과 달라진 바 없는 부분이다. 그렇시만 구태여 이 부분을 삽입하여 뒷부분과 불일치를 일으키는 것은 이 텍스트에 나타난 분명한 의지였다. 이 외에 홍보네가 가지고 있는 '정직한 돈'에 대한 생각과 '조상 섬기기'도[13] 이들의 도덕성과 관련된다. 곧 당시 이 텍스트에서는

---

13) (26) 필경 이 길짜에셔 엇어 왓슬 터이니 일은 스름이 원통치 안이겟소 여보 으히 아버지 돈 엇던 길짜에 밧비 갓타노코 돈임즈가 와셔보고 곰압다 말을 흐고 한량을 쥬던지 돈량을 쥬던지 그는 정당흘 일이니 어서 가셔 츠져쥬오/ (34) 마젓스면 히롭지 아인 슈가 잇슬터인데 못맛겟다네/이 두 대목은 돈에 대한 정직성을 덕목화하고 있음을 알 수 있다. (8)착흐올스 홍보마음 쥬머니 만져보니 쓰던 돈푼 들엇거늘 쥬막집에 바비가셔 술흔잔 바다들고 묘막으로 도라와셔 여보 마누라 우리 산소에 셩모가옵시다 / 홍보의 선함은 조상을 잘 섬긴다는 점에서도 찾을 수 있다. 당시 시정 도덕적 상식에

가장 강조하고 싶었던 '우애'의 유무에 따른 선악의 문제뿐만 아니라, 돈에 대한 정직성, 조상에 대한 예법, 부덕 등으로 흥보네의 도덕적 정당화를 시도하였다. 물론 이것은 당대 시정에서 통용되었던 도덕성이었다.14) 그러나 도덕적 정당화는 전체 약자/피해자 묘사에 비해 장면화 경향이 약하며 서술자의 직접적 진술로 나타난다.15)

이러한 독서 과정에서 독자들은 묘사와 편향된 서술 시선, 도덕적 정당화, 감정 어휘와 육체적 감각 표현으로 내면과 고통이 드러나는 흥보네 편에 감정을 이입하여 설움과 슬픔과 연민의 감정을 경험하게 된다.

2) 공분(公憤)

위에서 설명했듯이 흥보 편에서 사건을 경험하도록 장면이 서술되어 있기 때문에 놀보의 악행은 공분의 대상이 된다. 놀보의 악행16)은 재담으로도 나열되어 있지만 상속의 문제, 동생에 대한 폭언과 폭행, 동생의 부(富)에 대한 질투, 아내에 대한 폭행, 부에 대한 탐욕 등으로 장면화되

는 '돈에 대한 정직성' '조상 잘 모시기' 등도 포함한다.

14) 1920년대 시정의 윤리의식에 대해 연구한 다음의 연구와도 일치되는 결과이다. 근대화가 진행되고 있다 하여도 사람들의 심성이 모두 근대 자본주의적으로 재설정되는 것은 아니다. 이질적 가치관에 토대를 두고 있는 행동방식이 교차하는 공간이 바로 시정이다. 홍성찬, 「한말 일제초 서울 종로상인(鐘路商人)의 일상활동 -포목상(布木商) 김태희 가(家)의 사례를 중심으로-」, 『동방학지』 133, 2006, 115~173면.

15) 4장에서 다룰 것이다.

16) 놀보의 악행이 강화되어 드러나는 것이 <연의각>의 특징으로 보이기도 한다.(정충권, 2006) 그것은 도덕적 선명성을 드러내기 위한 개작이기도 하지만 한편으로는 선/악의 명료한 대비와 악에 대한 정당한 징벌을 통해 '가학'의 죄책감을 덜면서 정의감 어린 가학을 맛보려는 통속소설 독자들의 성향이기도 하다. 군담소설이나 장편소설에서도 악한 자에 대해 통쾌한 복수를 행하는 서사는 빠지지 않는다. 그것이 당대 통속소설 독서인들의 취향이었다. 물론 현재 많은 드라마나 대중소설에서도 유효한 부분이다.

어 나타난다.

> ① 져만 나에 아모 집 드난을 ㅎ던지 ㅎ다 못ㅎ야 슐장스를 ㅎ야 먹드
> 리도 무슨 짓을 못ㅎ여 나다려 통촉ㅎ라니 엇지라고 웅(6)
> ② 이놈 셰간을 엇어가지고 잘산다 ㅎ니 바람부는 날 불을 노코 오리
> 라(59)
> ③ 이놈이 게집을 쳐도 남 류 달으레 쥬먹을 모나게 취고 겨들랑 밋
> 골비쎄 위를 들입다 뷔뷔니 게집이 쏭물을 여러번 토ㅎ엿것다(68)

놀보의 악행은 계산적이라기보다 본능적이다. 〈연의각〉 놀보는 경
제인으로 설명되었던 이본[17]과는 상당히 다르게 질투, 탐욕, 폭력 등
감정적 본능적 영역에 놓여있다. 제비 다리 부러뜨리고 박의 재앙이 끝
까지 다 드러나도록 박을 타는 어리석음이 인간의 본원적 탐욕에 대한
유비적(類比的) 경고로 보인다. 현실적 인간으로 구체화되기보다는 인
간의 제어되지 않는 탐욕과 이기적 본능이 육화(肉化)되어 나타난 우화
적 성격 때문에 시대를 넘어 보편적 공감을 일으킬 수 있었다.[18]
그런데 서사의 주축을 이루는 흥보와 놀보의 관계에서 놀보의 악행
이 서술자의 의식적 언명으로 '우애의 상실'로 설명되지만 실제 서사적

---

17) 신재효본을 비롯한 창본에서는 놀보의 악행이 경판본 계통보다 약화되어 있다. 때로
는 놀보 박 장면이 사라지기도 한다. 그에 부담을 느끼는 향유층을 반영하는 현상으로
보인다. 그러나 소설 독자들이 이 부분을 선호했다는 것은 독자가 텍스트에 관여하는
힘을 보여준다.

18) 이 작품이 통속소설로서 당대의 감정구조를 충실히 반영하는 면이 있지만 한편으로
는 〈흥부전〉 서사의 오랜 생명력도 조망이 되어야 할 것이다. 출판되고 교육되었기
때문에 고전이 된 것이지만, 그것을 고전으로 선택하게 된 이유가 전적으로 물질적
제도적 조건에만 있다고 하기는 어려울 것이다. 물론 고전으로서의 수용방식에 머물
지 말고 지금껏 변하지 않고 있는 통속적 감정구조와 도덕적 양극화 사고에 대한 비판
적 접근도 이루어져야 한다.

장면화에서는 재산을 독점한 놀보가 홍보를 가난으로 내몬 것으로 나타났다.[19] 놀보가 구축한 재산이 아니라 상속재산이라는 것도 분명하게 드러난다. 그렇기 때문에 징벌 역시 재산을 몰수하고 육체적으로 징치하는 것으로 나타났다. 서사적으로 재산 독점의 행위가 형제 관계에서 야박함, 우애 상실로 설명되면서 악행으로 규정되는데 이것은 빼앗긴 재산에 대한 분노를 윤리적 분노로 전유하는 독서를 이끄는 기제가 된다. 의식주의 결핍과 슬픔과 가난을 반복적으로 환기시키면서 그에 대한 공적(公敵)을 놀보로 천명하는 장면화는 경제적 현실을 윤리적 문제로 치환하려는 시각이 담겨 있다. 그러나 윤리적 치환은 장면화보다는 서술자의 직접적 언명인 경우가 많아[20] 장면화의 정서적 효과는 궁핍의 형상에 대한 연민·슬픔과 더 긴밀히 연결되어 있다.

3) 대리충족, 쾌감

대리충족은 '박' 장면에서 주로 드러난다. '박' 장면은 홍보 박 이야기가 42~59면, 놀보 박 이야기가 70~99면에 해당되어 전체 분량의 반을 넘는다.[21] 이것은 독자들이 '박' 장면에 대해 가지고 있었던 카타르시스를 반영하는 것이기도 하다. 홍보박과 놀보박은 다른 기능을 가지고 있다. 홍보박은 부를 대리충족하고 놀보박은 도덕적 우위에서 징벌하는 쾌감을 맛보게 한다. 홍보박은 홍보의 결핍에 대한 보상욕구를 동반하

---

19) 신재효본과의 뚜렷한 차이가 여기에 있다. <(4a) 이 세간은 나 혼즈 작만ᄒ니 네게는 부당이라 (5a) 나는 셩일만 시기고 즈근 아덜 사랑옵드 글공부 시기더니>와 같이 신재효본의 놀보에게는 악행의 이유가 있다.

20) 이에 대해서는 4장에서 설명할 것이다.

21) <홍부전> 박장면은 신재효 <박타령>에서 65%이고, 박봉술 창본에서 41%이며, 경판본 <홍부전>에서는 64%이다. (김종철, 「홍부와 놀부 박의 화두─행복과 욕망, 그리고 선악(善惡)─」, 『선청어문』 36, 서울대학교국어교육과, 2008, 45~67면.)

고 있는 형상이라면 놀보박은 징벌하는 자의 우월감과 복수의 통쾌함
을 제공하는 형상이다. 이것이 통속소설에서 독자들이 가장 탐닉하는
부분이 됨은 물론이다. 물질적 풍요의 대리 경험과 정당화된 보복이 주
는 쾌감으로 독서는 완결된다.

  흥보박[22)]에서 나오는 것이 의식주에 한정되어 있다는 것은 부에 대
한 사회적 상상력의 한계를 보여준다. 좀 더 일반화한다면 <흥부전>
독서인의 상상력을 대변하며 한글 통속 소설 독자들의 상상력을 보여
주는 것이다. 놀보가 가진 재화를 양적으로 확대시켜 흥보에게 옮긴 것
이상의 다른 부(富)에 대한 상상이 불가능했다는 것은 당시 경제 규모에
서 꿈꿀 수 있는 최상의 것은 의식주의 해결이었음을 알 수 있다.

  놀부의 악행 장면에 대한 서술과 징벌은 독자에게 또 다른 쾌감의
독서 경험을 제공한다.

    ① 놀보놈 몹쓸 마음 흥보에 고초상투 오른손에 감아쥐고 한 손에는
  몽치 쥐고 네 이놈 흥보놈아 잘살기도 니 복이오 못살기도 네 팔자지 닌들
  엇지ᄒ랴ᄒ고 지금 와셔 조르ᄂᆞᆫ냐 쌀이 만이 잇다 ᄒ들 널 주자고 셤쌀
  헐며 벼가 여간 잇다 ᄒ들 너 주ᄌᆞ고 노적 헐며 콩셤이나 잇다 ᄒ들 너
  주자고 소 굼기며 찬밥술이 잇다 ᄒ들 울이간에 쎄도야지 다 굼기고 너를
  쥬랴 굴므며ᄂᆞ 엇지라고 이디지 졸르ᄂᆞ냐 (17)
    ② 강남 왈자가 나오난디 소래명창 시조명창 탄금 일슈 태견 일슈 밍세
  일수 유식ᄒᆞᆫ 즈 무식ᄒᆞᆫ 쟈 말 잘ᄒ고 구변 존 쟈 긔운 셰고 우악ᄒᆞᆫ 쟈
  능즁ᄒ고 손 것친 재 디쟈 소쟈 우자 걸자 션자 악자 근자 부자 빈자 약자
  강자 쑤역쑤역 나온다...우리ᄂᆞᆫ 강남 왈자로다 투젼홀 디 잇ᄂᆞ냐 이 물건

---

22) 박에 초점을 맞춘 연구로는 서정문, 「「흥보가」, '박사설'의 생성과 그 기능」, 『판소리
  사설연구』, 형설출판사, 1984, 정충권, 「흥보박사설의 형성과 변모」·「놀보박사설의
  전승양상」, 『흥부전연구』, 2003, 219~268면. 등이 있다.

잡고 삼천량 니여노아라 류무당 츠려로코 무더방으로 흔번 쏩아보겟다 네 게집 어더 갓나냐 썩 나와 다리 좀 치라 흐여라 쓸만흐면 오날밤 수청 좀 드리겟다(95~96)

①과 같이 선/악의 절대적 구분이 성립되어 있기 때문에 ②와 같이 놀부에 대한 징벌이 이루어지는 놀부박 장면에서 독자들이 가해자의 입장에 동일시한다 하더라도 정당화될 수 있었다. 흥보박만으로도 놀보에 대한 징벌효과는 어느 정도 이루어진다. 그럼에도 놀보박은 복수의 쾌감을 반복적으로 느낄 수 있게 해준다. 물론 놀보박에서 빼놓을 수 없는 것이 재담이나 연행 요소를 통한 웃음·쾌락의 경험이다.[23]

이와 같이 <연의각> 장면화는 도덕적 우월감 혹은 정당화에 기반한 공감/연민/카타르시스/유희/쾌감/대리충족 등의 다양한 정서적·인지적 수용의 효과를 낸다. 때로는 각 수용 경험이 서로 연계되기도 한다. 예를 들어 놀보에 대한 징벌자의 입장에 동일시하는 것은 흥부의 선에 대한 공감·정당화와 독자의 동일시가 전제로 된 것이므로 가해자의 죄책감에서 벗어나면서도 도덕적 우위에서 오는 쾌락을 느낄 수 있게 되는 것이다.

---

23) 유광수는 「흥보전 작품군에 나타난 가요의 양상」(『우리어문연구』 8, 우리어문학회, 1994, 177~196면.)에서 <흥부전>의 가요를 창작가요와 삽입가요로 분류하였다. 당시 유행하던 노래를 상당 부분 수용했으며, 또 <흥부전>의 노래들이 독립적으로 불리기도 해서 그 영향 관계는 단선적이지 않다. 재담과 연행 요소에 대한 것은 다음 장에서 다루도록 하겠다.

3. 언어적 쾌락의 경험 :
재담/노래 읽기와 감각적 유희적 독자

〈흥부전〉은 재담소리라고 할 만큼 연행의 영역과 긴밀할 관련을 보이고 있다.[24] 이해조 역시 소설 작품에서 재담을 활용하여 장면을 구성하는 경향이 발견되는 만큼 재담에 대한 선호가 있는 작가이다.[25] 물론 〈연의각〉에서 재담은 이해조 개인 작가의 역량은 아니지만 재담이 당시 독자들에게 호응을 얻을 수 있는 언어 형태였다는 것을 이해할 수 있는 대목이다.[26] 노래 형태를 서사적으로 수용한 것과 재담 서술 부분

---

24) 재담이란 '재미있는 내용을 재치 있게 하는 말'이거나 '말을 재치있게 하여 재미나게 하는 말'이라고 정의내릴 수 있다.(서대석,『한국구비문학에 수용된 재담 연구』, 서울대학교출판부, 2004, 3면.)

25) 재담은 이해조 신소설의 장면 구성하는 방법 중 하나로 시연되었던 것 같다. 예를 들어, 〈꼿갓흔 계집 수오명이 몸에 찬찬 의복을 입고 롬고에 갓인 노리기를 차고 한들한들 되쏙되쏙 드러오며 즐비ㅎ게 안진 남즛 압에 가 한팔을 공손히 집고 납으직이 안지며(모란병:22~23)〉와 같은 장면화는 「남원고사」를 연상시키는 장면 구성 방법이다. 수사적 표현과 행동 서술로 장면화를 이룬 사례이다. 재담하는 서술자의 문제에 대해서는 주형예, 「여성 이야기를 통해 본 20세기 초 소설 시장의 변모-이해조 〈원앙도〉·〈모란병〉을 중심으로」(2010, 10)한국고전여성문학회 33차 학술대회 발표문, 78~80면에서 이루어졌다.

26) 양승국은 1910년대 신파극과 전통 연희의 관련 양상에 대해 논하면서 1910년대 신파극이 공연 레파토리로 등장하면서 판소리 광대들이 지방 순회 공연으로 명맥을 유지하게 되었다고 하였다. 반면 재인과 기생들은 활동 범위를 넓혀가면서 신파극과 교류하였다는 것을 매일신보 기사를 분석하여 밝혔다. (「1910년대 신파극과 전통 연희의 관련 양상」,『한국극예술연구』9, 한국극예술학회, 1999, 47~68면.) 재담과 관련하여 눈에 띄는 기사는 신파극을 공연하는 혁신단 일행에 박춘재가 합세하였다는 점이다. (매일신보, 1912.12.19) 재담에 대한 당시의 선호는 이 시기 소극(笑劇) 공연의 양태로 알 수 있다. 출판된 고소설이나 신소설이 연극의 레파토리를 제공하고 연극의 성행에 힘입어 출판되는 상황은 이 시기 소설 출판의 문제가 공연과 관련되어 있음을 암시한다. 그 이전에도 〈本社에서 水宮歌라는 滑稽的新演劇을 今日붓터 設行ㅎ는디 人工으로 製造ㅎ 獸類魚族의 各種 形軆가 天然히 活動喜 쑨더러 鱉主薄의 愛君丹忠과 免先生의 權變奇謀는 智識開發上 大趣味가 有ㅎ오니 僉君子는 速枉觀覽ㅎ시옵圓覺社 告

이 명확하게 구분되는 것은 아니다. 재담을 활용한 노래도 있고, 보통 대화 역시 재담적 어휘를 사용하는 경향이 있기 때문이다. 분석을 위해 재담적 언어가 제재에 집중하여 단위를 형성한 부분에 번호를 붙여 분석하였다.

1. (1)놀부 심술 2. (7)기물(가난) 3. (8)묘막 묘사 4. (9)흥보 집짓기 5. (22)품팔이 6. (25)돈타령 7. (27) 볼기내력 8. (33) 음식노래 9. (36) 담배 10. (37) 아이 어르는 노래 11. (39) 음식공론 12. (45) 제비노정기 13. (46~48) 정체 사설 14. (51) 궁합타령 15. (55) 기물타령 16. (57) 비단 17. (58) 패물 18. (61~62) 산해진미 1 19. (64) 산해진미 2 20. (72) 제비 몰기 21. (73) 제비 제사 22. (78) 박타기-언청이, 곱사등이 23. (80~99) 소동/똥물

여기에서 열거의 방식으로 사물을 환기시키는 경향을 보이는 것은 1, 2, 5, 6, 7, 8, 9, 11, 12, 14, 15, 16, 17, 18, 19 등 15군데로서 가장 빈번하였다. 이 기법으로 달성할 수 있는 것은 개념어를 이루는 현실의 구체적 대상들을 확인할 수 있다는 것이다. 사물을 연관지어 유개념(類概念)을 형성하는 것은 오래된 지식 구조의 형성 방법이기도 하다. 이 텍스트에서는 사물에 대한 강한 관심-특히 시정의 물건들, 맛있는 음식, 비단, 돈, 기물 등-을 드러내고 있다. 사물의 나열이 주는 풍요로움의 환상과 사물에 대한 언어적 소유의식은 이 시기 욕망의 대상이 될 수 있는 것, 시정의 상품의 수준과 조응한다. 곧 이 소설의 독자들이 현실에서 상상할 수 있는 범주들을 보여주는 것이다. 이는 열거만이 아

白(황성신문, 1909.11)>과 같은 광고를 보면 연극무대에서 웃음에 대한 대중적 선호가 있었음을 알 수 있다. 그러므로 <연의각>이 신문 연재되고 출판되고 연극적·재담적 요소가 강화되어 있는 것은 당대 문화 환경에 근거하는 것이다.

니라 욕망을 구체화시킨 부분에서도 나타난다. 의식주 충족을 목표로
하는 삶, 욕망과 웃음이라는 쾌락에 대한 지향이 비중있게 드러난다.

> 흰밥에 기장 잘 ᄒ여 말아먹고 소쥬에 쑬 타먹고 마른 고기 안쥬ᄒ고
> 평안ᄒ게 누어 한잠 잣스면 됴케고 ᄯᅩ 한놈이 나안지며 나는 살진 도미
> 옴고살리 썩거너어 단장에 폭 쓰리고 쌀을 희게 쓸어 잘 짓고 나박짐치
> 시금ᄒ게 담어 마셔가며 실컨 먹으면(36)[27]

이 대목은 생존의 기본 조건으로서 먹을 것에 대한 열망을 넘어서
잘 차려진 상을 즐기는 쾌락에 대한 상상을 제공한다. 음식 조리법까
지 서술하는 음식에 대한 환기는 실제 후각과 시각적 이미지까지 환기
시킨다는 점에서 구체적 감각화에 이른 사례이다. 이러한 재담은 서사
적 환상을 구성하는 것이 아니라 독자의 경험세계와 욕망을 어휘의 나
열을 통해 직접적으로 자극한다는 점에서 다른 독서법을 유도한다. 서
사적 필연성에 구속되지 않고 독자의 경험세계와 직접적으로 교감하
기 때문에 연행의 장에서 일어나는 창자-청중의 직접 소통의 형식을
닮아있고 서사적 환상에서 탈피하여 현실에서 놀이를 즐기는 착각을
제공한다. 또한 재담은 역사적 전고와 현실의 사물/사건/정서 등을 관
련짓는 방법이기도 하다. 현실 대상을 역사성 속에서 의미화시키는 지
식 직조 방식이다. '내력' 등의 서술에서 이를 확인할 수 있다. 궁합타

---

27) 〈연의각〉은 곳곳에서 서사적 불일치를 가져오면서까지 인물의 도덕적 품위를 지키
려는 의지가 보인다. 흥부 처가 매품 팔려는 흥부를 말려 흥부는 그 말을 듣고 안가겠
다고 속이고 간다.(24) 그런데 흥부가 매품 팔러 간 것을 모르는 흥부 처가 뒷부분에서
매품 팔러 간 남편을 위해 기도하는 장면이 나온다.(28) 성에 대한 흥부 큰 자식의
노골적 발화도 이 텍스트에서는 혼인에 대한 발화로 대체되어 있다.(ᄯᅩ 한 녀석 나오
며 읻고 어머니 우익 올붓터 불두덩이 가려오니 날 장가드려듀오(2a)-경판 25장본
〈흥부전〉)

령이나 정체사설(7, 13, 14) 역시 지식에 접근하거나 지식을 사회적으로 공유하는 형식으로서 형성되어 왔으리라 생각된다. 이는 대상을 서사적 맥락에서 분리시켜 새로운 의미를 부여하는 방식으로 서사적 행위를 역사적 행위의 패러디로 만든다. 서사적 논리 해체의 방식으로 서사에 다시 회귀하여 '웃음'을 제공한다. 이와 대비되는 진지한 방식이 전고(典故)이다. 당대 전고 활용의 글쓰기 방식을 전도시키며 웃음으로 유도한다.

소극(笑劇, farce)의 성격은 어리석음을 반복하는 인간, 축제적 장면 나열, 연행의 패러디 등(21, 22, 23)으로 웃음과 왁자지껄한 소동을 보여준다.

> (놀) 마당쇠야 광문 열고 (마) 예- (놀) 네 뒤광문 열어라 홍보 마음에 올타 형님이 광문을 열나시니 벼섬이나 주실느는게다...네 그 뒤에 박달몽치 가져오너라 놀보놈 몹쓸 마음 홍보에 고초샹투 오른손에 감아쥐고 한 손에는 몽치 쥐고 네 이놈 홍보놈아 잘살기도 닉 복이오 못살기도 네 팔자지(16)

언어 자질을 활용한 재담이 아니라 웃음을 유발하는 형식화된 이야기 패턴으로 장면을 형성하였다. 웃음 포인트를 상식적 기대 → 어긋남에서 찾고 있는 이러한 정형화된 패턴은 정체 사설이 그렇듯이 다른 이야기에도 적용될 수 있다. 독자는 이야기의 현실 논리에 따라 주어진 비애로서 경험하게 되는 것이 아니라 이야기 형식에 따라 웃음으로 경험한다는 점에서 재담의 형식적 조건이 내용의 논리성보다 먼저 독자의 시선을 잡는다.

각자 특기를 가지고 나와 순서를 이어서 노래와 춤을 보여주는 것 또한 일반화된 웃음 장면이다.

① 흥부 쏘흔 춤을 춘다 령산 오샹 긴 쟝단 여민락염불타령 양쳥 도드
리로 거드러거리고 능쳥거리고 셥분거리고 쮜동거려서 셩쥬풀이 법고춤
산두도감 싹기춤으로 춤이 여러 가지로 흔가지도 당치 못흐게 츄것다 춤
시작을낭 흐고 긔운이 업고 빗가 곱흐 팔을 늣게 들고 얼시고(32~33)
② 박국을 먹더니 놀보쳐도 당동당동 아히들도 당동당동 놀보도 당동
당동 소래를 요란이 흐니(96)

이야기에서 미끄러지는 독서 경험은 ①, ②에서도 마찬가지다. 서사
적 상황과는 무관하게 춤으로 마무리하는 방식은 연행 현장을 상상적
으로 경험하게 하는 장치이다. 이와 같이 재담에 대한 독서는 언어 자질
들-리듬, 소리-과 언어와 조응하는 독자의 감각 경험-후각, 미각, 시각,
청각-, 시정에 대한 실제 경험 등을 환기시키기 때문에 이야기가 구성
하는 환상과는 달리 인물이나 사건에 매개되지 않고 직접 독자와 연관
을 맺는다.

재담/노래는 언어와 조응하는 독자의 현실적 경험을 환기시켜 상상
적 욕망 충족을 가능하게 하거나 언어 형식으로서 웃음을 유발한다는
점에서 이야기의 논리, 인물, 사건 등을 매개로 한 독서와는 다른 경험
형식을 구성한다. 재담은 어휘 선택과 배열, 이미지 구성의 비상식성과
복합성 때문에 기괴미와 관련될 수 있는 성향이기도 하다. 사물에 대한
지향과 감각적 이미지 구성, 정서의 복합성 등은 현실 인식의 미흡함이
나 비과학적 비합리적 인식 수준으로 이해할 수 있을 것이다.[28] 하지만

---

28) 기괴미, 그로테스크에 대해서는 「변강쇠가」를 중심으로 여러 번 논의되었지만 (김종
철, 김창현, 최혜진, 서유석, 이주영 등의 연구가 있다.) 판소리 문학 전반의 특징으로
도 언급되었다. 정충권, 「판소리 문학에 나타난 사회적 상상력과 기괴」, 『국어국문학』
146, 국어국문학회, 2007, 93~114면이 그러한 시각이다.

독서 효과로서 웃음을 유발하는 근본 조건이 충족된다면 재담에서는
무엇이건 조롱이나 비꼼의 대상이 될 수 있다. 대상을 겨냥하는 것 이상
으로 현실적 이미지에 위배되는 우스꽝스러운 이미지, 감각 구성이 목
적이기 때문이다. 의미보다 이미지를 지향한다는 점에서 언어 자체의
효과에 주목한 방식이다. 물론 그 결과가 때로는 현실 저항이 되기도
하고, 현실의 편견을 더욱 강화시키기도 한다. 그러나 반성적 언어가
아니라 놀이적 언어이므로, 그것이 어떤 현실적 의미 구성에 가 닿는가
는 놀이의 목표가 아니다.[29] 재담 기법은 그것을 활용하는 자의 의지에
작용하여 현실적 의미를 얻게 된다. 권력자의 인격에 대한 조롱이거나,
약자에 대한 조롱으로 나타나는 것도 언어 형식이 놀이하는 자의 의지
에 따라 전유되었기 때문이다. <연의각>에서 언어형식은 의도를 가진
공격으로 수용되지 않고 상식 세계에서 이탈하는 놀이의 즐거움으로
경험된다. 비체계적이고 비도덕적이고 불완전하다고 할지라도. 이와 같
이 재담은 당시 시정의 욕망과 쾌락적 정서를 이해하는데 도움을 줄
수 있다.[30]

---

29) 물론 저항의 시대에 재담의 이미지 구성 방식이 '권력'적 대상에 집중할 수는 있다.
현실적 무기가 될 수 있다는 점을 부인하는 것이 아니라 재담 자체가 지배 권력에
대한 반항을 추구하는 것만은 아니란 뜻이다.

30) 재담에서 시정의 모습을 찾을 수 있는 것은 언어 놀이에 국한되지 않는다. 「삼국지연
의」와 같은 시정 소설 독서의 모습을 보여주는 부분, 「맹자」·「통감」·「천자문」 등
시정 상품화되어 있었던 초급 교육서에 대한 언급 역시 나타난다. 재담에는 당시 시정
생활의 편린이 담겨 있다.

4. 상식 도덕 확인의 경험 :
서술자의 개입과 해석, 대표독자 효과

상식 도덕에 어긋나지 않는, 또는 상식 도덕을 환기시켜주는 서술은
독자들의 편안한 독서를 도와주는 기제이다. 상식 도덕에 위배되지 않
는 주인공에 동일시하는 독서는 독자가 느끼는 쾌락을 정당화하고 죄
의식 없이 때로는 우월감을 갖고 악인을 징벌하고 정의감을 느낄 수
있는 전제조건이 된다. 〈연의각〉은 기존 〈흥부전〉에 비해 도덕적 서
술에 대한 강화가 눈에 띈다. 〈흥부전〉에는 기본 서사에서부터 선한
자의 승리와 악한 자의 징치라는 도덕적 상투성이 있으나 서술자의 서
술로 강화된 상식 도덕에 대한 공유는 사건 진행에 대한 도덕적 불화를
일으키지 않는 기본 토대가 된다. 또한 상식 도덕의 강화는 작가 혹은
개작자의 계몽적 태도에서 기인한다기보다 통속소설의 성격을 배가시
켜주는 것으로 보인다.

> 燕의脚(박타령朴打令)豫告
>
> 죠선 즈리로 전히오는 타령중 츈향가 심쳥가 박타령 토끼타령 등은 본
> 리 유지훈 문쟝지스가 츙효의 졀의 됴흔 취지를 포함ᄒ야 징악챵션ᄒ는
> 큰 긔관으로 져술훈 바인디 광디의 학문이 부족홈을 인ᄒ야 한 번 젼ᄒ고
> 두 번 젼홈이 졍대훈 본 뜻은 일어ᄇ리고 음란쳔착훈 말을 징연부익ᄒ야
> 하등 무리의 찬셩은 밧을지언뎡 초유지각훈 사름의 타미가 날로 더ᄒ니
> 엇지 개탄홀 바가 안이라 ᄒ리오 이럼으로 본 긔쟈가 명챵 광디 등으로
> ᄒ야곰 구슐케ᄒ고 축조 축조 산졍ᄒ야 임의 츈향가(獄中花)와 심쳥가(江
> 上蓮)는 익독ᄒ시는 귀부인 신스졈각ᄒ의 박슈갈치 ᄒ심을 밧었거니와
> 쵸호브터는 박타령(燕의脚)을 산뎡 게지홀 터인디 츈향가의 취지는 렬힝
> 을 취ᄒ얏고 이번에 게지ᄒ는 박타령은 형뎨의 우이를 권쟝ᄒ기 위홈이

니 왕왕 허탄혼 듯 혼 말은 실샹 그일이 잇다 질론홈이 안이라 한갓 탁수
로 사롬의 ᄆ음을 풍간홈이니 아모됴록 광더타령이라고 등한히 보지 마
ᄅ시고 그 타령 져술혼 녯사롬의 됴혼 뜻을 깁히 슯히시우[31)

이는 이해조의 <연의각> 연재 예고이다. <연의각>이 도덕적 목적
을 가지고 있는 작품임을 강조하였다. 전대 소설 읽기를 정당화하는 담
론이 도덕적 교화를 강조하던 것임을 생각할 때 다르지 않은 진술이
다.[32) 곧 여전히 소설에 대한 폄하하는 상식이 통용되고 있었고, 그것을
상쇄할 논리 역시 이전부터 있었던 것이다. 상식화된 도덕적 목표를 확
인하며 소설 읽기를 권유하고 있다는 것은 그것이 소설 독서를 유도하
는 근거가 된다는 뜻이다. 통속소설 독자 일반이 기대하는 항목 중 하나
는 도덕적 상식의 확인이다. 그럼에도 이런 제스처는 '고소설'에 대해
가지고 있었던 일반의 평가와 차별화시키고[33) 당시 풍속개량 논의에
편승하려는 것이다.[34) 도덕적 딜레마는 현대적 '개인'의 문제이지, <연

---

31) 『매일신보』, 1912.4.27. 1면.
32) 무악고소설자료연구회 편, 『한국고소설관련자료집Ⅰ』(태학사, 2001)/『한국고소설관
   련자료집Ⅱ』(이회, 2005) 참조.
33) 고소설에 대해 가지고 있었던 시장의 한 입장은 자주 인용되는 이해조 『자유종』
   대목에서 드러난다. '음탕교과서 처량교과서 허황교과서'로서 규정된 고소설이 풍속개
   량에 방해된다는 것이 그의 논리였다. 소설이 영향력이 크니 풍속개량에 도움이 되어
   야 한다는 것이다. 그런 의미에서 풍속개량이 이해조에게는 기존 소설과 차별화시킬
   수 있는 유일한 강조점이었다. 실제 그의 소설에서 고소설을 포함한 오락적 독서물
   독서의 영향이 다수 나타나는 것으로 보아 고소설을 폄하하려는 것이 아니라 같은
   소설 상품내에서 차별화시키려는 욕구가 강했다고 보인다.
34) 풍속개량 담론과 더불어 전대 소설과 차별화를 추구했던 당시의 분위기에 편승한
   것으로 볼 수 있다. 풍속 개량의 대상으로는 '연희장의 음부탕자'가 포함되어 있다.
   미신타파나 조혼철폐보다도 이해조 소설에서 여주인공의 요조함은 더욱 두드러진다.
   도덕의식으로는 전대와 다를 바 없으나 풍속개량으로 묶이면서 '근대적' 덕목으로 재
   배치되는 현상을 볼 수 있다.

의각〉과 같은 소설에는 해당되지 않는다. 곧 도덕적 당위에 대한 의심은 없으며, 기존 제시된 도덕률을 전제로 하거나 강화시키면서 통속적 탐닉을 지향하는 소설이라고 할 수 있다. 그러므로 〈연의각〉의 통속적 요건 중 하나가 바로 상식 도덕에 대한 강조이다.

> 후한 쩌 강굉이는 ᄉ인일피 덧헛스며 진나라 유군이는 형역불거ᄒᆞ얏거늘 디슌 아오 샹이 잇고 도척의 형 류ᄒᆞ혜라 그 아니 이상한가 ᄒᆞ늘이 ᄉ롬 니미 오셩고로 쥬엇건만 엇던 ᄉ롬 우애 잇고 엇던 ᄉ롬 부뎨한고(1)

서두에는 가난함 속에서도 우애를 지켰다는 것, 형제의 행악에도 감화시키는 우애가 있었다는 것을 서술하여 서사 전개에서 나타나는 선과 악, 가난, 우애, 해피엔딩 등을 다 갖추어 제시하였다. 이 부분은[35] 기존 〈흥부전〉에 대한 독후감이자 강조점이라고 하겠다. 이해조이거나 혹은 또 다른 개작자일지라도 그는 도덕적 규범 세계의 우의(寓意)로 〈흥부전〉을 읽었다는 것이 된다.[36] 곧 이러한 읽기는 도덕적 지표들을 강화하여 읽는 전통적 소설 읽기의 방식이며, 전고(典故)와 비교하여 현실을 구조화하는 오랜 학습 방법이기도 하다.[37] 서술자는 논평으로 인물에 대한 평가를 내려 독서의 방향을 명확히 전제하였다.

> **흥보:** 마음이 착ᄒᆞ고 효힝이 지극ᄒᆞ고 동긔간에 우익 극진한디(1)/흥

---

35) 〈연의각〉 연재를 시작하며 이해조가 표방했던 명제와 일치하며, 기존 〈흥부전〉과 다른 서두라는 점에서 이 시기 형성된 내용이라고 보아야 할 것이다.

36) 이런 방식의 소설 읽기는 교훈을 위주로 소설 읽기의 명분을 내세웠던 기록에 나타난 소설 수용 경향과 꼭 일치한다. 무악고소설학회 편, 위의 자료집 참고.

37) 한문산문에서는 중국 문인들이나 고전들의 사례를 통해 자신의 현재 경험에 의미를 부여하는 사례가 일반화되어 있다. 조선의 소설에서도 전고 활용은 서술의 흔한 기법 중 하나이다.

보는 마음이 착ᄒ야 부모젼 효힝 동긔간 우이 일가간 화목 붕우
간 밋음 일동 스룸이 모다 홍보를 칭송ᄒᄂᄃᆡ(3)/마음이 근본 곳
은 스룸이라(34)/홍보에 착ᄒ마음(99)

놀보: 부모도 담지 안코 동긔간에도 오장 달ᄂ 부모께 불효하고 동긔
간에 우익롤 못ᄒ야 마음 쓰는 것이 괴상하것다(1)/ 놀보 ᄌ식이
악동이엿다

홍보 처: 홍보 마누라 착흔 마음에(11)

놀보 처: 놀보 계집 못슬년도 그 어질고 착흔 동싀(8)/ 악ᄒ고 독흔
마음이 놀보계집이 놀보보담 몃비가 더ᄒ것다(8)/ 이년 쪼흔
몹쓸 년이라 (19)/ 놀보 계집 욕심은 졔셔방보다 흔칭 더ᄒ야
됴흔 것을 보면 긔졀을 일수희(67~68)

서술자의 해설적 서술과 논평적 서술은 인물의 도덕성에 대한 판단
을 강화하고, 도덕률의 내용을 구성해준다. 판단은 이미 텍스트 내에
명료하게 드러나 있기 때문에 독자의 몫이 아니며 그대로 받아들일 뿐
이다. 독자는 홍보/홍보처와 놀보/놀보 처를 우애가 있고 없음으로서
선과 악을 가름하는 대표독자인[38] 서술자의 유도를 따라 읽게 된다.

---

38) 독자에 대한 주목은 독자반응·비평에서 주로 이루어졌다. 위에서 제시한 대표 독자
를 설명하는 개념으로 움베르토 에코의 모델 독자에 대한 설명을 참조할 수 있을 것
이다. "자신의 텍스트 전략을 조직하기 위해 작가는 사용하는 표현들에 내용을 부여
해 줄 일련의 능력들에 의존해야 한다. 그것이 의존하는 능력들의 총체는 자신의 독
자가 의존하는 것과 동일하다고 추정해야 한다. 그리하여 작가 자신이 생각했듯이
텍스트 실현에 협력할 수 있고, 또한 자신이 생성적으로 움직였듯이 해석적으로 움
직일 수 있는 모델 독자를 예상할 것이다.(87면)" 그런 의미에서 의미 코드가 아니라
텍스트에 새겨 넣는 어휘의 선택이나 서술적 문장들로 추출될 수 있는 독자는 텍스
트가 전략적으로 전제한 독자라고 할 수 있다.(움베르토 에코, 『소설 속의 독자』, 열
린 책들, 1996.) 이 글에서는 좀 더 적극적으로 독자의 감정을 구체화하는 정서적 유
도 기제가 서술자의 목소리로 구성되어 있는 것을 발견하여 대표 독자 효과로 칭하
였다.

5. 맺음말 : 〈연의각〉을 통해서 본
1910년대 통속소설 시장 독서경험의 한 사례

〈연의각〉은 기존의 〈흥부전〉 텍스트, 특히 경판본과 친연 관계를 보이고 있으며, 이해조라는 20세기 초의 작가가 개입되어 있다. 이해조는 애국계몽적 신소설로 출발하였으나 1910년대 이후 통속화되었다는 학계의 상식화된 평가가 있다.[39] 그러나 그가 애초에 통속적 지향이 있으며 서울을 중심으로 한 근기(近畿) 유흥 문화에 기반을 두고 있었다는 것은 쉽게 확인할 수 있다. 또한 신문기자로서의 이력이 유행과 독자의 성향에 민감한 사람임을 방증한다.[40] 그리고 기존 작품들에서 활용한 모티프들이 고소설이나 야담, 연행문화에서 차용한 것들이 많기 때문에 1910년이라는 기점과 무관하게 그가 19세기 통속소설 시장에서 성장해 온 소설가라는 것을 확인할 수 있다.[41] 이런 사실들에서 볼 때 이해조가 1910년대 이후 통속화되었다는 기존 평가와 일제하 '검열'을 의식하여 다시 구소설 출판이 활기를 띠었다는 의견[42]은 어

---

39) 이해조에 국한해 본다면 1910년 이후 통속화되었다는 평가가 일반적인 것 같다. 그러나 1910년 이전 이해조의 소설이나 그 이전 20세기 초 출판된 한글소설들을 통속소설이 아니라고 할 수 있을지 모르겠다. 서사를 갖추고 있지만 소설이라고 하기 어려운 형태들이 신문에서 실험되고 있었으나 일반의 의식 속에 있는 '한글소설'은 통속으로 탄생했고, 통속으로 성장했기 때문이다.

40) 당대 사건들이 소설 소재로 수용되며, 기방 풍경 서술이나 노래의 인용도 드물지 않다.

41) 이해조가 『제국신문』에 연재한 후 단행본으로 출판한 소설들은 몇몇 주제적인 면에서 과거를 부정하고 있으나 실제 모티프나 장면화, 인물 설정을 구소설에서 가져오거나 동일한 의식으로 썼음을 알 수 있다. 또한 제국신문의 여성독자들을 의식하는 소설 쓰기 태도도 엿볼 수 있다.

42) 이주영은 일제의 검열이 고전소설의 유행 현상을 불러일으킨 주요 원인으로 지목될 수 있다고 하였다. (이주영, 『구활자본 고전소설 연구』, 월인, 1998.) 물론 그런 면이 있으나 소설에 대한 요구가 커지는 반면 시장이 새로운 창작으로 그것을 수용하

느 정도 수정되어야 한다. 20세기 초 통속소설 출판 시장은 19세기 출판 시장의 성장을 토대로 확대되고 있었다. 그리고 구소설 출판은 소설 독서에 대한 독자들의 열망에 부응할 수 있는 콘텐츠가 부족했고, 새로운 기획으로 콘텐츠를 공급할 만큼 출판 관계자들의 역량과 자금 사정이 뒷받침되지 못했던 영세한 시장 조건과도 관련되어 있다. 이에 더해 '한글 소설'에 대한 기본 관념과 요구가 '통속'에서 크게 나아가지 못한 전반적 소설 시장의 감성 구조도 작용하고 있었다. 분명 새로운 독자와 새로운 작가가 탄생하고 성장하고 있었지만 1910년대 통속소설 시장의 경향은 19세기의 연장선에서 확대 · 변모 · 성장하고 있었다.

또 하나 구소설 출판의 성행은 20세기 초 매체 환경의 변화를 따른 통속 문화의 급성장이 기반에 있었다. 무대의 콘텐츠와 신문 연재, 출판이 연동하고 있다는 것이 <연의각> 서술에서도 발견된다. 독자의 정서적 공감과 공분, 슬픔의 장면으로 정서적 카타르시스를 추구하고, 서술자가 서사와 인물에 대해 명확한 평가를 내리며, 묵독하여 의미를 추구하는 독서가 아니라 낭독/청각적 경험을 추구하고, 서사적 환상이 아니라 독자의 현실과 직접적으로 연계하려고 하는 재담/연행 언어가 특징적이라는 것은 통속소설로서 <연의각>이 의식하고 있는 독자의 성격을 암시한다.

이 논문은 장면화와 서술자의 진술, 재담 및 연행 요소가 독자들에게 주는 독서경험에 대해 논의하였다. 장면의 선택과 강조하는 언술, 수용하는 유행 요소 등은 주제가 구성되는 바탕인 그들의 경험적 현실을 보여준다. 예를 들어, '우애'라는 주제는 가난-약자의 편에서 강자-악인을 징벌하는 장면화를 거쳐 서술자의 언명으로 강화 · 구현된다. 이것은

기 어려웠고, 이 시기 독자의 요구에 부응하는 콘텐츠가 고소설이었다고 할 수 있을 것이다.

우애 좋은 형제의 모습으로 우애를 주제화하는 것과는 차별화되어야 한다. 윤리 규범의 강제력과 구속, 동질화를 보여주고 있는 것이다. 반면, '빈/부'라는 주제는 빈자의 편에서 부를 획득하고 부자의 부를 박탈하는 전도적 양상으로 구현된다. 이것은 빈/부의 문제가 그 시기 매우 갈등적으로 인지되었다는 것을 뜻한다. 제비를 매개로 하고 있으나 뒤바뀐 흥보와 놀보의 위치는 전체 부의 상승을 꿈꿀 수 없었던, 한정된 물질적 부만이 상상되었던 공동체에서 가능한 서사였다.[43] 그런 의미에서 〈연의각〉은 통속 소설 독자의 사회적 상상력을 매우 명징하게 보여주는 텍스트로 보인다. 거기에 더해 주제적 접근만으로 해결할 수 없는 것이 이 소설의 축제적 요소일 것이다.[44] 조선후기 유행했던 언어 형태인 재담 언어가 지향하는 사물과 욕망과 이미지의 세계는 현재의 규범적 기준이나 체계성으로 포획되기 어려운 부분이 있다. 오랜 시기 연구자들은 의미를 지향했지만 향유층·독자들은 놀이를 지향했다는, 텍스트를 대하는 자세의 차이를 이 텍스트에서도 확인할 수 있다. 물론 재담 요소나 연행 요소들도 소설의 한 구성 요소가 되면서 전체 서사적 의미 지향 내에 배치되기는 한다. 그 이전부터 부분의 독자성이라고 하거나 단위사설, 삽입 가요 등 독자적 성격으로 이해되었던 부분이다.

---

43) 제비를 매개로 한 부(富)가 외부에서 오는 것이지만 놀보와 흥보의 관계 역학이 뒤바뀐다는 것을 생각해볼 때 이 텍스트에서 공들여 형상화한 '가난'은 공적(公敵)인 놀보에게서 비롯된 것으로 보인다. 내부의 공적을 설정하는 방식은 부의 분배구조 문제나 생산량의 문제를 윤리적인 것으로 치환하는 상상 틀이 된다. 이러한 이야기문법이 공고화되면서 독서 공동체에 수용된다면 당면 문제의 해결법은 적대적이며 갈등적일 수밖에 없다.

44) 성현경, 「흥부전연구」, 『판소리연구』 4, 판소리학회, 1993, 29~63면 참조. 이 논문에서는 〈흥부전〉의 다성성을 주목하였다. 다성성은 당시의 모든 공식문화를 희화화하고 해학화하려는 데 목적이 있으며, 이를 위해 축제적 시간과 공간의 구현·재현을 지향한다고 하였다.

이 부분들에서 핵심적인 것은 언어 감각을 활용한 놀이 효과이다. 현대의 소설에서는 그런 놀이 효과를 기대하는 감성적 요구는 크지 않다. 놀이 효과를 담당하는 다른 미디어, 매체가 다양하기 때문이다. 그러나 계급을 가로지르는 도시의 대중이 형성되고 있던 시기에, 통속 소설은 대중이 향유할 수 있는 문화가 다양하지 않았던 상황에서 현재 다양한 대중 매체가 대중에게 주는 감성구조들을 종합적으로 지녔던 것으로 보인다.

이 글은 『한국고전연구』 23집(한국고전연구학회, 2011)에 실린 논문을 수정하여 재수록한 것이다.

박봉술창 〈춘향가〉의
고조(古調)적 특성과 전승계보 고찰

성기련

1. 머리말

　판소리는 18세기 중엽 광대소리로부터 기원한 이래 새로운 소리 경향인 신조(新調)와 기존의 소리 경향인 고조(古調)가 공존하면서 점차 변화하고 발전해 왔다. 그런데 전통사회에서는 고조에서 신조로 바뀌는 변화가 개별 명창 또는 바디 중심으로 점진적으로 이루어진 반면, 1930년대 이후에는 신조 중심의 소리가 크게 유행하게 되었다. 급변하는 시대적 흐름 속에서 신조 지향의 명창들이 주류를 이루게 되었고, 이후 유파와 창자에 따른 다양성이 점차 사라져 버렸기 때문이다. 박봉술창 〈춘향가〉는 이러한 20세기 판소리사의 흐름 속에서 고조적 특성이 많이 남아 있다는 점으로 인하여 주목받아 왔다. 그러나 그 복합적인 사설 구성과 선율 구성의 특성상 아직까지 그 전승계보가 뚜렷이 밝혀지지는 못했다.

　박봉술창 〈춘향가〉에 대한 지금까지의 논의를 살펴보면, "'초앞부터 박석틔'까지는 동편제로 좋으나, '박석틔' 이후부터는 서편제인 정정렬제 〈춘향가〉가 섞여 있다."는 김명환의 주장이 가장 일반적으로 받아

들여져 왔다.[1] 그리고 이규호는 "박봉술창은 송흥록 계보로 '송흥록-송
광록-송우룡-송만갑-박만조-박봉술'로 전승된다."[2]고 주장하였으며,
이보형은 "박봉술창이 크게 송흥록-송광록-송우룡-송만갑-박봉래로
이어지는 송(宋)판이지만 부분적으로 김세종의 수제자인 장자백 창본과
밀접한 연관성을 보이고, 박봉술 집안소리와도 연관성이 있다."[3]고 지
적하였다. 한편 배연형은 "박봉술창 <춘향가>를 단순히 송만갑-박봉
래(박만조)-박봉술로 이어지는 송만갑제로 단선화(單線化)할 수만은 없
으며, 장자백과 관련이 있는 박봉술 집안의 전래소리가 일정한 층위로
적층되어 있다."[4]는 새로운 의견을 제기한 바 있다.

본고에서는 박봉술창 <춘향가>의 고조적 특징을 밝히기 위하여, 박
봉술창의 사설을 다른 창자들의 사설과 비교할 것이며 8명창의 더늠
대목을 중심으로 선율적 특징을 고찰하도록 하겠다. 또한 이를 토대로
박봉술창 <춘향가>의 계통과 관련된 기존의 논의를 재검토한 후 전승
계보를 밝힘으로써 판소리사적 가치를 다시 한 번 짚어보고자 한다.

2. 박봉술창 <춘향가>의 고조적 특성

박봉술(1922~1989)은 동편제 고장인 전라북도 구례군에서 부친 박만
조(1875~1952)의 다섯째 아들로 태어났다. 1970년대 초에 서울로 상경하

---

1) 이보형, 「박봉술 창본 『춘향가』 해제」, 『판소리연구』 제4집, 판소리학회, 1993, 408~
   409면.
2) 이규호, 「판소리 춘향가 비교 연구-사설과 장단을 중심으로-」, 중앙대학교 석사학위
   논문, 1984, 8~9면.
3) 이보형, 위의 글, 408~409면.
4) 배연형, 「판소리 소리책 연구」, 동국대학교 박사학위논문, 2004, 61~62면.

여 활동을 시작하였으며, 김명환, 박록주 등 근대 5명창 세대의 판소리
를 경험했던 원로들의 추천과 후원[5]으로 뿌리깊은나무 주최 판소리 완
창 감상회에 서면서 공력 있는 소릿조를 보유한 명창임을 인정받게 되
었다.

현재 박봉술창 〈춘향가〉를 연구할 수 있는 자료로는 이보형이 녹음
한 음원자료(1971)[6]와 『판소리연구』 4집에 공개된 박봉술 창본[7]이 있
다. 박봉술 창본과 음원자료(1971)는 일부 내용이 상이한 부분이 있지만,
이 경우 창본에 수록된 사설이 원래 박봉술이 보유한 사설로 판단되므
로 창본을 중심으로 논의할 것이다.[8]

1) 창본 비교를 통해 살펴본 사설 구성의 특징

본 장에서는 박봉술창 〈춘향가〉의 사설 구성상의 특징을 밝히기 위
한 비교 자료로 20세기 전반기 이전의 명창 중 장자백 창본과 이선유
창본을 택하고, 20세기 후반기 창자로 성우향창과 최승희창을 택하였
다.[9] 이보형은 「판소리 제에 대한 연구」[10]에서 박봉술창 〈춘향가〉를

---

5) 김명환 구술, 『내 북에 앵길 소리가 없어요』, 뿌리깊은나무, 1990, 108면.

6) 현재 박봉술창 〈춘향가〉는 이보형(한국고음반연구회회장)이 1971년 12월 2일 사비
   를 들여 제작한 릴테입을 2005년 순천시의 지원으로 제작한 CD 자료(TOPCD-096-3)
   가 공개되어 있다.

7) 박봉술 창본 〈춘향가〉는 1972년 박봉술이 자필로 이보형에게 적어준 창본과 이를
   토대로 1975년 뿌리깊은나무 감상회를 위해 제작한 창본에 있는 내용을 이보형이 활
   자화하고 해제한 것이다. 이보형, 「판소리 '제(派)'에 관한 연구-동편제, 서편제, 중고
   제 전승을 중심으로」, 『한국음악학논문집』, 한국정신문화연구원, 1982 참조.

8) 이보형 소장 음원자료(1971)에는 방자가 산세타령을 부른 후 춘향이에게 따라가자고
   하지만 춘향이가 이를 거부하고 '안수해 해수혈'이라는 답을 전해달라는 내용의 사설
   로 불렀기 때문에 이 대목이 빠져 있다. 이는 박봉술이 1971년에 녹음할 때 여타 20세
   기 후반기의 다른 창자들이 부르는 것처럼 이 대목을 다시 짰기 때문인 것으로 보인다.

20세기 후반기 창자들의 <춘향가>와 비교하여 박봉술 창본에만 있는 열 대목을 제시한 바 있는데, 이는 사설의 내용과 전후 맥락을 고려하여 다시 여섯 대목으로 묶어 볼 수 있다. 다음으로는 이 여섯 대목을 중심으로 박봉술창을 다른 창자의 사설과 비교하여 보겠다.

(1) 광한루에서 춘향과 이도령 만나는 대목

박봉술 창본에는 방자가 재차 춘향이를 재촉하자 춘향이가 방자를 따라 광한루로 가서 이도령과 만나는 것으로 설정되어 있기 때문에 박봉술이 부른 <춘향가>에는 '춘향이 방자 따라가는데'와 '춘향 앉은 거동'이 모두 전한다.

성우향과 최승희 등을 비롯한 20세기 후반기 창자들이 부르는 <춘향가>에는 춘향이가 이도령에게 집으로 찾아오라는 언질을 주고 돌아가 버려 이 부분이 빠져 있지만, 장자백 창본과 이선유 창본에는 수록되어 있다. 다만 장자백 창본에는 '춘향이 방자 따라가는데'(진양)와 '춘향 앉은 거동'(중중모리)이 모두 전하지만, 이선유 창본에는 '춘향이 방자 따라가는데'(진양)만 수록되어 있는 것이 차이점이다. 춘향이와 이도령에게 조신하고 점잖은 성격을 부여하는 데에 방해가 되기 때문에 20세기 이후 사라진 것으로 보이는 이 대목이 박봉술창에는 그대로 남아 있는

---

9) 본고에서 박봉술창의 비교 대상으로 선정한 창자들은 모두 사설 또는 소리가 전 바탕 다 전승되며, 여러 바디를 섞지 않았다는 공통점이 있다. 김소희의 경우 만정판 춘향가에는 송만갑제, 정응민제와 정정렬제가 섞여 있음을 스스로 분명히 밝힌 바 있어서 비교 대상에서 제외하였다. 또한 강도근의 경우에도 송만갑제로 알려져 있기는 하지만, 여러 대목에 걸쳐 정정렬제를 채워 넣는 등 여러 제가 섞여 있는 것으로 알려져 있어서 비교 대상에서 제외하였다. 김소희, 「춘향가 녹음을 끝내고」, <김소희 춘향가>(SRCD-1923) 음반해설서(서울음반, 1978) 및 김기형 역주, 『강도근 5가 전집』, 박이정, 1998, 18면 참조.

10) 이보형, 위의 글, 79~81면.

것은 박봉술창 〈춘향가〉의 고조적 특징을 보여주는 단적인 예이다.

(2) 이도령 꾀배 앓는 대목(도련님 배앓이)

박봉술창 〈춘향가〉에는 희화화된 인물의 등장이나 인물들 간의 재치 넘치는 대화 등으로 인하여 광대소리로부터 출발한 판소리 특유의 재기발랄함과 골계적 요소가 잘 살아 있다. 박봉술이 구수하고 해학적인 재담을 구사한 대표적인 대목으로는 '도련님 꾀배 앓는 대목'을 꼽을 수 있다.

> [아니리] (전략)…방자 물러간 후에 춘향 어모가 썩 건넌방으로 건너가 줄 일인디 처음 보는 사위를 데리고 이야기로 밤을 새려고 드니 도련님이 잠깐 꾀를 내야 헛배를 앓겄다. "아이고 배야―" [중중머리] 춘향 어머니 깜짝 놀래 "아이고 이것이 웬일이오. 점잖하신 도련님이 내집에 나와겼다 배 앓기가 웬일이오? …(중략)… "아쏘 여보 이리 떠들지 마소." [아니리] "아 그러면 어찌 하오리오?" "내 배는 뜨뜻하고 부들부들 부드런 손을 대면 낫는 배로시."…(후략)

흥미로운 사실은 박봉술이 부른 '도련님 꾀배 앓는 대목'이 『이고본 춘향전』에도 그대로 수록되어 있다는 점이다. 『이고본 춘향전』은 판소리 사설과 거의 구별이 가지 않는 구술체·판소리체로 되어 있으며,[11] 19세기 중엽 이전 민중적인 발랄성이 돋보이는 화소들이 상당 부분 살아 있는 것으로 평가받는 소설본이다. 더구나 이 대목은 『광한루악부』[12]에도 등장하기 때문에 '이도령 꾀배 앓는 대목'이 19세기 중엽까

---

11) 성현경은 『이고본 춘향전』이 근본적으로 구술체·판소리체로 엮어져 있어서 판소리 사설과 별로 구분되지 않는다는 사실을 지적한 바 있다. 성현경, 『한국옛소설론』, 새문당, 1995, 453면.

지는 소리판에서 많이 불리던 대목임을 알 수 있다.

　　춘향어미가 노랑머리 비켜 꽂고 곰방대 빗겨 물고 춘향 곁에 앉아 딸
자랑 하여가며 횡설수설 잔소리로 밤을 새우려는구나. 이도령이 민망하여
춘향어미를 떼려 한들 눈치도 모르고 저 원수를 채우는데 이도령이 의사
(意思)내어 두 손으로 배를 잡고, "애고 배야." 소리 소리를 지르면서 좌불
안석하는구나. …(중략)… "전부터 의증(疑症)이 나게 되면 뜻뜻한 배를
대면 돌이는데." "여보 그리하면 관계할까. 내 배나 맞대여보세." "그만두
게. 쓸데없네. 늙은이 배는 소용없네." 춘향어미 이 눈치 알고, "어허, 인제
알겠구나. 늙어지면 쓸데없지. 죽는 것이 섧지 않아도 늙는 것이 더욱 섧
대. 그리하면 나는 간다 너희끼리 하여보라." 떨떠리고 건너간다. 『이고본
춘향전』13)

　　그런데 19세기 후반기 창자인 장자백의 창본과 20세기 전반기 창자
인 이선유의 창본에는 이 대목을 언급한 후 공통적으로 '이랬다고 하나
그럴 리가 있겠느냐'라고 아니리로 처리하며 생략하고 있어서 주목된
다. '그럴 리가 없다'라고 아니리에서 이야기한다는 것은 그 바디에 해
당 대목이 있었다는 반증이기 때문이다.

　　[말로] (전략)…춘향 어미가 처음보는 사위를 밤새도록 이야기로 날을
　새우기로 드니 <u>도련님이 헛배도 앓고 어쩌고 하여다</u> 하되 알심있게 늙은

---

12) 『광한루악부』에서 "눈치없이 술자리에 앉아 술기운 도도하여 늙은 이 망령으로 농지
　거리 섞어하네"라고 읊은 구절은 바로 이 대목을 시화(詩化)한 것이다. 정출헌, 「『춘향
　전』의 인물형상과 작중역할의 현실주의적 성격-李古本 『춘향전』을 중심으로-」, 『판
　소리연구』 42집, 판소리학회, 1993, 96면 참조.
13) 표기는 『옛 그림과 함께 읽는 李古本 춘향전』에 제시된 현대역을 그대로 옮김. 성현
　경 풀고 옮김, 『옛 그림과 함께 읽는 李古本 춘향전』, 열림원, 2001, 205면 참조.

춘향 모친이 그럴 리가 있겠느냐 향단이 불러 자리 보전하고 건넌방으로 건너갔구나…(후략)『장자백 창본 춘향가』14)

   [안니리] (전략)…춘향모 먹은 후에 혹은 춘향모가 배를 알어싸고 그러나 알심잇넌 월매인대 그럴이가 잇게너냐 춘향모 안젓다 이러서며 도령님 곤하신대 일즉 주무시요 하고 춘향모 근너갓다…(후략)『이선유 창본 춘향가』15)

  '이도령 꾀배 앓는 대목'이 사라지게 된 것은 신재효가 '광대 망발'이라며 동창『춘향전』에서 이 대목을 삭제하면서 부터인 것으로 보인다.16) 장자백과 이선유는 모두 김세종으로부터 소리를 배웠다는 공통점이 있으므로, 이들이 '이도령 꾀배 앓는 대목'을 부르지 않은 것은 김세종이 그의 이론적 스승인 신재효의 비판적 의견을 수용한 결과일 것이다. 요컨대, 이 대목은 19세기 전반기까지 널리 불리다가 19세기 후반기 이후 김세종과 그의 제자들을 중심으로 부르지 않게 되었던 것으로 보이며, 이 대목이 박봉술창에 남아 있다는 사실로부터 박봉술이 배운 집안소리는 김세종 계통의 고조 동편제가 아님을 알 수 있다.

---

14)『장자백 창본 춘향가』중 현대역 부분을 그대로 옮겨 제시하였음. 김진영·김현주 역주,『장자백 창본 춘향가』, 박이정, 1996, 79면.

15) 이선유창본의 경우 의미를 분명히 전달하기 위하여 띄어쓰기만 현재 표기대로 하였고, 나머지 표기법은 1933년 출간되었을 당시의 원문을 그대로 따랐음. 김택수 엮음,『오가전집』, 한국국악학회 영인본, 1993, 15면.

16) 신재효는 동창『춘향전』에서는 "도령님 꾀배 앓아 배대면 낫겠단즉, 춘향 어미 배 내놓고 내 배 대자는 말이 아무리 농담이나, 哀發이라 할 수 있나"라고 하면서, 지나친 해학성을 비판한 뒤 이 대목을 삭제하였다. 김석배,「춘향전의 지평 전환과 변모 양상」,『춘향전의 지평과 미학』, 박이정, 2010, 68~69면 및 정출헌, 위의 글, 95면 참조.

(3) 사랑가 중 타기타령과 말농질

박봉술창 '사랑가' 대목의 사설 구성은 '긴 사랑가(진양조)-먹거리사설(중중모리)-타기타령(중중모리)-정자노래(중중모리)-궁자노래(중중모리)-타기타령(중모리)-말농질(자진모리)'로 되어 있는데, 이중 20세기 후반기 창자들이 부르지 않는 대목은 '타기타령'과 '말농질'이다.

박봉술이 중모리로 부른 '타기타령'과 자진모리로 부른 '말농질' 대목은 장자백 창본과 이선유 창본에 제시되어 있는데, 다만 장자백과 이선유는 각각 중중모리와 중모리 장단에 맞추어 중간에 아니리 없이 '타기타령'과 '말농질'을 연이어 부르는 것이 차이점이다.

'사랑가'의 세부적 구성을 더 구체적으로 살펴보기 위하여 본고에서 고찰 대상으로 삼은 동편제 창자들의 사랑가 사설을 다음 [표 1]과 같이 정리해 보았다. 이를 통해 진양조로 부르는 '긴 사랑가'는 대부분 유사하지만, 그 이후의 대목은 창자에 따라 화소의 결합과 장단의 운용에 있어서 조금씩 차이가 있음이 드러난다.

[표 1] 동편제 〈춘향가〉 중 사랑가 대목의 사설 구성 비교

박봉술 창본	장자백 창본	이선유 창본	성우향 창본
[진양조] 만첩청산 늙은 범이/사후기약	[진양조] 걷는태 보자/동정칠 백월야추/사후기약	[진양조] 만첩청산 늙은 범이/사후기약	[진양조] 만첩청산 늙은 범이/사후기약
[중중모리] 옷벗기기 (북해 흑룡이)	[중중모리] 사후기약(윗짝밑짝)		
[중중모리] 금옥사설 /먹거리사설			[중중모리] 먹거리사설
[중중모리]정자노래	[중중모리]정자노래		[중중모리] 어붐질/정자노래
[중중모리]궁자노래	[중중모리]궁자노래		[자진모리]궁자노래

	[중모리] 춘향 옷 벗기기 (만첩청산 늙은 범이)	[중모리] 춘향 옷 벗기기(북해흑룡이) /먹거리사설/정자노 래/궁자노래	
	[중모리] 금옥사설 /먹거리 사설		
	[중중모리]어붐질		
[중모리]타기타령 [자진모리]말농질	[중중모리] 타기타령/말농질	[중모리] 타기타령/말농질 [중모리] 어붐질	

　이 중 사설 간 유사성이 가장 높은 박봉술창과 장자백 창본을 비교해 보면, 장자백은 '정자노래'와 '궁자노래' 이후 바로 '타기타령·말농질'을 부르지 않고 그 사이에 중모리로 '만첩청산', '금옥사설·먹거리 사설'을 부르고 중중모리로 '어붐질'을 불러서, 두 창본의 구성에 차이가 있음이 드러난다. 반면 박봉술은 '만첩청산 늙은 범이'와 '사후기약' 사설을 진양조로 부른다는 점에서 이선유, 성우향과 유사하다. 그리고 이선유창은 장자백창과 유사하지만, 중중모리 대목이 없고 중모리로만 부른다는 점에서는 차이가 있다.

　이처럼 사랑가 대목을 통해서 볼 때 박봉술창은 김세종-장자백으로 이어지는 소릿조와는 계통이 다른 소릿조라는 것이 다시 한 번 드러나며, 김세종과 송우룡에게 배운 이선유의 소리와도 차이가 있어서 송우룡 계통의 소리가 아닐 가능성이 높다는 사실을 확인할 수 있다.

(4) 군로사령 돈 받는 대목

　박봉술창에는 군로사령이 돈 받는 대목에서 사령들이 '백구타령'을 부르는 것으로 설정되어 있다.

[중중머리] "백구야 백구야 백구야 백구야 백구야 껑청 뛰어 달아나지 말어라. 너를 잡으러 내 안 간다. 오류춘광 경 좋은데 <u>백마금편의 소년들 예이이이 소년들.</u>"

이 대목의 사설을 다른 창자의 사설과 비교해 보면 장자백 창본에서는 술에 취한 사령들이 아무 노래도 부르지 않고 비틀거리며 그냥 돌아가고, 이선유 창본에서는 군로사령들이 '매화타령'을 부르는 것으로 설정되어 있다. 또 성우향은 '돈타령'을 부르고, 정정렬제에서는 아예 이 대목을 생략하고 부르지 않는다.[17) 이처럼 이 대목에서는 19세기 이래 창자와 유파에 따라 다양한 레퍼토리의 노래를 삽입하여 불러 온 것으로 보이는데, 박봉술처럼 이 대목에서 백구타령을 부른 동편제 창자로는 송만갑이 있다.[18)

(아니리) 춘향이 염계달이 소리올시다 (중모리) **백구야 날지를 말아라 너를 잡으러 내 안 간다** 성상이 바렸기로 너를 좇아 여기를 왔느냐 강산의 터를 닦고 구목위소하여 두고서 나물먹고 물을 마시고 팔을 둘러베고 누웠으니 대장부 살림살이를 이만하면은 넉넉하냐 일촌간장으 맺힌 설움 부모생각이뿐이로다 옥창앵도 붉었으니 원정부지 이별이야 송백수양으 푸른가지는 높이높이 그네를 매고서 녹의홍상의 미인들은 오락가락 노니난디 우리벗님 어디를 가겨 단오시절인줄 모르신다 그달을 지내고 오월

---

17) 성기련, 「20세기 염계달제 경드름의 변모양상 연구」, 『판소리연구』 12집, 판소리학회, 2001.

18) 중고제 명창 심정순이 [NIPPONOPHONE 6085] 음반에 남긴 '남원사령주취가'는 중모리로 아주 짧게 '백구타령'을 불렀을 뿐 나머지 부분에서는 박봉술과 전혀 다른 아니리로 처리하고 있어서 박봉술창과 같은 계통으로 보기 어려우며, 정광수 역시 아니리에서 사령들이 흥이 나서 '백구타령'을 부르는 설정이지만 아니리로 처리하고 있기 때문에 박봉술창과는 차이가 있다. 심정순창에 대해서는 신은주, 『판소리 중고제 심정순家의 소리』, 민속원, 2010, 168~169면 참조.

이나 단오날 일지지창외허여 창창한 숲풀속 백설이 점점 잦었는데 시자
시재 성언이야 산영자치가 나는구나 광풍제월이 너푼천지 연비어약 노는
구나 **오류춘광 경 좋은디** 청풍명월은 놀고지고 천금준마를 잡아타고서
장안대로상으로 다니면서 거더럭거리고 놀아

그러나 송만갑창 '백구타령'과 박봉술창 '백구타령'의 사설을 비교해
보면 일부 내용(밑줄 친 부분)이 같을 뿐, 사설의 길이와 내용의 차이가
커서 '백구타령'의 경우 박봉술이 송만갑제를 그대로 이어서 전승한 것
이라고 보기 어렵다. 박봉술창과 송만갑창 '백구타령'의 곡조의 차이에
대해서는 2장에서 선율 비교를 하며 다시 논하겠다.

(5) 이도령이 남원 내려오다가 농부들 만나는 대목

박봉술창에는 이도령이 남원 내려오다가 농부들을 만나서 대화하는
장면이 있는데, 이때 자진모리와 중모리로 '젊은 농부 냅떠서'와 '경전야
숙'의 두 대목을 부른다. 이 두 대목은 20세기 후반기 창자들은 부르지
않지만, 장자백은 '젊은 농부 냅떠서'와 내용상 관련이 있는 '어떤 농부'
로 시작하는 사설을 휘모리로 부르고, 이선유는 '경전야숙'을 진양조로
불러서 어느 정도 관련성을 보여준다. 하지만 두 창본 모두 박봉술창보
다 소략하기 때문에 박봉술창이 오히려 연원이 오랜 사설일 것으로 추정
된다. 재담적 요소가 많은 이 대목이 20세기에 들어와 점차 축소된 이유
는 극적 긴장감이 최고조에 달하는 어사출도 직전 대목에 있음으로써
오히려 극의 전개에 방해가 된다고 판단되었기 때문이 아닐까 추정된다.

(6) 이도령이 잔치에서 괄시받는 대목

일반적으로 박봉술창 중 '박석틔' 이후 대목은 정정렬제를 따온 것이

라고 알려져 있지만, 변사또 생일잔치에서 이도령이 괄시받을 때 불려지는 '벌떼 같은 군로사령 달려들어(휘모리)'와 '수청하든 통인이며(중모리)'의 대목은 정정렬제 최승희창에 전혀 없는 대목이다. 반면, 장자백 창본에는 박봉술창의 '벌떼 같은 군로사령 달려들어'와 유사한 '혼금나졸 달려들어'란 대목이 자진모리로 제시되어 있어서, 박봉술창과 장자백창의 관련성이 보인다. 이 대목 외에도 박봉술창 중 '박석틔' 이후 대목에는 정정렬제와 공통된 화소가 많지 않아서 '어사출도'를 제외하고는 전체적으로 볼 때 정정렬제의 영향은 미미한 것으로 보인다.19)

지금까지 박봉술창 <춘향가> 중 6대목을 택해 장자백 창본과 이선유 창본, 그리고 성우향창, 최승희창과 비교하여 보았는데, 그 결과를 표로 정리하면 다음의 [표 2]와 같다.

[표 2] 〈춘향가〉의 창자별 사설 구성 비교

박봉술창 〈춘향가〉의 구성		장자백	이선유	성우향	최승희
광한루에서 춘향과 이도령 만나는 대목	춘향이 방자 따라가는데(진양)	진양	진양	×	×
	춘향 앉은 거동 (자진모리)	중중모리	×	×	×
이도룡 꾀병 앓는 대목	도련님 배앓이 (자진모리)	'그럴 리 없다'고 아니리	'그럴 리 없다'고 아니리	×	×
사랑가중 타기타령과 말농질	타기타령(중모리)	중중모리	중모리	×	×
	말농질(자진모리)			×	×
군로사령들 돈받는 대목	백구타령(중중모리)	×	×	×	×

---

19) 박봉술창 중 '박석틔' 이후 대목에 대해서는 여러 계통의 <춘향가>를 보다 면밀히 비교해 볼 필요성이 있다. 이에 대해서는 고를 달리 하여 논하고자 한다.

이도령 남원 내려오다 농부들 만나는 대목	젊은 농부 냅떠서 (자진모리)	어떤 농부 (휘모리)	×	×	×
	경전야숙(중모리)	×	진양조	×	×
이도령 잔치에서 괄시받는 대목	벌떼같은 군로사령 달려들어(휘모리)	혼금나졸 달려들어 (자진모리)	×	×	×
	수청하든 통인이며 (중모리)	×	×	×	×

2) 8명창 더늠을 중심으로 살펴본 선율적 특징

19세기에 활동한 8명창 더늠[20]의 경우에는 창자와 유파를 초월하여 바꾸지 않고 전승하는 것이 원칙이므로, 20세기 전반기까지의 명창들은 대부분 이 대목을 선배 세대로부터 전승한 그대로 고수해서 부른 경향이 강하였다. 하지만 20세기 후반기 이후에는 창자들 중 8명창 더늠의 선율을 계면화하거나 그 대목을 아예 삭제하여 부르지 않는 경우도 생겨났다.[21] 따라서 8명창 더늠의 전승 여부는 박봉술창 〈춘향가〉가 신

---

20) 8명창이란 19세기에 활동하며 실력을 인정받던 창자들로 이들이 남긴 특장 대목인 더늠은 20세기 전반기까지도 전해져서, 송만갑, 김창룡 등의 명창이 "○○○ 더늠이었다"라고 아니리에서 밝히고 '명창제' 더늠 그대로 여러 장의 음반을 녹음하기도 하였다. 이보형, 「고음반에 제시된 판소리 명창제 더늠」, 『한국음반학』 창간호, 한국고음반연구회, 1991 및 이보형, 「고음반에 제시된 판소리 명창제 더늠(Ⅱ)」, 『한국음반학』 4호, 한국고음반연구회, 1994.

21) 19세기에 활동한 8명창의 더늠 중 모홍갑제인 동강산제와 송흥록제 귀곡성은 20세기 후반기에 활동한 창자들이 잘 부르지 않고 있으며, 박유전제 더늠은 이별가에 녹아들어 뚜렷이 명창제로 인식된 채 전승되지 않고 있다. 염계달제 경드름은 남원골 한량 대목에서는 전승되지만, 돈타령은 다른 선율의 돈타령 더늠으로 대체되거나 구성음의 변화를 통해 계면조화 되었으며, 자진사랑가 대목에서 불리는 고수관제 추천목의 경우에도 구성음의 변화를 통하여 계면조에 가깝게 부르는 창자가 많다. 20세기 후반기

조인지 고조인지를 판단하기 위한 적절한 기준이 될 수 있다고 본다.

본고에서는 박봉술이 19세기 명창제 더늠을 잘 전승하고 있는지 선율 분석을 통해서 살펴볼 것인데, 이 과정에서 송만갑이 같은 사설 대목을 어떻게 부르고 있는지를 함께 따져보아 박봉술창과 송만갑창의 연관성도 살펴보도록 하겠다. 박봉술이 송만갑제를 이은 것이라면 8명창 더늠 대목 역시 송만갑의 소리와 같을 것이기 때문이다. 다만 송만갑창 <춘향가>는 바탕소리가 모두 남아 있는 것이 아니라 유성기음반에 일부 대목만 남아 있으므로, 필요한 경우 성우향 등 다른 창자의 소리와 비교하도록 할 것이다.

(1) 사랑가 중 자진사랑가(고수관 더늠)

춘향이와 이도령이 '네가 무엇을 먹으려느냐'라며 문답하는 대목은 고수관 더늠인 추천목으로 잘 알려져 있다. 이 대목을 고수관제 더늠 그대로 부른 예는 김창룡의 [Regal C155-A(21070)] 명창제 음반에서 찾아볼 수 있는데, 김창룡은 경조(京調)를 수용하여 염계달이 만든 추천목의 특징을 살려서 [la, do′, re′] 중심으로 부른다. 한편 성우향, 김소희 등 20세기 후반기에 활동한 창자들은 고수관의 더늠 선율인 추천목 그대로 부르지 않고 종지 선율은 [mi, la, do] 위주로 바꾸고 살짝 꺾는목을 넣어 [do′ do′⁻si la la]의 계면조적인 선율을 일부 섞어서 부른다.22)

이후 19세기 명창들의 더늠 대목을 사설과 곡조 모두 그대로 전승하여 부르는 예는 권삼득제 설렁제가 있을 뿐 대부분 8명창의 더늠 대목은 사설이 그대로 남아 있다고 하더라도 선율에 있어서는 구성음 또는 조의 변화가 일어난 경우가 많다.

22) 성기련, 「판소리 <춘향가>중 고수관제 자진사랑가 연구」, 『한국음반학』 6호, 한국고음반연구회, 1991, 345~349면.

〈악보 1〉 박봉술창 자진사랑가 중 제1~8장단

채보 : 성기련

중중모리
(아니리) "도련님이 춘향을 업고 노는데 이전 장안명창 고동지 고수관씨제로 놀겄다"

사랑사랑 사랑 내 사랑 이 로 다 | 아 마 도 내 사 랑

사 랑 이로 구 나 내 사랑 이로 다 등 등 등 내 사 랑

니 가 금 이 냐 니 가 옥 도 련 님 말 씀 이 당 치 않 소 —

　

박봉술은 아니리에서 '고수관 더늠'임을 분명히 밝히고 이 대목을 부르기 시작하였으며, 김창룡창 명창제 음반과 같이 계면 성음을 쓰지 않고 〈악보 1〉의 □ 표시된 부분과 같이 [la la re′ re′-do la]의 선율 위주로 소리한다. 박봉술이 먹거리 사설을 계면조화 시켜서 부르지 않고 고수관 더늠 그대로 추천목으로 부른 것으로 보아 고조 더늠을 변형시키지 않고 잘 전승한 명창임을 알 수 있다.

(2) 사랑가 중 궁자 노래(권삼득 더늠)

20세기 전반기 이후 유성기음반에 남아 있는 자료와 현재 이 대목을 부르고 있는 창자들의 소리를 종합해 보면, 20세기에 활동한 창자들은 대부분 다음 〈악보 2〉의 성우향창과 같이 [mi, la, do′, mi′]가 중심이 된 우조 선율로 '궁자노래'를 부른다.

〈악보 2〉 성우향창 궁자노래 중 제1~10장단

그런데, 박봉술은 다음 〈악보 3〉의 □ 표시된 부분에서 볼 수 있는 바와 같이 처음에 la′음으로 높게 질러내다가 한 옥타브 아래의 la음으로 뚝 떨어지며 종지하는 전형적인 권삼득 설렁제 더늠으로 '궁자노래'를 부른다. 이는 〈악보 2〉의 □ 표시된 부분과 같이 [la mi la la]의 선율형으로 종지하는 성우향창과 분명히 구별되는 특징이다. 주목할 점은 박록주가 박봉술이 '궁자노래'를 부르는 것을 처음 들어보더니 "예전에 유공렬이 궁자 노래 대목을 설렁제로 하는 것을 들어봤는데 박봉술이 그렇게 한다"고 회고했다는 사실이다.[23]

---

23) 조선성악연구회에서 송만갑 등 여러 원로명창들과 공연을 하고 소리를 배웠던 박록

〈악보 3〉 박봉술창 궁자노래 중 제1~10장단

채보 : 성기련

유공렬[24]은 송흥록의 직계문인(直系文人)으로 '사랑가'가 장기 중 하나였다고 전해지는 박만순[25]에게서 소리를 배웠으므로, 유공렬이 이

주가 유공렬이 이 대목을 설렁제로 소리한 것을 특이한 예로 기억한다는 것은 1930년대 무렵 이 대목을 설렁제로 하는 창자는 송만갑을 비롯하여 아무도 없었다는 사실을 반증한다. 이보형 증언.

24) 유공렬은 전라북도 익산 출신인 조선 말기의 판소리 명창으로 어려서 판소리를 배워 8, 9세에 판소리를 뛰어나게 잘 불러 사람들을 놀라게 하였다고 하며, 15세 때 박만순(朴萬順)의 문하에 들어가 몇 년간 판소리를 배워 동편제 판소리의 법통소리를 터득하였다고 전해진다. 정노식, 『조선창극사』, 조선일보사, 1940, 175~182면.

25) 박만순은 전북 정읍군(井邑郡) 고부(古阜) 출생이며, 가왕(歌王)으로 이름을 떨쳤던 송흥록(宋興祿)의 수제자이다. 동편제(東便制) 판소리의 거장으로서 성격이 호탕하고 소리의 폭이 컸으며, 흥선대원군의 총애를 받았다고 한다. 8명창 이후 판소리계의 최

대목을 설렁제로 부르는 것은 송흥록으로부터 박만순을 거쳐 유공렬로 이어진 고조 동편제의 특성임이 분명하다. 송흥록-박만순으로부터 소리를 배운 유공렬과 마찬가지로 박봉술이 '궁자노래'를 설렁제로 불렀다는 사실은 박봉술이 이 대목을 송만갑으로부터 배우지 않았음을 알려준다. '궁자노래'는 박봉술창이 송흥록-박만순-유공렬로 이어지는 소릿조와 계보상 관련이 있음을 알 수 있게 해주는 단서가 된다는 점에서 매우 중요하다.

(3) 이별가 중 이도령과 춘향 주고받는 대목(박유전/염계달 더늠)

박봉술창 중 '이도령과 춘향이 주고받는 대목'은 송만갑이 [Columbia 40175-A · B] 음반에 남긴 '이별가'의 사설과 거의 유사한데, 그 선율적 연관성에 대해서도 비교해 보겠다.

고 명창이었으며, <춘향가> 중 '옥중가'와 '사랑가' 등이 장기라고 전해진다. 앞의 책, 56~58면.

〈악보 4〉 송만갑창 이별가 중 제5~8장단

위의 〈악보 4〉는 송만갑이 취입한 '이별가' 대목의 일부분으로 춘향이가 말하는 대목은 박유전 더늠인 계면조, 이도령이 말하는 대목은 염계달 더늠인 전형적인 경드름 선율로 되어 있다. 송만갑은 춘향이가 말하는 대목을 계면조로 부르고 이몽룡이 말하는 대목을 경드름으로 부름으로써 춘향과 이도령이라는 두 인물을 음악적으로 뚜렷하게 대비시킨 것이다.

〈악보 5〉 성우향창 이별가(춘향모 건너간 이후 대목) 중 제1~4장단

채보 : 성기련

그런데 20세기 후반기 창자들이 이 대목을 부른 음원자료를 들어 보면 춘향이가 말하는 '올 날이나 일러주오' 사설은 계면조로 부르지만, 이도령이 말하는 대목은 전형적인 경드름으로 부르지 않고 변형시키는 경우가 많음을 알 수 있다. 그 한 예로 성우향창을 살펴보면, 〈악보 5〉 중 □로 표시한 부분에서와 같이 악보상 c#과 f#로 표시된 음을 반음 내리고 e음에 요성을 넣음으로써 경드름의 구성음을 변형시켜 마치 [mi, la, do′-si]로 구성된 계면조 선율인 것처럼 부른다.26)

한편 박봉술은 〈악보 6〉에서 보이듯이 이도령이 말하는 대목에서 [sol, la, do′, re′, mi′(fa′)]의 5음을 고루 사용하고, □ 부분에서처럼 [re′ do′-la sol sol-la]의 종지형으로 마무리 짓고 있다. 이상 박봉술이 송만갑과

---

26) 구성음과 시김새의 변화를 통한 계면조화는 20세기 후반기 창자 중 정응민제를 전승한 보성소리 창자들과 정정렬제를 전승한 최승희창 등에 나타난다. 성기련, 「20세기 염계달제 경드름의 변모양상 연구」, 『판소리연구』 12집, 판소리학회, 2001.

같이 전형적인 경드름으로 이 대목을 부르는 것으로 보아 '이별가' 대목
은 박봉술이 송만갑제를 이은 대목으로 보인다.

〈악보 6〉 박봉술창 이별가(이도령 말하는 대목) 중 제1~7장단

채보 : 성기련

이와 같이 춘향이와 이도령이 서로 대화하는 대목은 '이별가' 중 '신
표 교환하는 대목'에서 한 번 더 나오는데,27) 박봉술은 이 대목에서도

---

27) 정정렬 바디, 김연수 바디, 김소희 바디를 부르는 창자들은 오리정 이별 대목을 따로
   설정하고 오리정 장면에서 신표 교환하는 사설을 부르며 이별가를 확대하지만, 송만
   갑이나 보성소리 창자 등 동편제 창자들은 신표 교환하는 사설을 집안 이별 장면에서

이도령이 말하는 부분을 염계달 더늠인 경드름으로 부른다. 이 대목 역시 박봉술창은 송만갑창과 매우 유사하다.

(4) 이별가 중 쌍교 독교 사설(모흥갑 더늠)

다음은 모흥갑 더늠으로 유명한 '쌍교 독교' 사설이다. 송만갑과 그의 제자 김초향·김소향, 그리고 이화중선은 모흥갑 더늠을 방창하여 이 대목을 음반으로 남긴 바 있지만, 20세기 후반기 창자들은 대부분 이 대목을 부르지 않는다.[28]

〈악보 7〉 송만갑창 이별가(쌍교독교) 중 제1~6장단

부른다. 박봉술 역시 집안 이별 장면에서 신표 교환하는 사설을 부른다.

28) 모흥갑창 이별가의 특징에 대한 논의와 악보는 성기련, 「판소리 동편제와 서편제의 전승양상 연구-〈춘향가〉 중 이별가 대목을 중심으로-」, 서울대학교 석사학위논문, 1996, 24~28면 참조.

송만갑은 [Victor Junior KJ-1001-B] 음반에 모홍갑제인 이 대목을 취입하였는데, 〈악보 7〉의 점차 상행하였다 하행했다가 do′음으로 지속하는 내드름 선율과 제5~6장단의 □ 부분에서 볼 수 있듯이 높은 상성으로 질러내는 선율이 특징이다.

박봉술이 '쌍교독교' 사설로 부르는 이 대목은 전체적으로 송만갑창과 거의 같은데, 특히 제2장단에서 모홍갑제의 특징적 선율인 점차 상행 후 하행하여 do′음으로 지속하는 선율과 제5~6장단에서 높게 상성으로 질러내는 선율이 나오는 점에서 송만갑창과 거의 유사하다.

〈악보 8〉 박봉술창 이별가(쌍교독교 사설) 중 제1~6장단

채보 : 성기련

'이별가'는 〈춘향가〉 중 가장 중요한 대목 중 하나였으므로, 박봉술이 송만갑의 〈춘향가〉를 배울 때 가장 우선적으로 배웠을 가능성이 높다.[29]

---

29) 김소희는 1978년 〈춘향가〉 녹음을 끝낸 후 "송선생님의 수제자였던 故 박봉래씨의 동생 되시는 현 중요무형문화재 박봉술씨에게서 그 일부분을 찾을 수 있어 무엇보다도 기뻤습니다. 기생점고 대목과 십장가까지는 송만갑 선생받이로 했고…"라고 밝힌 바 있다. 김소희의 이 구술을 통해서 박봉술은 큰 형인 박봉래가 송만갑으로부터 소리

(5) 군로사령 나가는 대목(권삼득 더늠)

박봉술은 '군로사령 나가는 대목'에서 권삼득 더늠의 특징을 살린 전형적인 설렁제30) 선율로 소리를 하였다.31) 20세기 전반기는 물론 후반기 이후에도 거의 모든 창자들이 군로사령이 나오는 대목을 설렁제 선율로 부르는데, 이는 판소리 발생 초기부터 널리 불려온 일종의 '박음소리'32)이기 때문인 것으로 보인다.

를 학습하는 과정에서 간접적으로 송만갑제 <춘향가>의 일부 대목을 전승했고 이를 다시 김소희에게 전해 주었음을 알 수 있다. 김소희, 앞의 글 참조.

30) 이보형, 「판소리 권삼득 설렁제」, 『석주선교수 회갑기념 민속학논총』, 논문집간행위원회, 1973.

31) 서정민은 20세기 후반기 창자들의 군로사령 대목을 분석하여 박봉술창 군로사령 대목의 구성음이 '미솔라(시)도레미'로 변화하였다고 하였다. 그러나 박봉술은 시대적인 변화에 따라 소리경향을 쉽게 바꾼 창자가 아니었으며, 군로사령 대목에서도 설렁제 더늠의 특징을 보유하고 있는 것으로 보이므로 이에 대한 재고가 필요하다고 본다. 서정민, 「춘향가 중 군로사령 대목의 설렁제 변화양상」, 『한국음악사학보』 44권(한국음악사학회, 2010, 160~162면 참조.

32) 박동진은 사설을 변동시키지 않는 대목을 '박음소리'라고 한 바 있다. 「판소리명창 박동진 대담」, 『판소리연구』 2집, 판소리학회, 1991, 226면.

〈악보 9〉 박봉술창 군로사령 나가는 대목 중 제1~10장단

'궁자노래' 등은 창자에 따라 설렁제로 부르다가도 시대가 바뀌면 다른 곡조로 대체될 수 있는 유동적인 대목이지만, '군로사령 나가는 대목'은 판소리 발생 초기부터 유파와 창자에 관계없이 누구나 부를 정도로 고정적인 대목이었던 것이다.

(6) 군로사령 돈받는 대목 중 백구타령(권삼득 더늠)

20세기 전반기의 창자들은 군로사령 돈 받는 대목에서 '매화타령', '백구타령', '돈타령' 등 다양한 삽입가요를 불렀는데, 후반기 이후 창자들은 이 대목에서 '돈타령'을 부른다.[33] 따라서 20세기 후반기 창자인

---

33) 현재 이 대목과 관련한 유성기 음반으로는 김창룡이 염계달 더늠이라고 밝히고 방창하여 부른 돈타령 음반이 전해지며, 이화중선이 권금주와 함께 부른 돈타령과 백구타령은 콜럼비아에서 출시된 〈춘향전〉 창극 음반에 녹음되어 있다. 성기련, 「20세기

박봉술이 이 대목에서 '백구타령'을 부른 것은 특이한 예이다.

〈악보 10〉 송만갑창 백구타령(경드름) 중 제1~8장단

20세기 창자들 중 박봉술이 부른 '백구타령'과 가장 유사한 사설로 '백구타령'을 부른 창자로는 송만갑이 있다. [NIPPONOPHONE 6167] 음반에 송만갑이 녹음한 '백구타령'은 위의 〈악보 10〉의 □ 부분에서 볼 수 있듯이 [re′ do′ do′ la-sol sol-la]의 선율로 종지하는 경드름 선율로 되어 있다.

송만갑이 '백구타령'을 경드름으로 부른 것에 반해 박봉술은 '백구타령'을 설렁제로 불렀으므로, 이 대목은 박봉술이 송만갑 소리를 그대로 이어 받은 것이 아님을 증명해주는 대표적인 예이다.

염계달제 경드름의 변모양상 연구」, 『판소리연구』 12집, 판소리학회, 2001, 321면 및 326~329면 참조.

〈악보 11〉 박봉술창 백구타령(설렁제) 중 제1~6장단

박봉술이 이 대목을 설렁제로 불렀고, 보성소리 창자들 역시 군로사령 나가는 대목에서 '돈타령'을 부르며 전반부를 설렁제로 부른 것[34]은 설렁제가 씩씩하고 거들먹거리며 호기 있는 성음으로 되어 있어서 고제 동편제 창자들이 선호한 까닭이라 생각된다. '군로사령 돈 받는 대목'을 통해 판소리는 유파와 바니, 그리고 창자에 따라 사설 및 선율 구성이 다양하며, 특히 고제로 갈수록 그러한 특징이 더 강하다는 사실을 다시 한 번 확인할 수 있다.

(7) 남원골 오입쟁이 대목(염계달 더늠)

남원골 오입쟁이 대목은 『조선창극사』에 염계달 더늠으로 기록된 소리대목이며,[35] 대다수의 20세기 전·후반기의 명창들이 경드름 선율을

---

34) 성기련, 「20세기 염계달제 경드름의 변모양상 연구」, 『판소리연구』 12집, 판소리학회, 2001, 330~331면.

35) 정노식, 위의 책, 26~27면.

변화시키지 않고 부르는 대목이기도 하다. 박봉술 역시 이 대목을 전형 적인 경드름 선율로 불렀다.

(8) 옥중가(송흥록 더늠)

박봉술이 송흥록 더늠인 노장산유화조라고 아니리에서 밝히고 부른 옥중가는 '동풍가'[36] 사설이 주가 되지만, 제5~6장단에 '바람이 우루루 루루…'라고 하는 사설이 나오는 점이 특이하다.

〈악보 12〉 박봉술창 옥중가(노장산유화조) 중 제1~6장단

채보 : 성기련

한편 송만갑도 [닙보노홍 K188A(6152)] 음반에 '옥중가'를 취입하였 는데, 박봉술창과 비교하여 보면 언뜻 유사한 것 같지만 '바람이 우루루 루루루'라는 사설이 나오지 않는 것이 첫 번째 차이점이다. 그리고 〈악보

---

36) 이 대목은 중간에 '춘하추동 사시절을 옥방금수 보낼 적에 망부사로 울음을 운다. 동풍이 눈을 녹이어 가지가지 꽃이 피니'라는 사설이 있어서 '동풍가'라고 불린다.

12>와 <악보 13>의 □ 표시된 부분에서 볼 수 있듯이 유사한 사설 대목이라도 말붙임새 및 선율이 다르다는 점이 두 번째 차이점이다. 예를 들어 박봉술은 '앞문에는 살만 남고 뒷벽은 외만 남어'라는 사설을 두 장단에 얹어 부르지만, 송만갑은 같은 내용의 사설을 네 장단에 얹어 불렀던 것이다. 박봉술창과 송만갑창의 세 번째 차이점은 박봉술이 송흥록제 더늠이라는 사실을 아니리에서 분명히 밝히고 '옥중가'를 부른 것과 달리 송만갑은 그렇지 않았다는 것이다.

<악보 13> 송만갑창 옥중가 중 제1~10장단

이처럼 박봉술이 부른 '동풍가'가 송만갑창과 사설 구성이 다르고 말붙임새와 선율 등에서도 차이가 나는 이유는, 박봉술이 송만갑제를 잇

지 않고 박만조와 박봉채에게서 배운 집안소리로 이 '동풍가' 대목을 불렀기 때문일 가능성이 크다.

여기서 김창룡이 송흥록제 귀곡성이라고 아니리에서 밝히고 [Columbia 40279-B(21041)]에 녹음한 '옥중가'의 제1~2장단에도 '바람은 우루루루루루루루'라는 사설이 나와서 주목된다. 박봉술창과 김창룡창은 마치 바람 소리를 흉내 내듯이 [mi′ do′ mi]로 뚝 떨어져 하행한 후 mi음으로 지속하는 동일한 선율선으로 박의 틀에 얽매이지 않고 사설을 **빠르게** 붙여서 부른다는 점에서도 공통적이다.

〈악보 14〉 김창룡창 옥중가(귀곡성) 중 제1~4장단

지금까지 살펴본 바를 종합하면, 송흥록 더늠 '옥중가'에는 '바람은 우루루루루루'라는 사설이 들어 있었을 가능성이 높다. 송흥록제임을 아니리에서 밝히고 소리한 김창룡과 박봉술 모두 '바람은 우루루루루'라고 하는 사설을 불렀기 때문이다. 또한 "송흥록이 귀신 성음을 내는 부분을 불렀을 때 음풍이 불었다"는 전설이 전해지는 것으로 미루어 보아,[37] 송흥록이 부른 '옥중가'에는 바람 소리를 흉내 낸 사설이 들어 있

---

37) 정노식, 앞의 책, 24~25면.

었을 개연성이 매우 높기 때문이다. 그렇다면, 송흥록의 수제자였던 박
만순이 자신의 더늠으로 삼았다는 '옥중가'에도 역시 '바람은 우루루루
루'라고 하는 부분이 들어 있을 가능성이 상당히 크다. 박만순은 스승인
송흥록이 불러 유명했던 '옥중가' 더늠을 그대로 전승했을 것이기 때문
이다. 다시 말해서 박봉술이 송흥록제임을 아니리에서 분명히 밝히고
송만갑과는 다른 사설과 선율로 '옥중가'를 불렀던 것은 바로 박봉술이
박만순을 통해 송흥록제를 전승했기 때문이라고 추정하게 된다.[38]

　지금까지 박봉술창 〈춘향가〉에 드러난 19세기 8명창들의 더늠 대목
을 〈춘향가〉의 이야기 순서대로 정리해 보면 다음의 [표 3][39)과 같다.

[표 3] 박봉술창 〈춘향가〉 중 8명창 더늠 대목

박봉술창 〈춘향가〉		8명창 더늠의 전승
사랑가 대목	먹거리 사설	고수관 더늠 추천목
	궁자 노래	권삼득 더늠 설렁제
이별가 대목	'…하거든 오랴시오'사설	박유전 더늠 계면조
	이도령·춘향의 문답사설	염계달 더늠 경드름
	신표교환 대목 사설	염계달 더늠 경드름
	'쌍교 독교' 사설	모흥갑 더늠 강산제

---

38) 정노식, 앞의 책, 56~63면. '동풍가'는 20세기 전반기의 창자들 중 송만갑과 박중근
　등이 유성기음반에 옥중가를 녹음하며 불렀고, 그 외의 창자들은 잘 부르지 않아서
　고제 동편제 더늠으로 추정된다. 그리고 본문에서 살펴보았듯이 송흥록의 수제자인
　박만순 역시 옥중가를 부를 때 '동풍가' 사설을 주로 하여 불렀을 가능성이 매우 높다.
　그러나 『조선창극사』의 박만순조에는 '춘하추동'으로 시작하는 '동풍가' 사설이나 '귀
　곡성'이 들어가 있지 않은데, 이는 정노식이 『조선창극사』 집필 당시 실제 박만순의
　더늠을 접하기 어려운 상황에서 당시 불리고 있던 '옥중가' 사설을 수록한 탓이었을
　것으로 보인다.

39) 성기련, 「20세기 판소리사의 흐름 속에서 재조명해 보는 고조(古調) 명창 박봉술」,
　『판소리명창론』, 박이정, 2010, 485면.

군로사령 돈 받는 대목	군로사령 나가는 대목	권삼득 더늠 설렁제
	백구타령	권삼득 더늠 설렁제
남원골 오입쟁이 대목	오입쟁이 말하는 사설	염계달 더늠 경드름
옥중가	옥방형상 사설(동풍가)	송흥록 더늠 노장산유화조

3. 박봉술창 〈춘향가〉의 전승계보

1) 계통 관련 논의에 대한 재고

박봉술창 〈춘향가〉의 계통과 관련하여 지금까지 논란이 된 쟁점은 ① 순수한 동편제인가, 아니면 정정렬제가 섞인 바디인가 ② 김세종-장자백 계통인가 ③ 송흥록-송광록-송우룡-송만갑 계통인가였으며, 최근 ④ 박봉술창은 여러 창자의 사설을 짜깁기한 불완전한 전승이 아닐까 하는 주장이 제기되기도 하였다.[40] Ⅱ장의 고찰 결과를 토대로 이 네 가지 관점에서 박봉술창의 계통에 대해 다시 한 번 짚어보겠다.

① 순수한 동편제인가, 아니면 정정렬제가 섞인 바디인가?
박봉술창 〈춘향가〉를 연구하는 데에 있어서 '박석틔' 이후 대목이 정정렬제라는 김명환의 의견은 오랫동안 연구자들 사이에서 정설로 받아들여져 왔다. 그러나 박봉술창 중 '이도령 잔치에서 괄시받는 대목'에

---

40) 배연형은 "박봉술의 춘향가는 부분적으로 불완전하게 전승되면서 내용이 소략해지고 몇몇 대목은 다른 유파의 소리가 조각보처럼 끼어들어 다소 얼룩진 대목도 있다. …(중략)…박봉술의 춘향가에는 장재백과 관련이 있는 박봉술 집안의 전래 소리가 일정한 층위로 적층되어 있다고 보는 것이 타당하다."고 주장하였다. 배연형, 위의 글, 61면.

나오는 '벌떼 같은 군로사령 달려들어' 혹은 '수청하든 통인이며'의 사설은 정정렬제인 최승희창에서 전혀 발견되지 않으며, 이 대목 전후의 화소(話素) 전개를 살펴 볼 때에도 두 바디는 이야기 전개의 구조에서 차이가 난다는 것을 알 수 있었다. 따라서 박봉술창은 '어사출도' 대목 등극히 일부 사설을 제외하고는 정정렬제의 영향을 받지 않은 동편제 소리라고 할 수 있겠다.

② 김세종–장자백 계통인가?

사설 구성에 있어서 박봉술창은 장자백 창본이나 이선유 창본과 친연성이 있지만, 화소가 제시되는 순서나 장단의 사용 등 세부적인 면을 살펴보면 차이점이 많이 드러난다. 특히 김세종의 이론적 스승인 신재효가 '광대 망발'이라며 『동창 춘향전』에서 의도적으로 삭제한 '이도령 꾀배 앓는 대목'의 경우 김세종의 제자인 장자백과 이선유는 모두 '그럴 리 없다'고 아니리에서 언급하고 삭제하였다. 박봉술창이 만약 김세종 계통이라면 신재효가 비판적 의견을 드러낸 이 대목을 그대로 둘리가 없다는 점을 고려할 때, 박봉술창이 김세종 계통이 아님은 분명해진다.41)

③ 송흥록–송광록–송우룡–송만갑 계통인가?

8명창 더늠 대목을 중심으로 한 박봉술창의 선율 고찰을 통해 박봉술과 송만갑 간의 사승관계를 살펴보았는데, 박봉술창 〈춘향가〉의 '궁자노래'나 '백구타령'은 송만갑제와 달리 설렁제로 되어 있고, '옥중가' 대

---

41) 배연형도 "박봉술창 이별가 중 '사또께 꾸중 듣는데'에서 장자백 창본에 보이는 '까치새끼 재담'이 나타나지 않는다는 점이나 '퇴령소리-백년가약' 대목은 두 바디가 완전히 계통이 다른 소리로 보인다"는 사실을 지적한 바 있다. 배연형, 위의 글, 61면 참조.

목에서도 송만갑제와의 연관성이 떨어진다. 그러나 '이별가'의 경우에는 송만갑제와 거의 같고, 김소희의 구술 등에 의해서 박봉술은 박봉래가 송만갑으로부터 소리를 배우는 과정을 통해 간접적으로 '기생점고에서 십장가'까지는 송만갑제를 보유하고 있는 것을 알 수 있다.42)

결론적으로 박봉술은 박봉래가 송만갑에게 소리를 배우는 과정에서 송만갑제를 접했던 박만조와 박봉채를 통해 간접적으로 송만갑제를 수용한 것으로 보이지만, 세부적인 대목을 고찰하면 차이점이 많아서 송흥록-송광록-송우룡-송만갑으로 전승되는 소릿조를 그대로 이은 것이라고 보기에는 무리가 있다는 사실을 확인할 수 있었다.

④ 과연 여러 바디의 사설이 섞인 불완전한 전승인가?

박봉술창은 장자백 창본과 상당한 친연성을 보이기는 하지만, 장자백 창본에 있는 '이도령 꾀배 앓는 대목'은 보이지 않는다. 또한 '이별가'는 사설과 선율 모두 송만갑제와 거의 같지만, '백구타령'이나 '궁자노래', '옥중가' 등에서는 두 바디 간 차이가 분명해 보인다. 이처럼 박봉술창은 20세기 이후 남아 있는 관련 자료를 가지고서는 그 계통에 대해 단정적으로 판단하기 어려울 정도로 복합적인 특징을 가지고 있다. 그러나 특정 창자가 부르는 사설이 두 가지 결합되어 있다거나 혹은 특정 창자의 창과 부분적으로만 일치하는 경우가 많다고 하여 박봉술창 <춘향가> 전체를 여러 바디가 짜깁기된 소릿조라고 단정하기는 어렵다. 앞의 [표 1]의 '사랑가' 비교에서 알 수 있듯이 20세기 이전에는 같은 대목이라도 각 바디 및 창자마다 사설 구성의 양상이 매우 다양할 수 있기 때문이다.

---

42) 각주 30 참조.

박봉술이 아버지 박만조와 박봉채에게 소리를 배울 때 '책'을 가지고 배웠다는 박향산의 증언[43]과 1972년 당시 박봉술이 이보형에게 육필로 쓴 창본을 전했다는 사실 등을 종합해 볼 때 박봉술은 집안에서 전해지던 사설책을 가지고 〈춘향가〉 한 바탕을 배웠음을 알 수 있다. 즉 박봉술은 여러 바디의 사설을 짜깁기한 것이 아니라 하나의 온전한 〈춘향가〉 바디를 전승했을 가능성이 높은 것이다.

박봉술은 정정렬제 〈춘향가〉와 보성소리 〈춘향가〉가 널리 알려지고 인정받았던 1970년대 초의 시대적 분위기 탓에 고제적 특징이 강한 데다가 명창으로 활발히 공연 활동을 하지 않았던 아버지와 형으로부터 배운 〈춘향가〉를 공연할 기회가 많지 않았던 것으로 보인다. 그러나 오히려 이러한 이유로 박봉술창 〈춘향가〉 바디의 순수성이 더욱 강하게 보존되어 왔다고 볼 수 있다.

2) 송흥록–박만순제의 전승 가능성 검토

지금까지 박봉술창의 계통에 대해 논란이 되었던 쟁점들을 Ⅱ장에서의 고찰 결과를 토대로 다시 한 번 되짚어 보았다. 박봉술창 〈춘향가〉에 대해서는 사설과 선율 면에서 고조 동편제의 특성을 강하게 띤다는 점이 박봉술이 아버지와 형으로부터 배운 집안소리가 바탕이 되었다는 점은 밝혀졌지만, 박봉술이 과연 누구의 소리를 전승한 것인가에 대해서는 아직 의문이 해결되지 않았다. 따라서 박봉술창 〈춘향가〉의 전승 계보를 보다 구체적으로 밝히기 위해서는 박봉술의 집안 배경과 소리 학습 내력을 다시 한 번 검토할 필요성이 있겠다.

---

43) 김기형, 「판소리 명창 박봉술의 생애와 예술세계」, 『판소리 동편제 연구』, 태학사, 1998, 352~360면.

박봉술이 살던 구례는 송광록이 이주해 송우룡을 낳은 이래 송만갑까지 주요 생활 터전으로 삼았던 곳이며, 또한 송흥록이 이주해서 살던 운봉 비전리나 박만순 등 명창의 활동이 많았던 남원과 인접해 있어서 남원-구례-운봉은 핵심적인 동편제 판소리 권역을 이루고 있었다. 그리고 박봉술의 아버지인 박만조(1875~1952)는 명창으로 행세하지는 않았지만 소리 속을 잘 알았으며, 정식 공연을 따라다니지는 않았지만 그 지역에서 활동한 고수였다고 한다.[44]

박봉술의 집안 내력과 소리 학습 과정은 김기형의 글에 잘 정리되어 있는데, 이에 의하면 ㉠ 박봉술은 아버지 박만조 및 작은 형 박봉채(1906~1946)에게 소리를 공부했다는 사실과 ㉡ 박봉채가 소리를 배울 때 책(필자 주: 소리책)을 가지고 공부했다는 사실, 그리고 ㉢ 박만조가 속목으로 소리를 다 할 정도로 소리속을 잘 알았다는 사실과 ㉣ 박만조가 대명창인 송만갑과 소리 대목에 대해 토론을 하고 '꾀복쟁이 친구' 즉 친한 친구로 지냈다는 사실 등을 알 수 있다.[45] 이러한 사실들을 종합해 보면, 박만조가 보유하고 있던 소릿조는 송만갑제는 아니지만 송흥록으로부터 이어지는 송씨 집안소리와 관련이 깊은 소릿조임을 유추할 수 있다.

이때 주목되는 명창이 박만순이다. 박봉술창 '궁자 노래'와 '옥중가' 등의 분석 결과 박봉술창 <춘향가>는 박만순제와 관련이 있을 가능성이 높음을 Ⅱ장의 선율 비교에서 확인한 바 있기 때문이다. 박만순은 송흥록의 소릿조를 그대로 이은 수제자로 <춘향가> 중 '옥중가'와 '사랑가'를 더늠으로 하였으며, 정읍 고부에서 태어났으나 곧 운봉으로 가서 송흥록에게서 소리를 배웠고 이후 경상도 안의[46]와 남원[47] 등을 근거지

---

44) 김기형, 위의 글, 352면.

45) 김기형, 위의 글, 352~360면.

46) 정노식, 위의 책, 56~63면.

로 공연 활동을 하였다고 한다. 또한 송만갑이 박만순을 첫 스승으로 꼽았던 사실을 보면 박만순이 제자 양성에도 적극적이었음을 알 수 있어서, 송만갑과 마찬가지로 구례에 살았고 박만순과 항렬이 같았던 박만조 역시 박만순의 소릿조를 이어받았을 가능성이 매우 크다.48) 즉 구례에 살던 박만조는 남원-운봉 권역에서 거주하였던 박만순으로부터 송흥록제를 익히게 되었으며 이를 박봉채와 박봉술에게 전승한 것으로 추정된다.

〈춘향가〉를 중심으로 본고에서 고찰한 동편제 창자들의 사승관계를 도식으로 나타내면 다음과 같다.

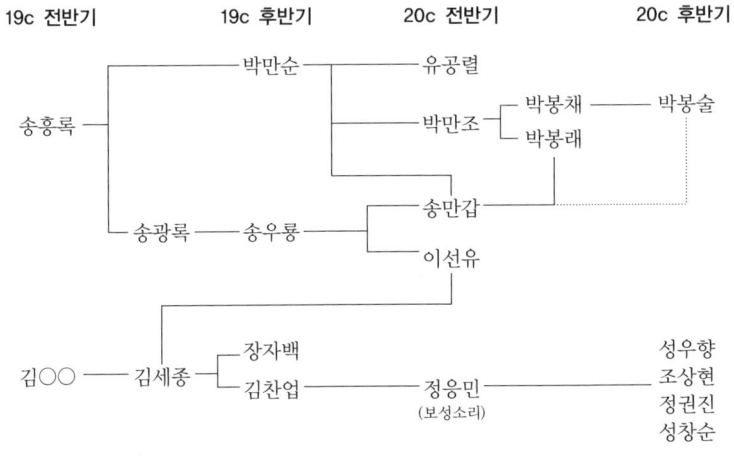

| 19c 전반기 | 19c 후반기 | 20c 전반기 | 20c 후반기 |

47) 이보형은 현지 조사에서 박만순이 일찍 고향을 떠나 남원 등지에서 활동했음을 여러 제보자들로부터 확인한 바 있다고 하였다. 2011년 5월 28일 이보형 대담. 여기서 '남원'은 현재의 행정구역인 '남원시' 만을 지칭하는 것이 아니고, 남원 판소리 권역 즉 운봉과 구례 등 인접한 지역을 모두 포괄하는 의미였다고 볼 수 있다.
48) 박만순(1810?~1886?)은 박만조와 항렬이 같아서 박만조 집안과 가까운 친척 관계일 가능성이 매우 높다. 박만순과 박만조, 송만갑의 관계에 대해서는 앞으로 고를 달리하여 더 연구를 진행하도록 하겠다. 박만순의 생몰연대에 대해서는 정병헌, 「송만갑의 〈자서전〉과 생애의 검토」, 『동편제 명창 송만갑의 예술세계』, 민속원, 2010, 18~22면 참조.

지금까지의 고찰 결과를 종합해 보면, 박봉술이 보유하고 있던 <춘향가>는 송흥록제이지만, 19세기 후반기에 박만순으로 갈라져 나온 고조 동편제 소리이기 때문에 송만갑제와 세부적으로는 구분된다는 사실을 알 수 있다. 박만조와 송만갑 대에서는 박만조가 보유한 박씨 집안소리가 송만갑제와 같은 뿌리를 가진 송(宋)판 소리라는 인식을 가지고 있었던 것으로 보이며, 그 결과 박만조-박봉술 집안은 송만갑과 자연스럽게 교류했던 것으로 보인다.

다른 바디와 달리 송흥록의 소릿조가 그 고조(古調)적 특성을 유지한 채 박봉술에게 전승될 수 있었던 이유를 추정해 보면, 첫째 박만순이 송흥록의 법통을 제대로 이어서 동편제의 수령으로 꼽히며 정통성을 인정받았던 창자였고, 둘째 박만조가 소리 공연을 하지 않고 거주하던 지역에서만 고수로 활동했으며, 셋째 박봉술이 <춘향가>로 공연 활동을 거의 하지 않았기 때문이라고 판단된다. 즉 박만순, 박만조, 박봉술은 모두 당대 판소리 향유층의 미의식에 크게 영향을 받지 않았기 때문에 박봉술창 <춘향가>에는 19세기의 명창 송흥록으로부터 이어지는 고조적인 특성이 상당 부분 살아 있는 것이다.

4. 맺음말

박봉술은 동편제 고장인 전라북도 구례군의 박씨 문중에서 태어났으며, 부친 박만조(1875~1952)와 작은 형 박봉채(1906~1946)의 후원과 소리 지도로 판소리에 입문하였다. 박봉술은 대중적인 소리 활동을 하지 않았으나 1970년대에 들어와 판소리의 순수성과 정통성이 강조되면서 그 실력을 인정받기 시작하였으며, 당시 다섯 바탕 모두 완창할 수 있는 유일한 창자로 높이 평가받았다.

　본고에서는 박봉술창 〈춘향가〉의 고조(古調)적 특성을 살피기 위해 먼저 20세기 후반기 창자들의 〈춘향가〉 중 다른 창자의 사설에는 없고 박봉술창에만 보이는 여섯 대목을 중심으로 사설 내용을 살펴보았는데, 그 결과 박봉술창은 19세기 후반기 창자인 장자백이나 20세기 전반기 창자인 이선유의 사설과 친연성이 높지만 세부적인 화소(話素) 구성에 있어서는 차이가 있었으며, 그중 '이도령 꾀배 잃는 대목' 등의 경우에는 박봉술창이 오히려 더 고제이며 계통이 다른 소릿조임이 증명되는 대목이었다. 박봉술창은 전체적으로 구수하고 해학적인 재담의 비중이 높으며 골계적 요소가 강한 고제(古制) 사설이 많이 남아 있는 것이 특징이었다.

　박봉술창은 선율적 측면에서도 고조의 특성을 많이 간직하고 있으며, 특히 19세기에 활동하던 8명창의 더늠 특성을 변화시키기 않고 잘 전승하고 있었다. 또한 8명창 더늠 대목을 중심으로 한 박봉술창과 송만갑창의 선율 비교를 통해 두 바디의 관련성을 살펴보고 박봉술창의 계보를 추성해 볼 수 있었다. 박봉술창 중 송만갑창을 그대로 이은 대목은 '이별가'와 '자진사랑가', '군로사령 대목', '남원골 오입쟁이 대목' 등이며, '궁자노래'와 '백구타령'은 전혀 다른 더늠으로 불렀고, '옥중가'는 사설 구성과 선율에 있어서 차이가 났다. 따라서 박봉술창은 송만갑제와 일부 대목에서만 직접적인 관련성이 있었다.

　본고의 고찰 결과 박봉술창 〈춘향가〉의 계통과 관련하여 논란이 되었던 부분에 대해서는 정정렬제의 영향이 미미한 동편제이며, 김세종-장자백 계열이나 송흥록-송광록-송우룡-송만갑 계열이 아니라 송흥록-박만순-박만조로 이어지는 소릿조를 이어받은 것임이 밝혀졌다. 지금까지 박봉술창 〈춘향가〉가 여러 바디의 사설이 섞인 불완전한 전승이 아닌가 의심스럽게 받아들여졌던 이유는 박봉술창 자체가 19세기 고제의 특성을 복합적으로 가지고 있는 데다가 대부분의 <춘향가> 바디가 모두 신제(新制)로 바뀌어서 충분한 비교 자료가 남아 있지 않았기 때문이다.

박봉술창 <춘향가>에 송홍록으로부터 전해지는 고제 동편제의 특징이 잘 남아 있을 수 있었던 이유는 지역 음악권에서만 고수로 활동하던 박만조와 그 소릿조를 이어받은 박봉술이 대외적인 <춘향가> 공연 활동을 적극적으로 하지 않았기 때문에 신조 중심으로 흘러간 시대적 흐름에 영향을 받지 않아서라고 생각된다. 박봉술창 <춘향가>는 판소리 음악문화의 격변기인 20세기를 거치면서도 시대적 흐름에 크게 영향 받지 않고 송홍록으로부터 이어지는 고제(古制) 동편제의 사설과 선율적 특징을 잘 보존하고 있다는 점에서 판소리사적으로 주목할 가치가 크다.

이 글은 『한국음악사학보』 46권(서울: 한국음악사학회, 2011)에 게재되었던 논문임. 단, 논문의 내용과 사승관계를 나타낸 도식 중 일부를 보완하였다.

참고문헌

초기 애정 전기소설의 형상화 방식과 남·녀 주인공의 성적·사회적 욕망

김건곤(1988), 「신라수이전의 작자와 저작 배경」, 『정신문화연구』 34, 정신문화연구원.

김경미(2010), 「전기소설의 젠더화된 플롯과 닫힌 미학을 넘어서」, 『한국고전여성문학연구』 20.

김문희(2002), 『애정전기소설의 문체 연구』, 서강대 박사학위논문.

김지영(2009), 「조선시대 애정 소설에 나타난 사랑과 성」, 고소설학회 편, 『한국고소설과 섹슈얼리티』, 보고사.

박일용(2001), 「금오신화와 전등신화에 나타난 애정 모티프의 형상화 방식과 그 의미」, 『민족문화연구』 35호, 고려대 민족문화연구소.

박일용(2004), 「만복사저포기의 형상화 방식과 그 현실적 의미」, 『고소설연구』 18집, 한국고소설학회.

박일용(2005), 「이생규장전의 밀회 장면에 나타난 환상성과 그 현실적 의미」, 『고소설연구』 20집, 한국고소설학회.

박일용(2006), 「이생규장전의 절사 장면에 나타난 환상성과 그 의미」, 『고전문학과 교육』 11집, 한국고전문학교육학회.

박재인(2009), 「초월적 여성과의 결연 서사 유형과 그 문학치료적 의미-『태평광기(太平廣記)』의 여선 서사와 한국의 전기적 남녀결연 서사를 대상으로-」, 건국대 석사학위논문.

서지영(2009), 「규범과 욕망의 틈새; 조선시대 문학 속의 섹슈얼리티」, 고소설학회 편, 『한국고소설과 섹슈얼리티』, 보고사.

양승민(2003), 「17세기 전기소설의 통속화경향과 그 소설사적 의미」, 고려대 박사학위논문.

엄태식(2011), 「애정 전기소설의 창작배경과 양식적 특징」, 경원대 박사학위논문.

이상구(2008), 「고소설에 나타난 성적 욕망과 좌절」, 『고소설연구』 25집, 한국고소설학회.

이정원(2003), 「조선조 애정전기소설의 소설시학」, 서강대 박사학위논문.

이정원(2008), 「애정소설사 초기의 서사적 성격」, 『고소설연구』 25집, 한국고소설학회.

정규식(2006), 「최치원의 성적 욕망과 자기 정체성 확립」, 『고소설연구』 22집, 한국고소설학회.

정출헌(2005), 「초기 한문소설의 서사적 특징과 미적 구현 양상」, 임형택 진재교외 『동아시아 서사학의 전통과 근대』, 성대출판부.

조혜란(2003), 「남성 환타지 소설의 시작 최치원」, 『여/성이론』, 여이연.

최귀묵(2010), 「전기 <최치원> 다시 읽기」, 『문학치료 연구』 16집, 문학치료학회.

황혜진(2009), 「최치원 남녀 대화의 양상과 특징」, 『고소설연구』 26집, 한국고소설학회.

영웅군담소설의 연구사적 조망

강상순(1991), 「영웅소설의 형성과 변모양상 연구」, 고려대 석사학위논문.

김도환(2009), 「<장백전>의 <규염객전> 수용과 소설사적 의미」, 『고소설연구』 27집. 한국고소설학회.

김도환(2010), 「고전소설 군담의 확장방식 연구」, 고려대 박사학위논문.

김연호(1993), 「영웅소설의 유형과 변모에 관한 연구-방각본을 중심으로」, 고려대 박사학위논문.

김열규(1971), 「민담과 이조소설의 구조」, 『한국민속과 문학연구』, 일조각.

김태준(1933), 『조선소설사』, 초판, 청진서관.[수정증보판, 학예사, 1939. 박희병 교주, 『증보 조선소설사』, 한길사, 1990]

김현양(1992), 「<조웅전>의 현실성과 낭만성」, 『연세어문학』 제24집, 연세대 국어국문학과.

김현양(1994), 「조선조 후기의 군담소설 연구-개념, 유형, 성격 문제를 중심으로-」, 연세대 박사학위논문.

김현양(2006), 「<유충렬전>과 '가족애'」, 『고소설연구』 21집, 한국고소설학회.

박일용(1993), 「<유충렬전>의 서사구조와 소설사적 의미 재론」, 『고전문학연구』 제8

집, 한국고전문학연구회.

박혜숙(2006), 「여성영웅소설과 평등, 차이, 정체성의 문제」, 『민족문학사연구』 38호, 민족문학사연구소.

서대석(1971), 「군담소설의 구성과 작자의식」, 『계명논총』 제7집, 계명대.

서대석(1971), 「군담소설의 출현동인 반성」, 『고전문학연구』 1, 한국고전문학연구회.

서대석(1976), 「병자호란과 군담소설」, 『도남조윤제박사고희기념논문집』.

서대석(1985), 『군담소설의 구조와 배경』, 이화여대출판부.

성현경(1981), 「적강소설 연구」, 『한국소설의 구조와 실상』, 영남대출판부.

심우장(2003), 「<유충렬전>의 담론 특성과 미학적 의의」, 『관악어문연구』, 서울대 국문과.

심재숙(1993), 「장백전과 唐秦演義의 관계를 통해 본 영웅소설 형성의 한 양상」, 『어문논집』 32, 고려대 국어국문학과.

이강엽(1993), 「군담소설 연구방법론」, 연세대 박사학위논문.

이상구(2001), 「<유충렬전>의 갈등 구조와 현실 인식」, 『어문논집』 34집, 안암어문학회.

이지영(2000), 「<장풍운전><최현전><소대성전>을 통해 본 초기영웅소설 전승의 행방」, 『고소설연구』 10, 한국고소설학회.

임형택(1988), 「17세기 규방소설의 성립과 창선감의록」, 『동방학지』 57집, 연세대 국학연구원.

장시광(2001), 「여성영웅소설에 나타난 '여회위남'의 의미」, 『한국고전여성문학연구』 2집. 한국고전여성문학회.

장시광(2002), 「'방한림전'에 나타난 동성결혼의 의미」, 『국문학연구』 6, 국문학회.

전성운(2000), 「장편 국문소설의 변모와 영웅소설의 형성」, 고려대 박사학위논문.

정병설(2000), 「여성영웅소설의 전개와 '부장양문록'」, 『고전문학연구』 19집, 한국고전문학회.

조동일(1971), 「영웅의 일생, 그 문학사적 전개」, 『동아문화』 10집, 서울대 동아문화연구소.

진경환(1993), 「영웅소설 통속성 재론」, 『민족문학사연구』 3, 창작과 비평사.

고전소설사에서의 17세기 소설의 위상

간호윤(2003), 『先賢遺音』, 이회.

강상순(1997), 「전기소설의 해체와 17세기 소설사적 전환의 성격」, 『어문논집』 36.

강상순(1999), 「<구운몽>의 상상적 형식과 욕망에 대한 연구」, 고려대학교 대학원 박사논문.

강상순(2001), 「<사씨남정기>의 적대와 희생의 논리」, 『고소설연구』 12

강상순(2003), 「조선후기 장편소설과 가족 로망스」, 『한국고전여성문학연구』 7.

김경미 외(2006), 「<소현성록> 연작 기획특집 II」, 『한국고전연구』 13.

김광순(1990), 『韓國古小說史와論』, 새문사

김광순(2006), 『고소설사』, 새문사.

김대현(1996), 『조선시대 소설사 연구 - 17세기 소설의 이행과정을 중심으로』, 국학 자료원.

김문희(2002), 「애정 전기소설의 문체 연구」, 서강대학교 대학원 박사논문.

김병국·최재남·정운채 역(1992), 『서포연보(西浦年譜)』, 서울대출판부.

김정숙(2006), 『조선후기 재자가인소설과 통속적 한문소설』, 보고사.

김종철(1988), 「서사문학사에서 본 초기소설의 성립 문제」, 다곡 이수봉선생회갑기 념논총간행위원회 편, 『고소설연구논총』, 간행위원회.

김종철(1995), 「전기소설의 전개양상과 그 특성」, 『민족문화연구』 28.

김종철(1994), 「장편소설의 독자층과 그 성격」, 한국고소설연구회 편, 『고소설의 저 작과 전파』, 아세아문화사.

김종철(1999), 「소설의 사회·문화적 위상과 소설교육」, 『국어교육』 101.

김종철(2000), 「17세기 소설사의 전환과 소설교육론」, 『한국학보』 96.

김종철(2003), 「17세기 소설사의 전환과 '가(家)'의 등장」, 『국어교육』 112.

김준형(2008), 「18세기 도시의 발달과 소설 향유의 면모」, 『고소설연구』 26.

김춘택(1993), 『우리나라 고전소설사』, 한길사(김춘택, 『조선고전소설사연구』, 김일 성종합대학출판사, 1986)

김춘택·은종섭(1989), 『조선소설사 -조선문학과용』, 김일성종합대학출판사.

김태준(1939), 『증보조선소설사』, 학예사.

김현양(2007), 『한국고전소설사의 거점』, 보고사.

김현양(2009), 「16·17세기 소설사의 새로운 면모」, 민족문학사연구소 엮음, 『새민족 문학사강좌(1)』, 창비.

류탁일(1994), 『한국고소설비평자료집성』, 아세아문화사.

무악고소설자료연구회 편(2001), 『한국고소설관련자료집 I 』, 태학사.

무악고소설자료연구회 편(2005), 『한국고소설관련자료집 II 』, 태학사.

민영대(1993), 『조위한과 <최척전>』, 아세아문화사.

민족문학사연구소 고전소설사연구반(2007), 『묻혀진 문학사의 복원 - 16세기 소설
　　　사』, 소명출판.

박영희(1994), 「<소현성록> 연작 연구」, 이화여자대학교 대학원 박사논문.

박영희(1995), 「장편가문소설의 향유집단 연구」, 한국고전문학회 편, 『문학과 사회집
　　　단』, 집문당.

박일용(1993), 『조선시대의 애정소설』, 집문당.

박일용(1995), 「전기계 소설의 양식적 특징과 그 소설사적 변모 양상」, 『민족문화연
　　　구』 28.

박일용(2003), 『영웅소설의 소설사적 변주』, 월인.

박일용(2010), 「최고운전의 창작 시기와 초기본의 특징」, 『고소설연구』 29, 한국고소
　　　설학회.

박희병(1990), 「<최척전>- 16·7세기 동아시아의 전란과 가족이산」, 김진세 외, 『한
　　　국고전소설작품론』, 집문당.

박희병(1997), 『한국전기소설의 미학』, 돌베개.

박희병(1998), 「17세기 초의 崇明排胡論과 부정적 주인공의 등장 - <강로전>에 대
　　　한 고찰」, 기념논총간행위원회 편, 『양포 이상태교수 환력기념논총 한국고전
　　　소설과 서사문학(상)』, 집문당.

박희병(1998), 「한문소설과 국문소설의 관련 양상」, 『한국한문학연구』 22.

성오 소재영교수 환력기념논총 간행위원회 편(1993), 『고소설사의 제문제』, 집문당.

성현경(1981), 『한국소설의 구조와 실상』, 영남대학교 출판부.

소인호(2006), 「17세기 고전소설의 저적 유통과 <화몽집>의 소설사적 위상」, 『고소
　　　설연구』 21.

소재영(1980), 『임병양란과 문학의식』, 한국연구원.

소재영(1998), 「고소설사의 시대구분 문제」, 『고소설연구』 5, 한국고소설학회.

송성욱(1997), 「혼사장애형 대하소설의 서사문법 연구」, 서울대 대학원 박사논문.

송성욱(2001), 「17세기 중국소설의 번역과 우리 소설과의 관계 - <옥교리>를 중
　　　심으로」, 『한국고전연구』 7.

송성욱(2002), 「17세기 소설사의 한 국면」, 『한국고전연구』 8.

신재홍(2001), 「<사씨남정기>의 선악구도」, 『한국문학연구』 2.

신해진(2008), 『권칙과 한문소설』, 보고사.

양민정(2001), 「초기 가문소설의 형성과 여성의 가문의식」, 『고소설연구』 12.

양승민(2000), 「<최척전>의 창작동인과 소통과정」, 『고소설연구』 9.

양승민(2001), 「<동선기>의 작품 세계와 소설사적 위상」, 『고소설연구』 11.

양승민(2003), 「17세기 전기소설의 통속화 경향과 그 소설사적 의미」, 고려대학교 대학원 박사논문.

윤세순(2000), 「<홍백화전>을 통해 본 애정전기의 이행기적 양상」, 『한문학보』 2.

윤재민(1995), 「전기소설의 인물 성격」, 『민족문화연구』 28.

윤재민(1999), 「조선 후기 전기소설의 향방」, 『민족문학사연구』 15.

윤주필(2004), 『윤리의 서사화』, 국학자료원.

이복규(1993), 『임경업전연구』, 집문당.

이복규(2003), 『<설공찬전> 연구』, 박이정.

이복규(1997), 「<묵재일기> 소재 5종 국문·국문본 소설에 대하여」, 『고전문학연구』 12.

이상구(1994), 「<숙향전>의 문헌적 계보와 현실적 성격」, 고려대학교 대학원 박사논문.

이성권(1998), 「가정소설의 역사적 변모와 그 의미」, 고려대학교 대학원 박사논문.

이수봉(1992), 「<한강현전>」, 『한국가문소설연구』, 경인문화사.

이승복(2000), 『고전소설과 가문의식』, 월인.

이윤석(1997), 『<홍길동전> 연구』, 계명대학교 출판부.

이원수(1991), 「가정소설 작품세계의 시대적 변모」, 경북대학교 대학원 박사논문.

이정원(2003), 「조선조 애정 전기소설의 소설시학 연구」, 서강대학교 대학원 박사논문.

이종필(2011), 「'행복한 결말'의 출현과 17세기 소설사 전환의 일 양상」, 『고전과해석』 10.

이주영(2002), 「<구운몽>에 나타난 욕망의 문제」, 『고소설연구』 13.

이지영(2003), 「<창선감의록>의 이본 변이 양상과 독자층의 상관관계」, 서울대학교 대학원 박사논문.

인권환(1992), 「고소설사 서술의 종합적 검토」, 『어문논집』 31.

임정지(2007), 「한국고전소설의 애정유형과 변화양상 연구」, 한국학대학원 박사논문.

임철호(1986), 『임진록 연구』, 정음사.

임치균(1996), 『조선조 대장편소설 연구』, 태학사.

임형택(1988), 「17세기 규방소설의 성립과 창선감의록>」, 『동방학지』 57.

임형택(1992), 「전기소설의 연애 주제와 <위경천전>」, 『동양학』 22.

장경남(2006), 「임·병양란과 17세기 소설사」, 『우리문학연구』 21.

장효현(2002), 『한국고전소설사연구』, 고려대학교 출판부.

전성운(2001), 「<구운몽>의 창작과 명말 청초 염정소설 -<공공환>과의 비교를 중심으로」, 『고소설연구』 12.

전성운(2005), 『한·중 소설 대비의 지평』, 보고사.

정길수(2001), 「<왕십붕기우기>의 개작 양상과 소설사적 위상」, 『고전문학연구』.

정길수(2005), 「17세기 장편소설의 형성 경로와 장편화 방법」, 서울대학교 대학원 박사논문.

정선희 외(2005), 「<소현성록> 연작 기획특집Ⅰ」, 『한국고전연구』 12.

정창권(1998), 「<소현성록>의 여성주의적 성격과 의의」, 『고소설연구』 4.

정출헌(1999), 『고전소설사의 구도와 시각』, 소명출판.

정출헌(2003), 「표기문자의 전환에 따른 고전소설 미학의 변이 양상 연구」, 『민족문학사연구』 23.

정학성(2002), 「<신독재수택본 전기집>의 17세기 소설집으로서의 성격과 위상」, 『고소설연구』 13.

정학성(2003), 「전기소설 <유소랑전> 연구」, 『고소설연구』 13.

정환국(2000), 「17세기 애정류 한문소설 연구」, 성균관대학교 대학원 박사논문.

정환국(2005), 『초기소설사의 형성과정과 그 저변』, 소명출판.

정환국(2008), 「17세기 소설에서 '악인'의 등장과 대결구도」, 『한문학보』 18.

조광국(2001.), 「17세기 후반 김만중의 현실인식에 관한 고찰」, 『고전문학연구』 20.

조동일(1977), 『한국소설의 이론』, 지식산업사.

조동일(1991), 「중국·한국·일본 '소설'의 개념」, 『한국문학과 세계문학』, 지식산업사.

조동일(2005), 『한국문학통사(3)』(4판), 지식산업사.

조현우(2006), 「<사씨남정기>의 악녀 형상과 그 소설사적 의미」, 『한국고전여성문학』 13.

조희웅·松原孝俊(1997), 「<숙향전> 형성연대 재고」, 『고전문학연구』 12.

조희웅(2006), 『고전소설 연구보정(상·하)』, 박이정.

지연숙(2000), 「<사씨남정기>의 이념과 현실」, 『민족문학사연구』 17.

지연숙(2001), 「<여와전> 연작의 소설 비평 연구」, 고려대학교 대학원 박사논문.

진경환(1992), 「<창선감의록>의 작품구조와 소설사적 위상」, 고려대학교 대학원 박
　　사논문.

차충환(1999), 『숙향전 연구』, 월인.

최기숙(1999), 『17세기 장편소설 연구』, 월인.

최호석(1998), 「<설계전>연구」, 『고소설연구』 6.

황수연(2003), 「17세기 사족 여성의 생활과 문화」, 『한국고전여성문학연구』 6.

19세기 소설사의 쟁점과 전망

강명관(1990), 「18·19세기 경아전과 예술활동의 양상」, 『한국근대문학사의 쟁점』
　　창작과비평사.

김경미(1995), 「<절화기담> 연구」, 한국고전연구회 창간호.

김경미(2000), 「19세기 한문소설의 새로운 모색과 그 의미」, 『한국문학연구』 창간호,
　　고려대 민족문화연구원 한국학연구소.

김경미(2004), 「옥수기 연구-이념적 소재에 대한 해석과 새로운 모색을 중심으로」,
　　『고소설연구』 17.

김동욱(1976), 『증보 춘향전 연구』, 연세대출판부.

김영수(2000), 「필사본 <심청전>의 계열과 전승시기 연구」, 『판소리연구』 제11집.

김정녀(2000), 「<만옹몽유록> 연구」, 『고소설연구』 제9집.

김종철(1985), 「<옥수기> 연구-작품구조와 세계관을 중심으로-」, 국문학연구 71집,
　　서울대.

김진영·안영훈(역주), 『김유신전』, 한국고전문학전집 22, 고려대 민족문화연구소.

김홍규외(2000), 「한국한문소설목록」, 『고소설연구』 9.

박영희(1996), <봉래신설> 연구, 『한국고전연구』 2, 한국고전연구학회.

박일용(2003), 『영웅소설의 소설사적 변주』, 월인.

서경희(2003), 『옥선몽 연구-19세기 소설의 정체성과 소설론의 향방』, 이화여대 박
　　사학위논문.

심치열(1999), 「<육미당기> 연구」, 『고소설연구』 7, 한국고소설학회.

유준경(2000), 「낙선재본 중국번역소설과 장편소설사」, 『한국문학논총』 26.

유준경(2008), 「지식의 상업유통과 소설출판」, 『고전문학연구』 34.

이강옥(1990), 「육미당기」, 『한국고전소설작품론』, 김진세(편), 집문당.

이기대(2003), 「19세기 한문장편소설 연구」, 고려대 박사학위논문.

이대형(2009), 「19세기 장편소설 <하진양문록>의 대중적 변모」, 『민족문학사연구』 39, 민족문학사학회.

이병직(1998), 「<옥수기>에 반영된 심능숙의 세계관 검토」, 『국어국문학』 35, 부산대 국어국문학과.

이상구(2006), 「17~19세기 한문소설의 전개양상」, 『고소설연구』 21집.

이승복(1998), 「한문소설 <布衣交集>의 인물 형상과 소설사적 의의」, 『규장각』 21.

임치균(1999), 「<왕회전> 연구」, 『장서각』 2, 정신문화연구원.

장효현(1988), 『서유영문학의 연구』, 아세아문화사.

장효현(2002), 「19세기 한문 장편소설의 창작 기반과 작가의식」, 『한국고전소설사 연구』, 고려대출판부.

장효현(2010), 『한국고전문학의 시각』, 고려대출판부.

전상욱(2008), 「완판 춘향전의 변모양상과 의미」, 『판소리연구』 제26집.

전성운(2002), 『조선후기 장편국문소설의 조망』, 보고사.

정규복(1987), 「<제일기언>에 대하여」, 『한중문학비교의 연구』, 고대출판부.

정길수(2008), 「광한루기 평비 분석」, 『동방한문학』 36.

정명기(2003), 「세책본소설의 유통양상」, 『고소설연구』 16.

정병호(2003), 「19세기 漢文小說 <洛東野言> 解題 및 註釋」, 『동방한문학』 25, 동방한문학회.

정선희(2001), 「목태림 문학 연구」, 이화여대 박사학위논문.

조혜란(1993), 「삼한습유 연구」, 이화여대 박사학위논문.

주형예(2007), 「19세기 판소리계 소설 <심청전>의 여성 재현」, 『한국고전여성문학 연구』 14, 한국고전여성문학회.

주형예(2009), 「매체와 서사의 연관성으로 본 19세기 대중소설 시장의 성격」, 『고소설연구』 27, 고소설학회.

최경환(2002), 『<육미당기>의 텍스트 생성과정 연구』, 월인.

한의숭(2006), 「「片玉奇遇記」의 소설사적 성격에 대하여」, 『한국어문학연구』 47.

판소리 연구의 흐름과 전망

강명관(1999), 『조선시대 문학 예술의 생성공간』, 소명출판.

김기형(2004), 「또랑광대의 성격과 현대적 변모」, 『판소리연구』 18.

김대행(2001), 『우리 시대의 판소리 문화』, 역락.

김병국(1974), 「춘향전의 문학성에 관한 비평적 접근 시론」, 『고전문학연구』 2집.

김병국(1975), 「문학적 관습에서 본 춘향전의 인물고」, 『고전문학연구』 별집 1호.

김영범(1986), 「조선후기 판소리 담론과 민중집단의 집합의식」, 『한국학보』 43집.

김익두(2003), 『판소리, 그 지고의 신체 전략』, 평민사.

김익두(2008), 「동아시아 공연예술상에서 본 판소리의 공연학적 위상과 가치」, 『판소리연구』 25.

김종철(1996a), 『판소리사 연구』, 역사비평사.

김종철(1996b), 『판소리의 정서와 미학』, 역사비평사.

김종철(1997), 「판소리의 미학적 기반 연구」, 『구비문학연구』 4집.

김태준(1939), 『조선소설사』, 학예사.

김현주(1994), 「판소리 창자의 거리조정방식과 그 기능적 의미」, 『판소리연구』 5집.

김현주(1998), 「판소리 담화접변과 사회문화적 배경」, 『인문학연구』 2.

김현주(2000), 『판소리와 풍속화, 그 닮은 예술세계』, 효형출판.

김현주(2001), 「판소리문학의 복합장르적 성격」, 『경희어문학』 21.

김현주(2004), 「창작 판소리 사설의 직조방식」, 『판소리연구』 17.

김현주(2007), 「판소리에서 감각패턴의 연행적 기능과 의미」, 『판소리연구』 24.

김현주(2009), 「임방울의 쑥대머리에 대한 담화론적 해석」, 『한국문학이론과 비평』 45.

김현주(2010), 「판소리의 사유체계와 동양미학적 기반」, 『판소리연구』 30

김흥규(1976), 「판소리의 서사적 구조」, 『고전문학을 찾아서』, 문학과지성사.

김흥규(1977), 「판소리 연구사」, 『한국학보』 7, 일지사.

김흥규(1980), 「판소리에 있어서의 비장」, 『구비문학』 3집, 정문연.

김흥규(1990), 「판소리의 장르적 성격과 浮彫」, 『동양학』 20집, 단국대 동양학연구소.

류수열(2000), 「판소리 연행의 유창성에 대한 인지적 관심」, 『국어교육학연구』 11.

류수열(2001), 『판소리와 매체언어의 국어교과학』, 역락.

류탁일(1989), 『한국문헌학연구』, 아세아문화사.

박소현(2008), 「몽골의 구비연행서사시 ; 벤스니 울게르와 판소리」, 『판소리연구』 26.

박영산(2008), 「일본 가타리모노의 양식화와 판소리」, 『판소리연구』 26.

박은옥(2008), 「중국의 서사음악-곡예음악」, 『판소리연구』 26.

박일용(2003), 「판소리 성음의 음악적 특징과 그 변화」, 『한국의 판소리문화』, 박이정.

박희병(1985), 「춘향전의 역사적 성격 분석」, 『전환기의 동아시아 문학』, 창비.

배연형(2009), 「판소리 노정기와 연행사 연행일기」, 『판소리연구』 28.

백대웅(1989), 「판소리와 산조의 음조직」, 『한국음악연구』 17.

백대웅(1996), 『다시 보는 판소리』, 도서출판 어울림.

서유석(2009), 「판소리 몸담론 연구」, 경희대 박사학위논문.

서유석(2011), 「판소리 연행과 민족지적 기술」, 『시학과언어학』 20호.

서정민(2009), 「육자배기토리권 무가와 판소리의 진양조 비교 연구」, 『우리춤연구』 9.

서종문(1976), 「신재효본 적벽가에 나타난 작가의식」, 『국어국문학』 72 · 73 합병호.

서종문(2009), 「소리판과 판소리사설」, 『판소리연구』 28.

성기련(2003), 「1930년대 판소리 음악문화 연구」, 서울대 박사학위논문.

성현경(1985), 「남원고사본 춘향전의 구조와 의미」, 『고전소설연구의 방향』, 새문사.

성현경(1990), 「판소리의 갈래 연구」, 『동아연구』 20집.

손태도(1996), 「과거제도를 통한 광대의 가창문화 연구」, 『판소리연구』 7.

손태도(2008), 「전통사회 재담소리의 존재와 그 공연예술사적 의의」, 『판소리연구』 25.

신동흔(2002), 「창작 판소리의 새로운 길을 찾아서」, 서대석 외, 『한국인의 삶과 구비문학』, 집문당.

유영대(2004), 「20세기 창작판소리의 존재양상과 의미」, 『한국민속학』 39.

유제호(2007a), 「춤, 소리의 융합장르 모색」, 『판소리연구』 24.

유제호(2007b), 「춘향가에 있어 전달화법 유형과 서술효과의 상관관계」, 『텍스트언어학』 22.

이보형(1975), 「판소리 사설의 극적 상황에 따른 장단조의 구성」, 『예술논문집』 14.

이보형(1992), 「판소리 음악구성의 틀」, 『한국음악연구』 20.

이보형(2001), 「판소리 내드름이 지시하는 장단 리듬 통사의미론」, 『한국음악연구』 29.

이상택(1973), 「고전소설의 사회와 인간」, 『한국사상대계』 I, 성대 대동문화연구원.

이성천(1997), 『한국 한국인 한국음악』, 도서출판 풍남.

이유진(2006), 「판소리 청관중의 가창 참여 방법에 대한 고찰」, 『판소리연구』 22.

이정원(2007), 「판소리문학에서 삼강행실도의 수용양상」, 『한국고전여성문학연구』 14.

이훈상(2003), 「조선후기 사회규범들간의 갈등과 향리사회의 문화적 대응」, 『판소리

연구』 16.

인권환(1973), 「토끼전의 서민의식과 풍자성」, 『어문논집』 14 · 15합집.

임명진(2002), 「판소리의 서술상황과 현전성의 상관관계」, 『판소리연구』 13.

임형택(1969), 「흥부전의 현실성에 관한 연구」, 『문화비평』 4호.

임형택(1975), 「18 · 9세기 이야기꾼과 소설의 발달」, 『한국학논집』 2집.

전신재(1988), 「판소리의 연극성에 관한 연구」, 성대 박사학위논문.

정대하(2006), 「세습무계 통혼과 판소리 전승의 상관성」, 『구비문학연구』 23.

정병헌(2002), 『판소리와 한국문화』, 역락.

정병헌(2007), 「판소리 정서의 보편지향과 차별화 전략」, 『공연문화연구』 14.

정출헌(2000), 「판소리 향유층의 변동과 판소리사설의 변화」, 『판소리연구』 11.

정충권(2005), 「토끼전 언변 대결의 양상과 의미」, 『판소리연구』 20.

조동일(1969a), 「판소리의 장르 규정」, 『어문논집』 1.

조동일(1969b), 「흥부전의 양면성」, 『계명논총』 5.

조동일(1970), 「갈등에서 본 춘향전의 주제」, 『계명논총』 6.

조동일(1971), 「심청전에 나타난 비장과 골계」, 『계명논총』 7.

최동현(1986), 「판소리 연구사」, 『판소리의 바탕과 아름다움』, 인동.

최동현(2001), 「20세기 전반기 판소리 향유층의 변동과 음악의 변화」, 『판소리연구』 12.

최래옥(1984), 「판소리 연구의 반성과 전망」, 『한국학보』 35, 일지사.

최원오(2008), 「판소리와 비교구비서사시학」, 『판소리연구』 26.

한명희(1988), 「문화구조 속에서 본 전통음악의 몇가지 특징」, 『대동문화연구』 22집.

허원기(2001), 『판소리의 신명풀이 미학』, 박이정.

〈최고운전〉의 설화적 전승과 '최치원설화'의 연원

지하대적퇴치설화 / 한국정신문화연구원 편(1989), 『韓國口碑文學大系』.

최치원설화 / 한국정신문화연구원 편(1989), 『韓國口碑文學大系』.

<최고운전> / 정학성(2000), 『역주 17세기 한문소설집』, 삼경문화사.

권택경(2006), 「「최고운전(崔孤雲傳)」 연구」, 한국교원대 박사학위논문.

김기창(1997), 「지하국대적퇴치설화 연구」, 『국제어문』 18, 국제어문학회.

김현룡(1976), 『韓中小說說話比較硏究』, 일지사.

김현룡(1998), 「「崔孤雲傳」의 形成時期와 出生談攷」, 『고소설연구』 4, 한국고소설
　　학회.

민영대(1982), 「崔忠傳 異本研究」, 『한남어문학』 7·8, 한남대 국어국문학회.

박일용(1999), 「「崔孤雲傳」의 작가의식과 소설사적 위상」, 『고전문학연구』 16, 한국
　　고전문학회.

박일용(2010), 「<최고운전>의 창작 시기와 초기본의 특징」, 『고소설연구』 29, 한국
　　고소설학회.

박희병(1997), 「한국고전소설의 발생 및 발전단계를 둘러싼 몇몇 문제에 대하여」,
　　『한국전기소설의 미학』, 돌베개.

블라디미르 프로프(1987), 『민담형태론』, 유영대 옮김, 새문사.

손진태(1981), 「地下國大賊除治說話」, 『한국민족설화연구』(『손진태선생전집』 2), 태
　　학사.

신동흔(2004), 「설화와 소설의 장르적 본질 및 문학사적 위상」, 『국어국문학』 138,
　　국어국문학회.

윤영옥(1976), 「崔孤雲傳攷-「嶺南大學本」紹介를 兼하여」, 『영남어문학』 3.

이신복(1983), 「崔孤雲傳에 대하여」, 『한문학논집』 1, 근역한문학회.

이종필(2006), 「<崔孤雲傳>의 초기 소설사적 의의에 관한 연구」, 고려대 석사학위논문.

이채연(1990), 「<대적퇴치> 설화의 탐색담적 구조와 의미」, 『한국문학논총』 11, 한
　　국문학회.

이혜화(1984), 「崔孤雲傳의 形成背景研究」, 고려대 석사학위논문.

임형택(1984), 「나말여초의 전기문학」, 『한국문학사의 시각』, 창작과 비평사.

정병욱(1979), 「최문헌전(崔文獻傳)에 대하여」, 『한국고전의 재인식』, 홍성사.

정출헌(2002), 「<최고운전>을 통해 읽는 초기 고전소설사의 한 국면」, 『고소설연구』
　　14, 한국고소설학회.

조동일(1997), 『한국소설의 이론』, 지식산업사.

주명희(1981), 「婦女拉致型 大賊退治說話考」, 『韓國古典散文研究』, 동화문화사.

최삼룡(1985), 「崔孤雲傳의 出生譚考」, 『어문논집』 24, 민족어문학회.

최삼룡(1986), 「崔致遠의 人物傳說과 崔孤雲傳」, 『고전문학연구』 3, 한국고전문학회.

한석수(1989), 『崔致遠傳承의 硏究』, 계명문화사.

〈운영전〉의 인간학과 그 정신사적 의미

강명관(2007), 「조선 후기 양명좌파의 수용」, 『오늘의 동양사상』 16, 예문동양사상
　　　연구원.

김경미(2002), 「운영전에 나타난 여성 서술자의 의의」, 『한국고전여성문학』 4, 한국
　　　고전여성문학회.

大谷森繁(1985), 「운영전 소고」, 『조선후기의 소설독자층 연구』, 고려대 민족문화연
　　　구소.

박기석(1990), 「운영전」, 『한국고전소설작품론』, 집문당.

박일용(1993), 「운영전과 상사동기의 비극적 성격과 그 사회적 의미」, 『조선시대의
　　　애정소설』, 집문당.

성현경(1981), 「우리 고전소설에 나타난 여성-운영전의 경우-」, 『여성문제연구』 10,
　　　대구가톨릭대 사회과학연구소.

성현경(1995), 「운영전론」, 『한국옛소설론』, 새문사.

신경숙(1990), 「운영전의 반성적 고찰」, 『한성어문학』 9, 한성대.

양승민(2002), 「운영전의 연구 성과와 그 전망」, 『고소설연구사』, 월인.

엄태식(2009), 「운영전의 서술 양상과 그 의미」, 『고소설연구』 28, 한국고소설학회.

오종일(1999), 「양명학의 수용과 전래에 관한 재검토」, 『양명학』 3, 한국양명학회.

우응순(2003), 「장유의 양명학적 세계관과 시세계」, 『국제어문』 29, 국제어문학회.

윤채근(1999), 『소설적 주체, 그 탄생과 전변』, 월인.

이상구(1998), 「운영전의 갈등양상과 작가의식」, 『고소설연구』 5, 한국고소설학회.

이상구(1999) 역주, 「운영전」, 『17세기 애정전기소설』, 월인.

전성운(2007), 「운영전의 인물 성향과 비회의 정조」, 『어문논집』 56, 민족어문학회.

정길수(2009), 「운영전의 메시지」, 『고소설연구』 28, 한국고소설학회.

정두영(2010), 「17세기 서인 내부의 양명학 이해와 현실주의 정치론」, 『동국사학』
　　　48, 동국사학회.

정출헌(1999), 「운영전의 중층적 애정갈등과 그 비극적 성격」, 『고전소설사의 구도와
　　　시각』, 소명출판.

정환국(2003), 「16세기 말 17세기 초 사상사의 흐름 속에서 본 운영전」, 『한국고전여
　　　성문학』 7, 한국고전여성문학회.

조용호(1997), 「운영전 서사론」, 『한국고전연구』 3, 한국고전연구학회.

〈구운몽〉과의 현대적 소통

권순긍(2007), 「대학 고전소설교육의 지향과 방법」, 『한국고전연구』 15집, 한국고전
연구학회.

권혁래(2009), 「대학 교양수업에서의 <구운몽> 읽기과 소설교육」, 『새국어교육』 83
집, 새국어교육학회.

권혁래(2011), 「<구운몽>의 현재적 소통과 다시쓰기 출판물」, 『온지논총』 27집, 온
지학회.

김대성(2008), 『구운몽』, 아이세움.

박일용(1993), 『조선시대 애정소설』, 집문당.

박지웅(2009), 『모두가 꿈이로다』, 생각의 나무.

설성경(2003), 『구운몽』, 책세상.

성낙수(2009), 유의종, 조현숙, 『중학생이 보는 구운몽』, 신원문화사.

송성욱(2001), 「17세기 중국소설의 번역과 우리소설과의 관계」, 『한국고전연구』 7집.

송성욱(2002), 「17세기 소설사의 한 국면」, 『한국고전연구』 8집.

송성욱(2003), 『구운몽』, 민음사(세계의문학전집 72).

이강옥(2010), 「<구운몽>의 재해석과 희망의 서사교육」, 『국어교육연구』 46집, 국어
교육학회.

이상일(2007), 『무엇이 꿈이고 무엇이 꿈이 아니더냐』, 나라말(국어시간에 고전읽기
구운몽).

정길수(2005), 「17세기 장편소설의 형성경로와 장편화 방법」, 서울대 박사학위논문.

정병설(2010), 『구운몽도』, 문학동네.

정영애(2008), 『구운몽』, 예림당.

주재우(2007), 『구운몽』, 계림.

〈숙향전〉의 환상담의 서사전략과 독서효과

김문희(2005), 「<숙향전>의 환상성의 창출양상과 의미」, 『한민족어문학』 47집, 한민
족어문학회.

김응환(1983), 「숙향전의 도교사상적 고찰」, 한양대 석사학위논문.

김진영·차충환 교주(2001), 『숙향전』, 민속원.

민경록(1998), 「숙향전의 배경설화의 종합적 연구」, 『어문논총』 32집, 경북어문학회.

박현숙(2005), 「성리학적 관점으로 본 숙향전」, 『한국사상과 문화』 27집, 한국사상문화학회.

서연희(1986), 「숙향전의 서사구조와 의미」, 『서강어문』 5집, 서강어문학회.

서혜은(2009), 「숙향전의 개작 양상과 그 의식: 박순호 소장 43장본 <숙향전이라>를 대상으로」, 『문학과 언어』 31집, 문학과 언어학회.

성현경(1995), 「숙향전론」, 『한국옛소설론』, 새문사.

신재홍(1994), 「숙향전의 미적특질」, 『다곡 이수봉박사 정년기념 고소설 연구논총』, 경인문화사.

심치열(1997), 「숙향전 연구」, 『한국언어문학』 38집, 한국언어문학회.

양혜란(1991), 「숙향전에 나타난 서사기법으로서의 시간문제」, 『우리어문학연구』 3, 한국외대 한국어교육과.

윤경희(1995), 「이대본 숙향전에 나타난 조명론적 세계관-천상계 존재의 기능과 그 의미를 중심으로」, 『한국고전연구』 창간호, 한국고전연구학회.

이기대(2006), 「숙향전에 나타난 생태적 세계관」, 『국제어문』 37집, 국제어문학회.

이명자(2008), 「숙향전의 사명으로서 천명과 그 구현에 관한 연구」, 전남대 석사학위논문.

이명현(2006), 「숙향전의 통과의례적 구조와 의미:신화적 구조와 세계관의 변용을 중심으로」, 『어문연구』 130호, 한국어문교육연구회.

이상구(1994), 「숙향전의 문헌적 계보와 현실적 성격」, 고려대 박사학위논문.

이상구(2002), 「<숙향전> 연구사」, 『고소설연구사』, 월인.

임성래(1995), 「숙향전」, 『조선후기의 대중소설』, 태학사.

정병설(2004), 「일본인의 한국어 교재 숙향전:쯔쿠바 대학 소장본을 중심으로」, 『문헌과 해석』 26호, 문헌과 해석사.

정종진(2001), 「숙향전 서사구조의 양식적 특성과 세계관」, 『한국고전연구』 7집, 한국고전연구학회.

조용호(1992), 「숙향전의 구조와 의미」, 『고전문학연구』 7집, 한국고전문학연구회.

지연숙(2005), 「숙향전의 한문본 연구」, 『고소설연구』 20집, 한국고소설학회.

지연숙(2007), 「<숙향전>의 세계형상과 작동원리 연구」, 『고소설연구』 24집, 고소설연구회.

차충환(1999), 『숙향전 연구』, 월인.

최경환(2002), 「숙향전론」, 『민족문화』 13집, 한성대 민족문화연구소.

최기숙(1999), 『17세기 장편소설 연구』, 월인.

최재웅(2003), 「숙향전의 공간 구성원리와 그 의미」, 『어문연구』 43권, 어문연구학회.

〈설인귀전〉의 소설사적 존재 의미

권도경(2007), 「고·당 전쟁문학 〈설인귀전〉과 설인귀 전설의 내용적 상관관계에 관한 비교 고찰」, 『동양고전연구』 26, 동양고전학회.

권도경(2007), 「국립도서관본 계열 〈설인귀전〉의 형성 과정에 나타난 고·당 전쟁문학의 교섭양상에 관한 연구」, 『동북아역사논총』 15, 동북아역사재단.

김영(2007), 「조선후기 명대소설 번역필사본 연구 : 새로 발굴된 〈셔유긔〉, 〈高后傳〉, 〈슈양의ᄉ〉, 〈슈ᄉ유문〉, 〈남송연의〉를 중심으로」, 한국외대 박사학위논문.

박재연(1993), 「조선시대 중국통속소설 번역본의 연구」, 한국외대 박사학위논문.

박재연(1995), 「자료 발굴 〈백포장군전〉」, 『중국소설연구회보』 24, 한국중국소설학회.

서대석(1971), 「이조 번안소설 攷 -〈설인귀전〉을 중심으로-」, 『국어국문학』 52, 국어국문학회.

서대석(1985), 『군담소설의 구조와 배경』, 이화여대출판부.

성현경(1973), 「여걸소설과 〈설인귀선〉 -그 지작연대와 수입연대·수용과 변용-」, 『국어국문학』 62·63, 국어국문학회.

성현경(1974), 「〈유충렬전〉 검토 -〈소대성전〉 〈장익성전〉 〈설인귀전〉과 관련하여-」, 『고전문학연구』 1·2, 한국고전문학회.

유춘동(2002), 「〈금향정기〉의 연원과 이본 연구」, 연세대 석사학위논문.

유춘동(2010), 「방각본 〈수호지〉의 판본과 성격에 대한 연구」, 『열상고전연구』 32, 열상고전연구학회.

이경선(1974), 「당태종전 소고」, 『한양어문』 1, 한양어문학회.

이유진(2009), 「〈설인귀전〉 이본 연구」, 고려대 석사학위논문.

이윤석(1983), 「〈설인귀전〉 考」, 『국문학연구』 7, 효성여대 국어국문학연구실.

이윤석(1983), 「〈설인귀전〉 異本考」, 『연구논문집』 27, 효성여대.

이윤석(2001), 「〈설인귀전〉의 원천에 대하여」, 『연민학지』 9, 연민학회.

이윤석(2005), 「경판 〈설인귀전〉의 형성에 대하여」, 『동남어문논집』 19, 동남어문학회.

이은봉(2006), 「<삼국지연의>의 수용양상 연구」, 인천대 박사학위논문.

이재홍(2007), 「국립중앙도서관 소장 번역필사본 중국역사소설 연구」, 연세대 박사
학위논문.

조동일(1999), 「번역으로 맺어진 관계」, 『하나이면서 여럿인 동아시아문학』, 지식산
업사.

〈하진양문록〉의 애정갈등과 여성독자의 자기검열

김기동 편(1976), 『하진양문록』, 활자본고소설전집 제11권, 아세아문화사.

김민조(2000), 「<하진양문론>의 창작방식과 소설사적 위상」, 고려대 석사학위논문.

김민조(2002), 「<하진양문록> 연구사」, 우쾌제 외, 『고소설연구사』, 월인.

김주은(2008), 「고소설 애정 모티프의 구현 양상과 의미」, 한국교대 석사학위논문.

민찬(1986), 「여성영웅소설의 출현과 후대적 변모」, 서울대 석사학위논문.

박명희(1990), 「고소설의 여성중심적 시각 연구」, 이화여대 박사학위논문.

박숙례(1999), 「<하진양문록> 연구 - 필사본과 활자본의 대비를 중심으로」, 한국정
신문화연구원 석사학위논문.

박일용(1993), 『조선시대의 애정소설』, 집문당.

박혜숙(2006), 「여성영웅소설과 평등·차이·정체성의 문제」, 『민족문학사연구』 31,
민족문학사학회.

서대석(1990), 「하진양문록」, 『한국고전소설작품론』, 집문당.

소혜왕후 지음(2011), 이경하 주해, 『내훈』, 한길사.

이경하(2001), 「하옥주론 - <하진양문록> 남녀주인공의 기질 연구(1)」, 『국문학연
구』 6, 국문학회.

이경하(2004), 「여성문학사 서술의 문제점과 해결방향」, 서울대 박사학위논문.

이대형(2009), 「19세기 장편소설 「하진양문록」의 대중적 변모」, 『민족문학사연구』
39, 민족문학사학회.

장시광(2005), 「17세기의 소설 장르에 나타난 애정에 대한 욕망과 그 속성 - <주생
전>과 <소현성록> 연작을 중심으로」, 『온지논총』 13, 온지학회.

전성운(2005), 「<소현성록>에 나타난 성(性)적 태도와 그 의미」, 『인문과학논총』
16, 순천향대 인문과학연구소.

정길수(2010), 『구운몽 다시 읽기』, 돌베개.

정병설(2001), 「여성영웅소설의 전개와 <부장양문록>」, 『고전문학연구』 19, 한국고
　　　전문학회.

정병설(2010), 「조선후기 성(性)의 실상과 배경 -『기이재상담(紀伊齋常談)』을 중심
　　　으로」, 『인문논총』 64, 서울대 인문학연구원.

조광국(2010), 「<벽허담관제언록>에 구현된 상층여성의 애욕담론」, 『고소설연구』
　　　30, 한국고소설학회.

조광국(2010), 「『하진양문록』 -여성중심의 효담론」, 『어문연구』 38-2, 한국어문교육
　　　연구.

최기숙(2009), 「여성인물의 정체성 구현 방식을 통해 본 젠더 수사의 경계와 여성독
　　　자의 취향」, 『한국고전여성문학연구』 19, 한국고전여성문학회.

피에르 부르디외(1995), 정일준 역, 『상징폭력과 문화재생산』, 새물결.

〈강로전〉에 나타난 전쟁의 기억과 욕망의 서사

『광해군일기』

『인조실록』

『승정원일기』

『靖社原從功臣錄券』

『昭武原從功臣錄券』

『寧社原從功臣錄券』

『靑城雜記』(성대중)

『自著』(유한준)

『於于集』(유몽인)

「姜虜傳」(박희병, 『한국한문소설교합구해』, 소명출판, 2005)

「姜虜傳」(박희병·정길수 역, 『전란의 소용돌이 속에서』, 돌베개, 2007)

박희병(1998), 「17세기 숭명배호론과 부정적 소설주인공의 등장」, 『한국 고전소설과
　　　서사문학(상)』, 집문당.

소인호(2005), 「<강로전> 이본 연구」, 『우리어문연구』 24, 우리어문학회.

송하준(2004), 「조선후기 역사소설의 변모양상과 주제의식」, 고려대 박사학위논문.

신해진(2008), 『권칙과 한문소설』, 보고사.

윤진(1999), 「진실의 허구, 허구의 진실 - 자서전 글쓰기의 문제들」, 『프랑스어문교육』 7집, 한국프랑스어문교육학회.

정환국(1999), 「16-7세기 동아시아 전란과 애정전기」, 『민족문학사연구』 15, 민족문학사학회.

정환국(2002), 「17세기 실기류와 소설의 거리 - 전후 소설사의 흐름과 관련하여」, 『한문학보』 7, 우리한문학회.

최웅권(2007), 「숭욕억리의 암울한 정감세계」, 『고소설연구』 24, 한국고소설학회.

한명기(1999), 『임진왜란과 한중관계』, 역사비평사.

이덕무의 〈은애전〉 연구

金英東(1997), 「炯菴 李德懋의 文學觀攷」, 『東岳語文論集』 32輯, 東岳語文學會.

김선경(2000), 「조선후기 여성의 성, 감시와 처벌」, 『역사연구』 8.

박병호(1978), 「古法漫筆 : 銀愛傳」, 『사법행정』 19집, 한국사법행정학회.

박병호(1985), 『한국의 전통사회와 법』, 서울대출판부.

朴暎美(1994), 「李德懋의 傳 硏究」, 『한문학논집』 12, 근역한문학회.

박희병(1991), 「조선후기 전의 소설적 성향 연구」, 서울대 박사학위논문.

부남철(1998), 「李德懋의 儒敎的 異端排斥과 倫理觀」, 『한국정치외교사논총』 20권, 한국정치외교사학회.

夫銀兒(2000), 「李德懋 文學論 硏究」, 『龜泉元裕漢敎授定年紀念論叢』 下, 혜안.

신병주·노대환(2011), 『고전소설 속 역사여행』, 돌베개.

유승희(2009), 「유혹하는 몸과 정절의 경계-金銀愛」, 『여성이론』 제20호, 여성문화이론연구소.

이덕무(1986), 『雅亭遺稿』, 김균태 편, 『문집소재전자료집』 6, 계명.

이동근(1991), 『조선 후기 전 문학 연구』, 태학사.

李明珍(1983), 「이덕무의 문학 연구」, 이화여대 박사학위논문.

이문규(2001), 「이덕무의 소설배격론 연구」, 『국어교육』, 한국어교육학회.

이문규(2002), 『고전소설 비평사론』, 새문사.

李廷珍(1992), 「傳의 敍述 樣式과 小說로의 變用에 관한 硏究」, 원광대 박사학위논문.

이종주(1990), 「북학파 산문 연구」, 서강대학 박사학위논문.

이종주(2001), 『북학파의 인식과 문학-상대주의적 시각과 역설의 미학』, 태학사.

李和炯(1993), 「炯菴 李德懋의 문학적 성격-자아실현 의식의 특징적 국면」, 『국어국문학』 109.

정인혁(2006), 「朝鮮後期 傳系 短形敍事體 硏究」, 서강대 박사학위논문.

정인혁(2009), 『朝鮮後期 傳系 短形敍事體 硏究 : 조선후기 지식인의 정체성 찾기』, 한국학술정보(주).

조수삼(2004), 박윤원·박세영 옮김, 『이야기책 읽어주는 노인』, 보리.

최삼룡(1990), 「이덕무의 문학」, 『石田李丙疇博士古稀紀念論叢』, 발행위원회.

홍혜정(2004), 「李德懋의 傳에 나타난 서사방식 고찰」, 『국어국문학지』 41집, 문창어문학회.

〈옥루몽〉 황소저의 성격 변화에 대하여

김종철(1990), 「<옥루몽>의 대중성과 진지성」, 『한국학보』 61, 일지사.

남영로(1983), <옥련몽>, 인천대 민족문화연구소(편), 『구활자본 고소설전집』 10, 은하출판사.

남영로(1976), <옥루몽>, 동국대 한국학연구소(편), 『활자본 고전소설전집』 6, 아세아문화사.

박희병 교주(1990), 김태준, 『조선소설사』, 한길사.

박희병(2005), 『운화와 근대』, 돌베개.

성현경(1968), 「<옥련몽> 연구」, 『국문학연구』 9, 국문학연구회.

신향화(2009), 「<옥루몽> 소고-강남홍 인물 분석을 중심으로」, 『한국문예비평연구』 30, 한국현대문예비평학회.

심치열(1994), 「<옥루몽> 연구」, 성신여대 박사학위논문.

유광수(2006), 「<옥루몽> 연구」, 연세대 박사학위논문.

유광수(2007), 「<옥련몽> 이본과 선본 계열 추정」, 『동양학』, 단국대 동양학연구소.

유광수(2008), 「<옥련몽>에서 <옥루몽>으로 개작된 여성 인물의 양상과 의미-윤부인, 일지련, 강남홍의 개작 양상을 중심으로」, 『고소설연구』 25, 한국고소설학회.

유광수(2009), 「<옥련몽>·<옥루몽>의 "창작-개작" 양상과 의미-주요 남성 인물의 개작 양상을 중심으로」, 『고소설연구』 27, 한국고소설학회.

장효현(1981), 「<옥루몽>의 문헌학적 연구」, 고려대 석사학위논문.

정우봉(2007), 「평비본 <고시비평> 연구」, 『한국한문학연구』 40.

조현우(2006), 「<사씨남정기>의 악녀 형상과 그 소설사적 의미」, 『한국고전여성문학연구』 13, 한국고전여성문학연구회.

조혜란(2002), 「<옥루몽>의 서사미학과 그 소설사적 의의」, 『고전문학연구』 22, 한국고전문학회.

조혜란(2010), 「가문과 개인 사이」, 『고소설연구』 26, 한국고소설학회.

차용주(1967), 「<옥련몽>의 작자 및 저작연대고」, 『어문논집』 10, 안암어문연구회.

여성희생의 관점에서 본 〈심청전〉의 주제

김동욱(1969), 「韓國人의 犧牲精神」, 『인문과학』 22, 연세대.

김영진(1983), 「왜곡된 효와 남녀차별:윤리학자가 본 심청전」, 『문학사상』 128.

김태길(1972), 「심청전 : 효의 윤리학-윤리학자가 본 심청전-」, 『문학사상』 20.

김흥규(1974), 「판소리의 이원성과 사회사적 배경」, 『창작과 비평』 31.

류인균(2004), 『한국 고소설에 나타난 오이디푸스 콤플렉스』, 서울대출판부.

박일용(1997), 「심청가 강상풍경 대목의 변이양상과 그 의미」, 『판소리연구』 8.

배봉기(1997), 『김우진과 채만식의 희곡연구』, 태학사.

사재동(1971), 「심청전 연구 서설」, 『어문연구』 7.

성현경(1981), 「성년식 소설로서의 심청전-제24장본의 경우-」, 『서강어문』 1집.

신선희(2000), 「심청전의 현대적 수용과 변용」, 『古小說硏究』 9.

오경복(1980), 「沈淸傳과 <달아 달아 밝은 달아>에 나타난 再生原型 硏究」, 이화여대 석사학위논문.

오세정·조현우(2010), 『고전 대중문화를 엿보다』, 이숲.

이문규(1981), 「심청전의 문학적 특질 검토」, 『한국고전산문연구』, 동화문화사.

이정원(2010), 「심청전 살인사건의 은밀한 내막」, 『전을 범하다』, 웅진지식하우스.

인권환(1977), 「심청전 연구사와 그 문제점」, 『한국학보』 9, 일지사.

장덕순(1956), 「심청전의 민간설화적 고찰」, 『사상계』 31.

정병욱(1979), 「국문학에 나타난 효」, 『한국고전의 재인식』 홍성사.

정재서(2002), 「효녀서사, 폭력과 성스러움 사이에서」, 『동아시아 여성의 기원』 이화여대출판부.

정하영(1975), 「속죄의식의 문학적 전개 : 심청전을 중심으로」, 서울대 석사학위논문.

정하영(2010), 「심청전의 죽음, 그 양면적 성격」, 『고전서사문학에 나타난 삶과 죽음』, 보고사.

조동일(1977), 「심청전에 나타난 비장과 골계」, 『계명논총』 7집 계명대.

황패강(1966), 「심청설화의 분석-인류적 향수를 중심으로-」, 『국어국문학』 31.

Amy Wall & Regina Wall(2005), *Critical Reading*, Alpha.

Harald Kunz(1973), 「심청 구원의 실현자」, 『문학사상』 제13호.

John Sutherland(2006), *How to Read a Novel*, St. Martin's Press.

〈변강쇠가〉의 성 담론 양상과 의미

강진옥(1994), 「변강쇠가 연구 2 - 여성인물의 '쫓겨남'을 중심으로-」, 『이화어문논집』 13, 이화어문학회.

김경미(1999), 「고소설 남성 인물의 형상화 - 〈변강쇠가〉를 중심으로」, 『이화어문논집』 17, 이화어문학회.

김종철(1986), 「19C. 판소리사와 〈변강쇠가〉」, 『고전문학연구』 3, 한국고전문학회.

김종철(1993), 「〈변강쇠가〉의 미적 특질 - 괴기미 추구와 관련하여 -」, 『판소리연구』 4, 판소리학회.

김종철(1996), 『판소리의 정서와 미학』, 역시비평사.

김창현(2006), 「〈변강쇠가〉, 뎁득이의 인물형상과 그 의미」, 『국제어문』 38, 국제어문학회.

김태준 역주(1995), 『흥부전/변강쇠가』, 고려대 민족문화연구소.

박경신(1985), 「무속제의(巫俗祭儀)의 측면에서 본 〈변강쇠가〉」, 서울대 대학원 석사학위논문.

박관수(1996), 「〈변강쇠가〉의 음란성 재고」, 『고소설연구』 2, 한국고소설학회.

박일용(1991), 「〈변강쇠가〉의 사회적 성격」, 『고전문학연구』 6, 한국고전문학회.

박혜영(2008), 「메두사의 신화와 여성」, 『한국프랑스학논집』 61, 한국프랑스학회.

서유석(2003), 「〈변강쇠가〉에 나타난 기괴성의 구현 양상과 의미」, 경희대 대학원 석사학위논문.

서종문(1975), 「변강쇠歌 研究」, 서울대 대학원 석사학위논문.

성현경(1995), 「춘향전론 2 - 〈이고본 춘향전〉의 축제적 구조와 의미, 문체와 작자 -」, 『한국옛소설론』, 새문사.

윤분희(1998), 「<변강쇠전>에 나타난 여성인식」, 『판소리연구』 9, 판소리학회.

이강엽(1993), 「신재효 <변강쇠가>의 性과 죽음의 문제」, 열상고전연구 6, 열상고전 연구회.

이국자(1985), 「변강쇠가 - 해석시론 -」, 『인문논총』 15, 전북대 인문학연구소.

이상구(2009), 「고소설에 나타난 성담론과 그 지향」, 『어문론총』 50, 한국문학언어 학회.

이용은(1998), 『타이터스 앤드러니커스』 - 남성에게 던지는 메두사의 시선, 그리고 응시, 『Shakespeare Review』 Vol.34, No.0, 한국셰익스피어학회.

이주영(2008), 「<변강쇠가>에 나타난 강쇠 형상과 그에 대한 적대의 의미」, 『어문논 집』 58, 민족어문학회.

이주영(2009), '기괴하고 낯선 몸'으로 <변강쇠가> 읽기, 고전과 해석 6, 고전문학한 문학연구학회.

전신재(1989), 「<변강쇠가>의 비극성」, 『선청어문』 18, 서울대 국어교육과.

정병헌(1986), 「변강쇠가에 나타난 신재효의 현실인식」, 『한국언어문학』 24, 한국언 어문학회.

정인혁(2000), 「<변강쇠가>의 구조 연구」, 서강대 대학원 석사학위논문.

정지영(2003), 「<변강쇠전>-조선후기 성 통제와 하층여성의 삶」, 『역사비평』 65, 역사비평사.

정하영(2005), 「<변강쇠가>성담론의 기능과 의미」, 『고소설연구』 19, 한국고소설 학회.

정환국(2009), 19세기 문학의 '불편함'에 대하여, 한국문학연구 36, 동국대 한국문학 연구소.

최경환(2006), 「<변강쇠가> 연구 -선택과 배치의 담화전략-」, 『어문학논총』, 국민 대 어문학연구소.

최혜진(1998), 「<변강쇠가>의 여성중심적 성격」, 『한국민속학』 30, 한국민속학회.

〈남원고사〉, 이야기에 얽힌 욕망과 인식

『춘향전』, 복사본; 고려서적, 1984.

강경호(1990), 『춘향전연구』, 교학연구사.

김동욱 외(1979), 『춘향전비교연구』, 삼영사.

김동욱(1965), 『증보 춘향전연구』, 연세대출판부.

김병국 외 편(1993), 『춘향전 어떻게 읽을 것인가』, 춘향문화선양회.

김석배(1992), 「남원고사계 춘향전의 이본 연구」, 『금오공대 논문집』 12.

김석배(1993), 「춘향전의 지평 전환과 후대적 변모」, 『춘향전 어떻게 읽을 것인가』, 춘향문화선양회.

김석배(2000), 「춘향가」, 『판소리의 세계』, 문학과지성사.

김의정(1992), 「춘향전 연구-남원고사본을 중심으로」, 단국대 박사학위논문.

김종철(1997), 「남원고사의 골계적 정신에 대한 연구」, 『판소리연구』 8, 판소리학회.

김태준(1991), 「남원고사의 삽입 문예양식과 그 민중적 성격」, 『춘향전의 종합적 고찰』, 아세아문화사.

김현주(2000), 『판소리와 풍속화, 그 닮은 예술 세계』, 효형출판.

김형돈(1994), 「심리적 역동성으로 본 춘향전의 인본주의적 성격-남원고사를 중심으로」, 『명지어문학』 21, 명지어문학회.

박희병(1985), 「춘향전의 역사적 성격」, 『전환기의 동아시아 문학』, 창작과비평사.

사성구・전상국(2003), 「춘향전 이본 연구에 대한 반성적 고찰-경판본과 완판본을 중심으로」, 『춘향전 연구의 과제와 방향』, 국학자료원.

서종문(1993), 「판소리에 나타난 신재효의 세계인식」, 『동리연구』 1, 동리연구회.

설성경(1991), 『한국고전소설의 본질』, 국학자료원.

설성경(1994), 『춘향전의 봉시석 연구』, 서광학술자료사.

성현경(1995), 「남원고사의 구조와 의미」, 『한국옛소설론』, 새문사.

성현경(1995), 「이고본 춘향전의 축제적 구조와 의미, 문체와 작가」, 『한국옛소설론』, 새문사.

신경남(2007), 「성풍속으로 본 남원고사의 주제 연구」, 경원대 석사학위논문.

신동흔(1995), 「평민 독자의 입장에서 본 춘향전의 주제」, 『판소리연구』 6.

윤덕진(2009), 「남원고사계 춘향전의 시가 수록과 시가사의 관련 모색」, 『한국시가연구』 27.

윤덕진(2010), 「남원고사계 춘향전 수록 시가의 서사양식화 과정」, 『한국시가연구』 28, 한국시가학회.

윤덕진・임성래(2000), 「남원고사 연구(1)」, 『열상고전연구』 13, 열상고전연구회.

윤덕진・임성래(2002), 「남원고사 연구(2)」, 『열상고전연구』 15.

윤용식(1990), 「춘향전-남원고사본을 중심으로-」, 『한국고전소설작품론』, 집문당.

이창헌(2004), 『경판방각소설 춘향전과 필사본 남원고사의 독자층에 대한 연구』, 보고사.

임성래(2003), 「방각본의 등장과 전통 이야기 방식의 변화-남원고사와 경판 35장본 춘향전을 중심으로」, 『동방학지』 122, 연세대 국학연구원.

임성래·윤덕진(2003), 「남원고사 연구(3)」, 『열상고전연구』 18.

전경욱(1990), 『춘향전의 사설 형성 원리』, 고려대 민족문화연구소.

전상욱(2003), 「세책 계열 춘향전의 특성-서지 사항과 서사 단락을 중심으로-」, 『세책 고소설 연구』, 혜안.

정병헌(1993), 『판소리문학론』, 새문사.

정하영(2005), 『춘향전의 탐구』, 집문당.

최혜진(1997), 「신재효의 허두가에 나타난 세계인식과 그 의미」, 『판소리연구』 8, 판소리학회.

황혜진(2007), 『춘향전의 수용문화』, 월인.

여장군소설의 개화기적 변화상

『독립신문』<논설>, 1899.1.17.

閔燦(1986), 「女性英雄小說의 出現과 後代的 變貌」, 서울대 석사학위논문.

박영재 외(1996), 『19세기 일본의 근대화』, 서울대출판부.

成賢慶(1981), 『韓國小說의 構造와 實相』, 영남대출판부.

윤분희(2002), 「여성 영웅소설 연구」, 『한국문학논총』 32.

李相澤(1981), 「古代小說의 世俗化過程 試論」, 『韓國古典小說의 探究』, 中央出版.

장시광(2001), 「여성영웅소설에 나타난 女化爲男의 의미」, 『한국고전여성문학연구』 2.

鄭煥局(1998), 「愛國啓蒙期 漢文小說의 성격 규명을 위한 試論」, 『韓國漢文學研究』 21.

조동일(1977), 『韓國小說의 理論』, 지식산업사.

趙祥祐(2002), 「愛國啓蒙期 漢文散文의 意識 志向 研究」, 고려대 박사학위논문.

조상우(2004), 「애국계몽기 한문소설에 표출된 지식인의 여성인식」, 『한국고전여성문학연구』 8.

趙鏞豪(1997), 「三代錄 小說의 人物構成」, 『古小說 研究』 2.

조용호(2003), 「개화기 국한문소설 <女英雄> 연구」, 『古小說研究』 16.

최현주(2006), 「신소설의 담론적 근대성」, 『韓國言語文學』 59.

韓元永(1990), 『韓國改化期 新聞連載小說 硏究』, 一志社.

함동주(2009), 『천황제 근대국가의 탄생』, 창비.

〈연의각〉 장면·재담·서술의 독서 효과

경판 25장본 〈흥부전〉

이해조, 『연의각』, 1913, 신구서림.

Kinds 고신문 DB

권보드래(2008), 『1910년대, 풍문의 시대를 읽다』, 동국대출판부.

김종철(1993), 「실전 판소리의 종합적 연구-판소리사의 전개와 관련하여-」, 『판소리연구』 3, 판소리학회.

김종철(2008), 「흥부와 놀부 박의 화두-행복과 욕망, 그리고 선악-」, 『선청어문』 36, 서울대 국어교육과.

김현주(2002), 「판소리의 다성성, 그 문체적 성격과 예술, 사회학적 배경」, 『판소리연구』 13.

무악고소설자료연구회 편(2001), 『한국고소설관련자료집I』, 태학사.

무악고소설자료연구회 편(2005), 『한국고소설관련자료집II』, 이회.

배연형(2002), 「심정순일가의 음반」, 『한국음악사학보』 28, 한국음악사학회.

서대석(2004), 『한국구비문학에 수용된 재담 연구』, 서울대출판부.

서정문(1984), 『판소리 사설 연구』, 형설출판사.

성현경(1993), 「흥부전연구」, 『판소리연구』 4, 판소리학회.

송혜진(1988), 「심정순 창 심청가의 장단구성 특징」, 『정신문화연구』 34, 정신문화연구원.

양승국(1999), 「1910년대 신파극과 전통 연희의 관련 양상」, 『한국극예술연구』 9, 한국극예술학회.

유광수(2004), 「흥부전 연구의 검토와 전망」, 『우리어문연구』 23, 우리어문학회.

이보형(1995), 「판소리 공연문화의 변동이 판소리에 끼친 영향」, 『한국학연구』 7, 고려대한국학연구소.

이보형(1997), 「심정순의 생애와 예술」, 『한국음악사학보』 18, 한국음악사학회.

이주영(1998), 『구활자본 고전소설 연구』, 월인.

정충권(2003), 「홍보박 사설의 형성과 변모」·「놀보박 사설의 전승양상」, 『홍부전 연구』.

정충권(2003), 『홍부전 연구』, 월인.

정충권(2006), 「<연의각>의 계통과 성격」, 『개신어문연구』 24, 개신어문학회.

정충권(2007), 「판소리 문학에 나타난 사회적 상상력과 기괴」, 『국어국문학』 146, 국어국문학회.

주형예(2008), 「19세기 판소리계 소설의 서술기법 연구」, 연세대 박사학위논문.

주형예(2010), 「여성 이야기를 통해 본 20세기 초 소설 시장의 변모」, 한국고전여성문학회 33차 학술대회 발표문.

홍성찬(2006), 「한말 일제초 서울 종로상인의 일상활동-포목상 김태희 가의 사례를 중심으로」, 『동방학지』 133.

로저 피셔(2011), 『읽기의 역사』, 지영사.

스티븐 로베르너파울슈티히(2007), 『근대초기 매체의 역사』, 지식의 풍경.

움베르토 에코(1996), 「소설 속의 독자」, 열린책들.

박봉술창 〈춘향가〉의 고조(古調)적 특성과 전승계보 고찰

김기형(1998), 「판소리 명창 박봉술의 생애와 예술세계」, 『판소리 동편제 연구』, 태학사.

김석배(2010), 「춘향전의 지평 전환과 변모 양상」, 『춘향전의 지평과 미학』, 박이정.

배연형(2004), 「판소리 소리책 연구」, 동국대 박사학위논문.

서정민(2010), 「춘향가 중 군로사령 대목의 설렁제 변화양상」, 『한국음악사학보』 44집, 한국음악사학회.

성기련(1991), 「판소리 <춘향가> 중 고수관제 자진사랑가 연구」, 『한국음반학』 6호, 서울: 한국고음반연구회.

성기련(1996), 「판소리 동편제와 서편제의 전승양상 연구-<춘향가> 중 이별가 대목을 중심으로-」, 서울대 석사학위논문.

성기련(2001), 「20세기 염계달제 경드름의 변모양상 연구」, 『판소리연구』 12집, 판소리학회.

성기련(2010), 「20세기 판소리사의 흐름 속에서 재조명해 보는 고조(古調) 명창 박봉술」, 『판소리명창론』, 박이정.

성현경(1995), 『한국옛소설론』, 새문당.

신은주(2010), 『판소리 중고제 심정순家의 소리』, 민속원.

이규호(1984), 「판소리 춘향가 비교 연구-사설과 장단을 중심으로-」, 중앙대 석사학
　　위논문.

이보형(1973), 「판소리 권삼득 설렁제」, 『석주선교수 회갑기념 민속학논총』, 논문집
　　간행위원회.

이보형(1982), 「판소리 '제(派)'에 관한 연구-동편제, 서편제, 중고제 전승을 중심으
　　로」, 『한국음악학논문집』, 한국정신문화연구원.

이보형(1991), 「고음반에 제시된 판소리 명창제 더늠(II)」, 『한국음반학』 4호, 한국고
　　음반연구회.

이보형(1991), 「고음반에 제시된 판소리 명창제 더늠」, 『한국음반학』 창간호, 한국고
　　음반연구회.

이보형(1993), 「박봉술 창본 『춘향가』해제」, 『판소리연구』 4집, 판소리학회.

정노식(1940), 『조선창극사』, 조선일보사.

정병헌(2010), 「송만갑의 <자서전>과 생애의 검토」, 『동편제 명창 송만갑의 예술세
　　계』, 민속원.

정출헌(1993), 「『춘향전』의 인물형상과 작중역할의 현실주의적 성격-李古本『춘향
　　전』을 중심으로-」, 『판소리연구』 4집, 판소리학회.

<창본 및 구술자료>

김기형 역주(1998), 『강도근 5가 전집』, 박이정.

김명환 구술(1990), 『내 북에 앵길 소리가 없어요』, 뿌리깊은나무.

김소희(1978), 「춘향가 녹음을 끝내고」, <김소희 춘향가>(SRCD-1923) 음반해설서,
　　서울음반.

김진영·김현주 역주(1996), 『장자백 창본 춘향가』, 박이정.

김택수 엮음(1993), 『오가전집』, 한국국악학회 영인본.

성현경 풀고 옮김(2001), 『옛 그림과 함께 읽는 李古本 춘향전』, 열림원.

「판소리명창 박동진 대담」, 『판소리연구』 2집, 판소리학회, 1991.

「박봉술 창본 <춘향가>」, 『판소리연구』 4집, 판소리학회, 1993.

집필진 소개

박일용 홍익대학교 국어교육과 교수

김현양 명지대학교 방목기초교육대학 교수

김종철 서울대학교 국어교육과 교수

김경미 이화여자대학교 한국문화연구원 HK연구교수

김현주 서강대학교 국어국문학과 교수

유광수 연세대학교 학부대학 교수

강상순 고려대학교 민족문화연구원 HK연구교수

송성욱 가톨릭대학교 국어국문학과 교수

김문희 중앙대학교 교양학부대학 강의전담 교수

양승민 선문대학교 중한번역문헌연구소 연구교수

이경하 서울대학교 인문학연구원 HK연구교수

조현우 인천대학교 국어국문학과 교수

정인혁 관동대학교 국어교육과 교수

조혜란 경희대 후마니타스칼리지 객원교수

정하영 이화여자대학교 국어국문학과 명예교수

이정원 경기대학교 국어국문학과 교수

신재홍 경원대학교 국어국문학과 교수

조용호 목포대학교 국어국문학과 교수

주형예 연세대학교 국학연구원 전문연구원

성기련 한국교원대학교 음악교육과 교수

[원고 수록순]

한국 고소설 연구의 쟁점과 전망

2011년 12월 28일 초판 1쇄 펴냄

지은이 박일용·김현양·김종철·김경미·김현주
유광수·강상순·송성욱·김문희·양승민
이경하·조현우·정인혁·조혜란·정하영
이정원·신재홍·조용호·주형예·성기련
펴낸이 김흥국
펴낸곳 도서출판 보고사

책임편집 황효은
표지디자인 오동준

등록 1990년 12월 13일 제6-0429호
주소 서울특별시 성북구 보문동7가 11번지 2층
전화 02) 922-5120~1(편집), 02) 922-2246(영업)
팩스 02) 922-6990
메일 kanapub3@chol.com
http://www.bogosabooks.co.kr

ISBN 978-89-8433-943-9 93810
정가 33,000원

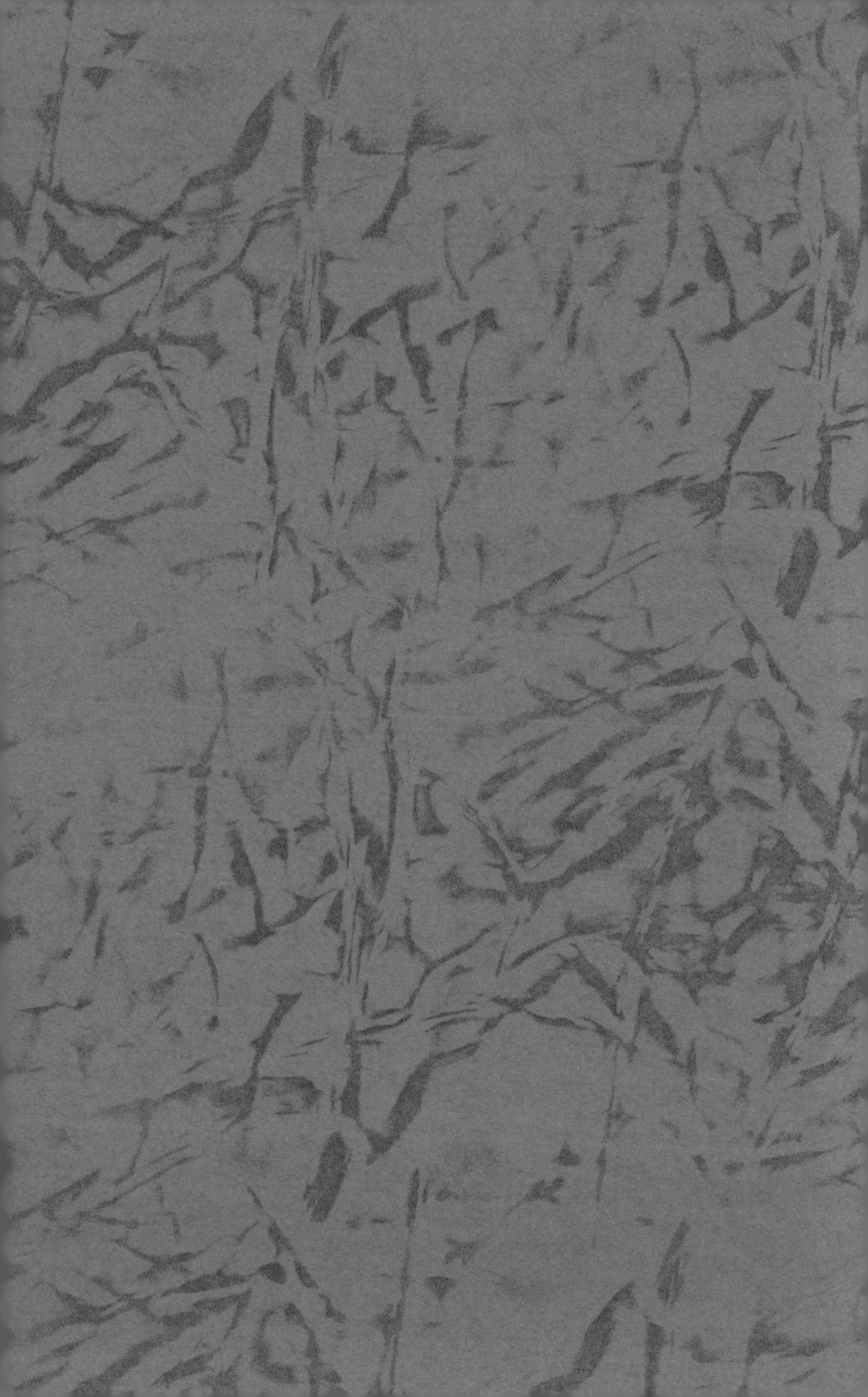

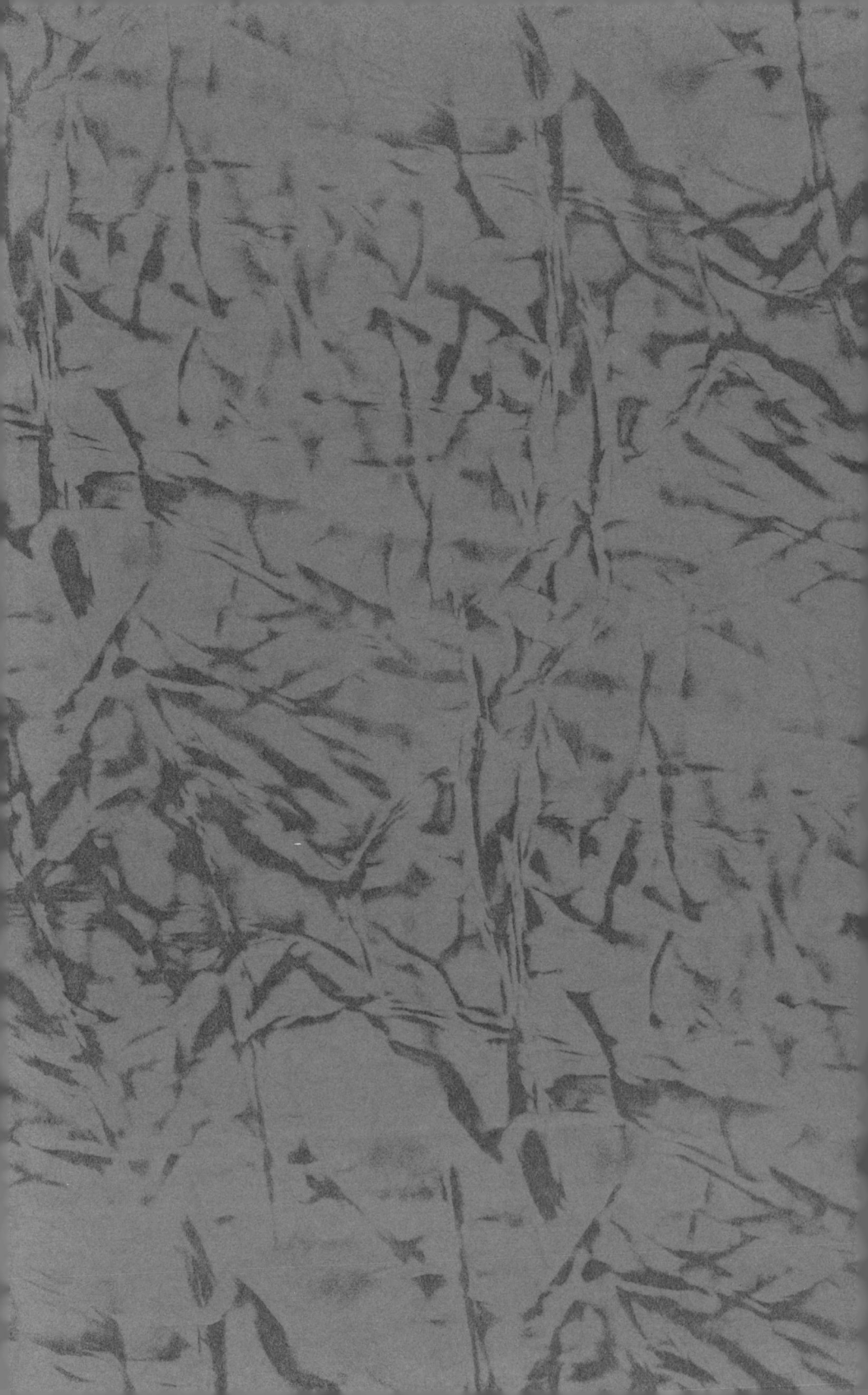